AF606314

*Carmilla y otras vampiras*

© 2025, Editorial del Nuevo Extremo S.L.
Rosellón, 186, 5º- 4º, 08008-Barcelona, España
Tel (34) 930 000 865
e-mail: info@dnxlibros.com
www.dnxlibros.es

Diseño e ilustración de cubierta: Rocío Rodríguez (@rociorodrigue)
Edición: Carlos Santos Sáez
Corrección Mónica Piacentini
Maquetación: Iguazel Serón

Primera edición: octubre de 2025

ISBN: 978-84-19467-73-7
Depósito legal: B 12992-2025

Impreso en España - *Printed in Spain*

Reservados todos los derechos. Ninguna parte de esta publicación puede ser reproducida, almacenada o transmitida por ningún medio sin permiso del editor. La infracción de los derechos mencionados puede ser constitutiva de delito contra la propiedad intelectual (Art. 270 y siguientes del Código Penal).

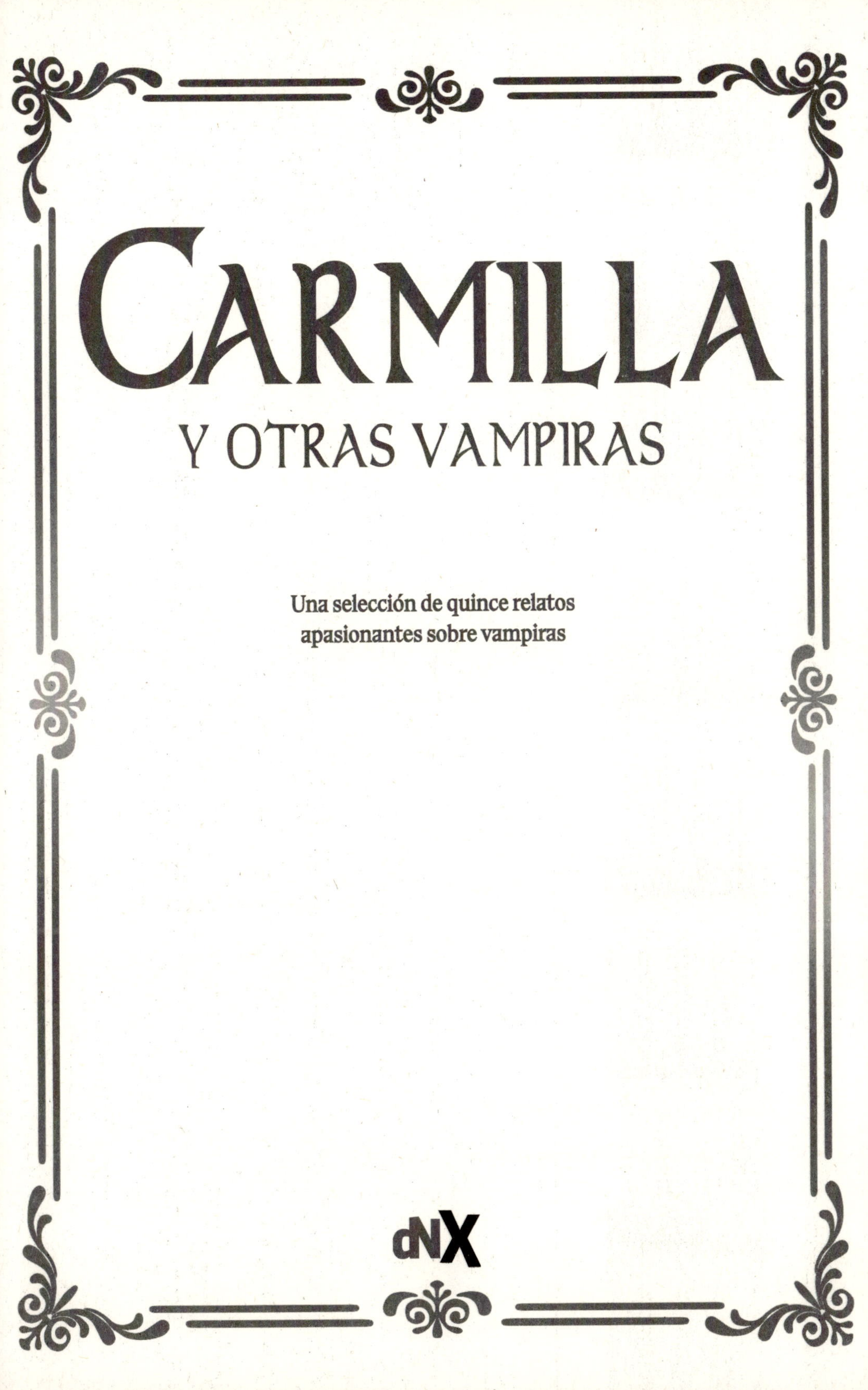

# Carmilla

## y otras vampiras

Una selección de quince relatos apasionantes sobre vampiras

dNX

# Índice

E. T. A. Hoffmann

# Aurelia

(1816)

Ernst Theodor Amadeus Hoffmann nació en Königsberg, Prusia Oriental, hoy Rusia, el 24 de enero de 1776. Murió en Berlín, Alemania, de sífilis, el 25 de junio de 1822.

Siguiendo la tradición familiar estudió Derecho. En 1800 fue nombrado auditor. Entre 1804 y 1807 trabajó en el tribunal de Varsovia.

A los treinta años le dio un cambio radical a su vida, abandonó las leyes y retomó su vocación artística. Como músico fundó una orquesta y compuso muchas obras. Como dibujante publicó irrespetuosas caricaturas que le acarrearon problemas con el poder.

La invasión napoleónica de 1806 lo hizo regresar a Berlín, donde padeció tifus. En 1808 se trasladó a Bamberg, Baviera, donde vivió de su arte hasta 1813.

Con la aparición de las Fantasías a la manera de Callot en 1814, se consagró como escritor. Al año siguiente se publica la primera parte de su novela más tenebrosa y también más exitosa, Los elixires del diablo. Papeles póstumos del hermano Medardo, un capuchino, que tendrá su continuación en 1816. El triunfo literario y sus fuertes pasiones lo llevan a una vida desquiciada que arruina su salud, enferma de alcoholismo y sífilis.

En 1821 publica la compilación de cuentos de terror Hermandad de Serapion (Die Serapionsbrüder) donde aparece el relato Vampirismo (Vampirismus) que se presentó en otras colecciones como Aurelia o La vampira.

Ahora que hablas de vampirismo, me viene a la memoria una historia que hace tiempo leí o escuché. Creo que más bien lo último porque, ahora que recuerdo, el narrador insistió mucho en que el relato era auténtico. Si la historia se ha publicado y la conoces, puedes interrumpirme, porque no hay nada más molesto y aburrido que escuchar cosas conocidas.

—Creo que nos vas a ofrecer algo horroroso y tremendo, así es que, por lo menos, piensa en San Serapio y procura ser lo más breve posible, para que Vincenzo tenga la palabra, pues, según veo, está impaciente por referirnos el cuento que nos prometió.

—¡Calma, calma! —exclamó Vincenzo—. Nada mejor para mí que Cipriano tienda un telón negro que sirva de fondo a la representación de mis alegres, pintorescas y saltarinas marionetas. Empieza, Cipriano amigo, muéstrate seco, terrorífico, incluso espeluznante, más que el vampírico lord Byron, al que por cierto no he leído.

—El conde Hipólito —comenzó Cipriano— había regresado de sus largos viajes para hacerse cargo de la rica herencia de su padre. El palacio estaba ubicado en una de las regiones más bellas y agradables del país, y las rentas que le proporcionaban sus posesiones bastaban para el costoso embellecimiento del mismo.

Todo lo que el conde había visto a lo largo de sus viajes, lo más bello, atrayente y fastuoso, quería verlo otra vez ante sus ojos. Cortesanos y artistas se reunían en torno a él y acudían a su llamada, de modo que pronto comenzaron las obras en el palacio, y el diseño de un amplio parque de estilo monumental, en el que se incluía una iglesia, un cementerio y una parroquia formando parte del artístico jardín. El conde dirigía todos los trabajos pues tenía conocimientos suficientes para ello. Se entregó en cuerpo y alma a estas ocupaciones, de modo que transcurrió un año sin que se le ocurriese (según

le aconsejó su anciano tío) dejarse ver a los ojos de las jóvenes, para escoger como esposa a la más bella, la mejor y la más noble.

Una mañana que se encontraba sentado ante la mesa de dibujo, proyectando un nuevo edificio, se hizo anunciar una vieja baronesa, lejana pariente de su padre. Hipólito recordó el nombre de la baronesa y que su padre sentía una indignación intensa contra esta mujer, e incluso que hablaba de ella con repugnancia, y a todas cuantas personas trataban de acercarse a ella les aconsejaba que se alejasen, aunque sin explicar jamás los motivos del peligro. Cuando se le preguntaba al conde, solía decir que había ciertas cosas sobre las que más valía callar que hablar. Con más razón cuando en la residencia corrían rumores de un extraño e insólito proceso criminal en el que estaba implicada la baronesa, que separada de su marido y expulsada de su alejado lugar de residencia, solo gracias a la intervención del príncipe estaba fuera de la cárcel. Muy molesto se sintió Hipólito por la proximidad de una persona a la que su padre aborrecía, aunque los motivos le fuesen desconocidos. La ley de la hospitalidad, que era privativa de toda esa región, lo obligaba a recibir a la desagradable visita. Jamás una persona había causado al conde una impresión tan antipática en su apariencia –aunque en realidad no fuese odiosa– como la baronesa. Al entrar, traspasó al conde con una mirada de fuego, luego entornó los párpados y se disculpó por su visita, casi con expresión humilde. Se quejó de que el padre del conde, poseído por extraños prejuicios, inducidos por sus enemigos, la había odiado hasta la muerte, de modo que, aunque languidecía en la mayor pobreza y se avergonzaba de su estado, nunca había recibido la menor ayuda. Al final, como inesperadamente se hubiera visto en posesión de una pequeña suma de dinero, le había sido posible abandonar su residencia y huir hacia un pueblo muy alejado de aquella región. Antes de emprender el viaje no había podido resistir el impulso de conocer al hijo del hombre que le había profesado un odio tan injusto e irreconciliable, aunque a su pesar le reverenciase. Fue el conmovedor tono de verdad con que habló la baronesa lo que emocionó al conde que, lejos de mirar el desagradable semblante de la vieja, contemplaba a la adorable y encantadora criatura que la acompañaba. Calló la vieja y el conde pareció no darse cuenta; permanecía abstraído. La baronesa pidió que la disculpase, pues al entrar se sintió desconcertada y se le olvidó presentar a su hija Aurelia. Solo al oír esto recuperó el conde la palabra, y juró, enrojeciendo totalmente, lo que sumió en la mayor confusión a la adorable joven, que le concediesen enderezar lo que su padre había ejecutado por error, y les suplicó que, conducidas

por su propia mano, entrasen en el palacio. Para confirmar estas palabras tomó la mano de la baronesa, pero la respiración y el habla se le cortaron, al tiempo que un frío enorme le recorría el cuerpo. Sintió que su mano era apresada por unos dedos rígidos, helados como la muerte, y le pareció como si la enorme y huesuda figura de la baronesa –que le contemplaba con ojos sin mirada– estuviese envuelta en la espantosa vestimenta de un cadáver.

—¡Oh, Dios mío, qué desgracia está sucediendo en este momento! —gritó Aurelia, y empezó a gemir con una voz tan quejumbrosa, que su pobre madre fue presa de un ataque convulsivo, de cuyo estado, como de costumbre, solía salir unos instantes después, sin necesidad de valerse de ningún medio. Con gran trabajo se desprendió el conde de la baronesa, y al tomar y besar la mano de Aurelia, sintió que el dulce deleite del amor y el fuego de la vida invadían su ser.

Próximo a la edad madura, el conde sintió pasión por primera vez, de tal modo que le resultó muy difícil esconder sus sentimientos, y como Aurelia le manifestó su agrado de manera ingenua, se encendió en él la esperanza. Apenas pasaron unos minutos cuando la baronesa despertó de su desmayo, sin saber lo que había sucedido, y le aseguró al conde que apreciaba la invitación de permanecer algún tiempo en el palacio, y que olvidaba para siempre todo el mal que su padre le había causado.

Así fue como, de repente, el hogar del conde se transformó, hasta el punto que llegó a pensar que el destino, por un favor especial, le había traído a la persona más adorable de todo el universo para conferirle la felicidad más grande que un ser humano puede gozar.

La conducta de la baronesa fue la misma, permaneció silenciosa, seria, incluso reservada, y demostró siempre un dulce carácter y hasta una ingenua alegría en el fondo de su corazón. El conde, que ya se había acostumbrado al rostro cadavérico y a la figura fantasmal de la baronesa, atribuyó todo a su enfermedad, así como la tendencia a una intensa exaltación, de la que daba muestras –según le había dicho su gente– durante los paseos nocturnos que efectuaba por el parque, en dirección al cementerio.

El conde, abochornado por las sospechas que su padre le había inculcado contra ella, trató de vencer sus prejuicios. Convencido del amor de Aurelia, pidió su mano, y figuraos con qué alegría la baronesa aceptó, huyendo de la mayor indigencia para llegar al refugio de la felicidad.

La lividez y la fisonomía, que expresaban un espíritu intranquilo, fueron desapareciendo de Aurelia. La prosperidad del amor brillaba en su mirada y sonrosaba sus mejillas.

La mañana del día de la boda, un hecho escalofriante vino a contrariar los deseos del conde. Encontraron a la baronesa inmóvil en el parque, caída en el suelo, con la cara en la tierra, no lejos del camposanto, y la transportaron al palacio, precisamente cuando este se levantaba contento por su felicidad inminente. Pensó que la baronesa había sido atacada por su acostumbrado mal; sin embargo, fueron inútiles todas las formas que se usaron para volverla a la vida. Estaba muerta. Aurelia no mostró los desahogos propios de un intenso dolor, y muda, sin derramar una lágrima, parecía haberse quedado paralizada después del golpe recibido.

El conde, que temía por su amada, con gran cuidado y suavidad se atrevió a recordarle su situación de criatura sola, de modo que ahora más que nunca era necesario aceptar el destino y proceder convenientemente acelerando la ceremonia de la boda que se había diferido a causa de la muerte de la madre. A esto, Aurelia, echándose en los brazos del conde, gritó, al tiempo que derramaba un torrente de lágrimas, con una voz que desgarraba el corazón: «¡Sí, sí, por todos los Santos, por mi bien, sí!». El conde pensó que este vehemente desahogo era debido a la consideración bien amarga de que se encontrase sola, sin patria, y no supiese adónde ir, e incluso a las consideraciones sociales que le impedían permanecer en el palacio. El conde se ocupó de que una dama honorable le hiciese compañía hasta que el matrimonio se celebró, sin que ningún suceso desgraciado interrumpiese la ceremonia, e Hipólito y Aurelia alcanzaron la cumbre de su felicidad.

Mientras todo esto sucedía, Aurelia se había mostrado siempre en un estado de gran excitación. No era el dolor por la pérdida de su madre lo que la angustiaba, sino una sensación de miedo mortal que parecía torturarla continuamente. En mitad de los más dulces tránsitos amorosos se sentía asustada, palidecía como una muerta y abrazaba al conde, derramando lágrimas, como si quisiera asegurarse bien de que un poder invisible y enemigo no la llevase a la perdición. Entonces gritaba: «¡No, nunca, nunca!».

Una vez que se encontró casada pareció que el estado de locura cesaba y que se veía libre del miedo. Esto no impidió que el conde adivinase que algún secreto fatídico se escondía en el alma de Aurelia, pero, ciertamente, le pareció inoportuno preguntarle acerca de ello, en tanto que persistiese la excitación, y ella misma se mantuviese callada. Hasta que un día se atrevió a preguntarle cuál era la causa de su ansiedad. Aurelia respondió que era un inmenso bien para ella

desahogar su corazón en su amado esposo. No poco se sorprendió el conde cuando se enteró de que únicamente la fatal conducta de la madre era el motivo del malestar de Aurelia. «¿Hay algo más espantoso —gritó Aurelia— que odiar a la propia madre y tener que aborrecerla?». De aquí se deduce que tanto el padre como el tío no estaban dominados por falsos prejuicios y que la baronesa había engañado al conde. El conde consideró un signo favorable que la malvada madre se hubiese muerto el día en que se iba a celebrar su boda, y no tenía reparo en decirlo. Aurelia, en cambio, dijo que precisamente desde el día de la muerte de su madre se sentía dominada por los más lúgubres y sombríos presentimientos, que no podía evitar sentir un miedo espantoso a que los muertos saliesen de sus tumbas y la arrancasen de los brazos de su amado para llevarla al abismo. Aurelia recordaba (según refería) los tiempos de su niñez, cómo una mañana, cuando acababa de despertarse, oyó un tumulto espantoso en la casa. Las puertas se abrían y cerraban, se oían voces extrañas. Cuando finalmente se hizo la calma, la doncella tomó a Aurelia de la mano y la llevó a una gran estancia donde estaban muchos hombres reunidos, y en el centro de la habitación, sobre una gran mesa, yacía un hombre que jugaba a menudo con Aurelia, que le daba golosinas, y al que solía llamar papá. Extendió las manos hacia él y quiso besarle. Los labios que en otro tiempo estaban cálidos ahora estaban helados, y Aurelia, sin saber por qué, prorrumpió en sollozos. La doncella la condujo a una casa desconocida, donde estuvo durante mucho tiempo, hasta que apareció una señora y se la llevó en un coche. Era su madre que la traslaba a la Corte. Aurelia debía tener ya dieciséis años cuando apareció un hombre en casa de la baronesa, al que esta recibió con alegría, denotando la confianza e intimidad de un amigo querido desde hacía tiempo. Cada vez iba más a menudo, y cada vez era más evidente que su casa se transformaba y ponía en mejores condiciones. En lugar de vivir como en una cabaña y vestirse con pobres vestidos y alimentarse mal, ahora vivían en la parte más bella de la ciudad, ostentaban lujosos vestidos y comían y bebían con el desconocido, que diariamente se sentaba a la mesa y participaba en todas las diversiones públicas que se ofrecían en la Corte. Únicamente Aurelia permanecía ajena a las mejoras de su madre, que, evidentemente, se debían al extranjero. Se encerraba en su cuarto cuando la baronesa conversaba con el desconocido y permanecía tan insensible como antes. El desconocido, aunque tenía ya casi cuarenta años, tenía un aspecto fresco y juvenil, poseía una gran figura y un semblante varonil. No obstante, a Aurelia le resultaba desagradable porque, a menudo, su conducta le parecía vulgar y torpe. Las miradas que empezó a dirigir a Aurelia

le causaron inquietud y espanto, incluso un temor que ella misma no sabía explicar.

Hasta el momento, la baronesa no se había molestado en dar explicación alguna a Aurelia acerca del desconocido. Entonces mencionó a Aurelia su nombre, añadiendo que el barón era muy rico y un pariente lejano. Alabó su figura, sus rasgos, y terminó preguntando a la joven qué le parecía. Aurelia no ocultó el aborrecimiento que sentía por el desconocido; la baronesa le lanzó una mirada que le produjo terror y luego la regañó acusándola de ser una necia. Poco después, la baronesa se conducía más amablemente que nunca con Aurelia. Le regaló hermosos vestidos y ricos adornos que estaban de moda, y la dejó participar en las diversiones públicas. El desconocido trataba de ganarse el favor de Aurelia, de tal modo que se hacía todavía más odioso. Fue fatal para su tierno espíritu que la casualidad le deparase ser testigo de todo eso, lo que motivó que sintiese un odio tremendo hacia el desconocido y la corrompida madre. Pocos días después, el desconocido, medio borracho, la abrazó, sin dejar lugar a dudas de sus aviesas intenciones, la desesperación le dio fuerza, y le propinó tal empujón que lo tiró de espaldas, después, huyó y se encerró en su cuarto.

La baronesa explicó a Aurelia fríamente y con firmeza que el desconocido era quien mantenía la casa y que ella no tenía el menor deseo de volver a la antigua miseria, así que, por consiguiente, eran inútiles sus melindres. Aurelia debía ceder a los deseos del desconocido, que amenazaba con abandonarlas. En vez de compadecerse de las súplicas desgarradoras de Aurelia, de sus ardientes lágrimas, la vieja comenzó a proferir amenazas y a burlarse de ella, agregando que estas relaciones le proporcionarían el mayor placer de la vida, así como toda clase de comodidades, y dio muestras de un desaforado aborrecimiento hacia los sentimientos virtuosos, por lo que Aurelia quedó aterrada. Se vio perdida, de modo que la única salvación posible le pareció una rápida huida. Para eso, se había hecho con una llave de la casa, y envolviendo algunas cosas indispensables para su fuga, se deslizó a medianoche, cuando vio a su madre profundamente dormida, hasta el vestíbulo iluminado débilmente. Con cuidado trataba de salir, cuando la puerta de la casa chocó violentamente y retumbó a través de la escalera. En medio del vestíbulo, haciendo frente a Aurelia, apareció la baronesa, vestida con una bata sucia y vieja, con el pecho y los brazos descubiertos, el pelo gris despeinado, moviéndose furiosa. Y detrás de ella el desconocido, que gritaba y chillaba: «¡Espera, condenado Satanás, bruja endemoniada, me las

vas a pagar!», y arrastrándola por los pelos, empezó a golpearla de un modo brutal en mitad del cuerpo, envuelto como estaba en su gruesa bata. La baronesa empezó a gritar. Aurelia, casi desvanecida, pidió auxilio, asomándose a la ventana abierta. Dio la casualidad que pasara por allí una patrulla de guardias, que entraron al instante en la casa: «¡Atrapadle!» —gritaba la baronesa a los guardias, retorciéndose de rabia y de dolor—. «¡Atrapadle y aprisionadle bien! ¡Miradle la espalda!». En cuanto la baronesa pronunció su nombre, el jefe de la patrulla exclamó jubilosamente: «¡Al fin te pescamos, Urian!».

A pesar de todo lo sucedido, la baronesa se había percatado de las intenciones de Aurelia. De momento se conformó con agarrarla violentamente del brazo, arrojarla al interior de su cuarto y cerrarlo bien, sin decir palabra. A la mañana siguiente, la baronesa salió y regresó muy tarde por la noche, mientras Aurelia permanecía en su cuarto encerrada como en una prisión, sin ver ni oír a nadie. Pasó el día sin comer ni beber. Transcurrieron así varios más. A menudo la baronesa la miraba con ojos encendidos de ira, y parecía como si quisiera tomar una decisión, hasta que un día encontró una carta, cuyo contenido pareció llenarla de alegría: «Odiosa criatura —dijo la baronesa a Aurelia—, eres culpable de todo, aunque te perdono, y lo único que deseo es que no te alcance la espantosa maldición que este malvado ha descargado sobre ti». Después de decir esto se mostró muy amable, y Aurelia, ahora que ya aquel hombre se había alejado, no volvió a pensar más en la huida, por lo que le fue concedida mayor libertad.

Pasado ya algún tiempo, un día que Aurelia estaba sentada sola en su cuarto, oyó un gran tumulto en la calle. La doncella salió y volvió diciendo que era el hijo del verdugo que iba detenido, después de ser marcado por robo y asesinato, y que al ser conducido a la cárcel se había escapado de entre las manos de los guardianes. Aurelia vaciló, asomándose a la ventana, dominada por temerosos presentimientos. No se había engañado, era el desconocido que, rodeado de numerosos guardianes, iba subido en una carreta. Lo conducían camino de la ejecución de la condena y de la expiación de sus faltas. Casi estuvo a punto de desmayarse en su sillón, cuando la espantosa y salvaje mirada del hombre se cruzó con la suya, al tiempo que con gestos amenazadores levantaba el puño cerrado hacia su ventana.

Era costumbre de la baronesa estar siempre fuera de casa, aunque regresaba para hablar con Aurelia y hacer consideraciones acerca de su destino y de las amenazas que se cernían sobre ella, presagiando

una vida muy triste. Por medio de la doncella que había entrado a su servicio el día después del suceso de aquella noche, y a la que habían tenido al corriente de las relaciones de la baronesa con aquel pícaro, se enteró Aurelia de que todos los de la casa compadecían a la baronesa por haber sido engañada tan vilmente por un delincuente tan despreciable. Bien sabía Aurelia que la cosa era de otro modo, y le parecía imposible que los guardias que poco antes habían detenido a este hombre en casa de la baronesa, no supieran de sobra la buena amistad que esta tenía con el hijo del verdugo, ya que al apresarle, la baronesa había proferido su nombre y había hecho alusión a la marca de su espalda, que era la señal de su crimen. De aquí que, incluso la misma doncella a veces expresase con ambigüedad lo que se decía por todas partes, y que insinuase que los jueces estaban haciendo averiguaciones, de forma que hasta la honorable baronesa estuviese a punto de sufrir arresto, debido a las extrañas declaraciones del malvado hijo del verdugo.

De nuevo se dio cuenta la pobre Aurelia de la situación tan lamentable en que se hallaba su madre, y no comprendió cómo podría, después de aquel horroroso acontecimiento, permanecer un instante más en la casa. Finalmente, se vio obligada a abandonar el lugar donde se sentía rodeada de un justificado desprecio, y a dirigirse a una región alejada de allí.

El viaje la condujo al palacio del conde, donde sucedió lo que ya hemos referido. Aurelia se sintió extremadamente feliz, libre de las tremendas preocupaciones que tenía, pero quedó aterrada cuando su madre le expresó el favor divino que le concedía ese sentimiento de bienaventuranza; esta, echando llamas por los ojos, gritó con voz destemplada: «¡Tú eres la causa de mi desgracia, desventurada criatura, pero ya verás, toda tu soñada felicidad será destruida por el espíritu vengador, cuando yo muera. En medio de las convulsiones que me costó tu nacimiento, la astucia de Satanás...», y aquí se detuvo Aurelia, se apoyó en el pecho del conde y le suplicó que le permitiese callar lo que la baronesa había proferido en su furor demencial.

Estaba destrozada, creía firmemente que se cumplirían las amenazas de los malos espíritus que poseían a su madre. El conde la consoló lo mejor que pudo. Hubo de confesarse a sí mismo, cuando estuvo tranquilo, que el profundo aborrecimiento de la baronesa, aunque hubiese fallecido, arrojaba una negra sombra sobre la vida, que le había parecido tan clara. Poco tiempo después, notó un marcado cambio en Aurelia. La palidez mortal de su semblante y la mirada extenuada denotaban su enfermedad. Pareció como si Aurelia ocultase un nuevo secreto. Huía incluso hasta de su marido,

se encerraba en su cuarto, buscaba los lugares más apartados del parque, y cuando se la veía, sus ojos llorosos y los consumidos rasgos de su cara denotaban que sufría una pena profunda.

En vano el conde se esforzaba por conocer los motivos del estado de su esposa. Del enorme desconsuelo en el que finalmente se sumió, la sacó un médico famoso, al insinuar que la gran irritabilidad de la condesa, a juzgar por los síntomas, posiblemente denotaba un cambio de estado, que haría la dicha del matrimonio. Este mismo médico se permitió toda clase de alusiones al supuesto estado en que se hallaba la condesa. Ella parecía indiferente a todo lo que escuchaba, aunque de pronto prestó gran atención cuando el médico comenzó a hablar de los caprichos tan raros que a veces tenían las mujeres que estaban en estado, y a los que se entregaban sin tener en consideración la salud y la conveniencia del niño. La condesa abrumó al médico con preguntas, y este no se cansó de responder a todas ellas, refiriendo casos asombrosamente curiosos y divertidos de su propia experiencia. «También —repuso— hay ejemplos de antojos anormales, que llevan a las mujeres a realizar hechos espantosos. Así la mujer de un herrero sintió tal deseo de la carne de su marido, que no paró hasta que un día que este llegó borracho, se abalanzó sobre él con un cuchillo grande y lo acuchilló de manera tan cruel que pocas horas después entregaba el espíritu». Apenas hubo pronunciado el médico estas palabras, la condesa se desmayó en la silla donde estaba sentada, y con gran trabajo pudo ser salvada de los ataques de nervios que sufrió a continuación. El médico se percató de que había sido muy imprudente al mencionar en presencia de una mujer tan débil y nerviosa aquel terrible suceso. Sin embargo, pareció que aquella crisis había ejercido un influjo bienhechor en el ánimo de la condesa, porque se calmó; aunque, como de nuevo volviese a enmudecer y a convertirse en una criatura solitaria, con un fuego intenso que brotaba de sus ojos, adquiriendo la palidez mortal de antes, el conde volvió a sentir pena e inquietud acerca del estado de su esposa.

Lo más raro era que la condesa no tomaba ningún alimento, y demostraba tal asco a la comida, especialmente a la carne, que más de una vez se alejó de la mesa dando las más vivas muestras de aversión. El médico se sintió incapaz de curarla, pues ni las más fuertes y cariñosas súplicas del conde, ni nada en el mundo podían hacer que la condesa tomase ninguna medicina. Como pasaron semanas y meses sin que la condesa probase bocado, y parecía que un insondable secreto consumía su vida, el médico supuso que había

algo raro, más allá de los límites de la ciencia humana. Abandonó el palacio con un pretexto cualquiera, y el conde pudo darse cuenta de que la enfermedad de la condesa le parecía muy misteriosa al acreditado galeno, y denotaba que la enfermedad estaba muy arraigada, sin que hubiese medio para aliviarla. Hay que suponerse en qué estado de ánimo quedó el conde, no satisfecho con esta explicación.

Justamente por esta época un viejo y fiel servidor tuvo ocasión de descubrir al conde que la condesa abandonaba el palacio todas las noches y regresaba al romper el alba. El conde se quedó helado cuando descubrió que desde hacía bastante tiempo, a la medianoche, le sorprendía un sueño muy pesado, que atribuía a algún narcótico que la condesa le administraba para poder abandonar sin ser vista el dormitorio que compartía con él. Los más negros presentimientos sobrecogieron su alma; pensó en la diabólica madre, cuyo espíritu quizá revivía ahora en la hija, en alguna relación ilícita y adúltera, y hasta en el malvado hijo del verdugo. A la noche siguiente iba a desvelársele el espantoso secreto, único motivo del estado misterioso en que se hallaba su esposa.

La condesa acostumbraba ella misma a preparar el té que tomaba el conde, y luego se alejaba. Aquel día este decidió no probar ni una gota, y como leía en la cama, no sintió sueño a la medianoche como otras veces. No obstante, se acostó sobre los almohadones, e hizo como si durmiese. Suavemente y con gran cuidado, la condesa abandonó el lecho, se aproximó a la cama del conde e iluminó su rostro, deslizándose de la alcoba sin hacer ruido. El corazón del conde latía con fuerza; se levantó, se puso una capa y siguió a su esposa. Era una noche de luna clara, de modo que, no obstante lo veloz de su paso, se podía ver perfectamente a la condesa Aurelia, envuelta su figura en una túnica blanca. La condesa se dirigió a través del parque hacia el cementerio y desapareció tras el muro. Rápidamente, corrió el conde tras ella, atravesó la puerta del muro del cementerio, que halló abierta.

Al resplandor clarísimo de la luna vio un círculo de espantosas figuras fantasmales. Viejas mujeres semidesnudas, con el cabello desmelenado, se hallaban arrodilladas en el suelo y se inclinaban sobre el cadáver de un hombre que devoraban con voracidad de lobo. ¡Aurelia estaba entre ellas! Empujado por un espanto feroz, el conde salió corriendo, preso de un susto mortal, por el pánico del averno, y cruzó los senderos del parque, hasta que, bañado en sudor, al amanecer se encontró ante la puerta del palacio. Instintivamente,

sin pensar lo que hacía, subió corriendo las escaleras, y atravesó las habitaciones hasta llegar a la alcoba. La condesa yacía, al parecer entregada a un dulce y tranquilo sueño.

El conde trató de convencerse de que solo había sido una pesadilla o una visión engañosa que le había angustiado, ya que era sabedor del paseo nocturno, del cual daba trazas su manto, mojado por el rocío de la mañana. Sin esperar a que la condesa despertase, se vistió y montó en su caballo. La carrera que dio a lo largo de aquella hermosa mañana a través de los arbustos aromáticos, de los que parecía saludarle el alegre canto de los pájaros que despertaban al día, disipó las terribles imágenes nocturnas; consolado y sereno regresó al palacio.

Como ambos, el conde y la condesa, se sentaron solos a la mesa, y como de costumbre ella trataba de salir de la habitación cuando veía carne guisada, dando muestras del mayor asco, se le hizo evidente al conde, en toda su crudeza, la verdad de lo que había contemplado la noche anterior. Poseído de la mayor furia se levantó de un salto y gritó con voz terrible: «¡Maldito aborto del infierno, ya sé por qué aborreces el alimento de los hombres, te cebas en las tumbas, mujer diabólica!». Apenas había proferido estas palabras, la condesa, dando alaridos, se abalanzó sobre él con la furia de una hiena y le mordió en el pecho. El conde dio un empujón a la rabiosa mujer y la tiró al suelo, donde entregó su espíritu en medio de las convulsiones más espantosas.

Tras estos acontecimientos el conde enloqueció.

Edgar Allan Poe

# Berenice

(1835)

Edgar Allan Poe nació en Boston, Estados Unidos, el 19 de enero de 1809, y murió en Baltimore, el 7 de octubre de 1849. Poeta, narrador y periodista, maestro de cuentistas, pionero del relato policial, transformador de la novela gótica, genio del terror y la ciencia ficción, fue el fundador del oficio de escritor.

Sus padres, los Poe, que eran artistas callejeros, murieron cuando él tenía dos años. John Allan, un hombre de negocios de Richmond, y su esposa, lo ampararon, le dieron el nombre de Edgar Allan Poe, pero nunca lo adoptaron legalmente. Entre 1815 y 1820 vivió con ellos en Inglaterra, donde comenzó su instrucción.

De regreso en los Estados Unidos, Edgar Allan estudió en la Universidad de Virginia, de la que fue expulsado en 1827 por su adicción compulsiva al juego y la bebida. Su padre adoptivo le consiguió un cargo en la Academia Militar de West Point, y se enroló en el ejército, al poco tiempo fue destituido por incumplimiento del deber. Mientras, escribía y publicaba poemas. Con graves problemas económicos, decidió probar con la narrativa y la crítica literaria en algunos medios periodísticos, y consiguió trabajos rentables y prestigio literario. En Baltimore, en 1835, se casó con su prima Virginia Eliza Clemm, que tenía entonces trece años. En enero de 1845, publicó *El cuervo*, su poema más celebrado. Virginia murió de tuberculosis en 1847. Poe, destrozado, la sobrevivió apenas un par de años.

Berenice es una de sus vampiras. El cuento tiene algunos elementos autobiográficos, Berenice y Egaeus, protagonistas de la historia, se aman y son primos, como Edgar Allan Poe y Virginia.

El relato fue publicado por primera vez en 1835 en la revista literaria norteamericana *Southern Literary Messenger*, de Richmond, Virginia, donde Poe había sido contratado como crítico. La perversión aterradora de Poe y su personaje Berenice provocaron el enfado de los lectores, que presentaron sus quejas al director Thomas Willis White, exigiendo sanciones para el autor.

*Dicebant mihi sodales, si sepulchrum amicae visitarem,*
*curas meas aliquantulum fore levatas.*
(Mis amigos me decían que encontraría algún alivio a mis penas
visitando el sepulcro de la amada)—
Ebn Zaiat

La desgracia tiene variaciones. El infortunio se propaga sobre la tierra de todas las formas posibles. Se extralimita sobre el amplio horizonte como el arcoíris, con sus tonalidades tan múltiples, tan diferentes y tan íntimamente mezcladas. ¡Extralimitado sobre el amplio horizonte como el arcoíris! ¿Cómo es que de la belleza llegué a una especie de antibelleza, y del compromiso y la paz a un símil de la tristeza? Así, como en la ética, el mal es una consecuencia del bien, así, de la alegría nace la pena. O la memoria de la felicidad pasada es la angustia de hoy, o las agonías que son se originan en los éxtasis que pudieron haber sido.

Mi nombre de pila es Egaeus; no mencionaré mi apellido familiar. Sin embargo, no hay en mi país torres más honorables que mi melancólica y gris propiedad heredada. Nuestra dinastía ha sido llamada raza de visionarios por muchos detalles asombrosos, el carácter de la residencia familiar, los frescos del salón principal, los tapices de los dormitorios, los relieves de algunos pilares de la sala de armas, pero especialmente la galería de cuadros antiguos, el estilo de la biblioteca y, por último, la muy peculiar naturaleza del contenido de sus libros.

Los recuerdos de mis primeros años se relacionan con este recinto y con sus volúmenes, de los cuales no volveré a hablar. Allí murió mi madre. Allí nací yo. Pero es simplemente ocioso decir que no había vivido antes, que el alma no tiene una existencia previa. ¿Lo negáis? No discutiremos el asunto. Yo estoy convencido, pero no trato de convencer. Hay, sin embargo, un recuerdo de formas aéreas, de ojos espirituales y expresivos, de sonidos musicales, aunque tristes, un recuerdo que no será excluido, una memoria como una sombra, vaga, variable, indefinida, insegura, y como una sombra también en la imposibilidad de librarme de ella mientras brille el sol de mi razón.

En ese recinto nací. Al despertar de improviso de la larga noche de eso que parecía, sin serlo, la no-existencia, a regiones de hadas, a un palacio de imaginación, a los extraños dominios del pensamiento y la erudición monásticos, no es raro que mirara a mi alrededor con ojos asombrados y ardientes, que malgastara mi infancia entre libros y disipara mi juventud en ensoñaciones, pero sí es raro que transcurrieran los años y el cenit de la virilidad me encontrara todavía en la mansión de mis padres; sí, es asombrosa la paralización que subyugó las fuentes de mi vida, asombroso el cambio total que se produjo en mis pensamientos más comunes. Las realidades terrenales me afectaban como visiones, y solo como visiones, mientras las extrañas ideas del mundo de los sueños se tornaron, en cambio, no en pasto de mi existencia cotidiana, sino realmente en mi sola y entera existencia.

Berenice y yo éramos primos y crecimos juntos en la propiedad paterna, pero crecimos de distinta manera: yo, enfermizo, encerrado en la pena; ella, ágil, graciosa, desbordante de fuerza; eran suyos los paseos por la colina, eran míos los estudios del claustro; yo viviendo encerrado en mí mismo y entregado en cuerpo y alma a la intensa y ardua meditación, ella vagando despreocupadamente por la vida, sin pensar en las sombras del camino o en la huida silenciosa de las horas de alas negras. ¡Berenice! Invoco su nombre... ¡Berenice! Y de las grises ruinas de la memoria mil tumultuosos recuerdos se conmueven a este sonido. ¡Ah, ahora su imagen vívida llega ante mí, como en los primeros días de su alegría y de su dicha! ¡Ah, ostentosa y, sin embargo, fantástica belleza! ¡Oh, sílfide entre los arbustos de Arnheim! ¡Oh, náyade entre sus fuentes! Y entonces, entonces todo es misterio y terror, y una historia que no debe ser relatada. La enfermedad (una enfermedad fatal) cayó sobre ella como un huracán, y mientras yo la veía, el espíritu de la transformación la devastó, entrando en su mente, en sus hábitos y en su carácter, y de la manera más sutil y terrible llegó a perturbar su identidad. ¡Ay! El destructor iba y venía, y la víctima, ¿dónde estaba? Yo no la conocía o, por lo menos, ya no la reconocía como Berenice.

Entre las numerosas enfermedades provocadas por la primera y fatal, que revolucionó tan horriblemente la moral y el cuerpo de mi prima, debe mencionarse como la más preocupante y pertinaz una especie de epilepsia que terminaba a veces en catalepsia, estado muy semejante a la desintegración y de la cual su manera de recuperarse era, en muchos casos, brusca y repentina. Entretanto, mi propia enfermedad (pues me han dicho que no debo darle otro nombre), mi propia enfermedad, digo, crecía rápidamente, asumiendo, por

último, un carácter monomaníaco de una especie nueva y extraordinaria, que ganaba cada vez más fuerza y, al fin, obtuvo sobre mí una incomprensible influencia. Esta monomanía, si así debo llamarla, consistía en una irritabilidad morbosa de esas propiedades de la mente que la ciencia psicológica designa con la palabra atención. Es probable que no se me comprenda, pero tengo miedo de que no haya modo posible de dar a la inteligencia del lector corriente, una idea adecuada de esa nerviosa energía de la fascinación con que, en mi caso, la facultad de meditar (por no emplear términos técnicos) actuaba y se sumía en la contemplación de objetos del universo, aun de los más comunes.

Reflexionar incansablemente durante largas horas, con la atención clavada en alguna nota trivial, al margen de un libro o en su tipografía; pasar la mayor parte de un día de verano absorto en una sombra rara que caía oblicuamente sobre el tapiz o sobre la puerta; perderme durante toda una noche en la observación de la llama tranquila de una lámpara o las chispas del fuego; soñar días enteros con el perfume de una flor; repetir monótonamente alguna palabra común hasta que el sonido, por obra de la frecuente repetición, dejaba de suscitar idea alguna en la mente; perder todo sentido de movimiento o de existencia física gracias a una absoluta y obstinada quietud, largo tiempo prolongada; tales eran algunas de las extravagancias más comunes y menos dañinas provocadas por un estado de las facultades mentales, no único, por cierto, pero sí capaz de desafiar todo análisis o explicación.

Pero no se me malinterprete. La atención indebida, intensa y mórbida así excitada por objetos triviales en su propia naturaleza, no debe confundirse con la tendencia a la meditación, común a todos los hombres, y que se da especialmente en las personas de imaginación ardiente. Ni siquiera era, como podía suponerse al principio, una condición extrema o una exageración de esa propensión, sino primaria y esencialmente distinta, diferente. En un caso, el soñador o entusiasta interesado en un objeto generalmente no es frívolo, lo pierde de vista poco a poco en una multitud de deducciones y sugerencias que de él proceden, hasta que, al final de un ensueño colmado a menudo de voluptuosidad, el *incitamentum* o primera causa de sus meditaciones desaparece en un completo olvido. En mi caso, el objeto primario era invariablemente trivial, aunque asumiera, a través del intermedio de mi visión perturbada, una importancia refleja, irreal. Pocas deducciones, si es que aparecía alguna, surgían, y esas pocas retornaban tercamente al objeto original como a su centro.

Las meditaciones nunca eran placenteras, y al cabo del ensueño, la primera causa, lejos de estar fuera de vista, había alcanzado ese interés sobrenaturalmente exagerado que constituía el rasgo dominante del mal. En una palabra, las capacidades de la mente más ejercidas en mi caso eran, como lo he dicho antes, las de la atención, mientras que en el soñador son las de la especulación.

Mis libros, en esa época, si en realidad no servían para irritar el trastorno, participaban ampliamente, como se comprenderá, por su naturaleza imaginativa e inconexa, de las características peculiares del propio trastorno. Puedo recordar, entre otros, el tratado del noble italiano Coelius Secundus Curio *De Amplitudine Beati Regni dei*, la gran obra de San Agustín *La ciudad de Dios*, y la de Tertuliano, *De Carne Christi*, cuya paradójica sentencia: *Mortuus est Dei filius; credibili est quia ineptum est: et sepultus resurrexit; certum est quia impossibili est* (Ha muerto el hijo de Dios; es verosímil porque es absurdo; y una vez sepultado resucitó; es cierto porque es imposible) ocupó todo mi tiempo durante muchas semanas de investigación esforzada e inútil.

Se verá, pues, que mi razón, arrancada de su equilibrio solo por cosas triviales, se parecía a ese peñasco marino del cual habla Ptolomeo Hefestión, que resistía firme los ataques de la violencia humana y la feroz furia de las aguas y los vientos, pero temblaba al contacto de la flor llamada asfódelo. Y aunque para un observador descuidado pueda parecer indudable que el cambio causado en el espíritu de Berenice por su desventurada enfermedad me brindaría muchos objetos para el ejercicio de esa intensa y anormal meditación, cuya naturaleza me ha costado cierto trabajo explicar, no era este el caso. En los intervalos lúcidos de mi mal, su calamidad me daba pena y, muy conmovido por la ruina total de su vida hermosa y dulce, no dejaba de meditar con frecuencia, amargamente, en los prodigiosos medios por los cuales había llegado a producirse una revolución tan repentina y rara. Pero estas reflexiones no pertenecían a la índole de mi enfermedad, y eran parecidas a las que, en similares circunstancias, podían presentarse en el común de los hombres. Fiel a su propio carácter, mi trastorno se gozaba en los cambios menos importantes, pero más llamativos, operados en la constitución física de Berenice, en la singular y espantosa distorsión de su identidad personal.

En los días más brillantes de su inigualable belleza, seguramente no la amé. En la extraña anomalía de mi existencia, mis sentimientos nunca venían del corazón, y las pasiones siempre venían de la mente. A través del alba gris, en las sombras entrelazadas del bosque al mediodía y en el silencio de mi biblioteca por la noche, su imagen

había flotado ante mis ojos y yo la había visto, no como una Berenice viva, palpitante sino como la Berenice de un sueño; no como una habitante de la tierra sino como su abstracción; no para admirar sino para analizar, no como un objeto de amor sino como el tema de una especulación tan esotérica como inconexa. Y ahora, ahora temblaba en su presencia y palidecía cuando se acercaba. Sin embargo, lamentando amargamente su decadencia y su ruina, recordé que me había amado largo tiempo, y en un mal momento, le pedí matrimonio.

Se acercaba la fecha de nuestra boda cuando, una tarde de invierno (en uno de esos días inesperadamente cálidos, serenos y brumosos que son la nodriza de la hermosa Alción), me senté, creyéndome solo, en el gabinete interior de la biblioteca. Pero levantando los ojos vi, ante mí, a Berenice.

¿Fue mi imaginación estimulada, la influencia de la atmósfera nebulosa, la luz precaria, crepuscular del cuarto o los vestidos grises que envolvían su figura los que le dieron un contorno tan vacilante e indefinido? No sabría decirlo. No dijo una palabra y yo por nada del mundo hubiera sido capaz de pronunciar una sílaba. Un escalofrío helado recorrió mi cuerpo, me oprimió una sensación de intolerable ansiedad, una curiosidad devoradora invadió mi alma y, reclinándome en el asiento, me quedé un instante sin respirar, inmóvil, con los ojos clavados en ella. ¡Ay! Su delgadez era excesiva, ni un vestigio del ser primitivo asomaba en una sola línea de su cuerpo. Mi apasionada mirada cayó, por fin, en su cara.

La frente era alta, muy pálida, especialmente tranquila, y el que en un tiempo fuera cabello de azabache caía parcialmente sobre ella sombreando las sienes hundidas con numerosos rizos, ahora de un rubio reluciente, que por su matiz fantástico discordaban por completo con la melancolía dominante de su semblante. Sus ojos no tenían vida ni brillo y parecían sin pupilas, esquivé involuntariamente su mirada vidriosa para ver los labios, finos y contraídos. Se entreabrieron, y en una sonrisa de expresión peculiar los dientes de la cambiada Berenice se revelaron lentamente a mis ojos. ¡Ojalá nunca los hubiera visto o, después de verlos, hubiese muerto!

El golpe de una puerta al cerrarse me distrajo y, alzando la vista, vi que mi prima había salido del cuarto. Pero del desorden de mi mente, ¡ay!, no había salido ni se apartaría el blanco y horrible espectro de los dientes. Ni un punto en su superficie, ni una sombra en el esmalte, ni una melladura en el borde hubo en esa pasajera sonrisa que no se grabara a fuego en mi memoria. Los vi con más claridad que antes. ¡Los dientes! ¡Los dientes! Estaban aquí y allí y

en todas partes, visibles y palpables, ante mí; largos, estrechos, blanquísimos, con los labios pálidos contrayéndose a su alrededor, como en el momento mismo en que habían empezado a distenderse. Entonces sobrevino toda la furia de mi monomanía y luché en vano contra su extraña e irresistible influencia. Entre los múltiples objetos del mundo exterior no tenía pensamientos sino para los dientes. Los ansiaba con un deseo frenético. Todos los otros asuntos y todos los diferentes intereses se absorbieron en una sola contemplación. Ellos, ellos eran los únicos presentes en mi mirada mental, y en su insustituible individualidad llegaron a ser la esencia de mi vida intelectual. Los observé a todas las luces. Les hice adoptar todas las actitudes. Examiné sus características. Estudié sus peculiaridades. Medité sobre su conformación. Reflexioné sobre el cambio de su naturaleza. Me estremecía al asignarles en imaginación un poder sensible y consciente, y aun, sin la ayuda de los labios, una capacidad de expresión moral. Se ha dicho bien de *mademoiselle* Sallé que *tous ses pas étaient des sentiments* (todos sus pasos fueron sentimientos), y de Berenice yo creía con la mayor seriedad que *toutes ses dents étaient des idées. Des idées*! (todos sus dientes eran ideas) ¡Ah, este fue el loco pensamiento que me destruyó! *Des idées!* (¡Las ideas!). ¡Ah, por eso era que los deseaba tan locamente! Sentí que solo su posesión podía devolverme la paz, restableciéndome la razón.

La tarde cayó sobre mí, vino la oscuridad, duró la noche y se fue, y amaneció el nuevo día, y las brumas de una segunda noche se acumularon y yo seguía inmóvil, sentado en aquel cuarto solitario; y seguí hundido en la meditación, y el fantasma de los dientes mantenía su terrible autoridad como si, con la claridad más viva y aterradora, flotara entre las cambiantes luces y sombras del recinto. Al fin, irrumpió en mis sueños un grito como de horror y desconsuelo, y luego, tras una pausa, el sonido de voces trastornadas, mezcladas con lamentos sordos de dolor y pena. Me levanté del asiento y, abriendo de par en par una de las puertas de la biblioteca, vi en la antecámara a una criada deshecha en lágrimas, quien me dijo que Berenice ya no existía. Había tenido un acceso de epilepsia por la mañana temprano, y ahora, al caer la noche, su tumba estaba dispuesta para que la ocupara y ya estaban terminados los preparativos del entierro.

Me encontré otra vez solo, sentado en la biblioteca. Me parecía que acababa de despertar de un sueño confuso y emocionante. Sabía que era medianoche y que desde la puesta del sol Berenice estaba enterrada. Pero del melancólico periodo intermedio no tenía conocimiento real o,

por lo menos, definido. Sin embargo, su recuerdo estaba repleto de horror, horror más horrible por lo vago, terror más terrible por su ambigüedad. Era una página atroz en la historia de mi existencia, escrita toda con recuerdos oscuros, espantosos, confusos. Luché para descifrarlos, pero fue en vano, mientras una y otra vez, como el espíritu de un sonido ausente, un agudo y penetrante grito de mujer parecía sonar en mis oídos. Yo había hecho algo. ¿Qué era? Me lo pregunté a mí mismo en voz alta, y los susurrantes ecos del aposento me respondieron: «¿Qué era?».

En la mesa, a mi lado, ardía una lámpara, y había junto a ella una cajita. No tenía nada de notable, y la había visto a menudo, pues era propiedad del médico de la familia. Pero ¿cómo había llegado allí, a mi mesa, y por qué me estremecí al mirarla? Eran cosas que no merecían ser tenidas en cuenta, y mis ojos cayeron, al fin, en las abiertas páginas de un libro y en una frase subrayaba: *Dicebant mihi sodales si sepulchrum amicae visitarem, curas meas aliquantulum fore levatas.* (Decíanme los amigos que encontraría algún alivio a mi dolor visitando la tumba de la amada). ¿Por qué, pues, al leerlas se me erizaron los cabellos y la sangre se congeló en mis venas?

Entonces sonó un ligero golpe en la puerta de la biblioteca; pálido como un habitante de la tumba, entró un criado de puntillas. Había en sus ojos un violento terror y me habló con voz trémula, ronca, ahogada. ¿Qué dijo? Oí algunas frases entrecortadas. Hablaba de un salvaje grito que había turbado el silencio de la noche, de la servidumbre reunida para buscar el origen del sonido, y su voz cobró un tono espeluznante, nítido, cuando me habló, susurrando, de una tumba violada, de un cadáver desfigurado, sin mortaja y que aún respiraba, aún palpitaba, aún vivía.

Señaló mi ropa: estaba embarrada y ensangrentada. No dije nada; me tomó suavemente la mano: tenía marcas de uñas humanas. Dirigió mi atención a un objeto que había contra la pared; lo observé durante unos minutos: era una pala. Con un grito salté hasta la mesa y me apoderé de la caja. Pero no pude abrirla, y en mi temblor se deslizó de mi mano, cayó pesadamente y se hizo añicos, y de entre ellos, entrechocándose, rodaron algunos instrumentos de cirugía dental, mezclados con treinta y dos objetos de marfil, pequeños, blancos, que se desparramaron por el suelo.

Edgar Allan Poe

# Morella

(1835)

Morella es algo más que una vampira, es la esencia vampírica. Mientras Ligeia y Berenice son amadas, vivas, muertas o convertidas en huesos, Morella provoca asco y espanto en su esposo narrador.

Edgar Allan Poe lo publicó originalmente en abril de 1835 en la revista literaria *Southern Literary Messenger*, de Richmond, Virginia. Tuvo una segunda aparición corregida en noviembre de 1839, en la revista *Burton's Gentleman's Magazine*, de Filadelfia.

Morella proviene de Morel, que es uno de los nombres de la planta venenosa conocida como «Sombra nocturna», «Belladona», o «Belladona Morella».

*El mismo, solo por sí mismo,*
*eternamente Uno y único.*
Platón, *El banquete*

Mi amiga Morella me inspiraba un afecto profundo y único. La conocí de casualidad hace muchos años, y desde nuestro primer encuentro mi alma ardió con un fuego hasta entonces desconocido; pero no era el fuego de Eros, fue amarga y atormentadora para mi espíritu la convicción gradual de que su leve energía de ninguna manera podía definir su carácter insólito o regular. Sin embargo, nos conocimos y el destino nos unió ante el altar, y nunca hablé de pasión, ni pensé en el amor. Ella, no obstante, huyó de la sociedad y, apegándose tan solo a mí, me hizo feliz. Es una felicidad maravillarse, es una felicidad soñar.

Morella tenía una vasta erudición. Sé muy bien que sus capacidades no eran comunes; el poder de su espíritu era gigantesco. Yo lo sentía y en muchos puntos fui su discípulo. Pronto descubrí, sin embargo, que quizá a causa de su educación en Presburgo exponía a mi consideración cantidad de esos escritos místicos que se juzgan habitualmente la escoria de la primitiva literatura alemana. Eran objeto de su estudio favorito y constante –no puedo imaginar por qué razón–, y con el tiempo llegaron a serlo también para mí, por la simple pero eficaz influencia del hábito y el ejemplo.

En todo esto, si no me equivoco, mi razón participaba poco. Mis opiniones, a menos que me desconozca, no estaban influidas por mis ideas, ni mis actos ni mis pensamientos eran afectados por matices del misticismo de mis lecturas a menos que me equivoque mucho. Convencido de esto, seguí sin reservas el rumbo de mi esposa y entré con ánimo resuelto en el laberinto de sus estudios. Y entonces, entonces, cuando examinando páginas prohibidas sentía que un espíritu abominable se encendía en mí, Morella posaba su mano fría sobre la mía y sacaba de las cenizas de una filosofía muerta algunas palabras hondas, singulares, cuyo extraño sentido se grababa en mi memoria.

Y entonces, hora tras hora, me demoraba a su lado, en la música de su voz, hasta que al fin su melodía se corrompía de terror y una sombra caía sobre mi alma, y yo palidecía y temblaba interiormente ante aquellas armonías sobrenaturales. Y así la alegría se disipaba repentinamente en el espanto, y lo más hondo se convertía en lo más horrible, como el valle de Hinón se convirtió en la Gehena.

No hace falta explicar la exactitud de aquellos razonamientos que, surgidos de los volúmenes que he mencionado, constituyeron durante tanto tiempo casi el único tema de conversación entre Morella y yo. Los entendidos en lo que puede designarse moral teológica lo comprenderán rápidamente, y los profanos, en todo caso, poco entenderán:

> El impetuoso panteísmo de Fichte, la παλιγγενεσία (Palingenesia, regeneración, renacimiento después de la muerte) modificada de los pitagóricos y, sobre todo, las doctrinas de la identidad preconizadas por Schelling, eran generalmente los puntos de discusión más llenos de belleza para la imaginativa Morella. Esta identidad denominada personal creo que ha sido definida exactamente por Locke como la permanencia del ser racional. Y puesto que por persona entendemos una esencia inteligente dotada de razón, y el pensar siempre va acompañado por una conciencia, ella es la que nos hace ser eso que llamamos nosotros mismos, distinguiéndonos, en consecuencia, de los otros seres que piensan y confiriéndonos nuestra identidad personal. Pero el *principium individuationis*, la noción de esa identidad que con la muerte se pierde o no para siempre, fue siempre para mí un tema de intenso interés, no tanto por la perturbadora y excitante índole de sus consecuencias, como por la insistencia y la agitación con que Morella los mencionaba.

Pero en verdad llegó un momento en que el misterio de la naturaleza de mi mujer me dominó como un hechizo. Ya no podía soportar el contacto de sus dedos pálidos, ni el tono profundo de su palabra musical, ni el brillo de sus ojos melancólicos. Y ella lo sabía, pero no me lo reprochaba; parecía consciente de mi debilidad o de mi locura y, sonriendo, le daba el nombre de Destino. También parecía tener conciencia de la causa, para mí desconocida, de mi gradual desamor, pero no se refirió a él ni me explicó su naturaleza. Sin embargo, era mujer y languidecía evidentemente. Con el tiempo la mancha escarlata se fijó definitivamente en sus mejillas y las venas azules de su frente pálida se resaltaron; si por un momento me ablandaba la compasión, al siguiente encontraba el brillo de sus ojos pensativos, y

mi alma se enfermaba y experimentaba el vértigo de quien hunde la mirada en algún abismo sombrío, insondable.

¿Diré entonces que ansiaba con un deseo voraz el momento de la muerte de Morella? Así fue, pero el frágil espíritu se aferró a su envoltura de arcilla durante muchos días, durante muchas semanas y meses de hastío, hasta que mis nervios torturados dominaron mi razón y me enfurecí por la demora, y con el corazón endemoniado blasfemé los días y las horas y los momentos amargos que parecían prolongarse, mientras su vida noble declinaba como las sombras en la agonía del día.

Pero, una tarde de otoño, cuando el viento se calmaba, Morella me llamó a su cabecera. Una niebla densa cubría la tierra, y un cálido resplandor subía desde las aguas, y sobre el rico follaje de octubre había caído un arcoíris desde el cielo.

—Este es el día entre los días —dijo cuando me acerqué—, el día entre los días para vivir o para morir. Es un hermoso día para los hijos de la tierra y de la vida... ¡ah, más hermoso para las hijas del cielo y de la muerte!

Besé su frente, y continuó:

—Me muero, y sin embargo viviré.

—¡Morella!

—Nunca existieron los días en que hubieras podido amarme, pero aquella a quien en vida aborreciste, será adorada por ti en la muerte.

—¡Morella!

—Repito que me muero. Pero hay dentro de mí una prenda de ese afecto (¡ah, qué pequeño!) que sentiste por mí, por Morella. Y cuando mi espíritu se vaya, el hijo vivirá, tu hijo y el mío, el de Morella. Pero tus días serán días de dolor, ese dolor que es la más perdurable de las emociones, como el ciprés es el más resistente de los árboles. Porque las horas de tu dicha han terminado, y la alegría no se cosecha dos veces en la vida, como las rosas de Paestum dos veces en el año. Ya no jugarás con el tiempo como el poeta de Teos, pero, ignorante del mirto y de la viña, llevarás encima, por toda la tierra, tu sudario, como el musulmán en la Meca.

—¡Morella! —exclamé—. ¡Morella! ¿Cómo lo sabes?

Volvió su cabeza sobre la almohada, un ligero estremecimiento recorrió sus miembros y murió, y no oí más su voz.

Sin embargo, como lo había predicho, su hija (a quien diera a luz al morir y que no respiró hasta que su madre dejó de alentar), su hija, una niña, vivió. Y creció extrañamente en talla e inteligencia, y

era de una semejanza perfecta con la desaparecida, y la amé con el amor más perfecto del que hubiera creído posible sentir por ningún habitante del mundo.

Pero pronto se oscureció el cielo de este afecto puro, y la tristeza, el horror y el desconsuelo lo recorrieron con sus nubes. He dicho que la niña crecía extrañamente en talla e inteligencia. Extraño, en verdad, era el rápido crecimiento de su cuerpo, pero terribles, ah, terribles eran los tumultuosos pensamientos que se agolpaban en mí mientras observaba el desarrollo de su inteligencia. ¿Cómo no había de ser así si descubría diariamente en las ideas de la niña el poder del adulto y las aptitudes de la mujer, si las lecciones de la experiencia caían de los labios de la infancia, si yo encontraba a cada instante la sabiduría o las pasiones de la madurez brillando en sus ojos profundos y pensativos? Digo espantado todo esto, ya no puedo ocultarlo a mi alma ni apartar las evidencias que me estremecen. ¿Es para asombrarse que dudas terribles y perturbadoras se insinuaran en mi espíritu, o que mis pensamientos recayeran con horror en las insensatas historias y en las sobrecogedoras teorías de la difunta Morella? Arrebaté a la curiosidad del mundo un ser cuyo destino me obligaba a adorarlo, y en la rigurosa soledad de mi hogar vigilé con mortal ansiedad todo lo concerniente a la criatura amada.

A medida que pasaban los años y yo contemplaba día tras día su rostro puro, suave, elocuente, y vigilaba la maduración de sus formas, día tras día iba descubriendo nuevos puntos de semejanza entre la niña y su madre, la melancólica, la muerta. Por momentos se concentraban las sombras del parecido y su aspecto era más pleno, más definido, más perturbador y más espantosamente terrible. Que su sonrisa fuese como la de su madre, podía soportarlo, pero entonces me estremecía ante una identidad demasiado perfecta; que sus ojos fueran como los de Morella, eso podía sobrellevarlo, pero es que también se sumían con harta frecuencia en las profundidades de mi alma con la intención intensa, desconcertante, de los de Morella. Y en el contorno de la frente elevada, y en los rizos del sedoso pelo, y en los dedos pálidos que se hundían en él, en el tono triste, musical de su voz, y sobre todo –¡ah, sobre todo!– en las frases y expresiones de la muerta en labios de la amada, de la viviente, encontraba alimento para una idea voraz y horrible, para un gusano que no quería morir.

Así pasaron dos lustros de su vida, y mi hija seguía sin nombre sobre la tierra. «Hija mía» y «querida» eran los apelativos habituales dictados por un afecto paternal, y el rígido aislamiento de su vida excluía otras relaciones. El nombre de Morella había muerto con ella.

De la madre nunca había hablado a la hija; era imposible hablar. A decir verdad, durante el breve período de su existencia esta última no había recibido impresiones del mundo exterior, salvo las que podían brindarle los estrechos límites de su retiro. Pero, al fin, la ceremonia del bautismo se presentó a mi espíritu, en su estado de nerviosidad e inquietud, como una afortunada liberación del terror de mi destino. Y, ante la pila bautismal, vacilé al elegir el nombre. Y muchos epítetos de la sabiduría y la belleza, de viejos y modernos tiempos, de mi tierra y de tierras extrañas, acudieron a mis labios, y muchos, muchos epítetos de la gracia, la dicha, la bondad. ¿Qué me impulsó entonces a agitar el recuerdo de la muerta? ¿Qué demonio me incitó a musitar aquel sonido cuyo simple recuerdo solía hacer afluir torrentes de sangre roja de las sienes al corazón? ¿Qué espíritu maligno habló desde lo más recóndito de mi alma cuando, en aquella bóveda oscura, en el silencio de la noche, susurré al oído del santo varón el nombre de Morella? Quién sino un espíritu maligno convulsionó las facciones de mi hija y las cubrió con el matiz de la muerte cuando, sobresaltada por esa palabra apenas perceptible, volvió sus ojos límpidos del suelo al firmamento y, cayendo de rodillas en las losas negras de nuestra cripta familiar, respondió: «¡Aquí estoy!».

Exactas, fríamente, apaciblemente exactas, cayeron estas simples palabras en mi oído y de allí, como plomo derretido, rodaron silbando a mi cerebro. ¡Los años, los años pueden pasar, pero el recuerdo de aquel momento, nunca! No ignoraba yo las flores y la viña, pero el acónito y el ciprés me cubrieron con su sombra noche y día. Perdí toda noción de tiempo y espacio, y las estrellas de mi destino se apagaron en el cielo, y desde entonces la tierra se ennegreció y sus figuras pasaron a mi lado como sombras fugitivas, y entre ellas solo veía una: Morella. El viento susurraba una sola palabra en mis oídos, y las ondas del mar murmuraban incesantes: «¡Morella!».

Pero ella murió, y con mis propias manos la llevé a la tumba, y lancé una larga y amarga carcajada al no hallar huellas de la primera Morella en el sepulcro donde deposité a la segunda.

Théophile Gautier

# La muerta enamorada

(1836)

Pierre Jules Théophile Gautier nació en Tarbes, Altos Pirineos, Francia, el 30 de agosto de 1811, y murió en Beuilly-sur-Seine el 23 de octubre de 1872.

Poeta, narrador, dramaturgo, cronista y fotógrafo. Fue el más romántico de los costumbristas, y varios «ismos» le sentaron bien: el parnasianismo, el simbolismo y el modernismo.

Quiso ser pintor, pero fue uno de los poetas bohemios y extravagantes del grupo Le Petit Cénacle. Honoré de Balzac le dio un trabajo como periodista en *La Crónica de París*, donde destacó como un brillante cronista de viajes y guerras.

Socio honorario del Club de Hashischins, experimentó con todo tipo de drogas, y contó parte de esas experiencias en un artículo publicado en *Revue des Deux Mondes*.

El cuento *La muerta enamorada (La morte amoureuse)*, también conocido como *Clarimonde, la morte amoureuse*, fue publicado por primera vez en 1836 en *Chronique de Paris*.

Théophile admiraba profundamente la obra de Ernst Theodor Amadeus Hoffman, y en este texto se nota mucho su influencia. Para Charles Baudelaire este relato es «la obra maestra de Gautier».

Me preguntas, hermano, si he amado; la respuesta es ¡sí! Mi historia es singular y terrible, y a pesar de mis sesenta y seis años, apenas me atrevo a remover las cenizas de este recuerdo. No quiero negar nada, pero no le contaría a otra persona con menos experiencias que las tuyas, semejante suceso. Se trata de hechos tan extraordinarios que apenas puedo creer que hayan ocurrido. Fui, durante más de tres años, la marioneta de una ilusión excepcional y diabólica. Yo, un pobre sacerdote de campo, he llevado todas las noches en sueños (quiera Dios que fuera un sueño) una vida mundana y de Sardanápalo. Me bastó una sola mirada a una mujer, quizá demasiado gozosa, para sufrir la perdición de mi alma, pero, con la ayuda de Dios y de mi santo patrón, pude apartar al malvado espíritu que se había apoderado de mí. Mi existencia se había complicado con una vida nocturna completamente diferente. Durante el día yo era un sacerdote del Señor, casto, ocupado en las plegarias y en las obligaciones sacrosantas. Durante la noche, en el momento en que cerraba los ojos, me convertía en un joven caballero, experto en mujeres, perros y caballos, jugador de dados, bebedor y blasfemo. Y cuando, al llegar el alba, me despertaba, me parecía lo contrario, que me dormía y soñaba que era sacerdote. Me han quedado recuerdos de objetos y palabras de esta vida sonámbula, de los que no puedo defenderme y, a pesar de no haber salido nunca de mi parroquia, se diría, al oírme, que soy un hombre que lo ha probado todo, y que, desengañado del mundo, ha ingresado a la religión queriendo terminar bajo el amparo de Dios días tan agitados, que un humilde seminarista que ha envejecido en una ignorada casa de cura, en medio del bosque y sin ninguna relación con las cosas del siglo.

Sí, he amado como no ha amado nadie en el mundo, con un amor loco y brutal, tan brutal que me asombra que no haya hecho estallar mi corazón. ¡Oh, qué noches! ¡Qué noches!

Desde mi más tierna infancia había sentido la vocación del sacerdocio; fueron dirigidos en este sentido todos mis estudios, y mi vida, hasta los veinticuatro años, no fue otra cosa que un largo noviciado. Con los estudios de teología terminados, pasé sucesivamente por todas las órdenes menores, y mis superiores me juzgaron digno, a pesar de mi juventud, de alcanzar el último y difícil grado. El día de mi ordenación fue fijado para la semana de Pascua.

Nunca había andado por el mundo. El mundo era para mí el recinto del colegio y del seminario. Sabía vagamente que existía algo que se llamaba mujer, pero no me paraba a pensarlo: mi inocencia era perfecta. Solo veía a mi madre, anciana y enferma, dos veces al año, y ella era toda mi conexión con el exterior.

No me lamentaba por nada, no sentía la más mínima duda ante este compromiso inexorable; estaba lleno de alegría y de impaciencia. Jamás novia alguna contó las horas con tan febril ardor; no dormía, soñaba que cantaba misa. ¡Ser sacerdote! No había en el mundo nada más hermoso; hubiera rechazado ser rey o poeta. Mi ambición no iba más allá.

Cuento todo esto para demostrar que lo que me sucedió no debió sucederme jamás, y probar cómo fui víctima de tan insondable seducción.

Llegado el gran día, caminaba hacia la iglesia tan rápido que me parecía estar en el aire, con alas en los hombros. Me creía un ángel, y me extrañaba la expresión sombría y preocupada de mis compañeros, pues éramos varios. Había pasado la noche rezando, y mi estado casi rozaba el éxtasis. El obispo, un anciano venerable, me parecía Dios Padre inclinado en su eternidad, y podía ver el cielo a través de las bóvedas del templo.

Conoces los detalles de esta ceremonia: la bendición, la comunión bajo las dos especies, la unción de las palmas de las manos con el aceite de los catecúmenos y, finalmente, el santo sacrificio ofrecido al unísono con el obispo. No me detendré en esto. ¡Oh, qué razón tiene Job, y cuán imprudente es aquel que no llega a un pacto con sus ojos! Levanté casualmente la cabeza, que hasta entonces había tenido inclinada, y vi ante mí, tan cerca que habría podido tocarla –aunque en realidad estuviera a bastante distancia y al otro lado de la baranda–, a una mujer joven de una sorprendente belleza y vestida con un magnificencia real. Fue como si estallaran mis pupilas. Experimenté la sensación de un ciego que recuperara súbitamente la vista. El obispo, radiante, se apagó de repente, las velas palidecieron en sus candelabros de oro como las estrellas al amanecer, y en toda la iglesia se hizo una completa oscuridad. La encantadora criatura destacaba en ese

sombrío fondo como una presencia angelical; parecía estar llena de luz, luz que no recibía, sino que derramaba a su alrededor.

Cerré los ojos, decidido a no abrirlos otra vez, para apartarme de la influencia de los objetos; me distraía cada vez más, y apenas sabía lo que hacía. A través de mis párpados podía verla igual, brillar con los colores del prisma en una media luz carmesí, como cuando se ha mirado al sol. Un minuto después abrí los ojos nuevamente. ¡Ah, qué bella era! Cuando los más grandes retratistas, persiguiendo en el cielo la belleza ideal, trajeron a la tierra el retrato divino de la Madonna, ni siquiera presintieron esta fabulosa realidad. Ni los versos del poeta ni la paleta del pintor pueden dar idea. Era bastante alta, con una figura y una presencia de diosa; sus cabellos, de un rubio claro, se separaban en la frente y caían sobre sus sienes como dos ríos de oro; parecía una reina con su corona. Su frente, de una blancura azulada y transparente, se abría amplia y serena sobre los arcos de las pestañas negras, singularidad que contrastaba con las pupilas verde mar de una vitalidad y un fulgor insostenibles. ¡Qué ojos! Con un destello decidían el destino de un hombre; tenían una vida, una transparencia, una energía, una humedad brillante que jamás había visto en ojos humanos. Lanzaban rayos como flechas dirigidas a mi corazón. No sé si la llama que los iluminaba venía del cielo o del infierno, pero no dejaba dudas que venía de uno o de otro. Esta mujer era un ángel o un demonio, quizá las dos cosas, no había nacido del costado de Eva, la madre común. Sus dientes eran perlas de Oriente que brillaban en su sonrisa escarlata, y a cada gesto de su boca se formaban pequeños hoyuelos en el satén rosa de sus adorables mejillas. Su nariz, fina y orgullosa, revelaba su origen noble. En la piel radiante de sus hombros semidesnudos jugaban piedras de ágata y unas perlas rubias, de color semejante al de su cuello, que caían sobre su pecho. De vez en cuando levantaba la cabeza con un movimiento ondulante de serpiente o de pavo real que hacía estremecer el cuello de encaje bordado que la envolvía como una red de plata. Llevaba un traje de terciopelo nacarado de cuyas amplias mangas de armiño salían unas manos patricias, infinitamente delicadas. Sus dedos, largos y torneados, eran de una transparencia tan ideal que dejaban pasar la luz como los del alba.

Tengo estos detalles tan presentes como si fueran de ayer, y aunque estaba profundamente turbado, nada escapó a mis ojos, ni siquiera el más pequeño detalle: el lunar en el mentón, una imperceptible vellosidad en las comisuras de los labios, la tersura de su frente, la sombra temblorosa de las pestañas sobre las mejillas; podía captar el más leve matiz con una sorprendente claridad.

Mientras la miraba sentía abrirse en mí unas puertas que hasta ahora estaban cerradas, ventanas antes cubiertas dejaban ver perspectivas desconocidas. La vida me parecía diferente, acababa de nacer a un nuevo orden de ideas. Una espeluznante inquietud me oprimía el corazón, cada minuto transcurrido me parecía un segundo y un siglo. Sin embargo, la ceremonia avanzaba, y yo me encontraba lejos del mundo, cuya entrada cerraban con furia mis nuevos deseos. Dije sí, cuando quería decir no, cuando todo mi ser se revolvía y protestaba contra la violencia que mi lengua ejercía contra mi alma: una fuerza oculta me arrancaba a mi pesar las palabras de la garganta. Quizá por este motivo tantas jóvenes llegan al altar con el firme propósito de rechazar clamorosamente al esposo que les imponen y ninguna lleva a cabo su plan. Por esta razón, sin duda, tantas novicias toman el velo aunque se sientan decididas a destrozarlo en el momento de pronunciar sus votos. Uno no se atreve a provocar tal escándalo ni a decepcionar a tantas personas; todas las voluntades, todas las miradas pesan sobre uno como una lápida de plomo. Además, todo está tan cuidadosamente preparado, las medidas tomadas con antelación de una forma tan visiblemente irrevocable, que el pensamiento cede ante el peso de los hechos y sucumbe por completo.

La mirada de la hermosa desconocida cambiaba de expresión según transcurría la ceremonia. Tierna y acariciadora al principio, adoptó un aire irreverente y disgustado, como de no haber sido comprendida.

Hice un esfuerzo capaz de arrancar montañas para gritar que yo no quería ser sacerdote, pero no conseguí nada; mi lengua estaba pegada al paladar y me fue imposible traducir mi voluntad en la más mínima negación. Aunque despierto, mi estado era semejante al de una pesadilla, en la cual se quiere gritar una palabra de la que depende nuestra vida sin obtener ningún resultado.

Ella pareció darse cuenta de mi martirio y, como para animarme, me lanzó una mirada llena de divinas promesas. Sus ojos eran un poema en el que cada mirada era una estrofa.

Me decía:

—Si aceptas ser mío te haré más dichoso que el mismo Dios en su paraíso; los ángeles te envidiarán. Rompe ese fúnebre sudario con que vas a cubrirte, yo soy la belleza, la juventud, la vida; ven a mí, seremos el amor. ¿Qué podría ofrecerte Yahvé como compensación? Nuestra vida se deslizará como en un sueño y será un beso eterno. Derrama el vino de ese cáliz y serás libre, te llevaré a islas desconocidas, dormirás apoyado en mi regazo en una cama de oro macizo

bajo una cortina de plata. Te amo y quiero desposeerte de tu Dios ante quien tantos corazones nobles hacer saber un amor que nunca le llega.

Me parecía oír estas palabras con una cadencia y una dulzura infinitas; su mirada tenía música, y las frases que me enviaban sus ojos sonaban en el fondo de mi corazón como si una boca invisible las hubiera susurrado en mi alma. Me encontraba dispuesto a renunciar a Dios y, sin embargo, mi corazón realizaba maquinalmente las formalidades de la ceremonia. La hermosa mujer me lanzó una segunda mirada tan suplicante, tan desesperada, que me atravesaron el corazón cuchillos afilados, y sentí en el pecho más puñales que la Dolorosa.

Todo terminó. Ya era sacerdote.

Jamás un rostro humano manifestó una angustia tan desgarradora: la joven que ve morir a su novio súbitamente junto a ella, la madre junto a la cuna vacía de su hijo, Eva sentada en el umbral del paraíso, el avaro que encuentra piedras en el lugar de su tesoro y el poeta que deja caer al fuego el único manuscrito de su obra más bella no muestran un aire tan horrorizado y afligido. La sangre abandonó su rostro encantador, que se volvió blanco como el mármol; sus hermosos brazos cayeron a lo largo de su cuerpo como si sus músculos se hubieran relajado y se apoyó en una columna, pues flaqueaban sus piernas. Yo me dirigí vacilante hacia la puerta de la iglesia, lívido, con la frente inundada de un sudor más sangrante que el del Calvario. Me ahogaba. Las bóvedas caían sobre mis hombros y me parecía como si sostuviera solo yo con mi cabeza todo el peso de la cúpula.

Al franquear el umbral una mano se apoderó bruscamente de la mía, ¡una mano de mujer! Jamás había tocado otra. Era fría como la piel de una víbora y me dejó una huella ardiente como la marca de un hierro al rojo vivo. Era ella.

—¡Infeliz, infeliz! ¿Qué has hecho? —me susurró. Luego desapareció entre la multitud.

El viejo obispo pasó a mi lado, y me miró duramente. Mi conducta era de lo más extraña: me desencajaba, enrojecía, me aturdía. Uno de mis compañeros se apiadó de mí y me llevó con él; hubiera sido incapaz de encontrar solo el camino del seminario. A la vuelta de una esquina, mientras el joven sacerdote miraba hacia otro lado, un criado vestido de modo extraño se acercó y, sin detenerse, me entregó una cartera terminada en oro, sugiriéndome que la escondiera; la deslicé en mi manga y la tuve guardada hasta que me quedé solo en mi celda. Entonces, hice saltar el broche. Solo tenía dos hojas con

estas palabras: «Clarimonda, en el palacio Concini». Como yo no estaba al tanto de las cosas de la vida, no conocía a Clarimonda, a pesar de su celebridad, e ignoraba por completo dónde se encontraba el palacio Concini. Hice mil conjeturas tan extravagantes unas como otras, pero con tal de volver a verla, me importaba bastante poco que pudiera ser gran dama o cortesana.

Este amor, recién nacido, se había enraizado de forma indestructible. Tan imposible me parecía, que ni siquiera intentaba arrancarlo. Esta mujer se había apoderado de mí por completo, tan solo una mirada suya había bastado para transformarme. Me había insinuado su voluntad, y yo no vivía ya en mí, sino en ella y para ella. Hacía mil extravagancias, besaba mi propia mano donde ella me había tomado y repetía su nombre durante horas. Solo con cerrar los ojos la veía con la misma claridad que si estuviera ante mí y me repetía las mismas palabras que ella me dijo en el pórtico de la iglesia: «Infeliz, infeliz, ¿qué has hecho?». Percibía todo el horror de mi situación, y el carácter fúnebre y terrible del estado que acababa de desplegar se revelaba ante mí. Ser sacerdote, es decir, castidad, no amar, no distinguir ni edad ni sexo, apartarse de la belleza, arrancarse los ojos, arrastrarse en la sombra helada de un claustro o de una iglesia, ver solo moribundos, velar cadáveres desconocidos y llevar sobre sí el duelo de la negra sotana con el fin de convertir la túnica en un manto para el propio féretro.

Sentía mi vida como un lago interior que crece y se desborda, la sangre me latía con fuerza en las arterias; mi juventud, tanto tiempo reprimida, estallaba de golpe, como el aloe que tarda cien años en florecer y se abre con la fuerza de un trueno.

¿Cómo hacer para ver otra vez a Clarimonda? No tenía pretextos para salir del seminario, no conocía a nadie en la ciudad; ni siquiera permanecería allí por más tiempo, pues solo esperaba a que me designasen la parroquia que debía ocupar. Intenté arrancar los barrotes de la ventana, pero la altura era terrible, y sin escalera era imposible. Además, solo podría bajar de noche y ¿cómo conducirme en el enredado laberinto de calles? Estas dificultades –que no serían nada para otros– eran inmensas para mí, pobre seminarista recién enamorado, sin experiencia, sin dinero y sin ropa.

—¡Ah! –me decía a mí mismo en mi ceguera–, si no hubiera sido sacerdote habría podido verla todos los días, habría sido su amante, su esposo; en vez de estar cubierto con mi triste sudario, tendría ropas de seda y terciopelo, cadenas de oro, una espada y plumas como los jóvenes y hermosos caballeros. Mis cabellos, deshonrados por la tonsura, jugarían alrededor de mi cuello, formando rulos ondulantes. Tendría

un bigote lustroso y sería valiente. Pero, una hora ante el altar, unas pocas palabras apenas articuladas, me separaban para siempre de entre los vivos, ¡y yo mismo había sellado la lápida de mi sepulcro, había corrido el cerrojo de mi calabozo!

Me asomé a la ventana. El cielo estaba maravillosamente azul, los árboles se habían vestido de primavera; la naturaleza hacía gala de una alegría burlona. La plaza estaba llena de gente; unos iban, otros venían. Galanes y hermosas jovencitas iban en parejas hacia el jardín y las glorietas. Grupos de amigos pasaban cantando canciones de borrachos. Había un movimiento, una vida, una animación que aumentaba penosamente mi duelo y mi soledad. Una madre joven jugaba con su hijo en el umbral de la casa. Besaba su boquita rosa perlada de gotas de leche, y le hacía arrumacos con mil divinas niñerías que solo las madres saben hacer. El padre, de pie, a una cierta distancia, sonreía dulcemente ante esa encantadora escena, y sus brazos cruzados estrechaban su alegría contra el corazón. No pude soportar ese espectáculo; cerré la ventana y me eché en la cama con un odio y una envidia espantosa en el corazón, mordiéndome los dedos y la manta como un tigre con hambre de tres días.

No sé cuántos días permanecí de este modo, pero al volverme en un furioso espasmo vi al padre Serapion, de pie en la habitación, observándome atentamente. Me avergoncé de mí mismo y, hundiendo la cabeza en mi pecho, me cubrí el rostro con las manos.

—Romualdo, amigo mío —me dijo Serapion después de algunos minutos de silencio—, te sucede algo extraño; ¡tu conducta es verdaderamente inexplicable! Tú, tan sosegado y tan dulce, te revuelves ahora como un animal furioso. Ten cuidado, hermano, y no escuches las sugerencias del diablo; el espíritu maligno, irritado por tu eterna consagración al Señor, te acecha como un lobo rapaz e intenta un último esfuerzo para atraerte a él. En vez de dejarte abatir, querido Romualdo, hazte una coraza de oración, un escudo de mortificación y combate valientemente al enemigo: lo vencerás. La virtud necesita de la tentación, y el oro sale más fino del crisol. No te asustes ni te desanimes. Las almas mejor guardadas y las más firmes han tenido estos momentos. Ayuna, medita y se alejará el espíritu maligno.

El discurso del padre Serapión me hizo volver en mí y me tranquilicé.

—Vengo a avisarte que has sido asignado en la parroquia de C, ha muerto el cura que la habitaba, y el obispo me encomendó que te sitúe allí. Prepárate para mañana.

Respondí afirmativamente con la cabeza y el padre se retiró. Abrí el misal y comencé a leer oraciones, pero pronto las líneas se tornaron confusas frente mis ojos. Las ideas se enmarañaron en mi cerebro, y el libro se cayó de mis manos sin que lo notara.

¡Irme mañana sin haberla visto! ¡Agregar otro imposible más a todos los que ya había entre nosotros! ¡Perder para siempre la esperanza de encontrarla a menos que sucediera un milagro! ¿Y si le escribo? Pero, ¿a través de quién le haría llegar mi carta? Con la naturaleza sacra de mi situación, ¿a quién podría abrir mi corazón?, ¿en quién podría confiar? Estaba terriblemente ansioso. Además, me venía a la memoria lo que el padre Serapión me acababa de decir sobre las artimañas del diablo. Lo raro del episodio, la belleza sobrenatural de Clarimonda, el destello fosforescente de sus ojos, la ardiente huella de su mano, el trastorno en que me había hundido, el cambio repentino que se había operado en mí, mi piedad desvanecida en un instante, todo demostraba claramente la presencia del diablo, y la mano tersa no era sino el guante con que cubría sus garras. Estos pensamientos me hundieron en un gran espanto, recogí el misal que había caído de mis rodillas al suelo y volví a mis oraciones.

A la mañana siguiente, Serapión vino a recogerme. Dos mulas cargadas con nuestro equipaje esperaban a la puerta. Él montó una, y yo, mejor o peor, la otra. Mientras recorríamos las calles de la ciudad miraba todas las ventanas y balcones por si veía a Clarimonda, pero era demasiado temprano y la ciudad aún no había abierto los ojos. Mi mirada intentaba atravesar las cortinas de los palacios ante los que pasábamos. Serapión, sin duda, atribuía esta curiosidad a la admiración que me causaba la belleza de la arquitectura, y aminoraba el paso de su montura para darme tiempo de ver. Por fin llegamos a la puerta de la ciudad y empezamos a subir la colina. Cuando llegué a la cima me volví para mirar una vez más el lugar donde vivía Clarimonda. La sombra de una nube cubría por completo la ciudad, los tejados azulgranas se confundían en un semitono general donde flotaba el vapor de la mañana, como un copo blanco de espuma. Gracias a un singular efecto óptico se dibujaba, rubio y dorado, bajo un rayo único de luz, un edificio que sobrepasaba en altura a las construcciones vecinas, hundidas por completo en el vaho; aunque estaba a más de una legua, parecía muy cercano. Podían distinguirse los más mínimos detalles, las torres, las azoteas, las ventanas e incluso las veletas con cola de milano.

—¿Qué palacio es ese que veo allá a lo lejos iluminado por un rayo de sol? —le pregunté a Serapion.

Puso la mano por encima de sus ojos y cuando lo vio me contestó:

—Es el antiguo palacio que el príncipe Concini regaló a la cortesana Clarimonda. Allí suceden cosas horribles.

En ese instante (aún no sé si fue realidad o ilusión) creí ver cómo en la terraza se deslizaba una silueta blanca y esbelta que brilló un segundo y se apagó. ¡Era Clarimonda!

¡Oh! ¿Sabía ella que, desde lo alto de este amargo camino que nos separaba, yo no bajaría jamás?, ¿que no apartaba mis ojos del palacio que habitaba y al que un insignificante juego de luz parecía acercarme como para invitarme a entrar y ser su dueño? Sin duda lo sabía, porque su alma estaba ligada a la mía y sentía mi conmoción, y este sobresalto la había impulsado a subir a la terraza, envuelta en sus velos, bajo el rocío frío de la mañana.

El palacio se oscureció, y se convirtió en un mar inmóvil de tejados y cumbres donde solo se distinguía una onda montañosa. Serapión arreó su mula, cuyo paso siguió la mía enseguida, y un recodo del camino me arrebató para siempre la ciudad de S, a la que no regresaría.

Al cabo de tres días de camino a través de campos sombríos, distinguimos a través de los árboles el gallo del campanario de la iglesia donde debía servir. Después de recorrer calles sinuosas rodeadas por chozas y huertos, llegamos ante la fachada, que no se caracterizaba por su grandeza. Una terraza adornada con algunas nervaduras y dos o tres pilares de la misma cerámica toscamente tallados, tejas y contrafuertes del mismo material que los pilares, eso era todo. A la izquierda, el cementerio con la hierba crecida y una gran cruz de hierro en medio; a la derecha y a la sombra de la iglesia, la casa parroquial. Era una casa de una sencillez extrema y de una desolada pulcritud. Entramos. Algunas gallinas picoteaban unos pocos granos de avena; acostumbradas como estaban a la negra sotana de los curas, no se espantaron con nuestra presencia y apenas se apartaron para dejarnos pasar. Se oyó un ladrido ronco y áspero, y vimos aparecer un perro viejo. Era el perro de mi antecesor. Tenía los ojos apagados, el pelo gris y todos los síntomas de la mayor vejez que un perro puede alcanzar. Lo acaricié suavemente y se puso a caminar junto a mí lleno de una indecible satisfacción. Vino también a nuestro encuentro una mujer muy vieja que había sido el ama de llaves del anciano cura, quien después de conducirme a una habitación de la planta baja me preguntó si había pensado despedirla. Le respondí que me quedaría con ella, con ella y con el perro, también con las gallinas y con todos los muebles que su amo le había dejado al morir, cosa que la llenó de alegría, una vez que el padre Serapión le pagó en el momento el dinero que quería a cambio.

Cuando estuve instalado, el padre Serapión volvió al seminario. De forma que me quedé solo y sin otro apoyo que yo mismo. La idea de Clarimonda comenzó de nuevo a obsesionarme, y aunque me esforzaba en apartarla de mí, no siempre lo conseguía. Una tarde, paseando por mi jardín entre los caminos bordeados de boj, me pareció ver a través de los arbustos una silueta de mujer que seguía todos mis movimientos, y vi brillar entre las hojas dos pupilas verde mar, pero era solo una ilusión, pues al pasar al otro lado encontré la huella de un pie tan pequeño que parecía de un niño. El jardín estaba rodeado por murallas muy altas, inspeccioné todos los recodos y rincones y no había nadie. Jamás pude explicarme ese hecho, que no fue nada comparado con las cosas extrañas que me sucederían. Durante un año viví cumpliendo con exactitud todos los deberes correspondientes a mi estado, orando, ayunando y socorriendo enfermos, dando limosnas hasta privarme de lo más indispensable. Pero sentía en mi interior una profunda aridez y la fuente de la gracia estaba seca para mí. No podía gozar de la felicidad que da el cumplimiento de una misión santa. Mi pensamiento estaba en otra parte, y las palabras de Clarimonda me volvían a los labios como un estribillo que se repite involuntariamente. ¡Oh hermano, medita bien esto! Por haber mirado solamente una vez a una mujer, por una falta aparentemente tan leve, he sufrido durante años los más infames desasosiegos. Mi vida está trastornada para siempre.

No voy a entretenerte más tiempo con derrotas y victorias seguidas siempre de las más profundas caídas y pasaré a relatar enseguida un hecho decisivo. Una noche llamaron violentamente a la puerta. La anciana ama de llaves fue a abrir, y un hombre de rostro cobrizo y ricamente vestido, aunque a la moda extranjera, y con un gran puñal, apareció en el umbral a la luz del farol de Bárbara. La primera impresión fue de miedo, pero el hombre la tranquilizó diciéndole que necesitaba verme enseguida para algo relacionado con mi ministerio. Bárbara lo hizo subir. Yo ya iba a acostarme. El hombre me dijo que su señora, una gran dama, estaba a punto de morir y deseaba un sacerdote. Le respondí que estaba dispuesto a acompañarlo; recogí lo necesario para la Extremaunción y bajé a toda prisa. En la puerta resoplaban de impaciencia dos caballos negros como la noche, y de su pecho surgían ondas de vapor. Me sujetó el estribo y me ayudó a montar uno de ellos, después se montó en el otro, apoyando solamente una mano en la silla. Apretó las rodillas y soltó las riendas de su caballo, que salió como una flecha. El mío, cuya brida también sujetaba él, se puso al galope y se mantuvo a la par que el suyo.

Bajo nuestro insaciable galope, la tierra desaparecía gris y rayada, y las negras siluetas de los árboles huían como un ejército derrotado. Atravesamos un sombrío bosque tan oscuro y glacial que un escalofrío supersticioso me recorrió el cuerpo. La estela de chispas que las herraduras de nuestros caballos producían en las piedras dejaba a nuestro paso un reguero de fuego, y si alguien nos hubiera visto a esa hora de la noche, nos habría tomado a mi guía y a mí por dos espectros cabalgando en una pesadilla. De cuando en cuando, fuegos fatuos se cruzaban en el camino, y las cornejas piaban lastimeras en la espesura del bosque, donde a lo lejos brillaban los ojos fosforescentes de algún gato salvaje. Las crines de los caballos se enmarañaban cada vez más, el sudor corría por sus flancos y resoplaban jadeantes. Cuando el escudero los veía desfallecer emitía un grito gutural sobrehumano, y la carrera se reanudaba con furia. Finalmente se detuvo el torbellino. Una sombra negra salpicada de luces se alzó súbitamente ante nosotros, las pisadas de nuestras cabalgaduras se hicieron más ruidosas en el suelo de hierro, y entramos bajo una bóveda que abría sus fauces entre dos torres enormes. En el castillo reinaba una gran agitación: los criados, provistos de antorchas, atravesaban los patios, y las luces subían y bajaban de un piso a otro. Pude ver confusamente formas arquitectónicas inmensas, columnas, arcos, escalinatas y balaustradas, todo un lujo de construcción regia y fantástica. Un paje negro en quien reconocí enseguida al que me había dado el mensaje de Clarimonda, vino a ayudarme a bajar del caballo, y un mayordomo vestido de terciopelo negro con una cadena de oro en el cuello y un bastón de marfil avanzó hacia mí. Dos lágrimas cayeron de sus ojos y rodaron por sus mejillas hasta su barba blanca.

—¡Demasiado tarde, padre! —dijo bajando la cabeza—, ¡demasiado tarde!, pero ya que no pudo salvar su alma, venga a velar su pobre cuerpo.

Me tomó del brazo y me condujo a la sala fúnebre. Mi llanto era tan copioso como el suyo, pues acababa de comprender que la muerta no era otra sino Clarimonda, tan locamente amada. Había un reclinatorio junto al lecho; una llama azul, que revoloteaba en un altar de bronce, iluminaba toda la habitación con una luz débil e incierta, y hacía pestañear en la sombra la arista de algún mueble o de una cornisa. Sobre la mesa, en una urna labrada, yacía una rosa blanca marchita, cuyos pétalos, salvo uno que se mantenía aún, habían caído junto al vaso, como lágrimas perfumadas; un roto antifaz negro, un abanico, disfraces de todo tipo se encontraban esparcidos por los sillones, y hacían pensar que la muerte se había presentado de

improviso y sin anunciarse en esta suntuosa mansión. Me arrodillé, sin atreverme a dirigir la mirada al lecho, y empecé a recitar salmos con gran fervor, dando gracias a Dios por haber interpuesto la tumba entre el pensamiento de esa mujer y yo, para así poder incluir en mis oraciones su nombre santificado desde ahora. Pero, poco a poco, se fue debilitando ese impulso, y caí en un estado de ensoñación. Esa habitación no tenía el aspecto de una cámara mortuoria. Contrariamente al aire fétido y cadavérico que estaba acostumbrado a respirar en los velatorios, flotaba en la atmósfera tibia un vaho lánguido de esencias orientales y un perfume de mujer. Aquel pálido resplandor se asemejaba más a una media luz erótica que a la llama amarilla que trepida junto a los cadáveres. Recordaba el extraño azar que me había devuelto a Clarimonda en el instante en que la perdía para siempre, y un suspiro nostálgico escapó de mi pecho. Me pareció oír suspirar a mi espalda y me volví sin querer. Era el eco. Gracias a ese movimiento, mis ojos cayeron sobre el lecho de muerte que hasta entonces habían evitado. Las cortinas de damasco rojo estampadas, recogidas con flecos de oro, dejaban ver a la muerta acostada con las manos juntas sobre el pecho. Estaba cubierta por un velo de lino de un blanco resplandeciente que resaltaba aún más contra el púrpura del cortinaje, de una finura tal que no ocultaba lo más mínimo la encantadora forma de su cuerpo, y dejaba ver sus bellas líneas ondulantes como el cuello de un cisne que ni siquiera la muerte había podido entumecer. Parecía una escultura de alabastro tallada por un hábil artista para la tumba de una reina, o una doncella dormida sobre la que hubiera nevado.

No podía contenerme; el aire del cuarto me extasiaba, el olor afiebrado de rosa a medio marchitar se me subía al cerebro, me puse a recorrer la habitación deteniéndome ante cada columna del lecho para observar el delicado cuerpo muerto bajo la transparencia del sudario. Ideas raras me atravesaban el alma. Me imaginaba que no estaba realmente muerta y que no era más que una ficción ideada para atraerme a su castillo y así confesarme su amor. Por un momento creí ver que movía su pie en la blancura de los velos y se alteraban los pliegues de su sudario. Luego me decía a mí mismo: «¿Acaso es Clarimonda? ¿Qué pruebas tengo? El criado negro puede haber pasado al servicio de otra mujer. Debo estar loco para apenarme y aturdirme de esta manera». Pero mi corazón contestaba: «Es ella, claro que es ella». Me acerqué al lecho y la miré con más atención. Debo confesar que tal perfección de formas, aunque purificadas y santificadas por la sombra de la muerte, me inquietaban carnalmente, y su reposado aspecto se

parecía tanto a un sueño que uno podría haberse engañado. Olvidé que había venido para realizar un oficio fúnebre y me imaginaba entrando como un joven esposo en la alcoba de la novia que oculta su rostro por pudor y no quiere dejarse ver. Afligido de dolor, loco de alegría, estremecido de temor y placer me incliné sobre ella y tomé el borde del velo; lo levanté lentamente, conteniendo la respiración para no despertarla.

En mis venas palpitaba la sangre con tal fuerza que las sentía zumbar en mis sienes, y mi frente estaba sudorosa como si hubiese levantado una lápida de mármol. Era en efecto la misma Clarimonda que había visto en la iglesia el día de mi ordenación, tenía el mismo encanto, y la muerte parecía en ella una coquetería más. La palidez de sus mejillas, el rosa tenue de sus labios, sus largas pestañas dibujando una sombra en la blancura le otorgaban una expresión de castidad melancólica y de sufrimiento pensativo de una seducción indescriptible. Sus largos cabellos sueltos, entre los que había enredadas florecillas azules, almohadillaban su cabeza y ocultaban con sus bucles la desnudez de sus hombros. Sus manos perfectas, más puras y diáfanas que las hostias, estaban cruzadas en actitud de piadosa serenidad y de tácita oración, y compensaban el enamoramiento que provocaba, incluso en la muerte, la exquisita redondez y el suave marfil de sus brazos desnudos que todavía conservaban los brazaletes de perlas. Permanecí largo tiempo abstraído en una silenciosa admiración, y cuanto más la miraba menos podía creer que la vida hubiera abandonado para siempre aquel cuerpo tan hermoso.

No sé si fue una ilusión o el reflejo de la lámpara, pero hubiera creído que la sangre corría de nuevo bajo esta palidez mate; sin embargo, ella permanecía inmóvil. Toqué ligeramente su brazo, estaba frío; pero no más frío que su mano el día en que rozó la mía en el eco de la iglesia. Incliné de nuevo mi rostro sobre el suyo derramando en sus mejillas el tibio rocío de mis lágrimas. ¡Oh, qué amargo sentimiento de desesperación y de impotencia! ¡Qué agonía de vigilia! Hubiera querido poder juntar mi vida para dársela y soplar sobre su helado despojo la llama que me devoraba. La noche avanzaba, y al sentir acercarse el momento de la separación eterna no pude negarme la triste y sublime dulzura de besar los labios muertos de quien había sido dueña de todo mi amor. ¡Oh milagro!, una suave respiración se unió a la mía, y la boca de Clarimonda respondió a la presión de mi boca; sus ojos se abrieron y recuperaron un poco de brillo, suspiró y, descruzando los brazos, rodeó mi cuello en una pasión indescriptible.

—¡Ah, eres tú Romualdo! —dijo con una voz débil y suave como las últimas vibraciones de un arpa—; ¿qué haces? Te esperé tanto tiempo que he muerto, pero ahora estamos prometidos, podré verte e ir a tu casa. ¡Adiós Romualdo, adiós! Te amo, es todo cuanto quería decirte, te debo la vida que me has devuelto en un instante con tu beso. Hasta pronto.

Su cabeza cayó hacia atrás, pero sus brazos aún me rodeaban, como reteniéndome. Un golpe furioso de viento derribó la ventana y entró en la habitación; el último pétalo de la rosa blanca palpitó como un ala durante unos instantes en el extremo del tallo para arrancarse luego y volar a través de la ventana abierta, llevándose el alma de Clarimonda. La lámpara se apagó y caí desvanecido en el regazo de la hermosa muerta.

Cuando desperté estaba acostado en mi cama, en la habitación de la casa parroquial, y el viejo perro del anciano cura lamía mi mano que colgaba fuera de la manta. Bárbara se movía por la habitación con un temblor senil, abriendo y cerrando cajones, removiendo los brebajes de los vasos. Al verme abrir los ojos, la anciana gritó de alegría, el perro ladró y movió el rabo, pero me encontraba tan débil que no pude articular palabra ni hacer el más mínimo movimiento. Supe después que estuve así tres días, sin dar otro signo de vida que una respiración casi imperceptible. Estos días no cuentan en mi vida, no sé dónde estuvo mi espíritu durante ese tiempo, no guardé recuerdo alguno. Bárbara me contó que el mismo hombre de rostro cobrizo que había venido a buscarme por la noche, me había traído a la mañana siguiente en una litera cerrada, y se había vuelto a marchar inmediatamente. En cuanto recuperé la memoria examiné todos los detalles de aquella noche fatídica. Pensé que había sido el juego de una mágica ilusión, pero hechos reales y palpables tiraban por tierra esa suposición. No podía pensar que era un sueño, pues Bárbara había visto como yo al hombre de los caballos negros y describía con exactitud su vestimenta y compostura. Sin embargo, nadie conocía en los alrededores un castillo que se ajustara a la descripción de aquel en donde había encontrado a Clarimonda.

Una mañana apareció el padre Serapión. Bárbara le había hecho saber que estaba enfermo y él acudió rápidamente. Si bien tanta diligencia demostraba afecto e interés por mi persona, no me complació como debía. El padre Serapión tenía en la mirada un aire inquisidor que me incomodaba. Me sentía culpable ante él, pues había descubierto mi profunda turbación, y temía su clarividencia.

Mientras me preguntaba por mi salud con un tono melosamente hipócrita, clavaba en mí sus pupilas amarillas de león, y hundía su

mirada como una sonda en mi alma. Después se interesó por la forma en que llevaba la parroquia, si estaba a gusto, a qué dedicaba el tiempo que el ministerio me dejaba libre, si había trabado amistad con las gentes del lugar, cuáles eran mis lecturas favoritas y mil detalles parecidos. Yo le contestaba con la mayor brevedad, e incluso él mismo pasaba a otro tema sin esperar a que hubiera terminado. Esta charla no tenía, por supuesto, nada que ver con lo que él quería decirme. Así que, sin ningún preámbulo y como si se tratara de una noticia recordada de pronto y que temiera olvidar, me dijo con una voz clara y vibrante que sonó en mis oídos como las trompetas del juicio final:

—La cortesana Clarimonda ha muerto recientemente tras una orgía que duró ocho días y ocho noches. Fue algo infernalmente espléndido. Se repitió la abominación de los banquetes de Baltasar y Cleopatra. ¡En qué siglo vivimos, Dios mío! Los convidados fueron servidos por esclavos de piel oscura que hablaban una lengua desconocida; en mi opinión, auténticos demonios; la librea del de menor rango hubiera vestido de gala a un emperador. Sobre Clarimonda se han contado muchas historias extraordinarias en estos tiempos, y todos sus amantes tuvieron un final miserable o violento. Se ha dicho que era una mujer vampiro, pero yo creo que se trata del mismísimo Belcebú.

Calló, y me miró fijamente para observar el efecto que me causaban sus palabras. No pude evitar estremecerme al oír nombrar a Clarimonda, y la noticia de su muerte, además del dolor que me causaba por su extraña coincidencia con la escena nocturna de que fui testigo, me conmovió y un escalofrío se manifestó en mi rostro. Hice lo posible por contenerme. Serapión me lanzó una mirada incómoda y severa, luego añadió:

—Hijo mío, debo advertirte, has dado un paso hacia el abismo, cuidado de no caer en él. Satanás tiene las garras largas, y las tumbas no siempre son de fiar. La losa de Clarimonda debió ser sellada tres veces, pues, por lo que se dice, no es la primera que ha muerto. Que Dios te guarde, Romualdo.

Serapión dijo estas palabras y se dirigió lentamente hacia la puerta. No volví a verlo, pues partió hacia S inmediatamente después.

Me había recuperado por completo y volví a mis tareas cotidianas. El recuerdo de Clarimonda y las palabras del anciano padre estaban presentes en mi memoria; sin embargo, ningún extraño suceso había ratificado hasta ahora las fúnebres predicciones de Serapión, y empecé a creer que mis temores y mi terror eran exagerados. Pero

una noche tuve un sueño. Apenas me había quedado dormido cuando oí descorrer las cortinas de mi lecho y el ruido de las anillas en la barra sonó estrepitosamente; me incorporé de golpe sobre los codos y vi ante mí una sombra de mujer. Enseguida reconocí a Clarimonda. Sostenía una lamparita como las que se depositan en las tumbas, cuyo resplandor daba a sus dedos afilados una transparencia rosa que se difuminaba hasta la blancura opaca y rosa de su brazo desnudo. Su única ropa era el sudario de lino que la cubría en su lecho de muerte, y sujetaba sus pliegues en el pecho, como avergonzándose de estar casi desnuda, pero su manita no bastaba, y como era tan blanca, el color del tejido se confundía con el de su carne a la pálida luz de la lámpara. Envuelta en una tela tan fina que traicionaba todas sus formas, parecía una estatua de mármol de una bañista antigua y no una mujer viva. Muerta o viva, estatua o mujer, sombra o cuerpo, su belleza siempre era la misma; tan solo el verde brillo de sus pupilas estaba un poco apagado, y su boca, antes encarnada, era de un rosa pálido y tierno semejante al de sus mejillas. Las florecillas azules que vi en sus cabellos se habían secado por completo y habían perdido todos sus pétalos, pero estaba encantadora, tanto que, a pesar de lo extraño de la aventura y del modo inexplicable en que había entrado en mi habitación, no sentí temor ni por un instante.

Dejó la lámpara sobre la mesa de luz y se sentó a los pies de mi cama, después, inclinándose sobre mí, me dijo con esa voz vibrante y aterciopelada que solo le he oído a ella:

—Me hice esperar, querido Romualdo, y sin duda habrás pensado que te había olvidado. Pero vengo de muy lejos, de un lugar del que nadie ha vuelto aún; no hay ni luna ni sol en el país de donde procedo, solo hay espacio y sombra; no hay camino ni senderos, no hay tierra para caminar ni aire para volar y, sin embargo, aquí estoy, pues el amor es más fuerte que la muerte y acabará por vencerla. ¡Ay!, he visto en mi viaje rostros sombríos y cosas horrendas. Mi alma ha tenido que luchar tanto para, una vez retornada a este mundo, encontrar su cuerpo y poseerlo de nuevo... ¡Cuánta fuerza necesité para levantar la lápida que me cubría! Mira las palmas de mis manos lastimadas. ¡Bésalas para curarlas, amor mío! —Me acercó a la boca sus manos y las besé mil veces, y ella me miraba hacer con una sonrisa de inefable placer.

Confieso para mi vergüenza que había olvidado por completo las advertencias del padre Serapión y el carácter sagrado que me revestía. Había sucumbido sin oponer resistencia, y al primer asalto. Ni siquiera intenté alejar de mí la tentación. La frescura de la piel

de Clarimonda penetraba la mía y sentía estremecerse mi cuerpo de manera voluptuosa. ¡Mi pobre niña! A pesar de todo lo que vi, aún me cuesta creer que fuera un demonio: no lo parecía desde luego, y jamás Satanás ocultó mejor sus garras y sus cuernos. Había recogido sus piernas sobre los talones y, acurrucada en la cama, adoptó un aire de picardía perezosa. Cada cierto tiempo acariciaba mis cabellos y con sus manos formaba rizos como ensayando nuevos peinados. Yo me dejaba hacer con la más culpable complacencia y ella añadía a la escena una charla adorable. Es curioso el hecho de que yo no me sorprendiera ante tal episodio y, dada la facilidad que tienen nuestros ojos para considerar con normalidad los más extraños acontecimientos, la situación me pareció de lo más natural.

—Te amaba mucho antes de haberte visto, querido Romualdo, te buscaba por todas partes. Tú eras mi sueño y me fijé en ti en la iglesia; en el fatal momento, me dije: ¡es él! y te lancé una mirada con todo el amor que había tenido, tenía y tendría por ti. Fue una mirada capaz de condenar a un cardenal, de poner de rodillas a mis pies a un rey ante su corte. Tú permaneciste impasible y preferiste a tu Dios. ¡Ah, cuán celosa estoy de tu Dios al que has amado y amas más que a mí! ¡Desdichada, desdichada de mí!, jamás tu corazón será para mí sola, para mí, a quien resucitaste con un beso, para mí, Clarimonda la muerta, que forzó por tu causa las puertas de la tumba y viene a consagrarte su vida, recobrada para hacerte feliz.

Estas palabras finales iban acompañadas de caricias excitantes que trastornaron mis sentidos y mi razón hasta el punto de no temer proferir para contentarla una espantosa blasfemia y decirle que la amaba tanto como a Dios.

Sus pupilas verdes se reavivaron y brillaron como piedras preciosas:

—¡Es cierto, es cierto!, ¡tanto como a Dios! —dijo rodeándome con sus brazos—. Si es así, vendrás conmigo, me seguirás donde yo quiera. Te quitarás ese horrible traje negro. Serás el más orgulloso y envidiable de los caballeros, serás mi amante. Ser el amante confeso de Clarimonda, que llegó a rechazar a un papa, es algo hermoso. ¡Ah, llevaremos una vida feliz, una dorada existencia! ¿Cuándo partimos, caballero?

—¡Mañana!, ¡mañana! —gritaba en mi delirio.

—Mañana, sea —contestó—. Tendré tiempo de cambiar de ropa, porque esta es demasiado ligera y no sirve para ir de viaje. Además tengo que avisar a la gente que me cree realmente muerta y me llora. Dinero, trajes, coches, todo estará dispuesto, vendré a buscarte a esta misma hora. Adiós, corazón. —Rozó mi frente con sus labios.

La lámpara se apagó, se corrieron las cortinas y no vi nada más, un sueño de plomo se apoderó de mí hasta la mañana siguiente. Desperté más tarde que de costumbre, y el recuerdo de tan extraña visión me tuvo todo el día en un estado de conmoción; terminé por convencerme de que había sido fruto de mi acalorada imaginación. Pero, sin embargo, las sensaciones fueron tan vivas que costaba creer que no hubieran sido reales, y me fui a dormir no sin cierto temor por lo que iba a suceder, después de pedir a Dios que alejara de mí los malos pensamientos y protegiera la castidad de mi sueño.

Enseguida me dormí profundamente, y mi sueño continuó. Las cortinas se corrieron y vi a Clarimonda, no como la primera vez, pálida en su pálido sudario y con las violetas de la muerte en sus mejillas, sino alegre, decidida y dispuesta, con un magnífico traje de terciopelo verde adornado con cordones de oro y recogido a un lado para dejar ver una falda de satén. Sus rubios cabellos caían en tirabuzones de un amplio sombrero de fieltro negro cargado de plumas blancas colocadas caprichosamente, y llevaba en la mano una fusta rematada en oro. Me dio un toque suavemente diciendo:

—Y bien, dormilón, ¿así es como haces tus preparativos? Pensaba encontrarte de pie. Levántate, que no tenemos tiempo que perder. —Salté de la cama. —Anda, vístete y vámonos —me dijo señalándome un paquete que había traído—; los caballos se aburren y roen su freno en la puerta. Deberíamos estar ya a diez leguas de aquí.

Me vestí enseguida, ella me tendía la ropa riéndose a carcajadas con mi torpeza y explicándome su uso cuando me equivocaba. Me arregló los cabellos y cuando estaba listo me ofreció un espejo de bolsillo de cristal de Venecia con filigranas de plata diciendo:

—¿Cómo te ves?, ¿me tomarás a tu servicio como mayordomo?

Yo no era el mismo y no me reconocí. Mi imagen era tan distinta como lo son un bloque de piedra y una escultura terminada. Mi antigua figura no parecía ser sino el torpe esbozo de lo que el espejo reflejaba. Era hermoso y me estremecí de vanidad por esa metamorfosis. Las elegantes ropas y el traje bordado me convertían en otra persona y me asombraba el poder de unas varas de tela cortadas con buen gusto. El porte del traje interpretaba mi piel, y al cabo de diez minutos había adquirido ya un cierto aire de engreimiento.

Di unas vueltas por la habitación para manejarme con soltura. Clarimonda me miraba con maternal complacencia y parecía contenta con su obra.

—Ya basta de niñerías, en marcha, querido Romualdo. Vamos lejos, y así no llegaremos nunca. —Me tomó de la mano y salimos.

Las puertas se abrían a su paso apenas las tocaba, y pasamos junto al perro sin despertarlo.

En la puerta estaba Margheritone, el escudero que ya conocía; sujetaba la brida de tres caballos negros como los anteriores, uno para mí, otro para él y otro para Clarimonda. Debían ser caballos bereberes de España, nacidos de yeguas fecundadas por el Céfiro, pues corrían tanto como el viento, y la luna, que había salido con nosotros para iluminarnos, rodaba por el cielo como una rueda soltada de su carro; la veíamos a nuestra derecha, saltando de árbol en árbol y perdiendo el aliento por correr tras nosotros. Pronto aparecimos en una llanura donde, junto a un bosquecillo, nos esperaba un coche con cuatro vigorosos caballos; subimos y el cochero les hizo galopar de una forma insensata. Mi brazo rodeaba el talle de Clarimonda y estrechaba una de sus manos, ella apoyaba su cabeza en mi hombro y podía sentir el roce de su cuello semidesnudo en mi brazo. Jamás había sido tan feliz. Me había olvidado de todo y no recordaba mejor el hecho de haber sido cura que lo que sentí en el vientre de mi madre, tal era la fascinación que el espíritu maligno ejercía en mí. A partir de esa noche, mi naturaleza se desdobló y hubo en mí dos hombres que no se conocían uno a otro. Tan pronto me creía un sacerdote que cada noche soñaba que era caballero, como un caballero que soñaba ser sacerdote. No podía distinguir el sueño de la vigilia y no sabía dónde empezaba la realidad ni dónde terminaba la ilusión. El joven vanidoso y libertino se burlaba del sacerdote, y el sacerdote detestaba la vida viciosa del joven noble. La vida bicéfala que llevaba podría describirse como dos espirales enmarañadas que no llegan a tocarse nunca. A pesar de lo extraño que parezca no creo haber rozado en momento alguno la locura. Tuve siempre muy clara la percepción de mis dos existencias. Solo había un hecho absurdo que no me podía explicar: era que el sentimiento de la misma identidad perteneciera a dos hombres tan diferentes. Era una anomalía que ignoraba ya fuera mientras me creía cura del pueblo C, ya como el Señor Romualdo, amante titular de Clarimonda.

El asunto es que me hallaba (o creía hallarme) en Venecia. (Todavía no he podido aclarar lo que había de ficción y de realidad en tan extraña aventura.) Vivíamos en un gran palacio de mármol en el Canaleio, con frescos y estatuas, y dos Ticianos de la mejor época en el dormitorio de Clarimonda; era un palacio digno de un rey. Cada uno de nosotros tenía su góndola y su barcarola con nuestro escudo, sala de música y nuestro poeta. Clarimonda entendía la vida a lo grande y había algo de Cleopatra en su forma de ser. Por mi parte,

llevaba un tren de vida digno del hijo de un príncipe, y era tan conocido como si perteneciera a la familia de uno de los doce apóstoles o de los cuatro evangelistas de la serenísima república. No hubiera cedido el paso ni al mismísimo Dux de Venecia, y creo que desde Satán, caído del cielo, nadie fue más irreverente y vanidoso que yo. Iba al Ridotto y jugaba de manera infernal. Me mezclaba con la más alta sociedad del mundo, con hijos de familias arruinadas, con mujeres de teatro, con estafadores, parásitos y espadachines. A pesar de mi vida disipada, permanecía fiel a Clarimonda. La amaba locamente. Ella habría estimulado al mismo hartazgo, y habría hecho estable la inconstancia. Tener a Clarimonda era tener cien amantes, era poseer a todas las mujeres por tan mudable, cambiante y diferente de ella misma que era; un verdadero camaleón. Me hacía cometer con ella la infidelidad que hubiera cometido con otras, adoptando el carácter, el porte y la belleza de la mujer que parecía gustarme. Me devolvía mi amor centuplicado, y en vano jóvenes patricios e incluso miembros del Consejo de los Diez le hicieron las mejores proposiciones; un Foscari llegó a proponerle matrimonio. Rechazó a todos. Tenía oro suficiente; solo quería amor, un amor joven, puro, despertado por ella y que sería el primero y el último. Hubiera sido completamente feliz de no ser por la pesadilla que volvía cada noche y en la que me creía cura de pueblo mortificándome y haciendo penitencia por los excesos cometidos durante el día. La seguridad que me daba la costumbre de estar a su lado apenas me hacía pensar en la extraña manera en que conocí a Clarimonda. Sin embargo, las palabras del padre Serapión me venían alguna vez a la memoria y no dejaban de inquietarme.

La salud de Clarimonda no era buena desde hacía algún tiempo. Su rostro se iba apagando día a día. Los médicos que mandaron llamar no entendieron nada y no supieron qué hacer. Prescribieron algún medicamento sin importancia y no regresaron. Pero ella palidecía, y cada vez estaba más fría. Parecía tan blanca y tan muerta como aquella noche en el castillo desconocido. Me desesperaba ver cómo se marchitaba lentamente. Ella, conmovida por mi dolor, me sonreía dulcemente con la fatal sonrisa de los que saben que van a morir.

Una mañana, me encontraba desayunando en una mesita junto a su lecho, para no separarme de ella ni un minuto, y partiendo una fruta me hice casualmente un corte en un dedo bastante profundo. La sangre roja corrió rápido, y unas gotas salpicaron a Clarimonda. Sus ojos se iluminaron, su rostro adquirió una expresión de alegría feroz y salvaje que no le conocía. Saltó de la cama con una agilidad

animal de mono o de gato y se abalanzó sobre mi herida que empezó a chupar con un erotismo indescriptible. Tragaba la sangre a pequeños sorbitos, lentamente, con afectación, como un gourmet que saborea un vino de Jerez o de Siracusa. Entornaba los ojos, y sus verdes pupilas no eran redondas, se habían alargado. Por momentos se detenía para besar mi mano y luego volvía a apretar sus labios contra los labios de la herida para sacar todavía más gotas rojas. Cuando vio que no salía más sangre, se incorporó con los ojos húmedos y brillantes, rosa como una aurora de mayo, satisfecha, su mano estaba tibia y húmeda, estaba más hermosa que nunca y completamente restablecida.

—¡No moriré! ¡No moriré! —decía loca de alegría colgándose de mi cuello—. Podré amarte aún más tiempo. Mi vida está en la tuya y todo mi ser proviene de ti. Solo unas gotas de tu rica y noble sangre, más preciada y eficaz que todos los elixires del mundo, me han devuelto a la vida.

Este hecho me preocupó durante algún tiempo, haciéndome dudar acerca de Clarimonda, y esa misma noche, cuando el sueño me transportó a mi parroquia, vi al padre Serapión más taciturno y preocupado que nunca:

—No contento con perder tu alma, quieres perder también el cuerpo. ¡Infeliz, en qué trampa has caído!

El tono de sus palabras me afectó profundamente, pero esta impresión se disipó pronto, y otros cuidados acabaron por borrarlo de mi memoria. Una noche vi en mi espejo, en cuya posición ella no había reparado, cómo Clarimonda derramaba unos polvos en una copa de vino sazonado que acostumbraba a preparar después de la cena. Tomé la copa y fingí llevármela a los labios dejándola luego sobre un mueble como para apurarla más tarde a placer y, aprovechando un instante en que estaba vuelta de espaldas, vacié su contenido bajo la mesa, luego me retiré a mi habitación y me acosté decidido a no dormirme y ver en qué acababa todo eso. No esperé mucho tiempo, Clarimonda entró en camisón y una vez que se hubo despojado de sus velos se recostó junto a mí. Cuando estuvo segura de que dormía tomó mi brazo desnudo y sacó de entre su pelo un alfiler de oro, murmurando:

—Una gota, solo una gotita roja, un rubí en la punta de mi aguja... Puesto que aún me amas no moriré... ¡Oh, pobre amor!, beberé tu hermosa sangre de un púrpura brillante. Duerme mi bien, mi dios, mi niño, no te haré ningún daño, solo tomaré de tu vida lo necesario para que no se apague la mía. Si no te amara tanto me decidiría a

buscar otros amantes cuyas venas agotaría, pero desde que te conozco todo el mundo me produce horror. ¡Ah, qué brazo tan hermoso, tan perfecto, tan blanco! Jamás podré pinchar esta venita azul.

Lloraba mientras decía esto y sentía llover sus lágrimas en mi brazo, que tenía entre sus manos. Finalmente se decidió, me dio un pinchacito y empezó a chupar la sangre que salía. Apenas hubo bebido unas gotas tuvo miedo de debilitarme y aplicó una cinta alrededor de mi brazo, después de frotar la herida con un ungüento que la cicatrizó al instante.

Ya no cabía duda. El padre Serapión tenía razón. Pero, a pesar de esta certeza, no podía dejar de amar a Clarimonda y le hubiera dado toda la sangre necesaria para mantener su existencia ficticia. Por otra parte, no tenía qué temer, la mujer respondía del vampiro, y lo que había visto y oído me tranquilizaba. Mis venas estaban colmadas, de forma que tardarían en agotarse y no iba a ser egoísta con mi vida. Me habría abierto el brazo yo mismo diciéndole:

—Bebe, y que mi amor pase a tu cuerpo con mi sangre.

Evitaba hacer la más mínima alusión al narcótico y a la escena de la aguja, y vivíamos en una armonía perfecta. Pero mis escrúpulos de sacerdote me atormentaban más que nunca, y ya no sabía qué penitencia podía inventar para someter y mortificar mi carne. Aunque todas mis visiones fueran involuntarias y sin mi participación, no me atrevía a tocar a Cristo con unas manos tan impuras y un espíritu mancillado por semejantes excesos, reales o soñados. Para evitar caer en semejantes alucinaciones, intentaba no dormir, manteniendo abiertos mis párpados con los dedos, y permanecía de pie apoyado en los muros luchando con todas mis fuerzas contra el sueño. Pero la arena del adormecimiento pesaba en mis ojos, y al ver que mi lucha era inútil, dejaba caer mis brazos y, exhausto y sin aliento, dejaba que la corriente me arrastrase hacia la pérfida orilla. Serapión me exhortaba de forma vehemente y me reprochaba con dureza mi debilidad y mi falta de fervor. Un día en que mi agitación era mayor que de ordinario me dijo:

—Solo hay un remedio para que te desembaraces de esta obsesión, y aunque es una medida extrema, la llevaremos a cabo. A grandes males, grandes remedios. Conozco el lugar donde fue enterrada Clarimonda, vamos a desenterrarla para que veas en qué lamentable estado se encuentra el objeto de tu amor. No permitirás que tu alma se pierda por un cadáver inmundo devorado por gusanos y a punto de convertirse en polvo; esto te hará entrar en razón.

Estaba tan cansado de llevar esa doble vida que acepté. Deseaba saber de una vez por todas quién era víctima de una ilusión, si el

cura o el gentilhombre, y quería acabar con uno o con otro o con los dos, pues mi vida no podía continuar así. El padre Serapión se armó con un pico, una palanca y una linterna y a medianoche nos fuimos al cementerio que él conocía perfectamente. Tras acercar la luz a las inscripciones de algunas tumbas, llegamos por fin ante una piedra medio escondida entre grandes hierbas y devorada por musgos y plantas parásitas, donde desciframos el principio de la siguiente inscripción:

Aquí yace Clarimonda
Que fue mientras vivió
La más bella del mundo.

—Aquí es —dijo Serapión y, dejando en el suelo su linterna, colocó la palanca en el rendija de la piedra y comenzó a levantarla. La piedra cedió y se puso a trabajar con el pico. Yo le veía hacer, más oscuro y silencioso que la noche misma; él, ocupado en tan fúnebre tarea, sudaba copiosamente, jadeaba, y su respiración entrecortada parecía el estertor de un agonizante. Era un espectáculo extraño y, cualquiera que nos hubiera visto desde fuera, nos habría tomado por profanadores y ladrones de sudarios antes que por sacerdotes de Dios. El entusiasmo de Serapión tenía algo de salvaje que lo asemejaba más a un demonio que a un apóstol o a un ángel, y sus rasgos severos recortados por el reflejo de la linterna nada tenían de tranquilizadores.

Sentía en mis miembros un sudor glacial, y mis cabellos se erizaban dolorosamente en mi cabeza; en el fondo de mí mismo veía el acto de Serapión como un abominable sacrilegio, y hubiera deseado que del flanco de las sombrías nubes que transcurrían pesadamente sobre nosotros hubiera salido un triángulo de fuego que lo redujera a polvo. Los búhos posados en los cipreses, inquietos por el reflejo de la linterna, venían a golpear sus cristales con sus alas polvorientas, gimiendo lastimosamente; los zorros chillaban a lo lejos, y mil ruidos siniestros brotaban del silencio. Finalmente, el pico de Serapión chocó con el ataúd, y los tablones retumbaron con un ruido sordo y sonoro, con ese terrible ruido que produce la nada cuando se la toca; derribó la tapa y vi a Clarimonda, pálida como el mármol, con las manos juntas; su blanco sudario formaba un solo pliegue de la cabeza a los pies. Una gotita roja brillaba como una rosa en la comisura de su boca descolorida. Al verla, Serapión se enfureció:

—¡Ah! ¡Estás aquí demonio, cortesana impúdica, bebedora de sangre y de oro! —Y roció de agua bendita el cuerpo y el ataúd sobre el que dibujó una cruz con su hisopo.

Tan pronto como el santo roció a la pobre Clarimonda, su hermoso cuerpo se convirtió en polvo y no fue más que una mezcla espantosa y deforme de ceniza y de huesos calcinados.

—He aquí a tu amante, señor Romualdo —dijo el despiadado sacerdote mostrándome los tristes despojos—. ¿Irás a pasearte al Lido y a Fusine con esta belleza?

Bajé la cabeza, solo había ruinas en mi interior. Volví a mi parroquia, y el señor Romualdo, amante de Clarimonda, se separó del pobre cura a quien durante tanto tiempo había hecho tan extraña compañía. Solo que la noche siguiente volví a ver a Clarimonda, quien me dijo, como la primera vez en el pórtico de la iglesia:

—¡Infeliz! ¡Infeliz!, ¿qué has hecho?, ¿por qué has escuchado a ese cura imbécil?, ¿acaso no eras feliz?, ¿y qué te había hecho yo para que violaras mi tumba y pusieras al descubierto las miserias de mi nada? Se ha roto para siempre toda posible comunicación entre nuestras almas y nuestros cuerpos. Adiós, me recordarás —dijo, y se disipó en el aire como el humo; nunca más volví a verla.

¡Ay de mí! Tenía razón, la he recordado más de una vez y aún la recuerdo. La paz de mi alma fue pagada a buen precio, el amor de Dios no era suficiente para reemplazar al suyo. Esta es, hermano, la historia de mi juventud. No mires jamás a una mujer, y camina siempre con los ojos fijos en la tierra, pues, aunque seas casto y sosegado, un solo minuto basta para hacerte perder la eternidad.

Edgar Allan Poe

# Ligeia
(1838)

Ligeia es amada por el narrador anónimo, aún después de la muerte.

Fue publicado por primera vez el 18 de septiembre de 1838 en la revista *American Museum*. A Edgar Allan Poe le pagaron diez dólares por dos cuentos: *Ligeia* y *The narrative of Arthur Gordon Pym*.

*Y allí está la voluntad que no muere. ¿Quién conoce los misterios de la voluntad, con su vigor? Porque Dios no es más que una gran voluntad que impregna todas las cosas con su intensidad. El hombre no se rinde frente a los ángeles, ni cede frente a la muerte, como no sea por la debilidad de su frágil voluntad.*
Joseph Glanvill

No puedo, lo juro por mi alma, recordar cómo, cuándo, o incluso exactamente dónde conocí a Ligeia. Han pasado largos años desde entonces y el sufrimiento ha debilitado mi memoria. O quizá no puedo evocar ahora aquellas cosas porque, a decir verdad, el carácter de mi amada, su extraña educación, la naturaleza de su belleza diferente pero serena, y la penetrante y seductora elocuencia de su profunda voz musical, abrieron camino en mi corazón paso a paso, con tanta cautela, que no pude darme cuenta.

Sin embargo, creo haberla visto por primera vez, y en algunas ocasiones más, en una inmensa y decadente ciudad cerca del Rin. La escuché hablar de su familia, y no tengo dudas de su antiguo linaje. ¡Ligeia, Ligeia! Abstraído por estudios que, por su especie, pueden amortiguar los sobresaltos del mundo, solo por esta dulce palabra, Ligeia, llega a los ojos de mi imaginación el retrato de aquella que ya no existe. Y ahora, mientras escribo, me doy cuenta de que nunca supe el apellido de quien fuera mi amiga y prometida, luego compañera de estudios y, por último, la esposa de mi corazón. ¿Fue por una orden cordial de mi Ligeia o para poner a prueba la fuerza de mi afecto, que me estaba prohibido investigar sobre este punto? ¿O fue mi capricho, esa ofrenda delirante y romántica en el altar de la devoción más apasionada? Solo recuerdo confusamente el hecho. ¿Es raro que haya olvidado por completo los sucesos que lo causaron y lo siguieron? Y de hecho, si alguna vez el espíritu de la pálida Ashtophet del Egipto idólatra, con sus alas sombrías, presidió, como dicen, los matrimonios nefastos, seguramente presidieron el mío.

Pero hay un punto en el cual mi memoria no falla. Es el cuerpo de Ligeia. Era alta, un poco delgada y, en sus últimos tiempos, casi descarnada. Sería inútil intentar describir a su majestad, la serena soltura de su postura o la inconcebible presteza y plasticidad de sus

pasos. Entraba y salía como una sombra. Nunca advertía su aparición en mi gabinete de trabajo de no ser por la amada musicalidad de su voz dulce, profunda, cuando posaba su mano marmórea sobre mi hombro. Ninguna mujer igualó la belleza de su rostro. Era el resplandor de un sueño de opio, una visión etérea y encantadora, más extrañamente divina que las fantasías que revoloteaban en las almas adormecidas de las hijas de Delos. Sin embargo, sus facciones no tenían esa regularidad que falsamente nos han enseñado a adorar en las obras clásicas del paganismo. «No hay belleza exquisita —dice Bacon, Lord Verulam, refiriéndose a todas las formas y géneros de la hermosura— sin algo de extraño en las proporciones».

Sin embargo, aunque yo me daba cuenta de que las facciones de Ligeia no eran de una regularidad clásica, aunque sentía que su hermosura era verdaderamente «exquisita» y percibía mucho de su «extrañeza», inútilmente intenté descubrir la irregularidad y reconocer lo «extraño». Examiné el contorno de su frente alta y pálida: era perfecto –¡qué fría en verdad esta palabra aplicada a una majestad tan divina!–. Por la piel, que rivalizaba con el marfil más puro, por la imponente amplitud y la calma, la noble prominencia de las regiones superciliares; y luego los cabellos, como ala de cuervo, lustrosos, exuberantes y naturalmente ensortijados, que demostraban toda la fuerza del halago de Homero: «cabellera de jacinto». Miraba las delicadas líneas de la nariz y solo en las encantadoras medallas de los hebreos he visto una perfección semejante. Tenía la misma superficie plena y suave, la misma tendencia casi imperceptible a ser aguileña, las mismas aletas armoniosamente curvas, que revelaban un espíritu libre. Contemplaba su boca dulce. Allí estaba la gloria de todas las cosas celestiales: la magnífica sinuosidad del breve labio superior, la suave, voluptuosa serenidad del inferior, los hoyuelos alegres y el color elocuente; los dientes, que reflejaban con un brillo prodigioso los rayos de la luz bendita que caían sobre ellos en la más serena y plácida y sin embargo radiante y triunfal de todas las sonrisas. Analizaba la forma del mentón y también ahí encontraba la noble amplitud, la suavidad y la majestad, la plenitud y la espiritualidad de los griegos, el contorno que el dios Apolo reveló tan solo en sueños a Cleomenes, el hijo del ateniense. Y entonces me asomaba a los grandes ojos de Ligeia.

Para los ojos no encuentro un modelo en la antigüedad lejana. Quizá fuera porque en los de mi amada existía el secreto del que nos habla Lord Verulam. Creo que eran más grandes que los ojos comunes de nuestra raza, más que los de las gacelas de la tribu del valle de

Nourjahad. Por momentos (en los tiempos de intensa excitación) esta singularidad de Ligeia sobresalía aún más. Y en tales ocasiones su belleza –quizá la veía así mi imaginación ardiente– era la de los seres que están por encima o fuera de la tierra, la belleza de la fabulosa hurí de los turcos. Los ojos eran del negro más brillante, velados por oscuras y largas pestañas. Las cejas, levemente irregulares, eran del mismo color. Sin embargo, lo «extraño» que encontraba en sus ojos era independiente de su forma, del color, del brillo, y debía aplicarse a la expresión. ¡Ah, palabra sin sentido, región insondable donde se concentra toda nuestra ignorancia de lo espiritual! La expresión de los ojos de Ligeia... ¡Cuántas horas medité sobre ella! ¡Cuántas noches de verano luché por explorarla! ¿Qué era aquello, más profundo que el pozo de Demócrito, que estaba en el fondo de las pupilas de mi amada? ¿Qué era? Me dominaba la pasión por descubrirlo. ¡Aquellos ojos! ¡Aquellas grandes, aquellas brillantes, aquellas divinas pupilas! Llegaron a ser para mí las estrellas gemelas de Leda, y yo era para ellas el más devoto de los astrólogos.

Entre las numerosas e incomprensibles anormalidades de la ciencia de la mente no hay punto más atrayente, más excitante que el hecho –nunca, creo, mencionado por las escuelas– de que en nuestros intentos por recordar algo largo tiempo olvidado, con frecuencia llegamos a encontrarnos al borde mismo del recuerdo, sin poder, al fin, atraparlo. Y así cuántas veces, en mi intensa revisión de los ojos de Ligeia, sentí que me acercaba al conocimiento cabal de su expresión, me acercaba, pero no era mío, y al final desaparecía por completo. Y (¡raro, ah, el más raro de los misterios!) encontraba en los objetos más comunes del universo un círculo de analogías con esa expresión. Quiero decir que, después del tiempo en que la belleza de Ligeia irrumpió en mi espíritu, donde vivía como en un altar, yo sacaba de muchos objetos del mundo material una emoción parecida a la que provocaban en mí sus grandes pupilas luminosas. Pero no por eso puedo definir mejor esa emoción, ni analizarla, ni siquiera observarla en paz. La he reconocido a veces, repito, en una parra que crecía rápidamente, en la contemplación de una falena, de una mariposa, de una crisálida, de un arroyo veloz. La he sentido en el mar, en la caída de un meteorito. La he sentido en la mirada de los ancianos. Y hay una o dos estrellas en el cielo (especialmente una, de sexta magnitud, doble y cambiante, que puede verse cerca de la gran estrella de Lira) que, miradas con el telescopio, me han inspirado la misma emoción. Me ha llenado, al escuchar ciertos sones de instrumentos de cuerda, y no pocas veces al leer pasajes de determinados

libros. Entre muchos ejemplos, recuerdo bien algo de una obra de Joseph Glanvill que (quizá simplemente por lo insólito, ¿quién sabe?) nunca ha dejado de inspirarme esa emoción: «Y allí está la voluntad que no muere. ¿Quién conoce los misterios de la voluntad, con su vigor? Porque Dios no es más que una gran voluntad que impregna todas las cosas con su intensidad. El hombre no se rinde frente a los ángeles, ni cede frente a la muerte, como no sea por la debilidad de su frágil voluntad».

Los años pasados y los razonamientos ulteriores me han permitido buscar cierta remota conexión entre este pasaje del moralista inglés y un aspecto del carácter de Ligeia. La fuerza del pensamiento, de la acción, de la palabra era posiblemente en ella un resultado, o por lo menos un índice, de esa colosal voluntad que durante nuestras largas relaciones no dejó de dar otras pruebas más numerosas y evidentes de su existencia. De todas las mujeres que jamás he conocido, la exteriormente serena, la siempre apacible Ligeia, era presa con más violencia que nadie de los tumultuosos buitres de la dura pasión. Y no podía yo medir esa pasión como no fuese por el milagroso dilatarse de los ojos que me deleitaban y aterraban al mismo tiempo, por la melodía casi mágica, la modulación, la claridad y la placidez de su voz tan profunda, y por la salvaje energía (doblemente efectiva por contraste con su manera de pronunciarlas) con que profería habitualmente sus palabras raras.

He hablado de la sabiduría de Ligeia: era inmensa, como nunca la hallé en una mujer. Su conocimiento de las lenguas clásicas era profundo, y, en la medida de mis nociones sobre los modernos dialectos de Europa, nunca la descubrí en un error. A decir verdad, nunca le descubrí a Ligeia un error en cualquier tema de su alabada erudición académica, admirada simplemente por esotérica. ¡De qué manera única y sagaz este punto de la naturaleza de mi esposa me atrajo tanto! Dije que sus conocimientos eran tales que jamás los hallé en otra mujer, pero ¿dónde está el hombre que ha cruzado, y con éxito, toda la amplia extensión de las ciencias morales, físicas y metafísicas? No vi entonces lo que ahora advierto claramente: que los intereses de Ligeia eran abrumadores y admirables; sin embargo, tenía suficiente conciencia de su infinita superioridad para guiarme como a un niño en el caos de la investigación metafísica, a la cual me entregué activamente durante los primeros años de nuestro matrimonio. ¡Con qué sentimiento de éxito, con qué viva satisfacción, con qué etérea esperanza sentía yo –cuando ella se entregaba conmigo a estudios poco frecuentes, poco conocidos– esa deliciosa perspectiva

que se agrandaba lentamente ante mí, por cuyo largo y magnífico camino no andado podía al fin alcanzar la meta de una sabiduría demasiado estricta, demasiado divina para no ser prohibida!

¡Con qué dolor habré visto, después de algunos años, emprender vuelo a mis esperanzas y desaparecer! Sin Ligeia yo era un niño a tientas en la oscuridad. Solo su presencia, sus lecturas podían arrojar luz sobre los muchos misterios del trascendentalismo en los cuales nos refugiábamos. Privadas del radiante brillo de sus ojos, esas páginas, leves y doradas, se opacaron más que el plomo saturnino. Y aquellos ojos brillaron cada vez con menos frecuencia sobre las páginas que yo escrutaba. Ligeia cayó enferma. Los extraños ojos brillaron con un fulgor demasiado, demasiado magnífico; los pálidos dedos adquirieron la transparencia añil de la tumba y las venas azules de su alta frente latieron impetuosamente en las alternativas de la más ligera emoción. Vi que iba a morir, y luché desesperadamente con el torvo Azrael. Y las luchas de la apasionada esposa eran, para mi asombro, más enérgicas todavía que las mías. Muchos rasgos de su carácter hosco me habían convencido de que para ella la muerte llegaría sin terror, pero no fue así. Las palabras son impotentes para dar una idea de la feroz resistencia que opuso a la Sombra. Sollocé de angustia ante el triste espectáculo. Yo hubiera querido tranquilizar, hubiera querido reflexionar, pero en la intensidad de su salvaje deseo de vivir, vivir, solo vivir, el consuelo y la razón eran el colmo de la locura. Sin embargo, hasta el último momento, en las convulsiones más violentas de su espíritu indómito, no se conmovió la placidez exterior de su actitud. Su voz se tornó más suave, más profunda, pero yo no quería rezagarme en el raro significado de las palabras pronunciadas en paz. Mi mente titubeaba al escuchar fascinada una melodía sobrehumana, suposiciones y anhelos que la humanidad no había conocido hasta entonces.

De su amor no dudaba, y me era fácil intuir que, en un pecho como el suyo, el amor no reinaba como una pasión común. Pero solo en la muerte medí toda la fuerza de su afecto. Durante largas horas, reteniendo mi mano, desplegaba ante mí los excesos de un corazón cuya devoción más que apasionada llegaba a la idolatría. ¿Cómo había merecido yo la bendición de semejantes confesiones? ¿Cómo había merecido la condena de que mi amada me fuese arrebatada en el momento en que lo hacía? Pero no tolero más hablar sobre este punto. Solo diré que en el enamoramiento más que femenino de Ligeia, ay, inmerecido y dado sin ser yo digno, reconocí el principio

de su ansioso, de su ardiente deseo de vida, esa vida que huía ahora tan velozmente. Soy incapaz de describir, no tengo palabras para expresar esa ansia salvaje, ese frenético deseo de vivir, solo vivir.

Murió a la medianoche. Antes me llamó con urgencia a su lado, pidiéndome que repitiera ciertos versos que había compuesto pocos días antes. La obedecí. Aquí están:

¡Es noche de gala
en los últimos años de soledad!
Una multitud de ángeles alados,
con sus velos, bañados en lágrimas,
son los espectadores de un teatro
donde miran un drama de esperanza y miedo,
mientras la orquesta toca
la música infinita de las esferas.

Imitadores del Dios que está en lo alto,
gruñen y murmuran como títeres,
van y vienen
y los apuran
inmensos cuerpos sin forma
que perturban el escenario sin parar,
batiendo sus alas desplegadas de Cóndor
sobre un Dolor invisible y largo.

¡Este drama múltiple no se olvidará,
jamás será olvidado!
Con su Fantasma siempre perseguido
por una multitud que no lo alcanza,
en un círculo de eterno retorno
al mismo lugar,
y mucho de Locura, y más de Pecado,
y más de Horror —el alma de la trama.

¡Pero mira: en la derrota de los imitadores
asoma una forma que repta!
¡Se retuerce roja como la sangre
en la escena solitaria!
¡Se retuerce y retuerce!
Y en tormentos los imitadores son su alimento,
y sus fauces destilan sangre humana,
y los serafines lloran.

¡Se apagan todas las luces, todas!
Y sobre cada forma temblorosa
cae el telón, un manto funerario,
que desciende como el desplome de una tormenta.
Y los pálidos ángeles, todos anémicos,
ya de pie revelan y afirman
que la obra es la tragedia del «Hombre»,
y que su héroe es el Gusano Conquistador.

—¡Oh, Dios mío! —gritó Ligeia, incorporándose de un salto y elevando sus brazos al cielo en un movimiento espasmódico, apenas terminé de recitar estos versos—. ¡Oh, Dios! ¡Oh, Padre Celestial! ¿Estas cosas sucederán irremediablemente? ¿El Vencedor no será alguna vez vencido? ¿No somos una parte, una partícula de Ti? ¿Quién, quién conoce los misterios de la voluntad y su fuerza? El hombre no se rinde frente a los ángeles, ni cede frente a la muerte, como no sea por la debilidad de su frágil voluntad.

Entonces, como cansada por la emoción, dejó caer los brazos y volvió solemnemente a su lecho de muerte. Mientras, mezcló en sus labios sus últimos suspiros con un suave murmullo. Acerqué mi oído y distinguí de nuevo las palabras finales del pasaje de Glanvill: «El hombre no se rinde frente a los ángeles, ni cede frente a la muerte, como no sea por la debilidad de su frágil voluntad».

Ella murió, y yo, deshecho, molido por el dolor, no pude aguantar más la desolación de mi casa, y a esa sombría y ruinosa ciudad a orillas del Rin. No me faltaba lo que el mundo llama fortuna. Ligeia me había dejado una buena herencia, una riqueza muchísimo más grande de lo que por lo común les toca a los mortales. Entonces, después de unos meses de vagabundeo aburrido, sin rumbo, compré y arreglé una abadía cuyo nombre no diré, en una de las más incultas y menos visitadas comarcas de la hermosa Inglaterra. La sombría y triste vastedad del edificio, el aspecto casi salvaje del dominio, los numerosos recuerdos melancólicos y venerables vinculados con ambos tenían mucho en común con los sentimientos de abandono total que me habían conducido a esa remota y huraña región del país.

Sin embargo, aunque el exterior de la abadía, arruinado, invadido por el musgo, sufrió pocos cambios, me dediqué con maldad pueril, y quizá con la débil esperanza de aliviar mis penas, a desplegar en su interior magnificencias más que reales. Siempre, hasta en la infancia, había sentido gusto por esas extravagancias, que reaparecieron como una compensación al dolor. ¡Ay, ahora sé cuánto de incipiente locura

podía descubrirse en los lujosos y fantásticos tapices, en las solemnes esculturas de Egipto, en los extraños capiteles, en los muebles, en los delirantes diseños de las alfombras bordadas con oro! Me había convertido en un esclavo preso en las redes del opio, y mis trabajos y mis planes cobraron el color de mis sueños. Pero no me detendré a detallar estos absurdos. Hablaré tan solo de ese aposento por siempre maldito, donde en un momento de enajenación conduje al altar (como sucesora de la inolvidable Ligeia) a Rowena Trevanion de Tremaine, la de rubios cabellos y ojos azules.

No hay una sola partícula de la arquitectura y la decoración de aquella cámara nupcial que no se presente ahora ante mis ojos. ¿Dónde tenía el corazón la altiva familia de la novia para permitir, movida por su sed de oro, que una doncella, una hija tan querida, pasara el umbral de un aposento tan adornado? He dicho que recuerdo minuciosamente los detalles de la cámara –yo, que tristemente olvido cosas de profunda importancia– y, sin embargo, no había orden ni armonía en aquel boato maravilloso que se impusieran a mi memoria. La habitación estaba en una alta torrecilla de la abadía fortificada, era pentagonal y de grandes dimensiones. Una única ventana ocupaba todo el lado sur del pentágono, era un enorme cristal de Venecia de una sola pieza de color plomizo; cuando los rayos del sol o de la luna lo atravesaban, caían con brillo tétrico sobre las cosas. En lo alto de la inmensa ventana se extendía el enrejado de una parra añosa que trepaba por los macizos muros de la torre. El techo, de roble oscuro, era altísimo, abovedado y decorado con los motivos más raros y grotescos, de un estilo semigótico, semidruídico. Del centro mismo de esa melancólica bóveda colgaba, de una sola cadena de oro de largos eslabones, un inmenso incensario del mismo metal, en estilo sarraceno, con múltiples perforaciones dispuestas de tal manera que a través de ellas, como dotadas de la vitalidad de una víbora, se veían contorsiones continuas de llamas multicolores.

Había algunos sillones y candelabros orientales dorados. El lecho nupcial era de estilo indio, bajo, esculpido en ébano macizo, con un baldaquín semejante a un telón funerario. En cada uno de los ángulos de la alcoba había un inmenso sarcófago de granito negro proveniente de las tumbas reales edificadas frente a Luxor, con sus antiguas tapas cubiertas de relieves remotos. Pero en el cortinaje se hallaba, ay, la fantasía más importante. Las elevadas paredes, de formidable altura –al punto de ser desproporcionadas–, estaban cubiertas de arriba a abajo, en extensos pliegues, por una pesada y tupida tapicería, de un material similar al de la alfombra del piso,

la cubierta de los sillones y el lecho de ébano, del baldaquín y de las pomposas formas de los cortinajes que ocultaban parcialmente la ventana. Ese material era el más rico tejido de oro, cubierto íntegramente, con intervalos irregulares, por arabescos en realce, de un pie de diámetro, de negro azabache. Pero estas figuras solo participaban de la condición de arabescos cuando se las miraba desde un determinado ángulo. Por un procedimiento hoy común, que puede en verdad rastrearse en periodos muy remotos de la antigüedad, cambiaban de aspecto. Para el que entraba en la habitación tenían la apariencia de simples monstruosidades, pero, al acercarse, esta apariencia desaparecía gradualmente y, paso a paso, a medida que el visitante cambiaba de posición en el recinto, se veía rodeado por una infinita serie de formas horribles pertenecientes a la superstición de los normandos o nacidas en los sueños culpables de los monjes. El efecto fantasmagórico se incrementaba por la incursión artificial de una fuerte y continua corriente de aire detrás de los tapices, la cual daba una espantosa e inquietante animación al conjunto.

Entre esas paredes, en esa cámara nupcial, pasé con Rowena de Tremaine las impías horas del primer mes de nuestro matrimonio, y las pasé sin demasiado nerviosismo. Que mi esposa me tuviera miedo por mi carácter severo, que me huyera y no me amara, no podía pasarlo por alto, pero me causaba más placer que otra cosa. Mi memoria volaba (¡ah, con qué intensa nostalgia!) hacia Ligeia, la amada, la venerable, la bella, la enterrada. Me extasiaba con el recuerdo de su pureza, de su sabiduría, de su naturaleza elevada, etérea, de su amor apasionado. Ahora mi espíritu ardía plena y libremente, con más intensidad que el suyo. En el ardor de mis sueños de opio (pues me hallaba habitualmente esclavizado por la droga) gritaba su nombre en el silencio de la noche, o durante el día, en los sombreados refugios de los valles, como si con esa salvaje excitación, con la solemne pasión, con el fuego devorador de mi deseo por la difunta, pudiera restituirla a la senda que había abandonado (ah, ¿era posible que fuese para siempre?) en la tierra.

Al comenzar el segundo mes de nuestro matrimonio, Rowena enfermó súbitamente y se repuso con lentitud. La fiebre que la consumía perturbaba sus noches, y en su inquieto semisueño hablaba de sonidos, de movimientos que se producían en la cámara de la torre, cuyo origen atribuí a los extravíos de su imaginación o quizá a la fantasmagórica influencia de la cámara misma. Llegó, al fin, la recuperación y, por último, el restablecimiento total. Sin embargo, había pasado un breve periodo cuando un segundo trastorno, aun

más violento, la postró en su lecho de dolor, y de esta indisposición, su naturaleza, que siempre fue débil, nunca se repuso del todo. Su enfermedad, desde entonces, tuvo una alarmante intermitencia que desafiaba el conocimiento y los grandes esfuerzos de los médicos. Con la aceleración de su mal crónico –el cual parecía haber invadido de tal modo su constitución que era imposible extirparlo por medios humanos–, pude observar una acentuación de su irritabilidad y en sus miedos, causados por motivos insignificantes. De nuevo hablaba, y ahora con más frecuencia e insistencia, de los sonidos, de los tenues sonidos y de los movimientos insólitos en las cortinas.

Una noche, cercana a los últimos días del mes de septiembre, este penoso tema me alarmó más que nunca. Acababa de despertar de un sueño intranquilo, yo había estado observando con ansiedad y un vago terror los gestos de su cara esquelética. Me senté junto a su lecho de ébano, en uno de los sillones de la India. Se incorporó a medias y habló, con un susurro ansioso, bajo, de los sonidos que estaba oyendo y yo no podía oír, de los movimientos que estaba viendo y yo no podía percibir. El viento soplaba velozmente detrás de los tapices y quise mostrarle (cosa en la cual, debo decirlo, no creía yo del todo) que aquellos suspiros casi inarticulados y aquellas levísimas variaciones de las figuras de la pared eran tan solo los naturales efectos de la habitual corriente de aire. Pero la palidez mortal que se extendió por su rostro me probó que mis esfuerzos por calmarla serían inútiles. Pareció desmayarse y no había criados a quien recurrir. Recordé el lugar donde había una botella de vino ligero que le habían prescrito los médicos, y crucé presuroso el aposento en su busca. Pero, al llegar bajo la luz del incensario, dos circunstancias sorprendentes llamaron mi atención. Sentí que un objeto palpable, aunque invisible, rozaba levemente mi persona, y vi que en la alfombra dorada, en el centro mismo del resplandor que lanzaba el incensario, había una sombra, una sombra leve, indefinida, de aspecto angélico, como cabe imaginar la sombra de una sombra. Yo estaba tocado por la embriaguez de una desenfrenada dosis de opio, no le di importancia a esas cosas y no se las mencioné a Rowena. Encontré el vino, crucé nuevamente la cámara y llené un vaso, que llevé a los labios de la desmayada. Ya se había recobrado un tanto, sin embargo, tomó el vaso entre sus manos, mientras yo me dejaba caer en el sillón que tenía cerca, con los ojos fijos en ella. Fue entonces cuando percibí claramente un paso suave en la alfombra, cerca del lecho, y un segundo después, mientras Rowena alzaba la copa de vino hasta sus labios, vi o quizá soñé que veía caer dentro del vaso, como surgido de un invisible surtidor

en la atmósfera del aposento, tres o cuatro grandes gotas de fluido brillante, del color del rubí. Yo lo vi, pero no ocurrió lo mismo con Rowena. Tomó el vino sin titubear y me abstuve de hablarle de una circunstancia que, según pensé, debía considerarse como sugestión de mi imaginación excitada, cuya actividad mórbida crecía por el terror de mi mujer, el opio y la hora.

Sin embargo, observé que, inmediatamente después de la caída de las gotas color rubí, el mal de mi esposa se agravaba, de tal modo que la tercera noche las manos de sus doncellas la prepararon para la tumba, y la cuarta la pasé solo, con su cuerpo amortajado, en aquella maravillosa habitación que la recibiera recién casada. Extrañas visiones causadas por el opio aleteaban como sombras delante de mí. Advertí con ojos inquietos los sarcófagos en los ángulos de la habitación, las cambiantes figuras de los tapices, las contorsiones de las llamas multicolores en el incensario colgado. Mis ojos cayeron entonces, mientras trataba de recordar las circunstancias de una noche anterior, en el lugar donde, bajo el resplandor del incensario, había visto las débiles huellas de la sombra. Pero ya no estaba allí, y, respirando con más libertad, volví la mirada a la pálida y rígida figura tendida en el lecho. Entonces me asaltaron mil recuerdos de Ligeia, y cayó sobre mi corazón, con la turbulenta violencia de una marea, todo el inenarrable dolor con que había mirado su cuerpo amortajado. La noche avanzaba, y con el pecho lleno de amargos pensamientos, cuyo objeto era mi único, mi supremo amor, permanecí contemplando el cuerpo de Rowena.

Quizá fuera media noche, tal vez más temprano o más tarde, no tenía conciencia del tiempo, cuando un gemido sofocado, suave, pero muy claro, me sacó bruscamente de mi ensueño. Sentí que venía del lecho de ébano, del lecho de muerte. Presté atención en una agonía de terror supersticioso, pero el sonido no se repitió. Esforcé la vista para descubrir algún movimiento del cadáver, pero no me percaté de nada. Sin embargo, no podía haberme equivocado. Había oído el ruido, aunque débil, y mi espíritu estaba despierto. Mantuve con decisión, con perseverancia, la atención clavada en el cuerpo. Transcurrieron algunos minutos sin que ningún suceso arrojara luz sobre el misterio. Por fin, fue evidente que un color ligero, muy débil y apenas perceptible se difundía bajo las mejillas y a lo largo de las hundidas venas de los párpados. Con una especie de espanto, de miedo indecible, que no tiene en el lenguaje humano expresión suficientemente enérgica, sentí que mi corazón dejaba de latir, que mis miembros se ponían duros. Sin embargo, el sentimiento del deber

me recuperó. Ya no podía dudar de que nos habíamos apresurado en los preparativos, de que Rowena aún vivía. Era necesario hacer algo inmediatamente, pero la torre estaba muy apartada de las dependencias de la servidumbre, no había nadie cerca, yo no tenía modo de llamar en mi ayuda sin abandonar la habitación unos minutos, y no podía aventurarme a salir. Luché solo en mi intento de volver a la vida ese espíritu aún vacilante. Pero, al cabo de un breve periodo, fue evidente la recaída; el color desapareció de los párpados y las mejillas, dejándolos más pálidos que el mármol; los labios estaban doblemente apretados y contraídos en la espectral expresión de la muerte; una viscosidad y un frío repulsivos cubrieron rápidamente la superficie del cuerpo, y la habitual rigidez cadavérica sobrevino de inmediato. Volví a desplomarme con un temblor en el sillón de donde me levantara tan bruscamente y de nuevo me entregué a mis apasionadas visiones de Ligeia.

Así transcurrió una hora cuando (¿era posible?) advertí por segunda vez un vago sonido procedente de la zona del lecho. Presté atención en el colmo del horror. El sonido se repitió: era un suspiro. Precipitándome hacia el cadáver, vi –claramente– temblar los labios. Un minuto después se entreabrían, descubriendo una brillante línea de dientes nacarados. El asombro luchaba ahora en mi pecho con un profundo pánico. Sentí que mi vista se nublaba, que mi razón se perdía, y solo con un violento esfuerzo logré recobrar ánimos para ponerme a hacer lo que mi deber me demandaba una vez más. Había ahora cierto color en la frente, en las mejillas y en la garganta; un calor perceptible invadía todo el cuerpo; hasta se sentía latir levemente su corazón. Mi esposa vivía, y con redoblado ardor me entregué a la tarea de resucitarla. Froté y friccioné las sienes y las manos, y utilicé todos los medios que la experiencia y no pocas lecturas médicas me aconsejaban. Pero fue en vano. De pronto, el color huyó, las pulsaciones cesaron, los labios recobraron la expresión de la muerte y, un instante después, todo el cuerpo alcanzaba el frío del hielo, el color cadavérico, la rigidez intensa, el aspecto consumido y todas las horrorosas características de quien ha sido, por muchos días, habitante de la tumba.

Otra vez me hundí en las visiones de Ligeia, y de nuevo (¿y quién ha de sorprenderse de que me estremezca al escribirlo?), de nuevo llegó a mis oídos un gemido ahogado que venía de la zona del lecho de ébano. Pero, ¿cómo definir el horror de aquella noche? ¿Cómo relatar el drama horrible de la resurrección en el momento del alba gris, cómo contar cada espantosa recaída que terminaba en una

muerte más rígida y aparentemente más irremediable, cómo describir esa agonía que parecía la lucha contra algún enemigo invisible, cómo cada lucha era sucedida por no sé qué extraño cambio en el aspecto del cuerpo? Permitidme que abrevie.

La mayor parte de la aterradora noche había pasado, y la que estuviera muerta se movió otra vez, ahora con más fuerza, como si despertase de una disolución más horrenda y más irreparable. Yo había dejado de luchar o de moverme hacía rato, y permanecía rígido, sentado en el sillón, presa indefensa de un torbellino de violentas emociones, de todas las cuales el miedo era quizá la menos terrible, la menos devoradora. El cadáver, repito, se movía, y ahora con más fuerza que antes. Los colores de la vida cubrieron con inusitada energía el rostro, los miembros se relajaron y, de no ser por los párpados aún apretados y por las vendas y paños que daban un aspecto sepulcral a la figura, podía haber soñado que Rowena había sacudido por completo las cadenas de la muerte. Pero si entonces no acepté del todo esta idea, por lo menos pude salir de dudas cuando, levantándose del lecho, a tientas, con débiles pasos, con los ojos cerrados y la manera peculiar de quien se ha extraviado en un sueño, aquel ser amortajado avanzó temerariamente, a las claras, hasta el centro del cuarto.

No temblé, no me moví. Una multitud de ideas inexpresables vinculadas con el aire, la estatura, el porte de la figura cruzaron velozmente por mi cerebro, paralizándome, y convirtiéndome de piedra. No me moví, pero contemplé la aparición. Reinaba un caos en mis pensamientos, un tumulto incontenible. ¿Podía ser realmente Rowena viva la figura que tenía delante? ¿Podía ser realmente Rowena, Rowena Trevanion de Tremaine, la de los cabellos rubios y los ojos azules? ¿Por qué, por qué lo dudaba? El vendaje apretaba la boca, pero ¿podía no ser la boca de Rowena de Tremaine? Y las mejillas –con rosas como en la plenitud de su vida–, sí podían ser en verdad las hermosas mejillas de la viviente señora de Tremaine. Y el mentón, con sus hoyuelos, como cuando estaba sana, ¿podía no ser el suyo? Pero entonces, ¿había crecido ella durante su enfermedad? ¿Qué inenarrable locura me invadió al pensarlo? De un salto llegué a sus pies. Estremeciéndose a mi contacto, dejó caer de la cabeza las horribles vendas que la envolvían, y entonces, en el aire crispado de la habitación, se derrumbó una enorme masa de pelo desordenado, más negro que las alas de cuervo de la medianoche. Y lentamente se abrieron los ojos de la figura que estaba ante mí. «¡Aquí, entonces, en esto al menos —grité—, nunca, nunca podré equivocarme! ¡Son estos ojos los grandes ojos, los ojos negros, los extraños ojos de mi amor perdido, los ojos de ella... los ojos de Ligeia!».

Alejandro Dumas

# La historia de la dama pálida

(1849)

Dumas Davy de la Pailleterie nació en Villers-Cotterêts en la región de Picardía, departamento de Aisne, en el distrito de Soissons, Francia, el 24 de julio de 1802. Murió en Puys, cerca de Dieppe, el 5 de diciembre de 1870. Será conocido como Alejandro Dumas.

Novelista y dramaturgo. Sus cien mil páginas escritas y publicadas han sido traducidas a cien idiomas. Es el narrador francés más leído.

Algunas de sus novelas de aventuras como *El Conde de Montecristo* y *Los tres mosqueteros*, se publicaron exitosamente como folletines por entregas, y han sido adaptadas en el siglo XX en más de doscientas películas.

*La historia de la dama pálida (Histoire de la Dame pâle*) fue traducida algunas veces como *La hermosa vampirizada*. Es un cuento fantástico escrito en 1849 para su colección de relatos de horror *Los mil y un fantasmas (Les Mille et un fantômes*).

Nací en Sandomir, soy polaca, es decir, nací en un país donde las leyendas se vuelven productos de la fe, donde creemos en las tradiciones de familia como (e incluso más que) en el Evangelio mismo. No hay castillo entre nosotros que no tenga su fantasma, ni choza que no tenga su duende familiar. En la casa del rico como en la del pobre, en el castillo como en la choza, se reconocen la amistad y la enemistad.

A veces estos dos fundamentos entran en disputa y luchan entre sí. Entonces se sienten sonidos tan misteriosos en los corredores, rugidos tan espantosos en las antiguas torres, estremecimientos tan formidables en las murallas, que los habitantes huyen de las chozas como de los castillos, y aldeanos y nobles corren a la iglesia en procura de la cruz bendita o de las santas reliquias, únicos resguardos contra los demonios que nos abruman. Pero otros dos fundamentos más terribles todavía, más rabiosos y crueles que la amistad y la enemistad, se encuentren allí enfrentados: la tiranía y la libertad.

En el año 1825, entre Rusia y Polonia se puso en marcha una de esas contiendas en las que se extingue toda la sangre de un pueblo, como se extinguen familias enteras. Mi padre y mis dos hermanos, sublevados contra el nuevo zar, habían ido a alinearse bajo la bandera de la independencia polaca, vencida a veces, siempre resucitada. Un día supe que habían matado a mi hermano menor, otro día me avisaron que a mi hermano mayor lo habían herido mortalmente, y por fin, tras escuchar espantada durante un día de angustia el detonar cada vez más cercano de los cañones, vi llegar a mi padre con un centenar de soldados de a caballo, los sobrevivientes de los tres mil hombres que él comandaba.

Había venido a encerrarse en nuestro castillo con la intención de sepultarse bajo sus ruinas. No temía nada por él, pero temblaba

por mí. Para él, la muerte era el único riesgo porque estaba confiado de no caer vivo en manos del enemigo, pero para mí, la amenaza era la esclavitud, el deshonor y la vergüenza. Mi padre eligió diez hombres entre los cien que le quedaban, llamó al intendente, le hizo entrega de todo el dinero y los objetos preciosos que nos quedaban y, recordando que (en ocasión de la segunda división de Polonia) mi madre, casi niña todavía, había encontrado un asilo inaccesible en el monasterio de Sabastru, situado en medio de los montes Cárpatos, le ordenó conducirme a aquel monasterio, que abriría sus hospitalarias puertas a la hija, como hacía tiempo lo habían hecho con la madre.

Por el gran amor que mi padre sentía por mí, nuestros saludos no fueron largos. De acuerdo a todas las probabilidades, los rusos debían llegar el día siguiente a la vista del castillo, por lo que no había tiempo que perder. Me puse deprisa un vestido de amazona, con el que solía acompañar a mis hermanos en los días de caza. Me trajeron ensillado el mejor caballo de la cuadra; mi padre me puso en los bolsillos de la silla sus propias pistolas, obras maestras de las fábricas de Tula, me abrazó y dio la orden de partida.

Durante aquella noche y el día siguiente recorrimos veinte leguas, costeando uno de esos ríos sin nombre que desembocan en el Vístula. Esta primera doble etapa nos había evitado el peligro de caer en manos de los rusos. El sol marcaba el rumbo cuando lo vimos brillar sobre los picos nevados de los Cárpatos.

Hacia la noche del día siguiente llegamos a su base; al fin, en la mañana del tercer día, comenzamos a avanzar por una de sus gargantas. Nuestros Cárpatos no se parecen a los fértiles montes del occidente. Todo lo que la naturaleza tiene de maravilloso y admirable se presenta allí en toda su magnificencia. Sus cumbres borrascosas se pierden entre las nubes cubiertas de nieves eternas, sus bosques inconmensurables de abetos se inclinan sobre el brillante espejo de lagos que por su extensión se parecen a mares. En aquellos lagos, donde jamás una nave ha surcado sus ondas ni unas redes de pescadores turbaron su cristal profundo como el azul del cielo, de tiempo en tiempo, resuena una voz humana, haciendo escuchar un canto moldavo al que contestan los aullidos de los animales salvajes, y cantos y aullidos van a desvelar algún solitario eco, atónito de que un ruido cualquiera le haya revelado su propia existencia. Por millas y millas se viaja bajo la sombría bóveda de los bosques, con las inesperadas maravillas que la soledad nos descubre a cada instante, y que hacen pasar nuestro ánimo del estupor a la admiración. Ahí hay peligro por todos lados, un peligro compuesto de mil riesgos diversos, pero no

hay tiempo para tener miedo, tan sublimes son aquellos riesgos. Aquí hay alguna cascada nacida súbitamente del derretimiento de los hielos y que, saltando de roca en roca, invade de pronto el angosto sendero que se recorre, trazado por el paso de las fieras en fuga y del cazador que las persigue; allí hay árboles minados por el tiempo, que se desprenden del suelo y se derrumban con horrible estrépito semejante al de un terremoto; en otra parte, en fin, son los huracanes los que nos envuelven de nubes, en medio de las cuales se ve centellear, extenderse y contorsionarse el relámpago, como una serpiente enardecida. Luego, tras haber superado aquellas moles agrestes, aquellas florestas primitivas, después de encontrarnos en medio de gigantescas montañas y bosques interminables, nos vemos ante inmensos páramos, como mares que tienen también sus olas y sus tempestades, áridas y onduladas estepas, donde la vista se pierde en un horizonte sin límite. Entonces, no es terror lo que experimentamos sino una triste y profunda melancolía de la cual nada hay que pueda distraernos, porque el aspecto de la región, por lejos que se alargue nuestra mirada, es siempre el mismo. Ascendamos o descendamos las cien veces iguales pendientes, buscando en vano un camino trazado, al hallarnos tan perdidos en aquel aislamiento, en medio de desiertos, nos creemos solos en la naturaleza, y nuestra melancolía se convierte en desolación. Nos parece inútil caminar más adelante porque no vemos una meta para nuestros pasos, no encontramos una aldea ni un castillo ni una cabaña ni un vestigio humano. De cuando en cuando, como una tristeza más en aquella región melancólica, un pequeño lago sin cañas, sin arbustos, dormido en el fondo de un barranco, casi otro mar Muerto, nos cierra el camino con sus verdes aguas, sobre las cuales se levantan al acercarnos algunas aves acuáticas de gritos prolongados y discordantes. Rodeamos ese lago, trasponemos la colina que está delante de nosotros, descendemos a otro valle, superamos otra colina, y así sucesivamente, hasta que hayamos llegado a los comienzos de la cadena de montes. Hacia el mediodía, la región presenta un aspecto espléndido, ostenta una naturaleza más grandiosa y nos permite descubrir otra cadena de montañas más altas, de forma más pintoresca, de más rica vegetación, cubierta de espesos bosques, surcada por arroyos. Con la sombra y con el agua renace también la vida en aquella comarca: se escucha el tañido de la campana de una ermita y sobre el flanco de aquella montaña se ve serpentear una caravana. Por fin, con los últimos rayos del sol poniente se perciben desde lejos, a modo de bandada de pájaros blancos, apoyándose unas en otras, las casas de una aldea, que parece que se hubieran agrupado

en cierto modo para defenderse de un asalto nocturno. Con la vida ha vuelto el peligro; aquí no se luchará con osos y lobos, como en aquellas altas montañas, sino con hordas de bandidos moldavos.

Entretanto nos acercábamos a nuestra meta. Diez días de camino habían transcurrido sin ningún incidente. Ya distinguíamos la cumbre del monte Pion, que se eleva sobre toda aquella familia de gigantes, y sobre cuya vertiente meridional está situado el convento de Sabastru al cual yo me trasladaba. Tres días más y nos hallábamos al término de nuestro viaje. Eran los últimos días de julio. Habíamos tenido una jornada muy cálida, y hacia las cuatro respirábamos con ansioso deleite las primeras brisas del atardecer. Habíamos dejado atrás hacía poco las torres ruinosas de Niantzo. Bajábamos a una llanura que empezábamos a ver a través de una hendidura de la montaña.

Desde el sitio donde estábamos, ya podíamos seguir con la vista el curso del Bistriza, de riberas embellecidas por encendidos viñedos y de altas campánulas de flores blancas. Bordeábamos un abismo en cuyo fondo corría el río, que en aquel lugar tenía apenas forma de arroyo, y nuestras cabalgaduras tenían escaso espacio para caminar dos de frente. Nos precedía un guía, quien, inclinado de flanco sobre la grupa de su caballo, cantaba una canción morlaca, cuyas palabras seguía con singular atención. El cantor era también el poeta. Necesitaría ser uno de aquellos montañeses para poder expresar la melancolía de su canción con su feroz congoja, con toda su profunda sencillez. Las palabras de la canción eran más o menos las siguientes:

¡Vean allí a ese cadáver desolado
en el pantano de Stavila,
donde corriera tanta sangre de soldados!
No es hijo de nadie, no;
es un forajido feroz,
que a una gentil dama engañó,
y después a todos aniquiló,
incendió, robó y mató.
Como un rayo, una bala veloz
el corazón del forajido atravesó,
y un sable el cuello le cortó.
Pero, oh misterio, oh,
después de tres días su sangre la tierra regó,
tibia aún, bajo un pino solitario,
y hasta a los empalidecidos oscureció,

¡huyamos, huyamos del escenario!
Sus ojos azules ahora brillan eternos;
¡huyamos, huyamos de su infierno!
Infeliz el que pase cerca de él por el pantano oscuro;
¡es un vampiro! ¡es un vampiro!
El lobo feroz se aleja del cadáver impuro,
y el buitre macabro huye en un suspiro,
¡es un vampiro! ¡es un vampiro!

De repente se escuchó el disparo de un arma de fuego y el silbido de una bala. Quedó trunca la canción, y el guía, herido de muerte, se precipitó al abismo mientras su caballo se detenía temblando y extendiendo su inteligente cabeza hacia el fondo del precipicio, donde desapareciera su dueño. Al mismo tiempo, se elevó por los aires un grito estridente, y sobre los costados de la montaña vimos aparecer una treintena de bandidos: estábamos completamente rodeados. Cada uno de los nuestros empuñó un arma, y aunque habían sido sorprendidos repentinamente, mis acompañantes, todos viejos soldados avezados al fuego, no se dejaron intimidar, y se pusieron en guardia. Yo misma, dando el ejemplo, empuñé una pistola, y conociendo bien cuan desventajosa era nuestra situación, grité: ¡Adelante!, y golpeé con la espuela a mi caballo que se lanzó a toda carrera hacia la llanura. Pero teníamos que vérnoslas con montañeses que brincaban de roca en roca como verdaderos demonios de los abismos, que aun saltando, hacían fuego, manteniendo a nuestros lados la posición tomada. Por lo demás, nuestro plan había sido previsto. En un punto donde el camino se ensanchaba y la montaña se allanaba un poco, aguardaba nuestro paso un joven a la cabeza de diez hombres a caballo. Cuando nos vieron, pusieron al galope sus cabalgaduras, y nos asaltaron de frente, mientras aquellos que nos perseguían bajaban saltando en gran cantidad, cortaron nuestra retirada, y nos rodearon por todas partes.

La situación era grave, sin embargo, acostumbrada desde niña a las escenas de guerra, pude estudiarla sin que se me escapara un solo dato. Todos aquellos hombres, vestidos con pieles de carnero, llevaban inmensos sombreros redondos, coronados de flores naturales al modo de los húngaros. Cada uno de ellos manejaba un largo fusil turco, que agitaban vivamente después de haber disparado, dando gritos salvajes, y en la cintura portaba un sable corvo y dos pistolas. Su jefe era un joven de apenas veintidós años, de tez pálida, ojos negros y cabellos ensortijados que le caían sobre la espalda. Vestía

la casaca moldava forrada de piel y ajustada al cuerpo por una faja con ribetes de oro y seda. En su mano resplandecía un sable corvo, y en su cintura relucían cuatro pistolas. Durante la lucha daba gritos ásperos y confusos que parecían no pertenecer al habla humana, y sin embargo, eran una eficaz expresión de sus deseos, pues a aquellos gritos obedecían todos sus hombres, a veces echándose a tierra boca abajo para esquivar nuestras descargas, otras levantándose para disparar a su vez, haciendo caer a aquellos de nosotros que todavía estaban de pie, matando a los heridos, haciendo de la lucha una carnicería. Yo había visto caer uno después de otro a dos tercios de mis defensores. Cuatro estaban aún ilesos y se apretaban a mi alrededor, no pidiendo una gracia que tenían la certidumbre de no conseguir, y pensando en vender la vida lo más cara que fuese posible. Entonces el joven jefe dio un grito más elocuente que los anteriores, tendiendo la punta de su sable hacia nosotros. En verdad aquella orden significaba que debía rodearnos con fuego y fusilarnos a todos juntos, pues de un golpe vimos cómo nos apuntaban aquellos largos mosquetes.

Comprendí que había llegado la hora final. Alcé los ojos y las manos al cielo murmurando una última plegaria, y aguardé la muerte. En ese instante vi, no descender sino precipitarse de peña en pena, un joven que se detuvo enhiesto sobre una roca que dominaba la escena, semejante a una estatua en un pedestal, y, extendiendo la mano hacia el campo de batalla, pronunció esta sola palabra: "¡Basta!" Todas las miradas se volvieron a esa voz, y cada uno pareció obedecer al nuevo amo. Solo un bandido apuntó de nuevo su fusil e hizo el disparo. Uno de nuestros hombres dio un grito; la bala le había roto el brazo izquierdo. Se volvió al punto para lanzarse sobre el que le hiriera, pero no había hecho cuatro pasos su caballo, que un relámpago brilló por encima de nosotros y el bandido rebelde cayó herido por una bala en la cabeza...

Tantas y tan diversas emociones habían acabado con mis fuerzas, y me desvanecí. Cuando recobré los sentidos, me hallé acostada sobre la hierba, con la cabeza apoyada en las rodillas de un hombre, de quien no veía sino la mano blanca y cubierta de anillos rodeándome el cuerpo, mientras ante mí estaba parado, de brazos cruzados y la espada bajo la axila, el joven jefe moldavo que dirigiera el asalto contra nosotros.

—Kostaki —decía en francés y con gesto autoritario el que me sostenía—, que tus hombres se retiren de inmediato. Déjame al cuidado de esta joven.

—Hermano, hermano —respondió aquel a quien eran dirigidas tales palabras, y que parecía contenerse con esfuerzo—, cuídate de

no cansar mi paciencia; yo te dejo el castillo, déjame a mí el bosque. En el castillo tú eres el amo, pero aquí yo soy todopoderoso. Aquí me bastaría una sola palabra para obligarte a obedecerme.

—Kostaki, yo soy el mayor, lo que quiere decir que soy amo en todas partes, así en el bosque como en el castillo, allá y aquí. Como a ti me corre por las venas la sangre de los Brankovan, sangre real que tiene el hábito de mandar, y yo mando.

—Manda a tus servidores, Gregoriska, no a mis soldados.

—Tus soldados son bandidos, Kostaki... bandidos que haré ahorcar en las almenas de nuestras torres si no me obedecen al instante.

—Bien, intenta darles una orden.

Sentí entonces que quien me sostenía retiraba su rodilla y colocaba suavemente mi cabeza sobre una piedra.

Lo seguí ansiosa con la mirada y pude examinar a aquel joven que cayera, por así decirlo, del cielo en medio de la refriega, y que yo había podido ver apenas, estando desmayada, mientras aparecía en escena. Era un joven alto, de veinticuatro años, con grandes ojos celestes resplandecientes como el relámpago, en los que se leía una extraordinaria decisión y firmeza. Los largos cabellos rubios, indicio de la estirpe eslava, le caían sobre la espalda como los del arcángel Miguel, circundando dos mejillas rubicundas y frescas; sus labios realzados por una sonrisa arrogante, dejaban ver una doble hilera de perlas. Vestía una especie de túnica de lana negra, pantalón ceñido a las piernas y botas bordadas, en la cabeza tenía un gorro puntiagudo ornado de una pluma de águila, en la cintura portaba un cuchillo de caza, y al hombro una pequeña carabina de dos caños, cuya precisión había aprendido a apreciar uno de los bandidos. Extendió la mano, y con ese gesto imperioso pareció imponerse hasta a su hermano. Pronunció algunas palabras en lengua moldava, las cuales parecieron causar profunda impresión sobre los bandidos. Entonces, a su vez, habló en la misma lengua el joven jefe, y me pareció que su discurso estaba lleno de amenazas y de imprecaciones. A aquel largo y vehemente discurso el hermano mayor contestó con una sola palabra. Los bandidos se sometieron, hizo un gesto y los bandidos se reunieron detrás de nosotros.

—¡Bien! Sea, pues, Gregoriska —dijo Kostaki volviendo a hablar en francés—. Esta mujer no irá a la caverna, pero no por ello será menos mía. Es hermosa, la he conquistado yo y la quiero para mí.

Así diciendo, se lanzó hacia mí y me levantó entre sus brazos.

—Esta mujer será llevada al castillo y entregada a mi madre, yo no la abandonaré —dijo mi protector.

—¡Mi caballo! —gritó Kostaki en lengua moldava.

Varios bandidos se apresuraron a obedecer, condujeron a su señor la cabalgadura pedida... Gregoriska miró en torno, asió las bridas de un caballo sin dueño, y saltó a la silla sin tocar los estribos. Kostaki, teniéndome aún apretada entre sus brazos, montó en la silla casi tan ágilmente como su hermano, y partió a todo galope. El caballo de Gregoriska pareció haber recibido el mismo impulso y fue a ponerse pegado al flanco y al pescuezo del corcel de Kostaki. Extraño ver eran aquellos dos caballeros que volaban el uno junto al otro, taciturnos, silenciosos, sin perderse de vista un solo instante, aun cuando aparentaran no mirarse, y se entregaban por entero a sus cabalgaduras, cuya impetuosa carrera los llevaba a través de bosques, rocas y precipicios.

Tenía la cabeza caída y esto me permitía ver los bellos ojos de Gregoriska fijos en mí. Kostaki lo advirtió, me levantó la cabeza, y ya no vi más que su tétrica mirada devorándome. Bajé los párpados, pero fue en vano, veía siempre aquella mirada relampagueante que me penetraba hasta las vísceras y me punzaba el corazón. Entonces sufrí una extraña alucinación, me parecía ser la Leonora de la balada de Bürger, llevada por el caballo y el caballero fantasmas, y cuando sentí que se me cerraban los ojos, los abrí abatida, tan persuadida estaba de ver alrededor mío solo cruces rotas y tumbas abiertas. Entonces vi algo un poco más alegre: era el patio interno de un castillo moldavo construido en el siglo XIV.

Kostaki me dejó rodar a tierra, bajando inmediatamente después que yo, pero, por rápido que hubiera sido su acto, Gregoriska lo hizo antes. Como bien lo revelara, en el castillo él era el amo. Al ver llegar a los dos jóvenes y a la extranjera que llevaban con ellos, acudieron los servidores, pero, aunque dividieron sus diligencias entre Kostaki y Gregoriska, parecía claro que las mayores atenciones, el respeto más profundo eran para el segundo. Se aproximaron dos mujeres, Gregoriska les dio una orden en lengua moldava, y con la mano me indicó que las siguiera. La mirada que acompañaba aquel gesto era tan respetuosa que no vacilé en obedecerle. Cinco minutos después me encontraba en una cámara que, aunque pudiera parecer despojada y triste a una persona más exigente, era sin embargo la más hermosa del castillo. Una gran habitación cuadrada, con una especie de sofá tapizado con sayal verde, que era butaca para sentarse durante el día y lecho para dormir durante la noche. También había allí cinco o seis asientos de encina, un inmenso cofre y, en un ángulo, un trono semejante a una gran silla de coro.

No había cortinas en las ventanas ni en la cama. A los costados de la escalera que llevaba a aquella cámara se erguían, dentro de nichos, tres estatuas de los Brankovan de tamaño superior al natural. Al poco rato trajeron nuestro equipaje, donde se encontraban también mis maletas. Las mujeres me ofrecieron sus servicios. Pero no obstante, reparando el desorden que lo sucedido causara en mi tocado, conservé mi vestimenta de amazona, la cual, más que cualquier otra, acordaba con el modo de vestir de mis huéspedes. Apenas había hecho los pocos cambios necesarios en mi ropa, cuando oí golpear levemente en la puerta.

—Adelante —dije en francés, siendo esta lengua para nosotros los polacos, como saben, casi una segunda lengua materna.

Entró Gregoriska.

—¡Ah! señora, cuánto me complace que hables francés.

—Y a mí también —respondí—. Estoy contenta de saber esta lengua, porque de tal modo he podido apreciar toda la generosidad de tu conducta conmigo. En esta lengua me defendiste de los designios de tu hermano, y en esta lengua te ofrezco yo la expresión de mi sincero reconocimiento.

—Te lo agradezco, señora. Era cosa muy natural que me preocupara por una mujer que se encontraba en tu situación. Andaba de caza por los montes cuando llegaron a mi oído algunas detonaciones anormales y continuas, comprendí que se trataba de un asalto a mano armada y marché al encuentro del fuego, como decimos nosotros en términos guerreros. A Dios gracias, llegué a tiempo, pero ¿sería tal vez demasiado atrevido si te preguntara, oh señora, por cuál motivo una mujer de alto linaje, como eres tú, se ha visto reducida a aventurarse en nuestros montes?

—Soy polaca —contesté—. Mis dos hermanos murieron, no hace mucho, en la guerra contra Rusia; mi padre, a quien dejé yo mientras se preparaba para defender su castillo, sin duda se les ha reunido ya a esta hora, y yo, huyendo por orden de mi padre de todos aquellos estragos, iba en busca de refugio al monasterio de Sabastru, donde mi madre, en su juventud y en circunstancias semejantes, había encontrado asilo seguro.

—Eres enemiga de los rusos, tanto mejor —dijo el joven—. Este título te será de poderosa ayuda en el castillo, y nosotros necesitaremos de todas nuestras fuerzas para sostener la lucha que se prepara. Pero ante todo, señora, pues ya sé quién eres, debes saber también quienes somos nosotros: el nombre de los Brankovan no te es desconocido, ¿verdad, señora? .—Yo me incliné—. Mi madre es la última

princesa de este nombre, la última descendiente del ilustre jefe mandado a matar por los Cantimir, los viles cortesanos de Pedro I. Casó en primeras nupcias con mi padre, Serban Waivady, príncipe también él, pero de estirpe menos ilustre. Mi padre había sido educado en Viena, y allí pudo apreciar las ventajas de la civilización. Decidió hacer de mí un europeo. Partimos para Francia, Italia, España y Alemania. Mi madre –no le toca a un hijo, lo sé, narrar lo que te diré, pero, ya que por nuestra salvación es necesario que nos conozcamos bien, reconocerás justos los motivos de esta revelación–, mi madre, digo, que durante los primeros viajes de mi padre mientras era yo aún niño, había tenido culpables relaciones con un jefe de parciales que, con tal nombre —añadió sonriendo Gregoriska— se llaman en este país a los hombres por quienes fuiste agredida, cierto conde Giordaki Koproli, medio griego y medio moldavo, escribió a mi padre confesándole todo y pidiéndole el divorcio, apoyando su demanda en que no quería ella, una Brankovan, continuar siendo por más tiempo mujer de un hombre que se tornaba cada día más extranjero para su patria. ¡Ay! Mi padre no tuvo necesidad de dar su consentimiento a esa petición, que te podrá parecer extraña, pero entre nosotros es cosa muy natural. Él había muerto de un aneurisma que desde mucho tiempo lo atormentaba, y la carta de mi madre la recibí yo. A mí, entonces, no me quedaba otra cosa que hacer votos sinceros por la felicidad de mi madre, y le escribí una carta, en la que le comunicaba estos votos míos junto con la noticia de su viudez. En aquella carta le pedía también permiso para poder continuar mis viajes, lo que me fue concedido. Tenía la firme intención de establecerme en Francia o Alemania para no encontrarme cara a cara con un hombre que aborrecía, y que no podía amar, quiero decir al marido de mi madre; cuando he aquí que, de improviso, vine a saber que el conde Giordaki Koproli había sido asesinado, según relatos, por los viejos cosacos de mi padre. Amaba yo demasiado a mi madre para no apresurarme a regresar a la patria. Comprendía su aislamiento y la necesidad en que debía encontrarse de tener junto a ella en tales circunstancias a las personas que podían serle queridas. Aun cuando ella nunca se hubiera mostrado muy tierna conmigo, yo era su hijo. Una mañana llegué inesperadamente al castillo de mis padres. Allí encontré a un joven, a quien al principio tomé por un extranjero, pero luego supe que era mi hermano. Era Kostaki, el hijo del adulterio, legitimado por un segundo matrimonio. Kostaki, la indomable criatura que viste, para quien son leyes solo sus pasiones, que nada tiene por sagrado fuera de su madre, que me obedece como la tigresa obedece al brazo

que la ha domado, pero rugiendo por siempre, en la vaga esperanza de poder devorarme un día. En el interior del castillo, en el hogar de los Brakovan y de los Waivady, yo soy el amo todavía, pero fuera de este recinto, en la abierta campiña, él se convierte en el salvaje hijo de los bosques y los montes, que quiere doblegarlo todo bajo su férrea voluntad. Cómo hoy él y sus hombres hicieron para ceder, no lo sé; quizás por antigua costumbre, o por un resto de respeto que me tienen. Pero no quisiera arriesgar otra prueba. Permanece aquí, no salgas de esta cámara, del patio, del castillo en suma, en este lugar yo respondo por todo; si das un paso fuera del castillo, no puedo prometerte otra cosa que hacerme matar por defenderte.

—¿No podré entonces, según el deseo de mi padre, continuar el viaje hacia el convento de Sabastru? —dije yo.

—Inténtalo, y ordéname, yo te acompañaré, pero quedaré en mitad del camino, y tú... tú ciertamente no alcanzarás la meta de tu viaje.

—Pero ¿qué hacer entonces?

—Quédate aquí, espera, acepta los hechos y aprovecha las circunstancias. Suponte haber caído en una caverna de bandidos de la que solo tu valor y tu calma podrán sacarte del apuro y salvarte. Mi madre, a despecho de la preferencia que concede a Kostaki, hijo de su amor, es buena y generosa. Por otra parte, es una Brankovan, vale decir una verdadera princesa. La verás; ella te defenderá de las brutales pasiones de Kostaki. Ponte bajo la protección de ella, sé amable y te amará. Y en realidad —añadió él con expresión indefinible—, ¿quién podría verte y no amarte? Ven ahora al comedor donde mi madre te espera. No demuestres fastidio ni desconfianza, habla en polaco, aquí nadie conoce esta lengua, y yo traduciré a mi madre tus palabras. Y estate tranquila, que solo diré aquello que sea conveniente decir. Sobre todo ni una palabra de cuanto te he revelado, nadie debe sospechar que estamos de acuerdo. Tú no sabes aún de cuánta astucia y simulación es capaz el más sincero de nuestra familia. Ven.

Lo seguí por la escalera iluminada de antorchas de resina ardiendo, puestas dentro de manos de hierro que sobresalían del muro. Era evidente que aquella insólita iluminación había sido dispuesta para mí. Llegamos al comedor. Apenas Gregoriska hubo abierto la puerta de aquella sala, y pronunciado en el umbral una palabra en lengua moldava, que después supe que significaba la extranjera, vino a nuestro encuentro una mujer muy alta. Era la princesa Brankovan. Tenía cabellos blancos entrelazados alrededor de la cabeza, la cual estaba cubierta por un gorro de piel, adornado con un penacho, signo de

su origen principesco. Vestía una especie de túnica de brocado, la blusa sembrada de piedras preciosas, sobrepuesta a una larga falda de paño turco, revestida de la misma piel del gorro. Tenía en la mano un rosario de cuentas de ámbar, que hacía correr rápidamente entre los dedos. Junto a ella estaba Kostaki, vestido con el espléndido y majestuoso traje magiar, en el cual me pareció aún más extraño. Su traje estaba compuesto de una sobrevesta de lana negra, de mangas anchas, que le caía hasta debajo de la rodilla, y un pantalón de casimir rojo. Sus largos cabellos de color negro tirando a azulado le caían sobre el cuello desnudo, rodeado solamente por la orla blanca de una fina camisa de seda. Me saludó torpemente, y pronunció en moldavo algunas palabras para mí ininteligibles.

—Puedes hablar en francés, hermano mío —dijo Gregoriska—, la señora es polaca y comprende esta lengua.

Entonces Kostaki dijo en francés algunas palabras casi tan incomprensibles para mí como las que pronunciara en moldavo, pero la madre, tendiendo gravemente el brazo, interrumpió a los dos hermanos. Parecía claro que intimaba a sus hijos que esperaban que ella me recibiera. Comenzó entonces en lengua moldava un discurso de cumplimiento, al cual la movilidad de sus facciones daba un sentido fácil de explicarse. Me indicó la mesa, me ofreció una silla cerca de ella, señaló con un gesto la casa toda, como diciendo que estaba a mi disposición, y, sentándose antes que los demás con benévola dignidad, hizo la señal de la cruz y pronunció una plegaria. Entonces cada uno ocupó su lugar propio, establecido por la etiqueta, Gregoriska cerca de mí. Como extranjera, yo había pensado que a Kostaki le tocaría el puesto de honor junto a su madre Smeranda. Así se llamaba la condesa. También Gregoriska había cambiado de atuendo. Llevaba también la túnica magiar y los pantalones de casimir, pero aquella de color granate y estos, turquesas. Tenía colgada del cuello una espléndida condecoración, el nisciam del sultán Mahmud. Los otros comensales de la casa cenaban en la misma mesa, cada uno en el sitio que le correspondía según el grado que ocupaba entre los amigos o los servidores. La cena fue triste: Kostaki no me dirigió nunca la palabra, si bien su hermano tuvo siempre la atención de hablarme en francés. La madre me ofrecía de todo con sus propias manos con ese ademán solemne que le era natural; Gregoriska había dicho la verdad, era una verdadera princesa. Después de la cena, Gregoriska se acercó a su madre y le explicó en lengua moldava el deseo que yo debía tener de estar sola, y cuán necesario me sería el reposo después de las emociones de aquella jornada. Smeranda hizo

un gesto de aprobación, me tendió la mano, me besó en la frente, como lo hubiera hecho con una hija suya, y me deseó buena noche en su castillo. Gregoriska no se había engañado, yo ansiaba ardientemente un instante de soledad. Agradecí por eso a la princesa, quien me condujo hasta la puerta, donde me esperaban las dos mujeres que antes ya me acompañaran en mi cámara. Saludé a la madre y a los dos hijos, y volví a mi aposento.

El sofá estaba transformado en cama. Otros cambios no se habían hecho. Agradecí a las mujeres, les hice comprender que me desvestiría sola, y ellas salieron en seguida con mil pruebas de respeto, que explicaban que estaban a mis órdenes, para obedecerme en todo y por todo. Quedé sola en aquella inmensa cámara, apenas alumbrada por una vela. Era un singular juego de luces, una especie de lucha entre el resplandor trémulo de la llama y los rayos de la luna que pasaban a través de la ventana sin cortinados. Además de la puerta por la que entrara, y que caía sobre la escalera, había otras dos en la cámara, pero sus gruesos cerrojos, que se cerraban por dentro, bastaban para tranquilizarme. Miré la puerta de entrada, también ella tenía medios de defensa. Abrí la ventana, daba sobre un abismo. Comprendí que Gregoriska había elegido aquella cámara calculadamente. De vuelta por fin a mi sofá, encontré sobre una mesita puesta junto a la cabecera una tarjeta doblada. La abrí y leí en polaco: "Duerme tranquila: nada tienes que temer mientras permanezcas en el interior del castillo". Seguí el buen consejo, y como el cansancio le ganaba a las preocupaciones, me acosté y me dormí enseguida.

Desde aquel momento quedaba establecida mi estadía en el castillo y empezaba el drama que voy a contarles.

Los dos hermanos se enamoraron de mí, cada uno según su personalidad. Kostaki me confesó de improviso, al día siguiente, que me amaba, y declaró que sería suya y de nadie más, y que preferiría matarme antes que permitir que sea de otro, quienquiera que fuese. Gregoriska no me dijo nada, pero se demostró amoroso y considerado conmigo. Para complacerme puso en práctica todos los medios de su refinada educación, todos los recuerdos de una juventud transcurrida en las más nobles cortes de Europa. ¡Ay! No era cosa tan difícil pues ya el primer sonido de su voz me había acariciado el alma, y su primera mirada me había serenado el corazón. Al cabo de tres meses Kostaki me había repetido cien veces que me amaba, y yo lo odiaba;

Gregoriska todavía no me había dicho una palabra de amor y yo sentía que cuando él lo deseara sería toda suya.

Kostaki había renunciado a sus correrías. Encerrado siempre en el castillo, había cedido momentáneamente el mando a un lugarteniente, quien de cuando en cuando venía a pedirle órdenes, y enseguida desaparecía. También Smeranda había forjado por mí una amistad apasionada, cuyas expresiones me causaban temor. Protegía ella visiblemente a Kostaki, y parecía celosa de mí más aún de lo que él lo fuera. Pero como no hablaba polaco ni francés, y yo no comprendía el moldavo, ella no tenía modo de insistir ante mí en favor de su hijo predilecto. Había sin embargo aprendido a decir en francés unas palabras que me repetía siempre cuando posaba sus labios en mi frente: «¡Kostaki ama a Edvige!».

Un día recibí una noticia terrible que colmó mi desgracia. Los cuatro hombres sobrevivientes del combate habían sido puestos en libertad y regresado a Polonia, prometiendo que uno de ellos, antes de que pasaran tres meses, volvería para darme noticias de mi padre. En efecto, una mañana se presentó de nuevo uno de ellos. Nuestro castillo había sido tomado, incendiado, destruido, y mi padre se había hecho matar defendiéndolo. En adelante estaba sola en el mundo. Kostaki redobló su insinuación, y Smeranda su ternura, pero esta vez aduje como pretexto mi duelo por la muerte de mi padre. Kostaki insistió diciendo que cuanto más sola me encontrara tanto más necesitaría protección, y su madre me presionó más que él.

Gregoriska me había hablado del poder que los moldavos tienen sobre sí mismos cuando no quieren que otros lean en su corazón. Él era un vivo ejemplo de ello. Estaba segurísima de su amor, y sin embargo, si alguien me hubiera preguntado en qué prueba se fundaba tal certidumbre, me habría sido imposible decirlo; nadie en el castillo había visto nunca que su mano tocara la mía, o que sus ojos buscaran los míos. Solo los celos podían hacer clara a Kostaki la rivalidad del hermano, como solo el amor que alimentaba yo por Gregoriska podía hacerme claro su amor. Sin embargo, lo confieso, me inquietaba mucho aquel poder de Gregoriska sobre sí mismo. Yo tenía fe en él, pero no bastaba, necesitaba ser convencida; cuando he aquí que una noche, de vuelta en mi cámara, oí golpes leves a una de las puertas que se cerraban por dentro. Por el modo de golpear adiviné que era una llamada amiga. Me acerqué, preguntando quién estaba allí.

—Gregoriska —contestó una voz cuyo acento no podía engañarme.

—¿Qué queréis de mí? —le pregunté temblorosa.

—Si tienes fe en mí —dijo Gregoriska—, si me crees hombre de honor, ¿me permites una pregunta?

—¿Cuál?

—Apaga la luz como si te hubieras acostado, y de aquí en media hora, ábreme esta puerta.

—Vuelve dentro de media hora... —Fue mi única respuesta.

Apagué la luz y esperé. El corazón me palpitaba con ardor, comprendía que se trataba de un hecho importante. Transcurrió la media hora y oí golpes más leves que los de la primera vez. Durante el intervalo había descorrido los cerrojos, no me quedaba pues sino abrir la puerta. Gregoriska entró, y sin que me lo dijera, cerré la puerta tras él y eché los cerrojos. Él permaneció un instante mudo e inmóvil, imponiéndome silencio con el gesto. Luego, cuando estuvo seguro de que ningún peligro nos amenazaba, me llevó al centro de la vasta cámara, y sintiendo, por mi temblor, que no habría podido sostenerme en pie, me buscó una silla. Me senté o más bien me dejé caer sobre el asiento.

—¡Dios mío! —le dije—. ¿Por qué tanta cautela?

—Porque mi vida, que no contaría para nada, y acaso también la tuya, dependen de la conversación que tendremos.

Asustada, aferré su mano, él se llevó a los labios la mía, mirándome como si quisiera dar pretextos por tanta audacia. Yo bajé los ojos, en un tácito consentimiento.

—Yo te amo —me dijo con la voz melodiosa como un canto—. ¿Me amas tú?

—Sí —le respondí.

—¿Y aceptarías ser mi mujer?

—Sí.

Llevó la mano a la frente con profunda expresión de felicidad.

—Entonces, ¿no rehusarás seguirme?

—Te seguiré adonde quieras.

—Pues comprenderás bien que no podemos ser felices sino huyendo de estos lugares.

—¡Oh sí! Huyamos —exclamé.

—¡Silencio —dijo él estremeciéndose—. ¡Silencio!

—Tienes razón.

Y me le acerqué.

—Escucha lo que he hecho —continuó Gregoriska—, escucha por qué he estado tanto tiempo sin confesarte que te amaba. Quería yo, cuando estuviera seguro de tu amor, que nadie pudiera oponerse a nuestra unión. Yo soy rico, querida Edvige, inmensamente rico,

pero como lo son los señores moldavos: rico en tierras, en ganados, en servidores. Ahora bien, he vendido por un millón, tierras, rebaños y campesinos al monasterio de Hango. Me han dado trescientos mil francos en muchas piedras preciosas, cien mil francos en oro, el resto en letras de cambio sobre Viena. ¿Te bastará un millón?

Le apreté la mano.

—Me hubiera bastado tu amor, Gregoriska, júzgalo tú.

—¡Bien! Escucha: mañana voy al monasterio de Hango para terminar los últimos preparativos con el superior. Él me tiene listos caballos que nos esperarán de las nueve de la mañana en adelante ocultos a cien pasos del castillo. Después de la cena, subiré de nuevo como hoy a tu cámara, como hoy apagarás la luz, como hoy entraré en tu aposento. Pero mañana, en vez de salir, solo tú me seguirás, saldremos por la puerta que da sobre los campos, encontraremos los caballos, montaremos, y pasado mañana por la mañana habremos recorrido treinta leguas.

—¡Oh! ¡Por qué no será ya pasado mañana!

—¡Querida Edvige!

Gregoriska me apretó sobre su pecho, y nuestros labios se encontraron. ¡Oh! Lo había dicho él, yo había abierto la puerta de mi cámara a un hombre de honor, pero comprendió bien que si no le pertenecía en cuerpo le pertenecía en alma. Transcurrió la noche sin que pudiera cerrar los ojos. Me veía huir con Gregoriska, me sentía transportada por él como ya lo había sido por Kostaki; solo que aquella carrera terrible, espantosa, fúnebre se transformaba ahora en un apuro suave y delicioso al que la velocidad del movimiento agregaba deleite, pues también el movimiento veloz tiene una delicia propia.

Nació el día. Bajé. Me pareció que el gesto con que me saludó Kostaki era aún más sombrío que de costumbre. Su sonrisa era irónica y amenazadora. Smeranda no me pareció cambiada. Durante el refrigerio, Gregoriska ordenó sus caballos. Parecía que Kostaki no ponía ni la más mínima atención en aquella orden. Hacia las once Gregoriska nos saludó, anunciando que estaría de regreso a la noche, rogando a su madre que no lo esperase para cenar; después se volvió hacia mí y me rogó quisiera aceptar sus excusas.

Salió. La mirada de su hermano lo siguió hasta cuando dejó la cámara, y en ese momento le brotó de los ojos un relámpago de odio que me estremeció. Pueden imaginarse con qué inquietud pasé aquel día. A nadie había confiado nuestros designios, a duras penas le hablé a Dios de ello en mis plegarias, me parecía que todos sabían,

que cada mirada puesta en mí podía penetrarme y leer en lo íntimo de mi corazón. La cena fue un suplicio; huraño y taciturno, Kostaki, por costumbre, raramente hablaba; esta vez no dijo más que dos o tres palabras en moldavo a su madre, y siempre de tal modo que me hacía estremecer. Cuando me levanté para subir a mi alcoba, Smeranda, como siempre, me abrazó, y al abrazarme repitió aquella frase que desde ya ocho días no le saliera de la boca: «¡Kostaki ama a Edvige!».

Esta frase me siguió como una amenaza hasta mi cuarto, y aun allí me parecía que una voz fatal me susurraba al oído: «¡Kostaki ama a Edvige!». Ahora el amor de Kostaki, me lo había confirmado Gregoriska, equivalía a la muerte. Hacia las siete de la noche vi a Kostaki atravesar el patio. Se volvió para verme, pero me aparté para que no pudiera descubrirme. Estaba inquieta, pues por cuanto podía yo ver desde mi ventana, me parecía que él iba directamente hacia la caballeriza. Me arriesgué a correr los cerrojos de una de las puertas internas de mi cámara y pasar a la cámara vecina, desde donde podía ver todo lo que él estaba por hacer. Se dirigía, en efecto, hacia la caballeriza, y cuando llegó a ella sacó él mismo su caballo favorito, ensillándolo de su propia mano, con el cuidado de un hombre que le da importancia a cada detalle. Vestía el mismo traje que cuando se me apareciera la primera vez, pero no llevaba otra arma que el sable. Cuando hubo ensillado el caballo, miró otra vez hacia la ventana de mi cámara. No habiéndome visto, saltó sobre la silla, se hizo abrir la misma puerta por la que saliera y debía volver su hermano, y se alejó a todo galope en dirección del monasterio de Hango. Se me oprimió terriblemente el corazón; un fatal presentimiento me decía que Kostaki iba al encuentro de su hermano. Desde la ventana podía distinguir el camino a un cuarto de legua de distancia del castillo, allí creaba un recodo hacia la izquierda y se perdía en el comienzo del bosque. Pero la noche se tornaba cada vez más cerrada, y ya no pude distinguir más el camino.

Me quedé un rato más todavía. La inquietud que me atormentaba se renovó y creció; esperaba las primeras noticias, de uno o de otro hermano, que debían llegar a la sala inferior, y bajé.

Miré ante todo a Smeranda. En la tranquilidad de su semblante advertí que no tenía ninguna preocupación; daba órdenes para la acostumbrada cena, y los cubiertos de los hermanos estaban en los lugares habituales. No me atreví a interrogar a nadie. Por otra parte, ¿a quién hubiera podido dirigirme? En el castillo ninguno, excepto Kostaki y Gregoriska, hablaban las dos lenguas que yo sabía. Me

sobresaltaba al mínimo rumor. Por costumbre, nos poníamos a la mesa a las nueve.

Había bajado a la sala a las ocho y media, y seguía con la mirada la aguja de los minutos, cuyo avance era visible sobre el amplio cuadrante del reloj. La viajera aguja transitó la distancia que nos separaba del cuarto de hora. El cuarto golpeó, y las vibraciones resonaron profundas y tristes; enseguida la aguja continuó su girar silencioso, y la vi recorrer de nuevo la distancia con la regularidad y la lentitud de la punta de un compás. Algunos minutos antes de dar las nueve me pareció oír el pataleo de un caballo en el patio. Lo oyó también Smeranda, y volvió el rostro hacia la ventana, pero la noche era demasiado oscura para poder distinguir objeto alguno. ¡Oh! Si me hubiera mirado en aquel momento, qué rápido habría adivinado lo que pasaba en mi corazón.

Se había oído el patalear de un solo caballo, y era cosa muy natural, pues estaba yo bien segura de que habría regresado un solo caballero. ¿Pero cuál? Resonaron algunos pasos en la antecámara; pasos lentos, como los de un hombre que camina dudando, cada paso lo sentía sobre mi corazón. La puerta se abrió, y en la oscuridad vi delinearse una sombra.

La sombra se detuvo un instante en la puerta, mi corazón se detuvo. La sombra avanzó, y a medida que entraba en el círculo de la luz, recobraba yo el aliento.

Reconocí a Gregoriska. Unos momentos más, y el corazón se me quebraría. Reconocí a Gregoriska, pero estaba pálido como un cadáver. Con solo verle se podía adivinar que había acontecido algo terrible.

—¿Eres tú, Kostaki? —preguntó Smeranda.

—No, madre mía —contestó Gregoriska con sorda voz.

—¡Ah, al fin! —dijo ella—. ¿Desde cuándo tiene tu madre que esperarte?

—Madre mía —dijo Gregoriska mirando el péndulo—, apenas son las nueve.

Y efectivamente en ese mismo momento sonaron las nueve.

—Es verdad —dijo Smeranda—. ¿Dónde está tu hermano?

A pesar mío se presentó en mi mente el pensamiento de que Dios había hecho la misma pregunta a Caín. Gregoriska no contestó.

—¿Nadie ha visto a Kostaki? —preguntó Smeranda.

El mayordomo fue a informarse.

—Hacia las siete —dijo a su regreso—. El conde ha estado en las caballerizas, ha ensillado con mano propia su caballo y ha partido por el camino de Hango.

En ese instante mis ojos se encontraron con los de Gregoriska. No sé si fue realidad o alucinación, pero me pareció notar una gota de sangre en medio de su frente. Me llevé lentamente el dedo a la frente indicando el punto donde creía yo ver aquella mancha, Gregoriska me comprendió: sacó el pañuelo y se secó.

—Sí, sí —murmuró Smeranda—, habrá encontrado algún lobo u oso, y se habrá entretenido en perseguirlo. He aquí por qué un hijo hace esperar a su madre. ¿Dónde le has dejado, Gregoriska?

—Madre mía —respondió este con voz conmovida pero firme—. Mi hermano y yo no hemos salido juntos.

—Bien —dijo Smeranda—. Vamos a la mesa, cada uno póngase en su lugar, y luego ciérrense las puertas; quien esté afuera, dormirá afuera.

Las dos primeras partes de estas órdenes fueron estrictamente ejecutadas. Smeranda se puso en su lugar, Gregoriska se sentó a su diestra, y yo a su siniestra. Después los servidores salieron para cumplir la tercera parte de las órdenes, es decir para cerrar las puertas del castillo. En ese momento mismo se escuchó un gran estrépito en el patio, y un servidor entró espantado diciendo:

—Princesa, ha entrado en este instante al patio el caballo del conde Kostaki, solo y por entero cubierto de sangre.

—¡Oh! —murmuró Smeranda levantándose pálida y amenazadora—. De tal modo volvió una noche al castillo el caballo de su padre.

Dirigió una mirada a Gregoriska: no estaba pálido ya, estaba lívido. El caballo del conde Koproli, en efecto, había regresado una noche al castillo todo manchado de sangre, y una hora después los servidores encontraron y trajeron el cuerpo del amo cubierto de heridas. Smeranda tomó una antorcha de manos de un criado, se acercó a la puerta y abriéndola bajó al patio. El caballo, espantado, era retenido a duras penas por tres o cuatro servidores que hacían toda clase de esfuerzos para tranquilizarlo. Smeranda se aproximó al animal, examinó la sangre que cubría la silla y vio una herida en su frente.

—Kostaki fue muerto de frente —dijo ella—, en duelo y por un solo enemigo. Busquen su cuerpo, hijos míos, más tarde buscaremos al homicida.

Así como el caballo había entrado por la puerta de Hango, todos los servidores se precipitaron afuera por ella, y se vieron sus antorchas perderse en la campiña y entrar en lo profundo del bosque, como en una hermosa noche de estío se ven centellear las luciérnagas en la llanura de Niza o de Pisa.

Smeranda, como si hubiera estado segura de que la búsqueda no duraría mucho, aguardó enhiesta en la puerta. Ni una lágrima humedecía las mejillas de aquella madre desolada, sin embargo se veía que la desesperanza bramaba tempestuosa en lo profundo de su corazón. Gregoriska estaba detrás de ella, y yo cerca de Gregoriska. Al abandonar la sala, pareció querer ofrecerme su brazo, pero no se había atrevido a hacerlo. De ahí a un cuarto de hora se vio aparecer en el recodo del camino una antorcha, luego una segunda, una tercera, y finalmente se distinguieron todas. Solo que ahora, en vez de dispersarse, estaban agrupadas en torno a un centro común. Ese centro era, como bien pronto se pudo advertir, unas parihuelas con un hombre tendido sobre ellas. El fúnebre cortejo avanzaba lentamente, pero al cabo de diez minutos, quienes lo llevaban se descubrieron instintivamente la cabeza, y taciturnos entraron en el patio, donde fue depositado el cuerpo. Entonces, con un majestuoso gesto, Smeranda ordenó que se le abriera paso, y acercándose al cadáver puso una rodilla en tierra ante él, apartó los cabellos que le formaban un velo sobre el rostro y estuvo contemplándolo largamente, sin derramar una lágrima. Le abrió luego la vestimenta moldava y apartó la camisa ensangrentada. La herida se hallaba en la parte diestra del pecho. Debía haber sido hecha con una hoja recta y de dos filos. Recordé haber visto esa mañana misma, al costado de Gregoriska el largo cuchillo de caza que servía de bayoneta a su carabina. Busqué con los ojos el arma, no estaba ya allí. Smeranda se hizo llevar agua, mojó en ella su pañuelo y lavó la llaga. Una sangre pura y tibia todavía enrojeció los labios de la herida. El espectáculo que tenía bajo los ojos era a un tiempo atroz y sublime. Aquella vasta cámara ahumada por las antorchas de resina, aquellos rostros bárbaros, aquellos ojos centelleantes de ferocidad, aquellos ropajes singulares, aquella madre que, a la vista de la sangre aún cálida, calculaba cuánto tiempo hacía que la muerte arrebatara a su hijo, aquel profundo silencio interrumpido solo por los sollozos de los bandidos cuyo jefe era Kostaki, todo eso, repito, tenía en sí algo de atroz y de sublime. Smeranda acercó sus labios a la frente de su hijo, y se levantó; enseguida, echándose a las espaldas las largas trenzas de blancos cabellos que se le habían desunido, dijo:

—¡Gregoriska!

Gregoriska se estremeció, sacudió la cabeza y saliendo de su atonía, respondió:

—Madre mía.

—Ven aquí, hijo mío, y escúchame.

Gregoriska obedeció, temblando, pero obedeció.

A medida que se aproximaba al cuerpo de Kostaki, la sangre brotaba de la herida más abundante y más roja. Afortunadamente, Smeranda no miraba más hacia aquel lado, si hubiera visto aquella sangre no habría tenido ya necesidad de buscar al asesino.

—Gregoriska —dijo ella—. Bien sé que Kostaki y tú no se miraban con buenos ojos, bien sé que tú eres un Waivady por parte de tu padre, y él un Koproli por parte del suyo, pero por parte de madre son ambos de la sangre de los Brankovan. Sé que tú eres un hombre de ciudad occidental y él un hijo de las montañas orientales, pero por el seno que los llevó a ambos, son hermanos. ¡Pues bien! Gregoriska, quiero saber si mi hijo será llevado a yacer junto a la tumba de su padre sin que haya sido cumplido el juramento, si yo podré llorar tranquila, como mujer, descansando en ti, vale decir en un hombre, para la venganza.

—Dime, señora, el nombre del homicida, y ordena; te juro que dentro de una hora, si tú lo exiges, habrá dejado de vivir.

—¿Lo juras, hijo mío? ¿Juras que el asesino morirá, que no dejarás piedra sobre piedra de su casa, que su madre, sus hijos, sus hermanos, su mujer o su prometida perecerán por tu mano? Júralo, y al jurarlo, invoca sobre ti la ira del cielo si no cumples con tu promesa. Si quebrantas este sacro voto, padecerás la miseria, la abominación de los amigos y la maldición de tu madre.

Gregoriska extendió la mano sobre el cadáver, y dijo:

—¡Juro que el asesino morirá!

A aquel singular juramento, cuyo verdadero sentido yo sola y el muerto quizá podíamos comprender, vi o creí ver cumplirse un horrendo prodigio. Los ojos del cadáver se abrieron, se fijaron sobre mí más vivos que nunca, y, como si aquella mirada hubiera sido palpable, sentí que me penetraba hasta el corazón un hierro candente. No resistí tanto dolor, y me desvanecí.

Cuando recobré los sentidos me encontré acostada sobre el lecho de mi cámara, y una de las dos mujeres velaba cerca de mí. Pregunté dónde estaba Smeranda, y me contestó que velaba junto al cuerpo de su hijo. Pregunté dónde estaba Gregoriska, y me dijo que en el monasterio de Hango.

Ahora no era preciso huir. ¿No había muerto Kostaki? No se debía ya hablar de boda, ¿podía yo casarme con el fratricida? Transcurrieron así tres días y tres noches en medio de extraños sueños. En la vigilia y en el sueño veía siempre aquellos dos ojos vivos en ese rostro de muerto: era una visión horrenda. Kostaki debía ser sepultado al tercer día.

Por la mañana me fue traído de parte de Smeranda un vestido completo de viuda. Me lo puse y bajé. La casa parecía vacía, todos estaban en la capilla. Me encaminé hacia ella, y al tiempo que trasponía su umbral, vino a mi encuentro Smeranda a quien no había visto desde hacía tres días. Era la imagen del dolor. Con lentos movimientos, como una estatua, posó sobre mi frente sus labios fríos, y con una voz que parecía salir del sepulcro, pronunció las habituales palabras: «¡Kostaki te ama!». No se pueden imaginar el efecto que produjeron en mí aquellas palabras. Esa protesta de amor expresada en presente en vez de en pasado, que decía te ama, y no te amaba; ese amor de ultratumba que venía a buscarme en la vida, provocó sobre mi corazón una emoción aterradora. Al mismo tiempo se apoderaba de mí un extraño sentimiento, como si fuera verdaderamente la mujer de aquel que había muerto, no la prometida del vivo. A mi pesar, aquel ataúd me cautivaba dolorosamente, como la serpiente atrae al pájaro por ella hipnotizado.

Busqué con los ojos a Gregoriska, lo vi pálido y tieso contra una columna; miraba hacia arriba. No puedo decir si me vio. Los monjes del convento de Hango rodeaban el cuerpo cantando salmos del rito griego, a veces armoniosos, con frecuencia monótonos. También yo hubiera querido orar, pero la plegaria moría en mis labios; mis pensamientos eran tan confusos que me parecía presenciar una asamblea de demonios y no una reunión de monjes. Cuando fue sacado el cuerpo, quise seguirlo, pero decayeron mis fuerzas. Sentí que se me doblaban las piernas y me apoyé en la puerta. Entonces Smeranda se me acercó e hizo una seña a Gregoriska. Este se aproximó. Smeranda me habló en moldavo:

—Mi madre me ordena repetirte palabra por palabra lo que va a decir —me expresó Gregoriska.

Smeranda habló de nuevo, y cuando terminó de hablar, él me tradujo lo siguiente:

—He aquí las palabras de mi madre: Lloras a mi hijo, Edvige, tu lo amabas, ¿verdad? Te agradezco las lágrimas y tu amor. De ahora en adelante tienes una patria, una madre, una familia. Derramemos las muchas lágrimas debidas a los muertos, luego seamos de nuevo dignas ambas de aquel que ya no es… ¡yo su madre, tú su mujer! Adiós, vuelve a tu cámara, yo acompañaré a mi hijo hasta su última morada; cuando regrese, me encerraré en mi estancia con mi dolor, y me volverás a ver solo cuando lo haya vencido; quédate tranquila, mataré este dolor, porque no quiero que me mate a mí.

A estas palabras de Smeranda, traducidas por Gregoriska, no pude responder sino con un gemido. Subí a mi cámara. El fúnebre

cortejo se alejó, y lo vi desaparecer en el ángulo del camino. El convento de Hango estaba a solo media legua de distancia del castillo en línea recta, pero los obstáculos del suelo hacían dar muchas vueltas al camino, de modo que se empleaban dos horas en recorrer ese espacio. Era el mes de noviembre. Los días se habían tornado fríos y breves, y a las cinco ya era de noche. Hacia las siete vi reaparecer las antorchas; el cortejo fúnebre había regresado. El cadáver reposaba en la tumba de sus padres; todo había acabado.

Ya les conté en qué extraña pesadilla vivía presa tras el acontecimiento fatal que nos introdujera a todos en el duelo, y sobre todo después que viera reabrirse y fijarse sobre mí los ojos cerrados del muerto. La noche que siguió, dominada por las emociones experimentadas durante el día, estaba todavía más triste. Escuchaba sonar todas las horas del reloj del castillo, y a medida que el tiempo fugitivo me recordaba la muerte de Kostaki, me sentía cada vez más desconsolada. Sonaron las nueve menos cuarto. Entonces se apoderó de mí una rara sensación. Sentía miedo con todo el cuerpo, con un estremecimiento que me helaba; luego una especie de sueño invencible paralizaba mis sentidos, me oprimía el pecho y me tapaba los ojos. Estiré el brazo y fui a caer de espaldas sobre la cama. Sin embargo, no había perdido totalmente los sentidos y oí como unos pasos se acercaban a mi puerta, después me pareció que se abría, enseguida no vi ni escuché más nada. Solo sentí un vivo dolor en el cuello, y luego un profundo sopor.

Me desperté a medianoche, mi lámpara todavía ardía; intenté levantarme, pero estaba tan débil que tuve que repetir el intento dos veces. Finalmente logré superar mi debilidad, y despierta, sentí en el cuello el mismo dolor que experimentara dormida, me arrastré, apoyándome en la pared, hasta el espejo, y miré. Algo que parecía el pinchazo de un alfiler marcaba la arteria de mi cuello. Creí que algún insecto me había picado, y como me sentía abatida y agotada, me acosté de nuevo y me dormí. A la mañana me desperté como de costumbre, entonces sentí la misma debilidad que había experimentado solo una vez en mi vida: la mañana siguiente del día en que fui sangrada. Me miré en el espejo y me sorprendí de mi extraordinaria palidez. La jornada transcurrió triste y oscura; notaba algo singular: cuando me encontraba en un lugar sentía necesidad de quedarme allí, cualquier cambio de posición me fatigaba.

Llegada la noche, me trajeron la lámpara; mis mujeres, según podía yo comprender por sus gestos, se ofrecieron a quedarse conmigo. Se lo agradecí y salieron. A la misma hora que la noche precedente experimenté los mismos síntomas. Quise levantarme entonces y pedir ayuda, pero no pude llegar a la salida. Oí vagamente dar las nueve menos cuarto, los pasos resonaron, la puerta se abrió, pero yo no veía ni escuchaba nada, y, como la noche anterior, caí de espaldas sobre el lecho. Como el día anterior, experimenté un dolor en el mismo sitio. Como el día anterior, me desperté a medianoche, pero más pálida y más débil. Al día siguiente se renovó la horrible pesadilla.

Estaba decidida a bajar a la estancia de Smeranda por muy débil que me sintiera, cuando entró en la cámara una de mis mujeres y pronunció el nombre de Gregoriska. El joven la seguía. Intenté levantarme para recibirle, pero volví a caer en mi sillón. Él dio un grito al verme, y quiso lanzarse hacia mí, pero tuve la fuerza de tender el brazo hacia él.

—¿Qué vienes a hacer aquí? —le pregunté.

—¡Ay! ¡Venía a decirte adiós! —dijo él—. A decirte que abandono este mundo que me es insoportable sin tu amor, a anunciarte que me retiro al monasterio de Hango.

—Gregoriska —le respondí—. Estás privado de mi presencia, pero no de mi amor. ¡Ay! Te amo siempre, y mi mayor pena es que este amor sea en adelante casi un delito.

—Entonces, ¿puedo esperar que rogarás por mí, Edvige?

—Sí, pero no lo podré hacer por largo tiempo —repliqué yo con una sonrisa.

—¿Por qué no? Pero en verdad te veo muy abatida. Dime, ¿qué tienes? ¿Por qué estás tan pálida?

—Porque... Dios tiene ciertamente piedad de mí, y a él me llama.

Gregoriska se acercó, tomó mi mano, y me dijo mirándome fijo al rostro:

—Esa palidez no es natural, Edvige, ¿cuál es la causa?

—Si te la dijera, Gregoriska, creerías que estoy loca.

—No, habla, Edvige, te lo suplico; estamos en un país que no se parece a ningún otro país, en una familia que no se asemeja a ninguna otra familia. Dime, dímelo todo, te lo suplico.

Se lo narré todo: la extraña alucinación que me poseía a la hora en que Kostaki debió morir; ese terror, ese letargo, ese frío glacial, esa postración que me hacía caer de espaldas sobre el lecho, ese ruido de pasos que me parecía oír, esa puerta que creía ver abrirse, y finalmente ese agudo dolor en el cuello seguido de una palidez y de una debilidad siempre crecientes. Creía yo que mi relato parecería a

Gregoriska un comienzo de locura, y lo terminaba con una cierta timidez, cuando por el contrario, advertí que me prestaba gran atención.

Cuando terminé de hablar, Gregoriska reflexionó un instante.

—¿De manera que te duermes cada noche a las nueve menos cuarto? —preguntó él.

—Sí, por muchos que sean los esfuerzos que haga para resistir al sueño.

—¿Y a esa misma hora crees ver abrirse la puerta?

—Sí, aunque eche el cerrojo.

—¿Y luego experimentas un agudo dolor en el cuello?

—Sí, aunque sea apenas visible la señal de la herida.

—¿Me permites ver?

Doblé la cabeza hacia atrás. Él examinó la cicatriz.

—Edvige —dijo Gregoriska después de un momento de reflexión—, ¿confías en mí?

—¿Me lo preguntas? —contesté.

—¿Crees en mi palabra?

—Como creo en el Evangelio.

—¡Bien! Edvige, por mi fe, te juro que no tienes ocho días de vida si no aceptas hacer, hoy mismo, lo que voy a decirte.

—¿Y si consiento?

—Si consientes, quizás te salves.

—¿Quizás? —él se calló—. Suceda lo que suceda, Gregoriska —continué diciendo yo—, haré cuanto me ordenes hacer.

—Escucha entonces —dijo él—. Y ante todo no te espantes. En tu país, como en Hungría y en nuestra Rumanía, existe una tradición.

Temblé porque esa tradición ya había vuelto a mi memoria.

—¡Ah! ¿Sabes lo que quiero decir?

—Sí —contesté—, en Polonia vi algunas personas padecer el espantoso acto. Quieres hablar del vampiro, ¿no es verdad?

—Sí, niña aún, me sucedió ver desenterrar en el cementerio de una aldea perteneciente a mi padre a cuarenta personas muertas en quince días, sin que se hubiera podido en ninguna ocasión acertar con la causa de su muerte. Diecisiete de esos cadáveres expusieron todos los signos de vampirismo, es decir fueron encontrados frescos como si hubieran estado vivos; los otros eran sus víctimas.

—¿Y qué se hizo para liberar de eso a la región?

—Se les clavó un palo en el corazón, y luego los quemaron. Sí, así se acostumbra hacer, pero para nosotros eso no basta. Para librarte de tu fantasma antes quiero conocerlo, y ¡por Dios! lo conoceré. Sí, y si es preciso lucharé cuerpo a cuerpo con él, quienquiera que fuese.

—¡Oh, Gregoriska! —exclamé espantada.

—Quienquiera que fuese, lo repito. Pero para llevar a buen fin esta terrible aventura, es necesario que hagas todo lo que te exigiré.

—Dime.

—Estate preparada a las siete. Desciende a la capilla, pero desciende sola; es necesario que venzas a toda costa tu debilidad, Edvige. Allí recibiremos la bendición nupcial. Consiéntemelo, amada mía, para velar por ti. Luego subiremos de nuevo a esta cámara, y entonces veremos.

—¡Oh! Gregoriska —exclamé—. ¡Si es él, te matará!

—No temas, amada Edvige. Dime que sí solamente.

—¡Sí! Sabes bien que haré todo lo que quieras, Gregoriska.

—Entonces, hasta luego a la noche.

—Sí, haz lo que creas más oportuno, y te secundaré lo mejor que pueda. Adiós.

Se fue. Un cuarto de hora después vi a un caballero precipitarse a toda carrera por el camino del monasterio; era él.

Apenas lo perdí de vista, caí de rodillas y oré, oré como ya no se reza en nuestras tierras sin fe, y aguardé a las siete, ofreciendo a Dios y a los santos el holocausto de mis pensamientos; no me levanté sino al sonar las siete. Estaba débil como una moribunda, pálida como una muerta. Me eché sobre la cabeza un gran velo negro, descendí la escalera, apoyándome en la pared, y me dirigí a la capilla sin encontrar a nadie.

Gregoriska me esperaba con el padre Basilio, prior del monasterio de Hango. Ceñía una espada santa, reliquia de un antiguo cruzado que asistiera a la toma de Constantinopla con Ville-Hardouin y Baldouin de Flandes.

—Edvige —dijo golpeando con la mano su espada—, con la ayuda de Dios, esta romperá el encantamiento que amenaza tu vida. Acércate, pues, resueltamente; este santo hombre, que ya ha recibido mi confesión, recibirá nuestros juramentos.

Comenzó la ceremonia; quizá nunca otra fue tan sencilla y al mismo tiempo tan solemne. Nadie asistía al monje, él mismo nos puso sobre la cabeza las coronas nupciales. Vestidos ambos de luto, giramos en torno al altar con una vela en la mano, luego el monje, tras pronunciar las sagradas palabras, añadió:

—Váyanse ahora, hijos míos, y que el Señor les de fuerza y valor para luchar contra el enemigo inhumano. Armados de su inocencia y defendidos por la justicia de Dios, vencerán al demonio. Vayan, y benditos sean.

Besamos los libros santos y salimos de la capilla. Entonces, por primera vez, me apoyé en el brazo de Gregoriska, y me pareció que

al contacto de aquel fuerte brazo, de aquel noble corazón, volvía a mis venas la vida. Estaba segura del triunfo, porque Gregoriska estaba conmigo; subimos a mi habitación. Sonaban las ocho y media.

—Edvige —me dijo entonces Gregoriska—, no tenemos tiempo que perder. ¿Quieres dormir, como de costumbre, para que todo suceda durante tu sueño, o bien permanecer desvelada y verlo todo?

—Junto a ti nada temo, quiero permanecer despierta y verlo todo.

Gregoriska extrajo de su pecho una rama de boj bendecida, húmeda aún de agua santa, y me la dio:

—Toma entonces esta ramita —me dijo—. Acuéstate en tu cama, canta las plegarias a la Virgen y aguarda sin miedo. Dios está con nosotros. Cuida ante todo de no dejar caer la ramita; con ella podrás ordenar aun en el infierno. No me llames, no des ningún grito; reza, confía y espera.

Me acosté. Crucé las manos sobre el regazo y puse sobre él la ramita bendecida. Gregoriska se ocultó tras el trono del que ya hablé. Yo contaba los minutos, y mi esposo hacía lo mismo. Sonaron los tres cuartos. Vibraba aún el tañido del martillo, cuando me sentí presa del mismo entumecimiento, del mismo terror y del mismo frío glacial de los días precedentes, acerqué a mis labios la rama bendita, y aquella primera sensación se desvaneció. Oí entonces muy claro el ruido de aquel conocido paso lento y medido que subía los peldaños de la escalera y se aproximaba a la puerta. Luego la puerta se abrió despaciosamente, sin ruido, como empujada por una fuerza sobrenatural, y entonces... (La voz se apagó a medias, casi sofocada en la garganta de la narradora). Y entonces (continuó haciendo un esfuerzo) vi a Kostaki, pálido como se me apareciera en la camilla; los largos cabellos negros, cayéndole sobre la espalda, goteaban sangre; vestía como de costumbre, pero tenía descubierto el pecho y dejaba ver su sangrante herida. Todo estaba muerto, todo era cadáver... carne, ropas, porte... solamente los ojos, aquellos terribles ojos, estaban vivos.

Ante aquella aparición, ¡extraño es decirlo!, en vez de duplicar el espanto, sentí crecer el coraje. Dios me lo enviaba para decidir mi situación y defenderme del infierno. Al primer paso que el espectro dio hacia mi lecho, le clavé intrépidamente los ojos en el rostro y le presenté la rama bendita. El espectro intentó avanzar, pero un poder más fuerte que él lo retuvo en el sitio. Se detuvo.

—¡Oh! —murmuró—. Ella no duerme, lo sabe todo.

Pronunció estas palabras en lengua moldava, y sin embargo las comprendí como si hubieran sido pronunciadas en una lengua por mí sabida.

Estábamos uno frente al otro, el fantasma y yo, sin que pudiera apartar mi mirada de la suya, cuando con el rabillo del ojo vi a Gregoriska aparecer como un ángel exterminador con la espada en el puño. Se hizo la señal de la cruz con la mano siniestra, y avanzó lentamente con la espada tendida vuelta hacia el fantasma; este, al ver al hermano, desenvainó también el sable, soltando una horrible carcajada; pero apenas su sable tocó el hierro bendito, el brazo le cayó inerte junto al cuerpo. Kostaki exhaló un suspiro de rabia y desesperación.

—¿Qué quieres de mí? —preguntó al hermano.

—En nombre del Dios verdadero y viviente te conjuro a que respondas —dijo Gregoriska.

—Habla —dijo el espectro rechinando los dientes.

—¿Te he tendido una emboscada?

—No.

—¿Te he asaltado?

—No.

—Te he herido?

—No.

—Te arrojaste tú mismo sobre mi espada y tú mismo corriste al encuentro de la muerte. Ante Dios y los hombres no soy culpable del delito de fratricidio, no has recibido una misión divina sino infernal: has salido de tu tumba no como una sombra santa sino como un espectro maldito, y volverás a tu tumba.

—¡Con ella, sí! —exclamó Kostaki haciendo un supremo esfuerzo para apoderarse de mí.

—¡Volverás allá solo! —exclamó a su vez Gregoriska—. Esta mujer me pertenece.

Y al pronunciar tales palabras tocó con la punta del hierro bendito la llaga viva. Kostaki exhaló un grito como si le hubiera tocado una espada de fuego y, llevándose una mano al pecho, dio un paso atrás. Al mismo tiempo, Gregoriska, con un movimiento que parecía coordinado con el del hermano, dio un paso adelante; entonces, con los ojos fijos en los ojos del muerto, con la espada contra el pecho de su hermano, comenzó una marcha lenta, terrible, solemne. Era algo semejante al pasaje de don Juan y el comendador; el espectro retrocedía bajo la presión de la sacra espada, bajo la voluntad irresistible del campeón de Dios, que lo seguía paso a paso, sin pronunciar una palabra, ambos anhelantes, ambos lívidos, el vivo arrojando al muerto y obligándolo a abandonar el castillo, su anterior morada, para volver a la tumba, su morada futura... Lo aseguro, a fe mía, ¡era

la cosa más horrenda de ver! Y sin embargo, yo misma, movida por una fuerza superior, invisible, desconocida, sin saber lo que hacía, me levanté y los seguí. Bajamos la escalera, iluminados por las ardientes pupilas de Kostaki. Atravesamos la galería y el patio, y luego traspusimos la puerta siempre con el mismo paso medido, el espectro retrocediendo, Gregoriska con el brazo tendido, yo detrás de ellos.

Esta marcha fantástica duró una hora, pues era necesario volver el cadáver a su tumba, pero en vez de seguir el camino acostumbrado, Kostaki y Gregoriska atravesaron el terreno en línea recta, cuidándose poco de los obstáculos, que para ellos ya no existían; ante ellos el suelo se allanaba, los torrentes se secaban, los árboles se apartaban, las rocas se abrían. El mismo milagro se operaba para mí, solo que el cielo me parecía cubierto de un velo negro, las lunas y las estrellas habían desaparecido y, en medio de las tinieblas, solo veía resplandecer los ojos llameantes del vampiro. Llegamos de tal modo a Hango y pasamos a través del cerco de madroños que rodeaba al cementerio. A la entrada, distinguí entre las sombras la tumba de Kostaki, junto a la de su padre; no sabía que estuviera allí y sin embargo la reconocí. Nada me era desconocido aquella noche.

Gregoriska se detuvo al borde de la fosa abierta.

—Kostaki —dijo él—, aún no está todo terminado para ti, y una voz del cielo me avisa que puede concebirse el perdón si te arrepientes; ¿prometes retornar a la tumba?, ¿no salir de ella más?, ¿consagrar a Dios el culto que consagraste al infierno?

—¡No! —respondió Kostaki.

—¿Te arrepientes? —preguntó Gregoriska.

—¡No!

—Por última vez, ¿te arrepientes?

—¡No!

—¡Bien! Invoca la ayuda de Satanás, como invoco yo la de Dios, y veremos quién saldrá victorioso esta vez.

Resonaron simultáneamente dos gritos, los hierros se cruzaron despidiendo chispas, y la lucha duró un minuto que me pareció un siglo. Kostaki cayó, vi alzarse la terrible espada de su hermano, introducírsela en el cuerpo, y clavar ese cuerpo sobre la tierra recién removida. Un último grito que nada tenía de humano se alzó por el aire. Acudí. Gregoriska estaba en pie, pero vacilante. Le di apoyo con mis brazos.

—¿Estás herido? —le pregunté ansiosamente.

—No —me respondió—, pero en este duelo, querida Edvige, es la lucha, y no la herida, la que mata. He luchado con la muerte, y a ella le pertenezco.

—Amado mío —exclamé—, aléjate de aquí y acaso vuelvas a la vida.

—No, esta es mi tumba, Edvige, pero no perdamos tiempo, toma un poco de esta tierra impregnada de su sangre y aplícala a la mordedura que te hizo; es el único medio que puede preservarte en el porvenir de su horrendo amor.

Obedecí temblando. Me incliné para recoger aquella tierra sanguinolenta, y al doblarme, vi el cadáver clavado al suelo; la espada bendita le atravesaba el corazón, y una sangre oscura le brotaba abundante de la herida, como si hubiera muerto en aquel momento. Amasé un poco de tierra con sangre, y apliqué a mi herida el espeluznante talismán.

—Ahora, mi adorada Edvige —dijo Gregoriska con voz apagada—, escucha bien mi último consejo. Abandona el país apenas te sea posible. Solo la distancia es una seguridad para ti. El padre Basilio recibió hoy mi suprema voluntad y la cumplirá. ¡Edvige, un beso! ¡El último, el único beso! ¡Edvige, me muero!

Y así diciendo, Gregoriska cayó junto al hermano.

En cualquier otra circunstancia, en medio de aquel cementerio, cerca de aquella tumba abierta, con aquellos dos cadáveres yaciendo uno junto al otro, hubiera enloquecido, pero, como ya dije, Dios me había inspirado con una fuerza tan grande como los acontecimientos, de los que él me hacía no solo testigo sino también protagonista. Mientras miraba a mi alrededor en busca de ayuda, vi abrirse la puerta del monasterio y avanzar los monjes de a dos conducidos por el padre Basilio, llevando velas encendidas y cantando las plegarias de los difuntos. El padre Basilio había llegado hacía poco al convento, y previniendo lo sucedido, se dirigía al cementerio con toda la congregación. Me encontró viva cerca de los dos muertos. Una última convulsión había retorcido el rostro de Kostaki; Gregoriska en cambio estaba tranquilo y casi sonriente. Fue sepultado, como él lo deseara, junto al hermano, el cristiano junto al maldito. Smeranda, cuando tuvo noticia de la nueva desdicha, quiso verme, fue a buscarme al convento de Hango, y supo de mis labios cuanto había acontecido en aquella tremenda noche.

Le referí todos los detalles de la fantástica historia, pero ella me escuchó, como ya me escuchara Gregoriska, sin mostrar estupor ni espanto.

—Edvige —me contestó ella después de un instante de silencio—, por muy extraño que sea lo que me has narrado, dijiste solo la verdad. La estirpe de los Brankovan está maldita hasta la tercera

y cuarta generación, porque un Brankovan mató a un sacerdote. El término de la maldición ha llegado, pues tú, aunque esposa, eres virgen, y en mí se extingue el linaje. Si mi hijo te ha dejado en herencia un millón, tómalo. Después de mi muerte, salvo los legados religiosos que tengo la intención de dejar, recibirás el resto de mis bienes. Y ahora sigue el consejo de tu esposo. Vuelve lo más rápido que puedas a aquellas tierras donde Dios no permite que se cumplan tan horrendos prodigios. No necesito de nadie para llorar conmigo a mis hijos. Mi dolor requiere soledad. Adiós, no me tengas ya en cuenta. Mi suerte futura me pertenece a mí sola y a Dios.

Y después de besarme en la frente como de costumbre, me dejó y fue a encerrarse en el castillo de Brankovan.

Ocho días después marché hacia Francia. Como Gregoriska lo sabía, mis noches ya no fueron aturdidas por el atroz espectro.

Recuperé la buena salud, y de aquel hecho no me quedó otro recuerdo que esta palidez mortal que suele acompañar hasta la tumba a todo humano que haya sufrido el beso de un vampiro.

Sheridan Le Fanu

# Carmilla

(1872)

Joseph Thomas Sheridan Le Fanu nació el 28 de agosto de 1814 en Dublín, Irlanda. Murió el 7 de febrero de 1873 en la misma ciudad.

Su padre fue pastor protestante. Joseph estudió Derecho en el Trinity College, pero nunca ejerció la abogacía, y se dedicó al periodismo.

En 1838 comenzó a publicar cuentos en el *Dublin University Magazine*; y desde 1940 se adueñó de varios periódicos.

En 1844 se casó con Susanna Bennett, con quien tuvo cuatro hijos.

Participó activamente en una campaña contra el gobierno británico, por su negligencia para combatir el hambre en Irlanda.

Una profunda depresión llevó a su mujer a la muerte en 1858. Sheridan, abrumado, dejó de escribir durante dos años, hasta la muerte de su madre. Compró el *Dublin University Magazine*, y aprovechó para publicar allí sus novelas por entregas.

*Carmilla* fue escrita en 1872 y publicada en la revista *Dark Blue* en el final del camino literario del autor. Le Fanu se inspiró en la leyenda de Elizabeth Báthory, la «Condesa Sangrienta», como lo hará un siglo después la poeta argentina Alejandra Pizarnik.

# Prólogo

El doctor Hesselius ha escrito una nota bien elaborada y la ha añadido al relato siguiente. La acompaña con una referencia a su tesis sobre el extraño tema que intenta esclarecer. En su ensayo trata esta misteriosa cuestión con su usual erudición e inteligencia, y de una manera clara, directa y breve. Será apenas un tomo de la serie de escritos recopilados de aquel hombre extraordinario.

Dado que, en este volumen, estoy publicando el caso por su interés para el «lego», no voy a escatimar nada de lo escrito por la inteligente narradora.

Después de ponderar el asunto debidamente, he decidido no presentar una síntesis de las argumentaciones de tan ilustrado doctor, o de publicar un resumen de sus afirmaciones en torno a un fenómeno que, a su parecer, «involucra, muy probablemente, algunos de los arcanos más profundos de nuestra doble existencia y sus intermediarios».

Al revelar este documento, sentí el deseo de reabrir la correspondencia iniciada por el doctor Hesselius tantos años atrás con una persona tan astuta y cuidadosa como parece haber sido su informante. Pero muy lamentablemente encontré que, entre tanto, ella había muerto. Sin embargo, es poco probable que la autora hubiera agregado alguna novedad significativa a los hechos que narra en las páginas que siguen, redactadas con lo que considero tan minuciosa distinción.

# Capítulo 1

## Un terror prematuro

Vivimos en Estiria, en un castillo, pero no somos ricos. Una renta modesta deja buenas utilidades en esa zona del mundo. Con ochocientas o novecientas libras esterlinas anuales se hacen milagros. En nuestro propio país, con esa misma cantidad no habríamos vivido holgadamente. Mi padre es inglés, y por lo tanto mi apellido también lo es, aunque no he visto nunca Inglaterra. Pero aquí, en este lugar aislado y primitivo, todo es tan maravillosamente frugal que, aun disponiendo de muchísimo más dinero, no veo cómo uno podría disfrutar de más confort material, e incluso de más lujos, de los que gozamos nosotros.

Mi padre había servido al ejército austríaco, y al jubilarse, con su pensión y un cierto patrimonio, adquirió esta residencia feudal, además de unas pocas hectáreas de tierra a su alrededor. Es imposible imaginar algo más pintoresco y solitario.

El castillo se eleva sobre una pequeña colina en medio del bosque. La carretera, muy vieja y estrecha, corre delante del puente levadizo –que jamás he visto levantado– y el foso se mantiene surtido de peces, mientras que una bandada de cisnes navega entre islas flotantes formadas por las hojas de los nenúfares. Y dominando la escena, se levanta la amplia fachada del castillo con sus innumerables ventanas y su capilla gótica.

Delante del castillo, si uno sale por la cerca, se tropieza con un claro del bosque, desigual y gracioso, y a la derecha puede observar un alto puente gótico donde el camino pasa por encima de un arroyo que serpentea hasta perderse de vista entre las profundas sombras del denso follaje.

He dicho que el lugar está muy aislado. Usted decidirá si estoy mintiendo. Al mirar por la puerta principal hacia la carretera, el bosque que rodea nuestro castillo se extiende quince millas a la derecha,

y doce a la izquierda. A unas siete millas en esa misma dirección, o sea a la izquierda, queda el pueblo habitado más próximo. Y a una distancia de aproximadamente veinte millas en sentido contrario se encuentra el castillo más cercano, con alguna importancia histórica, el del viejo general Spielsdorf.

He dicho el pueblo más cercano «habitado» porque existe, a no más de veinte millas hacia occidente, es decir, en dirección al castillo del general Spielsdorf, una aldea abandonada con su minúscula iglesia, ahora sin tejas, en cuya nave se encuentran los añejos y mohosos sepulcros de la aristocrática familia Karnstein, de una estirpe ya extinguida, antiguos dueños del desolado castillo que, erguido en medio del bosque, contempla las silenciosas ruinas del pueblo.

Sobre la causa del abandono de este imponente y melancólico paraje existe una leyenda de la que hablaré en otro momento. Por ahora debo decirle que era muy reducido el número de personas que compartíamos la vida en el castillo. No incluyo a los criados ni a los dependientes que ocupaban algunos cuartos en los edificios anexos. Estaba mi padre, el hombre más bueno sobre la faz de la tierra, pero ya entrado en años, y yo, que solo contaba con diecinueve años en la época en la que ocurrieron los sucesos que voy a narrar.

Todo sucedió hace unos ocho años.

Mi padre y yo constituíamos la familia en el castillo. Mi madre, una señora de la sociedad estiriana, murió cuando yo era bebé. Pero tuve una nodriza, una mujer de muy buen humor, que me acompañó, podría decirse, desde mi infancia. De hecho, no recuerdo ningún tiempo en que su cara, gorda y mansa, no haya sido un cuadro familiar en mi memoria.

Su ternura y su amabilidad reemplazaron en parte la pérdida de mi madre, de quien ni me acuerdo. Madame Perrodón, que así se llamaba, oriunda de Berna, era el tercer miembro de nuestro equipo cuando nos reuníamos a cenar. Había un cuarto integrante del grupo familiar, Mademoiselle De Lafontaine, mi maestra. Ella hablaba francés y alemán; madame Perrodón, francés y un inglés chapuceado; mi padre y yo agregamos el inglés correcto, en el que acostumbrábamos a conversar siempre, en parte para que no se perdiera entre nosotros, y también por razones patrióticas. En consecuencia, la casa era una especie de Torre de Babel que les causaba risa a nuestros visitantes. Pero no haré ningún intento de reproducir el efecto en el curso de este relato. Había dos o tres muchachas de aproximadamente mi edad que en ocasiones nos visitaban. Normalmente, aunque no siempre, sus visitas eran bastante breves. Yo las visitaba a ellas también, pero con poca frecuencia. De manera que nuestras

relaciones sociales eran escasas, aunque no faltaba la visita ocasional de uno de nuestros vecinos, si se puede llamar «vecino» a una persona que vive a cinco o seis leguas de distancia de la casa de uno. En resumidas cuentas, puede usted estar seguro de que llevaba yo una vida bastante solitaria.

Mi nodriza y mi maestra ejercían sobre mí apenas el mínimo control que usted pueda imaginar, tratándose de una niña mimada como yo, criada sin madre y con un padre que la consentía y le daba gusto prácticamente en todo.

Uno de los primeros incidentes de mi vida que puedo recordar fue algo que marcó mi mente con un sello aterrador e imborrable, y que nunca he podido quitar de mi memoria. Algunos dirán que fue una cosa tan insignificante que no merece ser registrada aquí. Pero pronto verá usted por qué la incluyo en mi relato.

El cuarto de los niños –pues así se llamaba, aunque yo lo tenía para mí sola– era una amplia habitación con un empinado techo de roble. Se hallaba en el último piso del castillo. Creo que yo no debía haber tenido más de seis años cuando una noche me desperté y, al mirar para todos lados, no vi a la nodriza. En realidad ella no estaba, y supuse que me encontraba sola. Pero no sentí miedo porque yo era una de esas niñas afortunadas cuyos padres o guardianes se esfuerzan por mantener en la ignorancia de historias de fantasmas y cuentos de hadas, y todos esos relatos folclóricos de misterio y terror que hacen que uno esconda la cabeza cuando una puerta cruje súbitamente en el silencio, o cuando el temblor de la llama de una vela que se apaga hace bailar la sombra de un mueble a pocos metros de uno. Simplemente me sentí desorientada, y un poco molesta al encontrarme, como suponía, abandonada. Y empecé a lloriquear, preparándome para pegar una tanda de alaridos, cuando, para mi sorpresa, descubrí un rostro, solemne pero muy bello, que me contemplaba desde el otro lado de la cama. Era una joven que estaba de rodillas con sus manos metidas debajo de la manta. La miré con una suerte de asombro placentero, y dejé de gimotear. Ella me acarició con las manos, y luego se acostó a mi lado y me abrazó, sonriendo. Al instante me sentí deliciosamente tranquila, y volví a dormir. Me despertó la sensación de un par de agujas que penetraban muy hondo en mi pecho y emití un grito muy fuerte. La joven se apartó de mí con rudeza, pero sin dejar de mirarme. Luego se deslizó hasta caer al piso y se escondió debajo de la cama. Al menos así creía yo.

Ahora sí por primera vez estaba asustada, y empecé a gritar a pulmón partido. La nodriza, la maestra, el ama de llaves, todas vinieron

corriendo. Pero cuando les conté lo que me había pasado no le dieron importancia y se dedicaron a tranquilizarme. Sin embargo, a pesar de ser solo una niña, me di cuenta de que se habían puesto pálidas y tenían una expresión inusual de ansiedad. Las observé mientras miraban debajo de la cama y examinaban los rincones de la habitación. También se agachaban para ver si había algo debajo de las mesas y abrieron el armario para inspeccionar allí. Y oí al ama de llaves comentar a la nodriza:

—Ponga la mano aquí, en esta depresión de la cama. Alguien se acostó ahí, seguro. Y no fue usted. Mire, todavía está tibio.

Recuerdo cómo la nodriza me reconfortaba, y cómo las tres examinaron mi pecho, donde les dije que había sentido el pinchazo, y me aseguraron que no había ningún signo visible de que algo me hubiera pasado.

El ama de llaves y dos sirvientas encargadas del cuarto de niños permanecieron al pie de mi cama toda la noche, y a partir de entonces una de las sirvientas siempre me acompañaba en las noches hasta que cumplí catorce años.

Después del incidente estuve nerviosa durante mucho tiempo. Llamaron a un médico, un señor mayor, muy pálido. Aún recuerdo su cara larga melancólica levemente picada de viruela, y su peluca castaña. Durante un buen tiempo me visitó cada dos días, y me daba medicinas que por supuesto odiaba.

La mañana siguiente a la aparición yo estaba en un estado de terror y no soportaba estar sola ni por un momento, a pesar de que ya había amanecido.

Recuerdo que mi padre vino y se quedó al pie de mi cama, conversando amablemente, preguntándole cosas a la nodriza y riéndose con gusto de alguna respuesta suya. Me dio un beso y una palmadita en el hombro, y me dijo que no tuviera miedo, que solo había sido un sueño y que no me iba a pasar nada. Pero no me sentí consolada, porque sabía que la visita de la extraña joven no había sido un sueño. Estaba espantada.

La nodriza intentó consolarme un poco al asegurarme que fue ella quien había entrado a mirarme y quien se había acostado junto a mí en la cama, que yo debía de estar medio dormida para no haberla reconocido. Pero esto, a pesar de ser testimonio de la nodriza, no me satisfizo del todo.

Recuerdo también que, en el curso de aquel día, un señor viejo y venerable, vestido de sotana negra, entró a la habitación en compañía de la nodriza y del ama de llaves, y, después de conversar un rato con

ellas, se dirigió a mí de la manera más gentil. Su cara era muy dulce, y me dijo que iban a rezar. Me juntó las dos manos y me rogó que dijera lo siguiente, suavemente, mientras ellas oraban: «Señor, presta oído a todas nuestras plegarias, por nosotros, en el nombre de Jesús». Creo que esas eran sus palabras, ya que las repetía para mí misma con frecuencia, y durante años mi nodriza insistía que las pronunciara cada vez que rezaba.

Guardo tanto la imagen de la dulce cara pensativa de aquel señor viejo de cabellos blancos y sotana negra parado en esa rústica habitación marrón, rodeado de muebles incómodos y arcaicos de un estilo de hace trescientos años, y de la tenue luz que entraba por entre las rejas de una ventana pequeña intentando aliviar la atmósfera sombría de aquel cuarto. El anciano se arrodilló y las tres mujeres con él, y rezó en voz alta con una voz temblorosa durante lo que pareció ser un largo tiempo.

Se me ha olvidado todo lo que viví antes de aquel incidente, y solo recuerdo vagamente las cosas que me pasaron por ese tiempo. Pero las escenas que acabo de describir se resaltan muy reales en mi memoria, como unos cuadros aislados dentro de un mundo fantasmagórico rodeado de oscuridad.

# Capítulo 2

## La visitante

Ahora le voy a contar algo tan extraño que tendrá que poner toda su fe para creerme. Pero la historia no solamente es verídica, sino que yo misma fui testigo ocular.

Era un dulce atardecer de verano cuando mi padre me propuso, tal como solía hacerlo con frecuencia, que fuéramos a pasear juntos por los caminos del bello bosque que, como ya mencioné, quedaba frente a nuestro castillo.

—El general Spielsdorf no puede venir a visitarnos tan pronto como hubiera querido —me dijo papá en el curso de nuestra caminata.

El general planeaba hacernos una visita de varias semanas, y esperábamos su llegada para el día siguiente. Había dicho que vendría acompañado de una joven, una sobrina que tenía a su cargo, Mademoiselle Rheinfeldt, a quien yo no había conocido pero a quien me habían descrito como una niña encantadora. En su compañía anticipaba pasar unos días felices. Así que el hecho de haberse aplazado la visita me produjo una desilusión grande, mucho más grande incluso de lo que podría imaginar una muchacha acostumbrada a vivir en una ciudad, o en un vecindario de mucha actividad social. Durante varias semanas había soñado con la visita del general y su sobrina, pues ella prometía ser mi nueva amiga.

—¿Entonces cuándo van a venir? —le pregunté.

—No antes del otoño. En un par de meses, me imagino —respondió mi padre—. Y ahora me pongo feliz de que no hayas conocido a Mademoiselle Rheinfeldt.

—¿Por qué? —le pregunté, mortificada y a la vez curiosa.

—Porque la pobre muchacha ha muerto —respondió—. Se me olvidó que no te lo había contado, pero tú no estabas conmigo cuando recibí la carta del general esta tarde.

Quedé aterrada. Seis o siete semanas antes, en una primera carta, el general había mencionado que la niña no estaba tan bien de salud como él quisiera, pero nada indicaba ni la remota sospecha de que existiera un peligro.

—Aquí tienes la carta del general —me dijo papá al entregármela—. Me temo que el general está hondamente afectado. Me parece que ha redactado esta carta en un estado lamentable de angustia.

Nos sentamos en un banco campestre a la sombra de unos limoneros. Estábamos a la orilla del arroyo que bordea nuestro castillo, entre una cantidad de nobles árboles; la corriente fluía a nuestros pies. En el horizonte agreste se estaba poniendo el sol con todo su lánguido esplendor, y en el agua se reflejaba el rojo vivo del cielo que poco a poco se iba destiñendo.

La carta del general Spielsdorf era tan sorprendente, tan apasionada y, en algunos párrafos, tan contradictoria, que la tuve que leer dos veces –la segunda vez en voz alta para mi padre– y aun así no pude entender bien lo que había pasado, aparte del hecho de que el general parecía estar loco.

La carta decía lo siguiente:

*«He perdido a mi amada hija, pues como tal la quería. Durante los últimos días de la vida de Bertha no me sentí capaz de escribirle. En un comienzo no tenía ni idea del peligro que corría. La he perdido, y ahora me doy cuenta de todo, pero demasiado tarde. Ella murió en la paz de la inocencia, y con la gloriosa esperanza de un futuro bendito. La culpa toda la tiene la malvada que traicionó nuestra hospitalidad. Creí que recibía en mi casa a la inocencia, a la felicidad, a una compañera encantadora para mi adorada Bertha. ¡Por Dios, qué tonto he sido! Doy gracias a Dios que mi niña haya muerto sin sospechar la causa de sus sufrimientos. Se ha ido sin haber sospechado siquiera la naturaleza de su enfermedad, ni la maldita pasión de quien trajo toda esta miseria. Dedicaré el resto de mis días a la persecución y extinción de aquel monstruo. Me dicen que existe la posibilidad de que pueda cumplir con mi propósito, tan justo como misericordioso. Por el momento no encuentro más que un mero resquicio de esperanza, un tenue rayo de luz para guiarme. Maldigo mi presumida incredulidad, mi despreciable afectación de superioridad, mi ceguera, mi terquedad, todo. Pero demasiado tarde. En este momento no puedo escribir ni hablar con calma. Mi mente está turbada. Tan pronto como me haya recuperado, pienso dedicarme durante un tiempo a hacer pesquisas, cosa que posiblemente significaría un viaje a Viena. En algún momento, cuando llegue el otoño, es decir en un par de meses, o tal vez antes si aún estoy vivo, espero ir a verlo –es decir, si me lo permite–, y entonces le contaré lo que en este momento no me atrevo a poner en el papel.*

*Hasta luego. Rece por mí, querido amigo».*

Con estas palabras terminó tan extraña carta.

A pesar de no haber visto nunca a Bertha Rheinfeldt, se me llenaron los ojos de lágrimas al enterarme tan súbitamente de lo sucedido. Quedé asustada, además de profundamente desilusionada.

Ahora se había inclinado el sol. A la luz del crepúsculo devolví a mi padre la carta del general. Era un atardecer suave, de cielo despejado, y nos quedamos sentados allí especulando sobre la posible significación de las violentas e incoherentes frases que yo acababa de leer. Nos faltaba caminar más de un kilómetro antes de llegar a la carretera que pasa por delante del castillo, y mientras tanto, salió la luna, iluminándolo todo. En el puente levadizo nos encontramos con madame Perrodón y mademoiselle De Lafontaine, quienes habían salido, con las cabezas descubiertas, para disfrutar el exquisito claro de luna. Al acercarnos oímos sus voces dialogando en animada charla. Y nos reunimos con ellas al pie del puente levadizo para admirar la belleza de la escena. Frente a nosotros se distinguía el claro que acabábamos de atravesar. A nuestra izquierda la estrecha vía zigzagueaba a la sombra de majestuosos árboles hasta perderse de vista entre la densidad del bosque. A la derecha la misma carretera pasa por encima del alto y pintoresco puente, cerca de una torre en ruinas que una vez vigilaba el paso. Y más allá del puente se eleva una montaña empinada, cubierta de árboles. En la penumbra del bosque se divisan algunas rocas grises invadidas por la hiedra. Sobre el césped y todo el terreno llano avanzaba lentamente una delgada capa de niebla que parecía humo, y a lo lejos se divisaban algunas curvas del río en las que la luna producía, por momentos, unos breves destellos de luz. Imposible imaginar una escena más apacible. Aunque la noticia que acababa de recibir le daba un matiz triste a todo, no podía malograr ese entorno de profunda serenidad, ni la gloria encantada y la hermosa neblina de aquel paisaje. Mi padre, a quien le agradaba ese paisaje sugestivo, quedó parado a mi lado contemplando en silencio el espectáculo a nuestros pies.

Las dos buenas mujeres conservaban una discreta distancia de nosotros. Discurrían acerca de la escena y alababan con elocuencia la belleza de la luna.

Madame Perrodón era una matrona regordeta y romántica que hablaba y suspiraba poéticamente. Mademoiselle De Lafontaine, que ostentaba ciertos conocimientos heredados de su padre –un alemán quien había sido, según decían, un gran psicólogo y metafísico, tomado incluso por místico–, afirmó que cuando la luna brillaba con una luz tan intensa como la de aquella noche, se producía una actividad espiritual

excepcional. El efecto de la luna en ese estado de brillantez era múltiple. Ejercía su influencia sobre los sueños, sobre los locos, y sobre personas nerviosas. Poseía una maravillosa potencia física relacionada con la vida. Mademoiselle contó cómo su primo, marinero en un barco de la marina mercante, al quedarse dormido sobre el planchón del barco en una noche similar, acostado boca arriba con su rostro iluminado totalmente por la luna, después de soñar con una anciana que le arañaba la cara, despertó con sus facciones horriblemente distorsionadas. Su rostro nunca recuperó su forma normal.

—Esta noche —dijo— la luna está plena de influencias idílicas y magnéticas. Miren, si se voltean y contemplan la fachada del castillo que está a sus espaldas, verán cómo todas sus ventanas despiden destellos de luz de un esplendor argénteo, como si unas manos invisibles hubieran prendido las luces en las habitaciones para recibir a unos huéspedes hechizados.

Era uno de esos momentos de apatía y desinterés, en los que uno no tiene ganas de hablar, pero disfruta de la charla de otros. Me encantaba el tintineo de la conversación de las dos mujeres.

—Esta noche he sucumbido a uno de mis ratos de melancolía —me dijo papá, después de un silencio, y antes de pronunciar una cita de Shakespeare cuya obra solía leerme en voz alta para que mantuviéramos vivo el inglés—. «En verdad no sé por qué estoy tan triste. Me fatiga. Me dices que te fatiga también a ti. Pero cómo llegué a este...». No recuerdo el resto —continuó—, pero siento como si una enorme e inminente desgracia pendiera sobre nosotros. Deben ser los efectos de la acongojada carta del pobre general.

En ese preciso momento nuestra conversación fue interrumpida por el sonido inusual de las ruedas de un coche y el batir de cascos en la carretera. El ruido parecía proceder de la tierra alta que daba al viejo puente. Y efectivamente, en ese momento una comitiva emergió de ese punto: primero dos jinetes cruzaron el puente, seguidos de un coche tirado por cuatro caballos, con dos hombres montados detrás. Evidentemente era el coche de una persona de alto rango, y al instante quedamos fascinados frente a un espectáculo tan inusitado. Pocos instantes más tarde, el espectáculo se volvió aún más interesante, ya que, apenas pasada la cumbre del alto puente, uno de los caballos que tiraban el coche, el que iba adelante, se asustó. Su pánico contagió a los demás, y tras corcovear desesperadamente, todos arrancaron en un galope desenfrenado y, sobrepasando a los jinetes que iban en primera fila, vinieron tronando, desbocados, hacia nosotros a la velocidad de un ciclón. A lo trágico de la escena se añadió un

elemento más intenso todavía: los extensos y pavorosos gritos de una voz femenina que emergían de la ventanilla de la carroza.

Nos acercamos todos, inspirados por una mezcla de curiosidad y susto. Yo en silencio, los demás con variadas expresiones de espanto. No duró mucho tiempo el suspenso. Justo antes de llegar al puente levadizo del castillo, siguiendo la ruta que ellos habían tomado, hay un magnífico limonero al borde de la carretera. Frente a este árbol se encuentra una antigua cruz de piedra. Ahora, al ver la cruz, los caballos, que venían a una velocidad aterradora, dieron un viraje abrupto haciendo que las ruedas del coche se montaran sobre las raíces del árbol.

Yo sabía lo que iba a pasar. Me cubrí los ojos, pues no fui capaz de mirarlo. Volteé la cabeza para otro lado y, en ese momento, oí un grito de una de las dos señoras amigas quienes se habían alejado un poco de nosotros. Finalmente la curiosidad me hizo abrir los ojos. Y lo que contemplé fue una escena de confusión total. Dos de los caballos estaban tirados en la tierra, el coche se reclinaba sobre un lado con dos ruedas en el aire, los hombres se dedicaban a soltar los tirantes del arnés, y una señora, de aspecto imponente, con un aire despótico, había descendido del coche y estaba de pie retorciendo sus manos y, de vez en cuando, levantando un pañuelo para enjugarse los ojos.

Acto seguido, por la puerta de la carroza sacaron en brazos a una mujer joven, aparentemente sin vida. Mi viejo y querido padre ya se encontraba al lado de la señora, sombrero en mano, evidentemente ofreciendo ayuda y recursos de su castillo. La señora parecía no escucharlo, o más bien no poder hacer otra cosa que observar a la delgada muchacha a quien pusieron a descansar en el terraplén.

Me acerqué. La muchacha se veía aturdida, pero por fortuna no estaba muerta. Mi padre, que se preciaba de poseer buenos conocimientos médicos, acababa de colocar los dedos en su muñeca, y le aseguraba a la señora, quien declaró ser la madre de la joven, que su pulso, aunque tenue e irregular, todavía se distinguía. La señora juntó las manos y miró al cielo, con una expresión momentánea de gratitud. Pero se irrumpió enseguida con un gesto teatral que, según creo, es natural en ciertas personas. Era lo que llaman una mujer atractiva para sus años, y habrá sido muy hermosa cuando joven. Era alta, pero no demasiado delgada, vestía terciopelo negro y, aunque pálida, su cara revelaba una persona soberbia y acostumbrada a mandar, a pesar de estar ahora extrañamente agitada. Me acerqué para verla mejor.

—¿Existe otra que haya nacido para aguantar tantas calamidades? —le oí decir, nuevamente retorciendo las manos—. Heme aquí en un viaje de vida o muerte, un viaje en el que perder una hora significa posiblemente perderlo todo. Mi hija no se habrá recuperado lo suficiente como para poder acompañarme. Y, ¿quién puede saber por cuánto tiempo tengo que abandonarla? No puedo esperar, no me atrevería a demorarme. Dígame, señor, ¿de aquí cuánto dista el pueblo más cercano? Voy a tener que dejarla allí. ¡Ay, no voy a volver a ver a mi tesoro, ni siquiera saber de ella, hasta mi regreso, en unos tres meses!

Tironeé del abrigo a mi padre y susurré en su oído con emoción:

—¡Oh, papá! Por favor, pídele que nos permita que la niña permanezca aquí con nosotros. Sería tan agradable. Sí, papá. Díselo, te lo ruego.

—Si madame acepta dejar a su hija al cuidado de la mía —dijo mi padre—, y de nuestra buena ama de llaves, madame Perrodón, para que resida aquí como invitada hasta su regreso, y bajo mi responsabilidad, sería para nosotros un reconocimiento y, al mismo tiempo, una obligación. Y la cuidaríamos con todas las atenciones y devoción que merece encargo tan sagrado.

—No puedo aceptarlo, señor. Sería pedir demasiado de su amabilidad y su galantería —respondió la señora.

—Al contrario —dijo mi padre—, sería para nosotros un gesto de gran amabilidad, sobre todo en este momento cuando más nos hace falta. Mi hija acaba de sufrir una desilusión debido a un evento cruel, que le ha privado de una visita largamente esperada, una visita que le habría proporcionado mucha felicidad. Si usted fuera a confiar esta joven a nuestro cuidado, sería el mejor consuelo para ella. El pueblo más cercano está lejos, y no goza de ningún hospedaje digno de recibir a su hija. No puedo permitir que continúe un viaje que evidentemente será largo, sin que corra peligro. Si es verdad, como usted ha dicho, que no puede suspender el viaje, tendrá que separarse de ella esta misma noche. Y en ningún lugar podría dejarla con tantas y tan dignas expresiones de un tierno cuidado como el que encontrará aquí.

Había algo en el aire de esta señora, y en su figura, de tanta distinción, e incluso de imponencia, y en su manera de ser tan agradable, que impresionaba. Y eso aparte de su elegante comitiva y la sensación inequívoca de que se trataba de un personaje importante.

Ya habían levantado la carroza, estaba puesta en posición para andar de nuevo, y los caballos se habían calmado y tenían sus arneses

otra vez en orden. La señora miró a su hija con una actitud que no me pareció tan afectuosa como hubiera esperado a la luz de la escena inicial. Luego, con un gesto discreto, llamó a mi padre a un lado y se alejó con él unos pasos para que estuvieran fuera del alcance de nuestros oídos.

Observé cómo le habló con una expresión fija y severa, muy diferente de la que había tenido cuando hablaba unos momentos antes. Me sorprendió mucho que mi padre no pareciera haber notado el cambio. Tenía una gran curiosidad por saber qué era lo que ella le estaba diciendo, prácticamente pegada a su oído. Hablaba además con tanta intensidad y tan rápido. Estuvieron ocupados así durante dos o tres minutos cuando mucho. Terminada la conversación, ella se volteó y dando unos cortos pasos llegó a donde yacía su hija en brazos de madame Perrodón. Se arrodilló a su lado por un momento y le susurró algo al oído, que madame suponía era una bendición. Luego, deprisa, le dió un beso en la frente e inmediatamente se levantó, entró en el coche; la puerta se cerró, dos lacayos de elegantes atuendos subieron a ocupar sus puestos en la parte de atrás, los jinetes acompañantes espolearon sus bestias, los postillones soltaron latigazos, los caballos corcovearon antes de arrancar a un medio galope que amenazaba con convertirse pronto en un galope veloz y el coche partió en estampida con los dos jinetes auxiliares siguiendo por detrás al mismo acelerado ritmo de todos.

# Capítulo 3

## Comparamos notas

Seguimos la comitiva con la mirada hasta que se perdió abruptamente entre la neblina del bosque y el ruido de cascos y ruedas murió en el aire silencioso de la noche. Lo único que quedó para asegurarnos de que la aventura no había sido simplemente la ilusión de un instante fue la joven, quien, justo en ese momento, abrió los ojos. Yo no los podía ver, porque ella se había volteado hacia el otro lado, pero levantó la cabeza, evidentemente mirando a su alrededor, y oí una voz muy dulce que preguntaba en tono quejumbroso:

—¿Dónde está mamá?

Nuestra querida madame Perrodón le contestó tiernamente, agregando algunas palabras de consuelo. Luego le oí preguntar:

—¿Dónde estoy? ¿Qué lugar es este?

Y después dijo:

—No veo el coche. ¿Y Matska? ¿Dónde está Matska?

Madame respondió todas sus preguntas hasta donde pudo entenderlas, y gradualmente la muchacha recordaba cómo había sucedido el infortunio, y se puso feliz cuando supo que nadie en el coche, ni ninguno de los que estaban atendiendo, había sufrido heridas. Pero al enterarse de que su madre le había dejado ahí hasta su regreso en unos tres meses, se puso a llorar.

Estaba yo al punto de agregar mis consuelos a los de madame Perrodón cuando mademoiselle De Lafontaine me tomó del brazo y me dijo:

—No te acerques. Por ahora ella no puede conversar con todos nosotros al mismo tiempo sino solamente uno por uno. En este momento cualquier agitación le podría hacer daño.

Tan pronto esté cómodamente acostada en una cama, pensé yo, voy a ir a su cuarto para verla. Mientras tanto mi padre había despachado a un sirviente a caballo para que fuera a traer al médico que

vivía a unas dos leguas de nuestra residencia. Y una habitación se preparaba para recibir a nuestra joven huésped.

Ella se levantó, y recostada en el brazo de madame, caminó lentamente por el puente levadizo y entró al castillo. En el amplio vestíbulo del castillo los sirvientes la esperaban y sin más demora la condujeron a su habitación.

El lugar que habitualmente usamos como salón de estar es una sala larga con cuatro ventanales que dan a la fosa y al puente levadizo, y al bosque que antes describí. Los muebles son de roble tallado, y hay altos escaparates. Los asientos están forrados de terciopelo carmesí de Utrecht. Las paredes están cubiertas de tapicerías con grandes marcos dorados, y las figuras, de tamaño real, están vestidas de atuendos antiguos y muy curiosos. Los personajes representados están dedicados a la cacería, a la cetrería, y en general a un ambiente festivo. El lugar no es tan majestuoso como para no ser cómodo. Y es aquí donde nos tomamos el té, porque papá, con su consabida tendencia patriótica, insiste en que la bebida nacional debe aparecer con regularidad, sin descuidar el café y el chocolate.

Aquella noche estuvimos sentados allí con las velas prendidas hablando de los acontecimientos de la tarde. Madame Perrodón y mademoiselle De Lafontaine nos acompañaban. Nuestra joven visitante apenas se había acostado en la cama cuando entró en un sueño profundo, y las dos señoras la habían dejado al cuidado de una sirvienta.

—¿Qué le parece nuestra invitada? —le pregunté a madame apenas entró al salón—. Cuénteme todo de ella.

—Me gusta mucho —contestó madame—. Casi diría que nunca he visto una criatura más hermosa. Es como de la misma edad que tú, tan amable y querida.

—Sí, es absolutamente bella —añadió mademoiselle, quien se había asomado por un momento a la habitación de la niña.

—Y tiene una voz tan dulce —añadió madame Perrodón.

—¿Se fijó usted en una dama en el coche, después de que lo levantaron? ¿Una mujer que no descendió —preguntó mademoiselle—, sino que únicamente nos observó a través de la ventana?

—No, no la vimos.

Luego mademoiselle describió una mujer negra, horrorosa, de turbante rojo, que miraba fijamente todo el tiempo desde la ventana de la carroza, asintiendo con la cabeza y sonriendo despectivamente en dirección de las dos señoras. Sus grandes ojos sobresaltados brillaban, dijo, y mantenía los dientes apretados en una mueca de furia.

—¿Y se fijó en los sirvientes que la acompañaban? —preguntó madame—. Una pandilla de tipos de muy mal aspecto.

—Es cierto —dijo mi padre, quien acababa de entrar—. Los más feos que he visto en mi vida. Ojalá no le vayan a robar a la pobre señora en el bosque. Sin embargo, son hábiles, hay que admitirlo. Arreglaron todo en segundos.

—Supongo que estarán agotados de viajar tanto —dijo madame—. Además de parecer malévolos, tenían caras tan raras, alargadas, oscuras y taciturnas. Me causaron curiosidad, lo reconozco. Me supongo que la joven te contará todo mañana, si está suficientemente recuperada.

—No creo que lo haga —dijo mi padre, con una sonrisa misteriosa y una inclinación de la cabeza, como si supiera más del asunto de lo que estaba dispuesto a revelar.

Lo cual me incitó a querer saber qué era lo que había pasado entre él y la señora de terciopelo negro durante la breve pero intensa entrevista que se llevó a cabo justo antes de su partida.

Apenas estuvimos a solas, le pedí que me lo contara. No hubo necesidad de insistir.

—No hay ninguna razón particular por la que no debería contarte. Ella expresó su renuencia a molestarnos con el cuidado de su hija, explicando que la niña tenía una salud precaria, que era nerviosa, pero no sufría de ninguna clase de epilepsia (cosa que la señora reveló sin que yo se lo preguntara) ni de ningún tipo de delirios, dijo, siendo, de hecho, perfectamente sana.

—Qué raro que dijera todo eso —dije—. No era necesario.

—De todas maneras sí lo dijo —contestó con una risa—. Y como quieres enterarte de todo lo que sucedió, que no era mucho en realidad, pues te lo cuento. A continuación ella me dijo: «Voy a emprender un largo viaje de vital importancia», y subrayó la palabra «vital». «Un viaje rápido y secreto», añadió también. «Regresaré por mi niña en tres meses. Mientras tanto ella mantendrá silencio sobre quiénes somos, de dónde venimos y adónde vamos». Eso fue todo lo que me dijo. Habla un francés excelente. Al pronunciar la palabra «secreto», hizo una pausa de varios segundos, mirándome severa y fijamente a los ojos. Me pareció que era muy importante para ella. Tú viste cómo se fue de rápido. Espero no haber cometido un error estúpido al encargarme de esta jovencita.

Por mi parte, yo estaba feliz. Ansiaba verla y hablar con ella. Solo esperaba que el médico me diera el permiso. Las personas que viven en las ciudades no tienen idea de lo enorme que es el hecho de encontrar a una nueva amiga en medio de la soledad que nos rodea.

Daba casi la una de la mañana cuando llegó el médico. Pero para mí era tan imposible acostarme a dormir como habría sido alcanzar

a pie la carroza en la que había partido la princesa de terciopelo negro.

Cuando el médico, habiendo examinado a la paciente, entró al salón de estar, nos dio un informe muy favorable. La niña estaba despierta, sentada en la cama. Su pulso era regular y se veía perfectamente bien. No había sufrido ningún golpe y el pequeño sobresalto nervioso ya se le había quitado sin dejar huella. Una visita mía no suponía ningún inconveniente, si las dos estábamos de acuerdo. De modo que, con el beneplácito del médico, fui a preguntar si ella me permitía visitarla por unos minutos en su habitación.

La sirvienta regresó inmediatamente y me dijo que para la niña sería estupendo. No me demoré nada en aprovechar ese permiso. A nuestra invitada le habían asignado una de las habitaciones más elegantes de nuestro castillo. Era, tal vez, excesivamente majestuosa. Al pie de la cama colgaba una tapicería que representaba a Cleopatra apretando la víbora contra su pecho. Otras escenas clásicas, un poco desteñidas, adornaban las demás paredes. Pero había algunas tallas de oro, además de otros objetos del decorado de colores lo suficientemente ricos y variados como para contrarrestar lo sombrío de las viejas tapicerías.

Al lado de la cama habían prendido unas velas. Ella estaba sentada, con su delgada y bella figura cubierta por una bata de seda bordada con flores y forrada de una seda más gruesa, una prenda con la que su madre le había cubierto los pies mientras yacía en el suelo.

Cuando llegué al borde de la cama y estaba a punto de saludarla, ¿qué cosa fue la que me dejó muda y me hizo echar atrás ante su presencia? Se lo voy a decir. Vi la misma cara que me había visitado aquella noche en mi infancia y que había quedado tan fija en mi memoria, y sobre la que había rumiado con frecuencia y con horror a lo largo de los años, cuando nadie imaginaba en qué estaba pensando.

Era una cara bonita –diría que bella–, y cuando la vi por primera vez tenía esa misma expresión melancólica.

Pero esa expresión cambió casi instantáneamente y se convirtió en una rara e inanimada sonrisa de reconocimiento. Siguió un silencio de al menos un minuto y luego, finalmente, ella habló. Yo no podía.

—¡Qué maravilla! —exclamó—. Hace doce años vi tu cara en un sueño y me ha perseguido desde entonces.

—De verdad, maravilloso —repetí yo, superando con un esfuerzo el horror que, por unos momentos, me había impedido hablar—. Hace doce años, en una visión o en realidad, te vi a ti ciertamente.

No pude olvidar tu rostro. Ha permanecido ante mis ojos desde entonces.

Su sonrisa se volvió más tierna. Lo que en un primer momento había visto como extraño en ella se había desvanecido. Ahora su sonrisa, con los hoyuelos de sus mejillas, le daba a su cara tan encantadora, tan bonita, un toque de inteligencia. Me sentí más segura, y continué en la tónica indicada por las reglas de la hospitalidad, dándole la bienvenida y diciéndole cómo su accidental llegada había sido placentera para todos nosotros, y le conté especialmente cuánta felicidad me había traído a mí. La tomé de la mano. Yo era un poco tímida, como es normal en las personas solitarias, pero en esta situación me volví elocuente, y hasta audaz. Ella apretó la mía, poniendo la suya encima. Sus ojos brillaban, y al mirarme a los ojos, sonrió de nuevo, y se ruborizó.

Había respondido a mi bienvenida de una manera muy bella. Yo me senté a su lado. Estaba todavía llena de dudas y preguntas. Y ella me dijo lo siguiente:

—Tengo que contarte cómo fue la visión que tuve de ti. Es tan extraño que hayamos tenido las dos, tú y yo, un sueño tan vívido, una de la otra. Y que ambas nos hayamos visto con las mismas caras que tenemos ahora, siendo que, en aquel entonces, éramos apenas unas niñas. Yo tenía unos seis años, y cuando me desperté de un sueño confuso y perturbado, me encontré en una habitación muy distinta de la mía, con paredes forradas en paneles de madera oscura. Había armarios, y alrededor de la cama, asientos y bancas. Creía que las camas estaban desocupadas, que en la habitación no había nadie más que yo. Luego, después de mirar por todos lados (y recuerdo cómo me llamó la atención especialmente un candelabro de dos brazos que reconocería fácilmente si lo volviera a ver), me metí debajo de una de las camas para llegar hasta la ventana. Pero al levantarme al otro lado de la cama, sentí que alguien estaba llorando. Y estando yo todavía de rodillas, mi mirada cayó sobre la cama y te vi. Estoy segura de que eras tú. Y estabas como te veo ahora, una bella adolescente con bucles dorados y grandes ojos azules, y con los labios, tus labios, tal como te veo aquí en este momento.

Y continuó:

—Tu belleza me conquistó. Trepé encima de la cama para abrazarte, y creo que las dos nos quedamos dormidas. Me despertó un grito; tú estabas sentada, gritando. Me asusté, y deslizándome, caí al piso. Parece que perdí el conocimiento momentáneamente, y cuando volví en mí, estaba otra vez en mi propia habitación en casa de mamá. Pero nunca he podido olvidar tu cara. Un mero parecido no me engañaría. La joven mujer que yo vi aquella noche eras tú.

Entonces me tocó el turno de narrar la correspondiente visión que yo tuve. Cosa que hice. Y al oír mi historia, mi nueva amiga no ocultó su asombro.

—No sé cuál de las dos —me dijo con una sonrisa—, debería sentir más miedo de la otra. Si no fueras tan bonita, tal vez sentiría mucho miedo en tu presencia. Pero siendo como eres, y las dos tan jóvenes, solo siento haberte conocido hace doce años y por eso he ganado un cierto derecho a la intimidad contigo. En todo caso, parece evidente que desde la primera infancia estábamos destinadas a ser amigas. Me pregunto si tú te sientes tan extrañamente atraída hacia mí como yo me siento hacia ti. Nunca he tenido una amiga. ¿Voy a encontrar una amiga ahora?

Suspiró hondamente y sus bellos ojos oscuros me contemplaron con pasión.

A decir verdad, yo tenía una sensación imposible de explicar frente a esta bella desconocida. Me sentí, como dijo, «atraída hacia ella». Pero, al mismo tiempo, había un elemento de repulsión. No obstante, en medio de esta ambigüedad de sensaciones, la atracción predominaba con fuerza. Ella captó mi interés, y me conquistó. ¡Era tan bella y tan indescriptiblemente encantadora!

Entonces experimenté otra sensación: me invadió una especie de languidez y agotamiento. De modo que le di las buenas noches y comencé a retirarme. Pero antes le dije:

—El médico opina que una sirvienta debería acompañarte esta noche. Hay una de las nuestras que espera afuera. Encontrarás en ella a una persona tranquila, y útil.

—Qué amable eres tú. Pero no podría dormir. Nunca he podido dormir con otra persona en la habitación. No me hará falta ninguna asistencia. Y debo confesar mi debilidad. Me persigue un terror frente a los ladrones. Una vez, los ladrones se metieron a nuestra casa y asesinaron a dos de nuestras sirvientas. Así que siempre cierro la puerta con llave. Se me ha vuelto una costumbre. Y como tú eres tan amable, estoy segura de que me perdonarás. Veo que la puerta tiene una llave colgada en la cerradura.

Me apretó entre sus bellos brazos y me susurró al oído:

—Buenas noches, querida. Es tan difícil despedirme de ti. Pero te deseo que pases una buena noche. Mañana nos volveremos a ver. Pero no muy temprano.

Con un suspiro se recostó sobre la almohada, y sus bellos ojos me siguieron con una mirada amorosa y melancólica. Nuevamente murmuró:

—Buenas noches, amiga querida.

Los jóvenes se quieren (incluso se aman) por un impulso. Me sentí halagada por el evidente aunque, hasta ahí, inmerecido cariño que me había mostrado. Me había gustado la confianza con la que me recibió espontáneamente. Ella estaba decidida a que íbamos a ser amigas íntimas.

Al otro día nos volvimos a encontrar. Yo estaba feliz con mi nueva compañera, por muchas razones. Su belleza no perdía nada a la luz del sol; era la criatura más preciosa que había visto. Y el desagradable recuerdo de la cara que se me había presentado en aquel sueño infantil había perdido el efecto de ese primer momento de reconocimiento.

Ella confesó que había sentido un miedo similar cuando me vio, y precisamente la misma ambigua antipatía mezclada con admiración que, en un primer momento, yo había sentido frente a ella. Nos reímos juntas de nuestros sustos momentáneos.

# Capítulo 4

## Sus hábitos. Un paseo.

Les he dicho que ella me encantaba en casi todo. Pero había ciertos aspectos que no me gustaban tanto. Voy a comenzar por describirla. Era más alta que el promedio de las mujeres, delgada y de una maravillosa gracia en su porte. Aparte de que sus movimientos, que eran lánguidos –muy lánguidos–, no había nada en su figura que no fuera perfecto. Su cutis era de un brillo magnífico, sus facciones pequeñas y bellamente formadas, sus ojos grandes, oscuros y brillantes, sus cabellos espléndidos. Nunca había conocido una cabellera tan majestuosamente tupida, tenía el pelo tan largo que le cubría totalmente los hombros. Muchas veces metía mis manos debajo de su pelo, y me reía con asombro al constatar su peso. Al mismo tiempo era exquisitamente suave y fino, y de un rico color castaño oscuro, con unos toques dorados. Me fascinaba soltarlo y verlo caer por su propio peso cuando, en su habitación, ella se estiraba en una silla y hablaba con su tono dulce a media voz. Yo solía doblar su pelo y hacerle trenzas. O explayarlo y jugar con él. ¡Por Dios! ¡Si hubiera sabido lo que sé ahora!

He dicho que había ciertas cosas que no me gustaban. Como ya les conté, su confianza me conquistó desde que la vi esa primera noche. Pero descubrí que, con respecto a sí misma, a su madre y su historia, de hecho todo lo relacionado con su vida, sus planes y su gente, ella mantenía una tremenda reserva, como si estuviera siempre alerta. Mi manera de averiguar tal vez no era prudente. A lo mejor me equivocaba. Debería haber respetado la solemne exhortación pronunciada por la majestuosa dama de terciopelo negro en su conversación con mi padre. Pero la curiosidad es una pasión inquieta y sin escrúpulos que ninguna niña aguanta con paciencia, ni tolera que su natural inquietud sea rechazada. ¿Qué daño haría si ella respondiera y me contara lo que, con toda pasión, yo quería saber? ¿No

confiaba en mi sensatez? ¿En mi honor? ¿Por qué no me iba a creer cuando le juraba, como lo hice solemnemente, que no divulgaría a ningún ser mortal una sola sílaba de lo que me revelara?

Mostraba algo de frialdad, me parecía, una dureza más allá de sus años, cuando, con su constante y triste sonrisa, se negaba a darme un solo rayo de luz acerca de su vida.

No digo que hayamos peleado por eso, ya que ella no peleaba por nada. De mi parte, por supuesto, era injusto presionarla. Era de mala educación. Pero no podía controlarme. Aunque en realidad daba lo mismo. Porque, comparado con mis expectativas, lo que me contó sobre ella no fue prácticamente nada. Se puede resumir todo en tres revelaciones: 1°: su nombre era Carmilla, 2°: su familia era muy antigua y noble, y 3°: su casa estaba al oeste de nuestro castillo.

No quiso contarme el apellido de su familia ni los detalles de su escudo ni el nombre de sus tierras. Ni siquiera me dijo de qué país era. No debe creer usted que yo la fastidiaba continuamente preguntando sobre estos temas. Esperaba cada oportunidad, y prefería insinuar mis indagaciones, en vez de apurar una respuesta. Algunas veces la ataqué frontalmente, es verdad. Pero no importaba cuál táctica utilizara, el resultado era siempre el mismo: ningún avance. No servían ni las caricias ni los reproches. Pero debo admitir que evadía las respuestas con una melancolía y un alzar de hombros, y con tantas, y a veces tan apasionadas, declaraciones de su amor por mí, y de su confianza en mi honradez, y tantas promesas de que algún día, por fin, yo iba a saberlo todo, que no encontraba en mi corazón cómo sentirme ofendida.

Ella solía tomarme entre sus bellos brazos y me abrazaba, con su mejilla contra la mía y sus labios en mi oído, murmurando:

—Mi amada, tu pequeño corazón está herido. No me creas cruel simplemente porque obedezco la irresistible ley de mi fortaleza y de mi debilidad. Si tu querido corazón está herido, el salvaje corazón mío sangra por el tuyo. En el éxtasis de mi enorme vergüenza, vivo en tu cálida vida. Y tú morirás, dulcemente morirás, en la mía. No tengo remedio. Como yo me acerco a ti, tú, a tu turno, atraerás a otros y conocerás el éxtasis de esa crueldad, que aun así es amor. De modo que, por un tiempo, no intentes saber más de mí y de los míos, confía en mí con tu espíritu amante.

Y cuando hablaba de esta manera rapsódica, me apretaba más fuertemente contra ella en un abrazo tembloroso, mientras sus leves besos hacían que mi mejilla brillara con una suave incandescencia.

Su agitación y su lenguaje eran incomprensibles para mí. De estos abrazos (que, debo decir, no ocurrían con demasiada frecuencia)

yo siempre quise librarme. Pero me quedaba sin fuerzas para hacerlo. Las palabras que murmuraba sonaban en mi oído como una canción de cuna y convertían mi esfuerzo de resistencia en una especie de trance, del que solo podía recuperarme después de que ella hubiera dejado de abrazarme.

Durante esos misteriosos episodios, yo no la quería. Experimentaba una extraña, tumultuosa excitación que muchas veces era placentera, aunque mezclada con una sensación también de aprensión y de asco. Mientras duraban estas escenas, no tenía una idea clara acerca de ella, pero tenía conciencia de un amor que se convertía poco a poco en adoración, aunque al mismo tiempo en odio. Sé que esto suena a paradoja, pero no encuentro otra forma de intentar una explicación de lo que yo estaba sintiendo.

Estoy escribiendo esto ahora, después de un intervalo de más de diez años, con la mano temblorosa, y con un recuerdo horrible y confuso de ciertas situaciones que sucedían durante el tormento que inconscientemente yo estaba atravesando.

Sin embargo, tengo un vivo recuerdo de la trama central de mi historia. Supongo que en las vidas de todo el mundo ocurren episodios emocionales en los que nuestras pasiones son desatadas tan salvajemente, tan terriblemente, y que, no obstante, son los momentos, entre todos, que más imprecisamente recordamos.

En ciertas ocasiones, después de una hora de indolencia, mi extraña y bella compañera me tomaba la mano, reteniéndola en la suya con un apretón amoroso, que repetía una y otra vez, mientras se ruborizaba levemente y me miraba con sus lánguidos y encendidos ojos, emitiendo gemidos con tanta rapidez que su vestido subía y bajaba al ritmo de su tumultuosa respiración. Era como la excitación de una amante. Me avergonzaba. Era odioso, y sin embargo se apoderaba de mí. Con una expresión de regodeo, me atraía hacia ella y sentía sus labios calientes corriendo sobre mis mejillas mientras ella musitaba, casi en suspiros:

—Tú eres mía, serás mía, tú y yo somos una para siempre.

Luego se echaba para atrás en su silla, cubriéndose los ojos con sus pequeñas manos, mientras me dejaba temblando.

—¿Será que somos parientes? —le preguntaba—. ¿Qué quieres decir con todo esto? A lo mejor te recuerdo a una persona que has amado. Pero no puede ser. No me gusta. No te conozco. No me conozco a mí misma cuando me miras así y hablas de esa manera.

Ella suspiraba ante mi furia, y enseguida giraba la cabeza y dejaba caer mi mano.

Con respecto a estas asombrosas expresiones, intenté en vano formular alguna teoría satisfactoria. No formaban parte de un artificio, ni de un truco. Se trataba, sin lugar a dudas, del momentáneo estallido de un instinto y de unas emociones ocultas. ¿Sufría de breves períodos de locura, a pesar de la afirmación de su madre en sentido contrario? ¿O, detrás de todo, existía un disfraz y un romance? En viejos libros de cuentos había leído sobre cosas de ese estilo. Qué tal si fuera un adolescente enamorado que se había metido en nuestra casa, disfrazado, para perseguir al objeto de su deseo con la ayuda de una vieja aventurera. A pesar de que esta teoría animaba mi vanidad, tenía muchas objeciones contra ella. Primero, yo no podría decir que me había asediado con una galantería masculina tal como suelen hacer los hombres con encanto. Entre uno de estos momentos apasionados y el siguiente había largos intervalos donde todo era normal, de una cotidiana felicidad, aunque ella manifestaba también su ensimismamiento y tristeza. Pero, con excepción de los momentos en que notaba que sus ojos me seguían con un cierto fuego melancólico, yo no podría haber representado nada para ella. Aparte de aquellos arranques de misteriosa excitación, ella se portaba como cualquier niña. Y en ella había siempre una languidez totalmente incompatible con lo masculino. Bajo ciertos aspectos, sus hábitos eran raros. Tal vez no hubieran parecido extravagantes para una mujer de la ciudad, pero sí lo eran para gente rústica como nosotros. Ella no se dejaba ver hasta muy tarde, generalmente no aparecía antes de la una de la tarde. A veces tomaba una taza de chocolate, pero no comía nada. Luego solíamos salir a pasear, no por mucho rato, pues casi inmediatamente se sentía agotada. De modo que volvíamos al castillo, o nos sentábamos en alguno de los bancos que había debajo de los árboles, en diferentes rincones del bosque. Su cuerpo sufría de una fatiga que no era acorde con su estado mental. Siempre conversaba animadamente, y era muy inteligente. A veces aludía a su casa de modo pasajero, o hablaba de alguna anécdota que había vivido, o un recuerdo temprano, que indicaba que se movía entre personas de costumbres raras, de costumbres totalmente desconocidas para nosotros. De esas breves noticias ocasionales deduje que su país natal era más remoto de lo que había imaginado al principio.

Una tarde estábamos sentadas debajo de un árbol cuando pasó un cortejo fúnebre frente a nosotras. Eran los funerales de una niña muy bonita que yo había visto con frecuencia, hija de uno de los guardabosques. El pobre hombre caminaba a la zaga del féretro. Había perdido a su única hija y tenía el corazón roto. Unos campesinos venían detrás,

a dos en fondo, entonando un canto fúnebre. Me levanté en gesto de respeto, y acompañé a los dolientes con un verso del himno que cantaban muy dulcemente. De repente mi compañera me arrastró, obligándome a girar hacia ella.

—¿No te das cuenta de lo desafinados que están? —dijo con brusquedad.

—Al contrario —le dije—. Me parece que cantan muy bonito.

Me sentí desconcertada y muy incómoda, por temor a que la gente que andaba en la pequeña procesión pudiera oír y sentirse mal por lo que ella había dicho.

Seguí cantando, entonces. Pero nuevamente ella me interrumpió.

—Me están taladrando el oído —protestó Carmilla, muy enfadada, mientras se tapaba las orejas con sus pequeños dedos—. Además, ¿no te das cuenta de que tu religión y la mía no son iguales? Tus formas me lastiman. Odio los funerales. ¿Por qué tanto escándalo? Uno tiene que morir. Todo el mundo tiene que morir. Y todos están más felices cuando están muertos. Vamos a casa.

—Mi padre ha ido adelante con los clérigos al cementerio. Yo creí que tú sabías que la iban a enterrar hoy.

—¿A quién, a ella? A mí no me preocupa el campesinado. No tengo idea de quién se trata —respondió Carmilla, con un brillo en sus ojos penetrantes.

—Ella es la pobre niña que, hace quince días, creí que había visto convertida en fantasma. Desde entonces ha estado agonizando hasta ayer, cuando murió.

—No me hables de fantasmas. Si sigues, no voy a poder dormir esta noche.

—Espero que no esté llegando una plaga o una fiebre, como sugieren estos indicios —dije—. La joven esposa del porquero murió hace apenas una semana, y ella creía que alguien, o algo, había tratado de estrangularla mientras yacía en la cama. Papá dice que semejantes fantasías horribles suelen acompañar ciertos tipos de fiebre. El día anterior ella tenía buena salud. Pero después se derrumbó y murió en menos de ocho días.

—Bueno, el funeral de ella ya pasó, espero —dijo—. Ya habrán cantando sus lamentaciones y no nos van a seguir torturando los oídos con tanta cacofonía y jeringonza. Me puso nerviosa. Siéntate aquí a mi lado. Más cerca. Y toma mi mano fuerte. Más fuerte. Mucho más.

Nos habíamos retirado un poco y llegamos a otro banco. Ella se sentó. Su cara sufrió un cambio que me alarmó. Es más, por un momento me asustó. Se oscureció, se tornó lívida, horriblemente lívida. Apretó los dientes y las manos, frunció el ceño, tensó los labios

y miró fijamente el césped, temblando con unas convulsiones incontrolables. Parecía hacer todos los esfuerzos para cortar un ataque de epilepsia, luchaba hasta quedar sin aliento. Finalmente emitió un gemido agitado, como signo de un intenso dolor, y después, progresivamente, su nerviosismo se tranquilizó.

—¡Ahí tienes! —dijo por fin—. Eso es lo que pasa cuando tratan de ahogar a la gente con himnos. Abrázame. Tranquilízame. Ya está pasando.

Efectivamente, poco a poco mi compañera regresó a su estado normal. Y con el fin, tal vez, de compensar la impresión tan sombría que el espectáculo había producido en mí, se volvió más animada y locuaz que de costumbre. Y así llegamos a casa.

Fue la primera vez que yo había visto que ella mostrara algún síntoma concreto de la delicada salud de la que su madre había hablado. También fue la primera vez que había percibido en ella un temperamento salvaje e irascible. Pero esa muestra de mal genio se desvaneció como una nube en el cielo de verano, y solo una vez más observaría, por parte de ella, un signo momentáneo de iracundia. Voy a contar cómo sucedió.

Un día, cuando ella y yo estábamos mirando a través de los altos ventanales del salón, observé que un vagabundo cruzó el puente levadizo y entró al patio interior del castillo. Lo conocía bien. Solía visitarnos dos veces por año. Era un jorobado de cara larga y facciones angulosas, características típicas de personas deformes. Usaba una barba negra y puntiaguda, y sonriendo como estaba, de oreja a oreja, dejaba ver sus blancos colmillos. Vestía unos trapos rústicos, rojos y negros. De las incontables correas y tiras de cuero que cruzaban su pecho colgaban toda clase de cosas y aparatos. A sus espaldas cargaba una lámpara mágica y dos cajas que yo conocía bien, en una había una salamandra y en la otra un mandril. Eran pequeños monstruos que a mi padre le causaban mucha risa. Estaban compuestos de pedazos de micos, loros, ardillas y peces, con algo de puercoespín, todos secos y luego cuidadosamente cosidos con hilo para producir un efecto sorprendente. Llevaba un violín también, y una caja con utilerías para hacer trucos de prestidigitación. Unas cuantas máscaras estaban amarradas a su correa, y otras cuantas cajas misteriosas, y en su mano llevaba un bastón negro con puño de cobre. Un perro escuálido venía detrás del hombre, pero al llegar al puente levadizo se detuvo súbitamente como si sospechara algo y luego empezó a aullar de una manera atroz.

Mientras tanto, el vagabundo, de pie en la mitad del patio, nos saludó alzando su grotesco sombrero, inclinándose en una venia ceremoniosa y

vociferando cumplidos en un francés execrable y un alemán igual de espantoso. Luego, tomando el violín en las manos, se puso a rasgar una melodía alegre que acompañaba con un canto, simpático aunque disonante, y una danza bastante loca que me hizo soltar una carcajada que contrastaba con el triste aullido del perro.

Al terminar este espectáculo, el hombre se acercó a la ventana con sonrisas y saludos, su sombrero en la mano izquierda y su violín bajo el brazo, y sin pausa y con gran fluidez desenrolló, con la mano derecha, un largo pergamino donde se anunciaban todos sus atributos y las múltiples artes y recursos que ponía a nuestra disposición, sin hablar de las curiosidades y los entretenimientos que se proclamaba capaz de presentar apenas se lo pidiéramos.

—Tal vez quisieran las bellas damas adquirir un talismán como protección contra el diablo que merodea como un lobo por estas tierras, según me han contado —dijo, dejando su sombrero caer sobre el adoquinado—. La gente se está muriendo de esa maldad a diestra y siniestra, y aquí tienen sus mercedes un amuleto que nunca falla. Simplemente se prende a la almohada, y uno puede reírse en las narices del bicho.

Esos talismanes consistían en tiras de tela decoradas con cifras cabalísticas y algunos diagramas. Carmilla no vaciló en comprar uno, y yo otro. El hombre nos miraba desde abajo en el patio, y nosotros lo mirábamos sonriendo. Nos hizo gracia, a mí al menos. Mirando a nuestras caras con sus penetrantes ojos negros parecía detectar algo que, por un instante, parecía despertar su curiosidad. Inmediatamente sacó una caja de cuero que contenía toda clase de pequeños instrumentos de acero.

—Mire usted, señorita —dijo, mostrándome la caja—. Entre otros oficios menos útiles, practico el arte de la dentistería. ¡Maldito perro! —se interrumpió—. ¡Cállate, animal! Él aúlla para que usted, señorita, no pueda oír lo que estoy diciendo. Su noble amiga, la señorita allí a su derecha, tiene el diente muy afilado. Es largo, delgado, punzante como un alfiler. ¡Ja! ¡Ja! Con mi ojo agudo y la buena visión que tengo, desde donde estoy parado aquí abajo lo he visto claro. Ahora, si a la señorita le molesta —y me parece imposible que no le cause dolor— aquí me tiene, aquí está mi lima y mi pequeño alicate. Podría volver ese diente redondo y romo, si a la señorita le place. Ya no será el diente de un pez, sino el diente de la bella joven que es… ¿Cómo? ¿Qué pasa? ¿Se ha molestado la señorita? ¿He sido demasiado osado? ¿La he ofendido?

Y era cierto. La bella joven se veía muy enfadada, y se retiró de la ventana.

—¿Cómo se atreve este vagabundo a insultarnos de esta manera? ¿Dónde está tu padre? Voy a insistir que me repare esta ofensa. Mi padre hubiera atado a este atrevido a un poste y le habría castigado con látigo. Es más, le habría quemado el pellejo con la marca del ganado de nuestro castillo.

Dando unos pasos para alejarse del ventanal, se sentó. Y apenas el hombre se había perdido de su vista, su ira se calmó tan súbitamente como había estallado.

En pocos minutos había recuperado su actitud normal. Aparentemente había olvidado la existencia del jorobado y sus tonterías.

Aquella noche mi padre no estaba de buen humor. Cuando llegó a casa, nos habló de un nuevo caso muy similar a los otros dos fatales que habían ocurrido en tiempos muy recientes. La hermana de un joven campesino que trabajaba en sus tierras, apenas a una milla de distancia, estaba muy enferma.

Tal como ella misma contó, fue atacada en casi la misma forma de la otra, y estaba muriendo lenta pero irremediablemente.

—Todos estos casos —dijo mi padre— tienen una explicación científica. Se deben a causas naturales. Pero estos pobres heredan sus supersticiones y transmiten de generación en generación sus versiones terroríficas, que después se transforman en imágenes y van contagiando a sus vecinos.

—Pero esa misma circunstancia me asusta terriblemente —dijo Carmilla.

—¿Por qué? —pregunto papá.

—Me da miedo ver cosas imaginarias. Creo que son tan malas como si fueran de verdad.

—Estamos en las manos de Dios —dijo mi padre—. Nada puede ocurrir sin su consentimiento, y todo terminará bien para aquellos que lo amen. Él es nuestro fiel Creador. Él nos ha creado a todos y se encargará de cuidarnos.

—¡Creador! ¡Naturaleza! —exclamó Carmilla en respuesta a las palabras de mi amable padre—. Esta enfermedad que está invadiendo el país es natural. La Naturaleza. Todo procede de la Naturaleza, ¿no es así? Todas las cosas que hay en el cielo y sobre la tierra, y bajo la tierra, ¿no actúan y viven como la Naturaleza ha ordenado? Yo creo que sí.

—El médico prometió venir hoy —dijo mi padre finalmente, después de un silencio—. Quiero saber qué piensa él de todo esto, y qué cree que debemos hacer.

—Los médicos nunca me han hecho ningún bien —dijo Carmilla.

—¿Entonces nunca has estado enferma? —le pregunté.

—Más enferma de lo que tú has estado nunca —respondió.

—¿Hace mucho tiempo?

—Sí, hace mucho tiempo. Yo sufría de esta misma enfermedad. No recuerdo sino el dolor y la debilidad que me produjo, pero no eran tan graves como los dolores de otras enfermedades.

—¿Eras muy joven entonces?

—Supongo que sí. Pero no hablemos más de eso.

—Bueno, no hablemos más del asunto. No quisiera hacerle daño a una amiga.

Ella me miró con languidez, pasó su brazo alrededor de mi cintura y me condujo fuera del salón. Mi padre se ocupaba de algunos papeles en un rincón al pie de la ventana.

—¿Por qué a tu padre le gusta asustarnos? —suspiró la bella niña, y se estremeció levemente.

—No es cierto, Carmilla querida. Nada podría estar más lejos de su intención.

—¿Tienes miedo, querida? —preguntó ella.

—Tendría mucho miedo —dije—, si pensara que existe algún peligro real de que yo fuera a ser atacada como lo fue esa pobre gente.

—¿Tienes miedo a la muerte?

—Sí. Todo el mundo tiene miedo a la muerte.

—Pero morir como mueren los amantes. Morir juntos, para vivir juntos.

—Las niñas son orugas mientras viven en el mundo —dije—, para convertirse en mariposas en cuanto llega el verano. Mientras tanto, son gusanitos y larva, ¿no ves? Cada cual con sus propensiones particulares, sus necesidades y su estructura. Lo dice Monsieur Buffon en un libro grande que hay en la biblioteca.

El médico llegó después y se quedó conversando un rato largo con papá. Era un hombre muy idóneo, de unos sesenta años o más. Se perfumaba con polvos y se afeitaba hasta que su cara quedaba lisa como la cáscara de una calabaza. Él y papá salieron del cuarto juntos. Papá estaba riéndose y le oí decir:

—Me sorprende en un hombre sabio como usted. ¿También cree en los dragones?

El médico sonreía y lo negó con un movimiento de la cabeza.

—Sin embargo —dijo—, la vida y la muerte son estados misteriosos, y sabemos muy poco de los recursos de una y de otra.

Después de afirmar eso, salió y no supe más. En ese momento no sabía cuál era el tema que el médico había introducido. Pero ahora creo que lo puedo adivinar.

# Capítulo 5

## Un parecido extraordinario

Una tarde llegó de Gratz el hijo del restaurador de arte, un joven de cara severa y tez oscura. En su carreta tirada por un caballo traía dos grandes cajas que contenían cuadros. Gratz quedaba a diez leguas de distancia, y cada vez que alguien llegaba de esa pequeña ciudad, nuestra capital, todos salíamos a recibirlo para ver qué noticias traía. La llegada de cualquier persona a un lugar tan aislado como el nuestro es motivo de celebración.

El joven colocó las cajas en el atrio del castillo mientras los sirvientes lo llevaron a cenar. Después, acompañado por unos ayudantes, y con martillo, buril y destornillador en las manos, se reunió con nosotros en el atrio donde nos habíamos citado para ver el contenido de esas dos grandes cajas de madera en el momento en que fueran abiertas.

Carmilla se sentó para observar, evidentemente sin mucho interés, cuando, uno tras otro, sacaban a la luz los viejos cuadros, casi todos retratos, que habían sido restaurados. Mi madre descendía de una antigua familia de la nobleza húngara, y la mayoría de estos cuadros, destinados a ocupar sus antiguos sitios en las paredes de nuestro castillo, le pertenecían.

Mi padre llevaba en la mano una lista que leía en voz alta mientras el artista hurgaba en las cajas para encontrar el número correspondiente en cada caso. Dudo que las pinturas hayan sido muy buenas, pero ciertamente eran muy antiguas, y algunas muy extrañas. Tenían una especial virtud para mí, las estaba viendo por primera vez, ya que, antes de que fueran limpiadas y restauradas, el polvo y la pátina de los siglos las habían dejado en un estado tan terrible que era imposible apreciarlas.

—Allá puedes ver un óleo que estaba esperando —dijo mi padre—. En una esquina, allá arriba, está el nombre. Si no estoy mal

dice «Marcia Karnstein» y la fecha «1698». Tenía ganas de ver cómo había quedado.

Yo me acordaba del cuadro. Era bastante pequeño, de unos quince centímetros aproximadamente, cuadrado, sin marco. Pero era tan viejo y había estado siempre tan cubierto de mugre, que nunca pude verlo bien. Ahora el joven restaurador lo presentó con evidente orgullo. Era hermoso. Asombroso. Parecía vivo. ¡Era la auténtica imagen y semejanza de Carmilla!

—Carmilla querida. Es un milagro. Aquí estás tú, sonriendo, a punto de hablar, en este cuadro. ¿No te parece hermoso, papá? Mira, hasta tiene el pequeño lunar en el cuello. Mi padre se rio y dijo:

—De verdad, el parecido es formidable.

Pero, para mi sorpresa, no le dio importancia y siguió hablando con el restaurador, quien tenía mucho de artista, y mantuvo una conversación inteligente con mi padre acerca de los retratos y otras obras que su trabajo acababa de revelar con toda su luz y color. Mientras tanto, yo me entregué a la contemplación del retrato, maravillándome ante lo que era, sin duda, la cara misma de Carmilla.

—¿Papá, me permites colgar este cuadro en mi alcoba? —le pregunté.

—Por supuesto, hija —me contestó, sonriendo—. Me alegra que lo encuentres tan parecido a Carmilla. Tal vez tengas razón. En tal caso el cuadro es más hermoso de lo que yo creía.

La bella joven no reaccionó ante esta galantería. Actuó como si no hubiera escuchado. Estaba medio recostada en una silla y me examinaba con sus ojos, mirándome por debajo de sus largas pestañas. Luego sonrió como si estuviera en una especie de éxtasis.

—Y ahora —le dije—, uno puede ver nítidamente el nombre en la esquina del cuadro. Parece escrito en oro. No es Marcia. El nombre es Mircalla, condesa de Karnstein. Lleva puesta una pequeña corona. Y abajo dice A.D. 1698. Yo soy descendiente de los Karnstein. Es decir, lo era mi madre.

—Yo también —dijo ella, sin entusiasmo—. Es una dinastía muy antigua. ¿Aún viven algunos de la familia Karnstein?

—Ninguno que lleve el nombre, creo. Me dicen que la familia se arruinó en unas guerras civiles hace mucho tiempo. Las ruinas del castillo están cerca de aquí, a unas cinco millas.

—¡Qué interesante! —comentó.

Y, cambiando de tema, dijo:

—Pero mira la belleza de esta noche de luna.

Miró por la puerta principal, que estaba medio abierta.

—¿Por qué no paseamos por el patio —propuso— y miramos cómo se ven la carretera y el río?

—Me recuerda la noche que tú llegaste —le dije.

Ella suspiró, sonriendo. Se levantó, y las dos, cada una con un brazo alrededor de la cintura de la otra, caminamos por el adoquinado. En silencio, lentamente, nos acercamos al puente levadizo para contemplar el paisaje.

—Así que estabas pensando en la noche que llegué —me dijo en un susurro—. ¿Estás contenta de que yo esté aquí?

—Encantada, mi querida Carmilla —contesté.

—Y pediste que te dejaran el cuadro que se parece a mí, para colgarlo en tu alcoba —murmuró con un suspiro, apretando su brazo alrededor de mi cintura y descansando su cabeza preciosa sobre mi hombro.

—Cómo eres de romántica, Carmilla —le dije—. El día que me cuentes tu vida, estoy segura de que será la historia de un gran romance.

Me besó en silencio.

—Estoy segura que has estado enamorada, Carmilla. En este mismo momento, debe haber algún amor en tu corazón.

—Jamás me he enamorado de nadie —susurró—. Y no me voy a enamorar nunca. A no ser que sea de ti.

¡Qué bella se veía a la luz de la luna! Con una actitud tímida y extraña al mismo tiempo, escondió su cara entre mis cabellos y mi cuello, emitiendo suspiros agitados que parecían sollozos, y tomó mi mano entre las suyas, que estaban temblando. Su suave mejilla calentaba la mía.

—Querida, querida —murmuró—. Yo vivo en ti. Y tú morirías por mí. Te amo tanto.

Me distancié de ella, asustada. Me miraba con ojos carentes de fuego, ojos sin sentido. Su rostro, pálido en extremo, reflejaba una enorme apatía.

—¿No sientes frío, querida? —preguntó con voz somnolienta—. Estoy tiritando. ¿He estado soñando? Entremos, entonces. Sí, sí, entremos.

—Veo que estás mal, Carmilla. Casi desmayada. Debes beber un poco de vino.

—Sí. Lo haré. Ya me siento mejor. En unos momentos estaré perfectamente bien. Sí, te acepto un poco de vino —dijo, mientras nos acercábamos a la puerta—. Pero miremos otra vez, por un momento. A lo mejor sea la última vez que contemple el claro de luna contigo.

—¿Cómo te sientes ahora, Carmilla? ¿De verdad estás mejor? —le pregunté.

Empezaba a alarmarme. Me preocupaba que le hubiera atacado la extraña epidemia que parecía haber invadido la campiña a nuestro alrededor.

—Papá se preocuparía mucho —agregué— si te fueras a enfermar, aunque sea un poquito, sin hacérselo saber inmediatamente. Tenemos un médico muy eficiente, vive aquí cerca, el mismo que estaba hoy con papá.

—No dudo que sea bueno. Sé cómo son de amables ustedes. Pero, mi querida niña, ya estoy bien otra vez. No tengo ningún problema de salud. Solo un poco de debilidad. La gente dice que soy lánguida. Soy incapaz de esfuerzos grandes, es cierto. Difícilmente camino lo que caminaría una niña de tres años. Y de vez en cuando, lo poco de fortaleza que tengo me falla, y me vuelvo como me acabas de ver. Pero me recupero fácilmente. En un instante soy yo otra vez. ¿No ves cómo me recuperé?

Y era cierto, se había recuperado. Seguimos conversando un rato largo, ella estaba muy animada. El resto de la noche pasó sin que ella volviera a repetir esas actitudes de enamoramiento. Me refiero a su forma loca de hablar y de mirar, que me daban vergüenza, y hasta miedo.

Pero esa misma noche ocurrió una cosa que hizo dar un nuevo giro a mi pensamiento, algo que incluso parece haber sacado a Carmilla de su habitual languidez, provocándole, aunque fuera por un momento, una inusual energía.

# Capítulo 6

## Una agonía muy extraña

Cuando llegamos al salón y nos sentamos a tomar café y chocolate, a pesar de que no tomó nada, Carmilla parecía estar otra vez en su estado normal. Madame Perrodón y mademoiselle De Lafontaine nos acompañaron, y estábamos jugando a las cartas cuando entró papá para tomar lo que llamaba su «plato de té».

Cuando terminamos la partida, él se sentó en el sofá al lado de Carmilla y le preguntó, en tono levemente ansioso, si había tenido noticias de su madre desde que llegó a nuestra casa.

—No lo puedo saber —respondió, ambiguamente—. Pero he pensado que les voy a abandonar. No quiero abusar de su hospitalidad. Ya han sido demasiado amables conmigo. Les he causado una infinidad de problemas, lo sé. Quiero tomar un coche mañana e ir en busca de mi madre. Yo sé dónde la puedo encontrar, aunque no me atrevo a decir dónde es.

—¡Ni soñarlo! —exclamó papá, para mi gran alivio—. No podemos perderte así nomás. No te doy permiso para partir, a no ser bajo la custodia de tu madre, que, en su bondad, tuvo la cortesía de dejarte aquí con nosotros hasta que ella misma regresara. El día que recibas noticias de ella, me encantaría saberlo. Esta noche los relatos sobre el progreso de la misteriosa enfermedad que está asaltando nuestra vecindad son cada vez más alarmantes. Y, mi querida, siento responsabilidad por ti en ausencia de tu madre. Ella no está para aconsejarme, pero haré lo mejor que pueda. Una cosa es segura: que no debes pensar en abandonarnos sin que recibas una orden explícita de ella. Además, tu partida nos produciría demasiada tristeza para consentirla fácilmente.

—Agradezco, señor, mil veces, su hospitalidad —respondió con una tímida sonrisa—. Todos han sido tan amables conmigo. Rara vez en la vida he estado tan feliz como me siento aquí, en su bello

castillo, disfrutando de sus cuidados, y en compañía de su querida hija.

Ante esto, mi padre, con su acostumbrada galantería a la antigua, le besó la mano, sonriendo, y evidentemente contento con el pequeño discurso de ella.

Como siempre, yo acompañé a Carmilla a su alcoba, y me quedé sentada charlando con ella mientras preparaba su cama. Finalmente le dije:

—¿Tú crees que algún día confiarás plenamente en mí?

Levantó la cabeza para mirarme, con una sonrisa. Pero no respondió. Apenas siguió sonriendo.

—¿No me vas a contestar? —le dije—. No eres capaz de contestar amablemente. No debí haberte dicho nada.

—No, hiciste bien en preguntarme eso, o cualquier cosa que se te ocurra. No sabes lo especial que eres para mí. Te tengo confianza. Pero estoy obligada por mis votos, y todavía no puedo contar mi historia. Ni siquiera a ti. Se acerca el momento en que vas a saberlo todo. Me creerás cruel y egoísta. Pero el amor siempre es egoísta. Mientras más ardiente más egoísta. No puedes imaginar cómo soy de celosa. Me tienes que acompañar y amar hasta la muerte. O si no, odiarme y aun así acompañarme hasta la muerte, y más allá de la muerte. En mi naturaleza, aparentemente indolente, no existe la palabra indiferencia.

—Ahora, Carmilla, comienzas a decir tus locuras de nuevo —le dije, un poco molesta.

—Ya no más, tonta que soy, y llena de caprichos y fantasías. Para ti, solo hablaré como una mujer sabia. ¿Has ido alguna vez a un baile?

—No. Pero ¡cómo corre tu pensamiento! ¿Cómo es un baile? Debe ser encantador.

—Casi ni me acuerdo ya. Eso fue hace muchos años.

Me reí.

—Tú no eres tan vieja. No puedes haber olvidado tu primer baile tan rápido.

—Recuerdo todo... con esfuerzo. Sí, lo veo todo, como los buzos en el mar ven lo que está sucediendo por encima de sus cabezas, a través de un medio denso, ondulante pero transparente. Algo ocurrió aquella noche que confundió el cuadro, volviendo pálidos sus colores. Por poco fui asesinada en mi cama. Me hirieron aquí —se tocó el pecho— y nunca fui la misma después.

—¿Estabas cerca de la muerte?

—Sí. Muy cerca. Fue un amor cruel, un amor extraño, que me hubiera quitado la vida. El amor demanda sacrificios. Y no hay sacrificio sin sangre. Bueno, a dormir entonces. Me siento tan perezosa. No me siento capaz de levantarme para echar llave a la puerta.

Estaba recostada, su cabeza en la almohada, y por debajo de su mejilla había escondido sus pequeñas manos entre sus densos y ondulantes cabellos. Sus ojos brillantes siguieron todos mis movimientos, y sonreía con una timidez que no fui capaz de descifrar.

Le di las buenas noches y salí de la alcoba, experimentando una sensación incómoda. Me preguntaba con frecuencia si nuestra linda invitada alguna vez rezaba las oraciones nocturnas. Nunca la había visto de rodillas. Por las mañanas nunca salía de su alcoba antes de que hubiéramos terminado de rezar nuestras plegarias matutinas. Y por la noche ella nunca abandonaba el salón para acompañarnos durante nuestras oraciones vespertinas en el vestíbulo. De no haber sido porque el tema salió en una de nuestras charlas desprevenidas, habría dudado que fuera católica. Sobre la cuestión religiosa no le había escuchado pronunciar una sola palabra. Seguramente si yo hubiera tenido más conocimiento del mundo, este descuido o antipatía no me habría sorprendido tanto.

Las precauciones de la gente nerviosa son contagiosas, y con el tiempo personas de un temperamento similar tienden a imitarse las unas a las otras.

Yo había adoptado la costumbre de Carmilla de echar llave a la puerta de mi alcoba, habiendo asimilado mentalmente todas sus fantasías y miedos acerca de los visitantes nocturnos y los asesinos al acecho. Había adoptado igualmente su precaución de revisar brevemente por todos los rincones del cuarto para asegurarme de que no había un asesino o un ladrón escondido en algún lado.

Habiendo tomado estas medidas en mi propio caso, me acosté y prontamente me quedé dormida. Una lámpara quedaba encendida en mi alcoba, una vieja costumbre de mi infancia a la que no renunciaría por nada del mundo. Tranquilizada de este modo, podía dormir en paz. Pero los sueños no respetan los muros de piedra ni los cuartos oscuros. Tampoco respetan los cuartos bien iluminados. Entran y salen cuando se les da la gana, y se burlan de los cerrajeros.

Aquella noche yo tuve un sueño que fue el inicio de una agonía muy extraña. No puedo decir que fue una pesadilla, pues estaba perfectamente consciente de estar en mi alcoba, acostada en mi cama y dormida, como en efecto lo estaba. Vi –o creí ver– el cuarto y sus muebles exactamente como los acababa de ver antes de dormir. Pero

ahora la pieza estaba muy oscura, y vi que algo se movía alrededor de la cama. Primero no lo distinguía bien. Pero pronto vi que era un animal negro hollín, y que se parecía a un gato monstruoso. Tenía un metro, o metro y medio de largo. De eso me di cuenta, pues medía el largo de la alfombrilla al pie de mi cama. Y continuó yendo de un lado a otro con la siniestra inquietud de un animal en una jaula. No pude gritar, aunque estaba asustada, como puede usted imaginar. La criatura se movía cada vez más rápido, y el cuarto se ensombrecía tanto que al fin quedó oscurísimo y no podía ver otra cosa que los ojos del animal. Lo sentí subir a mi cama, suavemente, de un brinco. Los dos grandes ojos se acercaron a mi cara, y pronto sentí un intenso dolor, como si dos largas agujas, separadas por una pulgada o dos, penetraran hondamente en mi pecho. Me desperté con un grito. La alcoba estaba iluminada por la lámpara que estaba encendida siempre durante toda la noche.

Advertí una figura femenina de pie cerca de la cama, un poco a la derecha. Vestía una prenda larga y suelta, y su cabellera caía sobre los hombros. Estaba inmóvil, como un bloque de piedra. No se le notaba el más mínimo movimiento, como el que hace una persona al respirar. Mientras la miraba fijamente, la figura parecía cambiar de lugar. Se acercó a la puerta, y apenas se abrió, ella se fue.

Entonces sentí alivio y pude respirar normalmente y moverme. Lo primero que se me ocurrió fue que Carmilla estaba jugando conmigo, y que se me había olvidado asegurar la puerta. Corrí a examinarla y encontré que estaba con llave, y que la llave estaba en el interior de la alcoba, como de costumbre. Me dio miedo abrirla. Me metí rápidamente en la cama y me cubrí la cabeza con las cobijas. Y allí me quedé, más muerta que viva, hasta la primera luz del nuevo día.

# Capítulo 7

## Bajando

Sería imposible tratar de comunicar el terror con el que, todavía ahora, traigo a la memoria lo ocurrido aquella noche. No se trataba del terror pasajero que deja un mal sueño. Al contrario, parecía profundizarse en mí cada vez más con el tiempo. Incluso parecía afectar la alcoba y los muebles que habían sido el entorno de la aparición.

Durante el día siguiente no podía estar sola ni un segundo. Debí contárselo a papá, pero no lo hice por dos razones opuestas. En un principio creí que él se reiría de la historia, y no soportaba que lo fuera a tratar como un chiste. Pero también pensé que él estaría convencido de que yo había sido víctima de la misteriosa enfermedad que estaba haciendo estragos en nuestra comunidad. Yo personalmente no creía eso. Pero dado que, desde tiempo atrás, él no gozaba de muy buena salud, no quise inquietarlo.

Me sentí tranquila en compañía del buen humor de las señoras, madame Perrodón y mademoiselle De Lafontaine. Las dos notaron que yo estaba deprimida y nerviosa, y finalmente les conté el origen de la pesadumbre que sentía en el corazón. Mademoiselle rio pero, si no me equivoco, la cara de madame Perrodón expresó cierta ansiedad.

—A propósito —dijo mademoiselle, riéndose—, el sendero de limoneros que corre bajo la ventana de Carmilla tiene su propio fantasma.

—¡Tonterías! —exclamó madame, que probablemente consideraba el tema inapropiado—. ¿Y quién le contó eso, querida?

—Martín dice que, cuando la vieja puerta estaba en reparación, él pasó por allá dos veces antes del amanecer, y en ambas ocasiones vio la misma figura femenina caminando por ese sendero.

—Así debe de entretenerse cuando todavía no ha ordeñado las vacas que lo están esperando en los campos al borde del río —dijo madame.

—Tal vez. Pero Martín se asustó. Diría que nunca he visto un tonto tan asustado como él.

—No debes decirle nada de eso a Carmilla, porque ella puede ver ese sendero desde su ventana —le dije—. Y ella es aún más cobarde que yo, si eso es posible.

Ese día Camilla se presentó más tarde que de costumbre.

—Estaba muy asustada anoche —dijo, tan pronto nos encontramos—. Estoy segura de haber visto algo horrible, si no fuera por ese amuleto que me vendió aquel pobre jorobado a quien insulté tanto, no estaría aquí. Soñé con algo negro que merodeaba alrededor de mi cama y me desperté horrorizada. Durante unos segundos estaba convencida de que estaba viendo una figura oscura al lado de la chimenea. Pero busqué mi amuleto debajo de la almohada y apenas lo toqué la figura desapareció. Si no hubiera tenido ese talismán a la mano, estoy segura de que algo terrorífico habría aparecido, y tal vez me habría estrangulado, como le pasó a esa pobre gente de quienes nos hablaron.

—Bueno, escúchame —empecé, y le conté lo que me había pasado, ante lo cual ella quedó horrorizada.

—¿Y tenías el amuleto cerca? —preguntó, ansiosa.

—No. Lo había dejado caer en un florero de porcelana que hay en el salón. Pero esta noche sin falta lo voy a llevar conmigo, ya que tú has puesto tanta fe en él.

A tanta distancia en el tiempo no puedo explicar, ni siquiera entender, cómo había superado mi aprensión para poder acostarme sola en mi alcoba esa noche. Recuerdo cómo prendí el amuleto con una aguja a mi almohada y caí dormida casi al instante. Incluso dormí más profundamente que de costumbre. La noche siguiente, igual. Dormí profundo, gratamente, y sin soñar nada. Pero me desperté con una mezcla de pereza y añoranza que, por fortuna, no excedía el grado que se podría definir como de voluptuosidad.

—Bueno, te lo dije —comentó Carmilla, cuando le describí mi sueño tranquilo—. Yo misma dormí muy bien anoche. Prendí el amuleto a mi camisón. La noche anterior lo había dejado demasiado lejos de mí. Estoy segura de que todo fue una mera fantasía, salvo por los sueños. Antes creía que los sueños eran creados por espíritus malignos, pero un médico me dijo una vez que no existe tal cosa. Se debe únicamente a una fiebre pasajera, o algún otro mal, que toca en la puerta e, incapaz de entrar, sigue de largo, dejando un aviso.

—Y, ¿en qué consiste este amuleto? ¿Crees tú en él? —le pregunté.

—Ha sido fumigado por alguna droga, o sumergido en una droga, como podría ser un antídoto contra la malaria —contestó.

—Entonces, ¿solo actúa sobre el cuerpo?

—Por supuesto. ¿Tú crees que los espíritus malignos se asustan con una tirita de tela, o con los perfumes que se compran en la farmacia? No, estos seres andan por el aire y empiezan con un ataque a los nervios, para así infectar el cerebro. Pero antes de que te agarren, el antídoto los repele. Eso es lo que nos ha hecho el amuleto, estoy segura. No tiene nada de magia. Es simplemente natural.

Me hubiese sentido más feliz si pudiera estar totalmente de acuerdo con Carmilla. Hice lo que pude por creerle, y tratar de disminuir la fuerte impresión que la experiencia había dejado en mí. Durante las noches siguientes dormí bien. Sin embargo, cada mañana sentía esa misma pereza, y una languidez pesaba en mí el resto del día.

Me sentía como otra persona. Me entregaba a una extraña depresión, una depresión de la que no quería salir. Me invadían ideas confusas sobre la muerte. Y la percepción de que me estaba hundiendo lentamente empezó a poseerme con delicadeza. De alguna manera, yo le daba la bienvenida a aquella emoción. Aunque triste, el estado mental que esto me producía era dulce también. Sea lo que fuera, mi alma lo aceptó sin la menor desconfianza. No admitiría que estaba enferma. No se lo contaría a papá, ni permitiría que me trajeran al médico.

Carmilla dedicó más tiempo que nunca a consentirme, y sus extraños arrebatos de devoción indolente ocurrían con más frecuencia. Se regodeaba en mi enfermedad con una pasión que crecía a diario en la medida en que mi fuerza y mi espíritu se debilitaban. Me alarmaba esa momentánea manifestación de locura. Sin saberlo, estaba yo en un estado avanzado de la dolencia más rara que un ser mortal podía padecer. En la etapa de los síntomas tempranos sentía una fascinación irracional que me reconciliaba con el efecto de incapacidad que el mal producía. Este encanto aumentó durante un tiempo, hasta llegar a un punto donde gradualmente empezó a mezclarse con un sentido del horror, profundizándose, como se verá, hasta llegar a desfigurar y pervertir completamente mi vida.

El primer cambio que experimenté fue bastante agradable. Sin saberlo, estaba muy cerca del punto de no retorno desde donde se inicia el descenso al Averno.

Ciertas vagas y extrañas sensaciones me visitaban mientras dormía. La sensación dominante fue ese peculiar estremecimiento, frío pero placentero, que le pasa a uno cuando se mete en un río y nada

contra la corriente. Esta sensación fue acompañada pronto por interminables sueños tan imprecisos que nunca pude recordar cómo era su escenario ni quiénes eran las personas, ni nada relacionado con la acción. Sin embargo me dejaban con una impresión espantosa, y la sensación de cansancio, como si hubiera transitado por un largo periodo de esfuerzo mental y de peligro.

Al despertar, después de todos estos sueños, me quedaba el recuerdo de haber estado en un lugar oscuro, y de haber hablado con personas a quienes no podía ver. Me acordaba, sobre todo, de una sola voz clara, una voz de mujer, muy profunda, que hablaba desde la distancia, muy despacio, y que producía siempre la misma sensación de una indescriptible solemnidad y temor. A veces, también, tuve la sensación de una mano que me acariciaba la mejilla y el cuello. En ocasiones fue como si me besaran unos cálidos labios, con besos cada vez más prolongados y con más amor, que alcanzaban mi garganta, mientras las caricias me dejaban inmóvil. Mi corazón latía más rápido, respiraba con mayor velocidad, y yo emitía unos gemidos que terminaban en la sensación de estrangulamiento, y una tremenda convulsión que me privaba de mis sentidos y me dejaba sin conocimiento.

Habían pasado tres semanas desde el inicio de este inexplicable estado. En los últimos días el sufrimiento dejó huellas en mi rostro. Estaba pálida, con ojos dilatados y notorias ojeras. Además, la languidez que venía experimentando durante bastante tiempo se notaba en mi expresión facial. Mi padre me preguntó si me sentía mal. Pero, con una obstinación que ahora me parece inexplicable, seguía insistiendo en asegurarle que me sentía perfectamente normal.

En cierto sentido era verdad. No sentía ningún dolor. No podía quejarme de ningún malestar físico. Mi mal parecía ser una cosa de la fantasía, o de los nervios. Y por más horribles que fueran mis sufrimientos, los guardé para mí, con una discreción morbosa.

No podía ser ese terrible mal que los campesinos llamaban el diablo, porque yo ya llevaba tres semanas de sufrimientos, y ellos no se enfermaban durante más de unos cuantos días antes de que la muerte pusiera fin a su miseria.

Carmilla se quejaba de sueños y de fiebres, pero nada tan alarmante como lo que me estaba pasando a mí. Lo mío era extremadamente alarmante. De haber sido capaz de comprender mi condición, me habría puesto de rodillas para suplicar que me ayudaran. Pero en mí actuaba una droga de una influencia insospechada que anulaba mi percepción.

Ahora le voy a contar el sueño que produjo un curioso descubrimiento.

Una noche, en la oscuridad, en vez de escuchar las voces a las que estaba acostumbrada, sentí una sola voz, dulce y al mismo tiempo temible, que dijo:

—Tu madre te previene: cuídate del asesino.

En el mismo momento, una luz surgió inesperadamente, y vi a Carmilla, parada al pie de mi cama, en su camisón blanco, cubierta de pies a cabeza por una gran mancha de sangre. Me desperté con un aullido, convencida de que a Carmilla la estaban matando. Recuerdo cómo salí de la cama de un brinco, y mi próximo recuerdo es estar en el corredor, pidiendo ayuda a gritos.

Madame y mademoiselle salieron corriendo de sus habitaciones. A la luz de una lámpara que se mantenía encendida en el corredor, ellas me vieron y pronto les conté la causa de mi pánico.

Insistí en que teníamos que llamar a la puerta de Carmilla. Tocamos, pero no hubo respuesta. En cuestión de minutos estábamos golpeando muy fuerte y gritando a voz en cuello. La llamamos enérgicamente por su nombre. Pero todo fue en vano. Nos asustamos las tres, porque la puerta estaba cerrada con llave. Regresamos con miedo a mi cuarto. Una vez allá, tocamos la campana largamente, y con rabia. Si el cuarto de mi padre se hubiera localizado en ese lado del castillo, le habríamos pedido ayuda. Pero lamentablemente estaba demasiado lejos y no nos podía oír. Para llegar a donde él estaba se requería de un arrojo que ninguna de nosotras tenía. Por suerte vinieron los sirvientes, subiendo a toda velocidad por la escalera. Mientras tanto, yo me había puesto la bata de levantar y mis pantuflas. Mis compañeras habían llegado ya vestidas. Al reconocer las voces de los sirvientes en la escalera, salimos a encontrarlos. Y habiendo vuelto a tocar con fuerza en la puerta de Carmilla, con el mismo resultado negativo, ordené a los hombres que forzaran la cerradura.

Así lo hicieron, y nos quedamos parados todos en el marco de la puerta mirando hacia el interior de la alcoba.

La llamamos otra vez por su nombre, pero no hubo respuestas. Entramos y examinamos lo que había en la habitación. Encontramos todo exactamente en el estado en que lo había dejado cuando le di las buenas noches. Pero Carmilla no estaba.

# Capítulo 8

## La búsqueda

Al contemplar la alcoba con todo en su lugar –salvo lo que habíamos movido al entrar tan violentamente–, empezamos a calmarnos un poco y en seguida nos sentimos lo suficientemente tranquilas como para despedir a los hombres. A mademoiselle se le ocurrió que posiblemente Carmilla fue despertada por el bullicio en el corredor, y que, en un primer pánico, se habría escondido en el clóset o detrás de una cortina o un lugar semejante del cual no iba a asomar, naturalmente, hasta que el mayordomo y su séquito se hubieran retirado. Entonces, iniciamos la búsqueda, llamándola de nuevo por su nombre.

Pero todo en vano. Solo se aumentó nuestra incertidumbre. Examinamos las ventanas, pero las encontramos selladas. Le imploré a Carmilla que, si estaba escondida, que dejara de jugar cruelmente con nosotras, que saliera para poner fin a nuestra ansiedad. Pero para nada servía. Me convencí de que no estaba en la alcoba, ni en el vestuario de al lado, cuya puerta quedaba cerrada con llave por nuestro lado. Imposible que haya salido por allí.

Me sentía totalmente confundida. Sería que Carmilla había descubierto uno de aquellos pasillos secretos que la vieja ama de llaves decía que existían en el castillo, según la tradición, pero que ya nadie sabía dónde se encontraban. Sin duda, pensé que con el tiempo sabríamos la explicación, por más desconcertados que estuviéramos en ese momento.

Eran más de las cuatro de la mañana, y decidí pasar el resto de la noche en la habitación de madame Perrodón.

Amaneció, y el misterio seguía sin ser resuelto.

Todos, con mi padre a la cabeza, madrugaron confusos y agitados. Se buscó en cada rincón del castillo. Algunos salieron a explorar el bosque. Pero no se encontraba ningún rastro de Carmilla. Se especulaba

con la posibilidad de dragar el río. Mi padre estaba angustiado. ¿Cómo contar lo sucedido a la madre de la pobre niña cuando regresara? Yo también estaba apesadumbrada, pero mi sufrimiento era de otro orden.

Pasó la mañana entre el desasosiego y el alboroto. Llegó la una de la tarde, y aún no había noticias. Subí la escalera y entré en la habitación de Carmilla, y allí estaba ella al pie del tocador. ¡Quedé de una sola pieza! No podía creer lo que estaba viendo. En silencio, con un gesto de su dedo tan bonito, me señaló que me acercara. Tenía una expresión de mucho susto. Me lancé a sus brazos en un éxtasis de alegría. La abracé y la besé una y otra vez. Corrí a buscar la campana y la toqué con vehemencia para que los demás llegaran al lugar y así poder aliviar la angustia de papá.

—Querida Carmilla, ¿dónde has estado todo este tiempo? Hemos estado muertos de angustia buscándote. ¿Dónde estabas? ¿Cómo regresaste?

—Fue una noche de maravillas —me dijo.

—Por el amor de Dios, explícate.

—Anoche, después de las dos —dijo—, fue cuando me acosté como siempre en mi cama, con las dos puertas cerradas con llave, la del guardarropa y la que da al corredor. Dormí profundo, sin sueños, que yo recuerde. Pero me desperté hace un momento en el sofá del guardarropa, y encontré la puerta abierta, y la otra forzada. ¿Cómo podría haber sucedido todo eso sin despertarme? Porque deben haber causado mucho ruido, y a mí cualquier cosa me despierta. ¿Y cómo pueden haberme sacado de mi cama sin interrumpir mi sueño? ¿A mí, que me asusto con la menor cosa?

Mi padre junto con mademoiselle y varios sirvientes llegaron a la alcoba. Como era de esperarse, bombardearon a Carmilla con una cantidad de preguntas, y con felicitaciones y bienvenidas. Ella siempre repetía la misma historia, y entre todos parecía ser la menos capaz de sugerir una explicación de lo que había pasado.

Mi padre iba y venía por el cuarto muy pensativo. Observé cómo, en un momento, Carmilla lo miró de soslayo. Me pareció una mirada algo turbia.

Cuando mi padre hubo despachado a los sirvientes, y mademoiselle había ido a buscar un frasco de valeriana y sales aromáticas, y dado que no había nadie más en el cuarto, además de mi padre, madame Perrodón y yo, él se le acercó, pensativo. Le tomó de la mano con suma gentileza, la condujo al sofá y se sentó a su lado.

—¿Me perdonarás, querida, si me atrevo a hacer una conjetura y preguntarte algunas cositas?

—¿Quién tiene más derecho que usted? —respondió—. Pregunte lo que le parezca importante, y le contaré todo. Pero mi historia solo tiene confusión y oscuridad. No sé nada en absoluto. Me puede preguntar cualquier cosa, pero conoce, por supuesto, las limitaciones acordadas con mi madre.

—Perfectamente, mi querida niña. No tengo por qué tocar los temas sobre los cuales ella insiste que guardemos silencio. Ahora, la maravilla de anoche es el hecho de que tú hayas sido sacada de tu cama y de tu alcoba sin ser despertada, y que este traslado haya ocurrido aparentemente estando las ventanas selladas y las dos puertas cerradas con llave desde dentro. Te voy a contar mi teoría. Pero primero quiero formularte una pregunta.

Carmilla descansaba su cabeza sobre una mano. Parecía deprimida. Madame y yo quedamos a la escucha, casi sin respirar.

—Mi pregunta es la siguiente: ¿alguna vez han sospechado que tú seas sonámbula?

—No, desde que fui muy niña.

—¿Pero sí caminabas dormida cuando muy niña?

—Sí, es cierto. Muchas veces me lo contó mi vieja nodriza.

Mi padre sonrió y movía la cabeza como signo de complacencia.

—Entonces lo que sucedió fue esto: te levantaste dormida, abriste la puerta sin dejar la llave en la cerradura, como era la costumbre, sino que la sacaste y aseguraste la puerta nuevamente desde fuera. Más tarde retiraste la llave y la llevaste contigo a una de las veinticinco habitaciones que hay en este piso, o a un piso superior, o a otras más abajo. Es que aquí hay tantas habitaciones y armarios, y tantos muebles pesados, y tanta acumulación de trastos viejos que haría falta una semana para poder lograr una requisa completa de este castillo. ¿Me entiendes?

—Sí. Pero no del todo —respondió ella.

—Pero, papá —intervine—, ¿cómo explicas el hecho de que, cuando ella despertó, se encontró en el guardarropa, donde la habíamos buscado minuciosamente?

—Ella volvió allá después de la requisa de ustedes. Estaba aún dormida, y finalmente se despertó espontáneamente, y fue tan sorprendida como cualquiera al encontrarse allí. Ojalá todos los misterios tuvieran una explicación tan sencilla y fácil como este.

Mi padre rio.

—Debemos felicitarnos —continuó—, porque queda claro que la explicación más natural del episodio no tiene que ver con drogas ni con cerraduras forzadas ni con ladrones o brujas o asesinos. De

hecho no hay nada que deba alarmar a Carmilla ni a nadie. Gracias a Dios, estamos todos sanos y salvos.

Carmilla parecía estar encantada. Y no había nadie tan hermoso como ella cuando estaba así. Creo que esa languidez que llevaba con tanta gracia y que era tan característica de ella solo servía para destacar más su belleza. Evidentemente, mi padre estaba pensando en el contraste entre su semblanza y la mía, porque suspiró y dijo:

—Ojalá mi pobre Laura también luciera ahora tan bien como ha sido siempre usual en ella.

Bueno, nuestras preocupaciones se habían disipado y Carmilla disfrutaba de nuevo de su vida entre nosotros.

# Capítulo 9

## El médico

Carmilla no consentía que nadie ni siquiera planteara la posibilidad de que alguien la acompañara en la noche, entonces mi padre ordenó que una de las sirvientas durmiera en el corredor al pie de su puerta, para evitar otra excursión nocturna.

Todo estuvo tranquilo esa noche, y al día siguiente, temprano, el médico llegó para revisarme. Mi padre lo había citado sin decirme nada. Madame me acompañó hasta la biblioteca donde me esperaba el doctor, un hombre muy serio, de baja estatura y pelo blanco, que usaba anteojos. Cuando le conté mi historia, se puso más serio todavía. Los dos estábamos parados, de frente, al pie de un ventanal. Cuando terminé mi relato, él descansó los hombros en la pared, mirándome fijamente. Había oído mi relato con mucha atención, y por su cara se notaba que estaba bastante impresionado. Después de un silencio, le dijo a madame que quería ver a mi padre. A los pocos minutos papá entró sonriendo y le dijo:

—Supongo, doctor, que me va a decir que soy un viejo tonto por haberlo traído. Al menos, eso espero.

Pero se le desvaneció la sonrisa cuando el médico, con cara de solemnidad, le señaló que se acercara. Mi padre y el médico conversaron durante un buen rato al lado del mismo ventanal. Se veían muy preocupados y estremecidos. Allá en la biblioteca, que es muy grande, madame Perrodón y yo quedamos de pie en el extremo más lejano, muertas de curiosidad. No podíamos entender una palabra de la conversación, porque mi padre y el médico hablaban muy bajo, y el hueco de la ventana prácticamente los escondía. De mi padre apenas se percibía un pie, el brazo y el hombro. Y sus voces resultaban aún más inaudibles debido a una especie de ropero formado por la gruesa pared.

Pasó bastante tiempo antes de que mi padre mirara en nuestra dirección. Se le notaba el rostro pálido. Vi que estaba pensativo, y me pareció angustiado también.

—Laura, querida, ven acá por un instante. Madame, no la vamos a molestar más por el momento.

Obedeciendo órdenes, me acerqué hacia donde estaban mi padre y el médico. Por primera vez me sentí alarmada porque, aunque estaba muy débil, no me creía enferma. Y la fuerza es algo que uno puede volver a tener en cualquier momento. Al menos así pensaba. Mi padre me extendió la mano mirando al médico y me dijo:

—Sin duda es muy extraño. Confieso que no acabo de entenderlo del todo. Laura, querida, ven acá y oye lo que dice el doctor Spielsberg. Y mantén la calma. Hablaste de la sensación de dos agujas que te penetraban la piel cerca del cuello la noche que tuviste tu primer sueño horrible. ¿Todavía te duele?

—No, papá. Ya no.

—Nos puedes señalar con el dedo más o menos el punto donde crees que te entraron las agujas.

—Aquí —dije, indicando dónde—, un poco más abajo de la garganta.

El vestido que llevaba puesto cubría el lugar.

—Ahora usted puede ver, señor —dijo el médico—. Si no te molesta, señorita, tu padre te va a bajar el cuello del vestido, pero muy poco. Es necesario para que podamos detectar el síntoma del mal que padeces.

Yo consentí. El lugar estaba apenas a una pulgada debajo del cuello del vestido.

—¡Que Dios me bendiga! —exclamó papá—. ¡Es verdad!

Y empalideció.

—Ahora lo puede ver con sus propios ojos —dijo el médico, triunfante, pero en tono lúgubre.

—¿Qué es? —pregunté, empezando a alarmarme.

—Nada, mi querida señorita —dijo el médico—, solo un diminuto punto azul, como la punta de tu dedo. Y ahora... —y se volteó hacia papá—, ahora la cuestión es ¿qué vamos a hacer?

—¿Existe algún peligro? —pregunté, con creciente temor.

—Espero que no, querida —replicó el médico—. No veo por qué no vayas a recuperar tu salud. Debe empezar a mejorar desde ahora. ¿Es ese el punto donde se inicia la sensación de estrangulamiento?

—Sí —le dije.

—Entonces, recuerda lo mejor que puedas. ¿Fue ese punto el centro, de alguna manera, del estremecimiento que me acabas de describir, como las aguas frías de un arroyo cuya corriente venía contra ti?

—Podría ser. Sí, creo que sí.

—¿Logra verlo? —dijo dirigiéndose a mi padre—. ¿Me permite una palabra con madame?

—Naturalmente —respondió papá.

Hizo que madame Perrodón se acercara, y le dijo:

—Encuentro que nuestra joven amiga aquí presente no está bien ni mucho menos. Ojalá no sea de mucha gravedad. Creo que no. Sin embargo, hay que tomar ciertas medidas que le voy a explicar enseguida. Pero mientras tanto, madame, le ruego que no deje a la señorita Laura sola en ningún momento. Es lo único que le puedo recomendar por ahora. Pero es absolutamente indispensable.

—Yo sé que contamos con su amabilidad, madame. Y su cuidado —dijo papá—. De eso estoy seguro.

Sin vacilar, madame le aseguró que sí.

—Y tú, mi querida Laura —dijo papá—, yo sé que vas a acatar la recomendación del doctor.

Luego se dirigió al médico:

—Tengo que pedir su opinión sobre otra paciente, cuyos síntomas se asemejan a los de mi hija. En menor grado, creo, pero similares. Se trata de una joven que es nuestra invitada. Como me dice que regresa por estos lados más tarde, le invito a cenar con nosotros, y luego la puede examinar. Ella nunca aparece sino después de la una de la tarde.

—Le agradezco —dijo el médico—. Estaré con ustedes, entonces, a las siete de la noche.

Los dos repitieron sus indicaciones para mí y para madame, y con eso mi padre acompañó al médico a la salida. Los observé yendo y viniendo sobre el césped frente al castillo, entre la carretera y la fosa. Se veían absortos en una conversación muy seria.

El médico no regresó con papá. Lo vi montar su caballo y galopar hacia el este por el bosque. Casi en el mismo momento vi que el hombre de Dranfield llegó con el correo. Se apeó y entregó las cartas a papá.

Mientras tanto, madame y yo nos ocupábamos en conjeturas acerca de los motivos que había inspirado la severa recomendación impuesta por el médico, secundado por mi padre. Fue solo después que madame me contó su verdadera opinión; creía que el médico tenía miedo de que me diera una súbita epilepsia y que, sin ayuda instantánea, podría perder la vida en un ataque, o al menos quedar gravemente herida. A mí no se me ocurrió interpretar la cosa así. Me imaginaba (y tal vez fue afortunado, dado el estado de mis nervios) que se me había formulado esa precaución simplemente para que

tuviera una compañera constantemente a mi lado, para que no fuera a hacer demasiados esfuerzos o comer frutas verdes, o hacer alguna de las mil tonterías a las que, según suponen los mayores, nosotros los jóvenes somos propensos.

Una media hora más tarde, mi padre entró. En la mano llevaba una carta.

—Esta carta llegó con demora —dijo—. Es del general Spielsdorf. Podría haber venido a vernos ayer. Ahora no llegará hasta mañana, a no ser que alcance a llegar hoy mismo.

Colocó la carta en mi mano, pero no se veía contento, como solía ser cuando esperaba una visita, especialmente la de una persona tan querida como era el general Spielsdorf. Al contrario, tenía cara de querer hundir al general en el fondo del mar. Era evidente que algo lo tenía sumamente preocupado, algo que no quiso revelarnos.

—Papá, querido papá —le dije, poniendo mi mano en su brazo y mirándolo como quien implora—, ¿por qué no me cuentas qué es lo que pasa?

—Tal vez —me dijo, acariciándome el pelo.

—¿El médico piensa que estoy muy grave?

—No, hija mía. Piensa que, si tomamos las medidas correctas, vas a estar muy bien otra vez, en camino a una recuperación total. En cuestión de días. Pero hubiera querido que nuestro amigo el general escogiera otro momento. Es decir, quisiera que tú estuvieras perfectamente bien para recibirlo.

—Pero dime, papá —le insistí—, ¿qué es lo que el médico cree que tengo?

—Nada. No me debes acosar con tantas preguntas —me respondió, con una irascibilidad que no le había conocido nunca.

Luego, viéndome desconcertada, me dio un beso y añadió:

—Vas a saber todo en un par de días. Es todo lo que sé. Mientras tanto, no debes preocuparte.

Giró y salió del cuarto. Pero antes de que yo hubiera tenido tiempo para reflexionar sobre lo raro de todo esto, regresó. Fue para decir que pensaba ir a Karnstein. Ordenó que el coche estuviera listo a las doce del día, y dijo que madame y yo deberíamos acompañarlo. Quería visitar a un sacerdote que vivía cerca de ese pintoresco lugar. Un asunto de negocios, dijo. Y ya que Carmilla no conocía el sitio, ella podía seguirnos cuando bajara de su habitación.

Carmilla viajaría con mademoiselle, quien llevaría cosas de comer para hacer un picnic en los predios del castillo en ruinas.

A las doce yo estaba lista. Y a los pocos minutos mi padre, madame y yo emprendimos el viaje. Después de atravesar el puente

levadizo, giramos a la derecha y, siguiendo la carretera, cruzamos el puente gótico. Viajamos hacia el oeste con el fin de llegar a la aldea abandonada al pie de las ruinas del castillo de los Karnstein.

Ningún paseo podría ser más grato. El paisaje es una mezcla de colinas y valles vestidos de bosques, sin ese orden que se ve en los bosques plantados artificialmente, todo podado y bien arreglado.

Las irregularidades del terreno obligan a la vía que cambie constantemente de rumbo, de modo que anda merodeando al borde de las colinas más empinadas y bajando a las hondonadas para revelar ante nuestros ojos una diversidad infinita de vistas.

A la vuelta de una curva, nos encontramos de improviso con nuestro viejo amigo, el general Spielsdorf. Venía cabalgando hacia nosotros, en compañía de un asistente, igualmente bien montado. Sus maletas venían detrás en una carreta tirada por un caballo.

Cuando el general llegó al lado de nuestro coche, frenamos y él se apeó para saludarnos. No resultó difícil persuadirle para que ocupara el asiento vacante en nuestro coche. Subió entonces, y mandó su caballo a nuestro castillo con el sirviente.

# Capítulo 10

## De luto

Habían pasado casi diez meses desde nuestro último encuentro con el general, tiempo suficiente para haber producido un cambio de años en su figura.

Estaba más delgado, y la cordial serenidad que antiguamente le era tan característica se había reemplazado con una actitud lúgubre y ansiosa. Sus ojos de un azul profundo, siempre penetrantes, miraban al mundo ahora con una expresión severa debajo de sus erizadas y tupidas cejas. La alteración que se le notaba no parecía ser producto únicamente del dolor de haber perdido a un ser querido. A ese dolor se agregaba un raro elemento que yo llamaría exaltada rabia.

Pocos minutos después de reiniciar el viaje, el general empezó a hablar. Con su típica franqueza militar, se refirió al duelo que padeció después de la muerte de su querida sobrina. Acto seguido, irrumpió en un tono de intensa furia y amargura, maldiciendo las «artes satánicas» de las que ella había sido víctima. Expresaba, con más exasperación que piedad, su rechazo de un dios que permitiera tan monstruosa indulgencia a la lujuria y malignidad del infierno.

Mi padre entendió en seguida que el general había sufrido alguna calamidad fuera de lo común. Le pidió que, si no fuera demasiado doloroso, nos contara cuáles eran las circunstancias que merecían los términos tan fuertes en que se había expresado.

—Podría contarle, con gusto —dijo el general—. Pero usted no me creería.

—¿Por qué no? —preguntó papá.

—Porque usted solamente cree en lo que está de acuerdo con sus propios prejuicios y sus propios espejismos —dijo en un tono algo irascible—. Yo era como usted. Pero la vida me ha enseñado a pensar de modo diferente.

—Intente conmigo, entonces —dijo papá—. No soy tan dogmático como usted cree. Además, yo sé muy bien que usted siempre

necesita pruebas para creer, y por eso estoy muy dispuesto a respetar sus conclusiones.

—Usted tiene razón al suponer que no ha sido a la ligera que he llegado a creer en lo fantástico, porque lo que he experimentado es eso, fantástico. Una evidencia extraordinaria me ha obligado a dar crédito a algo que era diametralmente opuesto a todas mis convicciones anteriores. He sido utilizado como una pieza inconsciente en manos de una conspiración sobrenatural.

No obstante haber profesado su confianza en la seriedad del general, observé cómo mi padre, ante esto, lo miró con dudas acerca de su estado mental. Por fortuna, el general no lo notó. Con una mezcla de tristeza y curiosidad estaba contemplando el sombreado paisaje de valles y bosques por donde nuestro coche pasaba en ese momento.

—¿Se van a las ruinas de Karnstein? —preguntó—. Es una coincidencia afortunada. Iba a pedirle el favor de llevarme allá para verlas. Tengo un motivo especial para querer examinarlas. Tengo entendido que hay una capilla, también en ruinas, con una cantidad de tumbas de miembros de aquella antigua familia, ¿no es así?

—Es verdad —dijo mi padre—. Y son muy interesantes. ¿Está pensando usted en reclamar las tierras y los títulos hereditarios de los Karnstein? —preguntó mi padre.

Lo había dicho en broma, pero el general no respondió con una risa, ni siquiera una sonrisa, al chiste de su amigo, como dictaba la etiqueta. Al contrario, se puso más serio, incluso molesto, rumiando algún asunto que había provocado su irritación y su espanto.

—Algo muy distinto —dijo bruscamente—. Tengo la intención de desenterrar algunos de esos nobles personajes. Con la bendición de Dios, allá espero poder cumplir con un sacrilegio piadoso. Con él, espero eliminar a ciertos monstruos que andan por la tierra, y permitir así que la gente pueda dormir tranquila en sus camas sin ser asediada por asesinos. Tengo cosas extrañas para contarle, mi querido amigo, cosas que, hace unos meses, yo mismo no habría creído posibles.

Mi padre lo observó de nuevo, pero esta vez sin una mirada de sospecha. Más bien con una expresión de aguda inteligencia, y de alarma.

—El linaje de los Karnstein —dijo— está extinto. Desde hace cien años, al menos. Mi querida esposa fue descendiente de esa familia, por el lado materno. Pero hace mucho tiempo que no existen ni el nombre ni el título. El castillo es una ruina, y la aldea está

abandonada. Hace medio siglo que no se vislumbra el humo de una chimenea en ese lugar. Y ninguna de las casas tiene techo ya.

—Tiene usted razón —dijo el general—. Me he enterado de todo eso desde la última vez que nos vimos. Y he aprendido muchas cosas que lo van a sorprender. Pero mejor cuento todo en el orden en que los acontecimientos ocurrieron. Usted conoció a mi querida sobrina, mejor dicho, mi niña, como yo la llamaba. Ninguna criatura hubo más hermosa. Hace apenas tres meses estaba en la flor de su juventud y su belleza.

—Es verdad, ¡la pobre! —dijo mi padre—. La última vez que la vi estaba hermosa. Su muerte me dolió más de lo que le puedo decir, mi querido amigo. Sé que para usted fue un golpe terrible.

Tomó la mano del general y la apretó. Los ojos del viejo militar se llenaron de lágrimas y no hizo ningún esfuerzo por ocultarlas.

—Hace muchos años que somos amigos —dijo—. Sabía cómo me acompañaba en mi dolor, yo que no tengo hijos propios. A Bertha la quería con un amor especial, y ella me correspondió con un afecto que llenó de alegría mi hogar y me volvió la vida feliz. Ya nada de eso existe. No estoy destinado a vivir muchos años más sobre la tierra. Pero antes de morir, con la ayuda de Dios, espero poder cumplir un servicio a la humanidad. Espero colaborar con la venganza del Cielo contra los malvados que asesinaron a mi pobre niña en la primavera de sus esperanzas y de su belleza.

—Hace un momento —dijo mi padre—, usted prometió contarnos todo en el orden en que ocurrieron las cosas. Hágalo, se lo ruego. Le aseguro que me provoca algo más que curiosidad.

En eso llegamos a una encrucijada donde el camino de Drumstall, por donde había venido el general, se desvía de la carretera que nos iba llevando hacia Karnstein.

—¿Cuánto hay de aquí a las ruinas? —preguntó el general con cierta ansiedad.

—Una media legua, aproximadamente —respondió mi padre—. Pero, por favor, cuéntenos la historia que, en su bondad, nos había prometido.

# Capítulo 11

## La historia

—Con mucho gusto —dijo el general Spielsdorf, esforzándose. Y tras una breve pausa que parecía necesitar para ordenar el tema en su cabeza, comenzó a narrar la historia más rara que oí en mi vida—: Mi querida niña preparaba con gran placer la visita a su castillo, que usted había tenido la cortesía de organizar, para que pasara un tiempo con su encantadora hija. —Aquí se interrumpió para hacer una reverencia melancólica, dirigida a mí—. Mientras llegaba el momento, aceptamos una invitación de mi viejo amigo el Conde Carlsfield, cuyo castillo está a unas seis leguas de Karnstein, en dirección contraria. Fue para asistir a la serie de kermeses que, como usted recordará, él acostumbra armar en honor de su ilustre visitante, el Gran Duque Carlos.

—Sí, lo recuerdo. Eran grandiosas, según entiendo —dijo mi padre.

—¡Dignas de un príncipe! Su hospitalidad siempre es digna de la realeza. El conde parece poseer la lámpara de Aladino. Aquella noche, en la que se originó mi dolor, nos invitó a un magnífico baile de máscaras. Dispuso de sus jardines, y los alumbró con lámparas de múltiples colores colgando de los árboles. Hubo una demostración de pirotecnia superior a la que he visto en la mismísima Ciudad Luz. Y ¡qué música! (la música, usted sabe, es mi debilidad), ¡qué música más bella! Tal vez la mejor orquesta del mundo, y los mejores cantantes seleccionados de los grandes teatros de la ópera de toda Europa. Al deambular por aquella finca, con su iluminación de fantasía, viendo cómo una luz rosada se reflejaba en la fila de altos ventanales del castillo, se podían oír las esplendorosas voces de tenores y sopranos que se elevaban sobre el silencio del follaje. En cierto momento se producía la ilusión de que se encumbraban desde los botes que uno adivinaba balanceándose sobre las aguas del lago. Al contemplar toda esta escena y escuchar la música, me sentí transportado al

romance y la poesía de mi primera juventud. Al concluir el magnífico espectáculo de fuegos artificiales, y con el inicio del baile, regresamos todos a los salones dispuestos para los bailes. Como usted sabe, un baile de máscaras es algo muy hermoso. Pero la fiesta de aquella noche fue la más brillante que yo he conocido. Los asistentes eran todos de la aristocracia. Entre los presentes, yo era uno de los muy pocos plebeyos. Mi querida niña estaba más bella que nunca. No llevaba máscara. Su emoción y su delicia agregaban un encanto especial a sus líneas, siempre tan hermosas. Me fijé en una joven, magníficamente vestida, pero con máscara, quien, me parecía, miraba a mi niña con muchísimo interés. La había visto antes, en el gran vestíbulo, y por unos minutos estuvo cerca de nosotros en la terraza, debajo de las ventanas del castillo. En ese momento también se fijaba en mi niña con la misma atención. Esta joven estaba acompañada por una señora igualmente enmascarada y vestida con elegancia pero, al mismo tiempo, con cierta austeridad. Su porte altanero indicaba que era un personaje de alto rango. Si la joven no hubiera llevado máscara, es obvio que yo podría haber sabido con más certeza si de verdad estaba concentrada en la contemplación de mi niña o si fue mi imaginación. Ahora puedo asegurar que no era mi imaginación. Estábamos en uno de los salones cuando mi querida niña, la pobre, que había bailado mucho, descansaba en una silla cerca de la puerta. Yo estaba de pie, no lejos de ella. Las dos mujeres que acabo de mencionar se acercaron, y la joven se sentó al lado de mi niña. Su acompañante, o chaperón, se paró al lado mío, y durante un tiempo se dirigía en susurros a la joven. Contando con el privilegio que le daba la máscara, giró hacia mí y me habló como si fuéramos viejos amigos, llamándome por mi nombre. Su conversación me dio curiosidad, porque se refirió a varias circunstancias en las que me había conocido; en la Corte, y también en casas de personas distinguidas. Trajo a la memoria pequeños incidentes en los que yo no había vuelto a pensar en mucho tiempo, aunque estaban allí en mi mente, porque volví a recordarlos vívidamente apenas ella los mencionó. Creció en mí una enorme curiosidad por saber quién era. Ella, con mucha habilidad y elegancia, sorteaba mis intentos por descubrir su identidad. Demostraba un conocimiento inexplicable de tantos detalles de mi vida. Se deleitaba, además, haciendo maniobras para frustrar mi curiosidad, y gozaba viendo mi sorpresa ante cada nueva muestra de su familiaridad con mis andanzas. Observé también cómo, mientras hablábamos, la joven había entablado conversación con igual facilidad y gracia con mi niña. La señora resultó ser la madre de esta joven, a

quien se dirigió un par de veces, llamándola por el curioso nombre de Millarca. La tal Millarca, al iniciar la charla con mi niña, dijo que su madre era una vieja amiga mía. Dijo que le gustaba usar máscara, porque le permitía una agradable osadía a la hora de comenzar una relación. Habló con mi niña amigablemente, admirando su vestido e insinuando un gran aprecio por su belleza. También la entretuvo con sus simpáticos comentarios sobre la otra gente en el salón de baile, y le hizo gracia la manera de gozar de mi pobre criatura. Esta joven exhibía su inteligencia y simpatía, y muy pronto las dos forjaron una amistad. En un momento, la joven desconocida bajó la máscara para revelar un rostro extremadamente hermoso. No la había conocido antes, ni mi niña tampoco. Pero, a pesar de ser una cara nueva para nosotros, la encontramos tan encantadora como bella. Resultó imposible no sentirse atraído hacia ella inmediatamente. Mi pobre niña sintió ese atractivo. Nunca había visto una persona conquistada tan rápidamente como lo fue mi niña. O a lo mejor fue al revés. Es decir, tal vez la desconocida se había enamorado al instante de mi niña. Mientras tanto, aproveché la licencia que otorga el uso de las máscaras para dirigir unas preguntas a la señora. «Usted me tiene muy intrigado», le dije jocosamente. «¿No está satisfecha ya? ¿No está dispuesta ahora a ponernos en igualdad de condiciones y hacerme el favor de quitarse la máscara?». «¿Puede haber una solicitud más injusta?», replicó. «¡Pedir a una mujer que se deje en desventaja! Además, ¿cómo sabe usted que me va a reconocer? Los años no vienen solos». «Como usted puede ver», le dije, haciendo una reverencia, y con una leve risa, sin duda algo melancólica. «Y como nos dicen los filósofos», dijo ella. «Y ¿por qué cree que ver mi cara lo ayudará?». «En cuanto a eso, estoy dispuesto a correr el riesgo», le dije. «No puede fingir ser una mujer vieja. Su joven figura la delata». «No obstante, han pasado bastante años desde que lo vi por última vez. O más bien, desde que usted me vio a mí. Millarca es mi hija, lo cual quiere decir que yo no puedo ser considerada joven, ni siquiera en opinión de personas a quienes el tiempo ha enseñado a ser complacientes. Y tal vez no me gustaría que usted me comparara con la persona de quien se acuerda. Usted no lleva máscara, entonces no se la puede quitar. No tiene nada para ofrecerme a cambio». «Mi solicitud es que tenga piedad usted de mí y se la quite». «Y la solicitud mía es que me permita dejarla ahí donde está». «Bueno, pero al menos me puede decir si usted es francesa o alemana. Habla ambos idiomas perfectamente». «Creo que no se lo voy a contar, mi general. Usted me quiere sorprender y está calculando cuál será el mejor

punto de ataque». «En todo caso, hay algo que no puede negar», le dije, «que por tener el honor de poder conversar con usted, debería saber cuál es la forma correcta de expresarme. ¿Debería llamarla madame? ¿O condesa?». Ella se rio y, sin lugar a dudas, me habría respondido con una nueva evasiva. Es decir, si algún aspecto de aquella entrevista podría haberse modificado por algo incidental. Cosa que es imposible, porque, como veo ahora, fue preparada anticipadamente, y con la más profunda astucia. «En cuanto a eso...», empezó, pero fue interrumpida, casi en el momento de abrir la boca, por un caballero, vestido de negro, que lucía particularmente elegante y distinguido, salvo por un detalle: su rostro era como el de un cadáver, de una palidez que no había visto sino en los muertos. Como es evidente, no llevaba máscara. Vestía el consabido traje negro de todo caballero en esas circunstancias. Hizo una venia ceremoniosa e inusualmente profunda, y sin sonreír, dijo lo siguiente: «¿Me permite Madame la Condesa que tenga unas palabras con ella?». La señora levantó la vista para mirarlo y se tocó los labios en señal de guardar silencio. Luego se dirigió a mí, y dijo: «Guarde este asiento para mí, mi general. Yo vuelvo en un momento». Y con esta petición, hecha de manera simpática, se alejó con el caballero de negro. La miré conversando con él por unos minutos con mucha seriedad. Acto seguido, se fueron y desaparecieron entre la multitud. Durante los minutos que siguieron, me dediqué con esfuerzo a imaginar la identidad de esa señora que tantos recuerdos guardaba de mí. Incluso se me ocurrió unirme a la conversación de mi niña con la hija de la tal condesa y tratar de averiguar algo. Pensé que, con suerte, podría preparar una sorpresa para ella cuando regresara. Tal vez podría enterarme, a través de su hija, de cuál era su título de nobleza, el nombre y localización de su castillo, y cosas por el estilo. Pero en ese momento ella apareció, acompañada por el pálido caballero de negro, quien habló y dijo: «Volveré para informar a Madame la Condesa cuando su coche esté listo en la puerta». Hizo una venia, y se fue.

# Capítulo 12

## Un pedido

«De modo que Madame la Condesa nos va a privar de su compañía», dije, haciendo un gesto cortés. «Pero espero que sea solo por unas pocas horas». «Tal vez. O posiblemente por unas semanas. Lamento que el señor me haya saludado como hizo en su presencia. ¿Usted ya sabe quién soy?». Le aseguré que no. «Pronto lo sabrá», dijo. «Pero aún no. Somos viejos amigos, usted y yo, amigos más antiguos y cercanos de lo que usted sospecha. Todavía no puedo revelar mi identidad. Pero en unas tres semanas pasaré por su bello castillo, sobre el cual he hecho mis averiguaciones. Le visitaré por una hora o dos, y retomaré una amistad que traigo a la memoria para que me evoque mil recuerdos de placer. Pero en este momento he recibido una noticia que me ha caído como un trueno. Tengo que despedirme de inmediato y viajar por una ruta difícil, casi cien millas, lo más rápido que pueda. Mi confusión crece. Si no fuera por la reserva obligatoria que mantengo en cuanto a mi identidad, le pediría un favor muy singular. Mi pobre niña no ha recuperado su salud después de caer de su caballo. Cayó cuando había salido para observar una cacería. Sus nervios están afectados y nuestro médico insiste en que, durante un buen tiempo, no debe hacer ningún esfuerzo. Por lo tanto llegamos aquí por etapas, no más que de seis leguas al día. Ahora yo tengo que viajar día y noche, en una misión de vida o muerte, una misión cuya naturaleza crítica le voy a poder explicar cuando nos volvamos a encontrar, que espero sea dentro unas semanas, cuando ya no estaré obligada a guardar secretos».

Presentó su pedido como quien complace un favor al otro no como quien ruega un favor. Me refiero únicamente a su estilo, no creo que haya sido consciente de ello. Aparte de la manera en que se expresó, no podría haber rogado con más humildad. Me pidió

simplemente que me encargara de su hija durante su ausencia. Tomando en cuenta todas las circunstancias, su solicitud me pareció bastante audaz. Pero de alguna manera me desarmó, ya que inmediatamente ella reconoció las evidentes razones en contra de su pedido, entregándose enteramente a mi sentido de la caballerosidad. En ese preciso momento, debido a una fatalidad que parece haber determinado todo lo que ocurrió, mi pobre niña vino a mi lado y, en voz baja, me imploró que invitara a su nueva amiga, Millarca, para que fuera a hacernos una visita. En conversación con la joven desconocida, esta le había dicho a mi niña que, si su madre estuviera de acuerdo, a ella le gustaría mucho visitar nuestro hogar. En otras circunstancias le habría dicho que esperara un poco, al menos hasta saber con quiénes estábamos tratando, pero no tuve tiempo para reflexionar. Las dos mujeres, la señora y la joven, me asediaron al tiempo. Y debo confesar que la bella y refinada cara que la joven poseía era extremadamente encantadora, sin hablar de su elegancia, evidencia de que provenía de muy noble cuna, eran factores que me subyugaron totalmente. Me rendí y acepté, con demasiada facilidad, tener bajo mi tutela por un tiempo a la linda adolescente a quien su madre llamaba Millarca. La condesa hizo acercar a su hija, y la muchacha escuchó con mucha seriedad mientras su madre le contaba, en términos generales, cómo había sido llamada súbita y urgentemente, explicándole también el arreglo hecho conmigo para que ella se quedara bajo mi protección. A esto añadió que yo era uno de sus más viejos y preciados amigos. Yo, desde luego, eché un pequeño discurso tal como la ocasión parecía merecer. Solo más tarde me di cuenta de que estaba metido en una situación que no me gustaba en lo más mínimo. Regresó el caballero de negro, y con mucha ceremonia, condujo a la señora hacia la puerta. El porte de este señor era impresionante, y me dejó convencido de que la condesa era una mujer de mucha más importancia de lo que su relativamente modesto título podría sugerir. Su última advertencia, dirigida a mí, fue que, antes de su regreso, por ningún motivo debía tratar de averiguar ningún dato más acerca de ella, aparte de lo que ya podría haber adivinado. Me aseguró que el Conde Carlsfield, nuestro distinguido anfitrión, conocía perfectamente sus motivos. «Pero aquí», dijo, «ni yo ni mi hija podemos permanecer por más de veinticuatro horas. Hace una hora aproximadamente yo me quité la máscara. Fue un acto imprudente y no fue por más de un momento. Pero tuve la impresión de que usted me había visto. Fue por eso que decidí buscar una oportunidad de entablar conversación. Si hubiera encontrado que me

había visto, habría invocado su alto sentido del honor para guardar mi secreto por unas semanas. Ahora estoy convencida de que no me vio. Pero si sospecha, o si más adelante, reflexionando, llega a sospechar quién soy yo, cuento igualmente con su honorabilidad. Mi hija también guardará nuestro secreto. Y espero que, de vez en cuando, usted le recuerde su obligación al respecto, para evitar que, por un descuido momentáneo, lo fuera a revelar». Susurró unas palabras más al oído de su hija, le dio un beso apurado, y se fue, acompañada por el pálido caballero de negro. En un instante se habían perdido entre la multitud. «En la sala de aquí al lado», dijo Millarca, «hay una ventana de donde se puede ver la puerta principal. Me gustaría ver a mamá cuando salga y mandarle un beso con la mano». Asentimos, por supuesto, y la acompañamos a la ventana. Desde allá vimos una carroza muy bella de estilo antiguo, con una cantidad de sirvientes y jinetes auxiliares. Observamos la esbelta figura del caballero de negro quien llevaba en las manos una capa de terciopelo negro que colocó sobre los hombros de la señora y sobre su cabeza puso la capucha. Ella le hizo una pequeña venia y le tocó la mano levemente. Él se inclinó una y otra vez mientras cerraba la portezuela del coche que, apenas su pasajera estuvo a bordo, empezó a andar.

«Ella ya se fue», dijo Millarca, con un suspiro. «Sí, ya se fue», repetí yo para mis adentros mientras, por primera vez tras los acelerados momentos que habían pasado desde que acepté el encargo, reflexionaba sobre la ligereza con la que había actuado. «Ni siquiera miró para acá», dijo Millarca con tristeza. «A lo mejor la condesa se había quitado la máscara y no quiso mostrar la cara», dije. «Además ella no sabía que tú la estabas viendo desde la ventana». Ella suspiró y me miró a los ojos. Viéndola tan hermosa sentí vergüenza por haberme arrepentido, aunque fuera mentalmente, de ofrecerle mi hospitalidad. Tomé la decisión de compensarla por mi indudable egoísmo. Ella volvió a ponerse la máscara, y las dos, ella y mi hija, me persuadieron para que regresáramos a los jardines donde se reiniciaba el concierto. Salimos entonces, y caminábamos por la terraza del castillo frente a la larga fila de altos ventanales. Millarca nos trató como si fuéramos amigos íntimos, y nos entretuvo con animadas descripciones de las importantes personalidades que observábamos en la terraza, y con historias sobre ellas. Le iba queriendo más con cada minuto que pasaba. No contaba sus chismes con maldad, y para mí resultaron muy divertidos, ya que me había ausentado durante mucho tiempo del gran mundo y de los círculos sociales. Pensé en cómo la llegada de Millarca a nuestro hogar iba a dar nueva vida a nuestras largas tardes de soledad. El baile no terminó antes de

que el sol matutino empezara a asomarse por el horizonte. Al Gran Duque le gustaba bailar la noche entera, de modo que los invitados, para expresar su lealtad, no podrían ni pensar en partir e ir a la cama antes del amanecer.

Habíamos pasado por un salón atestado de gente, cuando mi querida niña me preguntó si yo había visto a Millarca. Yo creía que ella acompañaba a mi niña, y mi niña Bertha creía que estaba conmigo. De repente nos dimos cuenta de que la habíamos perdido. En vano la busqué. Se me ocurrió que, en la confusión de separarse momentáneamente de nosotros, hubiera tomado a otras personas por sus nuevos amigos y que, en su error, las hubiera perseguido dentro de los amplios jardines hasta desorientarse del todo. Ahora entendí, en toda su extensión, que había cometido una tremenda estupidez: me había encargado de esta muchacha sin saber quién era, ni siquiera cuál era su apellido. Peor aún, atado a la obligación de guardar un secreto (una obligación impuesta por razones para mí desconocidas), no podía buscar ayuda con decir que se trataba de la hija de la condesa que había partido unas horas antes.

Llegó la aurora. Fue a plena luz del día cuando finalmente abandoné la búsqueda. Fuimos a descansar en la habitación preparada para nosotros en el castillo del Conde Carlsfield. Solo a las dos de la tarde del día siguiente supimos algo de la muchacha perdida. Fue a esa hora aproximadamente cuando un sirviente tocó en la puerta de mi niña para decirle que una joven, en estado de evidente ansiedad, le había preguntado dónde podría encontrar al Barón general Spielsdorf y a su hija, al encargo de quienes le había dejado su madre. No quedaba duda de que se trataba de nuestra nueva amiguita. Había vuelto a aparecer. ¡Ojalá se hubiera perdido para siempre! A mi pobre niña le contó todo un cuento para explicar su demora en volver. Muy tarde en la noche, dijo, resignada ante la imposibilidad de encontrarnos, había llegado a la habitación del ama de llaves del castillo, donde cayó en un sueño largo y profundo que apenas fue suficiente para que se recuperara de la fatiga que había experimentado en el baile.

Ese día, Millarca fue con nosotros a casa. Y yo me sentía feliz de que mi niña hubiera encontrado a una compañera tan encantadora.

# Capítulo 13

## El leñador

Sin embargo, no demoraron en aparecer algunos inconvenientes. En primer lugar, Millarca padecía una languidez extrema (aparentemente una secuela de su reciente enfermedad) y jamás salía de su alcoba hasta bien entrada la tarde. Además, se descubrió accidentalmente que, a pesar de que ella siempre cerraba la puerta de su alcoba con llave desde adentro y nunca sacaba la llave de la cerradura hasta que permitiera entrar a una sirvienta para asistirla en el baño, no obstante se ausentaba de su habitación con cierta frecuencia en la madrugada, y también en ciertos momentos en el curso del día. Y esto ocurría aun cuando ella indicaba que todavía no se había movido de su cuarto. Contradiciendo esto, desde las ventanas del castillo, varias personas la habían visto, con las primeras luces del alba, caminando entre los árboles, yendo hacia el sol saliente, con la apariencia de una persona hipnotizada. Eso me convenció de que ella era sonámbula. Pero esta hipótesis no resolvió el misterio. ¿Cómo fue capaz de salir de su alcoba y, al mismo tiempo, dejar la puerta cerrada con la llave adentro? ¿Y cómo se escapaba de la casa sin abrir ninguna puerta y ninguna ventana? En medio de mi asombro, se presentó una preocupación mucho más grave y urgente: mi querida niña empezó a perder su salud y su belleza. Y todo de una manera tan rara y tan fea que me dejó totalmente asustado. Primero tuvo sueños espantosos. Luego imaginaba que se le aparecía un fantasma, a veces con la cara de Millarca, y otras veces con la forma de un animal salvaje, percibido borrosamente, que merodeaba al pie de su cama, yendo de un lado a otro. Y por último, experimentó una serie de sensaciones, una de ellas, muy peculiar pero no desagradable, según ella dijo, que se asemejaba a la corriente de un río que fluía contra su pecho. Más tarde, sintió algo así como un par de largas agujas que penetraban un poco debajo de la garganta, causándole

un dolor agudo. Unas noches después, sintió una gradual y convulsiva impresión de ser estrangulada, seguida por un desmayo.

Pude oír cada palabra que pronunciaba el viejo general Spielsdorf, ya que el coche pasaba sobre el césped que se extiende por ambos lados de la carretera, cuando uno se acerca al pueblo de casas sin tejas, donde no se divisaba humo de chimeneas desde hace más de medio siglo.

Usted puede imaginar lo extraño que resultó para mí oír mis propios síntomas descritos tan exactamente como los de la pobre muchacha quien, si no fuera por la calamidad que le ocurrió, hubiera estado de visita en nuestra casa. Puede usted suponer, también, cómo me sentía al escucharle detallar las prácticas y las misteriosas singularidades que eran, de hecho, las de nuestra bella visitante Carmilla.

Se abrió un claro en el bosque, y nos encontramos de pronto frente a las chimeneas y los muros estropeados de un pueblo en ruinas. Encima de nosotros se erguían las derruidas torres y almenas del viejo castillo, rodeado de gigantescos árboles.

Todos bajamos del coche, yo con sentimientos de temor, y todos en silencio, pues en ese momento cada cual tenía mucho en qué pensar. Caminamos en dirección del edificio en ruinas por una colina empinada, y en pocos minutos estábamos en el castillo de corredores oscuros, escaleras en espiral y vastos salones en un estado lamentable de deterioro.

Después de un largo silencio, el general habló.

—De modo que esto fue alguna vez la residencia palaciega de la familia Karnstein —dijo, mientras que, a través de un alto ventanal, contemplaba el paisaje que incluía al pueblo desierto y una franja amplia de árboles que cubrían las montañas a nuestro alrededor.

—Fue una familia de malignos, que en este lugar han escrito sus historias de sangre. Es duro de aceptar que, después de muertos, los Karnstein puedan seguir plagando la humanidad con su lujuria atroz. Miren donde está su capilla, allá abajo.

Señaló los muros grises de una construcción gótica escasamente visible entre el follaje.

—Siento golpes del hacha de un leñador —añadió— trabajando entre los árboles circundantes. Puede que él nos informe acerca de la cosa que yo busco. Quiero que me diga dónde está la tumba de Mircalla, condesa de Karnstein. Los campesinos conservan las tradiciones locales acerca de las grandes familias, mientras que los ricos y los aristócratas olvidan todo una vez que sus ancestros han dejado de existir.

—En casa —dijo papá— tenemos un retrato de Mircalla, la condesa de Karnstein. ¿Le gustaría verlo?

—Habrá tiempo para eso, mi querido amigo —respondió el general—. Creo haber visto a la original. Y una cosa que me motivó para buscarlo a usted antes de lo previsto fue mi intención de explorar la capilla a donde vamos a entrar ahora.

—¿Quiere ver a la condesa? —exclamó mi padre—. Pero si hace más de un siglo que está muerta.

—No tan muerta como usted cree —dijo el general—. Al menos así me han dicho.

—Confieso, general, que usted me intriga, pero mucho —dijo mi padre, mirándolo con cierta sospecha de que estaba diciendo locuras.

Fue una mirada que había detectado en mi padre en una ocasión anterior. Pero, a pesar de que se notaba ira y disgusto en la actitud del viejo general, hablaba con mucha seriedad.

Pasamos debajo del arco gótico de la iglesia —era más que una capilla, por sus dimensiones merecía llamarse iglesia— y nuevamente habló el general:

—Un solo objetivo me sostiene ahora en los pocos años que me quedan de vida: vengarme de ella. Y gracias a Dios, es algo que un arma mortal puede cumplir.

—¿De qué venganza habla? —preguntó mi padre, cada vez más estupefacto.

—Hablo de decapitar al monstruo —respondió el general, con furia, y con un golpe de pie que resonó con un triste eco a lo largo de la ruina hueca. Levantó su brazo con el puño cerrado como si estuviera agarrando un hacha, y lo blandió ferozmente en el aire.

—¿Qué? —exclamó mi padre, consternado.

—¡Quitarle la cabeza!

—¿Decapitarla?

—Sí, con un hacha o una pala o con lo que sea, algo que pueda rebanar su garganta asesina. Va a saber —dijo, temblando de furia.

Luego caminó adelante y señaló una viga echada en el piso.

—Esa viga puede servir de asiento —dijo—. Su querida hija se ve fatigada. Que tome asiento, y con unas pocas palabras más, voy a concluir mi espantosa historia.

El bloque de madera que estaba sobre el adoquinado cubierto de musgo en la destartalada capilla hizo las veces de banco donde, con el mayor alivio, me senté. Mientras tanto, el general llamó al leñador, quien estaba ocupado cortando las ramas de un árbol que descansaba sobre el muro de piedra de la capilla.

Al instante, el corpulento hombre se presentó ante nosotros, hacha en mano. No pudo contarnos nada acerca de los monumentos, pero nos habló de un anciano, un empleado del guardabosques, que se alojaba en la casa del cura, a unas dos millas de distancia. Ese señor podría indicarnos todos los monumentos de la familia Karnstein. Incentivado por una propina que le dio el general, el leñador ofreció ir por él y traerlo en media hora, si le prestábamos uno de los caballos.

Efectivamente, el hombre regresó rápidamente con el anciano.

—¿Hace cuánto que trabaja usted en estos bosques? —le preguntó mi padre.

—Toda la vida he estado cortando leña aquí —contestó con el fuerte acento de la gente de la región—. Tal como lo hizo mi padre y todas las generaciones de mi familia, más generaciones incluso de las que yo pueda contar. Le podría mostrar la casa en el pueblo donde antiguamente vivían mis antepasados.

—¿Por qué la gente abandonó el pueblo?

—Los perseguían los espíritus de los muertos, señor —respondió el anciano—. Algunos de aquellos fantasmas fueron identificados en sus tumbas, donde la gente los eliminó de la manera usual. Los decapitaban, o los quemaban en la hoguera. Pero no antes de que esos espíritus hubieran asesinado a mucha gente del pueblo. Sin embargo —continuó—, aun después de todos estos procedimientos legales, tras abrir muchas tumbas y quitarles a los vampiros su terrible poder de destrucción, el pueblo no se alivió. Pero hace muchos años, la noticia de lo que estaba pasando aquí llegó al oído de un aristócrata de Moravia que casualmente viajaba por esta región. Siendo él adepto, como lo es mucha gente en su tierra, según entiendo, en la práctica de ciertas artes y poderes sobre los espíritus, el hombre se encargó de liberar al pueblo de los fantasmas que lo atormentaban. Y lo hizo así: en una noche de luna, subió a una de las almenas desde donde podía divisar el patio de la capilla –usted mismo puede verlo desde esa ventana–, esperó allá hasta que vio al vampiro salir de su tumba y dejar al lado de ella su ropa bien doblada. Luego ese espanto se deslizó hacia el pueblo para atacar a sus habitantes. El hombre, habiendo visto todo eso, descendió, levantó la ropa (mejor dicho, la mortaja del vampiro) y con ella en sus manos, ascendió de nuevo a la cumbre de la almena. Cuando el vampiro regresó de sus terroríficas andanzas y no encontró la tela en que quería envolverse, vio al hombre de Moravia arriba en la torre, y este le señaló que subiera para recibir su mortaja. El vampiro aceptó y fue al encuentro del hombre, quien,

con un fuerte golpe de su espada, partió su cráneo en dos, haciendo que cayera ruidosamente al patio. El hombre de Moravia bajó lo más rápido que pudo por la escalera en espiral y le quitó la cabeza. Al día siguiente entregó cabeza y cuerpo a los habitantes del pueblo, y ellos quemaron todo en una gran hoguera. Eso fue hace mucho tiempo. Y el caballero de Moravia, siendo un hombre de la nobleza, recibió un permiso por parte de la familia Karnstein para llevarse la tumba de la condesa Mircalla, cosa que hizo. Así que, al poco tiempo, nadie se acordaba del lugar exacto que la tumba había ocupado.

—¿No nos puede siquiera indicar el sitio? —preguntó el general, ansioso.

El anciano negó con la cabeza.

—No hay nadie vivo que pueda mostrarlo ahora —dijo—. Además, dicen que el cuerpo fue llevado lejos. Pero eso tampoco es seguro.

No teniendo nada más que decir, el viejo tomó su hacha y partió. Nos dejó solos con el general Spielsdorf, quien comenzó a narrar el final de su extraña historia.

# Capítulo 14

## El encuentro

—La salud de mi querida niña empeoraba día a día —dijo el general, retomando su relato—. El médico que la atendía no había logrado detener el avance de lo que yo creía era simplemente una enfermedad. Consciente de mi preocupación, propuso buscar una segunda opinión. Entonces acudí a un médico más célebre y más experimentado, de la ciudad de Gratz. Pasaron varios días antes de que aquel sabio llegara. Era un hombre bueno y religioso, además de ser un renombrado científico. Los dos se reunieron para examinar a mi niña, y luego se encerraron en mi biblioteca para conversar con el fin de llegar a alguna solución. Desde un salón adyacente, mientras esperaba su veredicto, sentí las voces de los dos caballeros elevadas en lo que parecía ser algo más que una mera discusión científica. Llamé a la puerta y entré. Encontré que el célebre médico de Gratz defendía una cierta teoría con respecto al estado de mi niña, mientras que su rival le refutaba con un evidente desprecio, acompañado de carcajadas. Mi entrada a la biblioteca sirvió para poner fin a esta indecorosa manifestación de discrepancias. «Mi general», dijo el primero, «mi ilustre colega parece creer que a usted le hace falta un mago, no un médico». «Con su permiso», dijo el viejo médico de Gratz, evidentemente molesto, «voy a elaborar mi juicio sobre el caso a mi manera y en otro momento. Lamento decirle, Monsieur le General, que mis conocimientos y mis remedios no sirven en la situación actual. Pero antes de retirarme, me haré el honor de hacerle una sugerencia». Estaba pensativo. Se sentó ante una mesa y comenzó a escribir. Yo, profundamente decepcionado, ensayé un saludo y empecé a retirarme, cuando el otro médico señaló al que estaba sentado escribiendo, tocándose la frente con un gesto bastante despectivo, pues se refería al estado mental de su viejo colega. Este par de consultas me habían dejado en la misma situación.

Salí al jardín sintiendo que la angustia me sacaba de quicio. Después de diez o quince minutos, el médico de Gratz apareció a mi lado. Pidió disculpas por haberme seguido, pero dijo que su conciencia no le permitía abandonar la casa sin decir nada. Me dijo que era imposible que se equivocara, que ninguna enfermedad natural mostraba los síntomas que mostraba mi niña, y que muy prontamente moriría. Apenas le quedaba un día de vida, o posiblemente dos. Existía una posibilidad de que, con sumo cuidado y mucha pericia, recuperara su salud: que se tomaran medidas inmediatas para evitar el próximo ataque, pero todo dependía de factores inevitables. Un asalto más sería suficiente para extinguir el último signo de vida que le quedaba. «¿De qué asalto habla?», le pregunté. «¿De qué naturaleza es?». «He escrito todo en esta nota, que le entrego con la condición de que llame sin demora a un sacerdote y que abra esta carta en su presencia. Por nada del mundo debe leerla antes de que el cura esté presente porque, de otra manera, podría menospreciar lo que he escrito, y el asunto es de vida o muerte. Solo en el caso de que no consiga un sacerdote, usted puede leerla». Finalmente, antes de partir, me preguntó si quisiera ver a un hombre muy conocedor del tema que, una vez leída la carta, seguramente me iba a interesar mucho. En tal caso, dijo, debería llamarlo para que el personaje me hiciera una visita. En el incidente, fue imposible encontrar al sacerdote. Así que leí la carta solo. En otro momento, o frente a otro caso, lo que ha escrito ahí el médico podría haberme parecido ridículo. Pero uno está dispuesto a escuchar incluso a un charlatán, si ofrece una tabla de salvación, cuando la vida de un ser querido está en juego y todas las demás medicinas han fracasado. Ustedes dirán que nada podría ser más absurdo que lo que había escrito ese viejo galeno. Era lo suficientemente fantasioso como para declararlo loco. Dijo que la paciente sufría de visitas de un vampiro. Que la penetración de las agujas que ella sentía cerca de la garganta eran causadas por los dos largos y afilados colmillos que, como es bien sabido, son la particularidad de los vampiros. Y no podría haber dudas acerca de las pequeñas y bien definidas huellas descoloridas que todos describen como el típico sello de los labios de ese demonio. Que todos los síntomas que la víctima describe coincidían con los registrados en cada caso de un ataque parecido. Bueno, yo he sido totalmente incrédulo en cuanto a la existencia de fenómenos de esta clase. La teoría preternatural del médico fue algo que yo asociaba con las alucinaciones. Sin embargo, me sentía tan abatido que estaba dispuesto a intentar cualquier remedio. El contenido de la carta me llevó a la acción. Me oculté en

el guardarropa, un pequeño cuarto oscuro que daba a la alcoba de mi pobre niña. En la alcoba se había prendido una vela. Me quedé allí vigilante, esperando que mi querida hija estuviera bien dormida. Desde la puerta del guardarropa me asomaba para estar pendiente de cualquier cosa que pasara. Siguiendo las instrucciones de la carta del doctor, tenía una espada a mi alcance sobre una pequeña mesa. Alrededor de la una de la madrugada, vi un gran objeto negro, poco definido, que se arrastraba hasta la cama de mi pobre niña y rápidamente la cubrió hasta llegar a su garganta donde, en una fracción de segundo, se hinchó, convirtiéndose en una enorme masa palpitante. Por un momento quedé petrificado. Pero luego salté, blandiendo la espada. La criatura sombría se contrajo súbitamente y se deslizó por encima de la cama. En seguida, estaba parada a pocos metros de mí, enfrentándome con una mirada feroz, horrenda. Era Millarca. La ataqué con la espada, pero no la alcancé. Ahora estaba parada al pie de la puerta, ilesa. Horrorizado, ataqué de nuevo, pero ella desapareció en el acto, y mi espada dio contra la puerta, echando chispas. No les puedo describir todo lo que pasó esa noche. Fue horrible. Todos se levantaron y hubo una confusión total. El espectro de Millarca había desaparecido. Pero su víctima se hundía rápidamente y antes del amanecer estaba muerta.

El viejo general estaba muy agitado. Nosotros no le dijimos nada. Mi padre se alejó y comenzó a leer las inscripciones en las lápidas. Entró en la capilla por una puerta lateral y siguió examinando las tumbas. El general se recostó contra un muro, secó las lágrimas y suspiró largamente. Yo sentí alivio al oír las voces de Carmilla y madame Perrodón, que en ese momento se acercaban. Pero luego no las escuché más.

En esta soledad, cuando acababa de oír el extraño relato relacionado con los aristócratas muertos cuyos monumentos se desmoronaban entre el polvo y la hiedra a mi alrededor, pensaba en cómo cada incidente de la historia del general contenía elementos tan parecidos a mi propio caso misterioso. Entonces, en aquel lugar de fantasmas, oscurecido por el alto y denso follaje que nos rodeaba y trepaba sobre los silenciosos muros, me dominó una sensación de horror, y presentí que, después de todo, mis amigas no iban a entrar para disipar el ambiente triste y ominoso.

El viejo general, apoyado con la mano sobre la base de un monumento, tenía los ojos fijos en el suelo. Observé un arco angosto coronado por una de aquellas grotescas fantasías esculpidas en piedra, típicas de la vieja arquitectura gótica. Bajo ese arco, desde las sombras de la capilla, surgió Carmilla. Fue para mí un alivio volver a ver su bella figura y tenerla nuevamente a mi lado. Estaba yo a punto de levantarme y sonreír en respuesta a la especialmente encantadora sonrisa de Carmilla, cuando, con un alarido, el general agarró el hacha del leñador y arremetió contra ella. En ese instante, al echarse atrás para esquivar el ataque del viejo, Carmilla se transformó horriblemente. Su cara se tornó brutal. Y antes de que yo pudiera gritar, el general la embistió con toda su fuerza, pero ella se agachó para evitar el golpe y con su pequeña mano agarró a su atacante por la muñeca. Él intentó zafarse, pero no pudo. Su mano se abrió, el hacha cayó al suelo, y Carmilla desapareció.

El general tambaleó, aferrándose al muro para no caer. Sudaba, y su rostro se veía tan pálido que pensé que iba a morir ahí mismo. Todo había ocurrido en un instante. La primera cosa que recuerdo después de eso fue que madame Perrodón estaba frente a mí preguntando, una y otra vez y con impaciencia, si yo sabía a dónde se había ido Carmilla.

—No sé —le dije—. No lo puedo explicar. Ella salió por ahí.

Y señalé la puerta por donde madame acababa de entrar.

—Pero yo estaba allí, en el pasillo —dijo madame—. Desde que entró la señorita Carmilla. Por ahí no salió.

Luego empezó a llamar a Carmilla por su nombre, por todas las puertas y ventanas y pasillos. Pero no hubo respuesta alguna.

—¿Ella se hace llamar Carmilla? —preguntó el general.

—Sí, Carmilla —contesté.

—Ah —dijo él—. Es Millarca. La misma que hace tanto tiempo se llamaba Mircalla, la condesa de Karnstein. Sal de esta maldita tierra, mi pobre muchacha, lo más rápido que puedas. Toma el coche y vete a la casa del cura. Quédate allí hasta que lleguemos nosotros. Ojalá nunca más vuelvas a ver a Carmilla. Aquí no la vas a encontrar.

# Capítulo 15

## Ordalía y ejecución

Antes de que el general Spielsdorf hubiera terminado de hablar, entró por la misma puerta de la capilla, por donde Carmilla había entrado y salido, un personaje de la apariencia más rara que yo había visto jamás en un hombre. Era alto, flaco y encorvado, con hombros altos y vestido de negro. Su cara arrugada era marrón, y llevaba puesto un sombrero de ala ancha y forma rara. Su pelo, largo y canoso, caía sobre sus hombros. Tenía anteojos de marco dorado y caminaba lentamente, arrastrando los pies, mirando a veces al cielo y otras al suelo, con una sonrisa inalterable en los labios. Sus manos flacas llevaban guantes negros de una talla demasiado grande, y gesticulaban en el aire del modo más extraño.

—¡Ah, por fin! ¡El hombre que necesitábamos! —exclamó el general, con evidente júbilo—. Mi querido Barón, tengo un gran gusto en verlo. No esperaba encontrarlo tan pronto.

Llamó a mi padre, que ya había terminado el examen de las lápidas, y le presentó muy formalmente a este viejo estrafalario a quien le decía Barón.

Luego los tres iniciaron una conversación muy seria. El extraño caballero sacó del bolsillo un rollo de papel y lo extendió sobre la superficie de la tumba más cercana. Enseguida, con un lápiz trazaba líneas que indicaban varios puntos diferentes sobre el papel. Y de la manera como lo miraban y luego alzaban la vista para observar distintas áreas a su alrededor, concluí que el papel era un croquis de la capilla. El caballero acompañó su conferencia, por así llamarla, con lecturas de un viejo libro cuyas páginas estaban cubiertas de letras diminutas.

Luego, conversando, caminaron los tres por la nave lateral de la capilla. Yo los miraba desde donde estaba parada en la nave opuesta, y vi cómo empezaron a medir distancias con sus pasos. Finalmente se detuvieron frente a una sección del muro y comenzaron a examinarlo con suma atención, arrancando las hojas de hiedra que lo cubrían y golpeándolo con palos para quitar pedazos de yeso. Al cabo de unos minutos, descubrieron una laja ancha de mármol grabada con letras en relieve.

Con la ayuda del leñador, que volvió a aparecer, destaparon una inscripción y un escudo tallado en la superficie. Resultaron ser indicios inequívocos de un monumento perdido durante muchos años: el de Mircalla, la condesa de Karnstein.

El viejo general (quien era poco aficionado a las plegarias, creo yo) levantó los ojos al cielo en un acto de mudo agradecimiento.

—Mañana —lo oí decir—. Vendrá un hombre nombrado oficialmente para llevar a cabo una exhumación de acuerdo con la ley.

Dicho esto, se dirigió al anciano de gafas doradas y tomó sus manos en las suyas.

—¿Cómo agradecerle, Barón? —dijo—. ¿Cómo podríamos todos agradecerle? Usted habrá liberado esta región de lo que ha sido un flagelo para sus habitantes durante más de un siglo. Gracias a Dios, ya hemos localizado a este terrible enemigo.

Mi padre se alejó con el caballero y el general los siguió. Lo llevaba fuera del alcance de mis oídos evidentemente para poder hablar de mi caso.

Vi cómo, de vez en cuando, me miraban de soslayo. Cuando dejaron de conversar, mi padre vino, me besó y me llevó fuera de la capilla.

—Es hora de regresar —dijo—. Pero tenemos que llevar con nosotros al buen sacerdote que vive cerca de aquí. Tenemos que persuadirle para que nos acompañe.

El sacerdote aceptó nuestra invitación y nos fuimos para la casa con él. Me sentí feliz de llegar, ya que estaba muy cansada. Pero mi contento se convirtió en desconcierto cuando me dijeron que nada se sabía sobre el paradero de Carmilla. Además, nadie me explicó qué era lo que había ocurrido en la capilla.

Evidentemente se trataba de un secreto que mi padre guardaba y que no me iba a comunicar en ese momento.

La siniestra ausencia de Carmilla solo sirvió para subrayar el horror de la escena que había visto. Para la noche, se prepararon dos criadas, junto con madame Perrodón, para permanecer conmigo en la alcoba, mientras que mi padre y el sacerdote se escondieron, vigilantes, en el vestuario.

Antes de acostarme, el sacerdote había celebrado ciertos ritos solemnes cuyo sentido no comprendí. Como tampoco comprendí por qué se tomaban medidas tan extremas de precaución para protegerme mientras dormía.

Entendí todo perfectamente unos días después ya que, con la desaparición de Carmilla, se acabaron mis sufrimientos nocturnos.

Usted se habrá enterado, sin duda, de la superstición que abunda en Estiria, Moravia, Silesia y la Serbia turca, sin hablar de Polonia y Rusia. Más que una superstición es una convicción acerca de la existencia de los vampiros.

Los testimonios de seres humanos tomados con cuidado y solemnidad, registrados judicialmente ante numerosas comisiones de personas escogidas por su inteligencia e integridad, que abarcan informes más voluminosos de los que existen acerca de cualquier otro tipo de casos, hacen que sea difícil negar o dudar, sobre la existencia del fenómeno conocido como vampirismo. Por mi parte, no conozco ninguna teoría más convincente para explicar lo que yo misma he visto y experimentado.

Al día siguiente se llevaron a cabo unos procedimientos formales en la capilla de los Karnstein. Se abrió la fosa donde estaba enterrada la condesa Mircalla, y tanto mi padre como el general reconocieron el rostro de la hermosa y pérfida mujer que nos había visitado. A pesar del siglo y medio que habían trascurrido desde sus funerales, sus facciones llevaban la calidez de un ser vivo. Tenía los ojos abiertos y ningún hedor de cadáver emanaba del ataúd. Los dos médicos presentes, uno oficialmente, y otro por parte del promotor de la encuesta, reconocieron un hecho extraordinario: se apreciaba en la mujer una leve respiración y el latir correspondiente de su corazón.

Sus miembros eran perfectamente flexibles, la carne elástica, y el cuerpo dentro del ataúd de plomo estaba inmerso en un baño de sangre de siete pulgadas de profundidad. Se presentaban, así, todos los reconocidos signos y pruebas del vampirismo.

Acto seguido, en cumplimiento de las antiguas prácticas, levantaron el cuerpo y clavaron en su corazón una estaca con punta de lanza. Ante eso la vampira emitió un agudo alarido como de una persona en su última agonía. Luego le cortaron la cabeza, y un tremendo chorro de sangre brotó de la garganta cercenada. Prendieron fuego a una pila de leña preparada para el evento, y en la hoguera quemaron el cuerpo y la cabeza hasta que no quedaron sino las cenizas, cenizas que fueron tiradas al río y llevadas por la corriente. Desde ese día el territorio ha dejado de ser plagado por las visitas de los vampiros.

Mi padre posee una copia del informe de la Comisión Imperial, con las firmas de todos los partícipes y testigos del procedimiento. Fue a partir de este documento oficial que pude presentar aquí mi resumen de aquella última y aterradora escena.

# Epílogo

Tal vez usted crea que estoy escribiendo todo esto en paz, pero me sucede todo lo contrario. No puedo recordar lo ocurrido sin angustia. La tarea de rememorar ha afectado mi sistema nervioso durante meses, y me ha regresado a este horror, que años después de mi liberación, sigue convirtiendo mis días y mis noches en espanto, haciendo imposible que soporte estar sola ni un minuto.

Quiero agregar unas palabras acerca del curioso Barón Vordenburg, a quien le debemos el descubrimiento de la tumba de la Condesa Mircalla.

Este caballero había fijado su residencia en Gratz, donde vivía modestamente de la herencia que le quedaba de las propiedades, otrora principescas, de su familia en las tierras altas de Estiria.

Allí se dedicó a la minuciosa investigación de la tradición del vampirismo, un estudio maravillosamente documentado. El barón citaba de memoria todo lo que se había escrito sobre el tema. Libros como Magia Posthuma, Phlegon de Mirabilibus, Augustinus de cura por Mortuis y Philosophicae et Cristianae Cogitationes de Vampiris de John Christopher Herenberg, y mil volúmenes más, entre los que solo recuerdo algunos que prestó a mi padre. El barón había digerido todo el material que encontró en los procesos judiciales, y de ahí extrajo un sistema de principios que parecían regir el comportamiento de los vampiros. En algunos casos, siempre; en otros, solo ocasionalmente. Debo mencionar, de paso, que la palidez mortal que suele atribuirse a esa clase de espectros es pura ficción melodramática.

Al contrario, vistos en la tumba, o cuando se presentan en compañía de hombres y mujeres, se ven como personas saludables. Y en sus ataúdes, cuando uno los mira a la luz del día, exhiben todos los síntomas que pudieron demostrar la vitalidad vampírica de la condesa de Karnstein tantos años después de su muerte.

Nadie ha podido explicar cómo los vampiros se escapan de sus tumbas durante varias horas del día, antes de regresar a ocuparlas, sin mover la tierra que las cubre, y sin dejar ningún indicio de que el sepulcro haya sido alterado. La existencia anfibia del vampiro se sustenta con un sueño diario dentro del ataúd. Su terrible lascivia y gusto por la sangre humana le proporciona el vigor que necesita durante sus andanzas cotidianas. El vampiro es propenso a enamorarse con fogosidad, algo parecido a la pasión erótica que experimentan los humanos. En la persecución de estos amores, el vampiro es capaz de ejercer astucias y de mostrar una paciencia inagotable, para que su objetivo no sea obstaculizado. El vampiro no descansa hasta satisfacer su excitación , absorbiendo la vida de su víctima tan ansiosamente deseada. Es capaz de prolongar su goce asesino con el refinamiento de un Epicuro. A veces, incluso, cuando quiere saborearla con más fruición, se acerca a su víctima gradualmente, como quien corteja con sutileza. En tales casos, parece añorar algo parecido a la simpatía o el consentimiento. Pero normalmente va directo a su propósito, subyuga a la persona violentamente, para luego agotarla y estrangularla en un solo banquete.

En ciertas situaciones el vampiro parece ser obligado a cumplir con condiciones especiales. En el caso que yo acabo de contar, Mircalla parece haber sido restringida a usar un nombre que, aunque no fuera el suyo propio, debería reproducirlo en otra forma, y sin omitir una sola letra. Así inventó los nombres Carmilla y Millarca.

El Barón Vordenburg permaneció con nosotros en casa durante dos o tres semanas después de la expulsión de Carmilla. Y en ese tiempo mi padre le contó la historia del aristócrata de Moravia y su experiencia con la vampira en el patio de la capilla de Karnstein. Luego le preguntó al barón cómo había descubierto el sitio exacto de la tumba de la condesa tantos años oculta. El grotesco rostro del barón se iluminó con una sonrisa misteriosa. Miró el estuche de sus gafas, lo acarició, y en seguida levantó la cabeza para hablar.

—Yo tengo en mi posesión —dijo— muchos papeles y anotaciones de ese admirable caballero. Entre todos sus escritos, el relato sobre su visita a Karnstein es el más notable. La tradición tiende a tergiversar un poco la verdad, como es natural. Tal vez se conocía como un aristócrata de Moravia por lo que había cambiado de lugar; residía en Moravia, y era además de sangre noble, pero en realidad era oriundo de las tierras altas de Estiria. Cuando joven había sido un amante apasionado y favorecido de la bella Mircalla, Condesa de Karnstein. Cuando ella murió tempranamente, él se entregó a un duelo inconsolable. Ahora es de la naturaleza misma de un vampiro que se multiplica, de acuerdo con una ley espectral bien documentada. Imaginemos, para comenzar, un territorio totalmente libre de aquella peste. ¿Cómo se inicia? ¿Y cómo se multiplica? Les voy a decir. Una persona, más o menos mala, se suicida. Un suicida, bajo ciertas condiciones, se convierte en vampiro. El espectro visita a ciertas personas mientras duermen. Ellas se mueren, y casi invariablemente, dentro de sus tumbas, se convierten en vampiros. Tal fue el caso de la bella Mircalla, perseguida por aquellos demonios. Mi ancestro, Vordenburg, cuyo título ostento, descubrió eso y, en el curso de los estudios a los que dedicó su vida, aprendió mucho más. Entre otras cosas, ese hombre, supuestamente de Moravia, concluyó que, tarde o temprano, la sospecha de haberse convertido en vampiro iba a ser la suerte de la condesa, ella que había sido su modelo. Le horrorizó pensar que, sea ella lo que haya sido en vida, sus restos fueran a ser profanados por una ejecución póstuma. En un escrito mostró que el vampiro, al ser expulsado de su existencia anfibia, es lanzado a una vida aún más horrible. Entonces él decidió salvar de esa suerte a su amada Mircalla. Adoptó la estratagema de un viaje a estas tierras, fingió sacar los restos mortales de su amada y borró todo vestigio de su monumento. Muchos años después, ya viejo y entre lágrimas, reflexionó sobre el pasado y sintió repulsión por lo que había hecho. En un papel anotó las líneas que me guiaron para llegar al sitio preciso y confesó por escrito que había sido culpable de un grave engaño. No sabemos si el caballero pretendía llevar a cabo alguna acción posterior con respecto a todo esto. Lo alcanzó la muerte, y la mano de un descendiente remoto, o sea, la mía, ha podido dirigir la persecución hasta llegar a la madriguera de la horrible criatura. Demasiado tarde, en el caso de muchos.

Conversamos sobre muchas cosas y entre otras él dijo lo siguiente:

—Un signo del vampiro es el poder de su mano. Cuando el general levantó el hacha para atacar a Mircalla, ella, con su delgada mano, agarró la muñeca de su contrincante y la encerró en un viso de acero. Pero su poder no se limita únicamente a su fuerza, sino que deja entumecido el miembro que agarra, del cual la persona se recupera lentamente, o tal vez nunca.

En la primavera siguiente mi padre me llevó con él en un viaje por Italia, que duró más de un año. Pasó mucho tiempo antes de que el terror de los acontecimientos hubiera mermado. Pero aún hoy la imagen de Carmilla invade mis recuerdos. A veces aparece como la hermosa, lánguida y juguetona criatura que conocí. Otras veces la veo como el bestial demonio de la capilla en ruinas. Y con alguna frecuencia me he despertado súbitamente de mi sueño al sentir el paso ligero de Carmilla entrando por el salón de estar.

Eliza Lynn Linton

# Madame Cabanel

(1880)

Eliza Lynn Linton nació en Keswick, Cumberland, Inglaterra el 10 de febrero de 1822, y murió de neumonía el 14 de julio de 1898 en Londres.

En 1846 publicó su primera novela, *Azeth, el egipcio*, sin ninguna repercusión. Abandonó la narrativa y empezó a trabajar como periodista en el *Morning Chronicle* y en *All the Year Round.*

Se casó en 1858 y se separó en 1867. Eliza decidió entonces volver a escribir novelas, logrando éxito y popularidad. Sus obras más célebres son *La verdadera historia de Joshua Davidson* (*The True History of Joshua Davidson*) de 1872, y *Patricia Kemball*, de 1874.

Eliza Lynn Linton fue crítica con la representación de la «Nueva Mujer» de las últimas décadas del siglo XIX. Publicó en 1868 el artículo «The Girl of the Period» (*La muchacha de la época*) en la revista *Saturday Review*, un ataque feroz contra el feminismo. En 1891 escribió *Mujeres salvajes* como políticos (*Wild Women as Politicians*), donde afirmaba que la política y la fama eran esferas naturales de los hombres. Militó un brutal antifeminismo, se opuso al voto femenino y luchó contra los derechos sociales de las mujeres.

*Madame Cabanel* (*The Fate of Madame Cabane*l) fue publicado en 1880 en la revista de la casa editora londinense *Chatto & Windus.*

A Pieuvrot, una pequeña aldea de la Bretaña francesa, aún no habían llegado ni el progreso ni la ciencia. Sus habitantes eran seres cándidos, ignorantes y supersticiosos, y las ventajas de los avances técnicos eran algo desconocido para ellos.

Durante los días de semana trabajaban en esa tierra desagradecida que apenas les daba para vivir, y los domingos y fiestas de guardar iban a misa en la pequeña capilla excavada en la roca, donde aceptaban como norma de fe las palabras del cura y lo que este callaba. Reconocían en lo ignorado no la grandeza, sino la presencia del mal.

El único vínculo entre ellos y el resto del mundo era Monsieur Jules Cabanel, terrateniente por excelencia del pueblo, y al mismo tiempo alcalde y juez de paz. Todos los cargos públicos en uno.

Monsieur Jules Cabanel iba a menudo a París y regresaba con un puñado de noticias, que provocaban los celos, el asombro o el terror de su auditorio, dependiendo del grado de inteligencia de quien lo escuchara. No era un hombre atractivo, pero todos le tenían por una persona correcta. Bajito, rechoncho, con el pelo y la barba cortados a cepillo y aficionado a la buena vida. Habría necesitado un par de virtudes para compensar la falta evidente de atractivo físico. No era ni bueno ni malo, apenas una persona normal y corriente.

Cumplidos ya los cincuenta seguía soltero. Hasta el momento había conseguido escapar a las propuestas de las arpías del pueblo y mantener intactas su soltería y su independencia. Pero quizá fuera su ama de llaves, Adèle, la culpable de que él siguiera solo. Eso era al menos lo que comentaban las malas lenguas en la Veuve Prieur's. Era una mujer un tanto orgullosa y reservada, a quien no le gustaba que se metieran en su vida. Y, aunque la gente comentaba, ella y su señor permanecían al margen de los rumores.

De repente, y de un día para otro, Jules Cabanel, tras pasar más tiempo del habitual en París, se presentó casado y con su mujer. Adèle

se encontró con que tenía solo veinticuatro horas para prepararlo todo, tarea que no dejaba de ser un tanto complicada, pero lo puso en marcha con su habitual determinación; arregló las habitaciones como pensaba que le gustaría a su señor e incluso añadió un toque especial, un centro de flores para la mesa del salón.

—Son flores raras para una novia —se dijo para sí la pequeña Jeannette, una niña que venía de vez en cuando a ayudar en las tareas de la casa, al ver heliotropos (a los que llaman la flor de las viudas francesas), amapolas rojas, un ramo de belladonas y otro de acónitos.

No le parecían flores para unos recién casados. Sin embargo, las flores se quedaron donde las había colocado Adèle. Al verlas, Monsieur Cabanel ordenó que las apartaran de su vista con una clara expresión de asco, mientras su mujer, que parecía no enterarse de nada, sonreía con ese gesto de desaprobación que tiene el que asiste a una situación que le supera.

Madame Cabanel era inglesa y por lo tanto extranjera. Era joven, hermosa y suave como un ángel.

«La belleza del diablo», decían los pieuvrotinos con una sonrisa burlona y no sin cierto estremecimiento. Y es que ellos, con su cara lóbrega y su aspecto débil y escuálido, no podían entender las formas redondeadas, la esbelta silueta y el buen color de la mujer inglesa. Aquella belleza les parecía más propia del diablo que un don de Dios. El rechazo con el que la trataron desde el principio se fue exasperando al ver que, aunque la joven asistía a misa con una puntualidad digna de elogio, no sabía las oraciones y se persignaba al revés. ¡La mismísima belleza del diablo, no cabía duda!

—¡Puf! —dijo Martín Briolic, el viejo sepulturero del pequeño cementerio—. Con esos labios rojos, esas mejillas sonrosadas y esos hombros rellenitos, me recuerda a una vampira. Parece como si bebiera sangre.

Estas fueron las palabras que pronunció una tarde en la Veuve Prieur's, y las dijo sin la menor duda. No hay que olvidar, por cierto, que Martín Briolic era tenido por el hombre más sabio del pueblo, a quien no superaba ni el mismísimo señor cura, que era sabio a su manera, ni el propio Monsieur Cabanel. Lo sabía todo acerca del tiempo y las estrellas, todo sobre las hierbas silvestres que crecían en la llanura y los animales que se alimentaban de ellas. Además, era adivino, pues con un simple palito era capaz de encontrar manantiales de agua ocultos en lo profundo de la tierra, y si querías saber dónde estaban escondidos los regalos de Nochebuena, bastaba con que

te atrevieras a entrar cuando él te dijera por la grieta de la montaña y que salieras antes de que fuera demasiado tarde. Había visto bailar a las hadas a la luz de la luna, y a los duendes saltar de aquí para allá en los límites del bosque. En más de una ocasión había dicho que entre los hombres despiadados de La Créche-en-bois, el pueblo rival, había un fantasma, y nadie lo había puesto en duda. Tenía además otros poderes más místicos. Por tanto, lo que dijo aquella tarde debía de tener algún fundamento.

Fanny Campbell, o como se le conocía ahora, Madame Cabanel, siempre había pasado desapercibida en Inglaterra y en todos los lugares por lo que había pasado, salvo en aquel pueblo medio muerto, ignorante y chismoso de Pieuvrot. Su pasado no escondía ningún secreto, y la suya era una historia normal y corriente. Se había quedado huérfana y se había hecho ama de llaves, era muy joven y muy pobre cuando los señores de la casa se enfadaron con ella y la dejaron en París sin trabajo, sola y sin dinero. Poco después se casó con Jules Cabanel, quizá lo mejor que podía haber hecho.

Nadie antes la había amado, y en aquel momento de miseria y desdicha, se enamoró del primer hombre que fue amable con ella, aunque su pretendiente más parecía su padre que su marido. Lo que tenía en claro es que iba a dar aquel importante paso con alegría, sin sentirse mártir ni víctima de las circunstancias.

Pero nadie le había dicho nada sobre Adèle, la hermosa ama de llaves, ni del pequeño sobrino de esta, a quien el señor había permitido quedarse a vivir en la Maison Cabanel y había dispuesto que aprendiera de mano del sacerdote. Quizá si lo hubiera sabido, habría pensado dos veces antes de compartir el mismo techo con una mujer que había puesto acónitos, heliotropos y flores venenosas en su centro de mesa.

Si alguien tuviera que elegir un rasgo que definiera la personalidad de Madame Cabanel, este sería sin duda alguna la dulzura. Una dulzura que se adivinaba en las facciones redondeadas, suaves y un tanto despreocupadas de su rostro, en el azul tenue de sus ojos, en aquella sonrisa apacible que irritaba a los franceses, de carácter más vanidoso, y sobre todo a Adèle. El ama de llaves solía decir con total desprecio que no había nada que enfadara ni que ofendiera a su señora, y no ahorraba esfuerzos en hacerle ver lo que sentía hacia ella. Por su parte, Madame Cabanel aceptaba los desmanes y los continuos desplantes de Adèle con toda la amabilidad del mundo, es más, en todo momento se mostraba agradecida de que Adèle se hubiera hecho cargo de todo lo relativo a la casa.

La falta de exigencias y esfuerzos le permitió gozar de una vida distinta a la que había pasado en otros años de apuros económicos y continuas preocupaciones, y logró que Madame Cabanel pareciera ahora mucho más hermosa. Sus labios cada más rojos, sus mejillas más sonrosadas y los hombros más rellenos que nunca. Pero mientras ella ganaba en belleza, el resto del pueblo enfermaba; ni los más ancianos recordaban un año peor ni con tantas muertes. El señor tampoco se encontraba bien, y el pequeño Adolphe estaba gravemente enfermo.

Que la gente enferme no es raro en los pueblos malsanos de Francia e Inglaterra, como tampoco lo es el que los niños franceses estén siempre enfermos.

Sin embargo, Adèle pensaba que todo eso no era normal y, en contra de su actitud siempre remisa a hacer el más mínimo comentario sobre lo que ocurría, empezó a hablar con todo aquel con el que se encontraba de la extraña debilidad que se había abatido sobre Pieuvrot y la Maison Cabanel, de lo raro que parecía aquello y lo desesperada que estaba al no saber qué le pasaba a su sobrinito ni qué podía darle para que se pusiera mejor. Todo aquello era muy extraño, solía decir, y las cosas en Pieuvrot iban de mal en peor.

Jeannette la había visto mirar a la dama inglesa, había descubierto su mirada terrible cuando, tras ver lo saludable y hermosa que estaba la extranjera, se volvía hacia el niño, cada vez más flaco, descolorido y demacrado. Una mirada que hacía estremecer de susto.

Una noche, como si ya no pudiera soportar durante más tiempo esa situación, Adèle fue a casa del viejo Martín Briolic para preguntarle qué ocurría y qué podía hacer.

—No se precipite, espere un poco, Madame Adèle —le dijo Martín, mientras barajaba sus grasientos naipes del Tarot y hacía tríos sobre la mesa—. Es más complicado de lo que parece. El niño se ha puesto enfermo. Puede que sea una fatalidad, o puede que sea obra de alguien. Cuando Dios envía las enfermedades sobre nosotros, yo estoy contento, porque vivo de ello. Pero al pequeño Adolphe no lo ha tocado el Dios de la bondad. Yo veo en su mal la mano de una bruja. ¡Maldita sea!

Martín volvió a barajar los naipes y los dejó a un lado, como distraído. Le temblaban las manos y pronunciaba palabras que Adèle no conseguía entender.

—¡San José y todo los santos, protégenos! —gritaba—. La extranjera, la mujer inglesa... a la que llaman Madame Cabanel... ¡No, ese no es su verdadero nombre! ¡Dios mío!

—¡Tranquilo, padre Martín! ¿Qué es lo que quiere decir? —gritó Adèle, mientras lo tomaba por el brazo.

Había algo salvaje en la mirada de aquella mujer; las aletas de la nariz se le dilataban al hablar, y sus labios, delgados y torcidos, se contraían por encima de unos dientes cuadrados y pequeños.

—Explíqueme qué es lo que quiere decir, padre.

—Brujería —susurró en voz baja el padre Martín.

—¡Me lo imaginaba! —gritó Adèle—. ¡Lo sabía! ¡Ay, mi pequeño Adolphe! ¡Maldito sea el día en que mi señor trajo a casa a ese diablo disfrazado de mujer!

—Esos labios rojos no pueden ser naturales, Madame Adèle —gritó Martín sin dejar de afirmar con la cabeza—. ¡Mírelos...! ¡Es sangre lo que les hace brillar! Lo dije desde el primer día en que la vi, y el Tarot también lo dijo. La misma tarde que el señor la trajo a casa los naipes dijeron sangre y mala mujer, y yo pensé: «Bien, Martín, vas por buen camino, vas por buen camino, chaval». Y, Madame Adèle, estaba en lo cierto. ¡Brujería! Justo lo que dice el Tarot, Madame Adèle. Una vampira. No la pierda de vista. Comprobará que las barajas dicen la verdad.

—Pero ¿cuándo podremos distinguirlo? —preguntó Adèle.

—¿Conoce el viejo pozo que hay en el bosque, de donde entran y salen los duendes y donde las hadas retuercen el cuello de aquellos con quienes se encuentran en la oscuridad de la noche? Quizá las hadas acaben con la mujer inglesa de Monsieur Cabanel. ¡Quién sabe!

—Sí, quizá —dijo Adèle un tanto desanimada.

—¡Ánimo, valiente! —dijo Martín—. Seguro que nos ayudarán.

El único lugar hermoso de Pieuvrot era el cementerio. Además de un bosque que invitaba a la nostalgia, había una enorme explanada por la que se podían dar largos paseos en los eternos días de verano. Este era el único sitio donde una mujer joven podía sentirse a gusto pues, el resto, pequeños lotes cultivados que los campesinos habían conquistado a la propia tierra yerma y de las que sacaban cosechas miserables, no presentaba el menor atractivo. Era por eso que Madame Cabanel, aburrida de no hacer nada y acostumbrada, como buena inglesa, a los paseos al aire libre, encontraba el pequeño cementerio un buen lugar de distracción. En realidad, no significaba nada para ella; no conocía a ninguno de los muertos que dormían el sueño de los justos en sus estrechos ataúdes ni sentía nada por ellos. Le encantaban los caminos de flores y las guirnaldas de siemprevivas. No quedaba demasiado lejos de su casa, y la vista que se tenía desde allí del oscuro bosque con las montañas detrás era placentera.

Los pieuvrotinos no entendían nada. Les resultaba incomprensible que alguien que estuviera en sus cabales se dedicara a ir un día sí y otro también al cementerio, y no solo el día del entierro, y que

en vez de llevar flores a un ser querido, se dedicara a pasear entre las tumbas y se sentara allí, cuando estaba cansada, a contemplar la explanada y las montañas, que se alzaban por detrás.

—Pasea entre las tumbas como si fuera una... —empezó a decir un tal Lesouëf, y a continuación se calló para buscar la palabra adecuada.

Esta conversación tenía lugar en la Veuve Prieur's, donde se reunían por la noche los del pueblo para comentar los pequeños acontecimientos del día, y donde, desde que ella llegara, hacía entonces tres meses, el tema principal de conversación era Madame Cabanel, sus modales, que no se supiera las oraciones del misal y su forma de comportarse, siempre tan misteriosa. Y unos a otros se preguntaban cómo podía soportar todo eso Madame Adèle, qué sería del pequeño Adolphe cuando naciera el heredero... Algunos aseguraban que el señor debía tenerlos bien puestos para tener a dos fieras como aquellas bajo el mismo tejado. ¿Y qué pasaría al final? Nada bueno, seguro.

—¿Pasea entre las tumbas como si fuera un qué? Dime Jean Lesouëf —le preguntó Martín Briolic. Y tras eso, se levantó y, en voz baja, pero clara, fue él quien respondió: —Yo te voy a decir cómo, Lesouëf. ¡Como una vampira! Madame Cabanel, con sus labios rojos y sus mejillas sanguíneas, mientras el pequeño sobrino de Adèle se muere delante de sus ojos, se sienta durante horas entre las tumbas. ¿Lo entendéis ahora, amigos míos? Para mí está más claro que el agua.

—Usted ha dicho las palabras, padre Martín. ¡Como una vampira! —repitió Lesouëf mientras se estremecía.

—¡Como una vampira! —gritaron todos a un tiempo.

—Yo he sido el primero en llamarla vampira —dijo Martín Briolic—. Acordaos que yo fui el primero en decirlo.

—¡Claro! Ha sido usted quien lo ha dicho —respondieron—, y tiene razón.

El rechazo que sufrió la joven inglesa desde su arribo a Pieuvrot se hizo mucho más manifiesto a partir de ese momento. La semilla que Martín y Adèle se habían empeñado en sembrar por fin había echado raíces. Los pieuvrotinos acusaban de ateos a todos los que no aceptaban condenar a Madame Cabanel. Y denunciaban la inmoralidad de los que decían que no era más que una joven hermosa y sana, que nada tenía que ver con vampiros, que no chupaba sangre de niños ni vivía entre tumbas para conseguir víctimas.

El pequeño Adolphe estaba cada vez más pálido y flaco. El terrible sol del verano caía sobre la gente del pueblo, que se refugiaba en sus sucias chozas de adobe rodeadas de pantanos.

La salud de Monsieur Jules Cabanel seguía el mismo camino que la del resto. El médico, que vivía en Créche-en-boix, movió la cabeza al ver la situación y dijo que era grave. Cuando Adèle le insistía una y otra vez que le contara lo que les ocurría al niño y a su señor, el doctor evitaba responder o le decía alguna palabra extraña que ella no entendía y no podía repetir. Y la verdad es que el médico era una persona bastante desconfiada, un alucinado al que le gustaba plantear teorías para después demostrar que eran ciertas. Y en ningún momento había podido dar alguna respuesta definitiva que tranquilizara.

Por su parte, Monsieur Cabanel era un hombre ingenuo, una persona a la que le gustaba vivir tranquilamente y a la que no le preocupaba demasiado hacer daño a los demás; era egoísta pero no cruel. Buscaba siempre su propio bien. Además, amaba a su mujer como jamás había amado a ninguna otra. Sobrio como él era, la amaba con toda la fuerza que su carácter le permitía, y a pesar de no ser apasionado, su amor sí era sincero. Pero la sinceridad de aquel amor fue puesta a prueba cuando, el doctor unas veces y Adèle otras, le insinuaban que tuviera cuidado con las influencias malignas, con lo que comía, bebía, y cómo y quién se lo preparaba. Adèle, además, le tiraba indirectas sobre la astucia de las mujeres inglesas y lo mucho que el mal tenía que ver con las mujeres hermosas. Si continuaba amando a su joven esposa, aquel veneno acabaría por causar efecto, un efecto que solo se había visto frenado por su perseverancia y lealtad.

Una tarde, Adèle, desesperada, se arrodilló a sus pies (la señora había salido a dar su paseo habitual) y dijo entre gritos:

—¿Por qué me dejaste por ella? Yo, que siempre te he amado, que siempre te he sido fiel. Mírala: camina entre las tumbas, le chupa la sangre a nuestro hijo... El diablo la hizo bella, pero no te ama.

De repente, él sintió como si le sacudiera una descarga eléctrica.

—¡Qué locura he cometido! —dijo, mientras apoyaba la cabeza en el regazo de Adèle y se echaba a llorar.

A Adèle el corazón le dio un tumbo. ¿Volvería a ser ella la señora? ¿Conseguiría deshacerse de su rival?

Y desde aquella misma tarde Monsieur Cabanel se comportó de forma muy distinta con su joven esposa. Sin embargo, ella era demasiado inocente como para darse cuenta de lo que sucedía y, si en algún momento pensaba que algo raro pasaba, el amor que sentía por su marido era tan frágil (más que amor podríamos llamarlo simpatía) que no llegaba a preocuparla, y aceptaba la frialdad y brusquedad con que la trataba su esposo con el mismo buen talante con el que

aceptaba todo. Seguro que lo mejor hubiera sido que, entre gritos, se hubiera peleado con Monsieur Cabanel. Así, al menos, habrían llegado a entenderse. A los franceses les encanta el alboroto que se arma alrededor de una pelea y una buena reconciliación.

Como buena persona que era, Madame Cabanel se acercaba una y otra vez al pueblo a ayudar a los enfermos. Pero ni uno de ellos, ni siquiera el más pobre (al contrario, los más pobres eran los que más la rechazaban) la recibían con buenas maneras ni aceptaban su ayuda. Si hacía el más mínimo intento por tocar a uno de los niños que se estaban muriendo, la madre, horrorizada, lo apartaba en seguida de su vista; si trataba de hablar con una de las personas mayores, también enferma, siempre había unos ojos tristes que la miraban aterrorizados y una voz que, cansada, murmuraba ciertas palabras en un dialecto que ella desconocía. Pero siempre a sus espaldas resonaba la misma palabra: ¡Brujería!

—¡Cómo odian a los ingleses! —solía pensar en el camino de vuelta.

Esas actitudes la entristecían, pero estaba demasiado serena como para permitir que la desanimaran.

En casa ocurría lo mismo. Si quería hacerle la más mínima caricia al niño, Adèle se lo impedía enfurecida. Una vez, se lo quitó de los brazos entre gritos:

—Bruja. ¿Cómo te atreves delante de mis propios ojos?

Y en otra ocasión, preocupada por el estado de su marido, sugirió hacerle una taza de caldo a la inglesa, y el médico la miró como si fuera a atravesarla con la mirada. A Adèle se le cayó una cacerola que tenía en la mano y le dijo con insolencia, aunque con lágrimas en los ojos:

—¿No tiene ya bastante, madame? Si no está contenta todavía, máteme a mí.

Pero Fanny no dijo nada. El médico había sido un grosero mirándola de esa forma y Adèle estaba muy irritada.

¡Qué mal carácter tenía esa mujer! ¡Qué distinta a las amas de llaves inglesas!

Cuando Monsieur Cabanel se enteró de lo ocurrido, llamó a Fanny y le dijo con más dulzura con la que solía dirigirse a ella en los últimos tiempos:

—Tú no quieres hacerme daño, ¿verdad, mi mujercita? Me han dicho que te has portado muy mal.

—¿Mal? ¿Qué es lo que he hecho mal? —le preguntó Fanny con los ojos azules muy abiertos—. ¿Qué mal podría yo causar a mi mejor y único amigo?

—¿Acaso soy yo ese amigo, tu amor, tu esposo? ¿Me quieres? —dijo Monsieur Cabanel, y exclamó—: «Dios te bendiga».

Al día siguiente, Monsieur Cabanel tuvo que salir por una cuestión de negocios. Dijo que estaría fuera un par de días, pero que intentaría volver lo antes posible. Y su mujer se quedó allí, sola, acechada por sus enemigos y sin su presencia, la única protección con que contaba.

Adèle no estaba en casa. Era una de esas calurosas noches de verano, y el pequeño Adolphe tenía mucha fiebre y estaba inquieto. A medida que fue avanzando la noche, se fue poniendo peor y, aunque Jeannette, la niñera, tenía órdenes estrictas de no dejar que la señora lo tomara, la chiquilla se asustó al ver el estado del niño. Por ello, cuando Madame Cabanel le ofreció ayuda, Jeannette se sintió aliviada ante tan tremenda responsabilidad y permitió que levantara al pequeño entre sus brazos.

Sentó al niño en su regazo, lo arrulló y le cantó una nana. A Madame Cabanel le pareció que aquello apaciguaba su dolor y que se quedaba medio dormido. Pero la crisis hizo que el niño se mordiera sin querer la lengua y el labio, y que le comenzara a salir sangre de la boca. Era un niño guapo, y la enfermedad y la fiebre acentuaban su belleza. Fanny se inclinó sobre él y le dio un besito en la cara. La sangre que cubría los labios del pequeño machó los de ella.

Mientras ella permanecía así, inclinada sobre el niño y con esa ternura que anunciaba su propia maternidad, entraron en la habitación Adèle, el viejo Martín y otra gente del pueblo.

—¡Mírenla! —gritó Adèle mientras agarraba a Fanny por el brazo y la obligaba a levantar la cabeza—.¡Miren lo que está haciendo! Amigos, miren a mi niño. Ha muerto, ha muerto entre sus brazos. Y miren su sangre en los labios de ella. ¿Acaso necesitan más pruebas? Ella es una vampira. ¿Pueden negar lo que ven?

—¡No, no! —vociferaron los del pueblo entre gritos—. Es una vampira, una criatura maldita. ¡Con ella al pozo! Debe morir como ella ha hecho morir a los demás.

—¡Matémosla como ha matado a mi pequeño! —dijo Adèle.

Y todos los que habían perdido a un familiar o a un hijo durante la epidemia repitieron sus palabras.

—¡Matémosla como ha matado a los míos!

—¿Qué significa todo esto? —exclamó Madame Cabanel mientras se ponía en pie y enfrentaba a todos con valentía propia de una mujer inglesa—. ¿Qué os he hecho yo para que os presentéis así en mi casa cuando no está mi marido y os comportéis como bestias?

—¿Qué nos ha hecho? —gritó el viejo Martín, y se acercó a ella—. ¡Eres una bruja y has hechizado al bueno de nuestro amo!

¡Eres una vampira y te has alimentado de nuestra sangre! ¿Acaso no es esto una prueba de ello? ¡Mírate, maldita bruja! ¡Mira a tu víctima, tú lo has matado!

Fanny se rio con desprecio.

—Creo que no voy a hacer caso a toda esta locura. ¿Sois personas adultas o niños?

—Somos hombres hechos y derechos —le contestó Legros el molinero—. Y como hombres, nuestro deber es proteger a los nuestros. No estábamos seguros. Pero, ¿quién tenía más motivos que yo para estar aquí, que he perdido a tres de mis hijos? Ahora estamos convencidos.

—¡Yo lo único que he hecho es cuidar a un niño enfermo e intentar calmar su ahogo! —dijo Madame Cabanel muy alterada.

—¡Basta ya! —gritó Adèle, y la tiró del brazo que no había soltado desde el principio—. ¡Al pozo con ella, si no queréis que mueran vuestros hijos como ha muerto el mío... y los del bueno de Légros!

La gente se alteró al escuchar tales palabras y lanzaron un grito desgarrador.

—¡Al pozo con ella! —gritaron—. ¡Que los demonios se encarguen de ella!

De repente, Adèle ató con una cuerda aquellos brazos pálidos cuya fuerza y belleza tanta veces la hicieron enloquecer de celos. La joven lanzó un grito, y antes de que pudiera hacer nada, Legros le había tapado la boca con su fuerte mano. Aunque ni este ni ninguno de los presentes se había parado a pensar que no iban a matar a un monstruo, sino a una persona, parecía como si sus gritos les hubieran hecho perder la razón, unos gritos que resonaban tan humanos como los de la propia Madame Cabanel. En silencio y con un aire amenazador, aquel cortejo fúnebre inició el camino hacia el bosque con su presa aún viva. Andaban sin hablar entre ellos, como seres desvalidos entre los que hubiera un cadáver. A excepción de Adèle y el viejo Martín, lo único que les movía a seguir adelante era el miedo. Ellos eran ejecutores, no víctimas, ejecutores de una ley que imaginaban más justa que la propia Constitución. Pero uno a uno se fueron bajando, hasta que solo quedaron seis. Legros era uno de ellos, y Lesoüef, que había perdido a su única hija, era otro.

El pozo no estaba a más de un kilómetro de la Maison Cabanel, pero se encontraba en un lugar inhóspito y retirado donde ni el hombre más valiente se hubiera atrevido a ir solo una vez caída la noche, ni siquiera en compañía del señor cura.

—Pero somos muchos —dijo el viejo Martín Briolic—. Media docena de hombres, guiados por una mujer como Adèle, no tienen que tenerle miedo ni a los duendes ni a las hadas blancas.

Tan deprisa como les permitía la carga que llevaban y en completo silencio, el cortejo avanzaba por el páramo; uno o dos portaban toscas antorchas, porque la noche era oscura y el camino también tenía sus peligros. Cada vez estaban más cerca de su fatal destino y cada vez se hacía mayor el peso de la víctima. Hacía mucho que esta había dejado de moverse y yacía como si estuviera muerta en los brazos de sus porteadores. Pero nadie hacía ningún comentario, ni sobre esto ni sobre ningún otro tema. No intercambiaron ni la más mínima palabra y, más de uno, incluso entre los que se habían quedado atrás, empezaron a pensar si habían hecho bien y si no hubiera sido mejor haberlo dejado en manos de la justicia. Solo Adèle y Martín continuaban con voluntad firme; Legros no tenía dudas, pero se sentía afligido ante el paso que se veía obligado a dar.

En cuanto a Adèle, los celos por su rival, la angustia como mujer y el miedo que provocaba su superstición, todo esto pesaba en ella de tal forma que no habría hecho nada por disminuir la pena de su víctima ni por intentar ver en ella a una simple mujer y no a un vampiro.

El camino se hacía cada vez más angosto, y la distancia que les separaba del lugar de la ejecución, cada más corta. Por fin, llegaron al pozo al que iban a tirar al terrible monstruo, al vampiro (pobre e inocente Fanny Cabanel). Mientras la bajaban, la luz de las antorchas iluminó su rostro.

—¡Dios mío! —gritó Legros, y se quitó la gorra—. ¡Está muerta!

—Los vampiros nunca mueren —dijo Adèle—. Parece que está muerta, pero no lo está. Pregúntenle al padre Martín.

—Un vampiro no puede morir a no ser que el espíritu del maligno se lleve su alma o, antes de enterrar su cuerpo, se le clave una estaca —dijo Martín Briolic con tono sentencioso.

—No me gusta nada esto —dijo Legros, y otros hicieron el mismo comentario.

Le quitaron la mordaza que le habían puesto. A la luz de las antorchas, vieron sus ojos azules entreabiertos, la palidez de la muerte en su rostro, y eso devolvió a los hombres algo de su humanidad, como si un viento hubiera cruzado entre ellos.

De repente, oyeron el ruido de unos caballos que cruzaban a galope la llanura. Contaron dos, cuatro, hasta seis caballos. De ellos, ahora solo quedaban cuatro hombres sin armas, más el padre Martín y Adèle. Pensaron en la venganza y el poder de los demonios del bosque, y el valor y la calma que habían mantenido hasta entonces se desvaneció. Legros corrió desesperado hacia la espesura del bosque, seguido por Lesouëf, y los otros dos hombres huyeron hacia la

llanura. Los jinetes estaban cada vez más cerca. Adèle mantuvo la antorcha levantada sobre su cabeza, quería que la vieran a ella, amenazante, y al cadáver de su víctima. No iba a esconderse, ella había hecho su parte del trabajo y estaba orgullosa.

Los jinetes se abalanzaron sobre ellos. Venían Jules Cabanel el primero, seguido por el médico y cuatro guardas forestales.

—¡Malditos asesinos! —fue todo lo que dijo Monsieur Cabanel mientras se tiraba del caballo y acercaba el lívido rostro de su mujer hacia sus labios.

—Mi señor —dijo Adèle—, merecía morir. Ella es una vampira y ha matado a nuestro hijo.

—¡Estás loca! —gritó Jules Cabanel al tiempo que se apartaba de ella—. ¡Oh, mi amada esposa, tú que jamás hiciste daño a hombre ni animal alguno, ahora mueres en manos de estos que son peores que las bestias!

—Ella estaba matándote —respondió Adèle—. Pregúntale, si no, al doctor. ¿Qué tenía Monsieur?

—Yo no tengo nada que ver con esta infamia —dijo el médico levantando la vista de la joven—. Fuera lo que fuera lo que le pasara a tu señor, ella no debería estar aquí. Tú te has convertido en su juez y en su verdugo, Adèle, y tendrás que responder de todo ello ante la ley.

—Mi señor, ¿usted opina lo mismo? —le pregunto Adèle.

—Sí, opino igual —respondió Monsieur Cabanel—. Tendrás que responder ante la ley por la vida inocente con la que has acabado, tú y todos los locos y asesinos que se han unido a ti.

—¿Y nadie va a vengar la muerte de nuestro hijo?

—¿Acaso deseas vengarte de Dios, mujer? —sentenció con tono grave Monsieur Cabanel.

—¿Y todos los años que nos hemos amado, mi señor?

—Eso ya no es más que un recuerdo —dijo Monsieur Cabanel, y se volvió hacia su mujer muerta.

—Eso quiere decir que no me amas —grito Adèle—. ¡Ay, mi pequeño Adolphe, menos mal que no estás aquí!

—¡No lo haga, Madame Adèle! —grito Martín.

Pero antes de que pudiera sujetarla, Adèle pegó un chillido y se precipitó en el pozo donde había querido arrojar a Madame Cabanel. Los allí presentes oyeron cómo su cuerpo chocaba con el agua en un ruido sordo, como si cayera a gran distancia.

—No tenéis pruebas contra mí, Jean —dijo el viejo Martín al guarda que le sujetaba—. Yo ni la amordacé ni la traje hasta aquí.

Solo soy el sepulturero de Pieuvrot, pero creo que lo pasaríais bastante mal cuando murierais, si yo no estuviera. Pobres criaturas. Soy yo quien va a tener el honor de cavar la tumba de madame, eso no lo dudes. Y, Jean —le dijo entre susurros—, estos ricos podrán decir lo que quieran, pero ella es una vampira y hay que tapar bien su tumba. ¿Quién lo puede saber mejor que yo? Si no la sujetamos bien, se levantará y nos chupará la sangre. Los vampiros actúan así.

—¡Silencio! —ordenó el guarda—. ¡Los asesinos a prisión! Ya hemos hablado demasiado.

—¡A prisión con los mártires y los salvadores de la patria! —exclamó el viejo Martín—. ¡Así es como agradecen lo que hemos hecho por ellos!

Con estas ideas vivió y murió en la prisión de Toulon; hasta el último momento no dejo de repetir el gran servicio que había hecho a la humanidad salvándola de un monstruo que no hubiera dejado a un solo hombre con vida en Pieuvrot para perpetuar la especie. Pero ni Legros ni tampoco Lesouëf, su camarada, estaban seguros de haber obrado bien aquella noche de verano en el bosque. Aunque siempre defendieron que no debían haberles condenado, porque nunca obraron de mala fe, con el tiempo empezaron a desconfiar de las palabras del viejo Martín Briolic y de su buen juicio, y a pensar que debían haber dejado que la justicia actuara por su cuenta. Ellos ya tenían bastante con moler la harina del pueblo, arreglar zuecos y llevar una vida tranquila siguiendo las enseñanzas del señor cura y atendiendo a sus mujeres.

Anne Crawford

# Misterio en Viña Marziali

(1887)

Anne Crawford nació en 1846 en Inglaterra, era hija del escultor norteamericano Thomas Crawford. Sus hermanos Mary y Francis fueron exitosos escritores. Murió en 1912.

Se casó con el Barón von Rabe, convirtiéndose en la Baronesa von Rabe.

Publicó solo un par de relatos en su vida, con el seudónimo Von Degen. Esos textos breves le sirvieron para convertirse en una permanente invitada a las antologías de literatura fantástica. Estos son la historia de vampiras *A Mystery of the Campagna* (1887) y *A Shadow on a Wave* (1891), una tragedia romántica ambientada en Venecia.

## I. Relato de Martin Dataille sobre lo ocurrido en Viña Marziali

Me parece oír ahora la voz de Marcelo, después de no haber pensado en él durante mucho tiempo, tal vez sea por el encuentro con este viejo amigo que participó en aquella extraña historia. Estoy ansioso por relatar todo lo sucedido y, para eso, le pedí ayuda al señor Sutton, quien por aquel entonces tomó buena nota de los hechos, y ahora quiere que nos juntemos para hacer memoria.

Un día de primavera apareció en mi estudio entre los laureles y las verdes alamedas de Villa Medici.

—Vamos, hijo mío —dijo—, deja un rato tus pinturas. —Y sin más me quitó la paleta de las manos—. Tengo un carruaje esperando fuera. Vamos a buscar una capilla.

Mientras hablaba, aprovechaba para limpiar los pinceles, y debo decir que esa actitud me enterneció, porque lo cierto es que odio hacerlo. A continuación, acercó mi chaqueta de terciopelo y descolgó mi abrigo de un clavo que había en la pared. Dejé que me vistiera como a un niño. Siempre hacíamos lo que quería, y él lo sabía. Poco después estábamos sentados en el carruaje, que recorría la Vía Sistina de camino a la Puerta de San Giovanni, adonde había mandado al cochero dirigirse.

Tengo que contar mi historia como la sé porque, a pesar de que mis compañeros me han dicho que puedo hablar inglés bien –qué sabrán ellos–, lo de escribir es una cosa muy distinta. El señor Sutton me ha pedido que lo cuente en su idioma porque hace tanto tiempo que no habla el mío que no está seguro de entenderme, me ha prometido que va a corregir los errores para que no suene ridículo y no cause risa lo que van a leer sobre Marcelo.

Ya aclaré que escribía la historia por mis compatriotas, no por los suyos, pero él no dejó de recordarme que Marcelo tenía muchos amigos ingleses que aún viven y que a los ingleses no se les olvidan

las cosas tan fácilmente como a nosotros. Como no vale la pena razonar con él, porque reaccionamos de muy distinta forma, finalmente, he tenido que acceder a su deseo. Estoy seguro de que tiene algún motivo que no me cuenta, pero yo me hago el loco. Eso sí, no voy a renunciar a traducir la historia a mi propia lengua para que la pueda leer mi gente. Me da la sensación de que el inglés no va al grano, no es un idioma directo, pero han de perdonarme si se me olvida. Pueden estar seguros de que no lo hago para ofenderlos. Y después de tantas explicaciones, permítanme seguir:

Cuando dejamos atrás la Puerta San Giovanni, el cochero demoró todo lo que pudo, aunque he de decir que Marcelo nunca fue un hombre práctico. ¿Y cómo iba a serlo, les pregunto, con una ópera en la cabeza? Avanzábamos lentamente mientras él contemplaba el mundo que pasaba ante sus ojos con una actitud soñadora. Cuando empezaron a aparecer las primeras villas y viñedos, Marcelo se quedó absorto.

Ya saben cómo es aquello: portones de hierro con el nombre o las letras iniciales oxidadas en la parte de arriba y, al otro lado, paseos flanqueados por rosas y lavandas, que conducen a una casita abandonada, con árboles y maleza, que llevan hacia la campiña. Es tal la soledad que reina en aquel paraje que podrían asesinarte y nadie oiría tus gritos de auxilio. Nos detuvimos ante algunos portones; Marcelo se quedaba mirando, pero ninguno de aquellos lugares era de su gusto. Parecía como si pensara que podría conseguir la casa que le gustara, pero ninguna le satisfacía. Corría hasta las verjas y regresaba diciendo:

—La forma de esas ventanas me va a distraer.

O bien:

—Tanto amarillo arruinaría el dueto del segundo acto.

Una vez le gustó una de las casas, pero en el paseo había caléndulas y él las odiaba. Continuamos mirando una tras otra hasta que pensé que ya las habíamos visto todas. Por fin, llegamos a una que pareció gustarle, aunque estaba en un lugar especialmente solitario. A mí me resultaba demasiado insoportable vivir tan apartado del resto de la humanidad, sin más compañía que aquellos olivos y encinas melancólicos.

—Viviré aquí y me haré famoso —dijo con aire resuelto mientras blandía el badajo de hierro que hacía sonar una campana en el interior.

Nos quedamos esperando. Luego volvió a llamar con impaciencia y dio un golpe en el suelo con el pie.

—¡Aquí no vive nadie, camarada! Venga, vamos, se hace tarde. Hay demasiada humedad, y ya sabes lo malo que es eso para la voz de un tenor.

Dio otra patada con el pie y cortó todo enfado posible.

—¡Vaya! ¿Y tú eres el que dice que tiene voz de tenor? ¡No seas idiota! Un barítono tiene mucha más cabeza que tú, al menos, no le afecta nada. No tienes voz, y además, me tienes de amigo tuyo. Vamos, acompáñame a casa.

—Pero, ¿cómo iba a ir hasta allí y, además, a pie? Vete a cantar esas canciones ñoñas a las inglesitas. Te lo agradecerán con una repugnante taza de té y tú te sentirás como en el paraíso. Este es mi paraíso y aquí me quedo hasta que el ángel venga a abrir.

Estaba encolerizado y no reconocía razones. En esos momentos yo sentía mayor aprecio por él, de manera que me dispuse a esperar. Me tapé la garganta con un pañuelo y canté una o dos piezas para evitar que la humedad me dejara ronco.

—¡Cálmate, guarda silencio! —gritó—. No puedo oír si viene alguien.

Por fin, apareció alguien. Era una especie de vigilante, de aspecto bruto, un guardiano, (como lo llaman allá), que nos miró como si pensase que estábamos locos. Estaba claro que uno de nosotros sí lo estaba, pero no era yo. Marcelo habló en un italiano decoroso, aunque con acento francés, es cierto, pero el hombre lo entendió, sobre todo cuando vio la cartera con dinero que llevaba en la mano. Le escuché decir una sucesión de frases y, a continuación, vi cómo dejaba caer una moneda de oro en la mano curtida del vigilante; luego, ambos se encaminaron hacia la casa. El hombre se encogía de hombros en señal de resignación y Marcelo me gritó:

—¡Será mejor que te vuelvas a casa en el carruaje o llegarás tarde a tu espantosa fiesta inglesa! Yo me quedo aquí esta noche.

He de dar fe que no me hice rogar dos veces y me fui. La voz de un tenor es igual de dominante que una mujer celosa. Aunque estaba irritado, me puse a reír. El suyo era el temperamento de un artista y aunque a veces nos pareciera irracional, sublime e intolerable, enseguida se lo perdonábamos. Todos nos dábamos cuenta de que cuanto más nos parecíamos a él, más valor adquirían nuestros cuadros. No había llegado ni a las puertas de la ciudad cuando ya se me había pasado el disgusto. Entonces empecé a reprocharme el haberle dejado en aquel lugar tan solitario con la cartera llena de dinero. Marcelo no era precisamente pobre, y aquello no era más que una provocación para que el vigilante lo asesinase. Nada sería

más fácil que matarlo mientras dormía y enterrarlo bajo los olivos o en alguna catacumba en ruinas, tan frecuentes en toda la campiña. Seguro que había más de cien sitios en el lugar para esconderlo una vez muerto. Mandé al cochero que se detuviera y le pedí que diera media vuelta, pero él movió la cabeza y dijo algo de que tenía que estar a las ocho en la Plaza de San Pedro. El caballo empezó a cojear, como si hubiera comprendido a su amo y fuese su cómplice. ¿Qué podía hacer yo? Me dije que era cosa del destino y que no tenía más remedio que volver a Villa Medici. Allí tuve que pagar al cochero una buena suma por nuestra alocada expedición y, a continuación, él se marchó. El caballo había dejado de cojear. Me quedé allí un poco confundido, repasando lo sucedido aquella tarde tan rara.

No dormí bien esa noche, pese a que mi interpretación como tenor fue muy aplaudida y las inglesitas fueron muy cariñosas conmigo. Intenté no pensar en Marcelo y no volví a acordarme de él hasta que me acosté. Y ya no pude conciliar el sueño, como les decía.

Imaginé que ya estaba muerto, que el vigilante lo había enterrado en la oscuridad de la noche. Me imaginaba a aquel hombre arrastrando su cuerpo, con aquella hermosa cabeza golpeada contra las piedras, por entre oscuros pasadizos. Todo quedaba ensangrentado. El hombre lo cubría de tierra y se volvía para contar las monedas de oro. Pero, al final, me dormí, y soñé que Marcelo estaba junto al portón dando pataditas. Ya no pude seguir durmiendo y me levanté en cuanto amaneció. Me vestí y me dirigí a mi estudio al final del paseo de laureles. Descolgué la bata de pintar y recordé cómo me la había quitado Marcelo. Tomé los pinceles que él había lavado por mí, estaban a medio aclarar y tiesos, con restos de pintura y jabón. Me alegré de estar molesto con él y me sentí algo aliviado porque, si podía regañarle por haber limpiado tan mal los pinceles, eso querría decir que aún estaba vivo. A continuación, saqué el estudio que estaba haciendo de su cabeza para mi retrato de Mucio Escévola, en el que este tenía apoyada la mano en la llama, y lo perdoné, porque, ¿quién podría contemplar aquel rostro y no enamorarse de él?

Trabajé con la pasión de la amistad ardiendo en mis pinceles e impregné aquellos rasgos con la expresión de desdén y obstinación que le había visto en la puerta. ¡Nada mejor que aquello para lo que me traía entre manos! ¿Acaso era aquella la última vez que iba a verle?

Se preguntarán por qué no dejé mi trabajo y salí a ver si le había ocurrido algo, pero había varias razones para no hacerlo. Apenas quedaba tiempo para nuestra exposición anual y yo acababa de em-

pezar mi cuadro; además, mis colegas habían apostado conmigo que no lo tendría listo para la fecha. Aquel día esperaba la visita de un modelo para el rey de los etruscos, un hombre que freía maníes en la Plaza Montanara y había aceptado hacerme el favor de posar para mí. Y además, para ser sinceros, la luz del día empezaba a poner fin a mis miedos nocturnos. Había buena luz para trabajar, y yo no era por naturaleza un ser fantasioso. Por eso, cuando me senté delante del caballete, me dije que había sido un tonto y que Marcelo estaría a salvo.

El olor a pintura me ayudó a recuperar la cordura. De hecho, pensaba que Marcelo entraría en cualquier momento, cansado de su capricho, y que yo estaría preparado para echarle un buen sermón. Justo entonces alguien llamó a la puerta, y yo grité ¡Entre!, creyendo que era él, pero no era él. Se trataba de Pierre Magnin.

—Ahí afuera hay un hombre muy raro que quiere verte —me dijo—. Tiene tu dirección escrita con letra de Marcelo en un trozo de papel sucio y, además, trae una carta para ti, pero no me la quiere dar. Dice que tiene que ver al señor Martino. Sería un modelo estupendo para un asesino. Sal y habla con él, y entretenlo mientras hago un esbozo de su cabeza.

Seguí a Magnin por el jardín. Allí fuera estaba el vigilante de ayer. Mientras hablaba dejaba entrever unos dientes muy blancos:

—Buenos días, signore —como habría dicho cualquier cristiano. Lo cierto es que aquí en Roma, ya no tenía tanta pinta de matón, solo parecía un pobre campesino idiota de cara aceitunada. Tras él había una carreta de labrador esperándole, había atado su caballo a una argolla que había en la pared. Alargué la mano para que me diese la carta y luego hice como si me costara leerla, pues estaba escrita a lápiz en una hoja de agenda:

*¡Camarada!:*

*He dormido muy bien. Este hombre me hospedará todo el tiempo que quiera. No te preocupes. No me ocurrirá nada, salvo que estaré enormemente tranquilo. Tengo una idea genial en la cabeza. Ve a mi casa y tráeme algo de ropa, todos mis manuscritos, partituras y cuantas botellas de vino encuentres. Dáselo todo a mi mensajero. ¡Y date prisa! ¡La fama se apresta a caer sobre mí! Si quieres verme, no vengas antes de ocho días. Si vienes antes, el portón estará cerrado a cal y canto. El vigilante es mi esclavo y tiene instrucciones mías de matar a cualquier intruso que intente entrar haciéndose pasar por amigo mío. Y estate seguro de que lo hará. Me ha confesado que ya ha matado a tres hombres.*

Estaba claro que era un chiste de Marcelo, algo muy propio en él.

*Cuando vengas, pásate por la estafeta de correos y recógeme la correspondencia. Te mando mi identificación para que no tengas ningún problema. No te olvides de las plumas ni del tintero.*

*Atentamente, Marcelo.*

Solo quedaba saltar a aquel carromato, decirle a Magnin, que ya había acabado su esbozo, que cerrara mi estudio, y salir a galope tendido a cumplir sus órdenes. Nos dirigimos a su casa en la Vía del Governo Vecchio, y allí hice un paquete con todo lo que se me ocurrió que podría hacerle falta. La casera me hizo mil preguntas sobre cuándo volvería el signore. Marcelo había pagado las habitaciones por adelantado para no tener que preocuparse por el alquiler. Cuando le dije donde estaba, movió la cabeza y estuvo un buen rato hablando del mal tiempo que hacía allí. No paraba de decir "pobre signorino", con cierto tono melancólico, como si ya hubiera muerto. Cuando nos marchamos, se nos quedó mirando triste por la ventana. Todo aquello me puso de mal humor y, al mismo tiempo, hizo que me invadiera una corazonada. En la esquina de la Vía del Tritonte me bajé del carro y, por puro sentimentalismo, le di un franco a aquel hombre, y le grité:

—Salude al signore de mi parte. —Pero él no me oyó y siguió adelante mientras yo me moría por acompañarle. Marcelo solía hacernos enfadar, pero todos le apreciábamos mucho.

Los ocho días pasaron antes de lo que me imaginaba. Y llegó el jueves brillante y soleado, el día de mi visita. A la una me dirigí a la Plaza de Spagna, donde hice tratos con un hombre que tenía un caballo rollizo, lo que me trajo a la mente lo mal que lo había pasado hacía una semana por culpa de los caprichos de Marcelo. Nos dirigimos a buen paso a Viña Marziali, nombre que olvidé decir antes. El corazón me latía con fuerza, aunque no sabía a qué se debía tanta emoción. Al llegar al portón de hierro, llamé, y fue el vigilante quien respondió a mi llamada. Apenas puse los pies en el paseo de las flores, vi cómo Marcelo corría a mi encuentro.

—Sabía que vendrías —me dijo.

Me tomó del brazo y nos dirigimos hacia una pequeña casita gris con una especie de pórtico, varios balcones y un reloj de sol en la fachada. Las ventanas llegaban hasta el suelo y, el lugar, para mi tranquilidad, parecía seguro y habitable. Marcelo me dijo que el

hombre no dormía allí, sino en una pequeña cabaña que se encontraba más abajo, hacia la campiña, y que él cerraba la puerta con llave todas las noches, hecho que también me tranquilizó.

—¿Qué tienes para comer? —le pregunté.

—Carne de cabra, alubias secas y polenta con queso de oveja. Hay todo el pan de centeno que quieras y vino agrio —me respondió sonriente—. Como puedes ver, no me muero de hambre.

—No trabajes mucho, camarada —le dije—. Tú vales mucho más de lo que nunca valdrá tu ópera.

—¿Tengo aspecto de estar agotado? —me preguntó, al tiempo que me miraba cegado por la luz del día. Me dio la sensación de que mi comentario sobre la ópera lo había ofendido y me sentí ridículo de haberlo hecho.

Sondeé atentamente su cara, y él me miró provocador.

—No, todavía no —le respondí de mala gana, porque era cierto que no podía decir que estuviese agotado, pero en lo más profundo de su mirada había una expresión de cansancio y, alrededor de sus ojos, una sombra imperceptible.

Me dio la impresión de que el gigante tenía los pies de barro. Aquella belleza de antaño ahora parecía, de alguna forma, empañada. Estábamos de pie delante de la puerta y Marcelo la empujó para abrirla. El guarda nos seguía con paso lento y estridente.

—He aquí mi paraíso —dijo Marcelo y, a continuación entramos en la casa, que era como tantas otras de por allí. Un recibidor con bajorrelieves de yeso y una escalera con adornos antiguos conducían a las habitaciones del piso de arriba. Marcelo subió los escalones a toda velocidad, le oí cerrar con llave una puerta y sacar luego la llave. Al terminar, bajó para encontrarse conmigo en el descanso de la escalera.

—Este —dijo— es mi despacho —y abrió una puerta que tenía la llave puesta, lo que me hizo pensar que aquella no era la habitación que le había oído cerrar antes—. Dime si no se puede escribir aquí como los mismísimos ángeles —gritó.

Yo estaba cegado por el destello de luz en la oscuridad del pasillo, y al principio tuve que entrecerrar los ojos como un búho, después vi una inmensa habitación sin un solo mueble, salvo una mesa y una silla bastante toscas. En la silla se apilaban cientos de partituras.

—Si estás buscando los muebles —me dijo entre risas—. Están afuera. Mira para acá. —Y me llevó por una puerta flaca de madera toda corroída y con un cristal verdusco. La abrió de golpe y desembocamos en un mirador de hierro forjado oxidado. Tenía razón. El mobiliario estaba fuera, quiero decir, afuera había una vista espléndida.

Los montes Sabinos, las colinas de Albano y la inmensidad de la campiña con sus torres medievales y sus acueductos en ruina, y aquella gran llanura que llevaba al mar. Todo relucía en calma bajo la luz del sol. Sin duda, era un buen sitio para escribir.

El mirador ocupaba la esquina de la casa; hacia la derecha vi una hilera de encinas que acababan en un bosque de laureles que me parecieron antiguos. Apoyados en ellos, había restos de esculturas y algunos antiguos sarcófagos. Incluso desde tan lejos pude oír una pequeña corriente de agua que caía desde una antigua máscara hasta un pilón. Vi al vigilante cavando para plantar repollos y cebollas. Me reí al recordar que le había confundido con un asesino. Al cuello llevaba una bolsita que le colgaba de un lado a otro sobre el pecho bronceado, parecía completamente inocente allí sentado en una columna mientras comía un trozo de pan de centeno con una cebolla que acababa de sacar del suelo y la cortaba en trozos con un cuchillo que poco tenía de daga. Pero a nadie le conté nada de aquello porque estaba seguro de que Marcelo se hubiera reído de mí.

Estábamos allí de pie, mirando cómo el hombre bebía con las manos agua de la fuente, cuando Marcelo se asomó a la barandilla y lanzó un grito de "¡Eh!". El holgazán del vigilante miró hacia arriba y asintió con la cabeza. Después, se levantó lentamente de la piedra en la que había estado arrodillado para alcanzar el chorro de agua.

—Es la hora de cenar —me dijo Marcelo—. Te estaba esperando.

Entonces oí al hombre arrastrar los pies por las escaleras. A continuación, entró con una cesta. Allí estaba el queso de leche de oveja al que llamaban pecorino, un pan de centeno duro como una piedra, una fuente de ensalada que parecía de yuyos y una salchicha que llenaba la habitación de un fuerte olor a ajo. El vigilante desapareció y volvió con un plato de carne de cabra con bastante mala pinta y una masa de polenta humeante. No estoy seguro de que no llevara aceite.

—Te dije que vivía muy bien, y ahora ves que tengo razón —me dijo Marcelo. La comida daba asco, pero tuve que comérmela. Menos mal que un poco de vino áspero y agrio, con un fuerte sabor a tierra y raíces, me ayudó a pasarla.

Cuando terminamos de comer, le pregunté:

—¿Qué tal tu ópera?, ¿cómo va?

—No quiero oír ni una palabra sobre ese tema —me gritó—. ¡Mira todo lo que llevo escrito! —y me enseñó un montón de hojas—. Pero no quiero hablar de ello. No voy a malgastar mi tiempo en contarte cuatro cosas.

Ese no era el Marcelo a quien le encantaba discutir sobre su trabajo. Le miré extrañado.

—Venga —dijo—, vamos al jardín. Allí podrás hablarme de nuestros colegas. ¿Qué están haciendo? ¿Ha encontrado ya Magnin una modelo para su Clitemnestra?

Le seguí la corriente, como siempre. Nos sentamos en un banco de piedra que había detrás de la casa y que daba al bosque de laureles, y hablamos de alumnos y de cuadros. Yo quise dar un paseo hasta la hilera de encinas, pero él me detuvo.

—Si te asusta la humedad, te aconsejo que no vayas allí —dijo—. Ese sitio es como una cúpula. Mejor nos quedamos aquí. Y aprovecha para dar gracias por esta vista celestial.

—Vale, nos quedamos —le dije resignado.

Encendió un cigarrillo y me ofreció otro silencio. Si él no quería hablar, yo tampoco iba a decir ni una palabra. De vez en cuando hacía algún comentario insignificante, y yo le respondía de la misma manera. Me daba la sensación de que nosotros, viejos amigos del alma, nos habíamos convertido en unos extraños que parecían no conocerse más que de hace una semana, dos personas que habían pasado tanto tiempo separados el uno del otro que ya nada los unía. Había algo en él que se me perdía.

Sí, aquellos días de soledad habían creado una barrera de timidez, mejor dicho, de solemnidad entre nosotros. Ya no me salía darle una palmadita en la espalda y gastarle las bromas que tanto me divirtieron antes. Él también debía darse cuenta de lo forzado de la situación; parecíamos dos niños que se volvían locos por jugar a algo que, ahora que podían, no sabían cómo jugar. A las seis me despedí de él. No tenía la sensación de dejar a Marcelo, más bien era como si fuera a encontrarme con él en Roma aquella misma noche. Allí solo dejaba una sombra con su forma. Me acompañó hasta el portón y me dio la mano. Por un instante creí ver al verdadero Marcelo. No volvimos a cruzar una sola palabra hasta que estuve a cierta distancia. Solo le dije:

—Avísame cuando me necesites.

Él me respondió:

—Gracias.

Durante todo el camino de vuelta a Roma no dejaron de darme escalofríos. Su mano estaba tan helada... No pude dejar de pensar en lo que le podía estar ocurriendo.

Aquella noche le conté mis miedos a Pierre Magnin, quien, tras mover la cabeza en señal de asentimiento, me dijo que la malaria se debía de estar apoderando de él y que algunas personas daban las primeras muestras de la enfermedad comportándose de un modo extraño.

—¡No puede quedarse allí! Debemos traérnoslo en seguida —grité.

—Ambos conocemos bien a Marcelo y sabemos que no se puede hacer nada contra su voluntad —dijo Pierre—. Dejémosle en paz. Ya se cansará. No se va a morir de un brote de malaria. Cualquier tarde le tendremos aquí tan contento como siempre.

Pero no fue así. Me puse a trabajar a fondo en mi cuadro y lo terminé. Apenas me quedaban unos cuantos retoques y él todavía no había dado señales de vida. Quizá se había dedicado de lleno a su trabajo o quizá había pasado demasiado tiempo sentado en aquel lugar tan húmedo, porque insisto en que aquello tenía toda la apariencia de deberse a una causa más bien tangible, y no a un mero capricho. En fin, fuera lo que fuera, caí enfermo, mucho más enfermo de lo que había estado en toda mi vida. Era casi de noche cuando me sentí débil. Mis recuerdos solo llegaban hasta ahí, he olvidado todo lo que ocurrió a continuación o, más bien, nunca lo supe. Magnin me encontró inconsciente, y me contó que estuve así algún tiempo y que luego me puse a delirar sin dejar de hablar de Marcelo. Ya he dicho que estaba anocheciendo, pero hasta que el sol no hubiera desaparecido del todo no se podrían apreciar los colores en su plenitud. Esto es algo que saben los artistas mejor que nadie. Yo, por entonces, estaba dándole los últimos toques a mi cuadro, a la cabeza de Mucio Escévola, es decir, la de Marcelo. El resto del cuadro quedó bastante bien pero, la cabeza, que debía haber sido el centro del conjunto, parecía desdibujada y hundida. Daba la sensación de que el rostro se volvía cada vez más pálido, como si quisiera apartarse de mí. Un extraño velo se extendía fácilmente. Sé determinadas combinaciones de colores que producen un efecto engañoso. Tengan en cuenta que el sol ya se había puesto y que el gris se había apoderado de todo. Fue esto lo que me hizo dar un paso atrás para observar mejor el cuadro.

En ese mismo instante, los labios, que se habían vuelto blancos, ¡se abrieron un poco y suspiraron! Era una ilusión, por supuesto. Para entonces yo debía estar muy enfermo, en un estado de delirio, porque aquel suspiro me pareció real: era una especie de jadeo. Fue creo que entonces cuando me desmayé y, cuando volví en mí, estaba en la cama, con Magnin y el señor Sutton a mi lado; una Hermana de la Caridad se deslizaba por entre frascos de medicamentos y hablaba entre susurros. Le tendí mis manos, estaban delgadas y amarillentas, con las uñas blancuzcas y largas. Entonces escuché la voz de Magnin:

—Gracias a Dios.

Y ahora el señor Sutton les contará algo de lo que no me enteré hasta mucho tiempo después.

## II. Relato de Robert Sutton sobre lo ocurrido en Viña Marziali

Estimo mucho a Detaille y me alegra serle útil. Nunca pude compartir su admiración por Marcelo Souvestre, pero creo que tiene sus virtudes. Reconozco que tenía un gran futuro por delante, pero era un tipo raro, inconstante, no esa clase de persona a la que los ingleses nos molestamos en entender. Me dedico a escribir historias pero, como nunca me han atraído ese tipo de personajes, nunca me he parado a estudiarlos de cerca. Como digo, me alegraba serle útil a Detaille, que es un buen amigo, se mire por donde se mire, y no me importaba dejar mi trabajo e ir a sentarme al lado de su lecho. Magnin sabía que podía contar conmigo y, con buen criterio, acudió a mí cuando supo que su enfermedad era grave y que seguramente tardaría en curarse. Deliraba y no paraba de hablar de Marcelo.

—Dime cuál es el motivo. ¡Sé que es una marcha fúnebre!

Y, entonces, se puso a tararear una melodía que, con mi buen oído para la música, en seguida me di cuenta de que no se parecía en nada a todo lo que yo había oído antes. La Hermana de la Caridad me lanzó una mirada terrible. ¿Cómo iba a saber ella que podemos sacar provecho de todo y que la observación no deja de ser algo mecánico? El pobre Detaille siguió repitiendo aquella curiosa melodía una y otra vez, luego se calló y empezó a contemplar su cuadro y a gritar que la figura se estaba borrando.

—¡Marcelo, Marcelo! ¡Tú también desapareces! ¡Déjame ir contigo!

Estaba tan débil como un recién nacido, y no se hubiera bajado de la cama si no fuera por el estado de locura en que se hallaba.

—¡No puedo ir! —siguió—. ¡Me han atado!

Y hacía como si intentase desprenderse de la cuerda que le sujetaba las muñecas. Se puso a llorar.

—Pero, ¿es que nadie va a venir a buscarme, nadie va a traerme noticias sobre ti? ¡Ah, si por lo menos supiera que estás vivo...!

Magnin me miró. Yo sabía lo que estaba pensando. Él jamás abandonaría a su compañero y yo debía ir en su busca. Reconozco que no hice lo que hice de mala gana. Sentarme al lado de Detaille y escucharle en sus arrebatos era algo que me sacaba de quicio y, aunque la misión que me había encomendado no me seducía en lo más mínimo, no dejaba de tener cierto interés para un tipo como yo, así que accedí a ir tras Marcelo. Magnin y Detaille me habían contado todo lo relativo a la extraña reclusión de aquel hombre. El mismo Detaille no dejaba de lamentarse de lo triste de aquella situación durante las cenas de la Academia, donde yo a menudo acudía de invitado. Sabía que no iba a servir de nada llamar a la puerta de Viña Marziali. Primero, no me iban a dejar entrar y, segundo, aquello iba a provocar la ira de Marcelo e iba a levantar sus sospechas. Yo no había dejado de creer ni por un momento que no estuviera vivo, pero sí pensaba que estaba enloqueciendo, algo muy normal entre sus compatriotas. En cualquier caso, la gente rara se vuelve más rara al caer el día y cuando anochece pierden el control, y es entonces cuando les sale el verdadero ser que llevan dentro. Por lo tanto, resolví intervenir de noche; además, descubrí que así sería más difícil que supiesen de mi presencia. Estaba al tanto de que le gustaba vagar sin rumbo cuando era hora de estar acostado, así que no dudé ni por un momento de que le vería por algún sitio. Lo primero que hice fue dar un paseo por fuera de la Puerta San Giovanni. Estaba amaneciendo. Caminé sin parar hasta toparme con un portón de hierro que estaba a la derecha del camino, decía Viña Marziali. Seguí andando sin detenerme hasta llegar a un pequeño paseo lleno de arbustos, que giraba hacia la derecha en dirección a la campiña; estaba cubierto de guijarros y a ambos lados tenía hiedra y arbustos. Aún quedaban huellas de las últimas lluvias torrenciales, lo que me llevó a pensar que no debía de ser un camino muy transitado. Seguí avanzando con prudencia, sin apartar la mirada de lo que tenía por delante y por detrás de mí, una costumbre que había adquirido en mis largas caminatas por los Abruzos. Llevaba a un viejo amigo conmigo, mi buen revólver, y no le temía a nadie. De repente, empecé a sentir un enorme interés por lo que me había llevado hasta allí y decidí que ninguna inesperada sorpresa iba a impedir llevarlo a cabo. Cuando llegué bien abajo, me volví; Viña Marziali quedaba ahora bastante apartada de donde yo estaba. Desde allí pude contemplar que, detrás de la vivienda, había un paseo de encinas que desembocaba en un bosque de laureles. Más allá, había un pequeño huerto con una especie de choza en el centro, que quizá pertenecía al jardinero. Miré

por si había alguna caseta para el perro, pero no vi ninguna, lo que me dio a entender que no había perro guardián. En el otro extremo del huerto había un amplio sendero de hierba, bordeado por una valla, que pasé de un salto. Ahora ya conocía el camino, pero no pude resistir la tentación de adentrarme un poco más. Y fue buena idea porque, justo detrás del vallado, había un arroyo con bastante agua, a causa de las lluvias, que resultó ser demasiado profundo para vadearlo y demasiado ancho para saltarlo. Se me ocurrió que sería más fácil arrancar una tabla de la valla y ponerla encima a modo de puente. Medí a ojo el ancho y elegí la tabla que me pareció que podía encajar. A continuación, volví por donde había ido para encontrarme con Detaille en pleno delirio.

No me podía entender, era una tontería seguir intentando consolarle, pero podría tener un momento de lucidez y, además, todo aquello empezaba a interesarme. Por lo tanto, hablé con Magnin y quedé con él en que, después de descansar un poco y comer algo, volvería aquella noche a la Viña. Le dije a la casera que me iba al campo y que no regresaría hasta el día siguiente. Fui a Nazarri, recogí unos cuantos bocadillos y llené la petaca de algo que llaman jerez, pues, pese a no ser yo un gran bebedor de vino, no sé por qué tenía la certeza de que aquella noche lo iba a necesitar. Eran más o menos las siete cuanto me puse en marcha. Volví a hacer el mismo recorrido que por la mañana. Cuando llegué al camino, me pareció que todavía había demasiada luz como para cruzar el arroyo sin ser visto, de modo que me acomodé debajo del seto y me tumbé, bastante cubierto como estaba por la tupida cortina de hiedra. Poco acostumbrado a andar y cansado del paseo de la mañana, me quedé dormido. Cuando desperté ya era de noche. Las estrellas brillaban en lo alto. Una neblina húmeda se había colado en mi garganta y sentía frío. Tomé un trago de la petaca; fue como tragar fuego, me hizo entrar en calor. Vi que mi reloj marcaba las once menos cuarto, me levanté, me sacudí hojas y ramitas, y seguí camino abajo. Al llegar a la valla, me senté y me invadió la duda. ¿Qué buscaba? ¿Qué esperaba encontrar? ¡Nada! Nada, salvo que Marcelo podía estar vivo. Y aquello, seguro, no era ningún gran descubrimiento. ¡Qué estúpido había sido! Me había dejado llevar por el esplendor de riesgo y misterio de aquella aventura, cuando hasta el más idiota hubiera abandonado ante tal cantidad de peligros. Bueno, al menos podría narrar lo absurdo de mi comportamiento en alguna novela pero, como la experiencia no daba ni para medio capítulo, decidí esperar para tener algo más interesante que escribir.

—¡Vamos! —me animé a mí mismo—. Eres un burro pero puede que al final podamos sacarle a esto algo de provecho.

Quité la última tabla de la valla sin hacer ruido. Había unos escalones para pasar y las tablas se movían con facilidad. Puse la tabla en el suelo no sin cierta dificultad, crucé con cuidado y me encaminé hasta el bosque de laureles todo lo rápido y en silencio que pude. Reinaba una profunda oscuridad, y mis ojos tardaron un tiempo en acostumbrarse a ella, aunque, después de todo, no había mucho que ver: unos asientos de piedra en semicírculo y algunos fragmentos de columnas, puestos en pie, que soportaban bustos antiguos. Un poco más a la derecha había una especie de arco con unos escalones que conducían a lo que bien podría ser la entrada a una catacumba. En medio de aquel recinto, que no era muy grande, había una mesa de piedra, firmemente fijada al suelo. Pero no había nadie, de eso estaba seguro. Acostumbrado a la oscuridad, me senté, con hambre, dispuesto a comer mis bocadillos.

Ya que había llegado tan lejos, ¿no iba a haber nada que me compensara de tantas molestias? De repente, pensé que era absurdo esperar a que Marcelo viniera a mi encuentro y se pusiera a hacer monerías con el único fin de darme el gusto. ¿Por qué había imaginado que podría pasar algo en aquella arboleda? Pues no lo sé, pero parecía el sitio apropiado. Iría y vigilaría la casa y, si veía luz adentro, en cualquier parte, tendría la certeza de que él estaba allí. Cualquier idiota habría pensado lo mismo, pero un novelista inventa el escenario de su obra y espera que sus personajes se dejen caer por allí como marionetas. Es entonces cuando uno se sorprende al ver que no son personajes, sino seres reales. Al llegar al final de la hilera de encinas, vi la casa ante mí. Desde que había dejado atrás los árboles no había hecho otra cosa que encontrarme con repollos y cebollas. De repente, me di cuenta de que cualquiera que estuviese en el balcón podría verme fácilmente en aquel espacio abierto. Guiado por esa sospecha, me dispuse a volver sobre mis pasos, pero vi la luz a través de una ventana que no era la del balcón. La luz se apagó enseguida, y vi brillar un destello en el óvalo del cristal de la puerta de abajo. Antes de que se abriera la puerta, tuve el tiempo justo para esconderme tras el tronco más grueso que tenía cerca. Aproveché el ruido que hizo la puerta al abrirse para encaramarme al árbol como un gato y subirme a una rama. Como me imaginaba, fue Marcelo quien salió. Estaba muy pálido y se movía como si fuera sonámbulo. A la luz de la vela que sostenía en una de sus manos me sorprendió ver lo alargada que se había puesto su cara; aquella luz proyectaba unas

sombras sobre sus mejillas hundidas y sobre sus ojos ensangrentados y ciegos. Tenía los labios tan blancos y la boca tan abierta que pude ver el brillo de sus dientes. Entonces, se le cayó la vela de la mano, pero siguió andando lentamente y con paso regular hacia la oscuridad de las encinas, mientras yo le miraba desde arriba. Si he de decir la verdad, tengo la impresión de que, aunque me hubiera cruzado en su camino, tampoco se habría dado cuenta de mi presencia.

Cuando pasó el árbol, bajé y me dispuse a seguirlo. Me había quitado los zapatos y no hacía ni el más mínimo ruido, además estaba convencido de que Marcelo no se iba a dar la vuelta. Siguió andando con el mismo paso mecánico hasta llegar a la arboleda. Allí me arrodillé detrás de un viejo sarcófago y me dispuse a esperar. ¿Qué es lo que iba a hacer? Se quedó completamente quieto, sin mirar a su alrededor, como si su reloj biológico se hubiese detenido de repente. Pensé que, después de todo, se estaba convirtiendo en un tipo atrayente, desde un punto de vista psicológico, claro. De repente, levantó los brazos, como hacen los soldados que son heridos de muerte en el campo de batalla. A continuación, esperaba verlo caer pero, en cambio, dio un paso adelante. Miré en esa misma dirección y vi salir de la oscuridad a una mujer que debía de haberse escondido allí mientras yo esperaba delante de la casa. Ella se le acercó y apoyó su cabeza en su hombro. Marcelo la abrazó. No pude verla porque su cara quedó oculta tras el cuello de él. ¡Y aquello fue todo! ¡Y pensar que me habían mandado a la caza y captura para espiar un vulgar lío de faldas! Su ópera y su ostracismo en nombre del trabajo, su negativa a ver a Detaille a menos que él lo hiciera llamar... Todo aquello no era más que la tapadera de una intriga corriente, que, por razones que solo él debía saber, no sería perdonable en la ciudad. Estaba muy molesto. Si Marcelo se pasaba las noches alucinando en la humedad de aquel agujero, no era de extrañar que tuviera esa pinta de enfermo y medio loco. Yo sabía perfectamente que Marcelo no era ningún santo. Bueno, además, ¿por qué habría de serlo? Pero tampoco lo tenía por un idiota. Tenía un montón de amoríos a sus espaldas y, como era una persona discreta, nadie se había metido en su vida, ni iba a ser yo quien lo hiciera ahora. Recordé todos los pormenores de aquella aventura. Creo que en la raíz de mi enfado había cierto desengaño teatral por no haberlo encontrado asesinado. Me culpé a mí mismo por haberme incomodado siquiera en descubrir aquel ridículo final: todo aquello por ver cómo abrazaba a una mujer entre sus brazos.

No pude verle el rostro, de la cabeza a los pies le cubría una especie de velo largo y oscuro, pero sí pude distinguir que era alta y delgada,

y vi relucir dos pálidas manos por debajo de su túnica. Mientras los contemplaba lleno de indignación, la pareja comenzó a andar, y aún abrazados, bajaron las escaleras. ¡De modo que ni siquiera la soledad de aquel bosque de laurel valía para satisfacer la manía de Marcelo por la intimidad! Permanecí allí un rato, pero luego me encaminé hacia donde habían desaparecido ellos y me puse a escuchar, pero todo estaba en silencio.

Encendí con cuidado un fósforo y me asomé. Vi los escalones a poca distancia por debajo de donde yo estaba pero, de repente, pareció como si la oscuridad se los hubiera tragado. Como me había imaginado, debía de ser una catacumba o quizá un antiguo baño romano que Marcelo, sin duda, había acondicionado y, por qué no, tal vez estaban allí tomando un refrigerio. Mi estómago entonces me recordó que él también existía y que tenía sus necesidades. Lo cierto es que me sentía tan hambriento como enfadado, así que me senté en uno de los bancos de piedra para acabarme los bocadillos. En ningún momento se me había ocurrido quedarme a esperar a que aquella pareja de lunáticos saliera de nuevo a la superficie. Ya sabía la verdad de todo aquel asunto y había resultado ser una enorme farsa. Solo quería regresar a Roma antes de que se me pasara el disgusto para contarle a Magnin a qué misión de locos me había enviado. ¡Si quería pelea, la iba a tener!

Durante todo el camino de regreso, fui inventando mordaces discursos en francés pero, de repente, al ver que la puerta de la ciudad estaba cerrada, las ideas se me congelaron y petrificaron como el río de lava de un volcán. Había olvidado pedir un pase. Magnin debía haberme avisado. ¡Un nuevo motivo de queja contra aquel tipo! Me regodeé en mi propio resentimiento y aquello me puso de tal humor que empecé a caminar. Había casas fuera de la muralla, incluso pequeñas tiendas de comestibles, pero no se veía ninguna luz. No me importaba aporrear las puertas en mitad de la noche, así que me deslicé por un hueco que quedaba en una pared. A aquellas alturas ya estaba acostumbrado a esconderme, me arrebujé lo mejor que pude en mi abrigo, le eché otro trago a la petaca y me dispuse a esperar. Por fin se abrió la puerta y entré intentando aparentar que no me había pasado toda la noche fuera como un bandido. Al ver que no llevaba equipaje, el sereno me miró cauteloso. Si hubiera llevado una simple mochila, me habría tomado por algún turista inglés inofensivo que se había dado el gusto de venir andando desde Frascati o Albano, pero un hombre enfundado en un abrigo, con las manos en los bolsillos, deambulando por las puertas de la ciudad al amanecer, como si regresara de dar una

vuelta era algo que confundía a los oficiales de guardia, que se limitaron a mirarme y a encogerse de hombros.

Por suerte encontré un cabriolé madrugador en la Plaza de los Lateranos, porque estaba muerto de cansancio. Enseguida llegué a mi pensión de la Vía della Croce, donde mi casera me hizo entrar rápidamente. Por fin pude quitarme la ropa empapada por el rocío nocturno y acostarme. La furia se me había pasado hasta cierto punto, pero sabía que no se me iba a olvidar aunque me fuera a dormir. Una o dos horas no significarían nada para Magnin. ¡Seguro que seguía creyendo que aún estaba deambulando por Viña Marziali! Dormí durante mucho tiempo, justo hasta que me despertó la casera, Sora Nanna, quien, de pie a mi lado, me decía:

—Hay un caballero que pregunta por usted.

—¡Soy yo, Magnin! —oí que decía una voz detrás de ella—. ¡No he podido esperar a que vinieses a verme! —Estaba ojeroso y me miraba con ansiedad—. Detaille sigue delirando —continuó—. Está mucho peor que antes. ¡Habla, por el amor de Dios! ¿Por qué no me dices nada? —Y me tomó del brazo como si creyera que yo estaba dormido todavía—. ¿No tienes nada que contarme? ¡Algo debes haber visto! ¿Viste a Marcelo?

—¡Oh, sí, lo vi!

—¿Y bien?

—Bueno, se le veía bastante bien. Está vivito y coleando. Le abrazaban unos brazos femeninos.

Oí el estruendo de una puerta al cerrarse, seguido de un "¡Gran chico!" y, a continuación, unos pasos que bajaban los escalones dando saltos. Me sentí muy satisfecho de haberle causado tal impresión, así que me acosté y me dispuse a reanudar el sueño. No podía dejar de sentir cierto aprecio por Magnin, que en ese momento seguramente estaría subiendo los escalones de la Escalinata Española de dos en dos y sudando por todos y cada uno de los poros de su piel. ¡Aquello no iba a ayudar nada a Detaille, pobre hombre! No entendería las noticias que le llevaba. Cuando ya había dormido lo suficiente, me levanté, me di un baño y comí algo, luego salí a ver a Detaille. Él no tenía la culpa de que yo hubiera hecho el tonto, pero lo sentí por él. Le encontré delirando, igual que lo dejara el día anterior, tal vez incluso peor, como había dicho Magnin. Seguía gritando sin parar: "¡Marcelo, ten cuidado! ¡Nadie puede salvarte!". Lo decía con un tono débil y áspero, pero con la regularidad de un toque de difuntos, y movía los pies como si llevara mucho tiempo caminando y tuviera que seguir andando. Luego se detenía y sollozaba como un niño.

—Me duelen mucho los pies —murmuraba desconsoladamente—, ¡y estoy cansado! Pero llegaré. Ellos me siguen, pero yo soy más fuerte.

Después se ponía a luchar contra unos enemigos invisibles, batalla que interrumpía para volver a su cantinela, que alternaba con gritos. La voz con la que cantaba no tenía nada que ver con su tono de voz normal. Una y otra vez repitió aquella singular aria, que él mismo había bautizado como Marcha Fúnebre, y se me fue haciendo cada vez más desagradable. Si en realidad era una marcha fúnebre, seguro que no animaría ningún entierro cristiano. Mientras cantaba, las lágrimas le caían por las mejillas, Magnin se sentó a su lado y empezó a enjugárselas con tanta ternura como lo haría una mujer. Entre nota y nota de la canción, se agarraba las manos sin fuerza, ya que se encontraba muy débil, excepto en los momentos en que volvía a delirar y vociferaba con un tono lastimero:

—Marcelo, ¿por qué nos has abandonado? ¡Ya nunca más te volveré a ver!

Por fin, se calló durante un instante. Magnin se apartó de su lado y le cedió el sitio a la hermana, a mí me llevó a la otra habitación y cerró la puerta tras él.

—Ahora, cuéntame con todo detalle cómo viste a Marcelo —me dijo.

Entonces le relaté mi absurda experiencia. Me olvidé en todo momento de mi enfado, pues Magnin parecía demasiado abatido como para enfadarme con él. Me hizo contarle varias veces cómo eran la expresión y los ademanes de Marcelo cuando salió de la casa, lo que pareció causarle más impresión que el propio asunto amoroso.

—La gente enferma hace cosas extrañas —comentó con gravedad—, y yo sigo creyendo que Marcelo está muy enfermo y que corre un gran peligro.

Dicho esto, permaneció en silencio, se fue hacia la puerta y dijo en voz baja: "Hermana". Ella le oyó, estiró las sábanas, le secó a Detaille una vez más las lágrimas y se acercó en silencio hacia donde estábamos con el pañuelo húmedo todavía en la mano. Era una mujer alta de aspecto fuerte, con unos penetrantes ojos negros y ademanes seguros. Por alguna extraña razón, se hacía llamar Claudius, en lugar de haber elegido un nombre femenino.

—Hermana—dijo Magnin—, ¿a qué hora dejó la cama Detaille y tuvimos que sujetarle?

—Eran las once y media pasadas —respondió inmediatamente.

Luego, él se volvió hacia mí.

—¿A qué hora salió al jardín Marcelo?

—Bueno, podrían ser las once y media —respondí con desgana—. Yo diría que puede que hubieran pasado ya tres cuartos de hora desde que sonó mi reloj, pero no podría jurarlo.

Odio a la gente que intenta buscar misteriosas coincidencias, y era eso justamente lo que Magnin estaba tratando de hacer.

—¿Está segura de la hora, hermana? —le pregunté no sin cierta ironía.

Ella me miró tranquila con sus profundos ojos negros y me dijo:

—Oí cómo el Trinitá de Monti daba las once y media justo antes de que aquello sucediera.

—Tenga la bondad de contarle al señor Sutton lo que ocurrió exactamente —dijo Magnin.

—Un segundo, señor. —Y corrió al lado de Detaille, lo incorporó y le acercó un vaso a los labios, del que bebió mecánicamente. Después se colocó en un lugar del pasillo desde el que poder ver al enfermo con la puerta abierta.

—Parecía como si el señor no oyera a nadie —empezó a contar mientras tomaba el pañuelo para limpiar una silla. A continuación, se sentó.

—Eran las once y media. Mi paciente estaba muy inquieto, quiero decir, más inquieto de lo que había estado hasta entonces. Habrían pasado cuatro o cinco minutos desde que el reloj había acabado de dar las campanadas, cuando, de repente, se quedó rígido y luego todo su cuerpo se puso a temblar con tanta fuerza que se movía hasta la cama.

Hablaba un inglés excelente, como muchas de las Hermanas, así que me bastaba con oír su propio relato sin necesidad de traductor.

—Seguía temblando y pensé que le iba a dar otro ataque. Le dije al señor Magnin que estuviera preparado por si había que ir a buscar al médico y, justo en aquel instante cesó el temblor y se quedó completamente rígido. Se le erizó el pelo, parecía como si los ojos se le fueran a salir de las órbitas, aunque sé que no podía ver nada porque le pasé la vela por delante y no la vio. De repente, salto de la cama y corrió hacia la puerta. No pensé que le quedaran fuerzas. No le dejé avanzar, le alcé en brazos –pude hacerlo porque ha adelgazado mucho–, y lo llevé de vuelta a la cama, a pesar de que se resistía como un niño. El señor Magnin llegó de la otra habitación justo cuando el señor Detaille intentaba volver a levantarse. Entre los dos le mantuvimos echado hasta que se le pasó la crisis, pero estuvo gritando el nombre de. señor Souvestre durante un buen rato. Después de aquel episodio, quedó helado y extenuado, como es natural, así que le di un poco de caldo de carne, aunque todavía no era la hora.

—Creo que debería contarle a la Hermana todo lo que sabe —me dijo Magnin volviéndose hacia mí—. Es mejor que la enfermera lo sepa todo.

—Muy bien —le contesté—, pero no veo en qué puede interesarle.

Ella misma me respondió:

—Todo lo que tenga que ver con nuestros pacientes nos interesa. Nada me va a impresionar, no se preocupe.

Luego se sentó, metió las manos en las largas mangas de su hábito y se dispuso a escuchar. Yo repetí toda la historia tal y como se la había contado a Magnin. Ella no dejó de mirarme a la cara ni un solo momento y me escuchó con la frialdad de un médico que escucha un informe sobre un caso difícil. A mí me resultaba casi sacrílego estar describiendo el comportamiento de unos jóvenes enamorados a una Hermana de la Caridad.

—¿Qué opina usted de todo esto, hermana? —le preguntó Magnin cuando terminé.

—No tengo nada que decir, señor. Me basta con saberlo.

Sacó las manos de las mangas, tomó el pañuelo, que ya se había secado, y volvió tranquilamente junto a la cama del enfermo.

—Me pregunto si, después de todo, la habré impresionado —le dije a Magnin.

—¡Oh no! —respondió—. Están acostumbradas. Una Hermana es tan imperturbable como un confesor. Nada las sobrecoge. Yo he visto a la hermana Claudius escuchar sin inquietarse los más aborrecibles delirios y persignarse ante las más horribles blasfemias. Fue el verano pasado, cuando falleció el pobre Justin Revol. Tú no estabas aquí.

Magnin se llevó la mano a la frente.

—Tú también pareces enfermo —le comenté—. Vete a intentar dormir, me quedo yo.

—Muy bien —respondió—, pero no me iré a menos que me prometas que vas a recordar todas y cada una de las palabras de Detaille y que vas a contármelas cuando despierte.

Se dejó caer como una bolsa sobre el duro sofá y se quedó dormido inmediatamente. Yo, que me había fastidiado tanto con él apenas unas horas antes, le puse una almohada debajo de la cabeza para que estuviese más cómodo. Me fui a la habitación contigua, desde la que se oía el monótono delirio de Detaille y a la hermana Claudius leer su libro de oraciones. Estaba anocheciendo, algunos miembros de la academia se acercaron a ver al enfermo e hicieron un gesto con

la cabeza al ver su estado. Luego buscaron con la mirada a Magnin, pero yo señalé hacia la otra habitación con un dedo en los labios. Ellos asintieron y salieron de puntillas. No me costó mucho repetirle a Magnin las palabras de Detaille cuando se despertó, ya que eran siempre las mismas. Aquella noche vino otra hermana y, como la hermana Claudius no iba a regresar hasta el mediodía, me ofrecí a hacer la guardia con Magnin, quien cada vez se mostraba más nervioso y cansado, como si presintiera que Detaille iba a sufrir un nuevo ataque como el de la noche anterior. La nueva hermana era una amable mujercita de aspecto delicado, a la que se le llenaban los ojos de lágrimas, de color miel, cada vez que contemplaba al enfermo; de vez en cuando se persignaba y apretaba con fuerza el crucifijo que le colgaba de las cuentas del rosario que llevaba alrededor de la muñeca. Sin embargo, era una persona serena, eficiente y tan puntual como sor Claudius a la hora de dar los medicamentos. El médico había venido por la tarde y cambió la medicación. No dijo lo que pensaba del estado del paciente, pero sí que había que esperar una nueva crisis. Magnin pidió algo para cenar. Ambos nos sentamos en silencio, pero ninguno de los dos tenía hambre. Él no paraba de mirar el reloj.

—Si vuelve a sufrir un nuevo ataque esta noche, morirá —comentó mientras apoyaba la cabeza sobre los brazos.

—Entonces morirá por una causa estúpida —le dije disgustado. Pensé que se iba a echar a llorar, como suelen hacer los franceses, pero solo era una forma de provocarlo, a modo de terapia. Así que, seguí—: ¡Morirá por culpa de un granuja que está haciendo el ridículo en un asunto que habrá terminado en una semana! Souvestre puede tener la fiebre que quiera, pero no me pidas que haga de su niñera.

—No es fiebre —dijo lentamente—. Lo que siento es espanto, creo que lo que me pone nervioso es escuchar a Detaille. ¡Escuchá! Están dando las once. ¡Debemos estar atentos!

—Si de veras esperas que le dé otro ataque, deberías avisar a la hermana —le dije.

Y le explicó en pocas palabras a la recién llegada lo que podía pasar.

—De acuerdo, señor —respondió ella, y se sentó al lado de la cama, Magnin a la cabecera, y yo junto a él. No se oía más que el lamento incesante de Detaille.

Y ahora, antes de prolongar la historia, debo detenerme para suplicar que me crean. Sé que les resultará difícil, lo sé. Yo mismo

me he reído siempre de cuentos como este y nada me habría hecho darles crédito. Pero yo, Robert Sutton, les juro que sucedió de verdad. No puedo hacer más. Es la verdad. Habíamos estado vigilando a Detaille sin apartarnos de su lado. Tenía los ojos cerrados y estaba muy inquieto. De repente, se quedó inmóvil y empezó a temblar, exactamente como nos lo había descrito sor Claudius. Era un temblor extraño pero uniforme. El armazón de hierro de la cama se movía como si alguien estuviera zarandeándola desde los pies y en la cabecera. A continuación, le sobrevino la rigidez de la que nos había hablado. No exagero si digo que no solo pareció que se le erizaba el pelo, sino que realmente lo hizo. Una lámpara proyectaba la sombra de su perfil contra la pared que había a la izquierda de la cama, y mientras yo observaba la imagen que se dibujaba en la pared, vi cómo se levantaba el pelo hasta que la línea donde se unía con la frente se distorsionaba formando una especie de bulto. Abrió los ojos de par en par, tenía la mirada fija pero no nos veía. Esperamos a ver qué ocurría a continuación. La pequeña hermana se mantenía de pie cerca de él, apretaba con fuerza los labios y parecía algo pálida, pero estaba muy tranquila.

—No se asuste, hermana —susurró Magnin.

Ella respondió con firmeza:

—No, señor.

Se aproximó al paciente y puso sus manos, que estaban rígidas como las de un cadáver, entre las suyas, para darles calor. Yo le puse mi mano sobre el corazón, latía de forma tan imperceptible que pensé que se había detenido. Me incliné sobre sus labios, yo no puede sentir la respiración. Parecía como si la rigidez se hubiera apoderado de todo su cuerpo. De repente, sin mediar un solo gesto y literalmente de un salto, se lanzó con enorme fuerza casi hasta el centro de la habitación. Nos vimos apartados de golpe. Lo agarré en un segundo, forcejeé con él con todas mis fuerzas para impedir que llegara hasta la puerta. Magnin había salido disparado contra la mesa, y pude oír cómo se rompían los frascos de los medicamentos al caer. Se había apoyado en una mano para no golpearse y ahora corría a ayudarme mientras la sangre le goteaba de un corte que se había hecho en la muñeca. La pequeña hermana se acercó corriendo. Detaille la había arrojado hacia atrás y ella había caído de rodillas; ahora, como habría hecho cualquier otra enfermera, intentaba taparle el pecho con un chal. ¡Menudo grupo debíamos formar los cuatro! ¿Cuatro? ¡Éramos cinco! ¡Marcelo Souvestre estaba allí de pie delante de nosotros, justo en la puerta! Todos lo vimos, estaba allí. Nos miraba con

la terrible lividez de su rostro, y nosotros nos quedamos paralizados; las manos le colgaban a ambos lados tan pálidas como su cara. Solo sus ojos tenían vida y no dejaban de mirar a Detaille.

—¡Gracias a dios que has venido! —grité—. ¡No te quedes ahí como un idiota! ¿No vas a ayudarnos?

Pero él ni se movió. Yo estaba furioso, solté a Detaille y corrí hacia él para que se acercara, pero me di contra la puerta y sentí como si una tela de araña se apoderara de mí. Me tapaba la boca y los ojos en un claro afán por ahogarme y cegarme. Poco después, sentí como si se desgarrara y se apartara de mí.

¡Marcelo había desparecido! Detaille se había librado de los brazos de Magnin y yacía inerte sobre el suelo, como si sus extremidades se hubieran desmembrado. La hermana se arrodilló a su lado e intentó levantarle la cabeza. Magnin y yo nos miramos, nos agachamos, lo levantamos en brazos y lo llevamos a la cama mientras sor Marie recogía en silencio los frascos rotos.

—¿Lo ha visto usted, hermana? —oí que Magnin le decía con voz ronca.

—Sí, señor —le dijo con tono profesional—. ¿Me permitiría, señor, que le vendara la muñeca?

Aunque le temblaba la mano, el vendaje fue perfecto. Magnin se fue a la habitación contigua. Oí cómo se dejaba caer sobre una silla. Detaille parecía dormir. Respiraba acompasadamente, tenía los ojos cerrados y las manos le descansaban sobre la manta. No se había movido desde que lo dejamos allí. Me acerqué silenciosamente hacia donde estaba sentado Magnin. No se movía, pero repetía incansablemente:

—¡Marcelo está muerto!

—Y si no lo está ya, está a punto de morir —respondí—. Deberíamos ir tras él.

—Sí —susurró Magnin—, deberíamos, pero jamás lo alcanzaremos.

—Saldremos en cuanto se haga de día —añadí, y después ambos nos quedamos en silencio.

Cuando por fin amaneció, Magnin salió y encontró a alguien que ocupara su puesto. Luego se limitó a decirle a sor Marie:

—No vamos a hablar de lo que ocurrió aquí noche.

—Tiene razón, señor —respondió ella con total tranquilidad, por lo que entendimos que podríamos confiar plenamente en ella.

Detaille seguía durmiendo. ¿Acaso era aquella la crisis de la que había hablado el médico? Quizá, pero seguro que no se la había imaginado tan terrible. Insistí a mi compañero en que tomáramos algo antes de salir, desayuné, pero no pude saborear lo que comí.

Contratamos un carruaje cerrado, porque no sabíamos lo que tendríamos que traer de vuelta a casa, aunque ninguno de los dos nos atrevimos a hablar de lo que pensábamos. Acababa de amanecer cuando llegamos a Viña Marziali, y no habíamos intercambiado ni una sola palabra en todo el trayecto. Mientras el cochero miraba a su alrededor con curiosidad, toqué el timbre. A la llamada respondió inmediatamente con su presencia el vigilante, del que ya les ha hablado Detaille.

—¿Dónde está el signore? —le pregunté a través del portón.

—Chi lo sa? —contestó—. Está aquí, por supuesto. No ha salido de la Viña. ¿Desean que lo llame?

—¿Llamarlo? —Yo sabía que ninguna voz mortal podía llegar ya hasta Marcelo, pero intenté hacerme la ilusión de que estaba vivo—. No —le dije—. Queremos darle una sorpresa. Seguro que se alegrará de vernos.

El hombre dudó, pero finalmente abrió el portón; nosotros entramos y dejamos el carruaje afuera esperándonos. Fuimos derecho a la casa, la puerta trasera estaba abierta de par en par. Durante la noche un vendaval había arrancado algunas hojas y trozos de ramitas de los árboles y los había esparcido por la entrada. Era evidente que la puerta había estado abierta desde que se habían caído. El vigilante nos dejó solos, quizá para escapar del enfado de Marcelo por habernos dejado entrar. Subimos por las escaleras, Magnin delante, pues conocía la casa mejor que yo gracias a la descripción que le había dado Detaille. Le había hablado de la habitación de la esquina, que tenía balcón, y supimos que Marcelo estaría allí, absorto en su trabajo desde el amanecer. Entramos sin llamar. Pero no estaba. Tenía los papeles esparcidos por encima de la mesa, como si hubiera estado escribiendo, pero el tintero estaba seco y lleno de polvo. Aquella era una señal inequívoca de que no le había usado durante varios días. Entramos en silencio en las otras habitaciones. ¿Pudiera ser que estuviera durmiendo? No, no había deshecho la cama, lo que quería decir que no se había acostado en toda la noche. Todas las habitaciones, excepto una, estaban abiertas. Ver la puerta cerrada hizo que se acelerara el latido de nuestros corazones. Sin embargo, era raro que Marcelo estuviese allí porque no había llave alguna en la cerradura. Me acerqué y vi salir luz a través de ella. Gritamos su nombre, pero no hubo respuesta. Llamamos con fuerza, pero no hubo señal alguna desde el interior. Apoyé el hombro en la puerta, que era bastante vieja y estaba agrietada, hasta que conseguí vencerla. Adentro no había nada, salvo un torno de escultor con algo encima, cubierto por una sábana blanca. Al ver la tela, todavía

húmeda, suspiramos profundamente. Podría llevar allí muchas horas, pero en ningún caso un día entero. No la levantamos.

—Sería una ofensa —dijo Magnin, y yo asentí, pues entre artistas se considera casi un crimen desvelar la obra de un escultor a sus espaldas.

No dijimos nada de su nueva afición, era como si nuestras lenguas estuviesen selladas por una prohibición. La sábana colgaba ciñendo el objeto que había bajo ella y nos mostraba el contorno de una cabeza femenina y de su busto redondeado. La dejamos, pues, tal como estaba. Había una pequeña escalera de caracol que atravesaba el pasillo; la subimos y fuimos a desembocar a una especie de mirador desde el que se tenía una vista fantástica. Era una pequeña terraza abierta, construida en el tejado mismo de la casa, desde donde pudimos comprobar, a simple vista, que no había nadie por allí. Después estuvimos en la casa, que era pequeña y de construcción sencilla, pensada para ser usada solo durante el verano. Nos inclinamos sobre la baranda y pudimos divisar el jardín. Solo estaba el vigilante, echado sobre los repollos, con las manos detrás de la cabeza, medio dormido. Desde el principio había pensado en el bosque de laurel, pero me había parecido más natural ir primero a la casa. Entonces bajamos las escaleras en silencio y nos dirigimos hacia allí. Mientras nos acercábamos, el vigilante se aproximó con su flojera.

—¿Han visto al signore? —nos preguntó, y la estúpida serenidad de su rostro demostró que al menos él no había tenido nada que ver con su desaparición.

—No, todavía no —le respondí—, pero ya lo encontraremos en alguna parte. No se preocupe. A lo mejor ha salido a dar un paseo. No tenemos prisa. Por cierto, ¿qué es eso? —le pregunté intentando fingir la más mínima de las preocupaciones. Estábamos bajo la pequeña bóveda que ya conocen.

—¿Eso? —dijo—. Nunca he estado ahí abajo, pero dicen que es muy antiguo. ¿Quieren verlo los signori? Voy a buscar un farol.

Asentí y él se fue a su casilla. Yo llevaba un par de velas en el bolsillo pues había decidido explorar el lugar si no encontrábamos a Marcelo. Era justo allí donde había desaparecido la otra noche y no había podido dejar de pensar en ello. No obstante, no saqué las velas pues pensé que el guarda podría sospechar si las veía.

—¿Cuándo vio al signore por última vez? —le pregunté cuando regresó con el farol.

—Le llevé la cena anoche.

—¿A qué hora?

—Era el Ave María, signore —contestó—. Él siempre cena a esa hora.

Habría sido inútil hacer más preguntas. Resultaba evidente que no era una persona observadora y que habría sido capaz de mentir con tal de complacernos.

—Deja que baje yo primero —le pedí a Magnin mientras prendía el farol.

A medida que íbamos poniendo los pies en los escalones un aire frío empezó a estrujarnos los pulmones. Abajo la oscuridad era total. Los escalones, por lo que podía ver a la luz de la vela, eran de construcción reciente, al igual que la bóveda. Había una lápida en la pared y, pese a mi nerviosismo, me detuve a leerla, seguramente porque quería demorar el encuentro con lo que nos esperaba allí abajo, fuera lo que fuese. La inscripción decía así:

"Questo antico sepulcro Romano scoprì il Conte Marziali nell'anno 1853, e piamente conservò", lo que traducido, quiere decir: "El conde Marziali descubrió este sepulcro romano en el año 1853 y lo conservó piadosamente".

Lo leí en menos tiempo del que he tardado en transcribirlo aquí y, a continuación, me apresuré en pos de Magnin, cuyos pasos resonaban por debajo. Al acelerar el paso, un soplo de aire fresco apagó la vela. Estaba intentando encontrar el camino cuando un grito que provenía desde mucho más abajo me paralizó el corazón. Era un grito de horror.

—¿Dónde estás? —exclamé.

Pero Magnin gritaba mi nombre y no podía oírme.

—Estoy aquí, en la oscuridad —le gritaba yo.

Corrí tan rápido como me lo permitieron mis pies, pero quedaban varios tramos de escalera.

—¡Lo he encontrado! —oí que decía abajo.

—¿Vivo?

No hubo respuesta. De repente, divisé el destello del farol, procedía de una puerta. Magnin se estaba asomando dentro. Según levantó la luz, pude verle el rostro. Su expresión me confirmó que nuestros temores eran ciertos. Sí, Marcelo estaba allí. Yacía en el suelo, con la mirada fija en el techo, muerto y rígido, como pude comprobar en seguida. Permanecimos a su lado sin decir palabra. Después me arrodillé y, por mero formalismo, le tomé el pulso y dije como si no me hubiera dado cuenta:

—Lleva muerto varias horas.

—Desde ayer por la tarde —añadió Magnin con la voz aterrorizada, pero no sin cierto tono de satisfacción, como si dijese: "¿Ves? Yo tenía razón".

Marcelo yacía con la cabeza ligeramente inclinada hacia atrás, tenía una actitud tranquila, el aspecto de alguien que ha muerto de agotamiento, alguien que ha pasado inconscientemente de la vida a la muerte. Tenía el cuello de la camisa abierto, y este dejaba ver una parte del pecho de un blanco cadavérico. Justo sobre el corazón se podía distinguir un pequeño puntito.

—Pásame el farol —murmuré mientras me inclinaba sobre él.

Era un punto minúsculo marrón rojizo, que debía de haber cambiado de color a lo largo de la noche. Lo examiné con detenimiento; me pareció como si le hubieran succionado la sangre y después le hubieran hecho una larga incisión. Era el pequeño derrame subcutáneo el que me permitía llegar a esta conclusión. La herida, casi imperceptible, estaba cerrada por una gotita de sangre coagulada. La exploré con el extremo de una de las cerillas de Magnin. Era una incisión superficial, por lo que podía ser obra de un estilete, pero quizá sí de una hoja más afilada o incluso el rasguño de una bala. Todo aquello era muy raro. Por un impulso inexplicable, nos volvimos por si hubiera alguien más allí o una segunda salida. Era una locura suponer que el asesino, si lo hubiera, se iba a quedar junto a su víctima. ¿Quizá Marcelo había hecho el amor con alguna bella campesina y había muerto a manos del amante de ella? Pero, eso no era una puñalada. ¿Sería una gota de veneno esparcida sobre la herida la causa de su muerte? Miramos dentro del lugar y pude comprobar que Magnin tenía los ojos llenos de lágrimas. Su rostro estaba tan pálido como el del que yacía boca arriba en el suelo, y a quien yo en vano había intentado cerrar los ojos. La habitación tenía el techo bajo y estaba decorada con hermosos bajorrelieves de yeso, del mismo estilo que la estancia a la que, no muy lejos de allí, conducía al mismo camino. Las paredes y el techo estaban cubiertos con imágenes de genios alados, grifos y arabescos, modelados con increíble destreza. No había ninguna otra puerta, salvo aquella por la que habíamos entrado. En el centro se alzaba un sepulcro de mármol, con las típicas figuras esculpidas en la parte superior: a un lado, Hércules acompañaba a una figura velada; al otro, una danza de ninfas y faunos, y en el medio, quedaba un espacio en el que se adivinaba una leyenda, grabada en la piedra y todavía sombreada en algunas partes con pintura roja:

D. M.<br>VESPERTILIAE • THC • AIMA<br>αίματοςπότης • Q • FLAVIVS<br>VIX • IPSE • SOSPES • MON<br>POSVIT

—¿Qué es esto? —susurró Magnin.

Eran un pico y una palanca larga, como las que usa la gente del campo para excavar los bloques de toba, y Magnin, sin darse cuenta, les había dado una patada. ¿Quién podía haberlos llevado hasta allí? Todo apuntaba al vigilante, pero él nos había asegurado que jamás había estado allí, y yo le creía, sabedor como era del pánico que sienten los italianos por los sitios oscuros y abandonados. Pero, ¿para qué los quería Marcelo? No se me ocurría qué curiosidad arqueológica podría haberle llevado a intentar abrir el sarcófago, cuya lápida evidentemente nunca se había llegado a levantar, lo que justificaba la expresión “lo conservo piadosamente”. Al ponerme de pie tras examinar las herramientas, me fijé en la línea de mortero donde la cubierta se unía a la piedra inferior, y me di cuenta de que alguien había sacado parte de ella, quizá con el pico que tenía a mis pies. Lo toqué y noté que se desmenuzaba al más mínimo roce. Sin decir una palabra, agarré el pico. Magnin seguía mecánicamente mis movimientos con el farol. No sé qué era lo que nos hacía seguir adelante. Yo no pensaba en nada, me dejaba llevar por un irresistible deseo de saber qué había allí dentro. Vi que faltaba gran parte del mortero y que estaba hecho añicos en el suelo. No me llevó mucho terminar el trabajo. Le quité a Magnin el farol de la mano y lo puse en el suelo, desde donde iluminaba de lleno el rostro de Marcelo. Gracias a la luz, vi que había una pequeña grieta entre los dos bloques de piedra. A continuación, conseguí introducir por allí el extremo de la palanca con un golpe de pico. La piedra se resquebrajó y crujió. Magnin estaba temblando.

—¿Qué piensas hacer? —me preguntó mientras miraba alrededor del sitio donde yacía Marcelo.

—Ayúdame —le grité, y los dos empujamos con todas nuestras fuerzas la palanca.

Soy un hombre fuerte, y sentí una especie de furia ciega cuando la piedra se negó a ceder. ¿Y si se rompía la barra? Con otro golpe, la metí un poco más adentro, y luego nos apoyamos en ella con los brazos extendidos y todos los músculos en tensión. La piedra se movió

ligeramente y, casi desfallecidos, nos detuvimos para tomar aliento. Del techo colgaban los restos oxidados de una cadena de hierro que, en su tiempo, debió de haber servido para sostener una lámpara. Trepé al sarcófago y me las arreglé para colgar de allí el farol.

—¡Ahora! —dije, y volvimos a tirar de la tapa.

Se movió, y estuvimos tirando y empujando alternativamente hasta que se desniveló y cayó hacia el otro lado con un estruendo tal que pareció que las paredes temblaban. Por un instante me quedé sordo, mientras del techo caían trocitos de yeso. Cuando nos repusimos del susto, nos asomamos al sarcófago y miramos dentro. La luz lo iluminaba de lleno y vimos... ¿Cómo decirlo? Allí yacía, entre pliegues de harapos carcomidos, el cuerpo de una mujer en perfecto estado, con el rostro ligeramente sonrosado, los labios carmesí y el pecho color perla, que parecía moverse acompasado con un delicioso sueño. La tela podrida que la envolvía ofrecía un espantoso contraste con su hermoso cuerpo, joven como el amanecer. Los brazos le descansaban junto al cuerpo, tenía la palma de las manos vueltas un poco hacia afuera y los ojos tan apaciblemente cerrados como los de un niño dormido; su largo cabello, que brillaba con un tono rojizo a la tenue luz que venía de arriba, formaba innumerables trenzas primorosamente peinadas, bajo las que se dibujaban pequeños rizos que le caían sobre la frente. ¡Habría jurado que en las venas azules de aquel seno divino palpitaba la vida!

Nos quedamos totalmente paralizados. Magnin se inclinó sobre el borde, tan pálido como si estuviera muerto, lívido. Pero ante esta inexplicable visión seguro que yo estaba tan pálido como él. Los labios parecían enrojecer más a cada instante que pasaba. ¡Se hacían más y más rojos! Entre ellos asomaban unos pequeños dientes color perla, jamás antes me habían llamado la atención. Entonces vi caer sobre el redondeado mentón de la joven una gota de color rubí claro, y a continuación, la vi resbalar hasta el cuello. Sentí tal terror ante la visión de aquel cadáver viviente que mis ojos no pudieron soportarlo por más tiempo. Al retirar la mirada, me encontré una vez más con la leyenda tallada en la piedra, pero ahora pude verla y leerla entera: "A Vespertilia". Estaba en latín, e incluso el nombre latino de la mujer sugería algo malo. Pero todo el horror de la verdadera naturaleza de aquel ser había permanecido oculto a los ojos de los romanos bajo la expresión griega αἵματος πότης, que significa algo así como bebedora de sangre, o mujer vampiro. Y Flavius, su amante, vix ipse sospes, quien se salvó a sí mismo de aquel abrazo mortal, la había enterrado allí y había sellado su sepulcro en la confianza de que el

peso de la piedra y la dureza del mortero fraguado custodiarían para siempre a ese hermoso monstruo que tanto había amado.

—¡Asesina siniestra! —grité—. ¡Has matado a Marcelo! —Y me sobrevino una fría sed de venganza—. Dame el pico —le dije a Magnin. Aún puedo escucharme a mí mismo diciendo estas palabras.

Él lo tomó y me lo dio como en un sueño, tenía la mirada perdida, y las gotas de sudor le brillaban en la frente. Con mi cuchillo y el largo mango de madera del pico hice una estaca fina y afilada. Luego me encaramé sobre un lado del sarcófago, sin sentir más que una ligera repugnancia, y coloqué los pies sobre los pliegues de la mugrienta mortaja de Vespertilia, que crujió bajo mi bota como si fueran cenizas. Miré durante un instante aquel pecho blanco, pero solo lo hice para escoger el mejor punto, allí donde la red de venas azul celeste relucía como las turquesas. De un golpe, dirigí la afilada estaca a través de la palpitante blancura y se la clavé. Se oyó un chillido espeluznante, tan horrible que creí que me iban a estallar los oídos, pero no sentí ni miedo ni terror. Hay ocasiones en la vida en que somos inmunes a esos sentimientos. Me detuve y le volví a mirar la cara, que sufría una horrible transformación, ¡horrible y última!

—¡Maldita vampira! —dije tranquilo y con ira—. ¡No volverás a hacer más daño!

Luego, sin mirar su cara perversa, me bajé de aquella horrible tumba. Levantamos a Marcelo y, lentamente, lo llevamos escaleras arriba; trabajo muy difícil, pues el camino era estrecho y él estaba muy rígido. Reparé en que los escalones eran antiguos hasta el final del segundo tramo, más arriba, el pasillo moderno era más ancho. Cuando llegamos arriba, el vigilante estaba echado sobre uno de los bancos de piedra. Sabía que no le íbamos a trampear con sus honorarios, y le di un par de francos.

—Hemos encontrado al signore —intenté decir con tono despreocupado—. Está muy enfermo y lo vamos a llevar al carruaje.

Había puesto mi pañuelo sobre la cara de Marcelo, pero el hombre sabía que estaba muerto. Los pies rígidos denotaban aquella verdad, pero a los italianos no les gusta verse involucrados en esos asuntos. Tienen un miedo casi infantil a la policía. El vigilante se limitó a decir:

—¡Pobre signore! Sí, está muy enfermo. Será mejor que se lo lleven a Roma.

Mientras nos dirigíamos hacia la hilera de encinas con nuestra carga, el guarda se mantuvo a cierta distancia de nosotros y nos acompañó al portón. No quería que le viera el cochero, que estaba

amodorrado en el pescante. Nos costó meter el cadáver de Marcelo dentro del carruaje, y el cochero no dejó de mirarnos desconfiado. Yo le expliqué que habíamos encontrado a nuestro amigo muy enfermo y, al mismo tiempo, le puse una moneda en la mano y le dije que nos llevase a la Vía del Governo Vecchio. Él se metió la moneda en el bolsillo y ordenó a los caballos ir al trote, mientras nosotros nos sentamos sujetando el cuerpo rígido, que se balanceaba como una muñeca rota con cada piedra del camino. Por fin llegamos a la Vía, y logramos meterlo en la casa. Como delante de la puerta no había ningún escalón, el cochero paró justo en la puerta y nadie prestó atención a lo que llevábamos. Lo metimos en su habitación y lo tumbamos en la cama. De repente nos dimos cuenta de que tenía los ojos cerrados, quizá había sido por el movimiento del carruaje, aunque era muy extraño. La patrona se comportó justo como yo esperaba que lo hiciera, ya que, como les he dicho, conozco muy bien a los italianos. Ella también fingió que el signore estaba muy enfermo y se ofreció para traer un médico. Cuando creí que lo mejor era decirle que estaba muerto, nos dijo que debía de haber fallecido justo en ese momento, pues ella le había visto mirarnos y cerrar los ojos de nuevo. Ella siempre le había advertido que comía demasiado poco y que acabaría enfermando. Sí, sin duda era su mala salud y los aires de ahí fuera lo que le habían matado. Eso, y el exceso de trabajo. Cuando terminó triunfante su actuación, a cuyas palabras dijimos en todo momento que sí, pues no deseábamos la publicidad que acarrea una investigación policial, salió corriendo a buscar a algún chismoso que le hiciera compañía. Así falleció Marcelo Souvestre y, con él, Vespertilia, la bebedora de sangre.

No hay mucho más que contar. Marcelo yacía tranquilo y hermoso sobre la cama. Los estudiantes llegaban y se quedaban mirándolo en silencio, después se arrodillaban y rezaban una oración, se persignaban y se marchaban para siempre. Nosotros fuimos corriendo a la Villa Medici, Detaille estaba durmiendo y la hermana Claudius lo vigilaba con una expresión de satisfacción dibujada en su rostro impenetrable. Cuando entramos, se levantó sin hacer ruido y se acercó a la puerta.

—Se recuperará —dijo en voz baja.

Y estaba en lo cierto. Cuando Detaille se despertó y abrió los ojos, nos reconoció de inmediato, y Magnin gritó: "¡Gracias a Dios!".

—¿He estado enfermo, Magnin? —le preguntó apenas sin fuerzas.

—Has tenido algo de fiebre —le respondió Magnin rápidamente—, pero ya estás bien. Ha venido a verte el señor Sutton.

—¿Ha estado aquí Marcelo? —fue la siguiente pregunta.

Magnin lo miró fijamente.

—No —fue todo lo que dijo, y dejó que su rostro contara el resto.

—¿Está muerto?

Magnin se limitó a bajar la cabeza.

—¡Pobre amigo! —murmuró Detaille para sí.

Pronto cerró los ojos y se volvió a dormir. Pocos días después del entierro de Marcelo, regresamos a Viña Marziali a recoger los objetos que le habían pertenecido. Mientras recogía con cuidado las distintas páginas del manuscrito de la partitura de la ópera que Marcelo estaba escribiendo, me llamó la atención un fragmento idéntico al que Detaille no había dejado de cantar durante su delirio y lo anoté. Es curioso, pero cuando se lo comenté más tarde, Detaille no se acordaba de nada, es más, me dijo que Marcelo nunca le había dejado ver el manuscrito. Respecto al busto que permanecía cubierto con la sábana en la otra habitación, lo dejamos allí sin destaparlo para que el tiempo se hiciera cargo de él.

Rubén Darío

# Thanatopia

(1893)

Félix Rubén García Sarmiento, quien será Rubén Darío para la eternidad, nació en Metapa, Nicaragua, el 18 de enero de 1867, y murió en León, Nicaragua, el 6 de febrero de 1916. Es el gran poeta de América, creador del modernismo literario en idioma castellano.

Trabajó como periodista y diplomático. Entre 1893 y 1896 vivió en Buenos Aires, donde publicó dos libros fundamentales: *Los raros* y *Prosas profanas y otros poemas.* El diario *La Nación* lo envió en 1896 a España como corresponsal, allí se conectó con un grupo de jóvenes poetas que lo admiraban: Juan Ramón Jiménez, Ramón María del Valle-Inclán y Jacinto Benavente.

En 1903 fue nombrado cónsul de Nicaragua en París. En 1905 fue a España como miembro de una comisión nicaragüense, para resolver un problema de límites con Honduras. Ese año publicó el tercero de sus libros fundamentales: *Cantos de vida y esperanza, los cisnes y otros poemas*, presentado por Juan Ramón Jiménez.

Como narrador fue un gran poeta, Ruben Darío descubrió en el relato breve una de sus formas líricas preferidas. Sus cuentos primitivos *A las orillas del Rhin* y *Las albóndigas del coronel* fueron escritos entre 1885 y 1886. Encontró su mejor voz narrativa en *Azul*, la colección de historias que reunió clásicos como *La muerte de la emperatriz de la China, El rey burgués* y *El sátiro sordo.*

En su estadía argentina escribió muchos cuentos, algunos de ellos para el diario *La Nación: Las lágrimas del centauro, La pesadilla de Honorio* y *La leyenda de San Martín.*

De esos días es la escritura de *Thanatopia*, creado en 1893, pero publicado en 1925, póstumamente, en uno de los tomos de su obra completa *Impresiones y sensaciones.*

Mi padre fue el célebre doctor John Leen, miembro de la Real Sociedad de Investigaciones Psíquicas, de Londres, y muy conocido en el mundo científico por sus estudios sobre el hipnotismo y su célebre Memoria sobre el Old. Ha muerto no hace mucho tiempo. Dios lo tenga en gloria. (James Leen vació en su estómago gran parte de su cerveza y continuó:) —Os habéis reído de mí y de lo que llamáis mis preocupaciones y ridiculeces. Os perdono porque, francamente, no sospecháis ninguna de las cosas que no comprende nuestra filosofía en el cielo y en la tierra, como dice nuestro maravilloso William. No sabéis que he sufrido mucho, que sufro mucho, aun las más amargas torturas, a causa de vuestras risas... Sí, os repito: no puedo dormir sin luz, no puedo soportar la soledad de una casa abandonada; tiemblo al ruido misterioso que en horas crepusculares brota de los boscajes en un camino; no me agrada ver revolar un mochuelo o un murciélago; no visito, en ninguna ciudad adonde llego, los cementerios; me martirizan las conversaciones sobre asuntos macabros, y cuando las tengo, mis ojos aguardan para cerrarse, al amor del sueño, que la luz aparezca. Tengo el horror de la que ¡oh Dios! tendré que nombrar: de la muerte. Jamás me harían permanecer en una casa donde hubiese un cadáver, así fuese el de mi más amado amigo. Mirad: esa palabra es la más fatídica de las que existen en cualquier idioma: cadáver... Os habéis reído, os reís de mí: sea. Pero permitidme que os diga la verdad de mi secreto. Yo he llegado a la República Argentina, prófugo, después de haber estado cinco años preso, secuestrado miserablemente por el doctor Leen, mi padre, el cual, si era un gran sabio, sospecho que era un gran bandido. Por orden suya fui llevado a la casa de salud; por orden suya, pues, temía quizás que algún día me revelase lo que él pretendía tener oculto... Lo que vais a saber, porque ya me es imposible resistir el silencio por

más tiempo. Os advierto que no estoy borracho. No he sido loco. Él ordenó mi secuestro, porque... Poned atención.

(Delgado, rubio, nervioso, agitado por un frecuente estremecimiento, levantaba su busto James Leen, en la mesa de la cervecería en que, rodeado de amigos, nos decía esos conceptos. ¿Quién no le conoce en Buenos Aires? No es un excéntrico en su vida cotidiana. De cuando en cuando suele tener esos raros arranques. Como profesor, es uno de los más estimables en uno de nuestros principales colegios, y, como hombre de mundo, aunque un tanto silencioso, es uno de los mejores elementos jóvenes de los famosos Cinderellas dance. Así prosiguió esa noche su extraña narración, que no nos atrevimos a calificar de fumisterie, engaño, dado el carácter de nuestro amigo. Dejamos al lector la apreciación de los hechos.) —Desde muy joven perdí a mi madre, y fui enviado por orden paternal a un colegio de Oxford. Mi padre, que nunca se manifestó cariñoso para conmigo, me iba a visitar a Londres una vez al año al establecimiento de educación en donde yo crecía, solitario en mi espíritu, sin afectos, sin halagos. Allí aprendí a ser triste. Físicamente era el retrato de mi madre, según me han dicho, y supongo que por esto el doctor procuraba mirarme lo menos que podía. No os diré más sobre esto. Son ideas que me vienen. Excusad la manera de mi narración. Cuando he tocado ese tópico me he sentido conmovido por una reconocida fuerza. Procurad comprenderme. Digo, pues, que vivía yo solitario en mi espíritu, aprendiendo tristeza en aquel colegio de muros negros, que veo aún en mi imaginación en noches de luna... ¡Oh cómo aprendí entonces a ser triste! Veo aún, por una ventana de mi cuarto, bañados de una pálida y maléfica luz lunar, los álamos, los cipreses... ¿por qué había cipreses en el colegio?... y a lo largo del parque, viejos Términos carcomidos, leprosos de tiempo, en donde solían posar las lechuzas que criaba el abominable septuagenario y encorvado rector... ¿para qué criaba lechuzas el rector?... Y oigo, en lo más silencioso de la noche, el vuelo de los animales nocturnos y los crujidos de las mesas y una media noche, os lo juro, una voz: «James». ¡Oh voz! Al cumplir los veinte años se me anunció un día la visita de mi padre. Me alegré, a pesar de que instintivamente sentía repulsión por él: me alegré, porque necesitaba en aquellos momentos desahogarme con alguien, aunque fuese con él. Llegó más amable que otras veces, y aunque no me miraba frente a frente, su voz sonaba grave, con cierta amabilidad para conmigo. Yo le manifesté que deseaba, por fin, volver a Londres, que había concluido mis estudios; que si permanecía más tiempo en aquella casa, me moriría de tristeza... Su voz resonó

grave, con cierta amabilidad para conmigo: —He pensado, cabalmente, James, llevarte hoy mismo. El rector me ha comunicado que no estás bien de salud, que padeces de insomnios, que comes poco. El exceso de estudios es malo, como todos los excesos. Además —quería decirte—, tengo otro motivo para llevarte a Londres. Mi edad necesitaba un apoyo y lo he buscado. Tienes una madrastra, a quien he de presentarte y que desea ardientemente conocerte. Hoy mismo vendrás, pues, conmigo. ¡Una madrastra! Y de pronto se me vino a la memoria mi dulce y blanca y rubia madrecita, que de niño me amó tanto, me mimó tanto, abandonada casi por mi padre, que se pasaba noches y días en su horrible laboratorio, mientras aquella pobre y delicada flor se consumía... ¡Una madrastra! Iría yo, pues, a soportar la tiranía de la nueva esposa del doctor Leen, quizá una espantable bluestocking, o una cruel sabihonda, o una bruja... Perdonad las palabras. A veces no sé ciertamente lo que digo o quizá lo sé demasiado... No contesté una sola palabra a mi padre, y, conforme con su disposición, tomamos el tren que nos condujo a nuestra mansión de Londres. Desde que llegamos, desde que penetré por la gran puerta antigua, a la que seguía una escalera oscura que daba al piso principal, me sorprendí desagradablemente: no había en casa uno solo de los antiguos sirvientes. Cuatro o cinco viejos enclenques, con grandes libreas flojas y negras, se inclinaban a nuestro paso, con genuflexiones tardas, mudos. Penetramos al gran salón. Todo estaba cambiado: los muebles de antes estaban sustituidos por otros de un gusto seco y frío. Tan solamente quedaba en el fondo del salón un gran retrato de mi madre, obra de Dante Gabriel Rossetti, cubierto de un largo velo de crespón. Mi padre me condujo a mis habitaciones, que no quedaban lejos de su laboratorio. Me dio las buenas tardes. Por una inexplicable cortesía, le pregunté por mi madrastra. Me contestó despaciosamente, recalcando las sílabas con una voz entre cariñosa y temerosa que entonces yo no comprendía: —La verás luego... Que la has de ver es seguro... James, mi hijito James, adiós. Te digo que la verás luego... Ángeles del Señor, ¿por qué no me llevasteis con vosotros? Y tú, madre, madrecita mía? My sweet Lily, ¿por qué no me llevaste contigo en aquellos instantes? Hubiera preferido ser tragado por un abismo o pulverizado por una roca, o reducido a ceniza por la llama de un relámpago... Fue esa misma noche, sí. Con una extraña fatiga de cuerpo y de espíritu, me había echado en el lecho, vestido con el mismo traje de viaje. Como en un ensueño, recuerdo haber oído acercarse a mi cuarto a uno de los viejos de la servidumbre, mascullando no sé qué palabras y mirándome vagamente con un par de ojillos estrábicos

que me hacían el efecto de un mal sueño. Luego vi que prendió un candelabro con tres velas de cera. Cuando desperté a eso de las nueve, las velas ardían en la habitación. Me lavé. Me mudé. Luego sentí pasos, apareció mi padre. Por primera vez, ¡por primera vez!, vi sus ojos clavados en los míos. Unos indescriptibles ojos, os lo aseguro; unos ojos como no habéis visto jamás, ni veréis jamás: unos ojos con una retina casi roja, como ojos de conejo; unos ojos que os harían temblar por la manera especial con que miraban. —Vamos, hijo mío, te espera tu madrastra. Está allá, en el salón. Vamos. Allá, en un sillón de alto respaldo, como una silla de coro, estaba sentada una mujer. Ella... Y mi padre: —¡Acércate, mi pequeño James, acércate! Me acerqué maquinalmente. La mujer me tendía la mano... Oí entonces, como si viniese del gran retrato, del gran retrato envuelto en crespón, aquella voz del colegio de Oxford, pero muy triste, mucho más triste: «¡James!» Tendí la mano. El contacto de aquella mano me heló, me horrorizó. Sentí hielo en mis huesos. Aquella mano rígida, fría, fría... Y la mujer no me miraba. Balbuceé un saludo, un cumplimiento. Y mi padre: —Esposa mía, aquí tienes a tu hijastro, a nuestro muy amado James. Mírale, aquí le tienes; ya es tu hijo también. Y mi madrastra me miró. Mis mandíbulas se afianzaron una contra otra. Me poseyó el espanto: aquellos ojos no tenían brillo alguno. Una idea comenzó, enloquecedora, horrible, horrible, a aparecer clara en mi cerebro. De pronto, un olor, olor... ese olor, ¡madre mía! ¡Dios mío! Ese olor... no os lo quiero decir... porque ya lo sabéis, y os protesto: lo discuto aún; me eriza los cabellos. Y luego brotó de aquellos labios blancos, de aquella mujer pálida, pálida, pálida, una voz, una voz como si saliese de un cántaro gemebundo o de un subterráneo: —James, nuestro querido James, hijito mío, acércate; quiero darte un beso en la frente, otro beso en los ojos, otro beso en la boca... No pude más. Grité: —¡Madre, socorro! ¡Ángeles de Dios, socorro! ¡Potestades celestes, todas, socorro! ¡Quiero partir de aquí pronto, pronto; que me saquen de aquí! Oí la voz de mi padre: —¡Cálmate, James! ¡Cálmate, hijo mío! Silencio, hijo mío. —No —grité más alto, ya en lucha con los viejos de la servidumbre. Yo saldré de aquí y diré a todo el mundo que el doctor Leen es un cruel asesino; que su mujer es una vampira; ¡que está casado mi padre con una muerta!

Arthur Conan Doyle

# Parásita

(1894)

Arthur Conan Doyle nació el 22 de mayo de 1859 en Edimburgo, Escocia, y murió el 7 de julio de 1930 en Crowborough, Sussex, Inglaterra.

*The parasite, El parásito* o *Parásita,* es una de las mejores historias escritas por Sir Arthur Conan Doyle sin la compañía de su personaje emblemático: el detective Sherlock Holmes.

Fue publicada por primera vez en 1894.

La lucha entre el conocimiento científico y el poder metafísico aparece de la mano de las creencias espiritistas del autor y su pericia narrativa.

No es una leyenda con vampiros, es un tratado sobre vampirismo psíquico y energético.

Ha llegado el apogeo de la primavera; el gran nogal que se yergue ante la ventana de mi laboratorio está colmado de yemas gruesas, viscosas, pegajosas; de algunas de ellas, ya rotas, brotan pequeños tallos verdes. Se siente, al pasear por los senderos, a las rebosantes fuerzas silenciosas de la naturaleza, operando en todas partes. La tierra húmeda emana aromas de frutos jugosos, y en todos lados brotan ramitas nuevas, tensadas por la savia que las hincha; la brumosa y pesada atmósfera inglesa tiene un cierto perfume resinoso.

Brotes sobre los sotos; bajo ellos, ovejas; en todas partes actúa la fertilidad. Ahí fuera, lo veo perfectamente; aquí dentro, lo siento en mí.

También nosotros tenemos nuestra primavera: las arterias se dilatan, la linfa fluye rebosante, las glándulas laten y filtran con energía. La naturaleza repara cada año el mecanismo en su conjunto. Ahora mismo siento bullir la sangre. Podría bailar como un moscardón en los rayos plenos que el sol poniente envía a través de mi ventana. Y, desde luego, lo haría si no fuera por el temor de que mi vecino Charles Sadler subiera la escalera de cuatro en cuatro peldaños para ver qué ocurre.

Además, debo recordar que soy el profesor Gilroy. Un profesor viejo puede permitirse el lujo de actuar según sus impulsos, pero, si la suerte ha decido otorgar una de las cátedras más importantes de la Universidad a un hombre de cuarenta y tres años, este debe andar con cuidado para conservar su puesto.

¡Qué tipo ese Wilson! Si yo pudiera aplicar a la fisiología todo el entusiasmo que él pone en la psicología, me convertiría en un émulo de Claude Bernard.

Todo en él, vida, alma, energía, todo apunta hacia un solo objetivo. Cuando duerme, lo hace reflexionando sobre los resultados que ha obtenido durante el día, y cuando despierta, lo primero que hace

es idear un plan para el día que empieza. Sin embargo, fuera del pequeño círculo de sus amistades, tiene escasa notoriedad.

La fisiología es una ciencia reconocida; si añado un ladrillo al edificio, todo el mundo se da cuenta, y aplaude.

Wilson, en cambio, se mata ahondando los cimientos de una ciencia futura. Su trabajo está oculto y no emociona. Pese a todo, él sigue adelante, sin quejas. Mantiene correspondencia con un centenar de personajes medio locos, y, con la esperanza de encontrar un dato irrefutable, tiene que tamizar cien mentiras entre las cuales la suerte puede permitirle descubrir una brizna de verdad.

Colecciona libros viejos. Los nuevos, los devora. Lleva a cabo experimentos. Da conferencias. Trata de provocar en los demás la fuerte pasión que a él lo devora. Me sorprende y me provoca admiración pensar en él; sin embargo, cuando me pide que colabore en sus investigaciones, tengo que decirle que, en su estado actual ofrecen escasos atractivos para un hombre entregado a las ciencias exactas.

Si Wilson pudiera mostrarme algo positivo y objetivo, me dejaría tentar, y estudiaría el tema desde el ángulo de la fisiología. Pero mientras la mitad de sus adeptos estén tachados de charlatanes, y la otra mitad de desquiciados, nosotros, los fisiólogos, tendremos que atenernos a lo corporal y dejar las cuestiones del alma a nuestros descendientes.

Soy un materialista, no cabe duda. Agatha dice incluso que soy espantosamente materialista. Yo le contesto que es ese un estupendo motivo para acelerar nuestra boda, ya que tengo tan apremiante necesidad de su espiritualidad. Puedo, sin embargo, declarar que soy un caso curioso de la influencia que ejerce la educación sobre el carácter; ya que, dejando de lado las ilusiones, soy, naturalmente, un hombre esencialmente psíquico.

De muchacho era nervioso, sensible, presa de los sueños, del sonambulismo; rebosaba de impresiones e intuiciones.

Mi cabello negro, mis ojos oscuros, mi cara flaca y olivácea, mis dedos afilados, expresan mi temperamento y proporcionan a entendidos como Wilson motivos para considerarme como uno de los suyos. Pero mi mente está empapada de ciencia exacta. Me he entrenado asiduamente para no admitir más que hechos, hechos probados. La conjetura, la imaginación, no tienen cabida en el marco de mi pensamiento.

Que me den una cosa que yo pueda ver en el microscopio, diseccionar con el escalpelo, y consagraré mi vida a su estudio. Pero si me piden que adopte como objetos de estudio los sentimientos, las emociones o las sensaciones, me estarán pidiendo que me dedique a una tarea antipática e incluso desmoralizadora.

Desviarme de la razón pura me molesta tanto como percibir un mal olor o escuchar una música discordante.

Es esta una razón más que sobrada para entender mi poco entusiasmo por la visita que he de hacer esta noche al profesor Wilson. Me doy cuenta, sin embargo, de que no podría eludir la invitación sin pecar de descortesía; y, como también van a ir la señora Marden y Agatha, tendría que ir aunque pudiera excusarme. Pero preferiría encontrarme con ellas en otra parte, en cualquier otra parte. Sé que Wilson me atraería, si pudiera, hacia esa brumosa semiciencia a la que se dedica.

Su entusiasmo lo hace inaccesible tanto a las indirectas como a las reprimendas. Se necesitaría ni más ni menos que una pelea abierta para hacerle comprender hasta qué punto me repugna todo este asunto.

Tengo la total seguridad de que Wilson tiene algún nuevo fanático de Mesmer y el magnetismo animal, o un clarividente, o un médium, algún farsante que desea exponer, ya que hasta en su ocio se dedica a su manía predilecta.

¡Bueno! ¡Al menos Agatha se divertirá! Estas cosas la atraen; las mujeres suelen interesarse por todo lo que es oscuro, misterioso, indefinido.

**10 de la noche**

Mi costumbre de escribir un diario deriva, en mi opinión, de esa inclinación científica de mi mente que esta misma mañana comentaba aquí. Me gusta tomar nota de las impresiones mientras siguen frescas. Trato de definir mi estado mental por lo menos una vez al día. Es un hábito útil para el propio análisis; supongo que contribuye a la firmeza del carácter. Debo confesar con franqueza que mi carácter necesita, y mucho, que yo haga todo lo posible para darle consistencia. Tengo miedo de que, a pesar de todo, mi temperamento neurótico pueda prevalecer, llevándome lejos de esa precisión fría y tranquila que caracteriza a Murdoch o a Pratt-Haldane. De no ser esto posible, ¿acaso las cosas estrambóticas que he presenciado esta noche me hubieran trastornado los nervios hasta el punto de dejarme completamente confundido?

Lo único que me alivia es que ni Wilson ni la señorita Penclosa ni siquiera Agatha han sospechado mi debilidad ni por un instante. ¿Qué cosa en este mundo es la que ha podido conmocionarme? Nada, o tan poca cosa que, cuando escribo, el asunto me parece risible.

Las Marden habían llegado a casa de Wilson antes que yo. En realidad, fui de los últimos en llegar, y me encontré con la habitación

ya colmada. Apenas había tenido tiempo de cruzar unas pocas palabras con la señora Marden y con Agatha, que estaba encantadora con su vestido blanco y rojo y con el cabello salpicado de espigas relucientes, cuando Wilson me tiró de la manga.

—Usted quiere presenciar algo positivo, Gilroy —me dijo, llevándome a un rincón—. ¡Pues bien, querido amigo! ¡Tengo un fenómeno, un auténtico fenómeno!

Mayor impresión me hubiera causado si no se lo hubiera oído decir ya otras veces. Su espíritu entusiasta está siempre dispuesto a transformar una luciérnaga en una estrella.

—Esta vez no cabe ninguna duda en cuanto a la buena fe —me dijo, quizá para contrarrestar algún chisporroteo de divertida ironía en mis ojos—. Mi mujer la conoce desde hace muchos años. Ambas son de Trinidad, ¿sabe? Solo hace uno o dos meses que la señorita Penclosa está en Inglaterra, y no conoce a nadie fuera del ambiente universitario, pero le aseguro que lo que nos ha dicho basta y sobra para dejar sentada su clarividencia, sobre bases absolutamente científicas. No hay nada que se le asemeje, ni entre los aficionados ni entre los profesionales. Venga, se la presentaré.

Me desagradan los traficantes de misterios, pero, entre ellos, me desagradan especialmente los aficionados. Cuando se enfrenta a un engañabobos a sueldo puede uno saltarle encima y desenmascararlo en cuanto se ha descubierto cuál es su truco. Él está ahí para engañarle a uno, y uno está ahí para ponerle en evidencia. Pero ¿qué se puede hacer cuando se tiene delante a una amiga de la mujer del anfitrión? ¿Encender las luces de repente, para que se la vea tocando un banjo misterioso? ¿Tirarle tinta en el traje de noche mientras camina sigilosamente entre los reunidos llevando un frasco fosforescente y soltando sus majaderías de ultratumba? Se montaría un escándalo, y le mirarían a uno como un grosero. Esa es la alternativa: ser un grosero o dejarse tomar el pelo.

No me sentía, pues, de muy buen humor cuando Wilson me condujo hasta la dama.

Es difícil imaginar nada que haga pensar menos en las Indias Occidentales que aquella mujer. Era un ser pequeño y frágil, que, según me parece, había dejado atrás los cuarenta. Su cara era delgada y afilada, y su cabello de color castaño claro. Todo su aspecto era insignificante; sus maneras, reservadas.

Tomando al azar un grupo de diez mujeres, ella sería sin duda alguna la última que un hombre elegiría. Quizá lo más notable en ella fueran sus ojos. Añadiré que sus ojos no eran la parte más agradable de su fisonomía. Los tenía grises, tirando a verdosos, y su expresión

dejó en mí la sensación de una mirada burlona... Burlona... ¿Es esa la palabra adecuada? ¿No debería decir mejor... cruel? No, pensándolo bien, la palabra que mejor expresaría mi idea es «felina».

Una muleta apoyada en la pared me informó de algo que, cuando se levantó, era triste de ver: cojeaba acentuadamente de una pierna.

Fui, pues, presentado a la señorita Penclosa. Pude observar que, al oír mi nombre, miró de refilón a Agatha. Estaba claro que Wilson le había dicho algo.

«Dentro de poco», me dije, «va a contarme que sabe, por medios ocultos, que estoy prometido a una joven con espigas de trigo en el cabello».

Me pregunté si Wilson no le habría contado muchas más cosas de mí.

—El profesor Gilroy es un escéptico temible —dijo Wilson—. Espero, señorita Penclosa, que sea usted capaz de convertirle.

Ella me miró atentamente.

—El profesor Gilroy tiene mucha razón al ser escéptico si no ha presenciado nada capaz de convencerle —dijo ella—. Yo hubiera dicho —añadió, volviéndose hacia mí— que usted mismo podría ser un excelente sujeto.

—¿Sujeto para qué, si puedo preguntárselo?

—¡Oh, bueno! Para la doctrina de Mesmer, por ejemplo.

—La experiencia me ha demostrado que los mesmeristas toman por sujetos a personas cuya mente no está sana. Todos sus resultados están falseados, en mi opinión, y por eso tratan con organismos anormales.

—¿Cuál de estas damas, según usted, tiene un organismo normal? —me preguntó—. Quisiera que usted mismo eligiera a alguien que, en su opinión, tenga la mente perfectamente equilibrada. ¿Quiere, por ejemplo, que tomemos a la muchacha del vestido rojo y blanco? ¿La señorita Agatha Marden? ¿Así se llama, no es cierto?

—Sí, me parecerían de cierta relevancia los resultados que se obtuvieran en base a ella.

—No he podido probar hasta qué punto la señorita Marden es impresionable. Ciertas personas, claro está, responden mucho más deprisa que otras. ¿Me permite preguntarle hasta dónde alcanza su escepticismo? ¿Imagino que admite usted el sueño hipnótico y el poder de la sugestión?

—No admito nada, señorita Penclosa.

—¡Oh! ¡Dios mío, hubiera pensado que la ciencia estaba más avanzada! Claro que yo no sé nada de la faceta científica del asunto. Solamente conozco lo que soy capaz de hacer. Mire, por ejemplo,

a aquella joven del vestido rojo, allá, junto al jarrón japonés. Voy a querer que se acerque a usted.

Tras decir esto, se inclinó y dejó caer su abanico. La joven en cuestión dio media vuelta y vino directamente hacia nosotros, con aire sorprendido, como si alguien la hubiera llamado.

—¿Qué me dice de esto, Gilroy? —exclamó Wilson, en una especie de éxtasis.

No me atreví a decirle lo que opinaba. Para mí, era la impostura más abierta y descarada que jamás hubiese visto. La señal y la respuesta habían sido, realmente, demasiado evidentes.

—El profesor Gilroy no está convencido —dijo la señorita Penclosa, mirándome fijamente con sus extraños ojos—. Mi abanico se llevará todo el honor de ese experimento. ¡Bueno, pues probemos otra cosa! Señorita Marden, ¿tendría usted algún inconveniente en que la durmiese?

—¡Oh, no! Me parece muy bien —exclamó Agatha.

Todos los presentes se habían agrupado en torno nuestro, los hombres con sus pecheras blancas, las mujeres con sus claros escotes; unos estaban deslumbrados, otros alerta, como ante una escena que tuviera algo de ceremonia religiosa y algo de representación de magia.

Habían llevado hasta el centro de la habitación un sofá de terciopelo rojo. Agatha se había tendido en él, un tanto alterada y levemente trémula ante el experimento, según yo podía ver por el estremecimiento de las espigas de trigo.

La señorita Penclosa se levantó de su silla y, apoyada en su muleta, se inclinó sobre Agatha. Y en aquella mujer se produjo un cambio. Parecía haber rejuvenecido veinte años. Le brillaban los ojos, un leve toque de frescura se había extendido en sus mejillas pálidas, y toda ella parecía expandida. Del mismo modo he visto cómo un muchacho de aire abatido y abstraído adquiere un aspecto enérgico y vivaz en el momento en que se le encomienda una tarea en la que debe emplear todas sus fuerzas.

Aquella mujer miraba a Agatha con una expresión que me hirió en lo más hondo. Era la mirada que hubiera arrojado una emperatriz romana a una esclava arrodillada. Luego, con un ademán imperativo y vivo, alzó los brazos y los agitó lentamente, haciéndolos bajar hacia Agatha. Yo observaba a Agatha atentamente. Durante los tres primeros pases, pareció simplemente divertida. Al cuarto pase, pude ver que sus ojos se nublaban ligeramente y que sus pupilas se dilataban un poco. Al sexto pase, hubo un asomo de rigidez. Al séptimo, empezaron a caérsele los párpados. Al décimo se le cerraron los ojos. Su respiración se hizo más lenta y más honda que de costumbre.

Yo, mientras miraba, intentaba conservar mi serenidad científica, pero me sentía conmovido por una potente intranquilidad. Me parece que logré disimularla, pero me sentía como un niño en la oscuridad. Jamás me hubiera creído vulnerable a semejante debilidad.

—Está en pleno trance —dijo la señorita Penclosa.

—Está durmiendo —exclamé.

—¡Bien! ¡Despiértela entonces!

La tiré del brazo, le grité al oído. Ni muerta hubiera hecho menos caso a mis llamadas. Allí estaba su cuerpo, en el sofá de terciopelo. Su organismo estaba intacto. Los pulmones y el corazón funcionaban. Pero ¿y su alma? Se había evadido lejos de nuestro alcance. ¿Qué se había hecho de su alma? ¿Qué fuerza había despojado de ella a Agatha?

Me sentía sorprendido, desconcertado.

—Ahí tenemos el sueño mesmérico —dijo la señorita Penclosa—. En cuanto a la sugestión, la señorita Marden hará indefectiblemente cualquier cosa que le pueda sugerir, ya sea ahora, ya después de que despierte. ¿Quiere usted una prueba?

—Desde luego —dije.

—La tendrá.

Vi cruzar por su rostro una sombra de sonrisa, como si se le hubiera ocurrido alguna idea divertida. Se inclinó sobre Agatha, y le murmuró unas palabras al oído. Agatha, que se había mostrado absolutamente sorda a mis llamadas, asintió con la cabeza a lo qué la señorita Penclosa le decía.

—Despierte —gritó la señorita Penclosa, dando un fuerte golpe en el suelo con su muleta.

Los párpados de Agatha se abrieron, fue desapareciendo la vidriosidad de sus ojos, y su alma se asomó en ellos, como reapareciendo después de su extraño eclipse.

Nos marchamos temprano.

Agatha no se sentía mal en absoluto tras su extraño paseo, pero yo estaba nervioso y descentrado; no estaba en condiciones de oír los comentarios que Wilson me dirigía torrencialmente, ni en estado de responderlos.

Al despedirme de la señorita Penclosa, esta me deslizó un papel en la mano.

—Sabrá usted disculparme —me dijo— por tomar mis medidas para vencer su escepticismo. Abra esta carta mañana a las diez. Se trata de un pequeño control personal.

No tengo ni idea de qué quería decir con eso, pero aquí tengo su nota, y la abriré mañana a la hora indicada.

Me duele mucho la cabeza. Ya he escrito bastante por esta noche.

Estoy convencido de que todo lo que ahora parece inexplicable tendrá mañana otra apariencia. Mis ideas no se rendirán sin haberse defendido.

**25 de marzo**

Estoy abrumado, aturdido. Desde luego, he de someter a nuevo examen mi opinión sobre el tema. Pero anotaré primero lo sucedido.

Había terminado de desayunar, y estaba examinando unos diagramas con los que quería dar mayor claridad a mi lección, cuando mi ama de llaves vino a decirme que Agatha estaba en mi cuarto y deseaba verme.

Cuando entré en la habitación, Agatha estaba de pie frente a mí, sobre la alfombra, delante de la chimenea. Había en su actitud no sé qué, algo que me dejó helado y que me detuvo las palabras en la garganta. Llevaba el velo medio echado, pero me di cuenta de que estaba pálida; su aire era tenso.

—Austin —me dijo—, he venido a decirte que nuestro compromiso queda roto.

Tambaleé... Sí, creo que realmente tambaleé. De cualquier modo, lo seguro es que tuve que apoyarme en un estante para mantenerme en pie.

—Pero... Pero... —balbuceé—, Agatha... Esa decisión tan repentina...

—Sí, Austin. He venido a decirte que nuestro compromiso queda roto.

—¡Pero me darás algún motivo! —grité—. Esto no es propio de ti, Agatha. Dime en qué cosa he tenido la desgracia de ofenderte.

—Todo ha terminado, Austin.

—Pero ¿por qué, Agatha? Sin duda eres víctima de algún engaño. Puede que te hayan contado alguna mentira sobre mí, o quizá has interpretado mal algo que te he dicho. Dime de qué se trata, porque una sola palabra bastará para arreglarlo.

—Hemos de considerar terminado nuestro noviazgo.

—Pero si anoche, cuando nos separamos, no había entre nosotros ni sombra de malos entendidos... ¿Qué ha ocurrido desde entonces para que hayas cambiado de este modo? Tiene que ser algo ocurrido anoche. Has pensado en ello, y has desaprobado mi modo de proceder. ¿Fue lo del mesmerismo? ¿Me censuras por haber permitido que aquella mujer te sometiera a su poder? Sabes que hubiera intervenido al menor indicio...

—Todo es inútil, Austin. Se acabó.

Su voz era rítmica y sin acento, y en su actitud había no sé qué rígido y duro. Me parecía que estaba absolutamente resuelta a no admitir ninguna discusión, ninguna explicación.

En cuanto a mí, temblaba de agitación. Me volví hacia un lado, me avergonzaba mostrarme ante ella tan poco dueño de mí mismo.

—Ya sabes lo que esto significa para mí —exclamé—. La ruina de mi vida. No puedes castigarme así sin haberme escuchado. Tienes que revelarme de qué se trata. Piensa hasta qué punto sería imposible que yo te tratara de este modo, fueran cuales fuesen las circunstancias. ¡Agatha, por amor de Dios! Dime qué he hecho.

Pasó junto a mí sin decir palabra, y abrió la puerta.

—Es completamente inútil, Austin —me dijo—. Tienes que considerar roto nuestro compromiso.

Al cabo de un instante se había ido, y, antes de que me hubiera recobrado lo suficiente para seguirla, oí que la puerta de entrada se cerraba tras ella.

Me abalancé a mi habitación para vestirme. Pensaba ir a casa de la señora Marden y preguntarle cuál podía ser el motivo de mi desgracia.

Estaba tan nervioso que me olvide abrocharme los borceguíes. Nunca olvidaré aquellos horribles diez minutos.

Acababa de ponerme el abrigo cuando el reloj de péndulo de encima de la chimenea dio las diez.

¡Las diez! Asocié esa hora con la nota de la señorita Penclosa. La nota estaba precisamente sobre mi mesa. La abrí apresuradamente. Estaba escrita a lápiz, con trazos angulosos. Este era su texto:

*Apreciado profesor Gilroy:*

*Disculpe el carácter personal del procedimiento de control que le presento. El profesor Wilson me ha hablado incidentalmente de las relaciones entre usted y mi sujeto de esta noche, y me ha parecido que nada podría resultar más convincente que sugerir a la señorita Marden que vaya a visitarle a usted mañana por la mañana, a las nueve y media, para romper su compromiso con usted, durante media hora. La ciencia es tan exigente que resulta difícil ofrecer un control satisfactorio, pero estoy segura de que tal control le será proporcionado por el acto que, sin duda, sería el último que se le ocurriría llevar a cabo a la señorita Marden por su propia voluntad. Sea lo que sea lo que le diga, olvídelo, porque ella no interviene para nada, y esté seguro de que no recordará nada. Escribo esta nota para abreviar su rato de angustia y pedirle perdón por el sufrimiento pasajero que le habrá causado mi sugestión.*

Y, desde luego, después de leer aquella nota me sentí demasiado aliviado para enfurecerme.

Había sido una libertad excesiva, sin duda; aquello demostraba un gran descaro, tratándose de una dama a la que tan solo acababa de conocer. Pero, al fin y al cabo, yo la había provocado con mi escepticismo.

Era realmente difícil, como ella decía, imaginar un medio de control que pudiera satisfacerme. Y había empleado ese. No era posible objetar nada en ese punto. La sugestión hipnótica se había convertido para mí en un hecho definitivamente establecido. Parecía indudable que Agatha, la persona más equilibrada entre todas las que conozco del sexo femenino, había sido reducida a la condición de autómata. Una persona, a gran distancia, la había hecho moverse, del mismo modo que un ingeniero dirige desde la costa un torpedo Brennan.

Una segunda alma se había introducido en ella, expulsando la suya propia, y se había apoderado de su sistema nervioso, diciendo: «Quiero disponer de ti durante media hora...».

Agatha, sin duda, había actuado inconscientemente desde que vino a verme hasta que se marchó.

¿Había podido andar por las calles sin peligro en semejante estado?

Me puse el sombrero y salí apresuradamente para asegurarme de que no le había ocurrido nada.

Sí, estaba en su casa. Me hicieron pasar a la sala, y allí la encontré, con un libro en el regazo.

—Empiezas las visitas muy temprano, Austin —me dijo, sonriendo.

—Tú has sido aún más madrugadora —le contesté.

Pareció intrigada.

—¿Qué quieres decir? —me preguntó.

—¿No has salido hoy?

—No. Desde luego que no.

—Agatha —dije, en tono serio—, ¿te importaría contarme exactamente todo lo que has hecho esta mañana?

Se rio de mi seriedad.

—Austin —me dijo—, hoy te has puesto tu aire profesional. ¡Esto es lo que comporta ser la novia de un científico! Pero voy a contártelo de todos modos, aunque no logro imaginar qué interés puede tener eso para ti. Me he levantado a las ocho. He desayunado a las ocho y media. He venido a esta habitación a las nueve y diez, y me he puesto a leer las Mémoires de Mme. De Rémusat, y al cabo de unos pocos minutos he incurrido con esta dama francesa en la descortesía de

quedarme dormida sobre su libro; y a vos, caballero, os he otorgado la cortesía de soñar con vos, lo cual es de lo más halagador. Hace solo unos minutos que me he despertado.

—Y al despertar, ¿estabas exactamente en el mismo sitio?

—Pero ¿cómo hubiera podido estar en otra parte?

—¿Te molestaría, Agatha, contarme lo que has soñado sobre mí? Te aseguro que no te lo pregunto por simple curiosidad.

—Solo he tenido la vaga impresión de que aparecías en mi sueño. No recuerdo nada preciso.

—Si hoy no has salido, Agatha, ¿cómo es que tienes polvo en los zapatos?

Pareció molestarse.

—Austin, la verdad es que no sé qué te pasa esta mañana. Casi se diría que dudas de lo que digo. Si mis zapatos tienen polvo será seguramente porque me habré puesto un par que no ha sido lustrado.

Era evidente que no sabía nada de nada, y me dije que, a fin de cuentas, quizá lo mejor sería dejarla en su ignorancia. Si la sacaba de ella quizá Agatha se asustaría, y eso no podría conducir a nada bueno. De manera que, sin hablar de la cosa, me despedí al cabo de poco rato para ir a dar mi clase.

Pero me siento profundamente conmovido. Mi horizonte, en cuanto a las posibilidades científicas se ha ensanchado de repente de un modo enorme. Ya no me sorprenden la energía y el endemoniado entusiasmo de Wilson. ¿Quién no trabajaría con un empeño invencible, percibiendo al alcance de la mano un ancho territorio sin explorar?

Sí, recuerdo que viendo cómo un nucléolo adoptaba una forma nueva o percibiendo un detalle nimio en una fibra muscular estriada vista a un aumento de trescientos diámetros me sentía entusiasmado. ¡Qué míseras son esas investigaciones comparadas con aquellas que abordan las raíces mismas de la vida, la naturaleza del alma!

Siempre había considerado el espíritu como producto de la materia; el cerebro, según pensaba, segregaba la inteligencia, del mismo modo que el hígado segrega la bilis. Pero ahora ¿cómo dar esto por cierto después de ver al espíritu manejado a distancia, operando sobre la materia como un músico sobre su violín?

Siendo así, es que el cuerpo no hace nacer al alma; es más bien el tosco instrumento mediante el cual se manifiesta el espíritu. El molino de viento no genera el viento: no hace más que ponerlo de manifiesto.

Aquello contradecía todos mis modos de pensar. Sin embargo, era posible, era sin ninguna duda posible, y merecería la pena ser estudiado a fondo. ¿Por qué no investigar?

Leo con fecha de ayer estas palabras:

*Si Wilson pudiera mostrarme algo positivo y objetivo, puede que me dejara tentar y estudiaría el tema desde el ángulo de la fisiología.*

¡Pues bien! Ahora sí tengo ese medio de control. Me atendré a lo dicho. La investigación tendrá, estoy seguro, un enorme interés.

Algunos de mis colegas no verían la cosa con buenos ojos: la ciencia está repleta de prejuicios. Pero si a Wilson le dan valor sus convicciones, también yo puedo permitirme el lujo de ser audaz.

Iré a visitarlo mañana por la mañana. A él y a la señorita Penclosa.

Si ha podido mostrarnos tanto, probablemente podrá mostrarnos más.

**26 de marzo**

Tal como suponía, Wilson está entusiasmado por mi conversión, y, bajo la insinuación de la señorita Penclosa, se adivinaba el placer de haber triunfado con su experimento.

Es una mujer rara; silenciosa e incolora, salvo cuando hace uso de su poder.

Solo hablando ya adquiere color y se anima. Se diría que se interesa por mí de un modo muy especial. No he podido dejar de observar que me sigue con la mirada por toda la habitación. Hemos tenido una conversación interesantísima sobre su poder. Es justo tomar nota de su punto de vista, aunque, claro está, no puedo atribuirle ninguna validez científica.

—Se encuentra usted sobre el borde mismo del tema —me dijo, cuando le hube manifestado mi sorpresa ante el extraordinario fenómeno de sugestión que me había mostrado—. Yo no tenía ninguna influencia directa sobre la señorita Marden cuando fue a verle a usted, ayer por la mañana; ni siquiera pensaba en ella. Lo que hice se redujo a regular su espíritu, del mismo modo que regulara el carillón de un reloj para que sonara a la hora deseada. Si la sugestión se hubiera dispuesto para al cabo de seis meses en vez de doce horas, todo hubiera ocurrido del mismo modo.

—¿Y si la sugestión hubiera sido asesinarme?

—Lo hubiera hecho, indefectiblemente.

—¡Pero ese poder es terrible! —exclamé.

—Es un poder terrible, como usted dice —me contestó con seriedad—, y cuanto mejor lo conozca tanto más terrible le parecerá.

—¿Puedo preguntarle —dije— qué quería usted decir exactamente al decir que este asunto de la sugestión no está más que al borde del problema? ¿Qué es lo que considera usted esencial?

—Preferiría no decírselo.

Me chocó la violencia encerrada en su respuesta.

—Como comprenderá —dije—, no pregunto esto por curiosidad, sino con la esperanza de encontrar alguna explicación científica a los hechos que usted me proporciona.

—Le confieso francamente, profesor Gilroy —dijo ella—, que la ciencia no me interesa en absoluto, y que no me importa en lo más mínimo que la ciencia pueda o no pueda clasificar estas facultades.

—Pero yo esperaba...

—¡Oh! Eso es otro asunto. Si me lo presenta como una cuestión personal —me dijo, con su sonrisa más amable—, estaré realmente encantada de decirle todo lo que desee saber. Veamos, ¿qué me había preguntado? ¡Ah, sí! Sobre otros poderes. El profesor Wilson no admite creer en ellos, pero no por eso dejan de ser ciertos. Por ejemplo, el que opera puede conseguir un dominio absoluto sobre su sujeto, siempre que el sujeto sea receptivo. Puede hacerle actuar como desea, sin que haya habido ninguna sugerencia previa.

—¿Contra la voluntad del sujeto?

—Depende. Si la fuerza se aplicara enérgicamente, el sujeto no se enteraría de nada; como la señorita Marden, cuando fue a visitarle y le dio aquel susto. Si la influencia fuera menos poderosa, el sujeto podría saber lo que hace, pero sin ser capaz de dejar de hacerlo.

—Entonces ¿habría perdido su don de voluntad?

—Su voluntad estaría dominada por otra más fuerte.

—¿Ha ejercido usted esta facultad?

—Varias veces.

—Su voluntad es, pues, muy fuerte.

—Sí, pero no es esta la única condición necesaria. Muchos tienen una voluntad fuerte, pero no pueden proyectarla fuera de sí. Lo esencial es poseer el don de proyectarla sobre el otro, y de sustituir su voluntad con la propia. He podido observar que esta facultad, en mi caso, varía según mi salud y mis energías.

—En suma, usted envía su alma al cuerpo de otra persona.

—Puede expresarlo de ese modo.

—Y su propio cuerpo, ¿qué hace entonces?

—Simplemente, queda en una especie de letargia.

—Pero ¿esto no representa ningún peligro para su salud?

—Quizá podría haber algún peligro. Hay que estar muy atento a no dejar que la propia conciencia escape por completo, porque

entonces podría haber alguna dificultad en volver al propio yo. Por decirlo de algún modo, hay que conservar siempre la conexión. Temo que me expreso con términos incorrectos, profesor Gilroy, pero no sé cómo dar a estas cosas un aspecto científico. Lo que le cuento son cosas experimentadas por mí, y las explico a mi modo.

¡Vaya! Ahora que releo todo esto con tranquilidad, me sorprendo a mí mismo. ¿Es este el mismo Austin Gilroy que ha conquistado un puesto de primera fila gracias a la implacable firmeza de su razonamiento, y a su fidelidad al hecho establecido?

Me veo ahora dedicado a anotar seriamente las cháchara de una mujer que me dice poder proyectar su alma fuera del cuerpo, y que, mientras permanece en estado letárgico, está en condiciones de dirigir a distancia actos ajenos.

¿Puedo admitir esto? Claro que no. Tendrá que demostrarlo, demostrarlo indiscutiblemente antes de que yo ceda en una pulgada. De todos modos, aunque siga siendo un escéptico, he dejado de lado la burla.

Esta noche tendremos una sesión. La señorita Penclosa tratará de producir en mí algún efecto mesmérico.

Si lo consigue, será un magnífico punto de partida para mis investigaciones. Sea como sea, nadie podrá acusarme de complicidad. Si no consigue nada conmigo, intentaremos encontrar a algún sujeto que sea como la mujer de César.

En cuanto a Wilson, está herméticamente cerrado.

### Diez de la noche

Me parece que estoy en vísperas de descubrimientos que harán época. Tener el poder de examinar esos fenómenos desde su interior, poseer un organismo que reacciona y, al mismo tiempo, un cerebro que valora y que controla, constituye, sin duda, una ventaja incomparable.

Estoy seguro de que Wilson daría cinco años de vida para poseer la receptividad que la experiencia me ha llevado a admitir como cierta en mí mismo.

Solo estaban como testigos Wilson y su mujer.

Yo me había reclinado, con la cabeza echada hacia atrás. La señorita Penclosa, en pie delante mío, ejecutaba los mismos pases lentos que con Agatha. Con cada pase me parecía que me golpeaba una racha de aire cálido, expandiendo en mí un estremecimiento, un ardor que me invadía de pies a cabeza.

Tenía la mirada fija en la señorita Penclosa, pero mientras la miraba, sus rasgos se hacían cada vez más indefinidos, y finalmente se

borraron. Tuve conciencia de no ver otra cosa que sus ojos grises, cuya mirada se clavaba en mí, profunda, insondable. Aquellos ojos crecían, crecían... y acabaron convirtiéndose en dos lagos de montaña hacia los que me sentía caer con mortal urgencia. Me estremecí, y en ese preciso momento, una idea, surgida de las capas más preservadas de la inteligencia, me dijo que ese estremecimiento correspondía a la fase de rigidez que había observado en Agatha.

Al cabo de un instante había llegado a la superficie de los lagos, que ahora se habían fundido en uno solo, y me hundí en sus aguas con una sensación de plenitud en la mente, notando un zumbido en los oídos. Me hundía, me hundía...

Luego, con un súbito impulso, ascendí de nuevo hasta ver la luz que se expandía con ondulaciones radiantes en el agua verde.

Estaba ya cerca de la superficie cuando resonó en mi cabeza la palabra:

—Despierte.

Con un sobresalto me encontré de nuevo en el sillón, en compañía de la señorita Penclosa, apoyada en su muleta, y de Wilson, que, con un cuaderno de notas en la mano, me miraba por encima de los hombros de la dama.

No me quedaba ninguna sensación de pesadez o cansancio. Al contrario. Solo ha pasado una hora desde el experimento, y me siento tan despejado que me atrae más la idea de quedarme en mi gabinete que la de irme a dormir.

Veo desarrollarse ante mí todo un panorama de experiencias. Espero impacientemente el momento de iniciarlas.

### 27 de marzo

Día perdido. La señorita Penclosa ha ido con Wilson y su mujer a visitar a los Sutton.

He empezado a leer Magnetismo animal de Binet y Féré. ¡Qué aguas tan extrañas aquellas! ¡Resultados, resultados! En cuanto a la causa... ¡completo misterio!

Esto estimula la imaginación, pero es un factor ante el que debo estar en guardia. Hay que evitar las conclusiones, las deducciones, y permanecer en el sólido terreno de los hechos.

Sé que el trance mesmérico es real; sé que la sugestión mesmérica es real; sé que yo mismo soy receptivo a esa fuerza. Esta es mi actual situación.

Tengo una gran libreta nueva para hacer mis anotaciones. La reservaré exclusivamente para los detalles científicos.

Larga charla, a última hora de la tarde, con Agatha y la señora Marden, acerca de nuestro casamiento.

Pensamos que el comienzo de las vacaciones de verano sería el mejor momento para la boda. ¿Por qué esperar más?

Me fastidian incluso estos pocos meses de espera que se me harán tan largos, pero, como dice la señora Marden, hay que organizar todavía muchas cosas.

**28 de marzo**

Magnetizado una vez más por la señorita Penclosa.

La experiencia ha tenido muchas analogías con la anterior, con la diferencia de que la insensibilidad ha llegado antes. Véase la ficha A para la temperatura de la habitación, la presión barométrica, el pulso y la respiración, datos anotados por el profesor Wilson.

**29 de marzo**

Nueva sesión de magnetización. Detalles en la ficha A.

**30 de marzo**

Domingo. Día perdido. Me pone de mal humor todo lo que interrumpe nuestros experimentos.

Por ahora, estos no van más allá de los signos físicos que se asocian con la insensibilidad, ya leve, ya completa, ya extrema.

Nuestra idea es pasar luego a los fenómenos de sugestión y de lucidez. Hechos semejantes han sido establecidos por profesores en mujeres de Nancy y de La Salpêtrière.

La cosa será todavía más convincente cuando una mujer demuestre lo mismo con un profesor, ante un segundo profesor como testigo. ¡Y pensar que el sujeto seré yo! ¡Yo, el escéptico, el materialista! Al menos habré demostrado que mi dedicación a la ciencia es mayor que el deseo de seguir siendo como soy.

Tragarnos lo que hemos dicho es el mayor sacrificio que la ciencia puede exigir de nosotros.

Mi vecino, Charles Sadler, ese joven y simpático profesor de anatomía, ha venido esta noche a devolverme un ejemplar de los «Archivos de Virchow» que le había prestado. Le llamo joven, pero, de hecho, es un año mayor que yo.

—Me he enterado, Gilroy —me ha dicho—, de que se está usted sometiendo a los experimentos de la señorita Penclosa. ¿Es cierto?

¡Vaya! Yo, en su lugar, no iría más lejos en eso. Seguramente lo considerará una gran impertinencia por mi parte, pero considero un deber instarle a que no siga relacionándose con ella.

Como es natural, le he preguntado por qué.

—Me encuentro en una posición que me impide entrar en detalles que me gustaría proporcionarle —me ha dicho—. La señorita Penclosa es amiga de un amigo mío, debo ser discreto. Todo lo que puedo decir es que yo mismo me he sometido a los experimentos de esa mujer, y que estos experimentos han dejado en mí emociones muy desagradables.

He hecho toda clase de esfuerzos para sacarle algo más, pero sin conseguirlo. ¿Es acaso concebible que pueda estar celoso de que yo le haya suplantado? ¿O acaso es uno de esos científicos que consideran como un insulto personal el descubrimiento de hechos que van en contra de sus ideas preconcebidas?

¡No voy a abandonar experimentos tan fecundos, simplemente porque él me injuria!

Ha parecido molesto por la despreocupación con que he recibido sus confusos consejos, y nos hemos separado con cierta frialdad.

**31 de marzo**

Magnetizado por la señorita Penclosa.

**1 de abril**

Magnetizado por la señorita Penclosa. (Ficha A)

**2 de abril**

Magnetizado por la señorita Penclosa. Registro esfigmográfico tomado por el profesor Wilson.

**3 de abril**

Es posible que esta serie de magnetizaciones produzcan algún efecto sobre el organismo.

Agatha dice que estoy más delgado y que tengo ojeras.

Percibo en mí una tendencia a la irritabilidad que antes no conocía. Por ejemplo, me sobresalta el menor ruido, y si un estudiante dice alguna estupidez me crispo en vez de divertirme.

Agatha quiere que detenga todo esto, pero yo le digo que los estudios continuados son fatigosos, y que no se puede obtener ningún resultado sin pagar su precio. Cuando vea la sensación que causará mi artículo sobre las relaciones entre el espíritu y la materia, admitirá que merece la pena soportar un poco de tensión y de desgaste nervioso.

No me sorprendería que todo esto me llevara a ser elegido miembro de la Sociedad Real.

A últimas horas de la tarde, magnetizado una vez más.

Ahora el efecto se produce con mayor rapidez, y las visiones subjetivas son menos acentuadas.

Tomo anotaciones minuciosas sobre cada sesión.

Wilson estará ausente de la ciudad durante ocho o diez días, pero no suspenderemos los experimentos, cuyo valor depende tanto de mis sensaciones como de sus observaciones.

**4 de abril**

He de mantenerme muy en guardia. Se ha introducido en nuestros experimentos una complicación que no había tomado en cuenta. Mi ansia por obtener datos científicos me había cegado ante el hecho de que la señorita Penclosa y yo somos seres humanos.

Aquí puedo escribir cosas que no me atrevería a confiar a nadie en el mundo. Esa desdichada parece haberse obsesionado por mí.

No afirmaría cosa semejante, ni siquiera en el secreto de un diario íntimo, si no hubiera llegado al punto de que me ha sido imposible no darme cuenta.

Durante algún tiempo, más exactamente durante la pasada semana, se habían dado indicios que yo había echado a un lado, negándome a prestarles atención: su entusiasmo ante mi llegada, su abatimiento cuando me marcho, su insistencia para que yo acuda con frecuencia, la expresión de sus ojos, el timbre de su voz...

He hecho cuanto he podido para convencerme de que todo eso no significaba nada, que simplemente podía atribuirse a la sociabilidad de la gente de las Indias Occidentales. Pero anoche, al despertar del sueño magnético, tendí la mano, y, sin saberlo, sin quererlo, apreté las suyas. Cuando hube vuelto enteramente en mí, seguíamos con las manos enlazadas, y ella me miraba con una sonrisa expectante. Y lo horrible es que sentí en mí el impulso de decir lo que ella esperaba. ¡Qué miserable embustero hubiera sido de haberlo hecho! ¡Qué asco sentiría ahora hacia mí mismo si en aquel momento hubiera cedido a

la tentación! Pero, gracias a Dios, tuve fuerza suficiente para ponerme de pie y salir corriendo de la habitación. Temo haber sido grosero. Pero no. No podía, no podía ser dueño de mí ni un instante más. ¡Yo, un caballero, un hombre de honor, prometido en matrimonio con una de las muchachas más encantadoras de Inglaterra, he estado a punto, en un instante de pasión que me privaba de todo raciocinio, de hacer una declaración de amor a esa mujer a la que apenas conozco! Es bastante mayor que yo, y además cojea.

Es monstruoso, odioso... Y sin embargo, el impulso era tan fuerte que, de haber permanecido un momento más en su presencia, me hubiera comprometido.

¿Cómo entender esto? Tengo la misión de enseñar a otros cómo funciona nuestro organismo, ¿y qué sé yo de mi propio organismo?

¿Ha sido eso producto de la maduración repentina de determinados principios profundamente sepultados en lo más hondo de mí, ha sido mi instinto de animal primitivo manifestándose repentinamente?

Tan fuerte era ese sentimiento que estuve a punto de creer en las historias de posesión diabólica.

Sea como fuese, este incidente me coloca en una posición sumamente difícil. Por una parte, me disgusta renunciar a una serie de experimentos que han llegado ya tan lejos y que auguran resultados tan brillantes; por otra, si esa desdichada ha llegado a albergar una pasión hacia mí... ¡Pero no!

Seguramente he vuelto a incurrir en algún error mayúsculo. ¡Ella! ¡A su edad, con su deformidad!

Además, ella conoce mis relaciones con Agatha. Sabe cuál es mi situación. Si sonreía era simplemente porque se sentía alegre, por haberle tomado la mano durante mi estado de vértigo.

Fue mi cerebro, aún medio magnetizado, el que entendió así la cosa, y el que, en un impulso feroz, me arrojó rápidamente a esta línea de pensamiento.

Me gustaría ser capaz de convencerme de que así es realmente la cosa. Pensándolo bien, creo que lo más juicioso sería aplazar todo nuevo experimento hasta después del regreso de Wilson. De acuerdo con esto, he mandado una carta a la señorita Penclosa, y, sin ninguna alusión a la pasada noche, le he comunicado que unas tareas urgentes me obligan a interrumpir nuestros experimentos durante algunos días.

Me ha mandado una respuesta, bastante seca, diciéndome que si cambio de idea la encontraré en su casa a la hora de costumbre.

**Diez de la noche**

¡Vaya, vaya! ¡Qué poca cosa soy! Desde hace algún tiempo voy conociéndome cada vez mejor y, cuanto mejor me conozco, tanto más desciendo en mi propia estimación. Desde luego, no siempre he sido tan débil como ahora.

A las cuatro de la tarde me hubiera reído si me hubiesen dicho que iría esta noche a ver a la señorita Penclosa. Sin embargo, a las ocho me encontraba como de costumbre ante la puerta de la casa de Wilson.

No sé cómo ha ocurrido. La fuerza de la costumbre, imagino. Puede que haya una adicción al magnetismo, del mismo modo que hay una adicción al opio, y yo sea víctima de ella.

Lo cierto es que, mientras trabajaba en mi gabinete, me iba sintiendo cada vez más inquieto. Me movía sin motivo, me desplazaba sin objeto, no conseguía concentrar la atención en los papeles que tenía delante. Finalmente, antes de darme siquiera cuenta de lo que hacía, me había puesto el sombrero, y había salido para acudir a mi cita de costumbre.

Ha sido una velada interesante.

La señora Wilson estuvo presente durante la mayor parte de la sesión y eso eliminó la turbación que por lo menos uno de los dos hubiera sentido.

La actitud de la señorita Penclosa fue ni más ni menos la misma que de costumbre. No manifestó ninguna sorpresa al verme acudir, a pesar de mi nota.

No había en su modo de comportarse nada que hiciera pensar que el incidente de ayer hubiera dejado en ella impresión alguna, así que, hasta cierto punto, pude suponer que yo había exagerado el asunto.

**6 de abril. Noche**

No, no había exagerado nada.

No puedo ya cerrar los ojos ante la evidencia.

Esa mujer se ha enamorado de mí.

Es monstruoso, pero cierto.

Esta noche, al despertar una vez más del trance mesmérico, me he encontrado con mi mano enlazada en la suya, y con la mente invadida por esa sensación repugnante que me impulsa a pisotear mi honor, mi futuro... A pisotearlo todo, todo, y arrojarlo a los pies de esa persona que, según me doy cuenta cuando estoy fuera de su

influencia, no posee ningún encanto físico. Pero cuando estoy a su lado no lo siento así. Esa mujer despierta en mí algo... Algo perverso... Algo en lo que no quisiera pensar. Paraliza lo mejor que hay en mi modo de ser, y al mismo tiempo estimula lo peor que hay en él. Decididamente, no es conveniente que permanezca cerca de ella.

La pasada velada fue más peligrosa que la otra.

En vez de huir, me quedé allí, con la mano entre las suyas, charlando con ella sobre los temas más íntimos. Entre otras cosas, hablamos de Agatha. ¿Qué fue lo que me pasó por la cabeza?

La señorita Penclosa dijo que Agatha era trivial, y yo le di la razón. Volvió a hablarme de Agatha una o dos veces más, de modo poco halagador, y yo no protesté. ¡Qué torpe he sido!

Sin embargo, a pesar de la debilidad que he demostrado, me queda fuerza suficiente para acabar con todo esto. No volverán a suceder cosas como estas. Seré lo bastante juicioso para huir cuando no me sienta en condiciones de luchar. Hoy mismo, esta noche de domingo, doy por terminadas mis sesiones con la señorita Penclosa. Para siempre. Renunciaré a los experimentos, abandonaré la investigación. ¡Cualquier cosa antes que tener que enfrentarme a esa tentación que me hace caer tan bajo!

No he dicho nada a la señorita Penclosa. Simplemente, me mantendré alejado de ella. Entenderá el motivo, sin necesidad de que yo le diga nada.

**7 de abril**

Me he quedado en casa, según lo dicho.

¡Qué lástima, perder un estudio tan interesante! ¡Pero qué lástima, por otra parte, arruinar mi vida! Y sé que delante de esa mujer ya no soy dueño de mí.

**Once de la noche**

¡Que Dios me ayude! ¿Qué es lo que me ocurre?

¿Me estoy volviendo loco?

A ver si me calmo y consigo razonar un poco.

Ante todo, anotaré exactamente lo ocurrido.

Eran más o menos las ocho cuando escribí las líneas con las que empecé la entrada de hoy en mi diario. Experimentaba una inquietud, una agitación extraña, y salí a pasar la velada con Agatha y su madre.

Ambas hicieron la observación de que estaba pálido y de que tenía un aire como asustado.

Hacia las nueve llegó el profesor Pratt-Haldane, y nos pusimos a jugar al whist. Hice un enorme esfuerzo para mantener mi atención fija en el juego, pero aquella sensación de febril agitación no dejaba de crecer, y llegó a tal extremo que no me consideré en condiciones de poder superarla. Me era sencillamente imposible. Finalmente, mientras se estaban repartiendo las cartas, tiré las mías sobre la mesa. Farfullé unas disculpas incoherentes relativas a una cita, y salí apresuradamente de la habitación.

Recuerdo vagamente, como en un sueño, haber cruzado el vestíbulo a la carrera, arrancado, por así decirlo, mi sombrero de la percha, y cerrado violentamente la puerta detrás mío. También veo de nuevo como en un sueño las hileras de farolas, y mis zapatos, cubiertos de fango, me demuestran que sin duda corrí por el medio de la calzada.

Todo tenía un aire borroso, extraño, irreal.

Fui a casa de los Wilson.

Vi a la señora Wilson, vi a la señorita Penclosa.

Apenas recuerdo de qué hablamos. Solo recuerdo que la señorita Penclosa, bromeando, me amenazó con su muleta, acusándome de llegar tarde y de no interesarme como antes en nuestros experimentos.

No hubo magnetización, pero me quedé un rato allí. Acabo de volver. Mi mente ha recobrado toda su claridad. Puedo reflexionar sobre lo sucedido. Es absurdo atribuirlo todo a la debilidad y a la fuerza de la costumbre.

La otra noche traté de explicar así la cosa, pero esta explicación ya no es suficiente. Se trata de algo más profundo, y también más terrible.

En casa de las Marden, en la mesa de juego, me sentí arrastrado como con un nudo corredizo en el cuello.

Ya no puedo ocultarme esto a mí mismo.

Esa mujer ha puesto sus garras en mí. Me sujeta. Pero debo conservar la serenidad, y encontrar, por medio de la razón, una forma de salir del paso.

¡Qué loco y qué ciego he sido! Embebido de entusiasmo por mi investigación, he ido derecho al abismo abierto ahí, delante mío.

¿Acaso ella misma no me advirtió? ¿No me había dicho, según leo en mi propio diario, que, cuando ha adquirido poder sobre un sujeto, puede obligarle a hacer lo que ella quiere?

Y ese poder lo ha adquirido sobre mí. Ahora estoy a sus órdenes, estoy bajo el arbitrio de la mujer de la muleta. Cuando desea que yo acuda, allá he de ir yo. Tengo que hacer lo que ella quiere. Y, aun peor, ¡debo experimentar los sentimientos que ella quiere! La detesto

y le tengo miedo, y sin embargo, cuando estoy bajo su influencia mágica, puede obligarme a amarla; estoy seguro.

Lo único que me consuela un poco es el hecho de que estos impulsos odiosos que me echo en cara no proceden de mí, de ningún modo.

Todo se transmite de ella a mí, aunque yo no tuviera ni la menor conciencia de ello durante los primeros tiempos. Esta idea me inspira una sensación de mayor nitidez e imprudencia.

**8 de abril**

Sí. Ahora, en pleno día, perfectamente sereno, con todo el margen para meditar, me veo obligado a dar por cierto todo lo que escribí en mi diario la otra noche.

Mi posición es horrenda, pero, ocurra lo que ocurra, no debo perder la cabeza. Tengo que tensar mi inteligencia contra su poder.

Al fin y al cabo, no soy una estúpida marioneta a la que se pueda hacer bailar tirando de unos hilos. Poseo energía, inteligencia y valor. A pesar de todos sus trucos malignos, aún puedo vencerla. ¿Puedo? No, no... Debo. Si no, ¿qué será de mí?

Tratemos de encontrar la salida lógica. De acuerdo con sus propias explicaciones, esa mujer puede dominar mi sistema nervioso. Puede proyectarse a sí misma dentro de mi cuerpo y mandar en él. Tiene un alma de parásito; sí, un alma de parásito, de monstruoso parásito. Se introduce en mi organismo como el ermitaño en la concha del caracol.

¿Qué puedo hacer contra ella? Tengo que vérmelas con fuerzas de las que no sé nada. Y no puedo contar a nadie mis sufrimientos. Me tomarían por loco. Si esto saliera a la luz pública, no cabe duda de que la Universidad consideraría que no necesita los servicios de un profesor poseído por el diablo.

¡Y Agatha!

No, no. Tengo que enfrentarme solo al peligro.

Releo mis anotaciones acerca de las afirmaciones de esa mujer cuando habló de sus poderes. Hay una cosa que me desconcierta por completo: acabó diciendo que, cuando la influencia es leve, el sujeto sabe lo que hace, pero no puede gobernarse a sí mismo, mientras que, cuando la voluntad se ejerce con energía, el sujeto es absolutamente inconsciente.

Ahora bien, yo siempre he sabido qué hacía, pero la noche pasada no tanto como en las ocasiones anteriores. Esto parece significar que no ha ejercido todavía sobre mí toda la fuerza de su poder.

¿Ha existido alguna vez un hombre puesto en mi situación? Sí, puede ser... uno... y está muy cerca. Charles Sadler debe saber algo de esto. Sus consejos imprecisos para que me mantenga alerta tienen hoy más sentido. ¡Ah! Si le hubiera hecho caso no hubiese ayudado, a través de esas repetidas sesiones, a fortalecer los eslabones de la cadena que me aprisiona. Iré a verlo hoy. Me disculpare por haber tomado tan a la ligera sus advertencias. Veré si puede sugerirme algo.

**Cuatro de la tarde**

No, no puede.

He hablado con él, y se ha mostrado tan sorprendido cuando le empecé a contar mi espantoso secreto que no he podido continuar.

Hasta donde alcanzo a entender, en base a señales ambiguas y a deducciones más que a afirmaciones claras, lo que él experimentó se redujo a palabras o miradas parecidas a las que me han sido dirigidas. El hecho mismo de que se haya apartado de la señorita Penclosa es suficiente para demostrar que él no ha sido nunca verdaderamente su prisionero. ¡Ah! ¡Si él supiera lo que hubiera podido ocurrirle!

Charles Saddler debería sentir gratitud por su flemático temperamento anglosajón. Yo soy moreno, soy un celta, y las garras de esa bruja penetran profundamente en mis nervios. ¿Conseguiré algún día liberarme de ella? ¿Volveré alguna vez a ser el mismo hombre que era hace dos semanas?

Veamos. Estudiemos qué es lo mejor que puedo hacer. No puedo ni pensar en alejarme de la Universidad en pleno semestre.

Si fuera libre mi plan estaría ya trazado. Me marcharía inmediatamente. Viajaría a Persia. Pero ¿dejaría ella que me fuera? Y ¿no sería su influencia lo bastante fuerte para alcanzarme en Persia, haciéndome volver hasta quedar al alcance de su muleta?

Solo mediante una amarga experiencia personal conoceré los límites de su infernal poder. Lucharé; lucharé, lucharé. ¿Qué otra cosa puedo hacer? Sé perfectamente que a las ocho se apoderará de mí la necesidad invencible de su compañía, y sentiré angustia. ¿Cómo conseguiré superarlo? ¿Qué he hacer?

Trataré que sea imposible salir de mi habitación. Cerraré la puerta con llave, y la tiraré por la ventana. Sí, pero, ¿cómo me las arreglaré por la mañana? No pensemos en mañana. Es preciso que rompa esta cadena que me ata.

**9 de abril**

¡Victoria! Ayer, a las siete, después de una cena liviana, me encerré en mi habitación y tiré la llave al jardín.

Tomé una novela divertida y estuve tres horas tratando de leer en cama, pero en realidad pasé esas horas temblando espantosamente, esperando a cada momento ser visitado por la influencia. Pero no ocurrió nada de eso, y esta mañana me he levantado con la sensación de haber escapado de una tremenda pesadilla.

Quizá esa mujer se dio cuenta de lo que yo había hecho, y comprendió que de nada serviría tratar de actuar sobre mí. De cualquier modo, la he vencido una vez, y, si he podido conseguirlo una vez, lo conseguiré también otras.

Lo más fastidioso, por la mañana, fue el asunto de la llave. Por suerte, ahí abajo estaba un ayudante del jardinero, y le dije que me la tirara. Debió creer que se me había acabado de caer.

Haré clavar las puertas y las ventanas; encargaré a seis hombres fuertes que me retengan en la cama; todo antes que rendirme ante esa bruja.

Esta tarde recibí una nota de la señorita Marden pidiéndome que fuera a verla. Pensaba hacerlo, fuera cual fuera el motivo, pero no me esperaba encontrarme con malas noticias. Según parece, los Armstrong, de quienes Agatha tiene posibilidades de heredar, han embarcado en Adelaida en el Aurora y han escrito a la señora Marden para que les vaya a esperar a la ciudad.

Esto significará una ausencia de un mes o mes y medio. Como la llegada del Aurora se espera para el miércoles, tienen que partir de inmediato para llegar a tiempo.

Me consuela pensar que, cuando volvamos a encontrarnos, ya no habrá separación entre Agatha y yo.

—Quiero pedirte una cosa, Agatha —le dije, cuando estuvimos solos—. Si por casualidad te encuentras con la señorita Penclosa, en la ciudad o aquí, prométeme que no te dejarás hipnotizar por ella.

Agatha me miró con asombro.

—Pero si hace solo unos pocos días decías que todo esto era interesantísimo, y que estabas decidido a llevar tus experimentos hasta el final...

—Ya lo sé, pero he cambiado de opinión.

—¿Y has renunciado por completo a los experimentos?

—Sí.

—¡Oh! ¡Cuánto me alegro, Austin! No te imaginas el aspecto que tenías estos últimos días: pálido, cansado. Lo cierto es que esa

era la principal razón que nos impedía viajar ahora a Londres. No queríamos dejarte solo, en un momento en que parecías tan abatido. Y tu comportamiento ha cambiado también, a veces de una manera tan extraña... Sobre todo esa noche en que dejaste al profesor Pratt-Haldane sin pareja de juego. Me convencí de que esos experimentos actuaban muy negativamente sobre tus nervios.

—Pienso lo mismo, querida.

—Y también sobre los nervios de la señorita Penclosa. ¿No te has enterado de que está enferma?

—No.

—Nos lo ha dicho la señora Wilson. Nos ha descrito su estado como una fiebre nerviosa. El profesor Wilson vuelve la semana próxima, y la señora Wilson está muy deseosa de que para entonces la señorita Penclosa se haya recobrado, porque al señor Wilson le espera todo un programa de experimentos que piensa llevar a buen fin.

Me tranquilizó la promesa de Agatha. Era más que suficiente que esa mujer tuviera entre sus garras a uno de los dos. Por otra parte, me inquietó enterarme de la enfermedad de la señorita Penclosa. Eso disminuye en mucho la importancia de la victoria que pensé haber conseguido anoche.

Recuerdo haberle oído decir que el desmejoramiento de su salud afectaba negativamente su poder. Puede que sea por eso por lo que pude resistir tan fácilmente. ¡Bueno! De todos modos, esta noche he de tomar las mismas precauciones, y veré qué ocurre.

Siento un miedo infantil al pensar en ella.

### 10 de abril

Anoche funcionó todo perfectamente. Ha sido divertido ver la cara que ha puesto el jardinero esta mañana, cuando he vuelto a llamarle para que me tirase la llave.

Me haré famoso entre la servidumbre si esto se repite. Pero lo que importa es que permanecí en casa, sin sentir ni la menor necesidad de salir. Me parece que empiezo a liberarme de esa increíble esclavitud; a menos que, sencillamente, el poder de esa mujer esté neutralizado hasta que recobre las fuerzas. Ruego que se dé la alternativa más favorable.

Las Marden se irán esta mañana, y me parece como si el sol primaveral hubiese perdido todo su resplandor. Sin embargo, es hermoso, ahí, brillando tras el castaño que veo desde mi ventana y que

proporciona un toque de alegría a los gruesos muros manchados de líquen de los viejos edificios universitarios.

¡Qué agradable y amorosa es la naturaleza! ¡Qué consoladora! ¿Cómo es posible que esa naturaleza oculte fuerzas tan impuras, probabilidades tan repulsivas?

Comprendo, desde luego, que esta cosa terrible que me ha ocurrido no se encuentra ni por encima de la naturaleza ni fuera de ella. No, es una fuerza natural la que puede emplear esa mujer, una fuerza que la sociedad ignora. El mismo hecho de que esa fuerza varíe con la salud demuestra hasta qué punto está enteramente subordinada a las leyes físicas.

Si tuviera tiempo podría llegar hasta el fondo del asunto y descubrir el antídoto, pero cuando uno está entre las garras del tigre, no es momento para pensar en domesticarlo, lo único que se puede hacer es liberarse a los golpes.

¡Ah! Cuando me miro en el espejo y veo en él mis ojos negros y mi cara de español, de rasgos tan pronunciados, quisiera haber sido salpicado por ácido sulfúrico o haber quedado marcado de viruela. Cualquiera de estas cosas me hubiera librado de todo esto.

Me inclino a pensar que esta noche tendré problemas. Son dos las circunstancias que me hacen temer. La primera es que me encontré en la calle con la señora Wilson y me dijo que la señorita Penclosa había mejorado, aunque sigue débil; la segunda es que el profesor Wilson vuelve dentro de uno o dos días, y su presencia será un freno para ella. No tendría miedo de encontrarme con ella si estuviera presente un tercero. Esas dos razones me hacen presentir que tendré problemas esta noche. Tomaré la precaución de las anteriores.

**10 de abril**

No. Gracias a Dios, anoche todo fue bien.

Hubiera sido excesivo volver a recurrir al jardinero, así que cerré la puerta y tiré la llave por encima, de modo que por la mañana tuve que pedirle a la criada que me abriera desde fuera. Pero la precaución no era en realidad necesaria, ya que en ningún momento sentí ganas de salir. ¡Tres noches seguidas en casa! Sin duda están terminando mis sufrimientos. Wilson estará de vuelta hoy o mañana. ¿Le diré lo que he pasado? ¿Me callaré? Estoy convencido de que no encontraría en él ni la menor cordialidad. Me vería como un sujeto interesante, y leería un comunicado a mi respecto en la próxima reunión de la Sociedad Psíquica; allí enfocaría seriamente la posibilidad

de que yo hubiera mentido descaradamente, y compararía esta posibilidad con la de que esté afectado por una incipiente locura.

No. No iré a pedir ayuda a Wilson. Me siento extrañamente ágil y enérgico. Creo que nunca he dado mi clase con mayor empuje. ¡Ah, si pudiera apartar de mi vida esa sombra! ¡Qué feliz sería! Soy joven, disfruto de cierta holgura, estoy en primera fila en mi profesión, estoy prometido a una muchacha hermosa y encantadora: ¿no tengo todo lo que un hombre puede desear? Solo hay en el mundo una cosa que me atormenta, pero ¡qué cosa!

**Medianoche**

¡Terminaré loco! Sí, así concluirá todo esto. Terminaré loco. Ya no estoy muy lejos de estarlo. Me hierve la cabeza, la tengo apoyada en una mano ardiente. Se me estremece todo el cuerpo, como un caballo asustado.

¡Oh, qué noche he pasado! Pese a todo, también tengo algún motivo para alegrarme. A riesgo de convertirme en objeto de risa para los criados, deslicé la llave por debajo de la puerta, convirtiéndome en un prisionero para toda la noche. Después, pareciéndome que era demasiado temprano para acostarme, me tendí vestido en la cama y me puse a leer una novela de Dumas. De pronto, fui arrebatado... Sí, arrebatado, arrastrado fuera de la cama. Solo estos términos son capaces de describir la fuerza irresistible que hizo presa en mí.

Me agarré de la manta, me sujeté de la madera de la cama. Incluso me parece que grité, frenético. Todo inútil. No pude resistir. Tuve que obedecer. No podía sustraerme a esa fuerza. Solo en los primeros momentos opuse alguna resistencia. La influencia no tardó en ser demasiado abrumadora para luchar contra ella.

Doy gracias a Dios de que no hubiera allí gente para guardarme, porque, de haberla habido, no hubiera podido responder de mí mismo.

A esa resolución de salir iba unida una idea muy clara y viva sobre los medios a emplear para conseguirlo. Encendí una vela, me puse de rodillas delante de la puerta, y traté de tirar la llave hacia mí usando una pluma de oca, pero era demasiado corta y solo conseguí alejarla un poco más. Entonces, con sosegada obstinación, tomé de un cajón un abrecartas, y con él pude conseguirla.

Abrí la puerta. Entré en mi gabinete y tomé de encima del escritorio una fotografía mía. Escribí en ella unas palabras y me la puse en el bolsillo interior del abrigo. Luego me encaminé a casa de los Wilson.

Lo veía todo con una claridad extraordinaria, y sin embargo, todo me parecía ajeno al resto de mi propia vida, ajeno como podrían serlo las incidencias del más vivo de los sueños. Me poseía una especie de doble conciencia. Estaba, en primer lugar, la voluntad ajena que predominaba y que tendía a arrastrarme junto a la propietaria de dicha voluntad, y estaba también otra personalidad, más débil, que se resistía, y reconocía en ella a mi propio yo, un yo que luchaba débilmente contra el impulso todopoderoso, como un perro que lucha contra la correa que lo sujeta.

Recuerdo también haberme dado cuenta del conflicto entre esas fuerzas, pero no recuerdo nada de mientras andaba ni de cómo entré en la casa. En cambio, conservo una imagen sumamente nítida de mi encuentro con la señorita Penclosa. Estaba tendida en el diván, en el salón donde habitualmente realizamos nuestros experimentos. Tenía la cabeza apoyada en la mano y estaba parcialmente tapada con una piel de tigre. Cuando entré, alzó la mirada, con la expresión de quien está esperando. La luz de la lámpara daba de lleno en su rostro y pude ver que estaba muy pálida y desmejorada, y que tenía unos surcos oscuros bajo los ojos. Me sonrió, y me indicó con la mano una silla a su lado.

Empleó la mano izquierda para ese ademán. Yo avancé velozmente, tomé aquella mano, y... y... me doy asco a mí mismo al pensarlo, pero me la llevé a los labios apasionadamente. Luego me senté en la silla, sin soltarle la mano, y le entregué la fotografía que había traído.

Hablé y hablé. Le conté de mi amor por ella, el dolor que me había causado su enfermedad, la alegría que me daba su restablecimiento, y le dije hasta qué punto me sentía desgraciado cuando pasaba una sola velada sin verla. Ella permanecía inmóvil, manteniendo su mirada fija en mí, con una sonrisa provocadora.

Recuerdo que en un momento dado me pasó la mano por el cabello, como quien acaricia a un perro, y aquella caricia me causó placer. Eso me hizo estremecer. Me convertí en su esclavo en cuerpo y alma, y en ese momento me alegré de mi esclavitud.

Y entonces tuvo lugar el feliz cambio. Que nadie me diga que no existe la Providencia. Me encontraba en el borde mismo de la perdición, mis pies rozaban el precipicio. ¿Fue acaso por simple coincidencia que me llegó entonces el socorro, justo en aquel momento? No, no: existe la Providencia, y fue su mano la que me hizo retroceder. Hay en el universo algo más poderoso que esa diabla, pese a todas sus mañas.

¡Ah! ¡Qué alivio para mi espíritu, pensar esto! Al alzar la mirada hacia ella, percibí un cambio. Su cara, pálida hasta entonces, se

había puesto lívida. Tenía los ojos nublados y se le estaban cerrando los párpados, y, por encima de todo, había desaparecido de su fisonomía ese aire de tranquila confianza. Su boca había perdido firmeza y parecía que su frente se hubiera estrechado. Parecía asustada y titubeante.

Mientras observaba este cambio en ella, sentí en mi espíritu una especie de incertidumbre. Mi alma se puso a luchar, como si intentara violentamente escapar de la tenaza que lo aprisionaba; tenaza que apretaba menos a cada instante.

—Austin —dijo, con voz débil—, he confiado demasiado en mí. No estaba aún lo bastante fuerte. No me he recuperado de la enfermedad. Pero no podía seguir viviendo sin verte. ¡No me dejes, Austin! Es una debilidad momentánea. Espera cinco minutos, y volveré a ser yo misma. Acércame ese frasco que está en la mesa, junto a la ventana.

Pero yo había recobrado el dominio de mi alma. Mientras sus fuerzas se extinguían, la influencia sobre mí se disipaba. Me sentí liberado. Me puse agresivo. La ataqué con furia. Por lo menos en una ocasión he podido contarle a esa mujer cuáles son mis auténticos sentimientos. Mi espíritu rebosaba de un odio que era tan brutal como el amor contra el que reaccionaba. Era el mío el furor desenfrenado, asesino, del esclavo rebelde. Hubiera sido capaz de asir la muleta que tenía a su lado y machacarle la cara con ella.

Ella extendió las manos delante suyo, como para protegerse de un golpe, y, retrocediendo ante mí, se apelotonó en un extremo del diván.

—¡El aguardiente! ¡El aguardiente! —dijo, con voz cambiada.

Tomé el frasco y lo vacié en las raíces de una palmera que estaba en la ventana. Luego le arrebaté la fotografía y la desgarré en mil pedazos.

—¡Mujer miserable! —dije—. ¡Si yo cumpliera con mi deber para con la sociedad, no saldrías viva de esta habitación!

—Te quiero, Austin, te quiero —gimió.

—¡Sí! —grité—. Como has querido a Charles Sadler. ¿Y a cuántos antes que a él?

—Charles Sadler... —dijo ella, jadeante—. ¿Te ha hablado? ¡Ah! ¡Charles Sadler, Charles Sadler!

Su voz pasaba entre sus labios como el silbido de una serpiente.

—Te conozco, sí —dije—, y otros te conocerán también, bestia lujuriosa. Conoces mi posición, y, a pesar de todo, has empleado tu espantoso poder para atraerme hacia ti. Podrás hacerlo de nuevo, pero al menos te acordarás de haberme oído decir que amo a la señorita Marden entrañablemente, y que tú me inspiras asco y espanto.

Solo verte y oír tu voz ya basta para llenarme de odio y de repugnancia. Siento náuseas de pensar en ti. Esto es lo que siento por ti, y si quieres volver a atraerme con tus mañas, como esta noche, imagino que no sentirás demasiado placer al convertir en tu enamorado a un hombre que te ha dicho lo que realmente piensa de ti. Podrás poner en mi boca las palabras que quieras, pero no podrás olvidar...

Me detuve, porque la mujer había caído desmayada. No era capaz de escuchar hasta el final lo que yo tenía que decirle.

¡Qué ardiente sensación de victoria experimento al pensar que, ocurra lo que ocurra a partir de ahora, esa mujer no puede ya engañarme en cuanto a mis verdaderos sentimientos hacia ella! Pero, ¿qué ocurrirá entonces? No me atrevo a pensarlo.

¡Oh! ¡Si pudiera tener la esperanza de que me dejará en paz! Pero cuando pienso en lo que le he dicho... Tanto da. Una vez, por lo menos, habré sido más fuerte que ella.

**11 de abril**

Esta noche apenas dormí. Por la mañana me sentí tan destemplado, nervioso y febril que tuve que rogarle a Pratt-Haldane que dictara mi clase. Es la primera vez que me ausento.

Me levanté al mediodía con dolor de cabeza, las manos temblorosas y los nervios en un estado lamentable. Anoche he recibido una visita. ¿Será posible?

Wilson en persona. Acaba de volver de Londres, donde ha dado conferencias, ha desenmascarado a un médico, ha dirigido una serie de experimentos sobre la transmisión de pensamiento, se ha entrevistado con el profesor Richet de París, ha pasado horas y horas mirando en un cristal y ha obtenido algunos resultados relativos a la penetración de la materia por la materia.

Me contó todo esto de un tirón.

—Pero, ¿y usted? —exclamó, finalmente—. No tiene buen aspecto. Y la señorita Penclosa está sumida en una total postración. ¿Y los experimentos? ¿Qué tal van?

—Los he abandonado.

—¿Por qué?

—Esos estudios me parecían peligrosos.

Acto seguido sacó su cuaderno de notas marrón.

—Esto es muy interesante —dijo—. ¿Qué razones tiene para decir que esos estudios son peligrosos? Le ruego que me enumere los hechos por orden cronológico, con las fechas aproximadas y nombres de testigos fidedignos, junto con sus direcciones.

—Antes que nada —le pregunté—, ¿querrá decirme si le constan casos en que un hipnotizador haya adquirido poder sobre su objeto, y lo haya empleado con fines criminales?

—¡Docenas y docenas! —exclamó, exaltado—. Crimen por sugestión.

—No hablo de sugestión. Me refiero a lo que ocurre cuando de una persona alejada llega un impulso repentino... un impulso irresistible.

—¡Obsesión! Es el fenómeno menos frecuente... Tenemos ocho casos, cinco de ellos demostrados. No irá usted a decirme...

Estaba tan exaltado que apenas si podía articular las palabras.

—No, no quiero decirle —le contesté—. Sabrá disculparme, pero esta noche no me siento demasiado bien. Adiós.

Así conseguí librarme de él. Se marchó blandiendo su cuaderno y su lápiz. Sin duda me cuesta aguantar mis problemas, pero será mejor que me los guarde para mí y que no los exhiba ante Wilson como un fenómeno de feria. Wilson ha perdido de vista a los seres humanos. Para él, todo se reduce a casos, a fenómenos.

Ni aunque me maten volveré a hablar de este asunto.

**12 de abril**

Ayer fue un día tranquilo. La velada transcurrió sin ningún incidente.

¿Qué puede hacer ahora esa mujer? Sin duda, después de oírme decir lo que le dije, debe sentir por mí tanta antipatía como yo por ella.

No, no puede, no puede querer por amante a alguien que la ha insultado tanto. No. Creo que me he librado de su amor...

Pero, ¿qué puede esperarse de su odio? ¿No empleará acaso su poder para vengarse? ¡Bah! ¿Por qué asustarme a mí mismo con fantasías?

Ella me olvidará, yo la olvidaré, y todo irá bien.

**13 de abril**

Mis nervios han recobrado toda su compostura.

Creo de veras haber vencido a ese ser, pero debo admitir que no vivo sin aprensiones. Se ha restablecido; me he enterado de que esta tarde ha ido a dar un paseo en coche con los Wilson por la Avenida Principal.

## 14 de abril

Me gustaría alejarme para siempre. Huiré, iré a encontrarme con Agatha en cuanto termine el semestre. Reconozco que es una lamentable debilidad por mi parte, pero esa mujer me afecta los nervios de mala manera. He vuelto a verla, y he vuelto a hablar con ella. Fue inmediatamente después de la comida. Estaba fumándome un cigarrillo en mi gabinete. Oí en el pasillo los pasos de mi criado, Murray. Me pareció vagamente oír detrás otros pasos. No me preocupaba demasiado quién pudiera ser, pero un ligero ruido me hizo saltar de la silla, temblando de susto.

Nunca me había fijado especialmente en qué clase de ruido puede provocar una muleta, pero mis nervios desquiciados me dijeron que a eso correspondían los ruidos secos de madera alternándose con el sonido sordo de los pies en el suelo.

Y al cabo de un instante, mi criado la hizo pasar.

Ni siquiera traté de cumplir con las formas convencionales de la cortesía. Tampoco ella lo intentó. Me quedé mirándola fijamente, con el cigarrillo entre los dedos. Ella me miró en silencio, y ante la expresión de su mirada, recordé las páginas en las que había tratado de describir esa expresión, preguntándome si era burlona o cruel.

Aquel día, era una expresión de crueldad, de una crueldad fría e implacable.

—Muy bien —dijo, finalmente—. ¿Sigue usted con la misma disposición de ánimo que la última vez que le vi?

—Mi disposición de ánimo ha sido siempre la misma.

—Entendámonos, profesor Gilroy —dijo ella, lentamente—. No soy persona de la que se pueda uno burlar fácilmente, y ahora mismo podría dejárselo claro. Fue usted quien me rogó participar en una serie de experimentos; fue usted quien conquistó mi afecto; usted quien declaró su amor por mí; usted quien me trajo su fotografía, con unas palabras de afecto escritas en ella; y fue usted quien, esa misma noche, consideró oportuno cubrirme de insultos y dirigirse a mí en unos términos que ningún hombre se había jamás atrevido a emplear conmigo. Dígame que esas palabras se le escaparon en un momento de ofuscación. Estoy dispuesta a olvidar y perdonar. Usted no quería decir lo que dijo, ¿no es cierto, Austin? ¿No me odia usted realmente?

Hubiera podido apiadarme de aquella mujer deforme, tanto ardor, tanta súplica amorosa había detrás de su mirada amenazadora. Pero, pensando en los sufrimientos por los que había pasado, mi corazón fue duro como el pedernal.

—Si me ha oído hablarle de amor —dije—, sabe usted muy bien que era su voz la que hablaba, no la mía. Lo único sincero que haya podido decirle son las palabras que oyó usted en nuestra anterior entrevista.

—Ya sé. Alguien le ha hablado mal de mí. ¿Ha sido él?

Golpeó el suelo con su muleta.

—¡Pues bien! —reanudó—. Sabe usted perfectamente que podría obligarle, ahora mismo, a tumbarse a mis pies como un perrito. Ya no volverá a encontrarme en momentos de debilidad en los que puede insultarme impunemente. Cuidado con lo que hace, profesor Gilroy. Está usted en una situación terrible. Todavía no se ha dado cuenta de todo el poder que tengo sobre usted.

Me encogí de hombros, y aparté la mirada.

—Muy bien —prosiguió ella, después de una pausa—. Si desprecia mi amor, veré qué puede hacer el miedo. Ahora sonríe, pero llegará el día en que me pida perdón a los gritos. Sí, con todo su orgullo, se arrastrará a mis pies y maldecirá el día en que transformó a su mejor amiga en su enemiga más cruel. Cuidado, profesor Gilroy.

Vi agitarse en el airé una mano blanca; su rostro ya no era humano, hasta tal punto lo desfiguraba la furia.

Al cabo de un momento, se había ido. La oí alejarse por el pasillo, cojeando y dando golpes con la muleta. Pero me ha dejado un peso en el corazón. Me abruman vagos presentimientos sobre desgracias futuras. Me esfuerzo inútilmente por convencerme de que sus palabras eran solo producto de la ira. Recuerdo demasiado bien esos ojos despiadados para creerme que es así.

¿Qué hacer? ¡Ay! ¿Qué hacer?

Ya no soy dueño de mi espíritu. En cualquier momento puede penetrar en él la infame parásita, y entonces...

Tengo que contarle a alguien mi espantoso secreto... Tengo que contarlo, o me volveré loco. ¡Si tuviera a alguien que me entendiera, alguien que me aconsejara...!

¿Wilson? Ni pensarlo.

Charles Sadler solo me comprendería dentro de los límites de su propia experiencia.

¡Pratt-Haldane! Es un hombre muy equilibrado, abundantemente provisto de sentido común y de capacidad práctica. Iré a verle y se lo contaré todo. ¡Quiera Dios que sea capaz de aconsejarme!

### 6 horas 45 minutos de la tarde

No, no hay auxilio humano que me valga. He de luchar solo.

Tengo ante mí dos soluciones: convertirme en amante de esa mujer, o ser víctima de las persecuciones a las que quiera someterme. Aunque no me sometiera a ninguna, yo viviría en un infierno de temores. Pero, ¡que me atormente, que me lleve a la locura, que me mate!

¡No cederé! ¡Nunca, nunca!

¿Puede acaso infligirme algo peor que perder a Agatha, que la certidumbre de ser un embustero, un infiel, un hombre que ha perdido todo derecho al título de caballero?

Pratt-Haldane ha sido la amabilidad personificada y ha escuchado mi historia con toda la cortesía posible, pero solo viendo la solidez de sus facciones, la tranquilidad de su mirada, el mobiliario macizo de su gabinete, ya me ha costado decirle lo que había ido a exponerle.

### 15 de abril

Es la primavera más hermosa que jamás haya visto, ¡tan verde, tan suave, tan bella! ¡Ah! ¡Qué contraste entre la naturaleza exterior y mi espíritu, tan devastado por la duda y el terror!

El día ha transcurrido sin ningún incidente, pero sé que estoy al borde del abismo. Lo sé, y sin embargo, sigo avanzando, siguiendo los carriles habituales de mi vida.

El único rayo de luz que llega hasta mí es el hecho de que Agatha sea feliz, se encuentre bien y esté fuera de todo peligro.

¡Todo en aquel entorno era tan sustancial, tan material!

Luego, ¿qué hubiera podido decirle yo mismo, no hace ni siquiera un mes, a un colega que hubiera venido a contarme una historia de posesión diabólica? Quizá yo no hubiera mostrado tanta paciencia como Pratt-Haldane. De cualquier modo, anotó todo lo que le dije, me preguntó cuánto té bebía, si había trabajado con exceso, si tenía dolores de cabeza repentinos, si sufría de pesadillas, de zumbidos en los oídos, si veía destellos... Preguntas todas que me demostraban que no veía en mis sufrimientos nada más que una congestión cerebral. En suma, se despidió de mí después de haberme soltado una sarta de trivialidades acerca de la necesidad de ejercicio al aire libre y de evitar cualquier sobreexcitación nerviosa. Me extendió una receta en la que figuraban el cloral y el bromuro. La arrugué y la tiré en la cuneta.

No, no encontraré ayuda en ningún ser humano.

Si acudo a otras personas, puede que se comuniquen entre ellas, y acabaré encerrado en un manicomio. Lo único que está a mi alcance es hacer acopio de todo mi valor y rezar para que un hombre honesto no quede abandonado.

Si ese ser pudiera echarnos mano a todos, ¿qué no estaría a su alcance?

**16 de abril**

Esa mujer es una cazadora astuta.

Sabe hasta qué punto amo mi trabajo, y lo bien considerada que está mi enseñanza. Así que ha orientado sus ataques en esa dirección.

Todo esto acabará, me doy perfecta cuenta, perdiendo yo la cátedra, pero lucharé hasta recibir el golpe de gracia. No me privará de ella sin que yo luche.

Esta mañana, durante mi clase, no noté ningún cambio en mí, solo por uno o dos minutos sentí un vértigo y una náusea que desaparecieron rápidamente. Más bien me felicité por haber sabido exponer mi tema con amenidad y claridad.

Se trataba de las funciones de los glóbulos rojos. Así que me quedé sorprendido cuando uno de los estudiantes entró en mi laboratorio, inmediatamente después de la clase, y me dijo lo asombrado que estaba al constatar tanta diferencia entre mis afirmaciones y las de los libros. Me enseñó su libreta de notas, y en ella pude ver que, durante parte de la clase, había expuesto herejías absolutamente indignantes y anticientíficas.

Protesté, naturalmente. Le aseguré que me había entendido mal, pero cuando comparé sus anotaciones con las que habían tomado sus compañeros tuve que admitir que él tenía razón, y que yo había emitido varias afirmaciones absurdas. Saldré del paso atribuyendo el hecho a un despiste pasajero, pero me doy cuenta de que es el comienzo de una cadena. Solo falta un mes para que termine el semestre.

Quiera Dios que pueda aguantar hasta entonces.

**26 de abril**

Han pasado diez días sin que haya tenido el valor suficiente para mantener mi diario al día. ¿Para qué consignar cosas que me humillan y degradan?

Me había jurado no volver a abrir mi diario. Sin embargo, la fuerza de la costumbre puede tanto que aquí estoy una vez más, anotando mis espantosas experiencias; de idéntico modo se han dado casos de suicidas que han tomado notas sobre el veneno que les iba matando.

¡Pues bien! El estallido que había previsto se ha producido, ayer sin ir más lejos. Las autoridades académicas me han separado de mi cátedra. Lo han hecho del modo más delicado, explicando que se trata de una medida temporal basada en el deseo de aliviarme de los efectos del exceso de trabajo, hasta que pueda restablecerme. Pero el hecho está ahí: he dejado de ser el profesor Gilroy. La dirección del laboratorio sigue en mis manos, pero supongo que no tardarán en quitármela también.

Lo cierto es que mis clases se habían convertido en motivo de burla para la Universidad. Mi aula se llenaba de estudiantes que acudían para ver y oír lo que iba a hacer o decir el profesor chiflado.

No me siento capaz de anotar los detalles de mi humillación.

¡Oh! ¡Esa mujer diabólica! No hay bufonada o estupidez, por tremenda que sea, que no me haya obligado a cometer.

Empezaba cada clase de modo claro y pertinente, pero tenía siempre la sensación de que mi inteligencia iba a sufrir un eclipse. Entonces, al sentir la influencia, luchaba contra ella; apretaba los puños, sudaba tratando de vencerla, y mientras los estudiantes escuchaban mis frases incoherentes y contemplaban mis contorsiones, riéndose a carcajadas de los disparates de su profesor. Luego, cuando se había apoderado por entero de mí, esa mujer me obligaba a decir las cosas más absurdas. Incluso contaba chistes tontos, soltaba frases sensibleras como si hiciera un brindis, tarareaba canciones populares, y arremetía groseramente contra tal o cual de los presentes. Luego, de repente, mi mente recobraba toda su claridad, reanudaba la lección, y la terminaba correctamente.

¿Es de extrañar, pues, que mi comportamiento se convirtiera en objeto de secreteo en toda la Universidad? ¿Es de extrañar que el Consejo de la Universidad se haya visto obligado a responder oficialmente a semejante escándalo?

Lo más terrible de todo esto es mi soledad. Aquí estoy, apoyado en la repisa de una insignificante ventana inglesa que da a una insignificante calle inglesa, con sus policías paseando, y ahí, detrás mío, se yergue una sombra que nada tiene en común con este siglo, con este ambiente.

En pleno corazón del país de la ciencia, estoy aplastado y atormentado por un poder del que nada sabe la ciencia.

Ningún juez accedería a prestarme oído, ningún periódico querría debatir mi caso, ningún médico admitiría los síntomas de mi estado. Mis amigos más íntimos no verían en todo esto otra cosa que una señal de un trastorno de mi razón.

He perdido todo contacto con mis semejantes.

¡Ah! ¡Maldita mujer! Que tenga cuidado. Podría empujarme demasiado lejos. Cuando la ley no puede hacer nada por uno, entonces uno se puede inventar una ley propia.

Me la encontré ayer por la noche en la Avenida Principal, y me dirigió la palabra. Fue quizá una suerte para ella que ese encuentro no se produjera entre los setos de un solitario camino vecinal. Me preguntó, con su gélida sonrisa, si me había ablandado un poco.

No me digné contestarle.

—Habrá que darle otra vuelta al torno —dijo ella.

¡Ah! ¡Cuidado, señora! ¡Cuidado! Ya la tuve una vez a mi discreción. Puede que se presente otra oportunidad.

**28 de abril**

La suspensión de mis clases ha tenido como resultado positivo, por lo menos, el privarla de los medios de acosarme, de modo que he disfrutado de dos días felices y tranquilos.

Al fin y al cabo, no tengo motivos para desesperarme. Me llegan de todos lados testimonios de simpatía; todo el mundo admite que han sido mi dedicación a la ciencia y el arduo carácter de mis investigaciones las que han desquiciado mi sistema nervioso.

El Consejo me ha mandado una carta, redactada en los términos más amables, sugiriéndome que haga un largo viaje, y expresando la seguridad y la esperanza de que me encuentre en condiciones de reincorporarme a comienzos del semestre de verano. No pueden ser más halagadores los términos en que se alude a mi pasado, a los servicios que he prestado a la Universidad. Solamente en la desgracia se puede comprobar la propia popularidad.

Quizá ese ser dejará de torturarme, y entonces se arreglará todo. Dios lo quiera.

**29 de abril**

Nuestra pequeña y somnolienta ciudad ha conocido un pequeño acontecimiento sensacional.

La única forma que aquí adopta el crimen consiste en que un estudiante alborotador rompa algunas farolas o se pelee con un policía. Pero anoche hubo un intento de robo en la sucursal del Banco de Inglaterra, y todo el mundo está muy excitado.

Parkurson, el director de la sucursal, es íntimo amigo mío. Me lo encontré muy nervioso al pasar por allí, dando un paseo. Aunque los ladrones hubieran conseguido entrar en el banco, hubieran tenido que vérselas todavía con las cajas fuertes, de modo que la defensa estaba mucho mejor armada que el ataque.

A decir verdad, ese ataque no parece haber sido demasiado impetuoso. Dos de las ventanas de la planta baja tienen señales de un intento de forzarlas con unas tijeras o cualquier otro objeto introducido en las ranuras. La Policía debe disponer de una buena pista, ya que los marcos de las ventanas habían sido pintados de verde durante el día, así que debe haber manchas de pintura verde en las manos o en la ropa del culpable.

## Cuatro de la tarde

¡Ah! ¡Maldita mujer! ¡Mil veces maldita! ¡Tanto da! ¡No podrá conmigo; no, no podrá! Pero ¡qué diabla!

Ya me ha hecho perder la cátedra, ahora ataca mi honor.

¿No hay nada pues que pueda hacer contra ella, como no sea...? Pero, por muy acosado que esté, no puedo admitir esa idea.

Entré hace una hora en mi dormitorio, y me estaba peinando ante el espejo cuando mi mirada dio en algo que me dejó tan anonadado y helado de miedo que tuve que sentarme en el borde de la cama, y echarme a llorar.

Hace no sé cuántos años que no lloraba, pero esta vez me había abandonado toda mi energía nerviosa. No pude hacer otra cosa que sollozar, en un ataque de impotencia, de dolor y de ira.

La chaqueta de andar por la casa, que me pongo habitualmente después de cenar, estaba colgada de una percha, junto al armario, y ¡su manga derecha estaba cubierta por una espesa capa de pintura verde, desde el puño hasta el codo!

¡A eso se refería al hablar de «darle otra vuelta al torno»!

Me ha convertido públicamente en un imbécil, y ahora quiere infamarme como un criminal. Esta vez ha fracasado, pero ¿y la próxima...? No me atrevo a pensarlo.

¡Agatha! ¡Y mi pobre y anciana madre!

Quisiera estar muerto.

Sí, esa es la segunda vuelta del torno, y sin duda aludía a esto cuando me advirtió de que yo no sospechaba todavía la magnitud de su poder sobre mí.

Releo las anotaciones que tomé de mi conversación con ella: leo que, con un esfuerzo leve por su parte, el sujeto conservaría la conciencia, pero que, con un esfuerzo mayor, actuaría inconscientemente.

Anoche, yo era inconsciente.

Hubiera jurado que pasé la noche durmiendo profundamente en mi casa, sin ni siquiera haber soñado. Sin embargo, ahí están esas manchas que demuestran que me vestí, salí, traté de forzar las ventanas del banco, y regresé. ¿Me habrán visto? Quizá alguien me viera actuando y me siguiera hasta mi casa.

¡Ah! ¡Mi vida se ha convertido en un infierno! Ya no tengo paz.

Mi paciencia está llegando a su límite.

### Diez de la noche

He limpiado mi chaqueta con trementina. No creo que nadie me haya visto. Fue mi destornillador el que dejó las señales. Lo encontré manchado de pintura y lo limpié.

La cabeza me duele como si estuviera a punto de estallar. Tomé cinco pastillas de antipirina. De no ser por Agatha, hubiera tomado cincuenta y habría terminado con todo.

### 3 de mayo

Tres días de paz.

Esa diabla juega conmigo como el gato con el ratón. Me suelta para volver a saltar sobre mí. Mi miedo es mayor cuando todo está tranquilo. Mi condición física es lamentable: tengo un hipo imparable, y se me cae el párpado izquierdo.

He oído decir que las Marden vuelven pasado mañana.

No sé si esto me alegra o me disgusta. En Londres estaban seguras, acá pueden quedar atrapadas en la telaraña de desgracia en que yo me debato. Tengo que hablarles del asunto.

No puedo casarme con Agatha mientras no esté seguro de ser responsable de mis actos.

Sí, tengo que hablarles del asunto, aunque esto pudiera significar una ruptura.

Esta noche se celebra el baile de la Universidad, y tengo que ir. Dios sabe que jamás me he sentido tan poco inclinado a las diversiones, pero

es necesario que no digan que no estoy en condiciones de mostrarme en público.

### 11 horas 30 minutos de la noche

He ido al baile.

Charles Sadler y yo fuimos juntos, pero yo me he ido antes.

De todos modos, le esperaré en casa, porque estas noches me da miedo abandonarme al sueño.

Charles es un muchacho alegre, práctico; su conversación me vigorizará.

La velada, en suma, ha sido excelente. He hablado con todas las personas que tienen alguna influencia, y creo haberles demostrado que mi cátedra no está todavía vacante.

Esa miserable estaba en el baile. No podía bailar, pero estaba allí, sentada con la señora Wilson. Muchas veces su mirada se dirigió hacia mí. Fue prácticamente lo último que vi al examinar el salón.

En un momento determinado, mientras estaba sentado de lado respecto a ella, la miré a hurtadillas, y vi que seguía a alguien con la mirada. Seguía a Sadler, que estaba entonces bailando con la señorita Thurston, la menor. A juzgar por la expresión de la muchacha, es una suerte para Sadler no encontrarse tan apretado como yo en las garras de esa miserable. No sabe de qué se ha librado.

Me parece oír sus pasos en la calle. Bajaré para que entre en mi casa... si quiere.

### 4 de mayo

¿Por qué salí la pasada noche? No bajé, al menos, no recuerdo haberlo hecho. Claro que, por otra parte, tampoco recuerdo haberme acostado.

Tengo una mano muy hinchada esta mañana, pero no recuerdo en absoluto habérmela dañado. Por lo demás, me siento estupendamente después de la fiesta de ayer. Pero no logro comprender cómo es posible que no viera a Charles Sadler, cuando tenía tantos deseos de hablar con él.

¿Será posible...? Dios mío, es más que probable... ¿No me habrá llevado otra vez esa mujer a cometer algún disparate?

Bajaré a ver a Sadler y lo interrogaré.

## Mediodía

Las cosas han llegado a un punto crítico. Mi vida no merece ya la pena de ser vivida. Pero si debo morir, morirá también ella. No permitiré que me sobreviva y que lleve a otro a la locura, como ha hecho conmigo. No. Mi paciencia ha alcanzado su límite. Me ha convertido en el ser más desesperado y peligroso que hay en la tierra. Dios sabe que no le haría daño a una mosca, pero si le echase la mano encima a esa mujer no saldría viva. Hoy la veré. Se enterará de qué puede esperar de mí.

Fui a ver a Sadler, y quedé muy sorprendido al encontrarlo en cama. Cuando entré, se incorporó, y volvió hacia mí una cara cuya expresión me sobresaltó.

—¡Vaya, Sadler! ¿Qué ha ocurrido? —le pregunté.

Pero, mientras hablaba, se me heló el espíritu.

—Gilroy —me contestó, musitando entre sus labios tumefactos—, hace semanas, varias semanas que me pregunto si está usted loco. Ahora estoy seguro, y estoy seguro, además, de que es usted un loco peligroso. Si no me hubiera contenido el miedo a provocar un escándalo perjudicial para la Universidad, ahora estaría usted en manos de la policía.

—¿Qué quiere decir? —-exclamé.

—Quiero decir esto: ayer por la noche, en cuanto abrí la puerta, se abalanzó sobre mí, me golpeó en la cara con ambos puños, luego me tiró al suelo, me dio puntapiés en las costillas, y me dejó en la calle, casi sin sentido. ¡Fíjese en su mano! Es un testigo contra usted.

Sí. Era cierto. Mi mano, desde la muñeca, tenía la clase de hinchazón que produce el haber asestado un golpe terrible.

¿Qué hacer? Aunque Sadler estuviera convencido de que yo estaba loco, tenía que contárselo todo. Me senté junto a su cama y le narré todos mis suplicios, desde el comienzo. Se lo conté todo, temblándome las manos, con palabras cuyo ardor hubiera logrado convencer hasta al más escéptico.

—Me odia, y lo odia también a usted —grité—. Anoche, se vengó de ambos al mismo tiempo. Me vio irme del baile y debió verle irse a usted también. Sabía el tiempo que le llevaría llegar hasta la casa y entonces puso en marcha su voluntad criminal. ¡Ah! Su cara, con sus contusiones, es muy poca cosa comparada con las heridas que tengo en el alma.

—Sí —musitó—, me vio irme del baile. Esa mujer es capaz de eso... Pero, ¿será posible que realmente le haya llevado a usted hasta este estado? ¿Qué piensa hacer?

—Acabar con esto —grité—. Me ha empujado hasta el límite. Hoy la avisaré noblemente, y la próxima vez será la última.

—No sea imprudente —me dijo Sadler.

—¡Que no sea imprudente! —exclamé—. La única imprudencia que podría cometer sería permitir que esto durara una hora más.

Diciendo esto, me lancé fuera de la habitación. Y he aquí que me encuentro en vísperas de un acontecimiento que puede ser el punto crítico de mi vida. Voy a actuar de inmediato.

Hoy he obtenido un gran logro: hay por lo menos un hombre que admite la realidad de esta monstruosa aventura mía.

Si ocurriera lo peor, aquí está este diario para testimoniar hasta dónde me he visto empujado.

**Noche**

Cuando llegué a casa de los Wilson, me hicieron subir inmediatamente, y me encontré frente a la señorita Penclosa.

Tuve que escuchar, durante media hora, el parloteo entusiasta de Wilson acerca de sus recientes investigaciones sobre la precisa naturaleza de los trances espiritistas, mientras aquel ser y yo permanecíamos en silencio, mirándonos sesgadamente.

Yo leía en su mirada un regocijo siniestro. Ella debió leer en la mía el odio y la amenaza.

Casi había abandonado la esperanza de hablar con ella a solas cuando llamaron a Wilson, y tuvo que salir de la habitación. Quedamos cara a cara algunos minutos.

—¡Bueno, profesor Gilroy! —me dijo, con esa sonrisa mordaz tan propia de ella—. Mejor dicho, señor Gilroy; ¿qué tal le va a su amigo, el señor Sadler, después del baile?

—¡Se han acabado tus mañas, diabla! —grité—. Ya basta. Escucha lo que te voy a decir.

Atravesé la habitación a zancadas y la sacudí bestialmente por los hombros.

—¡Tan cierto como que hay un Dios en el cielo, te juro que si vuelves a cometer contra mí alguna de tus perversidades te lo haré pagar con la vida! ¡Pase lo que pase, te mataré! He llegado al límite de lo que un hombre puede soportar.

—Todavía no hemos cancelado nuestras cuentas —dijo ella, con una vehemencia igual a la mía—. Sé amar y sé odiar. Podías elegir, y preferiste rechazar mi amor a puntapiés. Ahora tienes que saborear mi odio. Será necesario un pequeño esfuerzo para acabar con tu

terquedad, pero se conseguirá... La señorita Marden vuelve mañana, según tengo entendido.

—¿Y eso qué te importa? —grité—. La insultas solo pensando en ella. Si te creyera capaz de hacerle daño...

Estaba asustada, me daba cuenta, aunque ella trataba de mostrarse segura. Leía en mi pensamiento y retrocedía ante mí.

—La señorita Marden es afortunada de tener un campeón como usted —me dijo—. ¡Un hombre que se atreve a amenazar a una mujer sola! Desde luego he de felicitar a la señorita Marden por tener a semejante protector.

Lo que decía era amargo; su tono y su expresión eran todavía más violentos.

—Sobran las palabras —dije—. Solo he venido a advertirla del modo más solemne de que la próxima maldad que haga conmigo será la última.

Tras decir esto, como oí los pasos de Wilson subiendo las escaleras, salí de la habitación.

Sí. Por muy venenosa y terrible que sea su expresión, ahora debe empezar a darse cuenta de que tiene tanto que temer de mí como yo de ella.

¡Asesinato! Es una palabra horrenda, pero cuando se mata a un tigre o a una serpiente no se habla de asesinato.

Que ande con cuidado, de ahora en adelante.

**5 de mayo**

A las once fui a recibir a Agatha y a su madre a la estación. ¡Tiene un aire tan vivo, tan feliz! ¡Es tan hermosa!

¡Y qué placer ha mostrado al volver a verme!

¿Qué he hecho para merecer este amor?

Las acompañé hasta su casa, y almorzamos juntos. Me pareció como si en un instante, un velo me ocultara todos los suplicios de mi vida.

Agatha me ha dicho que tengo mal aspecto, que estoy pálido y parezco enfermo. ¡La pobre niña atribuye esto a mi soledad y a los pocos cuidados de un ama de llaves a sueldo! ¡Dios quiera que jamás sepa la verdad! ¡Que la sombra, si es que sombra ha de haber, caiga para siempre sobre mi propia vida, y la deje a ella a pleno sol!

Acabo de volver de su casa. Me siento como nuevo. Con Agatha junto a mí, creo que podría enfrentarme a todo lo que la vida pudiera condenarme.

**Cinco de la tarde**

Intentaré ser preciso.

Intentaré anotar con exactitud lo ocurrido.

El recuerdo está todavía fresco en mi mente.

Puedo contar la cosa con exactitud, aunque es poco probable que jamás olvide lo ocurrido hoy.

Volví de casa de las Marden después de comer, y me dedicaba a utilizar unas preparaciones microscópicas en estado de congelación para mi micrótomo, cuando de pronto percibí esa pérdida de la conciencia que tanto me aterra y que tan bien conozco desde hace poco. Al recobrar el sentido, me encontré sentado en una habitación pequeña muy distinta de aquella en la que había estado trabajando.

Era una habitación cómoda y luminosa, con sillones tapizados con tela de algodón estampada con dibujos, las cortinas eran multicolores, y junto a las paredes había numerosos objetos de adorno.

Un elegante reloj de péndulo, frente a mí, marcaba su tic-tac, y sus agujas indicaban las tres y media. Todo me parecía muy familiar, pese a ello, lo contemplé con asombro hasta que mi mirada se detuvo en una fotografía: la mía, enmarcada y colocada sobre el piano. Junto a ella había otra fotografía, la de la señorita Marden. Entonces, claro está, supe dónde estaba. Era el saloncito de Agatha. Pero, ¿cómo explicar mi presencia allí? ¿Había sido enviado allí con algún fin diabólico? ¿Habría llevado ya a cabo ese fin? Sin duda, de no ser así no se me habría permitido recobrar la conciencia de mí mismo.

¡Oh, cuánto sufrí entonces! ¿Qué habría hecho? Me puse en pie bruscamente, desesperado, y entonces cayó en la alfombra un pequeño frasco que tenía sobre las rodillas. No se había roto. Lo cogí. Su etiqueta decía: ácido sulfúrico concentrado.

Cuando le quité su tapón de vidrio, salió del frasco un humo denso, junto con un olor agrio, asfixiante, que se extendió por la habitación. Reconocí el frasco que tenía en mi laboratorio como reactivo químico. Pero, ¿por qué habría traído un frasco de ácido sulfúrico a la habitación de Agatha? ¿No era ese el líquido viscoso y humeante que muchas mujeres celosas han utilizado para destruir la belleza de sus rivales?

Se me detuvo el corazón cuando puse el frasco a contraluz para examinarlo. ¡Gracias a Dios! Estaba lleno.

Hasta ese momento no había perpetrado ninguna atrocidad. Pero si Agatha hubiese entrado un minuto antes, ¿no era seguro que la infernal parásita que había entrado en mí me hubiera obligado a tirarle el líquido a la cara? Indudablemente, así hubiera sido, ya que si no ¿para qué lo habría traído?

Al pensar en lo que había estado a punto de hacer, mis nervios, ya debilitados, llegaron al punto de ruptura. Me dejé caer en un asiento, temblando, convulso, hecho un andrajo.

La voz de Agatha y el susurro de su vestido me devolvieron la conciencia. Alcé la mirada y vi que me observaban sus ojos azules, rebosantes de ternura y de piedad.

—Tendremos que llevarte al campo, Austin. Necesitas descanso y tranquilidad. Pareces horriblemente cansado.

—¡Oh, no es nada! —dije, tratando de sonreír—. Ha sido un desmayo pasajero. Ahora estoy perfectamente.

—Siento mucho haberte dejado aquí esperando. ¡Pobre amigo mío! Debe hacer al menos media hora que estás aquí. El párroco estaba en la sala, y como sé que no te entusiasma hablar con él, me ha parecido mejor que Jane te trajera aquí. ¡Me parecía que ese hombre no se iba a marchar nunca!

—¡Gracias a Dios por su demora! ¡Gracias a Dios que se haya quedado! —grité, enloquecido.

—Pero, ¿qué te ocurre, Austin? —me preguntó ella, tomándome del brazo mientras yo me levantaba, tambaleante—. ¿Por qué te alegra que el párroco se haya quedado tanto rato? Y, ¿qué es ese frasquito que llevas en la mano?

—¡Nada! —exclamé, metiendo velozmente el frasco en el bolsillo—. Pero he de irme, tengo algo importante que hacer.

—¡Qué aspecto tan terrible tienes, Austin! Nunca te había visto así. ¿Estás enfadado?

—Sí, lo estoy.

—Pero, ¿no conmigo?

—Claro que no, querida mía. Pero no entenderías...

—Todavía no me has dicho para qué has venido.

—He venido para preguntarte si me querrás siempre... haga lo que haga... sea cual sea la sombra que caiga sobre mi nombre. ¿Confiarías en mí, por tremendas que fueran las apariencias en mi contra?

—Sabes que te seré fiel, Austin.

—Sí. Sé que lo serás. Haga lo que haga, será por ti por quien lo haré. Estoy obligado a hacerlo. No hay otro modo de salir, querida mía.

La besé, y salí a zancadas.

Había quedado atrás el tiempo de la indecisión.

Mientras el monstruo había amenazado solamente mis intereses y mi honor, había podido preguntarme qué hacer. Pero ahora, cuando Agatha... mi inocente Agatha... estaba en peligro, mi deber

quedaba tan claramente trazado como una carretera.

No iba armado, pero eso no me detuvo. ¿Qué arma necesitaba, si sentía en tensión todos mis músculos y percibía en ellos la fuerza de un loco furioso?

Corrí por las calles, tan obsesionado por lo que me proponía hacer que solo muy vagamente vi a gente amiga con la que me cruzaba, y que apenas si me di cuenta de que el profesor Wilson corría, tan precipitadamente como yo, en dirección contraria a la mía.

Llegué a la casa, jadeante, pero resuelto. Llamé.

Me abrió una criada; estaba turbada, y su turbación aumentó al ver al hombre que tenía delante.

—Lléveme inmediatamente ante la señorita Penclosa —exigí.

—Señor —me contestó, con voz balbuceante—, la señorita Penclosa ha muerto esta tarde, a las tres y media.

Mary Elizabeth Braddon

# Lady Ducayne

(1896)

Mary Elizabeth Braddon nació en Londres, Inglaterra, el 4 de octubre de 1837, y murió el 4 de febrero de 1915 en Richmond, Surrey.

En 1860 conoció a John Maxwell, un empresario periodístico con el que convivió, se casó y tuvo seis hijos.

Publicó más de setenta y cinco novelas con argumentos ocurrentes y mordaces. Su amigo Wilkie Collins, el autor de *La piedra lunar*, la alentó a escribir.

Su primera obra (1862) es la más famosa: *El secreto de Lady Audley´s, (Lady Audley´s secret)*. Esta novela, reeditada permanentemente y adaptada al cine, el teatro y la televisión, le dio fortuna y prestigio.

Fundó en 1866 la revista *Belgravia Magazine*, donde publicó cuentos, poemas, historias de vida, crónicas de viajes, críticas de moda y artículos de divulgación científica.

En 1896 apareció su cuento *Lady Ducayne (Good Lady Ducayne)*, donde relaciona el tema de los vampiros con las transfusiones de sangre y las nuevas técnicas médicas victorianas.

# I

Bella Rolleston había llegado a la conclusión de que el único modo de ganarse el pan y ayudar a su madre a llevarse de vez en cuando alguna migaja a la boca era abrirse camino en el mundo como acompañante de una dama. Está lista para ir con cualquier señora lo suficientemente rica como para pagar una buena cantidad de dinero y tan excéntrica como para desear una acompañante a sueldo. Cinco chelines apartados a regañadientes, cinco chelines contantes y sonantes habían sido entregados a una señora elegantemente vestida en una oficina de Harbeck Street, Londres, con la esperanza de que esa misma gestora encontrase una ubicación y un salario para la señorita Rolleston.

La gestora aseguró la legitimidad del pago y luego redactó una descripción de las cualidades de Bella y sus requisitos en un enorme libro de actas.

—No, no sé si no debo ofrecerme como gobernanta; acompañante parece ser un nivel más bajo.

—Tenemos algunas señoritas altamente instruidas asentadas en nuestros libros como acompañantes o damas de compañía.

—¡Oh, comprendo! —dijo Bella, muy locuaz en su candor juvenil—. Pero es algo bastante diferente. Mi madre no ha sido capaz de proporcionarme un piano desde que tengo doce años, de modo que temo haberme olvidado cómo se toca. Debo ayudar a mi madre con la costura y no me queda mucho tiempo para estudiar.

—Por favor, no malgaste su tiempo en darme explicaciones sobre lo que no puede hacer y tenga a bien decirme algo que sepa —dijo la gestora, jugueteando con la lapicera entre sus delicados dedos mientras esperaba para escribir—. ¿Puede leer en voz alta durante dos o tres horas cuanto menos? ¿Es enérgica y práctica, madrugadora, andariega, de temperamento apacible y servicial?

—Puedo contestar que sí a todas esas preguntas menos lo relativo al temperamento apacible. Creo que tengo un muy buen carácter y estoy ansiosa por atender a quienquiera que pague por mis servicios. Deseo que sientan que merezco realmente el salario que gano.

—La clase de señoras que vienen a verme no suelen interesarse en una acompañante parlanchina —dijo la gestora con severidad, habiendo terminado de escribir en el libro—. Mis contactos se hallan principalmente entre la aristocracia, y en esa clase se exige la mayor cortesía.

—¡Oh, claro! —dijo Bella—. Pero es muy distinto cuando hablo con usted. Quiero decirle todo acerca de mí de una vez para siempre.

—¡Me alegraría que fuera una vez sola! —dijo la gestora, hablando para un costado.

La gestora era de una edad incierta. Llevaba un vestido de seda negra muy ajustado. Tenía una contextura frágil y un hermoso rodete postizo en la punta de la cabeza. Es posible que la aniñada frescura y la vivacidad de Bella hayan tenido un efecto irritante sobre sus débiles nervios después de ocho horas diarias en ese calentado segundo piso de Harbeck Street. El apartamento que servía de oficina, con su alfombra de Bruselas, cortinas de terciopelo, sillas tapizadas con la misma tela y el sonoro tic-tac de un reloj francés sobre la repisa de la chimenea sugería a Bella el lujo de un palacio, comparado con otro segundo piso en Waltworth donde la señora Rolleston y su hija se las habían ingeniado para sobrevivir durante los últimos seis años.

—¿Piensa que tiene algo en sus libros que pueda ser adecuado para mí? —balbuceó Bella, después de una pausa.

—¡Ay, querida, lamentablemente no! No tengo nada a la vista por el momento —respondió la gestora, que había guardado las monedas de Bella en un cajón, mentalmente ausente, con la punta de sus dedos—. Ya ve, usted es muy inmadura, demasiado joven para ser acompañante de una señora de posición. Es una pena que no tenga educación suficiente como para ser institutriz, iría mejor con usted.

—¿Y cree que demorará mucho tiempo conseguirme una colocación?

—Realmente no sé decirle. ¿Tiene alguna razón particular para estar tan impaciente? Espero que no sea un amorío.

—¡Un amorío! —exclamó Bella, sonrojándose—. ¡Qué verdadero disparate! Busco una colocación porque mi madre es pobre, y odio ser un peso para ella. Quiero un salario para compartirlo con ella.

—No habría mucho margen para compartir del salario que pueda conseguir a su edad y con sus modales tan inmaduros —dijo la

gestora, que encontraba las rozagantes mejillas de Bella, sus ojos relucientes y su desenfrenada vivacidad cada vez más opresiva.

—Si tuviera la amabilidad de devolverme los honorarios, se los daría a una agencia cuyos contactos no sean tan aristocráticos —dijo Bella, que –como le contó a su madre en la relación de su entrevista– estaba decidida a no dar el brazo a torcer.

—No encontrará ninguna agencia que pueda hacer más por usted que la mía —replicó la gestora, cuyos dedos de arpía nunca habrían de soltar un céntimo—. Tendrá que esperar su oportunidad. Usted es un caso excepcional, pero la tendré en mente, y si aparece alguna cosa le escribiré. No puedo decir más que eso.

La inclinación un poco arrogante de su cabeza inmóvil, difícil de mover por el peso del postizo, indicó el fin de la entrevista. Bella regresó a Walworth aquella tarde de septiembre, taconeando fuertemente a lo largo del camino, y al llegar parodió a la gestora para divertimento de su madre y de la casera, que se quedó en la ruinosa sala de estar, después de haber traído la bandeja con el té, para aplaudir la parodia de la señorita Rolleston.

—¡Querida, querida, qué buena imitadora es Bella! —dijo la casera—. Deberías permitirle que se dedique al teatro, madrecita. Haría fortuna como actriz.

## II

Bella aguardaba esperanzada, y escuchó al cartero golpear la puerta para traer un paquete de cartas para los de la planta baja y el primer piso, y muy pocas para aquel humilde segundo piso, donde madre e hija se sentaban a coser a mano, tanto como con rueda y pedal, durante gran parte del día. La señora Rolleston era una mujer de buena familia y educación, pero había tenido la mala suerte de casarse con un bribón que durante los últimos doce años la había hecho sentir como la peor de las viudas: una esposa cuyo marido la había abandonado. Por suerte, era corajuda, trabajadora y una hábil costurera, capaz de ganarse la vida por sí misma y darle de comer a su única hija haciendo mantos y abrigos para una casa del West End. No llevaba una vida de lujos. Una pensión barata en una calle triste

de los arrabales de Walworth Road, cenas livianas, comida casera, ropa bien remendada, habían sido la ración de madre e hija, pero se amaban tan entrañablemente y eran tan alegres por naturaleza que se las habían arreglado de algún modo para ser felices.

Pero ahora esta idea de abrirse paso en el mundo como acompañante de alguna fina señora había calado hondo en Bella, y aunque adoraba su madre, y la separación iba a romper los corazones de las dos, la muchacha anhelaba una aventura, quería cambios, y se entusiasmaba pensando en ello como los pajes de antes ambicionaban ser caballeros y partir hacia la Tierra Prometida para quebrar lanzas contra los infieles. Se terminó cansando de correr escaleras abajo cada vez que el cartero golpeaba la puerta solo para oír «nada para usted, señorita» de labios de la sirvienta de cara sucia que recogía las cartas del piso del corredor. «Nada para usted señorita» repetía con sorna la criada de la pensión, hasta que Bella se armó de valor y se apersonó en Haberck Street para preguntarle a la gestora cómo era posible que no hubiese encontrado colocación para ella.

—Usted es muy joven —dijo la gestora— y quiere un salario.

—Claro que quiero uno —respondió Bella—. ¿Acaso las demás personas no quieren que les paguen?

—Las muchachas de su edad generalmente quieren un hogar confortable.

—Yo no —replicó bruscamente Bella—. Quiero ayudar a mi madre.

—Pregunte la semana que viene —dijo la gestora—. Si me entero de algo en el transcurso, le escribiré.

No llegó ninguna carta de la gestora, y a la semana exacta Bella se puso el sombrero que tenía más a mano, el menos adecuado para salir bajo la lluvia, y recorrió una vez más todo el camino hasta Harbeck Street. Era una encapotada tarde de octubre, y en el aire había gamas de grises que se tornarían niebla al anochecer. Las tiendas de Walworth Road brillaban alegremente en medio de aquella atmósfera plomiza, y aunque para una muchacha criada en Mayfair o Belgravia esas vidrieras no hubiesen merecido siquiera una mirada, para Bella eran una tentación y un suplicio. ¡Había tantas cosas que deseaba y nunca estaría en condiciones de comprar! Harbeck Street es capaz de estar vacía en esta estación muerta del año: una calle larga, muy larga, una perspectiva infinita de casas notablemente respetables. La oficina de la gestora se encontraba al final, y Bella observaba ahora ese panorama prolongado y ceniciento con impaciencia, más cansada de lo que usualmente estaba al venir caminando desde Walworth. Observaba, cuando de pronto un carruaje pasó a su lado,

una antigua carroza amarilla, tirada por un par de imponentes caballos plateados, con el aire majestuoso de un cochero que llevaba las riendas y un lacayo muy alto sentado en el pescante.

«Parece el coche del hada madrina —pensó Bella—. No me asombraría que haya empezado siendo una calabaza.»

Se sorprendió al ver que la carroza amarilla se detenía frente la puerta de la gestora y el alto lacayo aguardaba al pie de la portezuela. Por un momento le dio miedo entrar y encontrarse con la propietaria de ese majestuoso carruaje. Solo había alcanzado a echar una ojeada a la mujer que la ocupaba mientras la carroza iba andando: un sombrero de plumas, un retazo de armiño. El elegante criado de la gestora escoltó a Bella escaleras arriba y golpeó la puerta de la oficina.

—La señorita Rolleston —anunció disculpándose, mientras Bella esperaba afuera.

—Que entre —dijo la gestora enseguida, y Bella alcanzó a oírla murmurar algo en voz baja a su cliente.

Bella entró con su fresca y esplendorosa imagen de juventud y seguridad, y antes de llegar a mirar a la gestora sus ojos fueron a clavarse sobre la propietaria de la carroza. Nunca había visto a nadie más anciano que la anciana dama que estaba sentada junto al hogar de la gestora; una añeja y pequeña silueta, envuelta de la barbilla a los pies en un tapado de armiño; una cara longeva muy pálida bajo un sombrero de plumas, una cara tan deshecha por la edad que parecía limitarse a un par de ojos y un mentón puntiagudo. La nariz también era puntiaguda, pero entre el mentón marcadamente en punta y sus grandes ojos brillantes, la pequeña nariz aquilina apenas resultaba visible.

—Esta es la señorita Rolleston, Lady Ducayne.

Garras semejantes a dedos, en las cuales brillaban anillos, levantaron un par de gruesas lentes hasta los negros ojos fulgurantes de Lady Ducayne, y a través de las lentes, Bella vio cómo esos ojos de un brillo inhumano crecieron hasta adquirir un tamaño gigantesco y lanzaron sobre ella una mirada espantosamente bestial.

—La señortia Torpinter me ha dicho todo sobre ti —dijo la vieja voz que pertenecía a esos ojos—. ¿Tienes buena salud? ¿Eres fuerte y enérgica, de comer bien, dormir bien, andar bien y capaz de disfrutar todo lo que hay de bueno en la vida?

—Nunca supe lo que es estar enferma o sin hacer nada —contestó Bella.

—Entonces creo que trabajarás para mí.

—Por supuesto, en caso de que las referencias sean perfectamente satisfactorias —intercedió la gestora.

—No deseo referencias. La muchacha parece franca e inocente. Le tomaré la palabra.

—Como prefiera, querida Lady Ducayne —murmuró la gestora.

—Quiero una joven fuerte cuya salud no me dé trabajo.

—Ha tenido tanta mala suerte al respecto —dijo con arrulladora voz la señorita Torpinter, cuyos modales se habían tornado de una enternecedora suavidad ante la presencia de la anciana.

—Sí, he sido más bien desventurada —gruñó Lady Ducayne.

—Pero estoy segura de que la señorita Rolleston no la defraudará, aunque claro, después de la desagradable experiencia con la señorita Tomson, que era la imagen de la salud, y la señorita Blandy, que decía que nunca había vuelto a ver a un doctor desde que la habían vacunado.

—Mentiras, qué duda cabe —rezongó Lady Ducayne, y luego dirigiéndose a Bella, preguntó lacónicamente—: Supongo que no tienes problemas en pasar el invierno en Italia, ¿no es así?

—Toda mi vida he soñado ver Italia —dijo Bella dando un suspiro.

¡De Walworth a Italia! ¡Qué lejano, qué imposible parecía semejante viaje para un espíritu soñador y romántico!

—Bien, tu sueño se hará realidad. Prepárate a dejar Charing Cross en un tren de lujo la semana que viene a las once. Asegúrate de estar en la estación un cuarto de hora antes. Mi gente se ocupará de ti y de tu equipaje.

Lady Ducayne se levantó de la silla con la ayuda de su bastón, y la señorita Torpinter la escoltó hasta la puerta.

—Y en lo concerniente al salario —planteó la gestora en el camino.

—El salario, oh, el mismo que de costumbre, y si la joven quiere una quincena por adelantado puede usted escribirme para que le mande un cheque —respondió Lady Ducayne despreocupadamente.

La señorita Torpinter bajó las escaleras con su cliente y esperó verla sentada en la carroza amarilla. Al regresar, estaba ligeramente sin aliento y volvió a adoptar el tono de superioridad que irritaba tanto a Bella.

—Puede considerarse increíblemente afortunada, señorita Rolleston —dijo—. Tengo docenas de muchachas en mis libros a las que podría haber recomendado para esta colocación, pero recordé que le había dicho que preguntara esta tarde y pensé en darle una oportunidad. La anciana Lady Ducayne es una de las mejores

personas en mis libros. Le da a su acompañante cien libras al año y paga todos los gastos de movilidad. Vivirá en regazos del lujo.

—¡Cien libras al año! ¡Qué encantador! ¿Tendré que vestirme espléndida? ¿Lady Ducayne mantiene muchas relaciones?

—¡A su edad! No, vive recluida en sus apartamentos, con su criada francesa, su lacayo, su médico de cabecera y su mensajero.

—¿Por qué la abandonaron las otras acompañantes?

—¡La salud de ellas se debilitó!

—Pobrecitas, ¿y por eso tuvieron que marcharse?

—Sí, tuvieron que marcharse. Supongo que querrá el salario de una quincena por adelantado.

—¡Oh, sí, por favor! Tengo cosas que comprar.

—Muy bien. Le pediré un cheque a Lady Ducayne, y le enviaré el balance, deducida mi comisión por un año.

—A decir verdad, me había olvidado de la comisión.

—No va a creer que mantengo esta oficina por placer.

—Claro que no —murmuró Bella, acordándose de los cinco chelines por los honorarios de inscripción, pero entonces nadie podía imaginarse cien libras al año y un invierno en Italia.

## III

De la señorita Rolleston, en Cabo Ferrino, a la señora Rolleston, en Beresford Street, Walworth, Londres:

*¡Cómo me gustaría que pudieras ver este lugar, madre querida; el cielo azul, los olivares, los huertos de naranjos y limones entre los acantilados y el mar, refugiándose en los huecos de las grandes montañas, con olas de verano que se encaraman sobre los arrecifes de corales y algas que componen la idea italiana de una playa! ¡Oh, cómo me gustaría que pudieras verlo todo, querida mía, y qué tomaras sol bajo estos rayos que hacen tan poco creíble la fecha en el encabezamiento de esta carta! ¡Noviembre! El aire se asemeja al de Inglaterra en junio; el sol calienta tanto que no puedo caminar unas pocas yardas sin sombrilla. ¡Y pensar que estás en Walworth mientras yo estoy aquí! Lloro al pensar que quizás nunca verás estas cosas adorables, este mar extraordinario, estas flores de canícula que*

*florecen en invierno. Hay un cerco de geranios rosados bajo mi ventana, madre, un espeso y frondoso cerco, como si las flores crecieran salvajemente, ¡y hay rosas de Dijon colgando sobre arcos y empalizadas a lo largo de toda la terraza, un jardín de rosas perfumadas en noviembre! ¡Imagínalo! No se puede creer el lujo de este hotel. Es prácticamente nuevo y ha sido construido y decorado sin reparar en gastos. Nuestros cuartos están tapizados de un satén azul claro, que resalta la contextura apergaminada de Lady Ducayne, pero como salvo cuando está en el carruaje, se sienta todo el día en un rincón del balcón para tomar sol y pasa toda la noche en su mecedora junto al fuego y nunca ve a nadie más que a su propia gente, su presencia cuenta muy poco.*

*Lady Ducayne ha tomado el conjunto de habitaciones más hermosas del hotel. Mi dormitorio está en un interior, un dormitorio superlativamente encantador: todo satén azul y encajes blancos, muebles esmaltados también de blanco, espejos en cada pared, de modo que hasta veo mi perfil como nunca lo había visto antes. El cuarto estaba en realidad destinado a ser el vestidor de Lady Ducayne, pero dio orden de que uno de los divanes de satén fuera convertido en mi cama, una cama hermosísima que puedo correr hasta la ventana las mañanas de sol, ya que está sobre rueditas y es fácil de mover. Tengo la impresión de que Lady Ducayne es una linda abuela que de pronto apareció en mi vida, muy, muy rica, y muy, muy amable. No es para nada cargosa. Le leo en voz alta un buen rato, y ella dormita y cabecea mientras leo. A veces la oigo gemir dormida, como si tuviera sueños angustiosos. Cuando se cansa de mi lectura le ordena a Francine, su doncella, que le lea en francés una novela, y escucho su risita ahogada y sus gruñidos a cada momento, como si estuviera más interesada en esos libros que en Dickens o Scott. Mi francés no es lo suficientemente bueno como para seguir a Francine, que lee muy rápido. Tengo bastante tiempo libre, pues Lady Ducayne a menudo me dice que salga y me divierta; me agrada perderme en los olivares, tratando de ir cada vez más arriba, hasta donde están los bosques de pinos y más arriba todavía, hasta donde están las montañas nevadas que muestran sus blancos picos por encima de las colinas oscuras. ¡Oh, mi pobre madre, cómo puedo hacerte percibir a qué se parece este lugar, a ti, cuyos pobres y cansados ojos solo tienen enfrente Beresford Street! Algunas veces no voy mucho más allá de la terraza que está sobre el frente del hotel, el lugar favorito para conversar con todo el mundo. Abajo se extienden el jardín y los campos de tenis en los que a veces juego con una chica muy fina, la única persona en el hotel de la que me he hecho amiga. Es un año mayor que yo, y vino a Cabo Ferrino con su hermano, un doctor o un estudiante de medicina que*

*está por graduarse. Aprobó su examen de maestría en Edimburgo. Ella tuvo un delicado problema de pulmones el último verano y le ordenaron pasar el invierno afuera. Son huérfanos, están solos en el mundo y son muy apegados entre sí. Me encanta haberme hecho de una amiga como Lotta. Es una persona altamente respetable. No puedo usar esa expresión para algunas chicas del hotel que se comportan de una manera que sé que te pondrían los pelos de punta. Lotta fue criada por una tía en un pueblito del interior del país y no sabe mucho que digamos de la vida. Su hermano no le permite leer una novela, en inglés o francés, sin que él la haya leído y aprobado.*

*«Me trata como a una criatura —me dijo—, pero no me importa; es lindo saber que alguien te quiere y se preocupa por lo que haces, e incluso por lo que piensas».*

*Tal vez eso es lo que hace que muchas chicas se pongan tan ansiosas por conseguir marido: el deseo de encontrar a alguien fuerte, honesto y decidido, que las cuide de verdad y les ordene lo que tienen que hacer. Yo no busco eso, querida madre, porque te tengo a ti, y tú eres el mundo entero para mí. Ningún marido podría venir a interponerse entre nosotras. Si alguna vez llego a casarme, mi marido ocupará un segundo lugar en mi corazón. Pero no me imagino casada, ni recibiendo una propuesta de casamiento. Ningún joven pretendería casarse en estos tiempos con una muchacha sin dinero. La vida es demasiado cara. El señor Stafford, el hermano de Lotta, es muy inteligente y muy amable. Lotta piensa que ha de ser duro para mí tener que vivir con una mujer anciana como Lady Ducayne, porque ignora lo pobres que somos, tanto tú como yo, y qué maravilloso es para mí encontrarme en un sitio tan adorable. Tú lo necesitarías más que yo, nunca tuviste nada de esto —y difícilmente puedas imaginarlo, no es cierto, ¿querida mía?—, pues mi padre comenzó a ir a las carreras inmediatamente después de que se casaron y desde entonces la vida no ha sido para ti más que dificultades, preocupaciones y batallas.*

Esta carta fue escrita cuando Bella no había pasado más de un mes en Cabo Ferrino, antes de que la novedad del paisaje se desvaneciera, y antes también de que el placer provocado por el lujo que la rodeaba comenzara a hastiarla. Escribía a su madre todas las semanas largas cartas como las que las chicas que han vivido en la más estrecha compañía de su progenitora solamente pueden escribir, cartas que eran como un diario íntimo en los que abría su corazón y sus pensamientos. Escribía con alegría, pero a principios del año entrante la señora Rolleston creyó detectar, por debajo de la exquisita des-

cripción del lugar y la gente, un rasgo de melancolía. «Pobrecita, está sintiendo nostalgia —pensó—. Su corazón está en Beresford Street».

Tal vez extrañaba a su nueva amiga y compañera, Lotta Stafford, que se había ido con su hermano a recorrer Génova y Spezia hasta llegar a Pisa. Regresarían antes de febrero, pero entretanto Bella naturalmente se sentía sola entre personas desconocidas, cuyos modales y comportamientos describía tan bien en sus cartas. El instinto materno estaba en lo cierto. Bella no se hallaba muy contenta después de la primera afluencia de prodigios y deleites que siguieron a su mudanza de Walworth a la Riviera. De alguna manera, no sabía cómo, cierta lasitud se había apoderado de ella. Ya no deseaba escalar las montañas, ni blandir su rama de naranjo, rebosante de júbilo mientras con ligeros pies saltaba sobre las rocas y la hierba seca de la ladera de la montaña. El perfume del romero y el tomillo, el fresco aire del mar, ya no la extasiaban. Pensaba en Beresford Street y en el rostro de su madre con enfermiza melancolía. ¡Estaban tan, pero tan lejos! Y entonces pensaba en Lady Ducayne, sentada junto a los leños que se apilaban al lado del hogar que calentaba el salón, pensaba en esa cara descarnada de cascara de nuez y esos ojos brillosos de un terror indomable.

Los huéspedes del hotel le habían dicho que el aire de Cabo Ferrino relajaba, adaptándose mejor a los viejos que a los jóvenes, a los enfermos que a los sanos. No había duda de que era así. No se sentía tan bien como en Walworth, pero se dijo que solo estaba sufriendo la desgarradora separación de su niñez, de su madre, que la había criado y era al mismo tiempo como su hermana, su sostén, todo lo que tenía en el mundo. Había derramado muchas lágrimas al partir, había pasado profundas horas de melancolía en la terraza de mármol mirando con añoranza hacia el oeste y con el corazón puesto a miles de kilómetros de distancia. Estaba sentada en su lugar favorito, un ángulo hacia el extremo oeste de la terraza, un tranquilo rincón al amparo de los naranjos cuando oyó a una pareja de habitués de la Riviera conversando en el jardín de abajo. Se hallaban colocados en un banco contra la pared de la terraza. No tenía intención de escuchar lo que decían hasta que el sonido del nombre de Lady Ducayne atrajo su atención, y entonces se puso a escuchar sin pensar si era correcto lo que hacía. Hablaban sin tapujos, discurriendo de manera casual sobre otro huésped del hotel con quien mantenían relaciones.

Se trataba de dos personas mayores a las que Bella solo conocía de vista. Un clérigo inglés que durante la mitad de su vida había pasado los inviernos en el extranjero y una gorda solterona, muy

simpática, cuya bronquitis crónica la obligaba anualmente a emigrar.

—Me la he encontrado en Italia a lo largo de los últimos diez años— dijo la dama—, pero nunca pude averiguar su verdadera edad.

—Yo le doy cien años, ni uno menos —replicó el párroco—. Sus recuerdos se remontan a la Regencia. Entonces se encontraba evidentemente en su cenit, y le he oído decir cosas que muestran que frecuentaba la sociedad parisina cuando el Primer Imperio estaba en su apogeo, antes de que se divorciara Josefina.

—No habla mucho ahora.

—No, no queda mucha vida en ella. Es prudente de su parte mantenerse recluida. Me asombra que ese perverso curandero, su médico italiano, no la haya desahuciado hace años.

—Sospecho que debe ser al revés y que él es el que la mantiene con vida.

—Querida señorita Sanders, ¿usted francamente cree que ese matasanos extranjero puede mantener a alguien con vida?

—Bueno, allí la tiene. No va a ningún lado sin él. Su aspecto es verdaderamente desagradable.

—Desagradable —repitió el párroco—. Creo que ni el maligno en persona podría batirlo en cuanto a fealdad. Lamento que esa pobre joven tenga que vivir entre la vieja Lady Ducayne y el doctor Parravicini.

—Pero la anciana es muy buena con sus acompañantes.

—Sin duda. Es muy liberal con el dinero; los sirvientes le dicen «la buena Lady Ducayne». Es una anciana y marchita ricachona, que sabe que nunca será capaz de gastarse todo el dinero y no soporta la idea de que otra gente lo disfrute cuando ella se encuentre en un ataúd. Las personas que llegan a tan viejas acaban esclavizándose a la vida. No dudo de que es generosa con esas pobre muchachas, pero no puede hacerlas felices. Todas mueren a su servicio.

—No diga «todas», señor Carton. Sé que una pobre joven murió en Mentone la primavera pasada.

—Sí, y otra pobre muchacha murió en Roma tres años atrás. Yo estaba allí en ese momento. La buena Lady Ducayne la dejó en manos de una familia inglesa. La joven tenía todas las comodidades. La anciana fue muy liberal con ella, pero murió. Le digo, señorita Sanders, que no es bueno para ninguna mujer vivir con seres tan horrorosos como Lady Ducayne y Parravicini.

Luego siguieron conversando de otras cosas, pero Bella ya no pudo oír qué decían. Permaneció inmóvil, y una ráfaga de viento

pareció bajar desde las montañas y trepar hasta ella desde el mar, haciendo que tiritara de frío, sentada al sol como estaba, bajo las ramas de los naranjos, en medio de toda esa belleza. Sí, eran siniestros, los dos, ciertamente: ella parecía una bruja aristocrática con su piel marchita, y él, un ser sin edad, con un rostro que se asemejaba más a una máscara de cera que a un semblante humano. ¿Qué había de malo en ello? La vejez es venerable y digna del mayor respeto, y Lady Ducayne había sido muy amable con ella. El doctor Parravicini era un estudioso inocente e inofensivo, que raramente levantaba la vista de los libros que estaba leyendo. Tenía su sala de estar privada, donde realizaba experimentos de química y ciencias naturales, tal vez de alquimia. ¿Qué podía tener de malo para Bella? Siempre había sido cortés con ella, en su trato distante. No podía estar mejor ubicada de lo que estaba, en ese palacio de hotel y con esa rica anciana.

Extrañaba a la joven inglesa de la que se había hecho amiga, y podía ser también que echase de menos al hermano de la muchacha, ya que el señor Stafford conversaba mucho con ella y se mostraba interesado en los libros que leía y en su manera de divertirse cuando no estaba en funciones.

—Debería venir a nuestro salón cuando no está «de turno», como dicen en el hospital las enfermeras; podemos hacer un poco de música. ¿No es cierto que toca el piano y canta? —le dijo el señor Stafford, ante lo cual Bella tenía que decir, roja de vergüenza, que hacía años que se había olvidado cómo se tocaba el piano.

—Mi madre y yo solíamos cantar a dúo a la luz de las velas, sin acompañamiento —dijo ella, y las lágrimas acudieron a sus ojos al pensar en la humilde habitación, la media hora de descanso, la máquina de coser en el lugar donde debía estar el piano y la voz triste de su madre, tan dulce, tan real, tan honda.

A veces se preguntaba si volvería a ver a su madre. Tenía extraños presentimientos. Estaba enfadada consigo misma por sus pensamientos sombríos. Un día le preguntó a la criada francesa de Lady Ducayne acerca de las dos acompañantes que habían muerto en el transcurso de tres años.

—Eran criaturas pobres y débiles —dijo Francine—. Tenían un aspecto rozagante y lleno de bríos cuando empezaron, pero comían demasiado y eran perezosas. Murieron de lujuria y haraganería. Milady fue tan gentil con ellas. No tenían nada que hacer, así que empezaron a imaginarse cosas, y tejer fantasías en el aire no les hacía bien; no podían dormir.

—Yo duermo muy bien, pero he tenido varias veces un sueño muy extraño desde que me encuentro en Italia.

—¡Ay, va a ser mejor que no empiece a pensar en los sueños, o va a terminar como aquellas jóvenes! Soñaban mucho y un buen día empezaron a soñar que estaban en un cementerio.

El sueño la perturbó un poco, no porque se tratara de un sueño horrible y estremecedor, sino porque era una suma de sensaciones que nunca antes había tenido dormida: un chirrido de ruedas que giraban en su cabeza, un ruido enorme semejante al rechinar del viento, pero con el ritmo del tic-tac de un gigantesco reloj. Y en medio de ese alboroto como de ráfagas y de olas, tuvo la sensación de que se hundía en un remolino de inconsciencia, que caía desde aquel sueño en un sueño aún más profundo, en la total extinción. Y luego, después de ese negro intervalo, oyó el sonido de voces, y a continuación el chirrido de las ruedas nuevamente, cada vez más fuerte, y otra vez el negro abismo, al cabo de lo cual se despertó sintiéndose lánguida y oprimida. Un día, en la única ocasión que solicitó su consejo profesional, le contó al doctor Parravicini sobre su sueño. Había padecido más que severamente a los mosquitos después de Navidad y se había asustado bastante al encontrar una herida sobre su hombro que solo podía atribuir al venenoso aguijón de uno de esos torturadores. Parravicini se puso las lentes y contempló la inflamación sobre el hombro blanco y redondeado, mientras Bella permanecía de pie frente a él y Lady Ducayne con la camisa desabrochada hasta el codo.

—Sí, no es broma —dijo—; la ha picado en la desembocadura de una vena. ¡Vaya vampiro! Pero no le ha hecho daño, nada que un pequeño vendaje no pueda sanar. Debe mostrarme siempre cualquier picadura de esta naturaleza. Podría ser peligrosa si no se atiende. Esas criaturas inoculan veneno y lo diseminan.

—Y pensar que esas criaturas diminutas pueden picar así —dijo Bella—. Mi hombro parece que hubiese sido cortado con un cuchillo.

—Si le mostrara el aguijón de un mosquito bajo el microscopio, no se sorprendería de ello —replicó Parravicini.

Bella tuvo que tolerar las picaduras de mosquito, aun cuando eran en la naciente de una vena y producían esa herida desagradable. La herida reapareció otras veces y Bella encontró en los vendajes del doctor Parravicini una rápida cura. Si era el curandero que decían sus enemigos, al menos tenía una mano hábil y un tacto delicado al realizar aquella pequeña operación.

*Bella Rolleston a la Sra. Rolleston, 14 de abril*

*Mi siempre adorada:*

*Mira el cheque por mi salario de la segunda quincena: veinticinco libraa. No hay quien se quede con un billete de diez libras por un año de comisión como la última vez; así que es todo para ti, madre querida. Del dinero que traje conmigo cuando insististe en que me quedara con más de lo que quería, aún me sobra suficiente para gastos personales. No hay manera de gastar dinero aquí, excepto en propinas ocasionales a los sirvientes o en limosnas para los mendigos o huérfanos, a menos que uno tenga que pagar impuestos por lo que en verdad le gustaría comprar: tortugas, conchas de mar, corales, cintas. Es tan ridículo, querida, que solo un millonario podría pensar en hacerlo. Italia es un sueño de belleza, pero para ir de compras llévame a Newington Causeway.*

*Me preguntas tan seriamente si me encuentro bien que sospecho que mis últimas cartas han debido de ser un poco insulsas. Sí, querida mía, estoy bien, aunque no me hallo tan fuerte como cuando acostumbraba ir caminando hasta el West End para comprar una libra de té, solo por mantenerme en forma, o hasta Dulwich para mirar cuadros. Italia es sedante, y siento lo que la gente de aquí llama «flojera». Pero ya me imagino tu adorada cara de preocupación al leer esto. De verdad, no estoy enferma, créeme, solo un poco cansada de este formidable escenario, como supongo que uno podría llegar a cansarse de contemplar un cuadro de Turner si estuviera siempre colgado en la pared que está enfrente de uno. Pienso en ti a cada momento del día, pienso en ti y en mi modesta y pequeña habitación, en nuestro raído salón, con las butacas de la demolición de tu vieja casa y Dick cantando en su jaula sobre la máquina de coser. Querida, el loco y chillón de Dick que, nos ilusionábamos, se encariñaría apasionadamente con nosotras. Dime en tu próxima carta, si está bien.*

*Mi amiga Lotta y su hermano no han regresado. Se fueron de Pisa a Roma. ¡Felices mortales! Y han de estar en los lagos de Italia para mayo; todavía no habían decidido a cuál lago cuando Lotta me escribió por última vez. Su correspondencia ha sido encantadora, y me ha confiado todos sus flirteos. Iremos todos juntos a Bellaggio la semana próxima pasando por Génova y Milán. ¿No es formidable? Lady Ducayne viaja haciendo paradas, excepto cuando es despachada en un tren de lujo. Nos detendremos dos días en Génova y uno en Milán. Voy a taladrarte los oídos hablándote de Italia cuando regrese a casa.*

# IV

Herbert Stafford y su hermana hablaban a menudo sobre la encantadora inglesita de semblante fresco, cuyo delicioso color rozagante se destacaba entre todas las caras amarillentas del Grand Hotel. El joven médico pensaba en ella con compasión y ternura, meditaba sobre su absoluta soledad en aquel gran hotel donde había tanta gente, y en la bondad que le dedicaba a aquella anciana, en un lugar donde nadie tenía la mente puesta en otra cosa que en gozar de la vida. Era un destino duro, y la pobre chica era evidentemente muy devota de su madre y la apenaba mucho estar separada de ella; «dos mujeres solas en el mundo, muy pobres, y la una para la otra», pensaba Stafford.

Lotta le contó una mañana que volverían a encontrarse todos en Bellaggio.

—La vieja y su corte estarán allí antes que nosotros —dijo—. Me va a encantar tener conmigo a Bella de nuevo. Es tan alegre y divertida, a pesar del aire melancólico que suele tener. Nunca me hice amiga de una chica en tan poco tiempo como ocurrió con ella.

—Me gusta su melancolía —dijo Herbert—, me asegura la bondad de su corazón.

—¿Qué sabes de corazones, excepto diseccionarlos? No olvides que Bella es absolutamente pobre. Me contó confidencialmente que su madre hace manteles para una tienda del West End. Difícilmente puedas conocer abismo más profundo que ese.

—No pensaría menos en ella si su madre fabricara cajas de cerillas.

—No en abstracto, por supuesto. Hacer cajas de cerillas es un trabajo honesto. Pero no podrías casarte con una chica cuya madre cose manteles.

—Aún no hemos llegado a considerar la cuestión —respondió Herbert, que parecía estar provocando a su hermana.

En dos años de práctica hospitalaria había visto demasiado de cerca las realidades más espantosas como para mantener prejuicios de esa especie. El cáncer, la tisis, la gangrena, le dejaban a uno poco margen de respeto por la humanidad. La raíz era siempre la misma, algo temible y prodigioso, una cuestión que producía terror y piedad.

El señor Stafford y su hermana llegaron a Bellaggio un agradable atardecer de mayo. El sol se iba poniendo a medida que el vapor se aproximaba al terraplén, y toda la gloria de las flores púrpuras que envolvían las paredes en esa estación del año, parecía agitarse y volverse más profunda a la luz del crepúsculo. Un grupo de damas esperaba de pie sobre el terraplén, y entre ellas Herbert divisó una cara empalidecida que lo arrancó de un sobresalto de su habitual compostura.

—Allí está Bella —murmuró Lotta a su lado—, pero está terriblemente demacrada, hecha un desastre.

Pocos minutos después estrechaban sus manos con ella, y un brillo iluminó su pobre rostro atormentado en el placer de verlos otra vez.

—Imaginé que llegarían esta tarde —dijo—. Estamos aquí desde hace una semana.

Bella no añadió que había ido hasta allí todas las tardes para ver llegar los barcos, e incluso varias veces al día. Gran Bretaña estaba cerca, y hubiera sido fácil para ella saltar de la explanada al sonar la campana del barco. Sentía alegría de reencontrarse con aquellas personas, tenía la sensación de estar con amigos, una confianza que la bondad de Lady Ducayne nunca le había inspirado.

—¡Oh, mi pobre querida, qué horriblemente enferma has de haber estado! —exclamó Lotta, cuando las dos muchachas se abrazaron. Bella intentó contestar, pero su voz se ahogó en lágrimas.

—¿Cuál ha sido la causa, querida? Esa horrible gripe, supongo.

—No, no. No he estado enferma. Solo me he sentido un poco más débil que lo acostumbrado. No creo que el aire de Cabo Ferrino me siente muy bien.

—Te sienta abominablemente mal. Nunca vi cambio semejante en nadie. ¿Por qué no dejas que te examine Herbert? Está habilitado para ejercer, lo sabes. En Londres atendió a muchos pacientes con gripe. Estaban contentos de oír que un médico inglés los aconsejaba en términos amables.

—¡Estoy segura de que es muy inteligente! Pero no es para nada el caso. No estoy enferma, y si lo estuviera, el médico de Lady Ducayne me atendería.

—¿Ese hombre espantoso de cara amarilla? Antes preferiría ponerme en manos de uno de los Borgia. Espero que no hayas estado tomando ninguna de sus medicinas.

Esto decían mientras los tres caminaban hacia el hotel. Las habitaciones de los Stafford habían sido reservadas por adelantado; una hermosa planta baja que se abría sobre un jardín. Los majestuosos apartamentos de Lady Ducayne se hallaban en el piso de arriba.

—Creo que nuestros cuartos se encuentran justo encima de los de ustedes —dijo Bella.

—Entonces será de lo más fácil para ti bajar corriendo a vernos —respondió Lotta, sin saber que no era realmente tan fácil, ya que la gran escalinata estaba en el centro del hotel.

—¡Oh, de todos modos será muy fácil! —dijo Bella—. Me temo que disfrutarás bastante de mi compañía. Lady Ducayne duerme la mitad del día con este clima caluroso, de modo que tengo una buena cantidad de tiempo disponible, y me deprimo tremendamente pensando en mi madre y en mi hogar.

Su voz se quebró al pronunciar esta última palabra. Nunca se había puesto a pensar que aquella pobre pensión que evocaba con el dulce nombre de «hogar» era lo más bello que el arte y la salud le habían deparado. Se enjugaba las lágrimas y suspiraba en el adorable jardín, con el lago iluminado por el sol y las románticas colinas desplegando toda su belleza ante sus ojos. Se sentía entristecida y tenía un sueño o, mejor dicho, una pesadilla que regresaba de vez en cuando para dejarle las más extrañas emociones. Parecía más un desvarío que un mal sueño: el chirriar de la ruedas, la impresión de que se precipitaba en un abismo, el debatirse hasta recobrar la conciencia. Había tenido aquella visión apenas antes de dejar Cabo Ferrino, pero no desde que habían llegado a Bellaggio, y la joven comenzaba a esperanzarse con que el aire en esa región de lagos le sentase mejor y que aquellas extrañas sensaciones no fueran a repetirse nunca más.

El señor Stafford firmó una receta y la mandó preparar en lo de un boticario próximo al hotel. Era un tónico poderoso, y después de un par de frascos, uno o dos paseos en bote por el lago y una caminata por las colinas y los prados donde las flores de primavera hacían que la tierra pareciera el paraíso, el espíritu y el aspecto físico de Bella mejorarían como por arte de magia.

—Es un tónico maravilloso —dijo ella, pero quizás en lo más profundo de su corazón sabía que la suave voz del médico, y la amable mano que la ayudaba a subir y bajar del bote en el lago, tenían algo que ver con que se curara.

—Espero que no olvides que su madre hace manteles —decía Lotta, en tono de advertencia.

—O cajas de fósforos, es exactamente lo mismo, hasta donde alcanzo a comprender.

—¿Quieres decir que bajo ninguna circunstancia piensas en casarte con ella?

—Quiero decir que si me llegara a enamorar de una mujer lo suficiente como para pensar en casarme con ella, su riqueza o rango

social no contarían en nada para mí. Pero me temo... me temo que tu pobre amiga no vivirá para ser la esposa de ningún hombre.

—¿Piensas que está muy enferma?

Herbert suspiró y dejó la pregunta sin respuesta.

Un día, mientras juntaban jacintos silvestres en un prado, Bella le habló al señor Stafford acerca de su pesadilla.

—Es curioso solo porque se asemeja muy poco a un sueño —dijo ella—. Supongo que usted puede encontrarle alguna explicación de sentido común a esto. La posición de mi cabeza en la almohada, o el clima, o algo.

Y entonces ella describió sus sensaciones; cómo en medio del sueño le sobrevenía una sensación de ahogo, y luego cómo oía el chirrido de unas ruedas, tan fuerte, tan terrible, y cómo después se producía un blanco, y al cabo de eso volvía a estar consciente y despierta.

—¿Alguna vez le suministraron cloroformo? ¿El dentista, por ejemplo?

—Nunca. El doctor Parravicini me lo preguntó un día.

—¿Recientemente?

—No, hace algún tiempo, cuando estábamos en el tren de lujo.

—¿El doctor Parravicini le recetó algo desde que empezó a sentirse débil y enferma?

—¡Oh, me daba un tónico de vez en cuando! Pero yo odio los remedios y apenas probé el brebaje. Pero le digo que no estoy enferma, solo más débil que lo acostumbrado. Me sentía ridículamente fuerte y bien cuando vivía en Walworth, y solía dar largas caminatas todos los días. Mi madre me hacía ir andando hasta Dulwich o Norwood, por miedo de que la máquina de coser me hiciera sufrir de la columna. Algunas veces, pero solo unas pocas, venía conmigo. Por lo general se quedaba cosiendo en casa mientras yo disfrutaba del aire fresco y del ejercicio. Y era muy cuidadosa con nuestra comida que, por sencilla que fuera, debía ser siempre nutritiva y abundante. Debo a sus cuidados haber crecido saludable y fuerte.

—No pareces saludable ni fuerte ahora, mi pobre querida —dijo Lotta.

—Tengo la impresión de que Italia no me sienta bien.

—Quizá lo que te enferma no es Italia, sino estar encerrada con Lady Ducayne.

—Pero nunca estoy encerrada. Lady Ducayne es extremadamente amable, y me permite pasear o sentarme en la balaustrada el día entero si lo deseo. He leído más novelas desde que estoy con ella que en el resto de mi vida.

—Entonces se diferencia mucho del común de las ancianas, que suelen ser despóticas —dijo Stafford—. Me sorprende que lleve a

una acompañante consigo, si tiene tan poca necesidad de relacionarse.

—¡Oh, yo solo formo parte de su corte! Ella es extraordinariamente rica, y el salario que paga no le procupa. En cuanto al doctor Parravicini, sé que es un médico inteligente, pues curó mis horribles picaduras de mosquitos.

—Un poco de amoníaco bastaría en la primera etapa de la inflamación. Pero ahora no hay mosquitos que la molesten.

—¡Oh, sí, claro que los hay! Me picó uno justo después de que dejamos Cabo Ferrino.

Bella desabrochó su camisa de lino y mostró la cicatriz, que el señor Stafford observó resueltamente, con una mirada de asombro y perplejidad.

—Esto no es una picadura de mosquito —dijo.

—¡Oh, sí lo es, a menos que haya serpientes o culebras en Cabo Ferrino!

—No se trata en absoluto de una picadura. Está bromeando conmigo. Señorita Rolleston, se ha dejado sacar sangre por ese maldito curandero italiano. Mataron al más grande hombre de la Europa moderna de ese modo, recuerde. Ha sido una locura de su parte.

—Nunca en mi vida me han sacado sangre, señor Stafford.

—¡Tonterías! Permítame ver su otro hombro. ¿Tiene más picaduras de mosquito?

—Sí, el doctor Parravicini dice que tengo una piel que no sana fácilmente, y que ese veneno actúa más virulentamente conmigo que con otra gente.

Stafford examinó ambos hombros a plena luz del sol; había cicatrices nuevas y viejas.

—Esas mordeduras son muy serias, señorita Rolleston —dijo—, y si llego a encontrar a ese mosquito lo haré arrepentirse. Pero ahora dígame, mi querida niña, bajo su palabra de honor, dígame como se lo diría a un amigo que está sinceramente preocupado por su salud y felicidad, como se lo diría a su madre si estuviera aquí para preguntárselo: ¿no tiene idea de cuál podría ser la causa de esas cicatrices, descartando las picaduras de mosquito? ¿Ninguna sospecha?

—¡No, de veras! ¡Lo juro por mi honor! Nunca he visto a un mosquito picando mi hombro. Uno nunca ve a esos horribles malvados. Pero los he oído revolotear bajo las cortinas y sé que he tenido a uno de esos pestilentes desgraciados zumbando a mi alrededor.

Ese mismo día, más tarde, Bella y sus amigos estaban sentados tomando el té en el jardín, cuando Lady Ducayne salió a dar su paseo vespertino con su médico.

—¿Cuánto tiempo piensa permanecer con Lady Ducayne, señorita Rolleston? —preguntó Herbert Stafford, después de un prudente silencio, interrumpiendo la charla trivial de las dos muchachas.

—El tiempo en que siga pagándome veinticinco libras por quincena.

—¿Aunque sienta que su salud se deteriora estando a su servicio?

—No es el empleo lo que lesiona mi salud. Ya ve que no tengo realmente nada que hacer: leer en voz alta una hora o más, una o dos veces por semana, escribir en un minuto alguna carta a un minorista en Londres. Nunca tendré tanto tiempo libre con nadie. Y ninguna otra persona me pagaría más de cien libras al año.

—¿Quiere decir entonces que seguirá mientras resista, que morirá en su puesto?

—¿Como las otras dos acompañantes? ¡No! Si llego a sentirme enferma, realmente enferma, me subiré a un tren y regresaré directamente a Walworth.

—¿Qué fue lo que ocurrió con las otras dos acompañantes?

—Murieron las dos. Fue una gran desgracia para Lady Ducayne. Por eso fue que me contrató. Me eligió porque era joven y vigorosa. Debió sentirse un poco disgustada cuando comencé a empalidecer y debilitarme. A propósito, cuando le hablé del excelente tónico que me había recetado, dijo que le gustaría verlo y tener una pequeña conversación con usted acerca de su propio caso.

—Yo también debería ver a Lady Ducayne. ¿Cuándo le dijo eso?

—Antes de ayer.

—¿Por qué no le pregunta si quiere verme esta tarde?

—¡Con mucho gusto! Tengo curiosidad por saber qué pensará de ella. A un extraño puede parecerle horrible, pero el doctor Parravicini dice que alguna vez fue hermosa.

Eran cerca de las diez cuando el señor Stafford recibió una esquela de Lady Ducayne, cuyo mensajero vino para conducirlo hasta el salón de su señoría. Cuando el visitante fue admitido, Bella estaba leyendo en voz alta, y él notó la languidez en su tono débil y suave, el esfuerzo evidente que hacía.

—Cierra el libro —dijo una quejumbrosa voz de anciana—. Estás empezando a arrastrar las palabras como la señorita Blandy.

Stafford vio una pequeña y curvada figura hecha un bollo junto a los leños apilados, una vieja figura arrugada con un espléndido vestido de brocado negro y carmesí, un cuello flaco emergiendo de una masa de antiguo encaje veneciano adornado con diamantes que relucieron como luciérnagas cuando la anciana cabeza giró hacia él.

Los ojos que lo miraban a la cara brillaban casi tanto como los diamantes y eran el único rasgo de vida en esa rugosa máscara de

pergamino. Había visto caras horribles en el hospital, caras en las que la enfermedad había dejado marcas atroces, pero nunca había visto una cara que lo impresionara tan espantosamente como ese pálido semblante, con su indescifrable horror de muerta que se sobrevive, una cara que debía haber sido ocultada bajo la tapa de un ataúd años y años atrás.

El médico italiano estaba de pie al otro lado de la chimenea, fumando un cigarrillo y mirando hacia abajo a la pequeña anciana con una mano en el pecho como si estuviera orgulloso de ella.

—Buenas noches, señor Stafford. Puedes ir a tu habitación, Bella, y escribir tu eterna carta a tu madre en Walworth —dijo Lady Ducayne—. Estoy convencida de que escribe una página acerca de cada flor silvestre que descubre en los bosques y los prados. No sé acerca de qué otra cosa más puede escribir —añadió, mientras Bella se retiraba silenciosamente hacia el hermoso y pequeño dormitorio que Lady Ducayne había hecho abrir en ese espacioso apartamento. Allí, como en Cabo Ferrino, dormía en un cuarto adyacente al de la vieja dama.

—Tengo entendido que usted es médico, señor Stafford.

—Soy un practicante habilitado, pero no he comenzado a ejercer.

—Ha comenzado a hacerlo sobre mi acompañante; ella me lo dijo.

—Le prescribí un tónico, es cierto, y me alegra encontrar que mi remedio le ha hecho bien, pero creo que se trata de una mejoría temporaria. Este caso va a requerir un tratamiento más drástico.

—¡No tiene ninguna importancia! A la chica no le ocurre nada malo, absolutamente nada, excepto tonterías propias de chica; demasiada libertad y poco trabajo.

—Entiendo que dos de las acompañantes de la señora murieron de la misma enfermedad —dijo Stafford, dirigiéndose primero a Lady Ducayne, que sacudió con impaciencia su temblorosa cabeza, y después a Parravicini, cuyo amarillo semblante empalideció bajo la mirada de Stafford.

—No se meta con mis acompañantes, señor —dijo Lady Ducayne—. Mandé por usted para consultarlo acerca de mí, no acerca de un lote de muchachas anémicas. Usted es joven, y la medicina es una ciencia que progresa, me lo dicen los diarios. ¿Dónde estudió?

—En Edimburgo y en París.

—Dos buenas escuelas. ¿Y conoce las flamantes teorías, los modernos descubrimientos que recuerdan los de la brujería medieval, los de Alberto Magno y George Ripley? ¿Ha estudiado hipnotismo, electricidad?

—Y la transfusión de sangre —dijo Stafford, muy lentamente, mirando a Parravicini.

—¿Ha hecho algún descubrimiento que le enseñe a prolongar la vida humana, algún elixir, algún método o tratamiento? Quiero que mi vida se prolongue, joven. Este hombre ha sido mi médico durante treinta años. Hace todo lo que puede para mantenerme viva según sus luces. Estudia nuevas teorías de todos los científicos, pero está viejo, cada día se pone más viejo, su poder mental se está yendo; es fanático, tiene prejuicios, no acepta ideas nuevas, no incorpora nuevos sistemas. Me dejará morir si no me pongo en guardia contra él.

—Es usted increíblemente ingrata, Excelencia —dijo Parravicini.

—¡Oh, no tienes de qué quejarte! Te he pagado miles para que me mantengas viva. Cada día de mi vida acrecienta tus arcas, y sabes que no recibirás nada cuando me haya ido. La totalidad de mi fortuna estará destinada a solventar un hogar para indigentes mujeres de categoría que hayan alcanzado los noventa años. Vamos, señor Stafford, soy una mujer rica. Concédame unos pocos años más bajo la luz del sol, unos pocos años más sobre la tierra, y yo le pagaré el precio de un elegante consultorio en Londres. Lo instalaré en el West End.

—¿Qué edad tiene usted, Lady Ducayne?

—Nací el día que Luis XVI fue guillotinado.

—Pienso entonces que ha tenido su porción de sol y de placeres sobre la tierra, y que debería emplear los pocos días que le quedan en arrepentirse de sus pecados y tratar de redimir las jóvenes vidas que fueron sacrificadas por su amor a la vida.

—¿Qué está insinuando, señor?

—¡Oh, Lady Ducayne! ¿Necesito poner en palabras su perversidad y la perversidad aún más grande de su médico? La pobre muchacha a su servicio ha sido reducida de una salud vigorosa a un estado de extremo peligro por obra de los experimentos del doctor Parravicini, y no tengo la menor duda de que las otras dos jóvenes que fallecieron mientras trabajaban para usted fueron tratadas por él de la misma manera. Podría ocuparme de demostrar ante un jurado de médicos, con convincente evidencia, que el doctor Parravicini le ha sacado sangre a la señorita Rolleston después de colocarle cloroformo, a intervalos, desde que ella entró a su servicio. El deterioro en la salud de la muchacha habla por sí solo; las marcas de agujas sobre los hombros de la chica son inequívocas y su descripción de la serie de sensaciones, que ella llama un sueño, indica de modo concluyente la administración de cloroformo mientras estaba durmiendo. Una práctica tan atroz, tan criminal, debe, si se expone, resultar en una condena apenas menos severa que la pena por asesinato.

—Me río —dijo Parravicini, con movimiento airado de sus flacos dedos—, me río de sus teorías y de sus amenazas. Yo, Leopoldo Parravicini, no temo que la ley pueda cuestionar nada de lo que he hecho.

—Llévese a la chica. No quiero oír hablar más de ella —gritó Lady Ducayne, con su voz finita y cascada, que tan pobremente acompañaba la energía y el fuego del viejo cerebro perverso que guió su expresión—. ¡Que se vuelva con su madre! No quiero que mueran más chicas a mi servicio. Hay chicas suficientes y mucho más en el mundo, Dios lo sabe.

—Si contrata a otra acompañante, o toma a otra joven inglesa a su servicio, Lady Ducayne, haré que toda Inglaterra comente la historia de su perversidad.

—No quiero más chicas. No creo en los experimentos de este curandero. Han estado llenos de peligros para mí tanto como para la muchacha: un burbuja de aire y hubiera muerto. No me prestaré más a sus peligrosas hechicerías. Encontraré a un nuevo hombre –un hombre mejor que tú, señor, un científico como Pasteur o Virchow, un genio– para que me mantenga viva. Llévese a la chica, joven. Cásese con ella si quiere. Le firmaré un cheque por mil libras, y que se marche y viva a carne y cerveza, y se ponga fuerte y rechoncha de nuevo. No quiero saber nada más con tales experimentos. ¿Me oyes, Parravicini? —gritó vengativa Lady Ducayne, con la cara amarilla y arrugada retorciéndose de furia y clavando su mirada sobre el médico.

Los Stafford se llevaron a Bella a Varese al día siguiente, poco dispuesta como estaba a abandonar a Lady Ducayne, cuyo salario aportaba tal ayuda a su querida madre. Herbert Stafford insistió, de todos modos, tratando a Bella con tanto aplomo como si hubiera sido el médico de la familia y ella estuviera totalmente bajo su cuidado.

—¿Supone que su madre la dejaría morir aquí? —preguntó—. Si la señora Rolleston supiera cuan enferma está, vendría deprisa a llevársela.

—No volveré a estar bien hasta que regrese a Walworth —respondió Bella, que estaba desanimada y propensa a las lágrimas esa mañana, una reacción previsible tras su buen talante del día anterior.

—Primero nos tomaremos una semana o dos en Varese —dijo Stafford—. Cuando pueda hacer medio camino al Monte Generoso sin que le palpite el corazón regresará a Walworth.

—Mi pobre madre, ¡qué contenta se va poner de verme, y qué triste de que haya perdido un empleo tan bueno!

La conversación tuvo lugar a bordo del bote mientras se alejaban de Bellaggio. Lotta se había aparecido en el cuarto de su amiga a las

siete en punto de la mañana, mucho antes de que los rugosos párpados de Lady Ducayne se abrieran a la luz del día, antes incluso de que Francine, la criada francesa, se pusiera en movimiento, y la ayudó a empacar una maleta de viaje con pertenencias, y prácticamente arrastró a Bella escaleras abajo hasta fuera del hotel sin que pudiera ofrecer la menor resistencia.

—Está todo arreglado —le aseguró Lotta—. Herbert tuvo una buena conversación con Lady Ducayne anoche, y se acordó que te marcharías esta mañana. No le gustan las inválidas, ya sabes.

—No —suspiró Bella—, no le gustan las inválidas. Ha sido muy desafortunado que yo me enfermara exactamente igual que la señorita Tomson y la señorita Blandy.

—En todo caso, no estás muerta como ellas —contestó Lotta— y mi hermano dice que no te vas a morir.

A Bella le parecía algo bastante feo ser despedida de un modo tan abrupto, sin una palabra de adiós de su empleadora.

—Me da curiosidad saber qué dirá la señorita Torpinter cuando vaya a verla por otra ubicación —especuló Bella, con pesar, mientras desayunaba con sus amigos a bordo del vapor.

—Quizá nunca más quiera otra ubicación —dijo Stafford.

—¿Insinúa que ya nunca volveré a estar bien para ser útil a alguien?

—No, no digo nada por el estilo.

Después de cenar en Varese, después de que Bella fuera persuadida de tomar una copa entera de vino, y se sintiera bastante animada por obra de ese desacostumbrado estimulante, el señor Stafford extrajo una carta de su bolsillo.

—Olvidé entregarle la carta de despedida de Lady Ducayne —dijo.

—¿Qué? ¿Me ha escrito? ¡Me pone tan contenta! Odiaba dejarla de manera tan fría; después de todo, fue muy amable conmigo, y si no me gustaba, solo se debía a que era horriblemente vieja.

Abrió precipitadamente el sobre. La carta era breve y directa:

> *Adiós, niña. Ve y cásate con tu doctor. Adjunto un regalo de despedida para tu ajuar.*
>
> *Adeline Ducayne*

—¡Mil libras, mucho más que el salario de un año entero... No lo puedo creer... ¡un cheque por mil libras! —exclamó Bella—. ¡Qué alma más generosa! Es realmente una vieja adorable.

—Extrañará estar cerca de ti, Bella —dijo Stafford.

Se había animado a tutearla y llamarla por su nombre de pila estando a bordo del barco. Le parecía natural ahora que estuviese a su cargo hasta que los tres se hallaran de regreso en Inglaterra.

—Asumiré los privilegios de un hermano mayor hasta que desembarquemos en Dover —dijo—; después, será como tú quieras.

La cuestión de sus futuras relaciones tiene que haber sido arreglada satisfactoriamente antes de que cruzaran el canal, pues la siguiente carta de Bella a su madre comunicaba tres hechos primordiales. Primero, que el cheque adjunto por 1000 libras iba a ser endosado y depositado en una cuenta a nombre de la señora Rolleston y de su exclusiva propiedad para que fuera su capital y fuente de ingreso durante el resto de su vida. Luego, que Bella regresaba a Walworth de inmediato. Y por último, que iba a casarse con el señor Herber Stafford el próximo otoño.

«Y estoy segura de que lo vas a adorar, mamá, tanto como lo amo yo», escribió Bella. «Todo es obra de Lady Ducayne. Nunca habría decidido casarme sin asegurarme ese pequeño ahorro para ti. Herbert dice que será capaz de aumentarlo a medida que pasen los años, y dondequiera que vivamos habrá siempre una habitación en nuestra casa para ti. La palabra 'suegra' no le causa miedo.»

Arabella Kenealy

# Una vampira bella

(1896)

Arabella Kenealy nació en Portslade, Inglaterra, el 11 de abril de 1859, y murió el 18 de noviembre de 1938 en Londres.

Fue médica, recibida en la London School of Medicine for Women, y activista eugenista. El eugenismo era una ideología que predicaba la mejora biológica «natural» de la población estimulando solo la reproducción de los «más aptos», y eliminando a los «menos aptos» para que no se reproduzcan. Adhirieron al eugenismo: Winston Churchill, Bernard Shaw, J. M. Keynes, Henry Ford, Theodore Roosevelt, y... los nazis. Fue también una rabiosa antifeminista, no quería que las mujeres votaran ni que hicieran demasiadas actividades físicas, creía que eso reducía la capacidad de ser «madre de los hombres».

En 1893, publicó con éxito *Dr. Janet de Harley Street*, la historia de una doctora que protege a una mujer joven que huye de un matrimonio desdichado.

En 1896 aparece, dentro de la serie del investigador paranormal Lord Syfret, su relato *Una vampira bella* (*A Beautiful Vampire*), en la revista *The Ludgate Magazine*, donde se publicó gran parte de su obra.

# 1

El pueblo de Argles amaneció conmovido con la noticia de que el doctor Andrew había intentado asesinar a Lady Deverish. Andrew era un joven atractivo, recién llegado a la compañía Byrne & Andrew, asociación que reunía a los principales médicos de la zona. Caía bien a todos. Era inteligente y amable, y ponía el mismo entusiasmo en traer al mundo al noveno hijo de un jornalero de los caminos y al heredero de un conde. Algunos pensaron que todo eso no era más que falsa benevolencia (algunas criaturas bien podrían haberse ahorrado el sufrimiento de nacer, sobre todo si su padre era un alcohólico, y en cualquier caso, bebiera o no, no podría ayudar a sobrevivir ni a uno solo de los otros ocho vástagos). Otros, incluso, se atrevieron a afirmar que Andrew se burlaba de la Providencia –para qué hablar de lo que pensaban los contribuyentes– al traer al mundo a aquel noveno ser, a pesar del quinto ataque de difteria. De cualquier modo, su popularidad era tan grande como puede ser en una sociedad donde de lo único que se habla a la hora del té es de chismes y no de conductas intachables o de la reputación de tal o cual persona.

—El mayordomo dice que oyó gritos —susurraban entre las finas tazas de porcelana—. Lady Deverish pidió socorro, él entró corriendo y se encontró con el doctor estrangulándola.

—Lo atrapó in fraganti. ¡Ella ya tenía la cara amoratada!

—¿No es terrible? ¡Había sido siempre un hombre tan amable! ¿Alguien de su familia estaba mal de la cabeza?

—No estoy segura. Dicen que su madre era un poco rara. Que escribía libros y cosas así, y llevaba sombreros enormes con plumas negras. Un adefesio. Me lo ha contado la señora Byass. Ella llegó a conocerla.

—¿Qué han hecho con él?

—Eso es lo más extraño de todo. Lady Deverish no va a presentar cargos contra él. Dijo que todo había sido un error. Así que él se fue en su coche de caballos y continuó su ronda de visitas.

—No puedo creérmelo.

—Tenía el cuello amoratado. El viejo doctor Byrne fue enseguida a ver cómo se encontraba. Le acompañó esa nueva enfermera que se trajo de Londres. Dicen que no paran de discutir.

—Sí, pero eso no son más que rumores, querida.

—Se comportó con toda naturalidad. El mozo de cuadra de Lady Deverish le dijo al cocinero que el doctor Andrew apenas la miró.

—No sabía que admirara a Lady Deverish.

—Bueno, no es de extrañar, les pasa a casi todos.

—Lo que no acabo de entender es para qué quiere ella una enfermera, con esa salud de hierro que tiene.

—Dicen que está mal de los nervios.

—Claro y, si todo los que estamos mal de los nervios tuviéramos que tener una enfermera, no habría suficientes para todos.

—Sí, pero no todas somos viudas con la pensión de dos ricos difuntos, querida.

Y claro, puesto que yo conocía tanto a la señora como a Andrew, sentí curiosidad por enterarme de por qué este había intentado estrangular ese hermoso cuello, en un acto que poco tenía de amabilidad. Con este único fin, a la semana siguiente del suceso en cuestión, fui a tomar el té con unos conocidos. Solo oí cuentos y, al no aclararme nada, me puse a investigar. Sin perder un instante, llamé a la casa. Me costaba dar crédito a la historia del estrangulamiento pero, conociendo como conocía la fuerza de las manos de Andrew, sabía que este se marcharía, y que en la casa solo quedaría su enfermera, la señora Lyall.

—¡Dios mío, qué mal aspecto tiene! —no pude por menos que exclamar al verla entrar.

Me la habían presentado hacía unos meses; era una mujer entrada en carnes, bien entrada, por cierto, y ahora parecía una anciana. Su cara ilustraba la debilidad y el cansancio. Se dejó caer en la silla, y las manos y las piernas le temblaban como si tuviera parálisis. Durante varios minutos fue incapaz de hablar.

—Debe de haberlo pasado muy mal —le dije.

En realidad, era una persona dulce y poco decidida, una de esas mujeres regordetas que parecen tener sangre de horchata. Pero, a medida que le hablaba, le fue cambiando la expresión. Se puso en pie de un salto y levantó crispado el brazo.

—¡Si la hubiera matado! —gritó enloquecida—, ¡sí, gracias a la Providencia, él la hubiera matado...!

Tenía ante mí a un ser diferente, desconocido. Era como si a una oveja le salieran de repente garras. Entre temblores, se volvió a dejar caer en la silla.

—Querida señora Lyall —comenté en señal de protesta—, si la hubiera matado el mundo habría perdido a uno de los ejemplares más hermosos y perfectos del sexo femenino, y la carrera de Andrew habría tenido un final lamentable.

—Estoy segura de que ningún jurado lo habría condenado —siguió diciendo—, no, si supieran la verdad.

De repente, se calló y recorrió la habitación con una mirada inquieta. A continuación, susurró:

—¡Ella es el demonio!

Yo sabía que hay mujeres buenas y honradas, que las mujeres tienen la fea costumbre de creer que cualquier miembro con cierto atractivo de su mismo sexo tiene algo de maligno, pero parecía que era algo más que envidia lo que había provocado las palabras de la señora Lyall.

Todo aquello activó mi curiosidad, pero ella no añadió nada más, se limitó a mirar a su alrededor como asustada.

—¡Por amor de Dios, Lord Syfret, no le cuente ni una sola palabra de esto a nadie! —me dijo balbuceando—. Me siento desconcertada. No sé ni lo que digo. La pobre señorita Deverish ha hecho todo lo que ha podido.

A partir de ahí no dijo ni una palabra más, a pesar de que le prometí guardar la mayor discreción.

Dijo que lo sentía y me fui.

El doctor Byrne no sabía nada.

—Andrew no soltará palabra —me contó—. Se sentía agobiado. Llevaba varias noches sin dormir. Ella debió de enfadarle con algo. ¡Vaya a saber qué fue lo que se le pasó por la cabeza! Él siempre ha sido una persona muy amable.

—Y ella, ¿qué dice de todo esto?

—Se lo toma a risa, aunque no parece muy cordial. Da la sensación de que no quiere que se sepa nada más.

—¿Quieres decir...?

—No pienso contarte lo que quiero decir.

Fueran las que fuesen las circunstancias que habían puesto ante mí aquel suceso, yo siempre había intentado tomar el toro por las astas, y decidí ir a ver a Andrew. Después de todo, él era bastante manso, a pesar de su último ataque.

—No voy a ocultarte la verdadera razón de mi visita —le dije—. Me conoces bastante bien y sabes que nada de lo que me cuentes va a salir de aquí. No seré yo quien diga una sola palabra del escándalo del baile de Argles. Pero me deleita explorar la mente humana y debes admitir que la situación es, cuanto menos, sugestiva.

Se sonrió al oírme hablar, era una sonrisa nerviosa. Jamás le había visto tan inquieto. Asintió con la cabeza.

—Ella me tiene atado de pies y manos —dijo el doctor—. Si me hubiera dejado, la habría estrangulado.

—No me sorprende que te sientas así —me aventuré a decir sin dejar de mirarle—. Es una mujerona de primera categoría.

Se echó reír.

—Querido Scott —respondió—, ¿es eso lo que dicen de ella? ¿Acaso piensan que aspiro a tener la mano de Deverish y a hacerme con sus tierras? No, no. No estoy tan loco.

Justo en ese momento, se oyó a alguien subir corriendo las escaleras. Tras llamar a la puerta, entró en la habitación.

—Por favor, doctor, baje en seguida —dijo sin más presentación un criado—. La enfermera de Lady Deverish se ha caído en mitad de la calle, y dicen que se está muriendo.

De repente, vi cómo Andrew sufría la misma transformación a la que le había visto tener a la señora Lyall. Su rostro se convulsionó y alzó el puño.

—¡Maldita sea! —gritó, y salió corriendo.

Esa exclamación parecía dirigida a la enfermera y dejaba ver una gran insensibilidad por parte de Andrew, más aún, si tenemos en cuenta que la desgraciada joven parecía a punto de morir; muy impropio en él. Por eso, quiero aclararle al lector que esa frase se refería solo y exclusivamente a la señora Deverish. He de decir que es la maldición más terrible y brutal que recuerde haber oído nunca, pero sirvió para aclarar cualquier tipo de duda que yo pudiera tener con respecto al hecho de que la dama le debía la vida a la oportuna aparición de su criado. Todo eso activó mi interés.

Seguí a Andrew. En la calle de al lado se había congregado un grupo de curiosos.

—¡Apártense —gritaba el doctor a medida que nos acercábamos—. Déjenla respirar.

El círculo se fue abriendo y pude ver el cuerpo de una joven vestida de enfermera que yacía inconsciente en el suelo. Tenía las facciones de una persona cansada, con los rasgos de una mujer joven, y el pelo rizado que le caía sobre el rostro.

—Para ser enfermera no parece gozar de muy buena salud —le comenté a Byrne, quien llegó en ese momento.

—No parece gozar de muy buena salud —repitió de mal humor—. Pues hace una semana era una mujer robusta y fuerte. La señora Deverish se cuidó mucho de que lo fuera. Y ahora no puede ni tenerse en pie.

Y continuó hablando para sí:

—Debe de ser por la mala ventilación de la casa, o algo parecido. A todas, una tras otras, les ha ocurrido lo mismo que a esta.

La chica comenzó a dar señales de conciencia. Abrió los ojos y, al ver a Andrew, sonrió. Luego se incorporó.

—La próxima vez que te sientas enferma, querida —le dijo el doctor Byrne—, te acompañaré en mi coche de caballos, para que puedas volver.

—¿Volver adónde? —repitió asustada la joven.

—A casa de tu señora. Tienes que...

Ella lo interrumpió y le tomó la mano.

—¡No, no! —dijo con voz entrecortada—. ¡Allí, no. Nunca más! No puedo pasar ni una hora más allí.

«La hermosa Deverish debe tener algo de bruja», pensé al ver la expresión de terror que se dibujaba en el rostro de la joven. Andrew la ayudó a ponerse en pie.

—No tengas miedo —le dijo tranquilamente—. Yo me ocuparé de que no tengas que volver.

Ella no apartaba la mirada de él.

—¿Me lo promete? —susurró—. ¿Lo sabe?

—Sí, lo sé —respondió sin dejar de mantener su mirada.

En ese momento tuve una idea. Entre mis clientes había varias enfermeras diplomadas. Así que, de camino a casa, me acerqué a la Oficina de Correos y le puse un telegrama a una de ellas. En menos de dos horas ya estaba conmigo. La mandé a casa de la señora.

—Di que vienes del cielo, de Buckingham Palace o de cualquier otro sitio, pero mantén los ojos bien abiertos.

Eso fue lo que le ordené, sin importarme lo más mínimo ni la verdad ni los escrúpulos, valores que tanto me habían ayudado hasta entonces. Regresó en una hora. En sus ojos había cierta mirada de ira. El velo de gasa que le caía de la toca se movía al tiempo que movía la cabeza.

—No has estado mucho tiempo —le dije.

—Mi señor —me respondió—, no he podido. Lady Devilish, creo que es así como usted la llama, entró en la habitación y dio un grito. A continuación, se apartó de mí como si yo fuera un monstruo. «No eres el tipo de persona que necesito», me dijo. «Busco a alguien más joven», y solo tengo veintiséis años. «Y más rellenita», y yo peso sesenta y tres kilos. «Y que rebose de salud». Y a mí en mi vida me ha dolido algo. «Busco a una chica joven, entrada en carnes y saludable», repitió, y se marchó.

—Bueno, supongo que no te será muy difícil ser como ella quiere —le comenté.

—Por supuesto que no —me respondió decidida—. Un poco de relleno, colorete y algún que otro detalle sin importancia.

—¿Eso quiere decir que vas a volver?

—Sí, volveré —dijo—. Si hay algo raro en todo esto, se va a arrepentir de no haber sido más amable —añadió con aire pensativo.

—¿Y no te reconocerá?

El coraje es una virtud que siempre me ha sorprendido, y el desdén con que respondió a mi pregunta me dejó admirado. Se volvió y se marchó sin la más mínima palabra de beneplácito. Volvió en quince minutos, o mejor dicho, se presentó ante mí alguien cuya voz me resultaba familiar. El disfraz era perfecto. Es cierto que antes no parecía ni joven (a pesar de que ella aseguraba tener veintiséis años) ni gorda (con todos los kilos de más que se quisiera poner) si saludable. Pero ahora estaba regordeta, más joven y sonrosada. Antes era morena, y ahora sobre la frente le caían unos cuantos rizos de un rojo intenso. Pero, ¿por qué no iría siempre disfrazada?, pensé.

Ella me lo explicó.

—Mi señor, en la mayoría de las casas —me contó— hay hijos, hermanos y maridos. Una mujer que se gana la vida como enfermera solo puede lucir sus mejillas sonrosadas en momentos muy especiales.

Una vez que se hubo ido, mojé la pluma en el tintero y escribí su nombre en mi diario. Consiguiera o no su propósito con Lady «Devilish», era una persona muy competente. Y las personas competentes son algo insólito en un mundo donde la ineficiencia reina los siete días la mayoría de las semanas.

Me recibió con los brazos abiertos.

—Eres justo lo que estaba buscando —dijo encantada—. Odio a la gente enfermiza. Hace una hora se ha presentado una chica demacrada y ojerosa. ¡Puaj! —se estremeció—. No la hubiera contratado nunca.

Puede que no sea imparcial pero, después de escuchar esas palabras, confieso haber sentido cierta antipatía por su señora. Tenía una forma de mirar extraña. Creo que era miope, pero no se ponía gafas. Nunca había visto a nadie tan hermoso. Una vez en el piso de arriba, me presentaron a la señora Lyall. Me dio la sensación de que no estaba muy en sus cabales. Tenía una sonrisita siniestra.

—Confío en que no sea así —le contesté con cierto grado de seguridad.

—¿Lady Devilish es una paciente difícil? —le pregunté.

Ella se echó a reír.

—¿Cómo la has llamado?

—Creía que se llamaba Devilish —le contesté.

—No, es solo su carácter —me dijo, al tiempo que miraba a su alrededor—. Y su apellido es Deverish.

A la señora Lyall no le gustaba su señora. Bueno, a decir verdad, parecía como si todos los que vivían en la casa sintieran un miedo terrible hacia ella. Los criados, si podían evitarlo, hacían todo lo posible por no entrar en la habitación donde estuviera ella.

Por los rostros cansados y enfermos de la servidumbre, llegué a la conclusión de que en aquella casa debía de haber falta de higiene, y decidí inspeccionar los desagües. Sin embargo, lo único que era cierto era que fuera lo que fuese lo que estuviera ocurriendo, no afectaba la salud de la señora. Esta era una persona con una energía fuera de lo normal, y nunca se la veía cansada. Cuando, después de un largo día de estar comiendo en el campo o de haber asistido a un baile hasta altas horas de la noche, todo el mundo estaba exhausto, ella seguía resplandeciente y alegre. Lo de contratar a una enfermera no era más que un mero pretexto, pues lo único que quería era que le dieran masajes día y noche.

—No pareces cansada —comentó sorprendida después de mi primera noche de trabajo, sin dejar de mirar mis mejillas sonrosadas.

Pero lo cierto, y al mismo tiempo extraño, es que me sentía agotada. Todo me daba vueltas.

—A usted le puede parecer lo que quiera —le respondí con cierto enfado—, pero no recuerdo haberme sentido tan cansada en toda mi vida.

Me dio la sensación de que la agradó oír esas palabras aunque, a decir verdad, no dije nada para que se sintiera así. No hay duda de que estaba pensando en sus cosas.

Al día siguiente a mi llegada anunciaron su nuevo compromiso de matrimonio. Nuevo porque ya había estado casada en dos ocasiones. El novio, el conde de Arlintong, estaba pasando unos días en la casa con una serie de personas. Era joven y atractivo. Me habían contado que había dejado a una chica de la que había estado enamorado durante muchos años, y ella de él, para pedir la mano de lady Deverish, aunque no parecía de esos. Pero, por lo visto, estaba perdidamente enamorado. No podía apartar los ojos de ella. Se sentaba como si estuviera hechizado, y ni comía ni dormía.

—¡Pobrecito, lleva el mismo camino que los otros! —me confió en secreto la señora Plimmer, el ama de llaves de la casa.

—¿Usted no cree que Lady Deverish haya podido envenenar a sus maridos? —le respondí.

—Yo no soy quién para sospechar de mi señora, enfermera —me contestó con cierta dignidad—. Lo que digo es que hay algo extraño en todo esto. ¿Por qué todo el que viene a esta casa cae enfermo?

Levantó la barbilla y preguntó: «¿Por qué sus dos jóvenes maridos, hombres prometedores los dos, enferman el mismo día en que se casan con ella y mueren de tuberculosis? ¿Puedes explicarme qué tienen que ver en eso los desagües».

Es cierto que pensaba que esa bien podría ser la causa pero, como no tenía prueba alguna de ello, no dije nada más. La señora Plimmer volvió a alzar la barbilla, esta vez en un gesto de superioridad.

—¿Y por qué —continuó— el doctor Andrew, un hombre que derrocha amabilidad por donde va, ha intentado estrangularla?

Aguanté aquella demostración de desprecio y me aventuré movida por la envidia. Ella me lanzó una mirada fulminante.

—Un doctor no es el marido de sus pacientes —dijo— y, aunque lo fuera, no hay ninguna razón para estrangularlas.

No vi nada extraño en los desagües, y mi curiosidad empezó a crecer. Pero yo también estaba decaída, algo raro en mí. El enamoramiento de Lord Arlington se hizo enfermizo. Se pasaba las horas contemplándola fascinado, en una especie de éxtasis. Estaba pálido y melancólico, y parecía claro que no era feliz. Me contaron que aquella falta de salud y de alegría venía del mismo momento de su compromiso matrimonial. Quizá era el haber abandonado a la otra mujer lo que le remordía la conciencia. Una mañana, en el desayuno, se dispuso a abrir un pequeño paquete que había llegado para él por correo, sin fijarse en la letra (es de suponer). Mientras lo abría de forma mecánica, fueron apareciendo de entre el envoltorio un anillo, un lazo y un fajo de cartas. Se quedó atónito. Sin decir una sola palabra, juntó todo y salió de la habitación. Más tarde, lo encontré midiendo con pasos el jardín como si estuviera loco. ¡Pobre hombre, su amor era tan fugaz!

Una semana después fui testigo de una curiosa escena. Una tarde estaba yo sentada en el jardín, pues Lady Deverish no me necesitaba hasta el momento de ir a acostarse para darle el consabido masaje. De repente, ella y él, mientras discutían acaloradamente, se fueron acercando a los matorrales.

—Voy a volverme loco —gritaba furioso—. ¡Por amor de Dios, deja que me vaya! Dicen que está destrozada.

A continuación, ella le puso las dos manos en los hombros y le miró.

—Nunca dejaré que te vayas —le dijo con un raro tono metálico en la voz. Le rodeó con sus brazos el cuello y le besó en la garganta—. Me amas demasiado —añadió.

—Solo el cielo sabe si esto es amor —le respondió—. A mí me parece una locura. Yo la amé durante muchos años.

—Sí, pero ahora me amas a mí, y no puede ser de otro modo —le suspiró al oído. Volvió a mirarlo y le besó.

Soltó una carcajada y se marchó. Él se quedó allí, contemplándola.

—Sí, sí puede ser de otro modo —le escuché decir en voz baja.

Y esa misma noche, y aunque apenas la conocía desde hacía dos semanas, supe que era un ser demasiado fuerte como para dejarse atrapar por la enfermedad que supone estar enamorado. No obstante, la noche en que él murió yo estaba dispuesta a cambiar la opinión que tenía de ella. El joven se despidió deprisa, con la excusa de que le llamaban de la ciudad, y tomó el último tren. Esa noche ella me llamó. La encontré sentada en la cama, con la cara pálida, la mirada perdida y las manos agarrándose la cabeza. Le costaba respirar. Parecía como si estuviera muy afligida. Tenía el rostro cubierto de arrugas.

No dijo nada, pero una y otra vez se señaló con el dedo la sien derecha. Le acerqué mi mano. Busqué una vela; mis dedos tocaron lo que parecía un agujero húmedo y pegajoso, horriblemente viscoso. Pero, al acercar la vela allí, no había sangre ni agujero; solo se veía una mancha blancuzca y fría al tacto. Le di su copa de coñac y le metí una bolsa de agua caliente en la cama. Tiritaba. Tomó mis manos y las puso en la mancha helada que tenía en la sien. Entonces, me empecé a sentir mal y a marearme. De repente, se puso mejor y recobró el color.

—¡Dios mío, está muerto! —dijo, y le castañetearon los dientes.

A continuación, se agachó. Parecía una masa que se estremeciera a cada momento. A la mañana siguiente tuvimos noticias de él. Mientras lo que acabo de contar ocurría la noche anterior, el joven se pegaba un tiro en la sien derecha. Ella estuvo todo ese día enferma, apagada, con poco pulso. Parecía como si hubiera envejecido diez años. Nunca antes había visto un cambio tan impresionante. Mandé llamar al doctor Byrne, quien atribuyó su estado al shock que le habían producido las malas noticias. Lo que no pudo explicar es por qué había empeorado justo unas horas antes de enterarse del infeliz desenlace.

Solo dedujo: «Enfermera, la vida está llena de coincidencias». Y le recetó amoníaco.

Al día siguiente se encontraba mejor y me pidió que la levantara, pero cambió de idea cuando se miró en el espejo.

—¡Cielo santo! —dijo mientras la estremecía un escalofrío—. Si parezco una anciana.

Y, entonces, se puso a llorar.

—¡Él debió pensar en mí! —gritó enfurecida.

Pidió que le trajeran vino y un caldo de carne, y se lo tomó con ansiedad, sin dejarse de mirar en el espejo para comprobar el efecto. Pero lo que vio no la animó.

—¿Piensas que me estoy muriendo? —me preguntó con voz temblorosa.

Por la tarde, le pidió al jardinero que dejara que su hijo le hiciera compañía. Era un muchacho rellenito, sonrosado, a quien todos mimaban.

—Me servirá de distracción —dijo.

Nunca habría imaginado que le gustaran los niños. Pero le tomó entre sus brazos y le estrechó contra su pecho. De repente, recobró la vitalidad y el color. Los ojos le brillaban. Al instante, se estaba riendo y conversaba como siempre. El niño se había dormido, pero ella no tenía ninguna intención de soltarlo. Cuando por fin me lo dio, me quedé aterrorizada al comprobar que estaba frío y pálido. Le costaba respirar y parecía inconsciente. Me dio la sensación de que había enfermado. Poco después, me sorprendió el recibir una nota del doctor Andrew, a quien yo no conocía. No le hice caso, como tampoco se lo había hecho a la señora Lyall ni a la señora Plimmer, porque no estaban en su sano juicio.

«Me han pedido que me haga cargo de Willy Daniels», decía la nota. «¡Por amor de Dios, no deje que abrace a ningún niño más!»

Al día siguiente, ella estaba mejor. Parecía haberse olvidado por completo de Arlington, y de lo único que hablaba era de su salud. Volvió a pedir que le trajeran al niño. Le dije que estaba enfermo. Se echó a reír sin motivo alguno.

—¡Gracias a Dios, no he perdido mis poderes! —dijo un minuto después. Pero no explicó lo que quería decir con eso.

Estuvo muy excitada el resto de la mañana; no dejó de hablar, de cantar y de intentar hacer nuevos moños y cofias, aunque seguía quejándose de que le dolía la sien derecha. Le di un masaje, pero se puso de mal humor y me dijo que no le hacía bien.

—Si no tuvieras ese color en las mejillas, pensaría que estás enferma —dijo enfadada.

Los hijos del párroco vinieron a tomar el té con ella. Decía que le encantaba verlos comer fresas. Uno de ellos se agarró a mí y empezó a gritar. Ella no cejó en su empeño, y el pequeño cayó dormido en sus brazos. Al ir a recogerlo pocos minutos después, me di cuenta de que estaba helado y de que respiraba con dificultad. Me acordé de la nota del doctor Andrew. ¡Cielos! ¿Qué había hecho aquella mujer?, ¿acaso se dedicaba a envenenar a escondidas a la gente? Me puse a analizar lo ocurrido. Durante todo el tiempo que el niño estuvo en sus brazos, yo no había salido de la habitación ni un solo instante y ella no le había dado nada de comer ni de beber.

—¿Qué ocurre? —le pregunté.

Ella evitó mi mirada y me respondió con clara indiferencia.

—Nada raro. A los niños parece que nunca les acaban de salir los dientes y, cuando no, están empachados o les da el sarampión.

A la mañana siguiente, me despertaron antes de que amaneciera. El doctor Andrew quería hablar conmigo. Me vestí y bajé a verle. Recorría el salón con paso airado. Me miró fijamente.

—Parece que te le resistes —murmuró mientras no dejaba de mirarme las mejillas.

Yo siempre me he vanagloriado de tener buena memoria, y jamás se me olvidará lo roja que me puse. Me contó una historia increíble, y a la vez absurda, mientras me daba un pequeño frasco.

—Que se tome esto al despertar —me dijo.

Ese hombre era mejor doctor que actor. Me había dado el frasco con una sospechosa afectación. Le quite el tapón y olí el supuesto medicamento recetado. Me daba mala espina. Crucé la habitación y tire el líquido por la ventana.

—Va a tener que disculparme —le dije—, pero creo que se ha excedido.

—¿Vamos a permitir que siga asesinando gente? —protestó—. ¿Acaso no sabe que me he pasado la noche con ese pobre niño?, ¿se le ha olvidado ya que Willy Daniels no está fuera de peligro? Por amor de Dios, si yo estoy dispuesto a todo, ¿cómo puede negarse alguien que sabe lo que está ocurriendo?

—Yo tengo un plan más seguro —le respondí—. Si lo que dice es cierto, la solución es bien sencilla, y no habrá que recurrir al veneno. Después de todo, no puede negarme, doctor Andrew, que su versión de los hechos resultará poco creíble delante de un juez. Con mi plan, le aseguro que no correrá riesgo alguno.

Le conté lo que pensaba hacer. Pareció interesarle pero, como ocurre siempre cuando un hombre habla con una mujer, el doctor no estaba muy dispuesto a confiar en mí.

—Podría salir bien —reaccionó con poco entusiasmo— y sí, es cierto, parece más seguro.

—Me fui a mi habitación y abrí un nuevo paquete de colorete. Me puse una capa abundante. No sabía por qué, pero aquel polvo sobre mis mejillas jugaba un papel importante en toda la historia. Me pinté los labios de carmín y, a continuación, le llevé el desayuno a mi paciente.

Parecía del todo restablecida y, cual Venus sonriente, permanecía acostada en su cama color rosa. Rebosaba salud. Me acordé del pobre niñito enfermo.

—¡Dios mío —le dije simulando estar asustada—, qué mal aspecto tiene!

En ese instante, ella dejó de sonreír. Se bajó de un salto de la cama. El camisón le colgaba por encima de los pies sonrosados. Se dirigió hacia el espejo y, de repente, se volvió hacia mí irritada.

—¿Por qué me dices eso? —protestó—. Creía que ya estaba mejor.

Me acerqué y me puse a su lado.

—Míreme y compárese conmigo.

Lo cierto es que, ya antes de hacerlo, se había puesto terriblemente pálida.

—¿Acaso he perdido todos mis poderes? —murmuró entre dientes—. Dios mío, ¿eso quiere decir que voy a envejecer como el resto de los mortales?

De repente, se echó sobre mí y apretó sus labios contra mi cuello.

—¡Compártelo conmigo! —gritó como si estuviera hambrienta—. Hay mucha vida en ti. Deja que beba parte de ella.

Estuve a punto de perder el conocimiento. Parecía como si realmente me estuviera chupando la vida. Todo me daba vueltas. Haciendo un enorme esfuerzo, la empujé y salí tambaleándome de la habitación. ¿Acaso era verdad la historia del doctor Andrew?, ¿acaso era ella un monstruo o simplemente una loca? Años atrás, él le había diagnosticado que se estaba muriendo de tuberculosis. A decir por los síntomas, no le quedaba más de una semana de vida. De repente, empezó a recuperarse. Ganó peso, recobró la salud y volvió a la vida de las garras mismas de la muerte. Mientras tanto, su hermana, una niña que iba al colegio y a la que ella siempre quería tener a su lado, enfermó y murió. Después falleció su hermano y luego su madre. Ella rebosaba salud. A partir de aquel momento, vivió de la energía de quienes la rodeaban.

—La ley de la vida —dijo el doctor— hace que las criaturas dependan unas de otras. La salud depende de las leyes físicas de la difusión y de la compensación. Así, una persona que no se siente bien absorbe energía de otros más fuertes que conviven con ella. Muchos sujetos ya ancianos y enfermos viven de la energía del gato que mantienen sentado a su lado, y mueren cuando este se muere. Esposas y maridos, hermanas y hermanos, amigos y conocidos, todo un constante intercambio de energía vital. Por las averiguaciones que he hecho, Lady Deverish es la causa de la muerte de una docena de personas. Además de estas, ha absorbido la vida de todos los que tienen algo que ver con ella. Y en su caso, y no voy a negar que se trata de un caso insólito, esa facultad es consciente y voluntaria. Ella estuvo viviendo de Arlington, y ese hombre dejó de tener vida propia. Ella se apoderó de su voluntad, de su mente, de toda su energía; incluso llegó a apoderarse de la fuerza que le quedaba para hacerle frente. El resto de la historia es muy interesante desde un punto de vista psicológico. Durante un tiempo, ella vivió de su energía, y la repentina muerte de él, por algún extraño proceso de simpatía, la afectó en la forma en que tú has descrito. La habían privado de su fuente de vida y, si se lo hubieran permitido, se habría buscado en ese mismo instante una nueva víctima. Durante años, me he dedicado a estudiarla de cerca, y he de decir que es el arquetipo de las personas que he analizado en profundidad. Ahora sé que su poder depende en gran medida de su fuerza de voluntad y de un alto grado de concentración. Y si posee estas dos cualidades, parece que no hay razón alguna para que no pueda vivir eternamente. Siempre tendrá cerca seres más o menos entregados a los que robarle la energía. En este momento, tanto su confianza en sí misma como su poder están debilitados; su vida está en la balanza. En nombre de la Humanidad y de la Justicia, no podemos permitir que se vuelva a rearmar, pues solo vive de la muerte de otros.

Me bebí un vaso de oporto y regresé a la habitación de mi paciente. Estaba pintando, tumbada en la cama.

—¡Qué vergüenza! —le dije—, ¡darle un ataque de histeria! Deje eso ahora mismo y desayune.

Me miró a la cara. El sudor, provocado por el miedo, empezó a aparecer en su piel.

—He oído hablar de transfusiones —dijo con voz apagada—. Si dejas que parte de tu hermosa sangre corra por mis venas, te pagaré quinientas libras al año.

Negué con la cabeza.

—¡Mil! —dijo— ¡Mil quinientas libras!

—No me podrá engañar, aunque quisiera —insistí—. Ninguna de las transfusiones que se han llevado a cabo hasta ahora ha salido bien.

La mujer empezó a llorar.

—No puedo morir —decía—. Amo la vida, quiero ser hermosa y rica. Solo busco que me admiren, tienen que admirarme. ¡Qué hermoso, qué hermoso es mi cuerpo! ¡Cuánto amo la vida! ¡No puedo, no puedo morir!

—¡No diga más tonterías! —le respondí—. Usted no va a morir.

—Si no puedo tener tu sangre —gritó, ya en pleno desvarío—, antes que morir, me beberé la sangre de criaturas vivas.

Una hora después llamó al ama de llaves. Todo ese tiempo había estado dándole vueltas a una idea; sus dientes parecían perlas en contraste con el color rojo de sus labios.

—Plimmer —le dijo—, dale a todos los criados un mes de sueldo por adelantado y diles que no quiero ver a ninguno en mi casa dentro de una hora. No soporto ni un minuto más estos rostros enfermizos. Vamos a traer gente sana. Esos pobres desgraciados están acabando conmigo.

Plimmer salió de la habitación sin mediar palabra. Ya en la puerta, me lanzó una mirada y alzó los brazos en un gesto con el que parecía querer decir: ¡Que Dios se apiade de nosotros! La seguí y le agarré la mano. Fuera o no verdad la teoría de Andrew o el hecho de que mi señora fuera una persona enferma, lo cierto es que su voluntad jugaba un papel muy importante en toda esa historia. Me vestí y fui a la farmacia, donde me gasté medio soberano. Regresé con varios sobrecitos, que repartí entre la servidumbre y les dije lo que debían hacer. Su señora no se encontraba bien y había que complacerla. Es sorprendente lo que puede hacer un poco de colorete. En un instante, los criados recordaban una escena de la Arcadia. Hasta el mayordomo más anciano parecía haber recobrado la lozanía de la juventud. A continuación, fui a hablar con la señora.

—Permítame decirle que creo que comete un error echando a los criados. Jamás he visto rostros tan saludables.

—¿Desde cuándo estoy enferma? —dijo con voz desanimada.

Permanecía allí, acostada, y le costaba respirar.

—Dile a alguno que entre — añadió.

Desde que se habían ido los criados, la palidez se había apoderado de su cara.

—¡Cielo santo! —la oí murmurar—. He perdido mis poderes, soy un ser moribundo.

Agitó los brazos y empezó a llorar.

—¡Traedme niños frescos y saludables! —gritaba—. ¡Tiene que haber vida a mi alrededor!

El doctor Byrne, que estaba ocupado de ella, asintió con toda inocencia:

—Por supuesto —dijo—, seguro que le hace un gran bien. Enfermera, traiga unos cuantos niños para hacerle compañía a la señora.

Hice un gesto afirmativo con la cabeza, en señal de que le había oído, no porque le fuera a hacer caso ni mucho menos. Le llevé vino y comida en abundancia, pero ni el más mínimo rastro de ser humano, ni niño ni adulto. La aislé del resto del mundo. A las doncellas solo les permitía acercarse lo suficiente para limpiar y arreglar la habitación. En más de una ocasión vi cómo las miraba rabiosa. No había duda alguna de que tenía un siniestro poder que hipnotizaba y amedrentaba. Era como si, por alguna clase de maleficio, se quedaban petrificadas y aturdidas junto a su cama. Yo me volvía hacia ellas, comentaba lo saludables que parecían, las retaba por estar allí de pie holgazaneando y les pedía que se marcharan. La señora las seguía con una mirada de desesperación tal que, en cualquier otra circunstancia, habría despertado mi compasión. Sentía que se había quedado sin poder. Caía en el delirio y maldecía a su amado, que se había quitado la vida para implicarla en su muerte.

Aunque nuestra forma de proceder, la del doctor Andrew y la mía, estaba más que de sobra justificada, a veces, ahora, tengo alguna culpa. Pero, por aquel entonces, yo no tenía ninguna duda. Todo lo sucedido era tan espantoso que ni se me pasaba por la cabeza cuestionarme lo que estábamos haciendo. Si lo que pensábamos acerca de ella era cierto, era justo que procediéramos así; en caso contrario lo que hacíamos no iba a cambiar nada.

Andrew sostenía que esa mujer se había alimentado durante tanto tiempo de energía humana, que la comida normal apenas la satisfacía. Lo cierto es que, a pesar de que tenía la más nutritiva y selecta de las dietas, en una semana se convirtió en una mujer marchita y arrugada.

Nadie la habría reconocido. Se iba consumiendo como si tuviera cólera. Un día su perro se coló en la habitación, ella sacó las manos por debajo de las sábanas y lo atrapó con voracidad. Yo entré allí una hora después. El animal estaba rígido y muerto. Todavía hoy no puedo explicarme cómo yo y otra enfermera, a la que acudí en busca de ayuda, conseguimos salir con vida de todo ello. Hasta ese momento yo jamás había bebido ni una gota de alcohol pero, de repente, empecé a bebe vino como si fuera agua.

Aunque afuera brillaba un soleado día de junio, alrededor de su cama se respiraba una atmósfera viciada. La señora chillaba como si estuviera poseída.

—¡Me estáis matando, me estáis matando! —no dejaba de gritar.

El doctor Byrne pensó que deliraba, pero yo sabía que esos gritos no eran sino producto del más terrible de los estados de cordura. Byrne llamó a uno de los especialistas más eminentes que había en Londres. Después de observar detenidamente a la paciente, manifestó que padecía una enfermedad nerviosa desconocida.

—No se puede hacer nada —nos dijo—. Le doy tres días de vida. Espero que pueda llegar a una conclusión más definitiva tras la autopsia.

Ella me siguió con una mirada siniestra. Sus ojos habían perdido la vitalidad y el brillo de otro tiempo.

—He tenido diez años más de vida y de placer de los que me correspondían —dijo riéndose con la voz de una mujer ya anciana.

De repente, se puso a llorar sin derramar ni una sola lágrima.

—No sé por qué pensé que podría vivir otros diez.

Pidió que le trajera un espejo. Doy gracias a Dios de que, a pesar de todo lo que la odiaba, no tuviera que ser yo quien cometiera tal crueldad. El doctor Andrew llamaba todos los días para conocer mi diagnóstico. Él se había encargado de traer de Londres todos los adelantos médicos en el campo de la nutrición.

—No podemos negarle ninguna posibilidad, por pequeña que sea —me dijo—, ninguna.

Pocos días después, yo volvía a estar sola. La otra enfermera había fallecido. Me fallaban las fuerzas, apenas podía mantenerme en pie. Le pedí a Dios que me permitiera salir de aquello pero, incluso cuando pensé que había llegado el momento, ella continuó luchando por seguir viva con una frenética avidez de vida.

Un día, le estaba yo colocando las almohadas cuando, sin darme cuenta, me agarró la mano, se la llevó a la boca y me mordió. Sentí cómo me chupaba la sangre con terrible voracidad. Cuando conseguí soltarme, lanzó un grito y me golpeó. Murió a la tercera semana de que empezara su aislamiento. Vi cómo la muerte se iba apoderando de su cara mustia. Y en ese momento en que la vida la abandonaba para siempre, hizo un último esfuerzo. Fue como si mi corazón dejara de latir; todo mi cuerpo se vino abajo. Me tambaleé y caí sobre su cama. Allí me encontraron más tarde, recostada sobre su cadáver. Estoy segura de que si ese último esfuerzo lo hubiera hecho un instante antes, si hubiera podido tomar fuerzas, hoy ella seguiría con vida, y yo... Yo tuve que permanecer en cama durante un mes.

—Estoy seguro de que si escribiera esta historia en el Lancet —dijo el doctor Andrew—, me convertiría en el hazmerreír de la profesión. Pero aquí está la clave de la salud y de la enfermedad en el

ser humano, ese continuo intercambio de energías. Gracias a Dios, esa demoniaca voracidad se da muy pocas veces pero, a fin de cuentas, esta ciudad también tiene sus vampiros, aunque sean vampiros menores. Cada vez que A. habla conmigo diez minutos, me siento como si hubiera envejecido diez años, y tardo casi una hora en volver a reponerme. La gente dice que es un fastidioso, pero, en realidad, es un egoísta que absorbe la energía de todo aquel con quien habla. En otras palabras, es un vampiro humano.

Julian Hawthorne

# El sepulcro de Ethelind Fionguala

(1897)

Julian Hawthorne nació el 22 de junio de 1846, en Boston, Massachusetts, Estados Unidos. Murió el 21 de julio de 1934, a los 88 años, en San Francisco, California. Era hijo del famoso novelista Nathaniel Hawthorne. Poeta, narrador y periodista, trabajó para la revista Cosmopolitan y para el New York Journal. Fue corresponsal en la guerra de Cuba.

Estudió ingeniería civil en Alemania y trabajó como ingeniero en Nueva York.

Durante 10 años viajó por Europa, donde escribió varias novelas: *Bressant* (1873), *Idolatry* (1874), *Garth* (1874), *Archibald Malmaison* (1879) y *Sebastian Strome* (1880).

En 1908, su amigo de la universidad William J. Morton lo invitó a promocionar algunas compañías mineras recién creadas en Ontario, Canadá. Julian Hawthorne fue uno de los principales impulsores de la venta en bolsa de los valores de estas compañías. Tras las denuncias de los accionistas, Morton y Hawthorne fueron juzgados en Nueva York por estafa y condenados en 1913. Hawthorne vendió tres millones y medio de acciones de bolsa de una mina de plata imaginaria desde su celda en el Presidio Federal de Atlanta. Después de cumplir un año de condena, Hawthorne publicó en 1914 *La hermandad subterránea (The Subterranean Brotherhood)*, una obra contra el sistema carcelario, al que consideraba cruel e inútil, y pedía reemplazar el castigo por la educación.

El sepulcro de Ethelind Fionguala (The Grave of Ethelind Fionguala) a veces publicado como El misterio de Ken (Ken's Mistery), apareció por primera vez en 1887. El relato está basado en el mito mejicano de "La llorona", muy difundido en el sur de los Estados Unidos.

Decidí pasar un par de horas con mi amigo Keningale, una tarde fresca de octubre, un día antes del fin de un mes inusitadamente frío para esa época del año. Él era artista, músico y poeta aficionado, y tenía un estudio adorable en su casa, en el que solía sentarse durante la tarde. El estudio tenía una chimenea profunda, diseñada al estilo de las viejas chimeneas isabelinas. Allí, cuando hacía frío, Keningale acostumbraba hacer pequeños y alegres fuegos. Aquello me vendría especialmente bien, pensé, ir hasta allí, y sentarnos frente al fuego con nuestras pipas, para mantener una charla afable.

Hacía mucho tiempo que no disfrutaba de una buena conversación. De hecho, desde que Keningale (o Ken, como sus amigos lo llamaban) había vuelto de Europa el año pasado. Había viajado, como él afirmaba, con el propósito de estudiar, ante lo cual todos reímos, pues Ken era un tipo para nada afín con el estudio. Era un joven alegre, de exuberantes hábitos sociales, poseedor de una mente versátil y ágil, tenía además ingresos generosos, entre doce y quince mil dólares anuales. Podía cantar, tocar instrumentos, dibujar y pintar, y algunas de sus piezas eran realmente buenas, considerando que no cursó estudios regulares sobre ninguna especialidad artística; pero de ninguna forma era trabajador.

Su aspecto era atractivo, alto y estilizado, de ojos azul claro y mirada fija. Poseía, además, una salud de hierro. Nadie se sorprendió de su viaje a Europa, y nadie esperaba que hiciese otra cosa más que divertirse, de modo que pocos anticiparon su regreso temprano a New York. Él era de esa clase de personas que encontraban en Europa a uno de los suyos. Viajó, y en el curso de unos pocos meses nos llegó el rumor de que se había comprometido con una hermosa y acaudalada neoyorkina, a la que había conocido en Londres.

Esto fue todo lo que oímos hasta hace muy poco, cuando finalmente, para el asombro de todos, retornó a la Quinta Avenida. Mayor sorpresa causó su negativa a dar respuestas satisfactorias sobre por qué se había cansado tan rápido del viejo mundo, y se negó a expresar cualquier mención sobre el tema del compromiso, mostrando que aquel asunto era un tema prohibido de conversación. Algunos rumoreaban que la dama se había arrepentido, ya que, habiendo tenido en el pasado muchas oportunidades, nunca se había casado, pero, al poco tiempo, para agregar mayor confusión al tema, ella también llegó a la ciudad.

Pronto se hizo evidente que Ken ya no era aquel tipo optimista y generoso que solía ser. Por el contrario, ahora se mostraba sobresaltado, de malhumor, antisocial, deprimido, incluso en compañía de sus amigos más íntimos. Evidentemente algo le había pasado, ¿pero qué? ¿Había asesinado a alguien, se había unido a los Nihilistas, o bien el núcleo de la cuestión estaba en su romance inconcluso?

Muchos aseguraban que las nubes eran pasajeras, y que pronto pasarían. Sin embargo, hasta el momento en el que escribo no solo no han pasado sino que sus sombras han crecido, amenazando con volverse permanentes. Me lo crucé dos o tres veces en el club, alguna que otra vez en la ópera y en la calle, pero no había tenido la oportunidad de reflotar nuestra relación. En los viejos días mantuvimos cierta amistad, y pensé que no se negaría a renovar aquella intimidad. Pero los rumores, y lo que yo mismo había visto y oído sobre los inquietantes cambios de su personalidad, llenaron de suspenso y curiosidad el placer con el que aguardaba las perspectivas de esa tarde.

Su casa estaba en las afueras, a dos o tres millas de la zona habitada de Nueva York. Mientras marchaba a paso vivo a través del aire claro del crepúsculo repasé mentalmente todo lo que sabía de Ken y sus conductas. Después de todo, ¿lo oscuro no estuvo siempre en su naturaleza, en lo profundo, suspendido por las actividades de su vida cotidiana? Me hice esta pregunta al llegar a su puerta, y fue con cierto alivio que, segundos después, recibí un cordial apretón de manos, y luego su bienvenida, que evidentemente era enunciada con plena sinceridad. Me acompañó al estudio sosteniendo mi bastón y sombrero. Entonces colocó una mano sobre mi hombro.

—Me alegra verte —dijo con un tono de singular solemnidad—. Y escucharte, particularmente esta noche.

—¿Por qué esta noche en especial?

—Ah, eso no importa. Es lo mismo. Pero no me has anticipado tu visita. ¡La improvisación lo es todo!, parafraseando al poeta. Ahora,

con tu ayuda, tomaré una copa de whisky y quizás encenderé mi pipa. Habría sido una noche sombría de haber estado solo con mis pensamientos.

—¿Sombría? ¡En semejante santuario de abundancia! —exclamé, mirando hacia la brillante chimenea, las bajas y elegantes sillas, y toda la suntuosidad de la habitación—. Hasta un condenado a muerte se sentiría a gusto aquí.

—Tal vez, pero no es mi caso. ¿Acaso has olvidado lo que sucede esta noche del año? Es víspera de noviembre, cuando, según la tradición, los muertos se levantan de sus tumbas y caminan entre nosotros, y las hadas, los duendes, y todas las criaturas espirituales encuentran el poder y la libertad que les está negado el resto del año. Se nota que nunca has estado en Irlanda.

—No estaba al tanto de que tú hayas estado.

—Sí, estuve en Irlanda —hizo una pausa y cayó en un ensueño, del cual, no obstante, pronto despertó con cierto esfuerzo. Luego fue hasta un gabinete en la esquina del cuarto y trajo el licor y el tabaco prometidos.

Aproveché el momento para pasear la mirada por el estudio, tomando nota mental de las bellezas y curiosidades que contenía. Muchas cosas estaban cuidadosamente seleccionadas para causar admiración, pues Ken era un gran coleccionista. Su buen gusto era indudable, y poseía los fondos para sostenerlo. Pero de todos los objetos maravillosos que observé, nada me interesó más que algunos estudios sobre una cabeza femenina, rudamente pintados al óleo.

A juzgar por la insólita secuencia de posiciones en que las encontré, no estaban sujetos por el artista a ninguna clase de exhibición o crítica. Había tres o cuatro, todos sobre el mismo rostro, pero en diferentes poses y con diferentes accesorios. En uno, la cabeza estaba envuelta por una oscura capucha, ensombreciéndola y ocultando parcialmente sus facciones. Otra parecía observar el marco enrejado de una ventana, iluminada por una débil luz de luna. En otra se la veía espléndidamente engalanada con un traje estival, con joyas colgando de su cabello y un enorme brillante sobre su pecho inmaculado. Las expresiones eran tan variadas como sus posturas: en una mostraba una mirada recatada, y en otra una reverencia sutil y seductora; a veces aparecían ojos que chispeaban con una pasión ardiente, y después se transformaban en ojos burlescos de elfo.

Pero todos aquellos semblantes poseían una fascinación singular, y no solo por la belleza de las imágenes, que ya de por sí eran notables, sino por la abrumadora sensación de temperamento que irradiaban.

—¿Has encontrado esta modelo en el extranjero? —pregunté por fin—. Evidentemente te ha inspirado, y no te culpo.

Ken, que había estado mezclando un trago, no había advertido mis movimientos alrededor del estudio. Después de mirarme durante un rato, dijo:

—No quería que fueran vistos. No me satisfacen y, de hecho, pienso destruirlos, pero no podría descansar hasta realizar algunas tentativas de mejorarlos. ¿Qué me has preguntado? ¿En el extranjero? No, fueron pintados aquí durante las últimas seis semanas.

—Si te satisfacen o no, es irrelevante. Son por mucho lo mejor que he visto de tu trabajo.

—En fin, deja eso y dime qué te parece mi brebaje. En mi opinión, está en su punto justo, y es la razón por la que estás aquí esta noche. No puedo beber solo, y esos retratos no son compañía, aunque ella, tal vez, pueda saltar del lienzo esta misma noche y sentarse en aquella silla —al verme confundido, añadió con una risa inquieta—. Es víspera de noviembre, ya sabes, todo puede suceder. Bien, brindo por nosotros.

Ambos bebimos un largo trago de aquel licor aromático y tóxico, y luego nos sentamos con nuestras copas, satisfechos. La mezcla era excelente. Ken abrió una caja de cigarros, y nos reacomodamos frente al fuego.

—Ahora todo lo que necesitamos —dije, tras un breve silencio— es un poco de música. ¿Todavía tienes el banjo que te obsequié antes del viaje?

Tardó tanto en responder que por un momento pensé que no me había oído.

—Lo conservo, pero no volveré a tocar —dijo por fin.

—¿Se rompió? Quizás pueda repararse. Es un excelente instrumento.

—No está roto, pero es pasada la medianoche. Ya lo verás por ti mismo.

Mientras hablaba se puso de pie y fue hasta la otra punta del estudio. Abrió una caja negra de madera, envuelta en un trozo de seda amarilla. Me la alcanzó y cuando la desenvolví observé algo que en algún momento había sido un banjo. Mostraba extraños signos de antigüedad: la madera había sido roída por los gusanos, el resto estaba carcomido por el moho, desgajándose aquí y allí; el aro, que era de plata sólida, estaba tan ennegrecido que parecía de hierro; las cuerdas habían desaparecido, y los ajustes estaban desencajados. El conjunto daba la impresión de haber sido estibado justo antes de la gran inundación, y luego olvidado en la proa del arca de Noé.

—Es ciertamente una curiosa reliquia —dije—. ¿Dónde lo has encontrado? No tenía idea de que existían banjos en épocas tan remotas. Debe tener al menos doscientos años de antigüedad, tal vez más.

Ken sonrió tristemente.

—Tienes razón —aceptó—. Al menos doscientos años, pero se parece mucho al que me has regalado hace un año.

—Apenas —dije, devolviéndole la sonrisa.

—Pero doscientos años han pasado desde entonces. Si, es absurdo e imposible, lo sé, pero nada es más cierto. Ese banjo, que fue hecho el año pasado, vivió en el siglo XVI, y se ha estado pudriendo desde entonces. Espera. Otórgame un momento y te convenceré. Has mandado a grabar nuestros nombres en la plata, junto con la fecha, ¿verdad?

—Sí, junto con una marca de mi propio diseño —agregué.

—Bien —dijo Ken, que comenzó a frotar la plata con el trozo de seda amarilla—. Ahora mira.

Tomé el decrépito instrumento de sus manos y examiné el lugar que me había indicado, seguro de encontrar nuestros nombres y la fecha precisa que había encargado hacía algo más de un año, junto con la marca que yo mismo había grabado. Después de convencerme de que no había error posible, dejé el banjo sobre mi falda, y miré a mi amigo con desasosiego. Él estaba sentado, fumando con una especie de serenidad insensible, con los ojos fijos sobre los leños ardientes.

—Estoy desconcertado, lo confieso —dije—. ¿Cuál es la broma? ¿Qué método has descubierto para producir esta descomposición, que invariablemente pertenece al tiempo, en un desafortunado banjo que tiene apenas dieciocho meses? ¿Y por qué? He oído sobre cierto elixir que combate los efectos del envejecimiento, pero el tuyo parece funcionar al revés. ¡Hasta parece haber viajado doscientos años en el futuro! En serio, Ken, devela el misterio. ¿Cómo diablos lo has hecho?

—Sobre este asunto sé lo mismo que tú —respondió—. O el resto del mundo está loco o bien ha sucedido un milagro bastante extraño. ¿Cómo puedo explicarlo? Es una leyenda común, o una experiencia común, si lo prefieres, la posibilidad de vivir muchos años encerrados en un momento. Claro que se trata de una experiencia mental, no física, y que aplica solo a las cuestiones humanas, emocionales, no a los objetos de madera y metal. Imaginas que se trata de un truco o una ilusión. Si lo es, desconozco su mecanismo. No hay combinación

química, al menos ninguna que yo conozca, que modifique de este modo la condición de una pieza de madera sólida en tan poco tiempo. Y no fue hecho en unos pocos años o meses. Hace un año ese banjo sonaba como al salir de las manos del artesano, y veinticuatro horas después mutó hasta el estado que ves ahora.

La gravedad y la seriedad con la que Ken hizo esta declaración asombrosa claramente eran verosímiles. Él creía cada palabra, y yo no supe qué pensar. Por supuesto, mi amigo padecía alguna clase de demencia, aunque no se advertían los rasgos clásicos de locura. No obstante, ahí estaba el banjo, cuyo silencioso testimonio no dejaba lugar a dudas de que algo raro le había sucedido. Cuanto más recapacitaba sobre el tema más extravagante me parecía. Doscientos años en veinticuatro horas. Este era el enunciado de la ecuación propuesta. Ken y el banjo lo afirmaban, y toda la ciencia del mundo respondía que aquello era imposible.

¿Cuál era la explicación? ¿Qué es el tiempo? ¿Qué es la vida? Comencé a dudar sobre la realidad de todas las cosas. Este era el misterio tan comentado que mi amigo había traído de su viaje, y que había modificado en extremo su personalidad. Lo cuál era comprensible.

—¿Puedes contarme toda la historia? —pregunté en tono exigente.

Ken bebió un largo trago y frotó sus grandes manos sobre la enredada barba castaña.

—Jamás se la he contado a alguien —dijo—. Y nunca pensé hacerlo, pero intentaré darte una idea sobre el tema. Me conoces mejor que nadie, de modo que entenderás mejor que cualquier otro y, tal vez, al final me alivie un poco de esta opresión que me atormenta.

Sin mayor preámbulo, Ken relató la siguiente historia. Durante el transcurso observé que era un narrador excelente. Manejaba la voz y sus tonos con maestría, generando tensión y alivio solo con la precisa modulación de cada sílaba. Sus facciones eran igualmente susceptibles a los vaivenes del relato, y sus ojos lograban acariciar todos los matices de la emoción. Su aspecto triste era sumamente grave y afligido, y cuando alcanzó algunos pasajes de la historia su mirada se tornó de duda y melancolía, como sometida a un fuerte arrebato imaginativo. Pero el interés que me suscitó la historia fue tal que no me detuve a reparar en estos adornos accidentales, aunque indudablemente ejercieron su cuota de influencia sobre mi juicio.

Dejé Nueva York en un vapor de la línea Inman, como seguramente recuerdas –comenzó Ken– que me dejó en Havre. Hice el recorrido habitual por el continente, y terminé en Londres, en julio, es decir, en plena temporada alta. Tenía buenos contactos y además conocí a muchas personas famosas. Entre ellas a una joven compatriota, que me interesó particularmente. Al dejar Londres nos comprometimos y nos separamos momentáneamente, porque a ella le faltaba terminar su recorrido por el continente, mientras que yo pretendía visitar el norte de Inglaterra y también Irlanda. El primero de octubre desembarqué en Dublín y, deambulando por el país, terminé en el Condado de Cork dos semanas después.

Aquella región, que tiene algunos de los mejores paisajes que he visto en mi vida, parecía desconocida por los turistas, era una zona solitaria. Durante mi viaje no conocí a ningún forastero como yo, y apenas me crucé con un puñado de nativos. Es increíble que aquel escenario estuviese desierto, ya que normalmente después de caminar algunas millas irlandesas uno siempre se topa con alguna aldea. Acá también me encontré con algunas aldeas, pero eran aldeas de casas derruidas, con los techos hundidos y las ventanas rotas. Los pocos campesinos que me crucé fueron amables y hospitalarios, especialmente cuando oían que pertenecía al cielo terrenal donde habían emigrado muchos de sus amigos y familiares. Al principio daban la impresión de ser tímidos y pueblerinos, pero luego me di cuenta por qué son una de las razas más incomprensibles del universo. Son supersticiosos y cándidos, atentos a las magias de hechiceros y hadas, y a las profecías, similares a los que predicó San Patricio. Por otro lado, existe en ellos un lado incoherente, escéptico, astuto y sensible. En ninguno de mis viajes conocí gente cuya compañía haya disfrutado tanto, y que al mismo tiempo me haya inspirado tal curiosidad y repugnancia.

Al final terminé en las costas del mar, de las que nada diré, salvo que están al sur de Ballymacheen. He conocido Venecia y Nápoles, he transitado a lo largo de Cornice Road, he pasado un mes en nuestro Mount Desert, y te digo que ninguno de estos lugares es tan hermoso, tan resplandeciente, tan profundo y radiante como aquel pueblo y su muelle, rodeado por las altas colinas que se elevan alrededor, y por acantilados negros plantando sus pies de hierro y roca en el mar azul, casi transparente.

Es un lugar antiguo, y su historia ha sobrevivido a los embates del tiempo. En una época llegó a tener dos mil o tres mil habitantes. Hoy alcanza escasamente a los seiscientos. La mitad de las casas están en

ruinas o han desaparecido, y muchas de las restantes están abandonadas. Toda la gente es pobre, y la mayoría vive en la miseria. Tal es así que no es raro que se paseen descalzos, con las cabezas descubiertas, aunque las mujeres normalmente andan envueltas en modestas capas azules o negras, también algunos hombres se visten con estos inusuales harapos, que solo un irlandés sabe como ajustar.

Los únicos con ropajes dignos son los monjes, los sacerdotes y los soldados del fuerte. Porque hay un fuerte construido sobre las ruinas de un castillo que posiblemente pertenezca al reinado de Eduardo, el Príncipe Negro, o incluso puede ser anterior, en cuyas troneras cubiertas por musgo han ubicado un par de cañones, que ocasionalmente son disparados contra los acantilados o la bahía, a modo de práctica. La guarnición consiste en una docena de hombres y cuatro oficiales y suboficiales. Supongo que serán relevados de tanto en tanto, pero aquellos que conocí parecían ser, a esa altura, parte del paisaje.

Acudí a una espléndida y antigua posada, la única del lugar, y comí en su pequeño salón, observado por un retrato de Jorge I que colgaba sobre la chimenea. En la segunda tarde, después de cenar, un hombre joven se acercó al salón –que era casi de propiedad pública– y ordenó pan, queso y cerveza local. Entablamos una amena charla. Resultó ser un oficial del fuerte, el teniente O'Connor, y un excelente prototipo de la milicia irlandesa. Tras haberme contado todo lo que sabía sobre la aldea, los alrededores y sus amistades, me intimó cordialmente a que le relate alguna de mis historias. Nos hicimos grandes amigos y vaciamos media pinta de whisky de Kinahan. Emitió largas alabanzas en honor de nuestros compatriotas, nuestro país y nuestro tabaco. Cuando le llegó el momento de retirarse, lo acompañé, pues una luna espléndida se recortaba en el cielo nocturno, y lo despedí en las puertas del fuerte, habiéndole prometido que regresaría al día siguiente para conocer a los demás muchachos.

—Ajusta la vista al volver, querido amigo —dijo, mientras encaraba la puerta—, pues aquel cementerio es un lugar que hace temblar. Allí, como en cualquier parte de este sitio remoto, puedes cruzarte con la dama negra.

El cementerio era un espacio baldío sobre la ladera de una colina, justo al lado del fuerte, y poseía unas treinta o cuarenta toscas lápidas. A decir verdad, había pocas lápidas erguidas, y la mayoría se proyectaban sobre la tierra irregular. Hasta entonces no había escuchado nada sobre aquella dama negra, y no me quedé para hacerlo. Nunca estuve sometido a miedos fantasmagóricos, pero el sendero

invitaba a experimentarlos, sin mencionar la subida casual al puente en ruinas que cruzaba un arroyo profundo y engañoso. Regresé a la posada sin mayores aventuras.

Al día siguiente cumplí mi promesa y fui hasta el fuerte. No encontré razones para lamentarlo, pues mi camaradería fue largamente recíproca, quizás debido a que había llevado el banjo conmigo, que pronto me convirtió en toda una novedad. Los personajes más destacables, además de mi amigo el teniente, eran el comandante Malloy, un viejo y astuto veterano que estaba a cargo, y el doctor Durdeen, un hombre simpático y curioso, con un corpus de anécdotas y leyendas realmente inagotable.

Pasamos un rato muy ameno, que sería prolongado en varios más. Los jirones de octubre se escabulleron rápidamente, y casi tuve que recordarles que yo era un viajero y no un residente de Europa. El comandante, el cirujano y el teniente protestaron amablemente ante lo inminente de mi partida, y al no poder convencerme de que me quedara organizaron una cena de despedida durante Haloween.

Me hubiese encantado que asistieses a esa tertulia. Fue la esencia de la camaradería irlandesa. El doctor Durdeen estaba en excelente forma, el comandante parecía un personaje de las novelas de Lever, y el teniente desbordaba de buen humor y alegría, recitando románticos poemas a las muchachas del vecindario. Por mi parte toqué el banjo como nunca antes, y muchos se unieron en coro, con unas voces que raramente se oyen fuera de Irlanda. Entre las historias que el doctor Durdeen nos regaló hubo una sobre el Kern de Querin y su esposa, Ethelind Fionguala –que significa, dicen, la de blancos hombros–. Parece que esta dama estuvo prometida con uno de los O'Connor (aquí el teniente frunció los labios), pero fue secuestrada durante la noche de bodas por un grupo de vampiros que, en aquella época, según afirma la tradición, eran un verdadero problema en Irlanda.

La transportaron –pues estaba inconsciente– hacia un festín donde ella sería el plato principal. El joven Kern de Querin, que tenía fama de gran tirador, los alcanzó y vació su arma sobre ellos. Los vampiros huyeron y el joven cargó a la dama, que estaba como anestesiada, hasta su casa.

—Por el mismo camino que usted, señor Keningale, toma habitualmente para volver a la posada —observó el doctor, golpeando el dorso de su pipa—, y que se cruza con una vieja y abandonada casona, aquella que tiene una arcada oscura y una ventana grande en la esquina, casi colgando sobre la calle, se podría decir.

—Deje la casa, doctor Durdeen, amigo —lo interrumpió el teniente—. Seguramente imagina que estamos ansiosos por saber qué le sucedió a la dulce Fionguala. Dios fue bueno con ella.

—Paciencia, señor O'Connor, eso puedo contarlo yo mismo —exclamó el mayor, sirviéndose otro whisky—. Este es un asunto para resolverlo mediante principios generales, como afirmaba el coronel O'Halloran en aquella ocasión en la que le preguntaron qué hubiese hecho de poseer el libro de Wellington y que los prusianos se hubiesen estancado en Waterloo. Paciencia —repitió—. Yo te lo diré.

—Adelante, entonces, comandante. Hemos interrumpido al buen doctor, y el señor Keningale escucha con el vaso vacío. ¡El Señor nos ampare! ¡Hasta la botella está vacía!

En la excitación posterior a este descubrimiento, el hilo de la historia se perdió, y antes de que el mayor pudiera retomarlo la noche había avanzado tanto que me sentí obligado a retirarme. Me costó bastante hacerlos comprender, y muchísimo lograr ejecutar mi decisión. Era ya medianoche cuando me encontré con el aire fresco del exterior, con los saludos de mis camaradas todavía retumbándome en los oídos.

A pesar de que había sido una noche etílica, estaba en buenas condiciones, de modo que atribuí mi tropezón más a lo irregular del camino que a los efectos del licor. Mientras me levantaba me pareció oír una risa. Pensé que podía tratarse del teniente, ya que este me había escoltado hasta la entrada, alegrándose de mi desgracia. Pero una rápida mirada en derredor desechó esta idea. Las puertas estaban cerradas. La risa, sin embargo, provenía de algún lugar cercano, y tenía un tono ambiguo; es decir, era imposible determinar si era masculina o femenina. Claramente había sido engañado. Nadie estaba cerca. Seguramente mi imaginación me había jugado una mala pasada.

La otra alternativa era pensar en la tradición de Haloween, y creer que esa noche era el carnaval de los muertos vivos. En aquel momento no se me ocurrió pensar que los tropezones son considerados de mal augurio en Irlanda, un presagio nefasto, y que la risa que se escuchó justo después de mi caída tal vez pronosticaba resultados similares. Apuré el paso inmediatamente.

El sendero era difícil de seguir, o tal vez el sendero que seguía no era el correcto. La verdad es que no lo reconocí. Hubiese jurado que jamás lo había visto. La luna estaba alta, con su brillo amortajado por nubes. En esa luz incierta no podía orientarme con ningún rasgo familiar de la región. Oscuras y silenciosas colinas se levantaban alre-

dedor. El camino, al menos en ese tramo, descendía como si condujese a las vísceras de la Tierra. El lugar palpitaba con extraños ecos, y por un momento creí que caminaba entre balbuceos entrecortados y murmullos misteriosos, mientras una risa inmaterial vibraba entre los pasos de la colina.

Los desfiladeros lanzaban corrientes de aire frío, y desde unas oscuras grietas unos dedos etéreos casi tocaron mi rostro. Una sensación de angustia e inseguridad comenzó a poseerme, aunque no había una causa definida para ello, salvo mi deseo ferviente de llegar a casa. Con el perverso instinto de aquellos que se encuentran perdidos, avancé. Pero me obligaba a mirar sobre mi hombro de tanto en tanto, ya que me sentía observado. La luz trémula de la luna, que naufragaba a la deriva entre las nubes, se hundió en las sombras del valle desnudo, alcanzando ante mis ojos sobresaltados la silueta vaga de gigantescas formas humanas.

Cuánto tiempo estuve apresurándome hacia delante, no lo sé. Pero de repente me encontré cerca del cementerio. Estaba situado sobre una ladera, sin ninguna cerca alambrada ni nada que evitase el ingreso de los caminantes extraviados. Había algo en la apariencia del lugar que me hizo sentir que ya había estado allí. Quizás efectivamente lo había visto al dirigirme hacia el fuerte, pero no podía ser, aquel cementerio quedaba a pocas yardas del fuerte, mientras que este estaba indudablemente a varias millas. Al acercarme observé que las lápidas no parecían tan antiguas ni derruidas como las otras. Pero lo que realmente atrajo mi atención fue una figura que se inclinaba sobre una enorme losa cerca del camino.

Era una silueta femenina envuelta en sombras. Un reconocimiento más detallado –estaba a pocas yardas de ella– reveló que vestía un Calla, o capa encapuchada, un ropaje habitual en las mujeres irlandesas, de origen claramente español.

Estaba casi paralizado ante la aparición. Me parecía imposible que alguien pudiese vagar en medio de la noche por aquel lugar desolado y siniestro. Involuntariamente me detuve y la enfrenté, mirándola con intensidad. Pero la confusa luz de la luna caía detrás de ella, y la profunda sombra de la capucha ocultaba sus facciones, haciendo imposible discernir otra cosa que el resplandor inquietante de sus ojos.

—Parece estar como en casa —dije por fin—. ¿Podría decirme dónde estoy?

En ese momento, la misteriosa mujer comenzó a reír, pero de un modo agradable y musical, y descubrí que aquel tono era el causante

de mis palpitaciones anteriores, y no mi torpeza pedestre, pues era la misma risa (o mi imaginación me persuadió de ello) que había oído agitándose entre las colinas hacía una hora o dos. Eliminando el escenario tétrico puede decirse que se trataba de la risa de una mujer joven, presumiblemente hermosa, pero que de algún modo tenía un aire salvaje y festivo, que el oído no podía reconocer como parte del espectro de la risa humana. Pero estas impresiones fueron causadas, seguramente, por las circunstancias insólitas en las que estaba.

—Seguro, señor —dijo ella—. Está usted en el sepulcro de Ethelind Fionguala.

Al hablar se puso de pie, y señaló una inscripción sobre la losa. Me incliné y, sin mucha dificultad, pude descifrar el nombre y la fecha que indicaban que el ocupante de aquella tumba estaba allí desde hacía un par de siglos.

—¿Quién es usted? —fue mi siguiente pregunta.

—Me llamo Elsie —respondió—. ¿Pero a dónde se dirige usted en vísperas de noviembre?

Mencioné mi destino, y le pregunté si me podía indicar el camino más rápido.

—Por supuesto. Justo me dirigía hacia allí —respondió Elsie—. Si me hace el honor, me gustaría escuchar alguna melodía de ese hermoso instrumento. El camino es largo.

Ella señaló el banjo que yo cargaba envuelto bajo el brazo. Cómo supo que se trataba de un instrumento, no puedo imaginarlo. Posiblemente, pensé, me había visto tocarlo durante mis paseos por los alrededores del pueblo. No ofrecí ninguna oposición al pedido. Más aún, le prometí una recompensa considerable por su ayuda. Volvió a reírse, haciendo un gesto peculiar con su mano sobre la cabeza. Destapé mi banjo, doblé los dedos sobre las cuerdas, y ejecuté una fantástica melodía danzante, que me pareció acorde a una larga caminata. Elsie iba adelante. Sus pies casi marchaban en el aire. De hecho, su paso era tan ligero, tan elástico y ondulado, que ella parecía flotar como un espíritu. La extrema blancura de sus pies atraía mis ojos, y me sorprendí al notar que no estaban desnudos, sino que llevaba unas sandalias delicadas y blancas, atadas con hilos de oro.

—Elsie —dije, alargando mis pasos para alcanzarla—, ¿dónde vives? ¿Puedes decirme a qué te dedicas en el pueblo?

—Seguro. Vivo sola —respondió—. Pero si quiere saber en dónde, deber venir y verlo usted mismo.

—¿Siempre caminas de noche por las colinas con esa clase de zapatos?

—¿Por qué no habría de hacerlo? —respondió, volviéndose—. ¿De dónde ha sacado usted ese anillo de oro?

El anillo, que no tenía gran valor, había saltado a mis ojos en una vieja tienda de curiosidades en Cork. Era un diseño antiguo que pertenecía (según declaró el vendedor) a la época de los primeros reyes y reinas de Irlanda.

—¿Te gusta? —pregunté.

—¿Sería usted tan amable de hacerle un obsequio a Elsie? —dijo con un movimiento sinuoso, girando apenas la cabeza.

—Tal vez lo haga, Elsie, pero con una condición. Soy un artista. Hago retratos. Si me prometes venir a mi estudio para que te retrate, te daré el anillo y algunas monedas.

—¿Me dará el anillo ahora?

—Claro, si prometes venir.

—¿Y tocará música para mí?

—Tanto como lo desees.

—Pero quizás yo no sea lo suficientemente hermosa para usted —dijo, con el brillo de sus ojos atravesando la oscuridad de la capucha.

—Correré el riesgo —respondí, sonriendo—. Aunque no me molestaría echarte una mirada ahora mismo para poder recordarte.

Dicho esto, levanté las manos para retirar su capucha, pero ella me eludió, no sé cómo, y rio por tercera vez con la misma cadencia burlesca.

—Primero el anillo, entonces podrá verme.

—Estira tu mano, entonces —dije, quitándome el anillo del dedo—. Cuando me conozcas mejor, Elsie, no serás tan desconfiada.

Ella estiró una mano delgada, frágil, hacia la punta de mi dedo índice, donde había colocado el anillo. A medida que lo hacía, la capucha se agitó en el aire, permitiéndome la visión fugaz de un hombro blanco y un vestido, que en esa luz engañosa parecía estar trabajado en un material sumamente costoso. También advertí, o imaginé, el brillo helado de unas piedras preciosas.

—¡Cuidado, fíjate dónde pisas! —exclamó Elsie, con un súbito tono cortante.

Miré alrededor y noté por primera vez que estábamos parados en medio del puente en ruinas que atravesaba el arroyo. Uno de los parapetos estaba caído. De no ser por la advertencia habría caído, o al menos habría tropezado. Retomé la marcha con extremo cuidado, ya que la estructura era poco confiable. Y cuándo me volví para ayudar a cruzar a la muchacha, esta había desaparecido.

¿Dónde podía estar? La llamé pero sin obtener respuesta. Observé hacia todos lados, no había rastros de ella. Salvo que hubiese caído por el abismo a mis pies, no había lugar en dónde ocultarse (ninguno que yo pudiese ver). Se había desvanecido, y apenas entendí que su desaparición había sido premeditada, llegué a la conclusión de que era inútil seguir buscándola. Si volvía a verla sería solo cuando ella lo desee, y no al revés. Me había engañado ingeniosamente, pero la aventura quizás valía la pérdida de un anillo.

Al reanudar el camino, y para gran alivio de mis nervios, comencé a orientarme sin problemas. Conocía el puente y el arroyo, y calculaba que desde allí había no más de una milla hasta la aldea. El sendero, ahora familiar, se extendía claramente ante mí. La luna finalmente había dispersado las nubes, y brillaba con un destello exquisito.

Más allá de cualquier defecto, Elsie había sido una guía de confianza. Me había arrancado de las profundidades de la tierra de los elfos y depositado nuevamente en el mundo material. Fue una aventura singular, ciertamente, y reflexioné sobre ella con una sensación misteriosa de placer, al tiempo que caminaba tarareando y llenándome del aire fresco. Entonces sentí algo. ¿De quién eran los pasos ligeros que me seguían? ¿Elsie? Pero no, ella no estaba ahí. Sin embargo, la misma percepción, o alucinación, se repitió varias veces hasta que alcancé las afueras de la aldea: una marcha ligera, flotante, andando detrás, y a veces, junto a mí. Aquello no me intimidó, por el contrario, me sentí halagado por la fantasmal escolta, y me rendí ante las aristas románticas de aquel ensueño.

Después de pasar por una o dos casas desvencijadas, entré en una calle estrecha y confusa que atraviesa la aldea. A poco de andar comenzó a ensancharse, como si el urbanista hubiese querido que el viajero contemple una antigua y notable casa que se erguía sobre el lado norte. Estaba construida en piedra, y en un noble estilo arquitectónico, que de algún modo me recordaba a ciertos palacios de la vieja nobleza italiana que había visto en el continente. Posiblemente, pensé, había sido construida por algún arquitecto exiliado de Italia o España durante el siglo XVI o XVII.

El moldeado de las ventanas y la arcada principal estaban lujosamente tallados. Sobre el frente del edificio se veía el bajorrelieve de un bellísimo escudo de armas, aunque no pude precisar su significado. La luna, cayendo de lleno sobre este pintoresco detalle, aumentó sus encantos, y al mismo tiempo, lo hizo parecer una visión que desaparecería en cualquier momento. Seguramente ya había visto

aquella construcción, sin embargo no la recordaba. Sin duda la había visto sin ver, como se suele decir.

Recostado contra una pared del otro lado de la calle observé la casa durante un largo rato. La ventana en una de las esquinas era muy bella. Debajo de ella, el suelo recibía la sombra pesada y oblicua del marco decorado. ¡Cuántas veces aquellos postigos habrían sido abiertos por una mano delicada, revelando el perfil encantador de una dama ante el amante que espera bajo una luna pálida! ¡Y qué breves habrían sido aquellos días! La dama y su amante están muertos hace tiempo. La vieja casa está deshabitada. ¿Quién puede decir desde hace cuánto tiempo? Solo los insectos y los murciélagos la acompañan. ¿En dónde descansan ahora sus constructores? ¿Y quiénes eran? Probablemente hasta sus nombres fueron olvidados.

Mientras miraba fijamente hacia arriba, una conjetura se presentó, y pronto maduró hasta convertirse en una certeza. ¿No era esta la casa que el doctor Durdeen había descrito horas antes, al ser inquirido sobre la morada de la misteriosa novia del Kern de Querin? Allí estaba la ventana en la esquina, y la arcada. Sí, más allá de toda duda, esa era la casa. Suspiré con renovado interés. Mis especulaciones pronto tomaron un rumbo aún más novelesco, aunque también más definido.

¿Cuál fue el destino de aquella adorable dama, traída por los fuertes brazos del Kern? ¿Se casaron? ¿Fueron eternamente felices, o su final estuvo marcado por la tragedia? Recordé haber leído que las víctimas de los vampiros generalmente se transforman. Entonces mis pensamientos retrocedieron hasta el sepulcro. Sin duda, aquella era tierra sin consagrar. ¿Por qué entonces la habían enterrado allí?

¡Ethelind de los blancos hombros! ¿Por qué no habré vivido en aquellos tiempos, o por qué aquellos tiempos no revivían para mí? Entonces buscaría esta calle a la medianoche, me pararía junto a su ventana, y ligeramente tocaría las cuerdas de mi bandora hasta que los postigos se abrieran y su cara apareciera. ¡Qué dulce visión sería! Pero, ¿por qué era esto imposible? Apenas se trataban de unos pocos siglos. ¿No podría la imaginación vencer los nudos del tiempo?

Afortunadamente llevaba mi banjo, descendiente legítimo de la bandora. La memoria de Fionguala tendría su serenata de amor.

Habiendo templado el instrumento, me lancé a tocar una vieja balada española, cuya letra había encontrado en una biblioteca enmohecida durante mis viajes, y a la cual le había compuesto una melodía. Canté, casi susurré, ya que los ecos de la calle desierta reverberaban entre los adoquines, pero sobre todo porque mi canción

solo buscaba los oídos de ella. Las palabras se iluminaron con el fuego de la vieja galantería hispánica, y las evoqué con toda la pasión de los amantes. Fionguala, la de blancos hombros, escucharía, para despertar de su sueño inmemorial y llegaría a la ventana para descubrir a su amante. ¡Escucha! ¡Mira! ¿Qué brillo es aquel que parece flotar de habitación en habitación dentro de la casa abandonada? ¿Los espejismos de la pálida luna juegan con mis ojos, o es que realmente la ventana se está abriendo?

No es ningún espejismo, pensé, no hay ningún error de los sentidos. Es simplemente una mujer, una hermosa joven, ricamente ataviada, inclinándose hacia abajo desde su ventana, llamándome en voz baja.

Estaba demasiado sorprendido para ser consciente de lo extraordinario del hecho, pero avancé hasta ubicarme directamente debajo de la ventana, y el rostro de la mujer, al inclinarse hacia mí, estaba a menos de cuatro metros. Ella sonrió y besó la yema de sus dedos. Algo blanco descendió surcando el aire hasta caer a mis pies. Un instante después, ella se retiró, y oí cómo se cerraban los postigos. Recogí lo que había dejado caer: un delicado pañuelo atado a una llave, minuciosamente tallada en bronce. Evidentemente, era una invitación. Desaté la llave del pañuelo, que a su vez desató un aroma lánguido y delicioso, como la fragancia de un jardín antiguo, y me dirigí a la puerta. No dudé, y apenas me sentí levemente raro al cruzar la arcada.

Todo era como lo había deseado, y como debería ser. La edad media nacía una vez más, y solo para mí. Casi podía sentir una capa aterciopelada sobre mi hombro y una espada larga pendiendo de mi cinturón. Una vez frente a la puerta, introduje la llave, la giré, y escuché el quejido del cerrojo. Un momento después la puerta estaba abierta. Crucé el umbral y la puerta se cerró detrás. Permanecí solo en la oscuridad.

¡Pero no por mucho tiempo! Al extender mi mano, ya que debía andar a tientas en la penumbra, mis dedos rozaron algo: otra mano, suave, delgada, fría, insinuándose gentilmente e invitándome a que avance. Y lo hice, con temor. La oscuridad era impenetrable, sin embargo, podía oír el roce ligero de un vestido guiando mis pasos, y la misma fragancia narcótica que antes había percibido en el pañuelo, enriqueciendo el aire que respiraba, mientras cerraba mis dedos sobre aquella pequeña mano que me relajaba, y al mismo tiempo me estremecía. De este modo, caminando secretamente, atravesamos un largo e irregular pasadizo, o al menos eso parecía, y luego ascendimos

por una escalera. Luego cruzamos otro corredor, hasta que finalmente nos detuvimos. Una puerta abierta dejaba ver un suave bache de luz. Entré, todavía aferrado a la mano. La oscuridad y la incertidumbre llegaban a su fin.

La habitación era de dimensiones intimidantes, y estaba amueblada y decorada con un estilo de antiguo esplendor. Los muros estaban cubiertos por finos tapices, y junto a ellos colgaban racimos de velas quemadas en candelabros de plata pulida, que se reflejaban y multiplicaban en los altos espejos colocados en las cuatro esquinas del cuarto. La luz golpeaba pesadamente sobre el techo de roble oscuro, trabajosamente esculpido. Las cortinas y el tapizado de las sillas eran de un ortodoxo arte de Damasco. En un extremo de la habitación había un sillón otomano, y frente a él una mesa, sobre la cual flotaba la vajilla platinada, y una lujosa comida y vino en copas de cristal.

Al lado había una chimenea enorme y profunda, con espacio suficiente como para quemar un árbol entero. Ningún fuego, sin embargo ardía allí, solo un montón de brasas apagadas. La habitación, con toda su magnificencia, estaba fría, helada como una tumba, o como la mano de mi señora. Al pensar en esto, un espasmo gélido llegó hasta mi corazón.

¡Pero qué hermosa era mi señora! Apenas pude ver las maravillas del cuarto, pues mis ojos y mis pensamientos se volcaron hacia ella. Estaba vestida de blanco, como una novia. Los diamantes resplandecían entre las trenzas de su oscuro cabello y también sobre su pecho níveo. Su cara exquisita y sus finos labios eran pálidos, y más pálidos parecían en contraste con el brillo oscuro de sus ojos. Me observó con una sonrisa extraña, ambigua; no obstante, había algo familiar en su aspecto, algo que reconocí, como la melodía de una vieja canción que súbitamente retorna en un sitio desconocido. Algo en mí, pensé entonces, la reconocía. Ella era la mujer con la que había soñado, la que había contemplado en visiones, y cuya voz y facciones me habían atormentado desde la infancia.

Si alguna vez nos habíamos conocido –del modo en como los humanos suelen conocerse–, no lo sabía. Tal vez la había estado buscando ciegamente por el mundo, mientras ella me esperaba en aquel espléndido cuarto, sentada junto a las brasas muertas hasta que todo el calor de su cuerpo finalmente se consumió, solo para renacer con el ardor de mi pasión.

—Pensé que me habías olvidado —dijo ella, asintiendo, como en respuesta a mis pensamientos—. La noche muere. ¡Nuestra única noche

del año! ¡Cómo se regocijó mi corazón al oír tu amada voz cantando aquella melodía tan familiar! Bésame, mis labios están fríos.

Y fríos estaban en verdad, fríos como los labios de los muertos. Pero la calidez de los míos pareció revivirlos. Ahora mostraban un leve color, y sobre sus mejillas apareció una delicada sombra rosada. Aspiró el aire como alguien que se repone de un largo letargo. ¿Era mi propia vida lo que la alimentaba? Ella señaló la mesa, con su vino y sus platos. Yo estaba dispuesto a entregarlo todo.

—Come y bebe —dijo ella—. Has viajado mucho y necesitas alimentarte.

—¿Comerás y beberás conmigo? —pregunté, tomando una copa.

—Tú eres el único alimento que necesito —respondió—. El vino es débil y frío. Dadme un vino tan rojo y tibio como tu sangre y yo vaciaré todos los cálices.

Al oír estas palabras, sin saber por qué, un estremecimiento me atravesó. Ella parecía adquirir más fuerza y vitalidad a cada instante, al mismo tiempo que el frío de la enorme habitación me penetraba más y más.

Pareció que ella se multiplicaba en un fantástico flujo de espíritus. Palmeaba sus manos y bailaba a mi alrededor como una niña. ¿Pero quién era ella? ¿Se burlaba de mí al decir que yo era el único alimento que necesitaba? Finalmente se detuvo frente a mí, cruzando sus manos sobre el pecho, y entonces advertí –sobre el índice de la mano derecha– el destello de un viejo anillo.

—¿De dónde has sacado ese anillo? — indagué.

Ella sacudió su cabeza y rio.

—¿Has sido fiel? —preguntó—. Este es mi anillo, el anillo que nos une, el anillo que me has regalado al enamorarte. Este es el anillo del Kern, el anillo encantado, y yo soy tu Ethelind, tu Ethelind Fionguala.

—Así sea —dije, dejando de lado las dudas y el miedo, y entregado completamente ante el abismo insondable de sus ojos—. Tú eres mía y yo soy tuyo. Seamos felices mientras la noche viva.

—Tú eres mío y yo soy tuya —repitió ella, con una sonrisa élfica en los labios—. Ven y siéntate junto a mí, y canta la dulce canción de nuestros viejos días. ¡Ah, ahora podría vivir cien años!

Nos sentamos en el sillón otomano, y mientras ella se retorcía lujuriosamente sobre las almohadas, tomé mi banjo y canté. La melodía y la canción retumbaban en el cuarto alto, retornando a nuestros oídos con ecos palpitantes. Veía ante mí la cara y la silueta de

Ethelind Fionguala en su enjoyado vestido nupcial, incendiándome con sus ojos.

Su palidez retrocedió. Su piel era ahora tibia y rubicunda, y la vida fluía en ella como una llama. Era yo quien estaba frío y exánime. Sin embargo, con el último aliento de vida, canté para ella una canción que no puede morir. Mis ojos se debilitaron, el cuarto parecía hundirse en penumbras, la figura de Ethelind Fionguala brillaba y se apagaba alternativamente, como los últimos chisporroteos de una fogata. Me incliné hacia ella, y sentí que me perdía en un pozo de inconsciencia, con mi cabeza descansando sobre su hombro blanco.

Aquí Keningale detuvo momentáneamente su historia. Lanzó un leño sobre el fuego, y entonces continuó:

Desperté. No sé cuánto tiempo después. Estaba en la enorme y vacía habitación de un edificio en ruinas. Pedazos podridos de tapicería se desprendían de las paredes, las telas de araña colgaban como cortinas sobre las ventanas sin vidrios. Las vigas toscas de los marcos se habían consumido, y entre las grietas de los postigos carcomidos se filtraban ráfagas de aire helado y algunas luces mortecinas. Un murciélago, perturbado por la luz, o por mis movimientos, se soltó de los jirones de un tapiz y dio algunas vueltas vertiginosas alrededor de mi cabeza, descansando luego en la esquina más oscura. Al levantarme del inestable montón de basura donde había yacido, algo que había estado entre mis rodillas cayó al suelo dando un fuerte golpe. Lo recogí. Era mi banjo... Bien, eso es todo lo que puedo contar. Mi salud estuvo gravemente complicada. Casi toda mi sangre pareció haber sido extraída de mis venas. Estaba pálido, ojeroso... ¡y helado!

Keningale susurró las últimas palabras, acercándose al fuego y estirando sus manos para lograr un poco de calor.

—Ah, esa sensación de frío... Nunca me libraré de ella, la cargaré conmigo hasta la tumba.

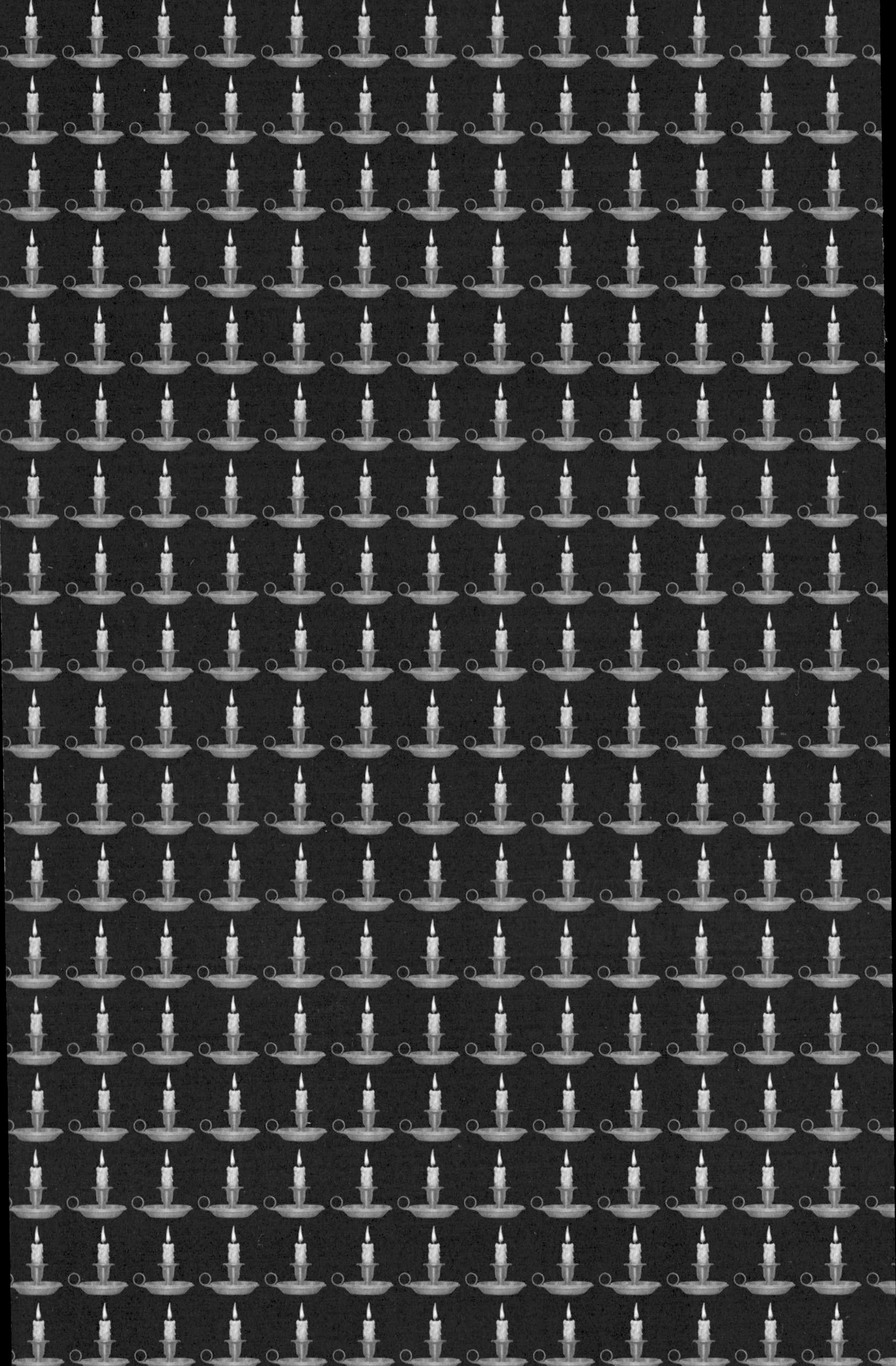

Alice y Claude Askew

# Aylmer Vance y la vampira

(1914)

Alice Jane de Courcey Leake y su esposo Claude Arthur Cary Askew escribieron juntos un centenar de novelas, que firmaron como Alice y Claude Askew.

Alice nació el 18 de junio de 1874 en Londres, Inglaterra. Comenzó a escribir y publicar cuentos antes de casarse. Claude nació el 27 de noviembre de 1865 en Londres. Se casaron el 10 de julio de 1900.

Poco después de su matrimonio, comenzaron a escribir juntos. La primera novela publicada con los dos nombres como autores fue *La Sulamita (The Shulamite)*, en 1904.

Entre septiembre y octubre de 1917, Alice y Claude estaban de vacaciones en Italia. Mientras viajaban en el barco de vapor italiano Città di Bari de Tarento a Corfú, la nave fue torpedeada por un submarino alemán y se hundió. Los dos se ahogaron. El cuerpo de Claude nunca fue recuperado, pero el 29 de octubre un pescador encontró el cuerpo de Alice. Habían tenido un hijo y dos hijas.

El matrimonio Askew creó a Aylmer Vance, uno de los más famosos investigadores paranormales de la literatura policial de la época. Sus episodios tienen muchos elementos en común con las aventuras de Sherlock Holmes, el detective más popular de su tiempo. Hasta su compañero Dexter, el clarividente, se comporta como Watson. Se distinguen ambos dúos de detectives en el tipo de casos que enfrentan, Aylmer y Dexter solo investigan casas embrujadas, brujas, fantasmas y vampiros.

*El cuento Aylmer Vance y la vampira (Aylmer Vance and the vampire)* fue publicado por primera vez en la revista *The Weekly Tale Teller*, el 1 de agosto de 1914.

Aylmer Vance tenía cuartos en Dover Street, Picadilly. Después de resolver que seguiría sus pasos, y al tenerlo como profesor en materias paranormales, pensé que lo mejor era hospedarme en su misma casa. Aylmer y yo enseguida nos hicimos buenos amigos. Fue él quien me enseñó a usar la clarividencia, facultad que yo desconocía poseer. He de decir que esta capacidad mía nos fue de gran provecho en más de una oportunidad.

Sin embargo, más de una vez también le serví a Vance como memoria de sus aventuras más extrañas. En lo que a él respecta, nunca se preocupó demasiado de hacerse famoso, aunque un día por fin pude convencerle de que, en nombre de la ciencia, me dejara popularizar algunos de sus hallazgos.

Los incidentes que voy a contar a continuación ocurrieron poco después de que estableciéramos juntos nuestra residencia, y mientras yo era aún, por decirlo de algún modo, un principiante. Serían las diez de la mañana cuando anunciaron la llegada de una visita. La tarjeta era de un tal Paul Davenant.

El nombre me resultaba familiar. ¿Tendría algo que ver con aquel Davenant jugador de polo y jinete, famoso por sus concursos de salto? Había oído que era un joven de buena posición, y que, hacía más o menos un año, se había casado con una chica considerada la más guapa de la temporada. Todas las revistas publicaron fotos suyas, y recuerdo que pensé en lo buena pareja que hacían.

En ese momento apareció el señor Davenant. Al principio, dudé si aquella persona era el tipo en el que yo estaba pensando, pues parecía terriblemente desmejorado, empalidecido y enfermo. De las fotos de su boda, de aquel hombre atractivo y fornido, solo quedaba un joven caído de hombros, que arrastraba los pies al caminar, y su cara, sobre todo alrededor de los labios, parecía el de un ser anémico.

Pero seguía siendo el mismo hombre, porque debajo de aquel físico marchito pude distinguir la huella del porte que alguna vez distinguió a Paul Davenant.

Tomó la silla que le ofreció Aylmer, después de saludar con cortesía, y me miró con desconfianza.

—Me gustaría hablar con usted en privado, señor Vance —le dijo—. El asunto que me trae hasta aquí es de gran importancia para mí, podría decir que es una cuestión delicada.

Al escuchar esto, me levanté inmediatamente para retirarme a mi habitación, pero Vance me sujetó por el brazo.

—Si ha venido porque conoce mi forma de trabajar, señor Davenant —le contestó—, si lo que desea es que lleve a cabo algún tipo de investigación en su nombre, le agradecería que hiciera partícipe al señor Dexter de todos los detalles. Dexter es mi ayudante. Pero, por supuesto, si usted no...

—¡Oh, no! —le interrumpió—. Si es su ayudante, ruego al señor Dexter que se quede. Tengo oído, además —añadió dedicándome una sonrisa—, que usted es de Oxford, ¿no es así, señor Dexter? Eso fue antes de que yo estuviera allí, pero sé que su nombre tiene algo que ver con el río. Usted remaba en Henley, ¿no?, a menos que yo esté equivocado.

Admití el hecho con una agradable sensación de orgullo. Por aquella época, yo era un gran aficionado al remo. Las hazañas del colegio y de la Facultad siempre se recuerdan con cariño. Olvidados estos primeros recelos, Paul Davenant se dispuso a contarnos a Aylmer y a mí lo que ocurría.

Empezó pidiéndonos que nos fijáramos en su aspecto.

—Seguro que no podrían reconocerme como el hombre que era hace un año —nos dijo—. Durante los últimos seis meses he perdido peso. Hace una semana vine de Escocia para consultar a un doctor de Londres. He visitado a dos. Me han visto, pero el resultado está muy lejos de ser satisfactorio. No parecen estar al tanto de lo que me sucede.

—Anemia... corazón —sugirió Vance. Desde el principio no había dejado de estudiar al joven sin que este se diera cuenta—. Los atletas suelen castigarse mucho, someten a demasiado esfuerzo a su corazón.

—Mi corazón está perfectamente —respondió Davenant—. Está en perfecto estado. El problema parece ser que no tiene suficiente sangre que bombear a mis venas. Los doctores me preguntaron si había sufrido algún accidente en el que hubiera perdido mucha sangre, pero

no he tenido ninguno. Nunca he tenido ningún accidente, y tampoco creo que sea anemia, porque no tengo ninguno de los síntomas. Lo inexplicable es que parece que llevo algún tiempo perdiendo sangre sin saberlo y que me he ido poniendo cada vez peor. Al principio era algo casi imperceptible. No se trata de un derrumbe súbito, sino de un deterioro gradual de mi salud.

—Pero —dijo Vance pensando en sus palabras—, ¿por qué ha venido a consultarme a mí? Usted ya sabe cuál es mi campo de investigación. ¿Puedo preguntarle si tiene alguna razón para creer que su estado de salud se debe a una causa que podamos describir como sobrenatural?

Las mejillas blancas de Davenant tomaron un ligero color.

—Todo es muy extraño —dijo con tono serio—. Le he estado dando mil vueltas, he intentado encontrarle alguna explicación. Me atrevo a decir que todo esto es una locura. Deben saber que no soy para nada un tipo supersticioso. Bueno, tampoco vayan a pensar que soy un incrédulo, pero jamás me había parado a pensar en causas de este tipo. He tenido una vida llena de actividad. Pero, como ya le he dicho, todo es muy extraño, y eso es lo que me ha llevado a recurrir a usted.

—¿Me lo va a contar todo, sin ningún tipo de reserva? —le preguntó Vance.

Y pude ver que el caso le interesaba. Estaba sentado en su silla, con los pies apoyados en una banqueta, los codos sobre las rodillas y el mentón sujeto entre las manos, una de sus posturas favoritas.

—¿Tiene alguna herida —le insinuó—, algo que se pueda asociar, aunque sea remotamente, con su debilidad?

—Es curioso que me haga esta pregunta —le contestó Davenant—, porque tengo una extraña marca, una especie de cicatriz, a la que no encuentro explicación. Se la enseñé a los doctores y me dijeron que no tenía nada que ver con mi estado. En todo caso, no sabían qué podía ser. Supongo que imaginaron que era un antojo, algo parecido a un lunar. Me preguntaron si la había tenido siempre, pero puedo jurar que no ha sido así. Me la vi por primera vez hace unos seis meses, justo cuando me empecé a sentir mal. Pero, véalo usted mismo.

Se desabrochó la camisa y dejó al descubierto su cuello. Vance se levantó y examinó detenidamente la sospechosa marca. Se encontraba ligeramente a la izquierda de la columna vertebral, justo sobre la clavícula y, como Vance señaló, directamente sobre las gruesas venas de la garganta. Mi amigo me pidió que me acercara para que yo también lo examinara. Fuera la que fuera la opinión de los doctores, a Aylmer se le veía muy interesado.

Allí había poco para ver. La piel estaba casi intacta y no había signo alguno de inflamación. Lo que sí había eran dos marcas rojas, a dos centímetros una de otra, con forma de medialuna, que destacaban todavía más sobre la palidez de la piel de Davenant.

—Seguro que no es nada —dijo Davenant con una risa nerviosa—. Yo creo que las marcas están desapareciendo.

—¿Ha notado que estuviesen en algún momento más inflamadas que ahora? —preguntó Vance—. Y si es así, ¿es en alguna circunstancia especial?

Davenant reflexionó durante un instante.

—Sí —respondió pensativo—, ha habido veces, creo que sin motivo aparente, que me despertaba por las mañanas y las marcas parecían más grandes y tenían peor aspecto. Yo tenía una ligera sensación de dolor, un ligero hormigueo, pero nunca le di la menor importancia. Pero, ahora que lo dice creo que esas mismas mañanas me he sentido especialmente agotado, tenía una sensación de cansancio absolutamente rara en mí. Y en una ocasión, señor Vance, recuerdo que me vi una manchita de sangre cerca de la marca. En ese momento no le presté ninguna atención. Me lavé y listo.

Aylmer Vance volvió a sentarse e invitó al joven a que hiciera lo mismo.

—Y ahora —continuó— dice usted, señor Davenant, que hay ciertos detalles que quiere contarme. ¿Está preparado?

Entonces Davenant se abrochó el cuello de la camisa y se dispuso a contar su historia. Yo voy a repetirla lo mejor que pueda, sin mencionar las interrupciones que provocó Vance, ni las que yo mismo hice.

Paul Davenant, como ya he dicho, era un hombre rico, de cierta posición social, y también, en todos los sentidos de la expresión, el marido ideal para la señorita Jessica MacThane, la joven que con el tiempo llegaría a ser su esposa. Antes de pasar a contarnos todo lo relacionado con su estado de salud, Davenant se detuvo en los pormenores sobre la señorita MacThane y la familia de ella.

La joven era de familia escocesa y, aunque tenía algún rasgo típico de su raza, en realidad, no lo parecía. Su belleza respondía más a la típica belleza del lejano sur que a la de las tierras altas, de donde procedía.

Lo que más llamaba la atención de la señorita MacThane era su maravillosa melena pelirroja, un color especial que rara vez se puede encontrar fuera de Italia, no era el rojo celta; la melena le llegaba hasta los pies y tenía un brillo tan extraordinario que parecía tener

vida propia. Además, la joven tenía el cutis que uno puede esperar con ese cabello, el blanco del marfil, y ni una sola peca, como suele ocurrir con la mayoría de las chicas pelirrojas. Aquella belleza le venía de algún antepasado que la habría llevado a Escocia de alguna tierra extranjera, aunque nadie sabía exactamente de dónde.

Davenant se enamoró de ella la primera vez que la vio y estaba casi seguro de que, a pesar de sus muchos admiradores, ella también le amaba. Por aquella época sabía poco de ella, solo que era rica por derecho propio, huérfana y el último eslabón de una familia que se había hecho famosa en los anales de la historia por su infamia. A los MacThane se les recordaba más por su crueldad y por su sed de sangre que por sus hazañas. Aquel clan de bandidos había ayudado a añadir muchas páginas atroces a la historia de su país.

Jessica había vivido con su padre, que tenía una casa en Londres, hasta que murió, cuando ella tenía unos quince años. Su madre falleció en Escocia cuando ella no era más que una niña. Al señor MacThane le afectó tanto la muerte de su mujer que, junto a su pequeña, abandonó la hacienda donde vivían en Escocia, o por lo menos eso fue lo que se creyó que hicieron; la propiedad la dejó a cargo de un administrador, aunque lo cierto es que allí había poco trabajo para un administrador, pues apenas quedaban arrendatarios. El Castillo de Blackwick se había ganado con los años una mala reputación.

Tras la muerte de su padre, la señorita MacThane se fue a vivir con la señora Meredith, pariente de su madre pues, por parte de su padre, no le quedaba familia. Jessica era el último miembro de un clan que, en sus días de gloria, llegó a ser tan grande que establecieron como tradición casarse entre ellos, pero esta norma había ido desapareciendo poco a poco en los últimos doscientos años hasta su desaparición. La señora Meredith presentó a Jessica en sociedad, honor que jamás habría tenido la joven si su padre, el señor MacThane hubiera seguido con vida, ya que era un hombre malhumorado, ensimismado en su mundo y que había envejecido prematuramente, como si no hubiera podido con el peso de su gran pena.

Bien, ya he dicho que Paul Davenant se enamoró a primera vista de Jessica, y no pasó mucho tiempo antes de que le pidiera su mano. Pero, para su sorpresa, pues el joven creía tener razones suficientes para pensar que ella le quería, se encontró con una negativa. Ella no le dio ninguna explicación, pero se puso a llorar. Desconcertado y desilusionado, habló con la señora Meredith, de quien supo que Jessica había recibido varias proposiciones de matrimonio, todas de buenos hombres, pero que uno tras otro habían sido rechazados.

Paul se consoló a sí mismo con la idea de que quizá Jessica no les amase, pero estaba seguro de que a él sí le quería. Y así, decidió volver a intentarlo. Lo hizo, y con mejor resultado. Jessica reconoció que le amaba, pero le volvió a repetir que no se casaría con él. El amor y el matrimonio no estaban hechos para ella. Entonces, para asombro de Davenant, le contó que había nacido bajo una maldición que, tarde o temprano, se cumpliría y se cernería fatalmente sobre aquel que se uniera a ella. ¿Cómo iba a consentir que el hombre que amaba corriese un riesgo tal? Además, puesto que sabía que aquella maldición había pasado de generación en generación, había tomado una decisión firme: ningún niño la llamaría mamá. Ella debía ser el último eslabón de su estirpe.

Davenant se quedó sorprendido ante aquella declaración y pensó que podría quitarle de la cabeza aquella idea absurda razonándolo con ella.

Solo había otra posible explicación. ¿Acaso tenía miedo de volverse loca? Pero Jessica hizo un gesto con la cabeza. En su familia no había habido ningún loco. La enfermedad de la que hablaba era mucho más terrible, más sutil que todo eso. Y entonces le contó lo que sabía. La maldición, ella utilizaba esa palabra porque no encontraba otra que lo describiese mejor, venía de tiempos inmemoriales. Su padre la había sufrido y el padre de este y, antes que ellos, el abuelo de su padre. Los tres se habían casado con mujeres jóvenes que habían fallecido de forma misteriosa, de alguna enfermedad que las consumía en pocos años. Pensaron que quizá, si hubieran seguido la antigua tradición de contraer matrimonio con un miembro de la propia familia nada habría ocurrido, pero eso era imposible, puesto que la familia estaba a punto de extinguirse.

La maldición, o lo que fuese aquello, no acababa con los que llevaban el apellido MacThane, solo suponía un peligro para sus cónyuges. Era como si los muros ensangrentados de su castillo desprendieran una enfermedad mortal que actuaba de forma terrible sobre aquellos con quienes se relacionaban, especialmente sus seres más queridos.

—¿Sabes en qué decía mi padre que nos íbamos a convertir? —le comentó un día Jessica mientras le recorría un escalofrío—. Él usaba la palabra vampiros. Paul date cuente. Vampiros que se alimentan de la sangre de los demás.

Y, a continuación, cuando Davenant se iba a echar a reír, ella le detuvo.

—No —gritó horrorizada—, no es tan imposible. Piénsalo bien. Somos una estirpe diabólica. Desde el principio, nuestra historia ha

estado marcada por el derramamiento de sangre y la crueldad. Los muros del castillo de Blackwick están impregnados del mal, cada piedra podría contar una historia diferente de violencia, dolor, lujuria y asesinato. ¿Qué se puede esperar de alguien que ha pasado toda su vida entre esos muros?

—Pero tú has vivido en el castillo —le contestó Paul—. Te salvaron de eso, Jessica. Te sacaron de allí al morir tu madre, y no conservas ningún recuerdo del castillo de Blackwick, ninguno. No tienes por qué volver a poner tus pies en él nunca más.

—Tengo miedo de que el mal ya esté en mi sangre —contestó entristecida—, aunque yo no lo sepa todavía. Y en cuanto a lo de no volver a Blackwick, no estoy segura de que sirviera de mucho. Al menos, eso fue lo que me advirtió mi padre. Dijo que había algo allí, una fuerza irresistible que me atraería en contra de mi voluntad. Pero no sé nada, no sé nada, y eso es, precisamente, lo que lo hace tan difícil. Si yo pudiese creer que todo esto no es más que una superstición, podría ser feliz de nuevo, disfrutar de la vida. Soy muy joven todavía, pero no puedo olvidar que mi padre me dijo todas estas cosas cuando estaba en su lecho de muerte.

Parecía aterrorizada. Paul la animó a que le contase todo lo que sabía y, finalmente, ella le reveló otra parte de la historia de su familia, que parecía tener relación con lo que ocurría. Y era el terrible parecido que ella guardaba con un antepasado suyo de hacía unos doscientos años, cuya vida presagiaba ya la caída de la estirpe de los MacThane.

Un tal Robert MacThane, violando la tradición que establecía que no podía casarse con nadie que no fuera de la familia, contrajo matrimonio con una mujer extranjera, una mujer hermosísima, con una larga melena color rojizo y tez pálida como el marfil. A partir de entonces, estos rasgos se repitieron una y otra vez en todas las mujeres que descendían en línea directa de ella. Al poco tiempo de llegar a la familia, la gente empezó a decir que aquella mujer era bruja. Circulaban extrañas historias sobre ella, y el nombre del castillo de Blackwick corrió de boca en boca. Un día la joven desapareció. Robert MacThane había estado afuera un día entero por negocios y fue al regresar cuando se encontró con que ella no estaba. Buscaron por todas partes sin ningún resultado. Entonces Robert, que era un hombre violento y adoraba a su esposa, reunió a algunas de las personas que vivían en sus tierras, de quienes sospechaba que le habían hecho malas jugadas, y los asesinó a sangre fría.

En aquellos días no era difícil asesinar a una persona, pero se produjo tal revuelo que Robert tuvo que marcharse. A sus dos hijos

los dejó al cuidado de una niñera, y durante mucho tiempo el castillo de Blackwick estuvo sin dueño. Pero su mala reputación no desapareció con él. Los rumores decían que Zaida, la bruja, aun muerta, dejaba sentir su presencia. Muchos de los hijos de los arrendatarios y otros jóvenes de la zona enfermaron y murieron, quizá por causas naturales, pero eso no impidió que el miedo se apoderara de todos. Decían que habían visto a Zaida, una mujer pálida, vestida de blanco, merodeando de noche por entre las casas, y que había sembrado la enfermedad y la muerte por donde pasaba.

Y a partir de entonces la suerte de la familia MacThane cambió. Es cierto que a un heredero le sucedía otro, pero nada más llegar al castillo de Blackwick, su carácter, fuera cual fuese, parecía sufrir un cambio. Era como si cayera sobre su persona todo el peso del mal que había manchado el nombre de la familia, como si se convirtiera en un vampiro que llevara la destrucción a todo aquel que no fuera de su estirpe.

Poco a poco, los arrendatarios se fueron marchando de Blackwick. La tierra quedó sin cultivar, las granjas vacías. Y así es en la actualidad, pues los supersticiosos campesinos siguen contando historias sobre la misteriosa mujer vestida de blanco que merodea por aquellas tierras y cuya sola presencia trae la muerte o algo incluso peor.

Los últimos miembros de la familia MacThane tampoco parecían poder abandonar la que había sido residencia de todos sus antepasados. Tenían riqueza suficiente para vivir felizmente en cualquier otro lugar, pero llevados por una fuerza que no podían dominar, preferían pasar el resto de su vida en la soledad de un castillo medio derruido, rechazados por sus vecinos y temidos y odiados por los pocos arrendatarios que aún quedaban en sus tierras. Eso es lo que les había ocurrido al abuelo y al bisabuelo de Jessica. Ambos se habían casado con una mujer joven, pero sus historias de amor fueron demasiado breves. El espíritu del vampiro seguía vivo y se manifestaba, o eso parecía, generación tras generación. Un espíritu que reclamaba sangre joven como sacrificio. Después fue el padre de Jessica quien, no escarmentado con lo ocurrido, siguió los pasos de su propio padre. Y el mismo destino cayó sobre la mujer a la que amaba apasionadamente. La joven murió de una anemia perniciosa, o al menos ese fue el diagnóstico de los médicos, pero él siempre se culpó de su muerte.

A diferencia de sus predecesores, el padre de Jessica se marchó de Blackwick por el bien de su hija. Sin embargo, y sin que ella lo supiese, regresaba año tras año atraído por la llamada de los tenebrosos pasillos del viejo castillo, por el oscuro páramo y la melancolía de los

bosques de pinos. Y fue entonces cuando se dio cuenta de que ni su hija ni él se salvarían de la maldición y, ya en el lecho de muerte, le advirtió de cuál iba a ser su destino.

Esta es la historia que Jessica le contó al hombre que deseaba hacerla su esposa, y él, como habría hecho cualquiera, le quitó importancia; todo aquello no era más que una superstición inocente, fruto del delirio de una mente cansada. Y al final, como ella le amaba con todo su corazón y toda su alma, Davenant consiguió que Jessica pensara como él, le quitó aquellas ideas enfermizas de la cabeza, así es como él las llamaba, y logró que aceptara casarse con él.

—Haré todo lo que quieras —le dijo—. Estoy dispuesto a irme a vivir a Blackwick, si es lo que deseas. ¿Cómo voy a pensar que eres una vampira? No he escuchado una estupidez así en toda mi vida.

—Mi padre me decía que me parezco mucho a Zaida, la bruja —añadió ella. Pero él silenció sus palabras con un beso.

Y así, se casaron y fueron a pasar la luna de miel fuera del país. Llegó el otoño, y Paul aceptó una invitación para ir a pasar unos días a Escocia y participar en la caza del urogallo, deporte que adoraba. A Jessica le pareció bien. No había ninguna razón para dejar de hacer lo que más le gustaba.

Quizá no fue lo más indicado marcharse a Escocia, pero en aquel momento la joven pareja, más enamorada que nunca, había dejado atrás sus aprensiones. Jessica rebosada de salud. En más de una ocasión le repitió a Paul que, si alguna vez pasaban cerca de Blackwick, le gustaría ver el viejo castillo, solo por curiosidad y para demostrarse a sí misma que había conseguido vencer los temores tontos que solía tener en el pasado.

Paul estuvo de acuerdo, y un día que no se encontraban muy lejos, se dirigieron a Blackwick. Allí se encontraron con el administrador y le pidieron que les enseñase el castillo. Era un gran edificio almenado. Con el paso de los años había ido adquiriendo un tono grisáceo, y en algunas partes estaba a punto de venirse abajo. Se alzaba en la ladera de una montaña, con la que llegaba a confundirse, y a unos cincuenta metros más abajo había una caída de agua de un arroyo. Los MacThane jamás hubieran imaginado una fortaleza mejor. Por detrás, subiendo por la ladera de la montaña, había oscuros bosques de pinos, entre los que sobresalían, aquí y allá, escarpados riscos de caprichosas formas humanas, que parecían montar guardia sobre el castillo. Se escuchaban misteriosos sonidos. El viento se escondía allí e, incluso en los días calmos, corría arriba y abajo como si buscase una salida. Gemía entre los pinos y silbaba entre los

peñascos, gritaba con una risa burlona e invadía las rocosas alturas. Parecía el lamento de las almas perdidas. Así lo llamaba Davenant: el lamento de las almas perdidas.

¡Y el castillo! Aunque Davenant usó pocas palabras para describirlo, todavía tengo aquella tétrica mansión trazada en mi cabeza. Parte del espanto que contenía ocupó mi mente. Quizá fue la clarividencia lo que me ayudó porque, mientras él hablaba, tuve la sensación de haber visto antes aquellos amplios vestíbulos de piedra con sus largos pasillos, oscuros y fríos incluso en los días más luminosos y calurosos, aquellas habitaciones oscuras y cubiertas de madera de roble, y la escalera central desde la que uno de los primeros MacThane mandó a una docena de hombres a caballo a perseguir a un ciervo que se había refugiado dentro del recinto del castillo. El castillo tenía también una torre de reclusión, cuyos gruesos muros permanecían intactos al paso del tiempo, y en sus sótanos había mazmorras que podrían contar escalofriantes historias de injusticia y dolor.

Bueno, el señor y la señora Davenant recorrieron con el administrador gran parte del nefasto castillo. A Paul se le vino a la cabeza su casa de Derbyshire, una bella mansión georgiana con todas las comodidades, donde había decidido irse a vivir con su mujer. Por eso se sobresaltó cuando, mientras regresaban, Jessica puso su mano sobre la de él y le dijo en voz baja:

—Paul, me prometiste que no me negarías nada, ¿verdad?

Hasta ese momento su mujer había estado en silencio. Y Paul, un poco preocupado, le dijo que solo tenía que pedir, aunque eso no era del todo cierto ya que podía adivinar qué era lo que deseaba. Quería vivir en el castillo, solo durante algún tiempo. Seguro que se cansaría enseguida. Además, el administrador le había dicho que había papeles, documentos que debía revisar, porque la propiedad era ahora suya. Allí habían vivido sus antepasados y quería conocer el castillo. Oh, no, su decisión no estaba influenciada ni mucho menos por la vieja maldición, eso no era lo que la atraía del castillo. Ya se había olvidado de todas esas estúpidas ideas. Paul la había curado. Puesto que él sabía que la maldición no tenía ningún fundamento, no había motivo alguno para no concederle el capricho.

Era un argumento convincente, difícil de refutar. Al final, Paul cedió, aunque puso algunas objeciones. ¿Por qué no esperaban a que el castillo estuviera arreglado (lo que llevaría su tiempo), por qué no dejaban el traslado para el año siguiente, en verano, y no ahora, cuando estaba a punto de llegar el invierno? Pero Jessica no quería

retrasarlo más tiempo, y no le gustó nada la idea de arreglar el castillo. Eso le quitaría todo el encanto y, además, sería una pérdida de dinero, pues lo único que ella quería era pasar allí una semana o dos. La casa de Derbyshire todavía no estaba terminada, y tenían que esperar a que se secase el papel de las paredes.

Así, unas semanas después, y tras pasar unos días con sus amigos, se fueron a Blackwick. El administrador había contratado a varios criados sin mucha experiencia y había intentado que el castillo estuviese lo más acogedor posible. Paul estaba preocupado e inquieto, pero no podía reconocerlo delante de su mujer. Él mismo la había convencido de lo torpe que parecía aquella superstición. Por entonces llevaban casados tres meses. Y pasaron nueve más. Solo salían de Blackwick durante una pocas horas. Paul iba a Londres solo.

—Mi mujer quiere que me vaya —siguió contándoles—. Con lágrimas en los ojos y casi de rodillas me suplica una y otra vez que la deje sola, pero yo me he negado a menos que ella me acompañe. Pero ese es el problema, señor Vance, que no puede. Hay algo, cierto temor, que la tiene atada a ese lugar, la atrae con más fuerza de lo que atrajo a su padre. Nos hemos enterado de que él solía pasar al menos seis meses al año en Blackwick con la excusa de que tenía que viajar al extranjero. El hechizo, o lo que quiera que sea, siempre estuvo en él.

—¿Y nunca ha intentado sacar a su mujer de allí? —le preguntó Vance.

—Sí, varias veces, pero ha sido en vano. En cuanto cruzábamos el límite del Estado, se ponía enferma y siempre tenía que llevarla de nuevo al castillo. Una vez llegamos hasta Dorekirk, la ciudad que está más cerca, y pensé que lo conseguiría si al menos podíamos pasar allí la noche. Pero se escapó, saltó por una ventana. Pretendía regresar a pie, de noche, andar todos esos kilómetros. Entonces llamé a los doctores, pero parecía que era yo quien necesitaba un médico y no ella. Me ordenaron que la dejase sola, pero yo me he negado a hacerles caso hasta ahora.

—¿Ha cambiado en algo el aspecto físico de su mujer? —le interrumpió Vance.

Davenant se quedó pensativo.

—Ha cambiado —dijo—, sí, pero de una forma tan sutil que me cuesta describirlo. Está mucho más hermosa que nunca, pero no es su belleza de siempre. No sé si me explico. Ya les he hablado de la lividez de su piel. Pues bien, ahora es mucho más evidente porque sus

labios se han vuelto extremadamente rojos, parecen una salpicadura de sangre dibujada en su cara. En el labio superior tiene una incisión que no creo que tuviera antes y, cuando se ríe, no sonríe. ¿Saben lo que quiero decir? Su pelo ha perdido brillo. Sé que está preocupada por mí, pero también esto es muy extraño. Unas veces, como ya les he contado, me ruega que me vaya y la deje sola, y luego, unos minutos después, me abraza y me dice que no puede vivir sin mí. Me doy cuenta de que se debate contra una fuerza que se ha apoderado de ella, una fuerza, sea lo que fuese, ante la que va cediendo. Es ella la que me pide que me marche, pero cuando me suplica que me quede... es entonces cuando se vuelve más hermosa. No puedo dejar de pensar en lo que me dijo antes de casarnos, en esa palabra.

Y entre susurros, dijo:

—En la palabra vampiro.

Se pasó la mano por la frente, humedecida por el sudor.

—Pero eso es absurdo, ridículo —murmuró—. Hace años que se desecharon esas ideas. Estamos en el siglo XX.

Hubo un instante de silencio y, a continuación, Vance comenzó a hablar.

—Señor Davenant, ya que me ha hecho partícipe de su confianza, ya que los médicos no le han servido de mucho, ¿va a dejar que intente ayudarle? Creo que algo podré hacer, si no es demasiado tarde. Si le parece bien, el señor Dexter y yo le acompañaremos, como usted mismo lo ha sugerido, al castillo de Blackwick tan pronto como sea posible, quizá en el correo del Norte de esta noche. En condiciones normales le pediría que, si le tiene algún aprecio a su vida, no regresara...

Davenant movió la cabeza.

—Eso es algo que nunca haré —respondió—. He decidido que, pase lo que pase, tomaré ese tren esta noche. Estoy encantado de que me acompañen.

Quedamos en encontrarnos en la estación, y Paul Davenant se marchó a solas.

—¿Qué piensas de todo esto, Dexter?

—Supongo —contesté no sin cierta cautela— que incluso en estos días que corren hay vampirismo. Fíjese en la influencia que ejerce una persona anciana sobre una joven, si se relacionan constantemente. La anciana le va arrebatando la vitalidad a la joven para poder seguir viviendo. Y hay personas, y se me ocurre más de una, que roban la energía de los que tienen a su alrededor, eso sí, de forma totalmente

inconsciente. Parece como si te quitaran parte de tu fuerza. Pues, en el caso que nos ocupa, el mal se hace patente en la esposa de Davenant, y no es muy descabellado pensar que también le afecte físicamente a él, aunque se trate de algo puramente mental.

—¿Eso quiere decir que crees —le preguntó Vance— que es algo mental? De ser así, ¿cómo explicas las marcas que tiene Davenant en el cuello?

No encontré ninguna respuesta y, aunque le pedí a Vance que me diera su punto de vista, este no quiso comprometerse con ninguna explicación. De nuestro largo viaje a Escocia no hay nada digno de mención. No llegamos al castillo de Blackwick hasta bien entrada la tarde del día siguiente. El lugar era tal como yo me lo había imaginado, tal y como yo lo he descrito. A medida que nuestro coche avanzaba traqueteando por el camino que cruza la Garganta de los Vientos, me invadió una sensación de tristeza que se hizo más grande cuando ingresamos al colosal y gélido portal del castillo.

La señora Davenant, a quien avisaron de nuestra llegada mediante un telegrama, nos recibió cordialmente. Ella no sabía nada de por qué estábamos allí, y creyó que éramos simples amigos de su marido. En todo momento estuvo inquieta. Me daba la sensación de que había una fuerza que la obligaba a decir y hacer todo lo que hacía y decía pero, por supuesto, esa era una conclusión lógica ante los datos que yo conocía. Por lo demás, la mujer de Davenant era una persona encantadora y muy atractiva. Eso me hizo comprender el comentario que hizo Davenant durante el viaje.

—Daría mi vida por Jessica, por sacarla de Blackwick, Vance. Sé que todo va a salir bien. Iría hasta el infierno con tal de que volviese a ser... como era.

Y ahora que yo había visto a la señora Davenant, comprendí lo que quería decir su esposo con aquellas palabras. Jessica estaba más atractiva que nunca, pero no era un atractivo natural, no el de una mujer normal, como lo había sido ella en otro tiempo. Era el encanto de una Circe, de una bruja, de una hechicera, y como tal era irresistible.

A poco de nuestra llegada, fuimos testigos de la naturaleza del mal que la dominaba. Vance preparó una prueba. Davenant había mencionado que en Blackwick no crecía flor alguna, y a Vance se le ocurrió que debíamos llevarle algunas flores como regalo a la señora de la casa. Compró un ramo de rosas blancas en el pueblo donde nos dejó el tren y donde iba a recogernos el coche. Nada más llegar al castillo, se las dio a la señora Davenant. Ella tomó las flores muy

nerviosa, y apenas su mano las tocó, las rosas empezaron a deshacerse en una lluvia de pétalos.

—No podemos esperar más —me dijo Vance mientras bajábamos a cenar esa misma noche—. Hay que hacer algo.

—¿Qué es lo que temes? —le pregunté en voz baja.

—Davenant ha estado fuera una semana —contestó de forma solemne—. Se encuentra mejor que cuando se fue, pero no lo suficiente como para perder más sangre. Hay que resguardarlo. Esta noche corre peligro.

—¿Crees que es su mujer? —Me estremecí ante lo horrible de la sugerencia.

—Eso el tiempo lo dirá.

—La señora Davenant, Dexter, se debate entre dos mundos. El mal todavía no la ha dominado por completo. ¿Recuerdas lo que dijo Davenant, de cómo ella pedía que se marchara y al instante le imploraba que se quedase? Jessica está librando una batalla, el mal se va apoderando de ella. Esta última semana que ha estado aquí sola el mal se ha hecho fuerte. Y contra eso es contra lo que voy a luchar, Dexter. Será una batalla de mi voluntad contra la del mal, una batalla que acabará cuando uno de los dos haya ganado. Y vas a ser testigo de ello. Cuando se produzca algún cambio en la señora Davenant, sabrás que he ganado.

De esta manera, supe cómo se proponía actuar mi amigo. La batalla enfrentaba su voluntad contra la misteriosa fuerza que se había apoderado de la casa de los MacThane. Había que arrebatar a la señora Davenant del fatal encanto que la dominaba. Y yo, sabiendo lo que iba a ocurrir, podía observar y analizar la situación paso a paso. Me di cuenta de que la guerra había comenzado mientras cenábamos. La señora Davenant apenas comió y parecía enferma, no hacía más que moverse inquieta en la silla, hablaba sin parar y se reía sin causa. Era una risa sin sonrisa, como tan bien la había descrito Davenant. En cuanto pudo, se retiró.

Más tarde, cuando ya estábamos en el salón, pude sentir que algo pasaba. El ambiente se había electrificado, cargado por una fuerza tremenda e invisible. Y afuera, alrededor del castillo, el viento susurraba, gritaba y gemía; parecía como si todos los antepasados de los MacThane, un ejército siniestro, se hubiesen reunido para entablar la batalla final de toda su estirpe. ¡Y todo esto mientras nosotros cuatro charlábamos en el salón de las típicas cosas que se comentaban en la sobremesa! Eso era lo más curioso de toda la situación... Paul Davenant no sospechaba nada, y yo, que lo sabía

todo, tenía que representar mi papel. Pero no podía apartar la mirada de la cara de Jessica. No quería que el cambio, o lo que quisiera que fuese, me atrapara de sorpresa. Por fin, Davenant se levantó y dijo que estaba cansado y que se iba a la cama. No hacía falta que Jessica lo acompañara. Nosotros podíamos dormir esa noche en su vestidor. Y fue justo en ese momento, cuando sus labios se encontraron con los de ella en un beso de buenas noches y ella lo abrazó con ternura, ajena a nuestra presencia, cuando sus ojos brillaron ávidamente y se produjo el cambio.

El viento aulló con un alarido feroz y amenazador, y las contraventanas empezaron a batirse como si una horda de fantasmas fuera a romperlas contra nosotros. Jessica lanzó un largo y trémulo suspiro, sus brazos dejaron de rodear a su esposo y ella misma retrocedió tambaleándose de un lado a otro.

—¡Paul! —gritó.

Ese no era su tono de voz.

—¡Qué malvada he sido trayéndote a Blackwick, con lo enfermo que estás! Pero nos vamos a ir, querido. Sí, yo también me voy a ir. ¿Me vas a sacar de aquí, me llevarás contigo mañana?

Hablaba con una gran solemnidad y había perdido la noción del tiempo. Las convulsiones estremecían todo su cuerpo.

—No sé por qué he venido aquí —repetía una y otra vez—. Odio este lugar. Está maldito... maldito.

Estas palabras me llenaron de alegría. Vance había vencido, pero pronto me iba a dar cuenta de que el peligro no había pasado todavía.

Marido y mujer se separaron, cada uno fue a una habitación diferente. Davenant le dedicó una mirada de agradecimiento a Vance, pues era más o menos consciente de que mi amigo tenía algo que ver en lo que había sucedido. A la mañana siguiente se harían los preparativos para abandonar el castillo.

—Ha salido bien —dijo Vance en cuanto nos quedamos a solas—. Pero este cambio podría ser meramente transitorio. Estaré alerta lo que dure el resto de la noche. Dexter, tú vete a la cama. No hay nada que puedas hacer.

Obedecí, aunque yo también me hubiera quedado vigilando, pendiente de un peligro desconocido. Me fui a mi habitación, un cuarto lúgubre y con muy pocos muebles. Sabía que no iba a poder dormir. Y así, vestido como estaba, me senté junto a la ventana abierta. El viento, que horas antes había bramado alrededor del castillo, gemía ahora entre los pinos como un llanto triste. Y mientras

permanecía allí, me pareció ver una silueta blanca que salía del castillo por una puerta que no pude distinguir; con los puños cerrados, atravesó corriendo la terraza en dirección al pinar. La vi un instante, lo suficiente para saber que era Jessica Davenant.

Supe que algo iba a pasar, me lo decía la desesperación que transmitían aquellos puños cerrados. No dudé, a pesar de que la ventana se encontraba a cierta distancia del suelo. La pared estaba cubierta de hiedra y pude apoyar bien los pies. Resultó ser más fácil de lo que esperaba. Bajé justo a tiempo para no equivocar la dirección de la persecución hacia la espesura del bosque que colgaba de la ladera de la montaña. Jamás podré olvidar aquella terrible búsqueda. Solo había sitio para avanzar por el escarpado camino; afortunadamente, era el único camino que Jessica podía haber tomado, pues yo la había perdido de vista. No había ninguna otra senda, y el bosque tenía demasiada extensión como para que ella hubiera cambiado de dirección.

En el bosque resonaban tenebrosos ruidos: gemidos, lamentos y risas. Sabía que era el viento, por supuesto, y los gritos de los búhos (sentí el revoloteo de unas alas junto a mi cara). Pero no pude dejar de pensar que, a la vuelta, las fuerzas del infierno se confabularían contra mí. El camino acababa sobre el borde del lago que mencioné antes. Entonces me di cuenta de que había llegado justo a tiempo pues, delante de mí, zambulléndose en el agua, estaba la figura vestida de blanco de la mujer a la que yo perseguía. Al escuchar mis pasos, se volvió, alzó los brazos y se puso a gritar. La melena roja le caía sobre los hombros, y su rostro, o al menos eso me pareció a mí en aquel momento, estaba desfigurado por el dolor del arrepentimiento.

—¡Vete! —gritaba—. ¡Por el amor de Dios, déjame morir!

Pero yo estaba muy cerca de ella mientras pronunciaba estas palabras. Forcejeó por deshacerse de mí, me imploraba entre jadeos que la dejase morir ahogada.

—¡Es la única forma de salvarle! —gritó—. ¿No entiendes que soy un ser despreciable? Soy yo quien... Yo... Soy yo quien bebe su sangre. Lo sé, lo he sabido esta noche. Soy una vampira. Ya nada se puede hacer. Así que, por su bien, por el bien de su hijo no nacido, ¡déjame morir!

¿Acaso puede haber una súplica más terrible? Y yo... ¿Yo qué podía hacer? Dejé de sujetarla y la llevé hasta la orilla. Ella se apoyaba sobre mi brazo como un peso muerto. La tendí sobre un banco cubierto de musgo, me arrodillé a su lado y la miré fijamente. Entonces me di cuenta de que había obrado bien. Aquel rostro no era el de Jessica la vampira, no era el rostro que había visto esa misma tarde, eran los rasgos de Jessica, la mujer a la que amaba Paul Davenant.

Aylmer Vance también tenía algo que contar.

—Esperé —dijo— hasta que vi que Davenant se había dormido, y entonces entré en su habitación para observarle de cerca. Al poco tiempo, llegó ella (como yo había imaginado que ocurriría), la vampira, ese ser maldito que ha estado alimentándose de las almas de sus familiares, haciéndoles lo que le hicieron a ella cuando vivían en el Mundo de las Sombras: buscar una y otra vez la sangre de aquellos que no pertenecen a su estirpe. Es el cuerpo de Paul y el alma de Jessica, Dexter, lo que hay que salvar.

—¿Te refieres —dije, y ahí dudé— a Zaida la bruja?

—Sí —dijo confirmando mis sospechas—. Sí, ella es el espíritu maligno que ha caído como una plaga sobre la casa de los MacThane. Pero creo que la he exorcizado para siempre.

—Cuéntame.

—Ella entró en la habitación de Paul Davenant como ha debido de hacer siempre, disfrazada de su mujer. Ya sabes que Jessica se le parece mucho. Él iba a abrazarla, pero yo ya había tomado mis precauciones. Mientras Davenant dormía, le coloqué sobre el pecho esto, que arrebata al vampiro su poder. Ella corrió aullando por la habitación. Solo era una sombra; ella, que un minuto antes había mirado a Paul con los ojos de Jessica y le había hablado con la voz de Jessica. Sus labios rojos eran los labios de Jessica. Esos labios se acercaron a los de él, pero los ojos del joven la miraron, la vieron realmente: el horrible fantasma del maligno. Y, entonces, la maldición se desvaneció y ella huyó al lugar del que venía.

Hizo pausa.

—¿Y ahora? —le pregunté.

—Hay que demoler el castillo de Blackwick —me contestó—. Es la única solución. Hay que acabar con cada piedra, con cada ladrillo, convertirlos en polvo y quemarlos. En ellos está la causa de todo el mal. Davenant ha dado su permiso.

—¿Y la señora Davenant?

—Creo —contestó Vance tímidamente— que todo va a salir bien. La maldición desparecerá cuando destruyamos el castillo. Ella sigue viva gracias a ti. Era menos culpable de lo que ella pensaba, mejor dicho, era la víctima. Pero, ¿puedes imaginar cómo se sintió cuando comprendió el papel que había jugado en toda esta historia, cuando supo que iba a tener un hijo, la terrible herencia que le dejaba...?

—Sí, me lo imagino —susurré mientras me recorría un estremecimiento.

Y, entonces, murmuré:

—¡Sí, gracias a Dios!

Esta edición de *Carmilla y otras vampiras* terminó de imprimirse en Barcelona el 4 de octubre de 2025, aniversario del nacimiento de Anne Rice, autora de la novela de culto *Entrevista con el vampiro*.